2026
올해의 문제소설

한국현대소설학회 엮음

2026
올해의 문제소설

초판 1쇄 · 2026년 2월 27일
초판 2쇄 · 2026년 4월 10일

엮은이 · 한국현대소설학회
펴낸이 · 한봉숙
펴낸곳 · 푸른사상사

주간 · 맹문재 | 편집 · 지순이 | 교정 · 김수란
등록 · 1999년 7월 8일 제2-2876호
주소 · 경기도 파주시 회동길 337-16 푸른사상사
대표전화 · 031) 955-9111(2) | 팩시밀리 · 031) 955-9114
이메일 · prun21c@hanmail.net / prunsasang@naver.com
홈페이지 · http://www.prun21c.com

ⓒ 한국현대소설학회, 2026

ISBN 979-11-308-2360-7   03810

값 19,800원

현대문학 교수 350명이 뽑은

2026
올해의 문제소설

한국현대소설학회 엮음

푸른사상
PRUNSASANG

2026

『2026 올해의 문제소설』을 발간하며

한국현대소설학회는 1994년 8월『현대소설연구』창간호를 발행하여 지난해까지 100호를 발행하였다. 이에 앞서 학술지와 별도로 현대소설 연구자와 대중 독자들과의 만남을 위한 새로운 기획으로 1994년 2월에는『올해의 문제소설』의 전신인『우리 시대의 문제소설 I』(평민사)을 출간하였다. 1996년부터『올해의 문제소설』(신원문화사)로 제목을 바꾼 후 2002년부터 푸른사상에서 이어받아 지난 32년간 매년 그해의 문제소설들을 엄선한 앤솔로지를 발간했다. '소설의 시대'라고 불릴 만한 1990년대에 주요 문예지와 출판사가 앞다투어 공모전과 문학상을 신설하기 시작했으나 학술단체로서는 유례가 없이 학문과 문학 현장과의 결합을 시도한 것이다. 표지에는 '현직 문학교수들이 선정한', '전국 각 대학교 현대문학 교수 160명이 선정한' 등의 구절이 들어갔고, 학회의 성장과 함께 현재는 '현대문학 교수 350명이 뽑은'이라는 수식어가 제목 앞에 붙어 있다. 문학상이라는 제도가 출판사의 상업성과 결부되어 일어날 수 있는 부작용, 대학 강단이란 제도가 논문 중심으로 흘러가 당대 문단 사이에서 생기는 괴리, 기존의 전문적 문학 비평과 달리 문학 교육의 일환으로 실제 독자들의 작품 이해를 돕는 쉽고 친절한 해설의 필요성 등을 고려한 의미 있는 작업이 이어졌다.

한편으로는 작품 선정의 신뢰도를 높이고, 방대한 작업의 효율성을 높이기 위한 방법을 모색하여 회원들의 후보작 추천, 국문과 대학원 수업을 통한 작품 검토, 전담 세미나 팀 구성 등 다양한 노력 끝에 올해도 역시 새로운 변화를 꾀하게 되었다. 무엇보다도 학회 차원의 공적 시스템을 구축하는 것이 앤솔로지의 본래 취지에 더욱 부합한다고 판단하여, 학회 총무 및 연구이사 총 10인의 전문 위원으로 구성된 '올해의 문제소설 선정 위원회'를 공식 발족하였다.

이번 선정 작업은 2025년 9월부터 2026년 1월까지 5개월간 다음과 같은 엄격한 절차를 거쳐 진행되었다. '1차 전수 검토' 단계에서는 2025년 주요 문예지에 발표된 280여 편의 중·단편 소설을 4분기로 나누어 위원 1인당 약 30여 편씩 전수 독해하고 평가하였다. '2차 심층 심사'는 1차 통과작을 대상으로 위원회를 두 그룹으로 재편하여 심도 있는 논의를 거쳤으며, 최종 15편 내외의 작품을 확정하였다. '3차 비평적 심화' 단계로는 심사 과정에서 도출된 비평적 성과를 바탕으로 〈위기-이후의 문학과 삶의 조건들〉이라는 주제의 정기 학술대회를 개최하여 학술적 깊이를 더했다. 끝으로 '해설 및 집필' 단계에서는 작품의 가치를 가장 정확하게 전달하기 위해 심사에 직접 참여한 이사들이 해설을 맡았으며, 필요에 따라 외부 전문가를 초빙하여 전문성을 보완하였다. 수록이 확정된 최종 선정작 11편은 다음과 같다.

- 강석희,「선과 부피의 사랑」,『작가들』94호, 2025. 9.
- 김멜라,「아무래짜」,『창작과비평』209호, 2025. 9.
- 서장원,「히데오」,『문장 웹진』, 2025. 6.
- 손보미,「우리 엄마는 남미새」,『현대문학』849호, 2025. 8.
- 성혜령,「대부호」,『문학들』80호, 2025. 5.
- 심윤경,「우리는」,『문장 웹진』, 2025. 12.
- 이미상,「일일야성」,『문학동네』124호, 2025. 9.
- 임솔아,「금빛 베드 러너」,『창작과비평』207호, 2025. 3.
- 임현,「희망은 우리를 부끄럽게 하지 않는다」,『자음과모음』66호, 2025. 9.
- 조해진,「영원의 하루」,『자음과모음』67호, 2025. 12.
- 최은미,『김춘영』,『창작과비평』208호, 2025. 6.

저마다 개성이 강한 11편의 수록작들은 작품성이나 예술성이 아니라 바로 우리 시대의 문제에 직접적으로 집중하고 있다는 점이 이 책의 특징이다. 먼저 2022년 이태원의 기억과 사회적 참사로 인한 상실, 현재 진행 중인 세계의 여러 고통의 장소에 다가가는 집합적 애도의 상상력과 세계시민적 책임을 되새긴다. '영포티'의 전형을 통해 세대론을 넘어선 폭력의 문제를 비판하고, 한편으로는 정체성과 예술, 그리고 사랑이라는 이름의 폭력도 다루고 있다. 그밖에도 혁명을 믿는 사람들이 사라져가는 시대에 혁명의 의미에 대한 질문을 던지고, 욕망을 추구하는 시대에 희망의 부끄러움을 이야기하고, 92세 동창생 삼총사가 치매 걸린 친구를 찾아가는 모험을 통해 보편적 돌봄 사회를 향한 상상을 그리기도 한다. 즉 주류 사회에 의해 타자화된 존재들이 구성하는 고통의 네트워크를 하나의 서사로 촘촘하게 엮어낸 작품들이 등장한다. 우리 시대의 다양한 고통, 사회 주류에 속하지 않는 존재들, 이른바 '정상성'을 획득하지 못한 존재들이 각각의 영역에서 각각의 방식으로 받고 있는 고통을 가시화하고 공론화하려는 노력은 최근 10여 년간 한국문학에서 이어져왔다. 이와 같이 2026년 한국 소설의 경향을 한마디로 압축하기는 힘들지만, 그것은 결국 소설의 진실은 무엇이며, 이 시대에 어떠한 쓸모를 가지고 있는가 라는 본질적 물음과 관련 있다.

　돌이켜보면 새로운 체제를 도입하며 10인의 선정위원이 방대한 양의 작품을 독파하는 것이 현실적으로 버겁기도 했다. 특히 4분기 발표작까지 면밀히 검토하기 위해서 심사 및 제작 일정을 합리적으로 조정해 내실 있는 비평과 안정적 출간을 위한 방안을 모색하고자 한다. 앞으로도 변화된 모습으로 한국 소설의 현재를 기록해 나갈 『올해의 문제소설』에 많은 격려를 부탁드린다.

2026년 2월
한국현대소설학회 『2026 올해의 문제소설』 선정위원회

차례

선과 부피의 사랑

강석희

2018년 『동아일보』 신춘문예를 통해 작품 활동 시작. 소설집 『우리는 우리의 최선을』『내 마음 들키지 않게』, 장편소설 『꼬리와 파도』『내일의 피크닉』『녹색 광선』 등이 있음. 제1회 창비교육 성장소설상 우수상 수상.

선과 부피의 사랑

1

재영과 선주가 산토에게서 부적을 선물 받은 건 2023년의 여름, 해방촌에서였다.

기온이 아주 높았으나 습도는 적당하여 드물게 컨디션이 좋았던 날이었다고, 재영은 기억한다. 산토를 만나는 날이었다. 산토는 높고 뜨겁고 쾌적한 친구였다. 재영에게. 그리고 선주에게.

선주와 재영과 산토는 초저녁에 모여 자정이 될 때까지 함께 있었다. 산토가 보자고 하여 만들어진 자리였다. 1차는 생태찌개와 소주, 2차는 골뱅이와 맥주였다. 내내는 아니었지만 때때로 기꺼운 마음이 들기도 하는 몇 시간이었다. 그러나 그들의 좋은 분위기는 자주 끊어졌다. 기쁨의 자격을 고민하는 건 그 무렵 재영과 선주에게 생긴 습관이었다.

산토는 세 살 터울의 동생 아웅에 관한 이야기를 잔잔히 하며 웃다가 조금 울었다. 그날의 이야기에는 선주와 재영이 처음 알게 된, 아웅이 4년 전 세상을 떠났다는 사실도 포함되어 있었다. 선주와 재영은 산토의 왼손과 오른손을 나눠 쥐고 이야기를 들었다. 깊고 단단한 굳은살의 감촉이 두 사람의 손바닥에 전해졌다. 세 사람은 함께 조용히 울었다.

울긴 했어도 그들이 보낸 시간이 마냥 어둡지만은 않았다. 헤어질 때는 손사래 치는 산토를 재영과 선주가 양쪽에서 붙잡아 차에 태우는 장난도

쳤다. 추방당하는 것 같잖아요! 볼멘소리로 독한 농담을 하는 산토와 함께 재영과 선주도 웃었다.

토요일 밤이어서 길이 몹시 막혔다. 잠시 소란했던 그들은 이태원 방향으로 내려가는 동안 조용해졌다. 운전석의 대리기사도, 조수석의 재영도, 뒷좌석의 선주와 산토도 토요일과 일요일의 경계를 각자 잠잠히 통과했다. 술이 조금 과했던 탓에 선주의 속이 울렁였다. 산토는 아주 단정한 자세로 앉아 있었다. 선주가 보기에 불편해 보이는 곧은 자세. 산토는 저렇게 있는 게 편한가? 선주는 문득 궁금했다. 사실 늘 그랬다. 커피를 마실 때도, 소주를 마실 때도, 음악을 들을 때도, 시를 낭송할 때도, 무릎을 꿇고 기도를 할 때도. 산토는 척추기립근에 단단히 힘을 주고 두 손을 가지런히 무릎에 올려놓곤 했다. 몸의 축이 단단한 사람이구나. 선주는 그가 히말라야산맥을 오르내리던 셰르파였다는 사실을 새삼 깨달았다. 그 사이 산토의 집이 가까워졌다. 산토는 듣는 것만으로도 든든해지는 덕담으로 작별 인사를 했다. 재영과 선주는 그가 그렇게 인사해주는 것이 고마워서 몸 둘 바를 몰랐다.

차에서 내린 산토가 지갑에서 뭔가를 꺼냈다. 선주는 산토가 돈이라도 주는 줄 알고 기겁을 했다.

위험해. 위험해요.

산토는 손에 든 것을 놓고 재빨리 문을 닫았다. 그가 준 것은 부적과 쪽지 한 장이었다.

해방촌에 조금 일찍 도착했던 산토는 산책을 하다가 작은 책방에 들어갔고, 거기에서 만난 다른 손님과 이야기를 나누다가 그 사람이 사주를 볼 줄 안다는 걸 알게 됐다. 곧 책방 주인까지 함께 모여 앉아서 점을 보기 시작했다. 과거와 미래에 대한 이야기가 한바탕 지나간 다음, 산토는 선주와 재영의 미래도 점쳐달라고 부탁했다. 나의 친구들에게 좋을 만한 뭔가를 알려주세요. 그리하여 산토는 노랗고 아름다운 부적을 받아왔다. 부산에 가보라고 하세요. 그런 말도 함께.

선주와 재영은 산토의 다정함에 새삼 놀랐다. 그리고 이런 부적을 대가

없이 받아도 되는 건가 고민했다. 두 사람의 이야기를 듣고 있던 대리기
사가 아무렴 부적인데 5만 원은 쳐줘야 하지 않겠냐고 했다. 재영은 그럼
그 값의 두 배를 쳐서 산토에게 10만 원어치의 술과 밥을 사자고 말했고
선주는 꼭 그러자고 했다. 그리고 그때에는 우리가 먼저 산토를 위한 덕
담을 해주자고, 그 정도의 용기는 낼 수 있는 마음을 가져보자고 말했다.

그러나 그날이 두 사람과 산토가 만난 마지막 날이었다. 산토가 아주
멀리 떠났기 때문이다.

선주와 재영이 부산에 간 것은 그로부터 일주일 뒤였다. 출발한 시간은
자정이었다. 작은 촛불 하나만 밝혀놓고 음악도 없이 산토를 이야기하던
밤이었다. 산토 보고 싶다. 재영의 혼잣말. 그리고 고요해졌다. 공기가 무
거웠다. 두 사람 중 누구 하나 울어도 이상할 게 없는 분위기. 선주가 산
토에게서 받은 부적을 꺼냈다. 그리고 말했다.

부산에 가자.

부산?

재영이 고개를 갸웃했다.

부산에 가면 좋은 일이 있을 거라고 했다며.

선주는 부적을 들여다보며 대답했다. 그리고 이어서 말했다.

가자. 가보자.

언제?

지금.

지금?

응. 지금 당장.

재영은 아침에 해야 할 일이 있었다. 중요하다면 중요한 일이었다. 하
지만 부산에 갈 수 없다는 말은 차마 나오지 않았다.

소원이야.

선주가 말했다. 재영은 선주의 소원을 들어주고 싶었다.

재영과 선주가 부산에 도착해서 가장 먼저 간 곳은 해운대였다. 출발할 때의 계획은 어슴푸레 밝아오는 새벽 바다를 보면서 컵라면을 먹는 것이었지만 휴게소에서 잠시 눈을 붙인다는 게 그만 길어져버렸다. 진땀을 흘리며 깨어났을 때는 아침 8시가 넘은 시각이었다. 선주는 이렇게 될 줄 알았다고 했고, 재영은 될 대로 되라지 했다.

그런 마음 고쳐.

선주가 말했다.

너도 고쳐.

재영이 대답했다. 선주와 재영은 손을 잡고 바다를 향해 걸어갔다. 서핑을 하러 나온 사람들이 보였고 푹 젖은 몸으로 파도에 뛰어드는 어린이들도 보였다. 모두가 매끄러운 자태로 아침 바다를 즐기는 중이었다. 두 사람은 까슬까슬한 눈을 껌뻑거리며 모래 위에 은박 돗자리를 폈다. 재윤의 것이었다. 아니 선우의 것인지도 몰랐다. 누구의 것이었든 유품이었다. 동생들이 남긴 돗자리. 한강과 이태원을 거쳐 재영과 선주 앞에 도착한 물건. 그것의 네 귀퉁이에 신발을 하나씩 올려놓고 선주는 누웠고 재영은 앉았다. 둘은 동생들에게 미안했던 순간들을, 자주 이야기 나누던 몇 개의 장면들을, 또 이야기했다. 매일 밤 방의 불을 꺼달라고 심부름을 시켰던 일, 컵을 깨끗이 안 씻는다고 잔소리했던 일, 엄마에게 혼이 나서 붉어진 얼굴에다 대고 인상 펴라 말했던 일, 월급을 받았으면 가족들한테 선물도 할 줄 알아야 한다고 주제넘은 훈수를 뒀던 일. 그런 것들이었다.

돗자리 위로 모래가 자꾸 올라왔다. 재영은 손으로 몇 번 모래를 쓸어내다가 관뒀다. 재영의 손을 잡고 선주가 몸을 일으켰다. 공기가 조금 빠진 비치볼이 굴러왔다. 바람이 많이 불었지만 공은 더 이상 구르지 않았다. 흔들리면서도 멈춰 있는 공을 두 사람은 말없이 보았다. 어디선가 달려온 여자아이가 공을 품 안 가득 끌어안고 다시 달려갔다. 재영이 바지를 둥둥 걷어 올리고 일어나 바닷물에 발목을 적셨다. 선주는 돗자리에 남아서 밀려오고 물러나는 바닷물과 그것을 내려다보는 재영을 보았다. 그리고 다시 누웠다. 누우니까 기지개를 켜고 싶어졌고 기지개를 켜니까 철봉을 하고 싶어졌다. 견갑을 고정하고 날개뼈가 맞닿는 느낌으로 멋진 턱걸이를 하면 좋겠다. 배와 허리의 반동을 이용하는 비겁한 방법이 아니라 진짜 턱걸이를. 하지만 선주는 턱걸이는커녕 매달리기도 잘하지 못했다. 선주가 유튜브에 '턱걸이하는 법'을 검색해보는 사이 재영이 돌아왔다. 재영은 선주에게 휴대폰 화면을 보여줬다.

우리 이거 먹자.

화면 속에는 노랗고 동그란 카스텔라가 있었다. 두 사람이 사는 곳 근처에서도 구할 수 있는 빵이었다. 굳이 왜? 하는 표정으로 쳐다보는 선주에게 재영이 말했다.

부산이 원조래.

그렇다면 이야기가 달라지지. 재영은 흰 우유와 카스텔라를 먹으며 영도로 넘어가자 했다. 선주는 좋은 생각이라고 답했다.

몸이 폭신해지네.

선주가 말했다. 폭신한 걸 먹으니 폭신해진다고. 재영은 선주의 말에 동감했다. 그 카스텔라는 '학원 가기 전에 먹는 빵'이라는 이름을 갖고 있었다. 가기 싫은 학원에 가기 전에 카스텔라를 먹으며 조금씩 폭신해졌을 부산의 청소년들을 생각하니 두 사람의 마음이 넉넉해졌다.

얼마 지나지 않아 선주가 졸기 시작했다. 고개를 창문 쪽으로 살짝 꺾고 고개를 꾸벅거리는 선주의 얼굴에 정오의 햇살이 닿았다 떨어졌다. 재영은 카스텔라를 조금 떼어 입에 넣었다. 달고 부드러운 빵은 입안에서 금세 풀어졌다. 목구멍으로 넘기기 전에 우유를 한 모금 마셨다. 맛이 더 좋았다. 이런 것을 먹은 뒤에 잠드는 것은 참 좋은 일이라고 재영은 생각했다. 사고로 아들을 잃은 부부와 그들에게 롤케이크를 주는 빵집 주인이 나오는 소설도 떠올랐다. 선주와 재영과 산토가 한 문장씩 돌려가며 낭독해본 적이 있는 소설이었다.

신호대기에 걸렸을 때 재영이 선주의 볼을 눌렀다. 응? 하는 표정으로 선주가 눈을 번쩍 떴다가 재영의 얼굴을 확인한 뒤에 다시 잠들었다. 초승달 모양으로 감긴 선주의 눈을 보자 재영도 하품이 나왔다. 공영주차장까지는 20분 남짓 남아 있었다. 재영은 도착하면 눈을 좀 붙여야지 생각했다. 선주가 깨지 않게 조심조심 운전을 해서 얌전히 주차를 한 다음 딱 20분만 자는 거야. 그 잠은 폭신하고 부드럽고 달콤할지도 몰라. 선주의 얼굴이 말하고 있잖아. 생각했더니 잠이 달아났다. 재영은 두려워졌다. 선주의 감은 눈꺼풀 아래로 어떤 것들이 지나가는지 알지도 못하면서 함부로 확신 같은 걸 하는 자신이 무서웠다. 그 확신에는 틀림없이 어떤 바람이 담겨 있을 테니까. 무언가 바라고 기대하는 것은 버거웠다. 차라리 선주가 악몽을 꾸고 있다고 생각하는 게 편했다.

재영은 눈앞의 도로가 갑자기 일어나서 자신과 선주를 집어삼키고 그 뒤의 차들도 뭉개면서 둥글게 말릴 것 같은 착각이 들었다. 재영은 손톱을 물어뜯었다. 오른손 검지손톱을 똑똑, 끊은 뒤에 새끼손톱으로 넘어갔다. 너무 깊게 깨무는 바람에 피가 날 것 같았다. 숨이 막혀왔다. 눈알에 피가 차오르고 뼈가 으스러지고 근육이 녹을 것 같았다. 재영에게 낯설지 않은 종류의 상상이었다. 심호흡을 하려 해도 잘되지 않았다. 재영의 새끼손톱 아래에서 피가 새어나왔다.

손톱 뜯지 말라니까.

언제 깼는지 선주가 재영의 손을 쥐었다. 재영은 그제야 긴장이 조금 풀렸다. 손가락을 입에서 어정쩡하게 뗐다. 다시 신호대기를 하는 동안 선주가 가방에서 물티슈를 꺼내 피를 닦았다. 반창고도 꺼내 재영의 새끼손가락 끝을 감쌌다.

됐다.

선주는 재영의 손을 놓고 빵을 하나 더 뜯었다.

잘 잤어?

재영이 물었다. 선주는 대답하지 않았다.

주차장은 높은 지대의 골목에 있었다.

이 길이 맞나?

재영은 핸들 가까이 몸을 붙이고 차를 몰았다. 오르막길을 조금 오르다 꺾고, 꺾은 다음에 다시 오르막길을 오르는 일을 몇 번이나 반복한 끝에 도착했다. 내려오는 차와 맞닥뜨려 오도가도 못 하게 되면 어쩌지. 그러나 그런 일은 일어나지 않았다. 골목을 오르며 재영과 선주가 본 건 빨간 대문과 파란 대문, 김장 대야를 화분 삼아 자란 풀들, 실금과 낙서가 있는 담벼락, 빵 굽는 고양이 세 마리였다. 평화롭고 조용한 골목. 하지만 주차장에 도착했을 때 두 사람은 끈적한 땀을 흘렸다. 오래된 주차장이었다. 입구가 작고 길은 좁아서 진입이 쉽지 않았다.

오라이!

언제 나타났는지 모를 남자애 둘이 외쳤다. 들어와도 된다고 손짓도 했다. 아이들의 도움을 받아 재영은 천천히 차를 움직였다.

오케이!

한 번 더 외친 아이들은 손에 들고 있던 농구공과 축구공을 맞은편의 담장 너머로 던지고 자신들도 훌쩍 뛰어넘었다. 발바닥에 스프링이라도 단 것처럼 펄쩍펄쩍 뛰는 아이들을 보면서 선주가 말했다.

좋구나. 젊다는 건.

주차선 간격도 무척 좁아서 재영은 몇 번의 고비를 넘긴 다음에야 주차를 마쳤다. 주차장 맞은편은 학교였다. 아이들이 뛰어넘은 담장에는 돌고래와 무지개가 벽화로 그려져 있었다. 아이들은 운동장에서 놀고 있었다. 농구공을 축구 골대 윗그물에 걸어놓고 축구공을 차서 맞추는 시합을 하는 중이었다.

선주가 아이들을 향해 걸어갔다. 재영도 발걸음을 빨리했다. 교문에 가까워질수록 아이들의 목소리가 우렁차게 들렸다. 억양 강한 사투리로 네가 잘 찼니 내가 잘 찼니 옥신각신하다가 별안간 서로를 꼭 안아주고 다시 공을 찼다. 키가 조금 더 큰 아이가 찬 공이 골대를 벗어나 두 사람 쪽으로 튕겨져왔다. 재영이 공을 잡았다. 선주가 아이들을 불렀다. 아이들은 쭈뼛쭈뼛하다가 누가 먼저라 할 것도 없이 휙 달려왔다. 선주가 빵 봉투를 건넸다. 키가 작은 아이가 환하게 웃으며 받았다. 재영이 운동장 가

운데까지 날아가도록 공을 뻥, 찼다. 아이들은 고맙습니다, 말하고 달려
갔다.

영도 바다를 보러 가는 길은 내내 내리막이었다. 조심스레 걷다가 어느
샌가부터 이인삼각 하듯이 발을 맞춰 걷게 되었다. 재영의 오른발과 선주
의 왼발이 지면에 동시에 닿을 때마다 일정한 리듬이 생겼다.

하나 둘, 하나 둘.

재영이 입으로 박자를 셌다. 나지막하였으나 선주에게도 확실히 들렸
다. 자연스레 재영의 걸음을 따라 두 사람의 방향이 정해졌다.

좀 쉬었다 가자.

작은 공원 앞에서 재영이 말했다. 재영이 벤치에 앉고 선주는 철봉 아
래로 갔다. 몸을 계속 움직이고 싶다는 생각이 선주에게는 낯설었다. 그
러나 싫지는 않았고 철봉에 손을 뻗어 단단히 붙잡았다. 발을 떼지 않아
도 턱을 걸칠 수 있을 만큼 낮은 철봉이었다. 선주는 턱걸이를 하듯 움직
여보았다. 해운대에서 상상했던 것처럼, 영상에서 봤던 것처럼. 가슴을
열고 등의 긴장을 온전히 느끼면서 봉 위로 턱을 거는 것처럼 올라갔다가
내려왔다. 그렇게 세 번을 하니 힘이 들었다. 그런 선주의 모습을 재영이
휴대폰 카메라로 찍었다.

잘하는데?

재영이 말했다.

나 찍은 거야?

선주가 말했다. 조금 민망해하는 얼굴.

응. 동영상이야.

제대로 하는 것도 아닌데.

재영이 다가와서 선주에게 영상을 보여줬다. 선주의 상체가 철봉을 잡
고 오르락내리락했는데 각도 때문에 턱걸이를 잘하는 사람처럼 보였다.
선주는 그 자기 모습이 마음에 들었다.

나 이거 보내줘.

선주의 말에 재영이 에어드롭을 켜서 고화질로 전송했다.

다시 내리막길을 걸었다. 단층 주택들이 경사를 따라 층을 이루었다. 집들 사이로 계단과 골목길이 이어졌다가 끊어지고 다시 이어졌다. 걷고 또 걷다 보니 골목이 끝나고 시야가 트이는 장소에 도착했다. 햇빛을 받은 지붕들 너머로 파란빛의 바다가 펼쳐졌다. 조금 유난스럽다 싶을 정도의 물빛을 보며 재영은 울 것 같았다. 울기 시작하면 너무 많이 울게 될까 봐 참았다. 울어서 안 될 건 없었지만 그냥 울지 않기로 했다. 재영은 심호흡을 했다. 선주도 따라 했다.

둘은 3층으로 된 카페에 들어갔다. 다른 건물들과 마찬가지로 비탈 위에 있었고 출입구는 가운데 층에 있었다. 선주와 재영은 출입구가 있는 층을 1층이라고 해야 할지 2층이라고 해야 할지 고민했다. 그냥 맨 아래부터 차례로 아래층, 입구 층, 위층이라고 부르기로 했다. 커피를 주문하고 계산대 옆에 있는 책 중에서 한 권씩을 골랐다. 재영은 만화책, 선주는 시집이었다. 커피가 금세 나왔다. 두 사람은 위층으로 올라갔다.

위층에는 세 사람이 있었다. 똑같이 생긴 모자를 쓴 여자들이었다. 머리 부분에 리본이 둘린 짧은 챙의 밀짚모자였다. 형태는 같았지만 리본 색깔이 검정, 파랑, 보라로 각기 달랐다. 재영과 선주는 그녀들이 쓴 모자가 카페 옆의 잡화점에서 파는 것임을 알았다. 재영은 따가운 햇살에 얼굴이 탈까 봐 급히 모자를 사는 와중에 자신의 취향대로 리본을 골랐을 그 마음들이 귀여웠다. 선주는 작은 목소리로 저 사람들을 검정, 파랑, 보라라고 부를 거라 했다. 그렇게 호칭을 정하니까 어쩐지 그들과 친해진 것 같았다. 그들의 조금은 소란스러운 목소리도 다정하게 들렸다.

여자들의 화제는 보수동 책방 골목에서 사 온 책이었다. 에쿠니 가오리가 쓴 책이었고 책을 산 사람은 보라였다. 보라는 고2 1학기 기말고사 기간에 독서실 건물 1층의 분식집에서 수제비를 먹으며 그 책을 다 읽은 적이 있다고 했다. 검정과 파랑은 소설 속 인물들이 '오이'와 '모자'와 '2'라는 것이 너무 귀엽다고 했다.

우리도 서로에게 캐릭터를 만들어주자.

파랑이 말했다.

그래. 우리도 귀여우니까.

검정이 대답했다.

그럼 우리가 산 책들 속에서 찾아보자.

보라의 말을 따라 셋은 웃고 깔깔대고 서로의 어깨를 찰싹 때려가면서 캐릭터를 만들었다. 검정은 반달가슴곰, 파랑은 잠봉뵈르, 보라는 야도란이었다. 검정은 사람 생긴 걸로 놀리는 거 아니라 했고, 파랑은 적어도 살아 있는 걸로 해줘야 하는 거 아니냐 했고, 보라는 꼬부기가 좋은데라며 골을 냈다. 그들은 계속 웃었다. 선주와 재영도 웃음이 났지만 꾹 참았다. 그러다 반달가슴곰과 선주의 눈이 마주쳤다.

괜찮아요. 웃으셔도 돼요.

반달가슴곰이 그렇게 말해서 재영과 선주는 파핫, 하고 웃음을 터뜨렸다. 다섯 사람은 잠시였지만 함께 웃었다. 조용해진 뒤에 야도란이 말했다.

물빛이 정말 좋다.

모두가 고개를 끄덕였다. 세 친구가 인사를 하며 떠났고, 선주와 재영의 테이블에 잠봉뵈르가 주고 간 호박엿 두 개가 놓였다.

재영과 선주는 호박엿을 천천히 녹여 먹으며 책을 읽었다. 선주는 시집을 읽다가 바다를 보는 일을 반복했다. 만화책 한 권을 다 읽은 재영은 바다와 선주를 번갈아 보며 시간을 보냈다. 바다를 같이 보는 건 처음이구나. 재영은 생각했다.

두 사람이 같이 살게 된 건 2023년 10월의 하순, 선주의 제안으로 이루어진 일이었다. 이태원에서 한강까지, 재윤과 선우의 마지막 하루를 되짚어본 걸음의 끝에. 소맥을 한 잔씩 나눠 마신 뒤였으나 취기에 끌려 내린 결정은 아니었다.

서로가 서로에게 중요해지던 1년의 시간 동안 두 사람은 비슷한 속도로 가난해졌다. 집은 관리되지 않아 엉망이었다. 때때로 서로의 집을 치워주기도 하였으나 별 소용이 없었다. 좀 더 값이 나가는 편이었던 선주의 집을 처분하고 재영의 집에서 살림을 합쳤다. 살고자 내린 결정이었으나 둘은 상대방을 자주 할퀴었다. 우리가 같이 살아도 되나. 그래도 되나. 자격이 있나. 누가 알면 손가락질할 거야. 그렇게 계절이 세 번 바뀌는 동안 둘이서 나란히 좋은 걸 보러 다닐 엄두를 내본 적이 없었다.

재영의 시선을 느낀 선주가 책을 덮고 고개를 들었다. 두 사람의 눈이 마주쳤다. 선주가 자세를 고쳐 앉고 이야기를 시작했다. 선주의 나이 열일곱 때의 일. 육교를 건너 하교를 하던 선주는 중학교 때 자신을 가르쳤던 국어 선생님을 만났다. 어깨를 단단하게 펴고 쨍한 목소리로 수업을 하던 선생님이었다. 자신의 일에 대한 확신과 자신감이 학생들에게도 전달되었다. 그런가 하면 맥 라이언 스타일의 파마머리가 잘 어울리는 사랑스러운 인상이기도 해서 인기가 아주 많았다. 그리고 선주와 꽤 각별한 사이였다. 선주의 글을 좋아한 선생님은 2년 동안 선주를 데리고 여러 백일장에 다녔다. 덕분에 선주의 방에는 교육감, 시장, 국무총리 등에게서 받은 상장이 붙었다. 나름 뿌듯하였으나 선주가 정말로 좋아한 일은 대회 날마다 선생님과 밥을 먹는 것이었다. 선생님과 조금이라도 더 오래 밥을 먹고 싶어서 글을 서둘러 쓰는 날도 있었다. 선생님과 선주는 라볶이를, 냉면을, 쟁반짜장을 함께 먹었다. 선생님은 선주가 3학년이 되던 해에 전근을 갔다. 그 소식을 들은 날 선주는 밤을 새워 울었다. 3학년이 된 뒤에도 선생님에게 메일을 보냈고, 선생님이 만든 국어 공부 카페에 글도 남겼다. 여름까지는 종종 답을 받기도 하였으나 2학기가 된 뒤로는 뚝 끊겼다. 선주도 더 이상 연락하지 않았다. 그때 선주의 마음은 슬프지도 아프지도 않았다. 사람 사이가 그렇게 멀어지는 게 이상한 일이 아니라는 걸, 그때의 선주는 알아가고 있었다.

그렇게 1년이 흐르고 육교 한가운데서 선생님과 마주친 것이었다. 그 순간 선주는 자신이 선생님을 많이 그리워했다는 걸 알게 되었다. 곧장 눈물이 고였다. 그러나 선생님은 선주를 알아보지 못했다. 아니 아예 쳐다보지도 않았다. 선생님은 고개를 푹 숙인 채 빠른 걸음으로 걷고 있었다. 선주가 부르자 몇 걸음 더 가다가 움찔 놀라며 멈춰 섰다. 자신을 부른 사람이 누구인지 가늠하는 표정. 그리고 이렇게 말했다. 어, 너구나. 선주와 선생님의 시선이 교차한 건 1초도 되지 않았다. 선주는 그렇게 기억했다. 하지만 그 잠깐 사이에 본 선생님의 얼굴은 선주의 뇌리에 강하게 박혔다. 선주는 계단 아래로 사라지는 선생님의 뒷모습을 보고만 있었다. 다음 날 선주는 중학교 동창인 친구에게 선생님을 본 이야기를 했다. 친구는 '나도 들은 건데⋯⋯'라며 말문을 뗐다. 친구의 이야기를 다 듣고 선주는 움츠러들었다. 시간이 무서웠다. 시간이 사람에게 무슨 짓을 할 수 있는가. 선생님이 시간에 빼앗긴 것. 사람과 사랑. 사라지지 않을 것이라 믿은 것을 잃은 사람의 얼굴은⋯⋯.

이야기를 마친 선주가 바다 쪽으로 고개를 돌렸다. 선주는 얼굴 위로 영도의 물빛이 스미는 듯한 감각을 느끼며 눈을 감았다. 뭔가 출렁인다 생각했는데 눈물이었다. 재영이 선주의 손을 잡았다. 선주는 읽고 있던 시의 문장을 작은 목소리로 읽었다.

이렇게 하면 다시 태어날 수 있다. 아무에게도 말하지 말고 다른 것이 되어라.*

재영과 선주가 부산을 떠나기 전에 들른 곳은 해녀촌이었다. 바다 가까이에 앉아서 싱싱한 것들을 먹으면 좋을 것 같아서였다. 지도 앱에는 걸어서 갈 만한 위치로 나왔다. 두 사람은 내리막 계단을 더 내려가서 목적지 방향으로 걸었다. 그들과 같은 방향으로 걷는 사람이 없어서 조금 불안했지만 둘은 계속 걸었다. 그러나 걸을수록 방향을 잘못 잡았다는 사실을 인정할 수밖에 없었다. 길 안내가 끝난 지점에는 테트라포드로 둘러싸인 방파제와 어촌계 사무소라고 적힌 컨테이너, 폐그물을 그늘막 삼아 앉아 있는 아저씨들이 있었다. 막걸리를 마시고 있는 그들의 눈빛은 어딘지

---

* 유진목, 「신나무」, 『식물원』, 아침달, 2018, 59쪽.

불쾌했다. 관광객이 찾을 만한 장소가 아니라는 건 확실했다. 아저씨들 중 한 명이 두 사람에게 말했다. 큰 목소리였다.

해녀촌 찾습니까?

부산 억양이 강해서 재영은 잘 알아듣지 못했으나 선주가 얼른 대답했다.

맞아요.

아저씨는 성큼성큼 걸어와서 전화기의 지도 화면을 쓱쓱 밀더니 어느 지점을 짚었다.

일로 가보이소.

둘은 아저씨에게 고개 숙여 인사를 하고 왔던 길을 다시 걸어서, 오르막길을 열심히 걸어서, 주차장으로 갔다. 해녀촌은 차로 10분 거리였다. 점심때가 지났는데도 사람들이 많았다. 주차장에 빈자리가 날 때까지 10분, 갯바위에 자리를 잡는 데는 다시 20분이 걸렸다. 카페에서 산뜻해졌던 두 사람의 몸은 다시 찐득해졌다.

카드는 받지 않아 3만 원을 계좌이체하고 쟁반 하나를 받았다. 소라, 해삼, 멍게가 조금씩 담긴 접시와 김밥 두 줄, 성게알 한 종지, 물이 많이 잡힌 라면이 올라가 있었다. 술을 시키지 않아서 할머니에게 잔소리를 들었다. 거친 말이었고, 쉬이 잊기 힘든 말이었다. 바위 위에 우유 상자를 엎고 그 위에 판자를 얹은 것이 테이블이었다. 재영과 선주는 목욕 의자에 앉아 말없이 음식을 먹었다. 무슨 맛인지도 모르겠네. 재영은 속으로 말했다. 힘들게 왔는데 보람이 없어. 바닷물에 젖어 드는 신발코, 손님 뺏어가지 말라며 다투는 소리, 뜨겁고 습한 날씨까지. 우리가 뭔가를 하려고 하면 늘 이 모양이지. 재영은 질긴 해삼을 씹으며 천천히 가라앉았다. 재영을 끌어올린 건 선주의 말이었다.

와. 저것 좀 봐!

선주는 1미터 정도 떨어진 바위를 가리켰다. 재영은 영문을 모르겠다는 표정을 했다.

뭘 보라고?

재영의 말에 선주는 눈을 크게 뜨고 손가락을 흔들었다. 재영이 다시 보니, 거북이가 있었다. 손바닥 정도 크기의 암갈색 야생 거북이였다. 살아 있는 게 맞는지 헷갈릴 만큼 한참 가만히 있다가 어느 순간 목을 죽 뺐다.

우와.

재영이 감탄했다. 선주가 소원을 빌자 했다. 두 사람은 손을 모으고 소원 세 개씩을 빌었다. 거북이가 등껍질 속에 몸을 숨겼다.

오길 잘했다.

선주가 말했다. 재영은 김밥에 성게알을 올려 선주의 입에 넣어주었다. 선주는 그것을 받아먹으며 거북이를 계속 봤다. 재영은 문득 소원 하나를 취소하고 다른 소원을 빌어야겠다는 생각을 했다. 선주의 소원들 중에서 하나는 완벽하게 이뤄주세요. 재영이 거북이가 있던 자리를 보았으나 바위는 텅 비어 있었다.

갔나?

재영은 실망한 목소리로 말했다.

저기 있어.

선주가 다시 거북이를 찾았다. 재영은 얼른 마지막 소원을 바꾸었다.

2

선주가 영도에서 빌었던 소원이 무엇인지 재영은 알지 못했으나 한 가지는 확실히 이루어졌다. 그러니 재영의 소원 하나도 이루어진 셈이었다.

인천에서 피렌체까지는 20시간 35분이 걸렸다. 에어프랑스 항공기에서는 간식으로 메로나를 줬다. 두 사람은 와인과 메로나를 몇 번이고 먹으면서 영화 세 편을 봤다. 영화를 보는 사이에는 잠을 자거나 책을 읽고 기내식을 먹었다. 경유지였던 파리에서의 환승 대기 시간은 6시간 30분이었다. 시내 구경이라도 할까. 의견을 나누기도 했으나 그렇게 하지 않았고 배낭을 꼭 끌어안은 채 서로에게 기대어 눈을 붙였다.

페레톨라 공항에 도착했을 때는 깊은 밤이었다. 호텔에 체크인까지 마치고 나니 새벽이라 해도 좋을 시간이었다. 두 사람은 짐도 풀지 않고 씻지도 않고 잤다. 단잠이었다. 두 사람 모두 그렇게 자본 건 정말 오랜만이었다.

여행의 첫 행선지는 두오모 성당이었다.

무조건 꼭대기까지 갔다 오는 거야. 알지?

호텔을 나서면서 선주가 말했다. 그렇게 하면 다음 생에도 다시 만나게 된다는 유명한 이야기를 두 사람도 알고 있었다.

그때는 좀 다른 방식으로 만나볼까?

재영이 말했다. 선주는 어깨를 으쓱하며 웃었다. 몇 걸음 가지도 않았는데 눈이 부시도록 맑았던 하늘에 먹구름이 덮이더니 굵은 빗방울이 들었다. 건물 쪽으로 최대한 붙어서 걸었지만 비를 긋기에는 무리여서 머리며 어깨가 축축하게 젖었다. 양팔에 우산과 우의를 주렁주렁 든 사람들이 돌아다니기 시작했다. 선주가 앞장서서 걸으며 쏘리, 노 땡큐, 말하며 세 명쯤 지나쳤지만 비는 갈수록 굵어졌다.

항복하자. 항복.

재영이 선주에게 외쳤다. 선주가 가까이 있던 흑인 남자에게서 나이키 로고가 그려진 카키색 판초우의를 샀다. 남자는 잇츠 나이키, 잇츠 리얼, 하며 한 장에 15유로를 불렀다. 선주는 두 장에 20유로로 하자 했고 결국 22유로에 합의를 봤다. 포장 비닐을 벗겨보니 두 사람이 생각했던 것보다 튼튼해 보였다.

나이키에서 우의도 만드나?

재영이 조금 감탄하는 투로 말했다.

이거 진품은 아닌 것 같은데.

선주가 로고를 문지르며 말했다.

여행 왔으면 바가지도 쓰고 그러는 거지.

재영이 우의를 뒤집어쓴 다음 모자의 각을 잡았다. 선주는 그 말이 근사하다고 생각했고 재영을 따라 우의를 입었다. 머리 위로 빗방울이 통통 소리를 냈다.

성당 입장 시간까지 30분 정도 남아서 재영과 선주는 건너편의 카페에 들어갔다. 비를 피해 들어온 관광객들과 아침을 먹는 현지인들로 카페 안은 붐볐다. 두 사람은 에스프레소를 한 잔씩 주문하고 비가 언제 그치려나 했다. 하늘이 다시 맑아져서 브루넬레스키 돔을 볼 때는 하늘이 파랗기를 바랐다.

카페 안이 일순 조용해졌다. 화면에 불타는 공장이 나왔다. 불길이 거셌고 공장 뒤편으로 산이 보였다. 곧이어 커다란 물주머니를 달고 날아가는 소방 헬리콥터가 화면을 가로질렀다. 현지인들의 표정은 자못 심각했다. 관광객들도, 선주와 재영도, 조용히 그 뉴스를 봤다. 선주는 이곳의 비구름을 들어서 저곳의 하늘에 옮겨놓을 수 있으면 좋겠다, 생각하다가 무력감을 느꼈다. 화면을 올려다보던 재영은 몸이 차갑게 식는 느낌이 들어 에스프레소를 한 모금 마셨다. 뉴스가 끝나고 광고가 나왔다. 사람들은 다시 휴대폰을 보거나 빵을 먹거나 일행과 이야기를 나누었다.

어릴 적에 말야.

재영이 커피잔을 내려놓으며 이야기를 시작했다. 재영이 아홉 살이던 때의 일이었다. 작은 마당이 있던 단층 주택에 살았던 재영은 어느 날 밤 코를 찌르는 매캐한 냄새에 잠을 깼다. 지붕에 널어두었던 고추가 타면서 나는 냄새였다. 부엌에서 시작된 불이 지붕에 옮겨붙도록 아무도 몰랐다. 죽거나 다친 사람은 없었으나 화마는 집을 통째로 집어삼켰다. 재영의 아버지는 자신과 척을 진 사람들을 의심하며 방화를 주장했으나 공식적인 화재 원인은 합선이었다. 그 일로 재영 가족의 가세는 크게 기울었다. 그리고 얼마의 시간이 흐른 뒤, 불타지 않은 세간을 추슬러 단칸방에 살던 재영의 집에 손님이 찾아왔다. 옮긴 집에서도 자꾸만 탄내가 나는 것 같아 골목에서 혼자 놀던 재영에게 처음 보는 아주머니가 호떡을 주며 집이 어디냐 물었다. 그녀는 불탄 집이 있던 동네에 살았던 사람이라고 자신을 소개했다. 재영이 한글을 깨치기도 전에 이사를 갔던 터라 재영은 그녀를 기억하지 못했다. 아주머니는 '이 어린것이 얼마나 놀랐으면 내 얼굴도 몰라보고……' 하면서 손수건으로 눈가를 찍었다. 호떡을 입에 물고 그녀를 집까지 안내한 재영은 다시 골목으로 나가려 했다. 그러나 재영은 그 자리에 멈춰 서서 움직이지 못했다. 몸이 굳은 것처럼 우뚝 서 있었다. 등 뒤에서 아주머니의 울음소리가 들려서였다.

울기만 했어? 계속?

선주가 물었다.

아마 10분은 울었을걸. 얼마나 힘이 드세요, 엉엉. 아이고 이를 어째, 엉엉.

당황스러웠겠는데.

그럴 것 같지?

왜 아니겠어.

근데 또 그렇지가 않더라고.

왜?

고마웠거든. 누가 그렇게 울어주니까 안심이 되었달까? 내가 슬퍼해도 되는구나. 생각해보면 아무도 그런 말을 해주지 않았어.

그날 이후로 재영은 집에 있어도 머리가 아프지 않았고 이불 귀퉁이나 밥상 한가운데의 그을린 자국을 보아도 겁내지 않았다.

성당 꼭대기까지 올라가서 방명록에 이름을 쓰고 종탑에 올라 돔을 보는 동안 두 사람은 비에 흠뻑 젖었다. 우의를 사 입은 보람이 없었다. 그래도 둘은 사진을 찍었다. 괜찮아, 이것이 우리에게 허락된 피렌체인 거지, 이야기를 나누었다.

성당에서 내려오며 허기와 추위를 느낀 두 사람은 가장 먼저 눈에 띈 식당에 들어가서 가지가 들어간 라자냐를 먹었다. 따뜻하고 부드럽고 새콤하고 깊은 맛이 나는 음식이었다. 식당에서 나올 때는 몸이 따뜻해서 걷는 게 두렵지 않았다. 두 손을 만두처럼 모아서 인사하는 주인에게 똑같은 동작으로 답하며 두 사람은 웃었다.

호텔로 돌아가는 길에 재영이 꽃을 샀다. 연보라색과 분홍색이 섞인 수국 다발이었다. 꽃집 주인은 싱싱한 풀을 듬뿍 섞어주면서 물만 잘 갈아주면 열흘 정도는 활짝 핀 꽃을 볼 수 있을 거라 했다. 그 시간은 그들이 피렌체에 머무는 기간보다 길었다. 호텔 프런트에서 화병을 받아 꽃을 꽂고 창가에 올려둔 두 사람은 신라면 용기에 물을 붓고 테이블에 앉았다. 그곳에서 오랫동안 살아왔고 앞으로도 그렇게 할 사람이 된 것 같았다. 선주는 라면을 먹고 낮잠을 깊게 자고 싶다는 생각을 했다.

따뜻한 물로 씻고 나란히 누워 낮잠을 자고 일어난 뒤 선주가 말했다.

좋은 꿈을 꿨어.

꿈에서 선우를 만났다고. 말끔하게 차려입은 선우와 마주 앉아서 뭔가 했는데 그게 정확히 뭐였는지 기억은 나지 않는다 했다.

잘했네.

재영은 잠결이었으나 진심을 담아 대답하고, 다시 30분 더 잤다.

여기에 가자.

재영이 다시 눈을 떴을 때 선주가 사진을 보여주었다. 광장 가운데 있는 회전목마였다. 재영이 커튼을 걷어보니 하늘이 개어 있었다. 맑은 저녁이 먼 하늘로부터 다가오는 것을 두 사람은 보았다. 둘은 캐리어에서 옷들을 꺼내 이리저리 대어보면서 커플룩처럼 보일 만한 옷차림을 골랐다. 어려 보이고 싶어서 애쓰는 사람들 같은 복장이 되었지만, 뭐 어때 아는 사람도 없는데, 손을 잡고 당당하게 나섰다.

연한 잿빛의 돌바닥에는 비에 젖은 흔적이 남아 있었다. 그 위에서 회전목마는 밝은 빛을 내며 돌아갔다. 오르골 소리를 닮은 음악도 흘러나왔다. 재영과 선주는 리소 젤라토를 먹으면서 회전목마를 두 번 탔다. 처음에는 나란히 서 있는 검은색 말과 흰색 말을 탔고, 두 번째에는 초승달 모양의 마차를 탔다. 한 바퀴만 더 돌면 다른 세상으로 건너갈 수 있을 것 같았지만 매번 그즈음에서 멈췄다. 두 사람은 아쉬움과 안도가 섞인 기분으로 내렸다. 광장 위로 저녁노을이 졌다. 가죽으로 된 바지와 재킷을 입은 사람 세 명이 버스킹을 했다. 옷차림과 다르게 노래는 잔잔한 포크송이었다. 낯선 음식을 먹고 싶다는 재영의 말에 선주가 네팔 음식을 파는 식당을 찾았다. 양고기와 토마토 스튜를 나눠 먹는 동안 밤이 찾아왔다.

다음 날 먼저 일어난 사람은 재영이었다. 선주는 밤새 눈보라를 맞는 꿈을 꿔서 피곤했다. 조금 더 자고 싶었지만 재영이 이불을 걷고 창을 열었다.

아노르강 봐야지. 아침이 좋대.

재영이 선주의 손을 붙들고 일으켰다. 재영이 빠른 걸음으로 앞장서고 선주가 퉁퉁한 얼굴로 뒤따랐다. 같은 방향으로 걷는 사람이 꽤 있었고 한국인이 제일 많았다. 선주는 강을 가로지르는 베키오 다리의 수명에 대해 생각했다. 800년이었다. 그건 어떻게 체감해야 하는 시간일까. 선주는 재영과 자신의 수명을 상상해보고 800년이면 몇 번을 살고 죽고 할 수 있을까 가늠해봤다. 그렇게 계산하니 그 시간이 짧은 것도 같았다. 앞으로 재영과 몇 번 더 만날 수 있을까. 선주의 마음이 초조해졌고 재영의 옆에 바짝 다가섰다.

어?

재영이 놀란 목소리로 외쳤다. 재영이 보고 있는 쪽을 보고 선주도 말했다.

어?!

다리 위에 산토가 있었다. 이게 가능한가. 어떻게 이럴 수가 있지. 선주와 재영은 중얼거렸다. 그러나 두 사람은 일단 산토가 반가웠다. 너무 반가워서 눈물이 고였다. 산토는 놀란 듯도 아닌 듯도 한 표정을 하고 손을 흔들었다.

잘 지냈죠?

산토가 재영과 선주의 손을 하나씩 잡고 말했다. 두 사람은 말없이 고개를 끄덕였다.

두 사람 소식은 알고 있어요.

산토의 말에 재영과 선주는 둘의 사이를 누군가에게 말하던, 혹은 들키던 날들을 떠올렸다. 그런 날들에 대한 위로를 받은 것 같아서 마음이 일렁였다.

축하해요. 정말 잘했어. 너무너무 잘했어.

한 치의 걱정이나 염려도 없이 산토가 말했다. 그렇게 말해준 사람은 처음이었고 두 사람은 꼭 들어야 할 말을 들은 것처럼 마음이 편해졌다.

산토가 자기 숙소로 재영과 선주를 초대했다. 세 사람은 렌터카를 타고 근교로 나갔다. 재영이 운전석에 앉고, 선주가 조수석에, 산토는 뒷좌석에 탔다. 고속도로에 오른 뒤부터 꾸벅꾸벅 졸기 시작한 선주는 어느 틈엔가 좌석에 몸을 깊이 묻고 잠들었다. 햇빛 속에서 잠을 자는 얼굴이 제 나이보다 어려 보인다고 재영은 생각했다. 볼에 살이 좀 올랐네. 재영은 선주의 볼에 손가락을 살짝 댔다가 뗐다. 산토는 단정하게 앉아서 창밖을 봤다. 산과 들과 공장과 광고판이 지나갔다. 절반 정도의 거리를 달렸을 때 선주가 잠에서 깼다. 산토가 가방에서 풍선껌을 꺼내 나눠주었다. 세 사람은 도란거리며 대화를 하고 가끔씩 껌으로 풍선을 불었다.

산토가 지내는 곳은 작고 조용한 마을이었다. 셋은 오래되었으나 단정한 건물들 사이의 돌길을 천천히 걸었다. 건물의 틈으로 들어오는 햇빛이 일정한 간격을 만들었다. 기둥을 닮은 빛줄기들. 선주는 하나의 빛에서 다음 빛으로 넘어갈 때마다 새롭게 걸음을 시작하는 느낌을 받았다. 빛으로 하는 샤워. 이 길을 걷고 나면 다른 무언가가 될 수 있을까. 더 좋은 것이 될 수 있을까. 재영과 산토는 저만치 앞에 가 있었다.

건물이 끝나는 지점부터는 성곽길이었다. 성곽 밖으로는 농지와 구릉이 펼쳐져 있었다. 그들은 벤치에 앉아서 녹색과 갈색의 풍경을 바라봤다. 아주 오랫동안 봤다. 아무도 말을 하지 않았지만 바람이 이따금 불었다. 오래 보고 있어도 변하는 게 없는 풍경이 세 사람의 마음을 편안하게 해주었다. 산토가 지나가는 사람에게 부탁해서 셋이 함께 사진을 찍었다.

몸집이 작고 얼굴이 동그란 산토가 성곽에 걸터앉고 재영과 선주가 양옆에 서서 산토의 손을 잡았다. 사진 속의 세 사람은 가족처럼 보였다. 산토가 사진 아래의 하트 표시를 꾹 눌렀다. 그러고는 손을 들어 한 곳을 가리켰다.

저기예요.

산토가 가리킨 곳은 들판 어딘가. 거기에 집이 있다고 했다.

그날 밤 세 사람은 낡은 식탁에 앉아서 술을 마셨다. 마르게리타와 과일을 안주 삼아 와인 네 병을 비웠다. 산미가 강하고 단맛은 적어서 세 사람 모두 좋아했다. 그들은 지치지 않고 야금야금 그걸 다 마셨다. 한잔 마실 때마다 발이 가벼워지고 몸이 붕 뜨는 기분을 느끼면서. 셋은 나이를 먹으면서 얻은 것과 잃은 것을 나열해보았다. 겹치는 게 거의 없었지만 딱 하나는 같은 것이 있었고 그 사실은 세 사람을 울게 했다. 펑펑 운 건 아니었고 눈가에 맺힌 눈물을 찍어내는 정도였다. 울고 난 뒤에 선주가 산토에게 부산에 다녀온 이야기를 했다.

정말 갔었군요!

산토가 기뻐했다.

그래서 좋은 일이 생겼나요?

산토가 물었다. 선주가 거북이를 만나 소원을 빌었던 일을 이야기했다. 산토는 그 이야기를 재밌어했다. 그리고 자신이 아는 가장 오래된 이야기를 들려주었다. 중년의 천사가 아직 태어나지 않은 사자에게 인사를 건네는 것으로 시작하는 이야기였다. 산토가 아주 어릴 적 산등성이 너머로 사라지는 별똥별을 바라보며 할머니에게서 들은 것이었다.

아침이 되었을 때 산토는 집에 없었다. 재영과 선주가 숙소 안팎을 다 찾아봤지만 어디에도 없었다. 지난밤 아무것도 먹고 마시지 않았던 것처럼 식탁과 주방이 깨끗했다.

오겠지?

선주가 재영에게 물었다.

오겠지.

재영이 대답했다. 두 사람은 카디건을 걸쳐 입고 산책을 했다. 주머니에서 산토가 넣어둔 쪽지가 나왔다.

먼저 가라네.

재영이 선주에게 말했다.

다음에 보자고.

선주도 말했다. 한글로 적은 쪽지에 오자가 몇 개 있었다. 둘은 맑게 웃고 산토에게 문자 메시지를 보냈지만 전송이 되지 않았다.

만나서 말하자.

재영이 말했다.

또 만날 수 있겠지?

선주가 물었다.

그럼. 만날 수 있지.

재영이 대답했다. 선주가 재영의 손을 잡았다. 둘은 맞바람이 세게 부는 둔덕에 서서 과수원과 들녘에 아침이 드는 모습을 봤다. 흙과 나무와 풀과 벽돌집이 잠에서 깨어나는 게 보이는 듯했다. 재영의 품으로 파고든 선주가 세계의 꿈틀거림을 보며 무섭지만 좋다는 생각을 했다.

산토의 집으로 돌아간 두 사람은 냉장고에서 생햄과 빵과 치즈를 꺼내 먹었다. 선주가 내린 커피는 맛이 진해서 천천히 마셔야 했다. 틀어놓은 TV 화면에 까맣게 그을린 공장이 한참 동안 나왔다.

피렌체로 돌아온 선주와 재영은 렌터카를 반납할 주차장을 찾다가 길을 잃었다. 내비게이션이 알려주는 대로 운전을 했는데도 목적지는 뱀이 미끄러지듯 자취를 감추었다. 같은 길을 자꾸만 돌게 되었고 음습한 기운이 감도는 굴다리를 자꾸 지났다. 굴다리에는 그라피티가 잔뜩 그려져 있었다. 그곳을 지날 때마다 재영은 마음이 졸아들었다.

굴다리에 네 번째로 들어섰을 때 깊은 눈매에 머릿결이 거친 여자가 길을 막았다. 키가 크고 몸이 강마른 여자의 조금 벌어진 앞니와 손가락 사이에 피어오르는 연기를 재영은 불안한 눈빛으로 주시했다. 저거 혹시 대마? 재영은 핸들을 놓고 선주를 봤다. 선주는 무심하게 여자를 봤다.

도움 필요하냐고 묻는데?

선주가 차창을 내리고 몸을 내민 다음 길을 잃었다고 말했다. 여자가 성큼성큼 선주 쪽으로 왔다. 재영은 여차하면 차를 출발시킬 요량으로 브레이크에 올린 발의 힘을 조금 풀었다. 여자는 아무런 위협도 하지 않았다. 지도에 새로운 경로를 입력해주고 물러섰다. 재영은 그녀에게 눈인사를 했다. 그녀는 웃으면서 손을 흔들었다.

뭘 조심하라고 했는데 그게 뭔지 모르겠네.

여자가 시야에서 완전히 사라진 뒤에 선주가 말했다.

[Zona Traffico Limitato / 0-24]

이걸 조심하라는 거였구나…….

ZTL. 번역하면 차량제한구역. 주차장에서 호텔로 돌아가는 길의 표지판에 적혀 있었다. 두 사람은 재영의 휴대폰으로 검색을 했다. ZTL은 문화유산 보호를 목적으로 만든 것이라 허가를 받은 차량만 통행을……. 피렌체는 이탈리아의 도시들 중에서 ZTL이 많기로 유명했다. 자칫하다가 벌금 폭탄을 맞을 수도 있는 거였다. 30만 원, 50만 원, 심지어 100만 원을 벌금으로 냈다는 사람들의 블로그 글을 읽으며 재영은 심란해졌고, 호텔 침대에 누워서까지 검색을 계속했다. 선주가 재영의 휴대폰을 손으로 덮었다.

그만 봐. 어쩌겠어. 우리가 거길 안 지나갔다고 믿자.

선주의 말에 재영은 휴대폰을 대충 던져놓고 눈을 감았다.

동트기 전에 재영이 눈을 떴다. 선주는 등을 돌리고 누워 휴대폰을 보고 있었다.

뭐 해?

재영이 묻자 선주가 황급히 화면을 껐다.

뭐야. 왜 감춰. 뭔데.

재영이 추궁하자 선주는 화면을 다시 켜서 재영에게 전화기를 넘겼다. 선주의 검색 목록이 떴다. ZTL 벌금, ZTL 벌금 얼마, ZTL 벌금 언제, ZTL 벌금 미납…….

대범한 척하더니 이게 다 뭐람?

재영은 크크, 웃었다. 선주는 이불을 머리끝까지 덮었다.

그래서 벌금 안 내면 어떻게 된대?

재영이 물었다.

이탈리아에 다시 오기는 힘들 거라는데.

그건 싫어.

그래. 내라고 하면 내자.

그렇게 말하고 나니 두 사람은 이미 내야 할 벌금을 다 낸 것처럼 후련했다. 막상 돈을 내야 하는 날이 오면 빼앗기는 것 같을 테지만 그건 그때의 일이라 생각했다. 둘은 이불을 곱게 덮고 눈을 감았다.

체크아웃 시간 30분 전에 잠에서 깬 선주와 재영은 믿을 수 없어, 이럴 수 없어, 말하면서도 제시간에 준비를 마치고 호텔을 나섰다. 여전히 싱싱한 수국에 새 물을 부어주고 화병째로 창가에 두었다. 다음 숙소의 체크인까지는 3시간 정도 남아 있어서 발길 닿는 대로 걸어보기로 했다. 천천히 걷다 보니 인적은 드물고 햇빛은 가득한 골목 입구에 나란히 서게 됐다. 진한 트러플 향이 코끝에 닿았다.

식당이 있나?

선주가 말했다.

점심 먹을까?

재영이 말했다. 두 사람은 골목 안으로 들어갔다. 경사가 얕은 내리막 길이어서 캐리어를 조심히 끌어야 했다. 트러플 향은 점점 짙어졌는데 정확히 어디에서 나는 것인지 알기 어려웠다. 재영이 식당을 찾아보는 사이 선주는 베이지색 건물 외벽에 적힌 낙서를 읽었다. Chi legge questo, qui, si inchini due volte. 흘려 쓴 이탈리아어 문장이었다.

뭐 하고 있어?

재영이 묻자 선주는 대답 대신 번역기를 보여줬다.

[이것을 읽은 사람은 여기에서 고개를 두 번 숙이시오.]

재영과 선주는 손을 잡고 두 번 고개를 숙였다. 두 사람의 머리 위로 헬리콥터 두 대가 지나갔다. 두 사람은 약속한 듯이 하늘을 한 번 올려다본 뒤 식당을 찾아 다시 걸었다. 어디로 가면 될지, 말하지 않아도 알 것 같았다.

독서와 기도, 애도 주체의 수행과 고통의 장소성

하신애 연세대학교 학부대학 강사

1. 세계를 '읽는' 주체와 고통의 세계시민 되기

강석희의 작품에서 삶은 종종 "세계의 모든 비참"을 견디는 것으로 요약된다. 이때 「선과 부피의 사랑」이 주목하는 비참함은 "사라지지 않을 것이라 믿은 것을 잃은" 것, 즉 사회적 참사로 인한 상실의 고통이다. 2023년 여름 이태원 해방촌에서 시작된 이 이야기는 2022년 10월 29일 이태원 참사로 추정되는 사건의 기억으로 반복적으로 회귀하고, 사건 현장에서 시작된 재영과 선주의 연애는 죄책감으로 인해 세상 밖으로 좀처럼 나서지 못한다.

작품 초반에 제시된 커플의 첫 여정이 "2023년 10월의 하순", "이태원에서 한강까지, 재윤과 선우의 마지막 하루를 되짚어본 걸음"으로 요약되는 것은 우연이 아니다. 요컨대 그들의 연애는 동생들의 "유품"과 "동생들에게 미안했던 순간들"로 점철되어 있고, 두 사람은 "비슷한 속도로 가난해졌"던 유가족의 비참함을 함께하기 위해 살림을 합치게 되었다.

이때 주목해야 하는 부분은, 세상을 향해 선을 긋고 "기쁨의 자격"을 질문하던 유가족의 고통이 구체적인 부피와 장소성을 획득하는 순간이다. 즉 "우리가 같이 살아도 되나. 그래도 되나. 자격이 있나. 누가 알면 손가락질할 거야. 그렇게 계절이 세 번 바뀌는 동안 둘이서 나란히 좋은 걸 보러 다닐 엄두를 내본 적이 없었"던 재영과 선주의 고통은 네팔에서 온 셰르파 산토의 고통과 감응하며 세계를 홀로 '견디는 것'에서 세계를 두텁게 '읽는 것'으로 이행하기 시작한다. "사고로 아들을 잃은 부부"가 나오는 소설을 산토와 더불어 낭독하는 것, 산토의 동생이 "4년 전 세상을 떠났다는 사실"을 "굳은살의 감촉"을 통해 감지하는 것, 산토가 준 부적의 점괘를 통해 미래를 읽는 것. 이 모든 '읽기'는 그간 서로를 "할퀴는" 동력이었던 고통의 정동에 비평적 관점을 부여하고 '세계의 모든 고통의 장소들'을 향한 집합적 애도를 수행하게 한다.

산토의 동생이 세상을 떠났던 2019년 봄은 에베레스트 등반로에 등산객들이 밀집하여 산소 부족으로 인한 참사가 잇달았던 시기였다. 이태원 참사의 고통은 에베레스트 참사의 고통과 마주했을 때, 비로소 고립된 개인의 내면을 넘어 '애도의 자격'을 갖춘 주체들의 장소성과 연동된다. 주디스 버틀러가 『위태로운 삶』에서 논의했듯이, "상실이 유발하는 알지 못함의 경험"을 타인과 공유하는 것은 상실한 자로 하여금 개인적 차원을 넘어 "복잡한 수준의 정치 공동체"를 사유하게 하며, 이때 애도는 윤리와 연대의 가능성을 열어주는 통로가 된다. 이러한 '상실의 마주 보기'는 이후 재영과 선주가 또 다른 고통의 장소들과 관계망을 형성하기 위해, 부산을 거쳐 이탈리아 피렌체로 향하게 되는 서사적 전환점으로 작동한다.

이태원 해방촌이라는 '죽은 동생들의 궤적'에서 벗어나 부산−피렌체로 향하는 여정은, 산토와 형성했던 타자에 대한 감응이나 윤리적인 얽힘을 보다 폭넓게 확대하는 과정이다. 즉 재영과 선주는 이태원이라는 고정된 공간을 벗어나 "자신과 세계를 구성하는 더 넓은 교차점"(Doreen Massey, *For Space*)으로 나아가게 되었으며, 이질적인 행위자들과 연루됨으로써 새로운 "관계적 실천"(브뤼노 라투르, 『인간 · 사물 · 동맹』)을 창출하는데, 마사 누스바움의 표현을 빌리자면 이는 '고통의 세계시민 되기'라고 명명할 수 있을 것이다.

가령 부산 해운대와 해녀촌에서 드러나는 타자와의 얽힘은, 재영과 선주가 비참함으로 고립되었던 유가족의 선을 넘어 이질적인 행위에 동참하고, 카스텔라를 먹는 청소년이나 스포츠를 하는 아이들, 에쿠니 가오리의 소설을 읽는 여성 독자들과 더불어 관계를 형성함으로써 마음의 부피를 확장하거나 스스로의 정체성을 쇄신하는 바탕이 된다. 즉 "카스텔라를 먹으며 조금씩 폭신해졌을 부산의 청소년들"과 함께하는 것은 재영과 선주의 마음을 "넉넉하게" 하고, "서로를 꼭 안아주고 다시 공을" 차는 아이들의 움직임이나 『호텔 선인장』을 읽으며 캐릭터 놀이를 하는 독자들의 웃음과 연루되는 것은 이들로 하여금 새로운 행위자로 거듭나게 한다. "거친 말"이나 "다툼"으로 점철되었을 유가족의 고통이 "물어뜯은 손톱"과 같이 주체를 파편화했다면, 섭식·스포츠·독서에 입각한 타자와의 감응이나 얽힘은 부서진 주체를 수선하고 세계와의 접촉면을 재정립하는 새로운 감각으로 감지되며, 이를 통해 재영과 선주는 세상의 모든 행위자들과 연동된 세계시민으로서 "다시 태어나기"를 소망할 수 있다. 부산 해녀촌과 같이 가족·어장을 상실한 채 소멸의 위기에 직면한 고통의 장소들과 마주하며, 혹은 "등껍질 속에 몸을 숨겼"다가 "목을 쭉" 뺌으로써 새로운 형태의 세계를 지향하는 거북이의 생명력과 감응하며, 선주가 "읽고 있던 시의 문장을 작은 목소리로" 낭독하는 것은 그 자체로 '다른 세계의 가능성'을 확보하고자 하는 독서와 기도의 형식을 띤다.

이렇게 하면 다시 태어날 수 있다. 아무에게도 말하지 말고 다른 것이 되어라.

2. 이탈리아 피렌체의 빛 이미지와 기독교적 존재론

한편 피렌체의 두오모 성당이라는 가톨릭 성지(聖地)를 귀결점으로 삼는 재영과 선주의 여정은, 「선과 부피의 사랑」이 애도를 기독교적 존재론의 문제로 사유하고 있음을 보여준다. 피렌체는 이들에게 "하나의 빛에서 다음 빛으로 넘어"가는 과정으로 각인되며, 이러한 빛 이미지는 "이 길을 걷고 나면 다른 무언가가 될 수 있을까. 더 좋은 것이 될 수 있을까."라는 재탄생(Born again) 및 구원(Salvation)의 문제와 연동된다. 이때 피렌체의 중심인 두오모 성당은 이들이 재탄생과 구원을 둘러싼 존재론적 질문을 신체적 감각을 통해 심문하는 장소로 그려진다. 두오모 성당의 브루넬레스키 돔 꼭대기까지 올라가는 수직적 동선은, 고통을 평면적 기억이 아니라 통과해야 할 층위로 재정립한다. 두오모의 계단은 고통스러운 과거를 지우거나 초월하는 수단이 아니라 고통을 포함한 채 다음 단계로 이동하게 하는 장치이며, 성당을 오르는 과정에서 감지되는 허기와 추위는 애도를 살아 있는 신체가 감내해야 하는 존재론적 조건으로 자리매김한다. 요컨대 두오모 성당에서의 체험은 기독교적 재탄생과 구원이 고통의 종결이 아니며, 세계의 고통과 더 깊이 얽힐 수밖에 없는 상태로의 이행임을 그려낸다. 따라서 두오모 성당은 애도가 끝나고 "다른 세상으로 건너갈 수 있"음을 선언하는 종착지가 아니라, 고통을 안은 채 다시 세계로 편입되어 타자들과 마주해야 하는 주체의 세계시민적 책임을 되새기는 장소라 할 수 있다.

한편 두오모 성당에서 이들이 마주하는 이탈리아 뉴스 속 화재 장면은, 작품이 구축하는 애도의 세계시민적 윤리를 더욱 선명하게 짚어낸다. 뉴스에 등장하는 공장 화재는 이태원·에베레스트·부산 해녀촌 등 앞서 그려졌던 고통의 장소들과 중첩된다. 이때 재영이 어린 시절의 화재 기억을 떠올리고 "누가 그렇게 울어주니까 안심이 되었"던 체험을 공유하는 대목에서 알 수 있듯이, 작품이 강조하는 것은 세상의 고통 앞에서 타인의 눈물이 생성하는 윤리와 연대의 가능성이다. 누군가의 눈물을 통해 '슬픔의 자격'을 획득했던 재영의 체험은, 이후 이들이 머리 위로 지나가는 헬리콥터를 올려다본 후 "어디로 가면 될지, 말하지 않아도 알 것 같았다"고 마지막 말을 남기는 대목에서 알 수 있듯이, 위기의 신호를 감지하고 '세계의 모든 고통의 장소들'을 향해 고개를 숙이며 발길을 옮기는 동력으로 작용한다.

작품의 결말에 이르기까지 기독교적 구원은 완결되지 않았고, 빛을 통과한 이후에도 재탄생에 관한 불안은 남으며, 세계는 불타오르고, 두 사람은 지속적으로 길을 잃는다. 그러나 "얻은 것과 잃은 것을 나열"하다 "겹치는 게 거의 없었지만 딱 하나는 같은 것이 있었"다는 사실을 발견했을 때 이 사실은 "세 사람을 울게 했"으며, 이처럼 눈물을 흘리는 관계적 실천을 통해, 주체들은 비로소 '부피를 잃고 선으로 축소된 자들'을 향한 연대의 책임을 다할 수 있다. 세월호 참사의 기억에서 팔레스타인 분쟁에 이르기까지, 세계의 여러 고통의 장소에까지 다가가는 집합적 애도의 상상력과 세계시민적 책임을 되새긴다.

아무래짜

김 멜 라

2014년 『자음과모음』 신인문학상을 수상하며 소설을 쓰기 시작. 소설집 『적어도 두 번』 『제 꿈 꾸세요』, 장편소설 『없는 층의 하이쎈스』 『리듬 난바다』, 경장편소설 『환희의 책』, 산문집 『멜라지는 마음』이 있음.

아무래짜

한밤에

……들었어? 아무렇든 그렇다는 말이야. 아직 마음의 빗장을 다 풀진 못했어도 이 선까지 허락한 인간종은 네가 처음이야.

어느 오후, 미지근한 여름비가 부엌 창을 때리던 날, 식탁에 팔꿈치를 댄 신조가 애꿎은 귤껍질을 조각조각 찢으며 입을 열었다. 좁은 복도형 부엌에 여름밀감의 향기가 퍼졌고 냄비에선 고기와 채소를 넣은 밀푀유가 끓었다. 신조와 한집 사는 친구 배송이는 엄지발로 다른 쪽 종아리를 긁적이며 설거지를 했다. 누군가 그때 그들의 모습을 책 속의 삽화처럼 펼쳐봤다면 두 사람 사이에 기다란 우정의 시소가 있었을 것이다. 두 친구는 공들여 말의 무게를 고르며 번갈아 콩콩 엉덩방아를 찧었고. 때로 발을 세게 굴러 서로의 기분을 한소끔 떠밀어주었다. 그랬기에 신조가 실제로 '마음의 빗장'이란 말을 내뱉지 않았다 해도 대강 비슷한 말의 뉘앙스가 기화된 냄비 속 육수처럼 몽글하게 피어올라 배송이의 살갗을 간지럽혔다. '인간종'이란 말은 틀림없이 했다고 두 사람 다 기억했는데, 뒤이어 배송이가 이렇게 말해서였다.

"넌 고양이고, 난 개 같으니 네가 날 할퀴어도 네 목을 물어뜯진 않을게."

참으로 짐승 같은 우애의 맹세. 두 친구는 같은 과 동갑내기 선후배로 만나 얼굴은 알지만 속은 모르는, 때론 그 속이 빤히 보여 멀찌감치 흘겨보고, 때론 그 속이 예상보다 깊어 곰곰이 심술이 나기도 하면서 시소의 힘점과 작용점으로 관계의 기울기를 맞춘 지 사 년, 뒤미처 졸업을 치르고 짧은 취업과 긴 구직을 거쳐 모교 대학원의 조교와 재학생으로 다시 어울려 한집 생활을 이어간 지 십 개월째였다. 타고난 식성도, 행동 패턴이나 구애의 방식도 판이해 너랑 나는 같은 걸 두고 싸울 일은 없겠다는 화목한 차이가 두 사람을 동거인으로 이어줬다. 뭣보다 서로를 향해 결코 발정기 추파를 던지진 않을 거란 강고한 성적 지향 아래 두 친구는 하나의 변기와 같은 욕실 슬리퍼를 공유했다. 그날, 궂은비 내리던 날에도 두 친구는 우정의 널빤지 끝에 앉아 한가로이 물소리를 들었다. 신조는 빗소리를, 배송이는 개수대의 하수 소리를. 그때 소리에 화음을 넣듯 시소의 가운데 받침점에서 밀푀유 냄비가 끓었다. 의자에 앉은 신조가

"어, 어."

하고 소리 냈고, 양손에 고무장갑을 낀 배송이가 한쪽 발을 번쩍 들었다. 흡사 감춰둔 무공을 막 드러낸 주방장처럼 배송이가 가스레인지의 레버를 발가락으로 돌려 불을 껐다. 놀란 신조가 차고 향긋한 귤껍질을 움켜쥐었다. 배송이가 자랑하듯 목소리를 높였다.

"봤어? 나 엄청 빠르지!"

풍, 하고 마음의 빗장 하나가 걸쇠에서 떨어지는 소리. 신조는 배송이를 수상하게 바라봤다.

"어떻게 그래? 어떻게 그렇게……"

귀여워, 라는 말이 나오려다 혀끝으로 가라앉고, 대단해, 라는 단어가 맴돌다 목구멍으로 스몄다. 끓는 냄비를 멀거니 보기만 하는 자신을 나무라지도 한심해하지도 않은 채 그저 보드랍게 웃다니. '배송아. 너 그냥 내 언니 할래? 내가 언니라고 부를까? 신조는 싫다고 함부로 끊어낼 수 없는 혈육의 끈으로 배송이를 친친 동여매고 싶었다. 그리고 자신의 그 섣부른 소망이 배송이를 아프게 했다고 제멋대로 망상했다. 배송이의 쓸개 속 돌은 나 때문이라고. 내가 욕실 청소 당번을 미뤄서, 내가 막창과 마라

맛에 빠진 너를 내버려둬서 이 불행을 막지 못했다고 자책했다. 넘치는 냄비를 보며 어, 어 하듯 신조는 별 도움이 안 되는 책망을 이어갔다. 한밤에 배송이가 통증으로 허리를 뒤틀 때마다 신조는 자기가 만든 허깨비로 도망쳤다.

배송이가 담석으로 입원했다가 돌은 못 빼내고 퇴원한 셋째 날 밤,
"왔다, 또 그런다."
침대 쿠션에서 등을 떼며 배송이가 말했다. 신조는 빠끔히 방 안을 건너보며 문지방 너머에 주저앉았다. 배송이의 통증은 무릎 가슴에 들불을 놓듯 삽시간에 번져갔다. 불이 떨어지면 배송이는 배송이가 되고 점점 더 배송이가 되어 끝내 배송이란 존재가 뜨거운 재처럼 흩어지는 듯했다. 이럴 줄 알고 신조는 저녁때부터 '찹찹이'를 곁에 뒀다. 검은색 포커 카드 찹찹이를 손에 쥐고 모서리를 손끝으로 더듬었다. 어제와 그제, 배송이가 아팠을 때도 신조는 찹찹이에 깨알같이 적힌 사자성어로 달아났다. 불안의 수렁으로 끌려가지 않으려는 신조만의 방어술이었다. 그 밤에도 신조는 찹찹찹 카드를 섞어 한 장을 뒤집었다.
세븐 클로버, 백구식장. 흰 망아지는 마당에서 풀을 뜯는다.
신조는 사자성어의 뜻풀이를 외며 한적한 뜨락으로 내뺐다. 침대 위 배송이는 주먹 쥔 손으로 자기의 어깨를 때렸다. 등부터 목까지 뼈가 비틀리는 느낌이라고 했다. 왜 그럴까? 왜 뼈가 아플까? 입원 전에는 복통으로 사람을 뒤집어놓더니 이번엔 고문의 부위가 더 험하고 교묘했다. 배송이가 체온계를 들어 자기의 귓속에 밀어 넣었다.
"왜 그러지? 왜 체온이 낮지?"
신조는 그렇게 말하며 침대 위로 팔을 뻗어 배송이의 발등에 손등을 댔다. 차고 무서운데…… 그 와중에 공포가 좀 가시는 느낌. 배송이는 몸이 식어갈수록 실외기의 더운 바람을 삼킨 듯 얼굴이 구겨졌다. 믿음직한 친구 챗, 지피티가 필요했다. 배송이가 쓰는 인공지능 앱은 '지피티'가 아니었고, 챗 기능을 쓰는 것도 아니었지만, 배송이는 뭉친 인간사에 반도체

칩을 꽂듯 치읓 발음을 강조하며 그렇게 불렀다. 챗, 지피티는 저체온증의 원인과 함께 위험성을 경고했다. 탈수, 경직, 호흡저하, 심정지⋯⋯ 심정지? 배송이가 서둘러 체온을 다시 쟀다. 간당간당했다. 머지않은 것 같았다. 신조가 찹찹찹 카드를 섞었다.

"어떡하지? 응급실 가?"

점점 더 구석으로 엉덩이를 후진시키며 신조가 말로만 조잘댔다. 배송이는 저체온의 일격에도 방문을 닫고 팬티와 브래지어가 한 세트인 속옷으로 갈아입었다. 지갑을 챙기고 신분증이 있나 확인하고 휴대전화 충전기를 가방에 넣었다. 오한에 어깨를 떨면서도 이용실적을 채워야 하는 신용카드가 어떤 건지 살폈다.

"나 간다. 문 잠가."

담담히 문지방을 넘던 배송이가 짐짝처럼 앉은 신조의 발등에 걸려 허물어졌다. 그제야 자기의 위치를 깨달은 신조가 다급히 티셔츠에서 한 팔을 빼내며 소리쳤다.

"나랑 가. 나도 갈게. 좀만 기다려, 나 지금 옷 갈아입는다!"

큰비 내린 뒤의 여름밤, 끈끈한 밤공기가 신조의 두 뺨을 스쳤다. 애착 카드 찹찹이를 손에 쥔 신조는 말달리듯 내달렸다. '택시, 어딨어, 택시!' 언덕배기인 그곳은 차가 드물었고 큰길로 나가도 택시는 코빼기도 안 보였다. '웜마, 나 어떡해. 흰 망아지, 백구식장.' 평소의 고양이다움은 애저녁에 소멸하고 초조와 두려움이 신조를 잡아 돌렸다. 후디를 입은 배송이가 모자를 뒤집어쓴 채 비틀거리며 따라왔다. 신조는 인도와 도로변을 번갈아 뛰다가도 배송이를 돌아보며 허둥댔다. '지금이라도 콜택시 부를까. 아니면 더 가야 하나. 배송아, 나 어떡해?' 어물어물 망설이는 사이 배송이가 길가에 털버덕 쓰러졌다. 호흡저하, 의식소실, 심⋯⋯ 심⋯⋯

"119 부르자. 119 부를게."

신조가 소리치며 겨를 없이 몸의 방향을 틀다 이 빠진 보도에 걸려 엎어졌다. 카드가 땅에 흩어졌고 신조는 괴이한 낙법으로 길바닥에 사지를 뻗었다.

"괜찮아?"

방금 실신 직전까지 갔던 배송이가 외려 신조를 챙겼다.

"119…… 부른다, 지금 부른다……"

"야, 너 피 나."

전화는 빠르게 연결됐다. "제 친구가 아픈데요, 담낭에 돌이 있는데, 환자가 밀려서 수술은 못 받았거든요? 저체온에 숨을 잘 못 쉬는데, 구급차 좀 보내주세요!"

"현재 위치가 어디세요?"

"네?"

그런 건 자동으로 뜨는 거 아닌가. 영화에선 화면 속 빨간 점이 두두두 클로즈업되면서 발신자 위치가 저절로 파악되던데? 신조는 머리를 젖히고 길가의 표지판을 찾았다. 팔꿈치에선 피가 흘렀고 이마에는 동네 촉법 소년들에게 돌아가며 딱밤이라도 맞은 듯 발간 혹이 돋아 있었다. 겨우 신호등 위 표지판을 찾았으나 밤눈이 어두워 글자들이 뿌옜다.

"안 보여요. 주소가 안 보여요."

휴대전화를 꼭 붙든 채 신조가 말했다. 저 너머 접수원이 물었다.

"주변에 뭐가 보이세요?"

"여기 △△여대 후문인데요, 아니 쪽문인가, 우린 그냥 후문이라고 부르는데. 암튼 오시면 바로 보이거든요?"

"다른 건 없나요?"

"돈가스집이랑 ○○편의점 있어요."

"편의점 지점명이 뭔가요? △△여대 앞인가요?"

"아뇨, 그건 아닐 것 같은데, 근데 제 주소 뜨지 않나요? 지금 제가 어디서 전화하는지 그런 거 안 나오나요?"

"○○편의점 앞으로 가겠습니다. ㅁㅁ소방서에서 출발할 겁니다."

통화는 그걸로 끝이었다. 만일의 사태가 벌어질지 모르니 전화를 끊지 말고 계속 통화 상태를 유지하라는 말을 기대했으나 그 또한 미디어와 현실을 분간치 못하는 신조만의 멀리 간 소망이었다.

“구급차 온대. 가까우니까 금방 올 거야.”

신조가 배송이의 팔을 붙들며 말했다. 환자를 안심시키기보다 무섭증이 난 본인을 위한 몸짓이었다. 그래도 겁이 나는지 신조는 배송이의 어깨에 슬며시 이마를 기댔다. 배송이는 심한 조갈이 나는 듯 마른 입술을 달싹였다. 몸을 가누지 못한 채 담벼락에 기대어 가쁜 숨을 헐떡였다. 맞은편 길가에 교복 입은 남자애들이 왁자하게 몰려갔다. ‘쟤들은 우리가 안 보이나. 너희 사람 쓰러진 거 안 보여?’ 안 보일 수 있었다. 신조 본인도 밤눈이 어두워 표지판 글자를 못 읽었으니까. 달빛은 이울었고 가로등은 흐릿했다. 신조는 잡된 감정을 밀어내려 바닥에서 카드를 추슬러 찹찹찹 섞었다. 투 다이아몬드, 아예서직. 나는 기장과 피를 심는다. 신조는 맥락도 쓸모도 없는 사자성어를 끌어안고 목까지 차오른 불안의 냄비에서 헤엄쳤다. 까맣게 졸아든 마음을 뽑아 멀리 내던졌다. 바닥 탄 마음이 밤하늘에 기우뚱 맴을 돌다 다시 신조에게로 돌아와 박혔다. 신조는 서둘러 미래완료시제를 끌어와 확언했다. ‘배송아, 너는 기필코 이 시련을 이겨낼 거야. 이 역경과 고비 또한 오롯이 이겨내 먼 훗날 너랑 내가 고부랑할머니가 돼서……’

“무릎, 무릎.”

배송이가 신음하며 얼굴을 찌푸렸다.

“어, 어, 미안.”

신조는 자신의 한쪽 무릎으로 찍고 있던 배송이의 허벅지에서 물러섰다. 과호흡에 지친 배송이가 고개를 떨궜다. 신조는 어둑한 도로를 노려봤다. 공포와 초조가 어느덧 자책으로 변질돼 신조의 몸에 독처럼 퍼졌다. ‘업고 뛸 수 있다면, 나한테 차가 있다면, 내가 의사고 내가 괴력의 사나이라면!’ 그때 도로에 빈 택시가 지나갔다. 신조는 입술을 딱 벌리며 눈의 초점이 흔들렸다. 구급차냐 택시냐. 택시를 잡아타면 자칫 허위 신고자가 될지 몰랐다. 신조는 앉은 채로 슬금슬금 움직여 배송이가 택시를 못 보게 시야를 가렸다. 그때 숨을 껄떡이던 배송이가 바닥으로 고꾸라졌다. 신조가 배송이의 멱살을 잡고 흔들었다.

"안 돼, 정신 차려. 나 봐!"

"어지러워……"

"어, 어, 미안."

신조가 손아귀의 힘을 풀며 또 물러섰다. 이윽고 모퉁이에서 구급차가 나타났다. 요란한 경보음도 없이, 느리고 차분하게. 신조가 껑충 뛰며 두 팔을 휘저었다. 구급차는 그들을 지나 편의점 앞으로 갔다. "저기요! 어디 가요!" 신조가 목 놓아 외치며 따라갔다. 그때 손에 든 휴대전화가 진동했다. 구급대원이었다. 신조가 쏘아붙였다.

"어디로 가세요? 우리 지금 여있는데, 왜 거기로 가세요?"

구급대원이 멍한 목소리로 되물었다.

"편의점 앞 아니세요?"

신조는 이를 악물었다. 긴 머리를 풀어헤치고 하늘 높이 치솟아 '골든타임, 구급차는 골든타임!' 고함치고 싶었다. 뚱뚱하고 느린 구급차가 도로 위에서 멈칫거렸다. '밟아, 그냥 밟으라고!' 신조는 부아가 치밀었다. 구급차가 오면 구급차를 부숴버릴 기세였다. 마침내 그들 앞에 멈춰선 구급차에서 건장한 구급대원이 내렸다. 신조가 식식댔다.

"왜 이렇게 늦게 오세요? 이십 분이 넘었는데, 왜 이렇게 천천히 오세요?"

"소리치지 마시고요."

예상치 못한 구급대원의 대꾸에 신조는 입술을 오므렸다. '오래 기다리셨죠? 환자분은 어디에 계십니까?' 신조는 그런 대답을 바랐을까. 구급대원의 말이 옳았다. 분노는 아무런 도움이 안 됐다. '이 상황에서 성질을 부리다니. 챗, 지피티라면 그러지 않았을 텐데.' 신조는 자신이 한낱 감정에 사로잡히는 미욱한 휴먼이란 걸 깨달았다. 꾸지람에 풀이 죽은 신조가 우두커니 서 있을 때 배송이가 스스로 일어나 구급차로 걸어갔다. 또 다른 구급대원이 배송이를 부축했다. 우람하고 엄한 구급대원이 배송이에게 물었다.

"지금 병원에 가더라도 응급실에 못 들어갈 수 있어요. 그래도 가실 거예요?"

끄덕끄덕, 신조가 끼어들어 고갯짓으로 답했다. 구급대원이 딱한 얼굴로 신조를 봤다. 이마에 난 혹이 부화를 앞둔 알처럼 풍만해져 있었다.

"같이 타고 가실 거예요?"

"예!"

"환자분과 어떻게 되는 사이세요?"

"같이 사는 친구요, 제가 다 알아요."

"저기, 찹찹이 챙겨."

배송이가 어둑한 담 아래를 가리켰다. 신조는 "어, 어" 하고 말하며 단번에 길턱을 못 오르고 주춤댔다. 절박했기에 더 느려졌다. 눈가에 맵고 뜨거운 재가 떠다니는 것 같았다. 구급차 안은 오래된 무덤처럼 좁고 침침했다.

한눈에

천우는 해정의 흔들림이 느껴졌다. 느꼈다기보다 잠깐 사이 천우의 내부로 쏟아져 그도 같이 술렁였다. 옷에 밴 바깥 공기처럼 해정이 지닌 마음의 동요가 순식간에 천우에게 쇄도했다. 마치 강철 롤러에 짓눌리듯 가슴이 받치는 느낌…… 천우는 숨을 들이마시고 연기를 시작했다. 해정의 가방을 받아들며 천연스럽게 입을 열었다.

"아줌마, 밤늦게 어딜 혼자 다녀요?"

천우는 드라마 속 남자 배우의 말투를 따라 했다. 그러자 천우의 어깨에 한 손을 얹은 채 신발을 벗던 해정이 쿡 하고 웃었다. 부부는 한창 주말연속극에 빠져 있었다. 둘이서 극 중 배역을 맡아 상황극을 펼치기도 했다. 태연하고 능청스럽게 대사를 주고받다 보면 지나치게 들러붙은 현실의 조건들이 다소간 멀어지며 긴장이 누그러졌다. 해정의 역할은 사연이 많고 속내를 감추는 연상녀였다. 천우는 그 열 살 많은 미혼모를 짝사랑하는 철부지 순정남. '아줌마'를 향한 들끓는 연정이 푸르른 가을바람처럼 눈동자에 박혀 세상의 소음들이 죄다 멎어버린 열혈마초였다.

"왜 또 왔어. 너 안 보고 싶어. 어서 가."

해정이 오래 울고 온 듯한 표정을 지으며 천우의 연기를 받아줬다. 그 가짜 감정을 마주하자 천우는 옅은 안도감이 일었다.

"아줌마 밥 먹이러 왔죠. 내가 오늘 아줌마 밥 먹이고 씻기고 푹 재울 거예요. 업혀요. 내가 식탁까지 업어줄게요."

천우가 주저앉아 등을 보이자 해정이 웃음을 참느라 콧방울이 커졌다.

"저리 가. 어쩌려고 이래? 왜 자꾸 와서 사람 비참하게 만드는 거야?"

"아줌마, 아줌마 내 눈엔 진짜 미치게 예쁜데, 딱 하나 아쉬운 게 있어요. 제발 밥 좀 많이 먹어요. 얼굴이 쑥 내렸잖아요."

"웜마, 일절만 하쇼."

간지럼이 터진 해정이 고향말을 쓰며 천우의 등을 떠밀었다. 천우는 해정의 허리에 팔을 감으며 가까이 끌어당겼다.

"정말이야, 우리 포동이 야위었어. 너무 고된 거 아냐?"

"뭘 해야 고되지. 고민만 하는데."

"고민이 제일 고되지."

"꽁치 찌개 끓였어? 계란말이 했구나."

해정이 천진한 눈을 크게 뜨며 부엌을 봤다. 소박한 세라믹 식탁 위에 흰 밥상보가 올려져 있었다. 매움한 고춧가루 향과 적당한 비린내가 실내에 은은히 떠돌았다. 천우는 야간근무조일 때면 출근 전 집안일을 끝마쳤다. 전날에 널어놓은 빨래를 개어 농짝과 서랍에 넣어놨고 바닥의 먼지도 밀대로 닦아냈다. 해정이 잘 먹는 반찬을 조리해놓은 뒤 혼자 티브이를 보며 먹을 수 있게 여름밀감을 씻어 가벼운 그릇에 담아놨다. 요 며칠 해정은 옷도 벗지 못한 채 소파에 쓰러져 잠들었다. 아침잠이 많은 잠꾸러기에 늘 다니는 계단에서도 발목을 접질리는 덜렁이가 요사이 젖은 머리를 말릴 새도 없이 집을 나섰다. 해정은 어린이 사진 전문 스튜디오에서 점장으로 일했다. 빽빽한 촬영 일정에 더해 스튜디오를 리모델링하기 위해 인테리어 업체들과 회의를 거듭했다. 천우도 올 초 대학병원으로 직장을 옮긴 뒤 3교대 로테이션으로 일했기에 두 사람의 동선이 더욱 멀어졌다. 타이밍이 엇갈리면 부부는 하숙생들처럼 집 안을 오가다 냉장고 앞이나 침대 발치에서 짧고 아쉬운 포옹을 나눴다. 때로 현관에서 서로의 턱을 붙든 채 물고기처럼 입술을 뻐금거리기도 했다. 하루는 천우가 집에 오니 해정이 식탁에 엎드려 잔잔히 코를 골았다. 천우는 해정의 귀밑머리를 넘겨주며 조용한 말로 인사를 건넸다. 깨어나지 못하는 해정을 물끄러미 보다 그녀의 옆구리를 그러안아 상체를 일으켰다. 한쪽 무릎을 꿇고 앉아 해정의 두 팔을 자신의 어깨에 걸머지고는 웃—차 소리 내며 일어섰다. 해정이 잠결에 중얼거렸다.

"무겁지……"

"응, 좋아."

천우는 침실로 들어가 이부자리에 해정을 눕혔다. 침대에 걸터앉아 사선으로 달린 블라우스 단추를 풀어주자 해정이 몸을 동그랗게 꼬부리며 천우의 넓적다리를 끌어안았다. 천우는 아이를 어르듯 해정의 등을 다독이다 팬티 안으로 파고들어 엉덩이를 만지작거렸다.

"더러워……"

"그게 좋아."

천우는 해정의 볼기를 아프지 않게 꼬집고서 머리에 베개를 받쳐주었다. 연애할 때도 천우는 해정의 살집과 병아리처럼 보안 뺨이 좋았다. 정확히 짚자면 그 몸피를 만들어낸 해정의 먹성에 설렜고 꼼짝없이 반했다. 그다지 호사스러울 게 없는 메뉴인데도 해정은 아이처럼 감탄사를 내뱉거나 기름 묻은 손끝을 자연스레 입술로 가져갔다. 때때로 볼이 미어지게 음식을 입에 넣고서 신이 나 어깨춤을 출 때면 천우는 심장이 몇 계단 밑으로 굴러떨어지는 듯했다. 그렇게 꾸밈없이 행동하는 게 마치 자신을 향한 믿음의 증거인 양 가슴이 환하게 아렸다. 이 사람과 있으면 나도 달라질 수 있을까. 한번은 둘이 메밀국수를 먹으러 갔다가 천우가 상사에게 온 전화를 받으러 밖으로 나갔다. 돌아오니 해정이 음식을 먹지 않고 그를 기다리고 있었다. 국수는 냉육수에 면이 불어 젓가락으로 집어지지도 않았다. 천우는 숟가락으로 면을 퍼 먹으며 생각했다. 앞으로 메밀국수는 못 먹겠구나. 이제 나는 메밀이란 글자만 봐도 가슴이 울렁울렁하겠구나. 천우는 해정에게 청혼하며 대단치 않은 다짐을 꺼냈다. 네가 귀가할 땐 내가 문 앞에 서서 언제나 너의 가방을 받아주겠다고, 헤어질 땐 네 모습이 보이지 않을 때까지 손을 흔들고, 갑작스레 비가 올 땐 우산을 들고 널 마중 나가겠다고. 해정은 비가 오지 않는 날에도 길목에 서서 자기를 기다려달라고 했다. 천우는 어릴 적 자신이 부모에게 바라던 것을 해정에게 해주었다. 간혹 해정과 부딪힐 땐 젓가락을 들고 개수대 앞에 서서 흐르는 물을 벴다. 부부싸움은 칼로 물 베기라는 속담을 흉내 내는 거였다. 연극이라도 진짜 칼을 쥐고 몰지각한 짓을 하고 싶지 않았다. 천우는 여전히 한밤에 깨어나 칼날이 틀림없이 칼집에 꽂혀 있나 확인하는 사람이었다. 그를 자라게 한 것은 보고 배운 어른의 모습이 아닌 혼자 무수히 그려보던 꿈이었다. 천우는 부부는 일심동체라는 고루한 말을 진심으로 새겼다. 해정과 한 몸이 되어 그녀의 눈으로 자신을 보면 그렇게 되비친 자화상은 조금 덜 미울지 모른다고 기대하면서.

손을 씻고 계란말이 하나를 입에 넣은 해정이 선 채로 양말을 벗었다.

"오는 길에 아픈 사람 봤어. 학교 후문에 누가 쓰러져 있었어."

천우가 때 묻은 양말을 받아들며 물었다.

"학생이었어?"

"모르겠어. 숨을 잘 못 쉬더라. 구급차 불렀다고 해서 나는 그냥 왔어."

천우는 집에 들어설 때 해정의 표정이 왜 어두웠는지 짐작했다. 해정은 매일 밤 환자를 태운 구급차가 응급실 앞에서 기다린다는 걸 알았다. 응급실 보안 요원인 천우가 입구를 서성이며 속을 태운다는 것도.

"웜마, 이거를 어케 찾았대!"

욕실로 들어간 해정이 쩌렁하고 개구진 음성으로 소리쳤다. 손에 든 옷걸이에 젖은 팬티가 걸려 있었다. 생리 얼룩이 묻어 해정이 감춰놓은 걸 천우가 발견해 손빨래한 것이었다.

"귀여워. 또 숨겨놔."

천우가 보드랍게 웃으며 방방 뛰는 해정을 욕실로 들여보냈다. 문득 해정을 쫓아 들어가 치약을 짜줄까, 물 온도를 맞춰줄까, 아님, 그냥 씻는 걸 보고만 있을까, 두서없이 생각하다 손목시계를 보고는 방으로 갔다. 천우는 크로스백을 들어 다시 소지품을 살폈다. 손수건, 안경닦이, 향균 티슈, 핸드크림, 구강청결제, 입가심 캔디, 두통약, 여분의 양말…… 방을 나서기 전 뭐 성가신 게 없나 하고 해정의 시선으로 침대를 둘러봤다. 현관으로 가자 해정이 세안용 머리띠를 한 채 그를 배웅했다. 천우는 구둣주걱으로 신발의 뒤를 밀며 연달아 하품하는 해정을 올려봤다.

"아줌마, 설거지하지 마요. 아줌마 손에 물 묻히면 내가 가만 안 둘 거야."

눈가를 비비던 해정이 풋 하고 웃었다.

"까불지 마. 난 애 딸린 아줌마야. 너 아줌마랑 살 자신 있어?"

"살 자신도 있고 죽을 자신도 있어요. 아줌마를 위해 죽는 거? 나 하나도 겁 안 나요."

천우가 눈망울을 사납게 부릅뜨자 해정의 낯빛이 금세 흐려졌다.

"무서워."

"무서워?"

"응, 살살 해."

"아줌마가 예쁘니까 그렇지. 문 잘 잠그고 자."

"아무래짜 안 열 거야. 오빠 올 때까지."

"응, 아무래짜 열지 마. 가서 연락할게."

천우는 해정의 말버릇을 따라 하며 힘을 주어 포옹했다. 부부는 닫히는 문을 잡고 서서 팔랑팔랑 손을 흔들었다. 한 사람은 남편이 교통사고로 죽을까 봐 운전도 못 하게 하는 겁보. 또 한 사람은 아내가 떠날까 봐 속을 감추는 더한 겁보. 해정의 모습이 사라지고 혼자가 되자 천우는 곧장 웃음기를 거뒀다. 계단을 내려갈 때 아래층에서 문 여는 소리가 들려와 급히 벽에 붙어 섰다. 누구라도 사람과 마주치고 싶지 않았다. 먼지 낀

상아색 벽에 천우의 왜곡된 그림자가 비쳤다. 천우는 멀거니 벽을 보다가 무심히 그림자의 목을 조르는 모습을 상상했다.

한밤에

처음 타본 구급차 안에는 창문이 없었다. 신조는 벽을 채운 푸른 선반 덮개와 회색 모니터에 둘러싸여 현실의 옆길로 샜다. 침대에 뻗어 누운 배송이는 볼 수 없었다. 신조는 더 깊숙하고 흐릿한 장소로 도망쳤다. 창문은 없고 벽화만 있던 유적지의 고분으로. 거기에 갔을 때 신조는 생각했다. '그림 대신 창을 내었다면 풍경을 볼 수 있었을 텐데. 죽은 사람도, 아픈 사람도 밖이 궁금할 텐데.' 신조는 손에 쥔 참참이가 보이지 않게 다른 손으로 손등을 덮었다. 마른 체구의 구급대원이 맥박을 재는 기계를 배송이의 검지에 물렸다.

"어떻게 아프신 건가요?"

구급대원이 자그맣게 물었다. 배송이는 이미 배송이가 되어 말을 할 수 없었다. 신조가 그간의 일을 떠듬떠듬 설명했다.

"병원에 입원하셨다고요?"

"예."

"얼마나요?"

"녜?"

신조는 구급차 천장에 달력이라도 걸린 듯 혹이 난 이마를 들고 눈을 깜박였다. '배송이가 얼마나 집에 없었지?' 그 무렵 도시엔 거센 빗발이 쏟아졌다. 먹구름과 이상기온이 손잡고 계절의 깡패처럼 몰려다녔다. 피어가던 꽃들이 졌고 사람들은 넣어놨던 긴팔 옷을 다시 꺼내 입었다. 신조는 우산을 방패처럼 앞세운 채 하루도 빠짐없이 배송이를 찾아갔다. 환자복을 입은 배송이는 떡 진 머리와 살이 쑥 내린 얼굴로 신조를 맞았다. 그 모습이 안쓰러워 신조는 서툴게 시선을 피했다. 링거줄에 고인 피만 봐도 가슴이 받치고 두 눈이 시큰해졌다. 신조는 들고 간 참참이를 만지작거리며 일층 로비의 빵집에서 시폰케이크를 사 먹었다. 마치 케이크를 먹으러 거기에 간 사람처럼, 매번 별말 없이 크림 묻은 포크만 빨다 왔다.

"일주일이요. 담석 땜에. 수술은 못 받았고요."

보다 못한 배송이가 얘기했다. 배송이는 딸꾹질 같은 들숨을 마시고는 신조의 포갠 손을 봤다. 구급대원이 태블릿을 쥐고서 엄지 두 개로 글자를 입력했다. 곧이어 119에 전화했던 신조의 이름과 나이를 물었다.

"유신조, 천우신조 할 때 그 신조요."

신조는 아홉 살 이후 고이 접어뒀던 실없는 자기소개가 튀어나왔다. 나이를 말할 땐 밀레니엄 베이비라 군말을 보탰고, 연락처를 읊을 땐 검지와 엄지를 붙여 '영, 영'이라 손짓했다. 왜 이런 주접을 떠는 걸까. 차라리 저 태블릿으로 필담만 나눴으면. 신조는 사이렌 소리가 들리지 않는 게 이상했다. 창밖이 보이지 않으니 차가 얼마나 빨리 달리는지 알 수 없었다. 마음 같아선 차에서 내려 구급차를 떠밀고 싶었다. 신호를 위반하고 다른 차들의 운행에 차질을 주고 싶었다. 내색하지 않을 뿐 구급대원도 속이 곯아 보였다. 앞머리로 이마를 가리고 안경과 마스크를 썼음에도 창백한 안색이 느껴졌다. 배송이는 짧은 숨을 토했고 얼굴이 붉다 못해 불길하게 검어졌다. 세 여자가 각기 다른 방향에 시선을 둔 채 느직이 가는 구급차를 견뎠다. 신조는 차가 아니라 찜솥에 갇힌 기분이었다. 입술이 뜨겁고 아랫배가 싸했다. 참참이를 섞어 뽑고 싶었지만, 그 정도로 모지리 짓을 해버리면 배송이가 쓸개 속 돌보다 자신을 먼저 제거해버릴 것 같아 손톱 살을 누르며 참았다. 그때 배송이가 신조를 향해 소리 없이 입모양으로 말했다.

'뽑아. 괜찮아, 뽑아.'

일순 신조는 가슴이 미어져 고개를 떨궜다. '배송아, 내 마음이 보이니? 사실 신조는 보이다 못해 아예 배송이의 심정이 몸에 이입되는 듯했다. 배송이의 내장과 세세한 핏줄의 박동이 해일처럼 뱃속으로 쇄도했다. 내 것도, 온전히 남의 것도 아닌 뭉친 감수성의 더미.

‘각도만 잘 맞추면 그렇게 미친 여자로 안 보일지 몰라.’

신조는 구급대원을 곁눈질하며 소파에 댄 궁둥이를 움직였다. 어쩌면 구급대원은 알아도 모른 척, 이 도시 이 한밤에 그 정도 괴벽은 흔하다며 눈감아줄지 몰랐다. 신조는 무릎 사이에 양손을 감춘 채 차아압 차아압 카드를 섞었다.

텐 하트. 해함하담. 바닷물은 짜고 강물은 담박하며.

돌이켜보면 한때 신조의 우정도 강물처럼 담박했다. 찹찹이를 만나기 전만 해도 배송이를 대하는 신조의 태도는 나날이 무미하고 건조했다. 새벽마다 건넛방의 배송이가 휴대전화로 영국 축구의 소음을 뿜어댈 때 신조는 마음의 빗장을 겹겹이 걸며 ‘여기까지가 끝인가 보오’ 홀로 이별가를 불렀다. 물론 배송이의 프리미어리그 시청이 몇년째 이어진 불면증 때문이란 것도 알았고, 배송이는 블루투스 이어폰을 오래 끼면 편두통이 생긴다는 것도 모르지 않았다. 딴에는 동거인의 눈치를 보느라 휴대전화 음량을 최소로 했다는 것도 짐작했으나 아무래짜 뼁 찼다 왝 내달리는 저 공차기가 그리 재밌다면 광장스포츠를 꺼리는 신조와는 오래 어울릴 수 없었다. 싫거나 미운 게 아니라 달라서 버거웠다. 신조는 두 번 다시 남하고 한 지붕 생활을 말자 뼛속에 다짐을 음각했다. 그러던 어느 저녁나절 배송이가 불쑥 말했다.

“신조야.”

“어?”

“너 그러다 더 못생겨진다?”

배송이가 한 손에 아이스크림 막대를 쥔 채 신조에게 다가왔다.

“이봐.”

배송이가 신조의 가슴팍에 떨궈진 머리카락을 가리켰다. ‘들켰네. 숨긴다고 숨겼는데.’ 탈모의 현장을 적발당한 신조는 노상 그랬던 것처럼 꼼짝 안고 심문을 견뎠다. 끊임없이 머리카락을 매만지는 건 신조의 오래된 습벽이었다. 고양이가 축축한 혀로 털을 핥듯 신조는 자기의 머리털을 강박적으로 쓰다듬으며 휴식과 안정을 취했다. 어릴 땐 엄마 옷에 달린 단추에 집착해 어린이집에 갈 때도 구깃구깃한 티셔츠를 옆구리에 끼고 다녔다고 했다. 실은 본가에서 나오기 전까지 신조는 자다가도 엄마에게 다가가 잠든 모친의 입술을 매만졌다. 엄마가 숨을 쉬나 안 쉬나 불안해하면서.

"왜 그러는 거야?"

녹아가는 초콜릿 아이스크림을 핥으며 배송이가 물었다. 신조는 속으로 이별가만 불렀다. 못난 습관을 들켜 창피하기도 했지만 어떻게 설명해야 할지 암담했다. '내버려둬, 이렇게 살다 대머리 되면 겨드랑이털이라도 만질 테니까!'

"챗, 지피티한테 물어볼까?"

배송이가 앞니에 나무 막대를 물고 인공지능 앱을 실행했다. 신조는 부동자세를 풀고서 슬쩍 배송이의 참견을 기다렸다. '보통 이런 경우엔 적정선에서 대화를 마무리 짓지 않나?' 배송이는 한결같이 개의 습성을 보였다. 신조의 두 눈을 빤히 봤고 신조의 말문 앞을 서성이다가 혼자서라도 신조가 내던진 공을 찾으러 '검색 결과'의 숲을 뛰어다녔다. 머리카락 만지는 이유, 불안을 느끼는 이유, 불안을 잘 느끼는 사람의 심리적 특징…… '제발 그만둬. 이 번잡스러운 개야, 나한테 침 묻히고 털 묻히고 정 묻히지 말라고.' 신조는 배송이가 펼쳐보는 자신의 내면이 거북하면서도 한편으론 배송이가 포기하지 않고 자신을 곰곰이 읽어주길 바랐다. 스스로는 차마 드러낼 수 없는 접힌 페이지들을 너라도 펼쳐봐주길. '뭐래? 챗, 지피티가 내 심리적 특징이 뭐래?' 신조는 가만히 판결을 기다렸다. 배송이는 초콜릿이 묻은 입술을 혀끝으로 더듬으며 자리에서 일어났다.

"다른 걸 만져볼까?"

배송이가 집 안을 뒤지며 자신의 애장품들을 모아 왔다. 검은 자수정 팔찌, 삑삑 소리 나는 작은 생쥐 인형, 도넛 모양의 실리콘 악력기와 고장 난 마우스까지. 신조는 내가 왜 허공에 대고 마우스를 클릭해야 하나 의문이 들다가도 도우려는 사람의 정성을 생각해 한 번씩 물건들을 건드려봤다. "너무 부드러워, 소리가 거슬려, 묵주 돌리는 할머니가 된 것 같아."

신조는 두 눈을 가린 채 촉감만으로 고기의 부위를 감별하는 달인처럼 사물의 육질에 집중했다. '더 차갑고, 더 가볍고, 아주 세세했으면 좋겠는데……'

"이거 어때?"

배송이가 검은색 포커 카드를 가져왔다. 어쩌다 그 안에 들어갔는지 모를 서랍 속 잡동사니 중 하나였다. 중간중간 이가 빠져 스물다섯 장만 남은 카드가 스물다섯을 앞둔 신조의 손에 맞춤으로 잡혔다. 뒷면은 여름 이불처럼 까슬하고 산뜻한데, 앞면은 비누칠한 손처럼 매끄러웠고, 얇고 잘 휘는 재질에다 가지런한 네 개의 선이 피부의 압점을 지그시 누르며 안정감을 줬다. 살이 베이지 않을 만큼 적당히 무던했고, 같은 촉감과 같은 리듬으로 섞어댈 수 있어 좋았다. 하나를 뽑으면 숫자와 모양이 배정된다는 것도 마음에 들었다. 불안의 좌표를 보여주는 것 같달까. 밤하늘을 올려보며 가상의 가로축과 세로축을 그려놓고 '저 별은 최악의 결말, 저 별은 사서 하는 걱정' 그렇게 막막한 내면의 질서를 가늠해보는 것처럼. 신조의 자책이나 비관은 먼 거리의 폭발인 것처럼.

"뇌과학적으로 마음이란 건 없대. 그냥 정보처리 기술인 거래. 불안에서 초점을 돌리고 머리를 똑똑하게 하면 된대."

반평생 문과 책만 탐독해온 문화콘텐츠학과 조교답지 않게 배송이는 이과적인 어휘로 신조를 구슬렸다. 뒤이어 배피티가 설명했다. 뇌가 똑똑해진다는 건 눈앞의 위험을 과장하지 말고 더 모호하고 추상적인 사념들로 뜬구름을 잡는 거라고. 가령 한 마리의 생쥐가 뱀 그림자를 보고 얼어붙는 대신 '아하, 생쥐의 일생이란 무엇인가, 여름은 갈수록 왜 이리 길어지나, 참 실례되는 말이지만 인간종이란 상당히 폐를 끼치는 무리 아닌가' 그렇게 현실의 옆길로 새는 기술이랄까.

"그러다 뱀한테 잡아먹히면 그 또한 자연의 섭리인 거지."

배피티는 자연의 원소로 버무려진 비인공지능체답게 짐승 같은 결말로 끝을 냈다. 그러고는 한때 수면 유도용으로 끄적였던 자신의 '천자문 쓰기 책'을 펼쳤다. 투 다이아몬드, 아예서직. 나는 기장과 피를 심는다. 배송이가 네임펜으로 카드에 글자를 썼다. 사자성어의 물 댄 땅에 신조가 다른 습관을 심을 수 있도록.

"나 아이스크림 좀 갖다 줄래?"

그날 이후 신조는 때마다 배송이가 좋아하는 초콜릿 아이스크림을 사서 냉동실에 넣어놨다.

환하고 맑은 응급실 조명. 누군가 막 흘리고 간 피처럼 노골적인 붉은 빛을 따라 신조가 응급실 안으로 갔다. 짧은 복도를 지나자 유리벽 너머로 의사가 보였다. 의사는 컴퓨터 모니터에 시선을 둔 채 몇 개의 질문을 이어간 뒤 시들하게 말했다.

"안에 빈자리가 없어 기다려야 해요."

"얼마나 기다릴까요?"

"장담할 순 없고, 많이 기다리셔야 할 거예요."

"많이, 얼마나, 대략적으로다가."

"다른 환자가 나가야 하는데, 알 수 없어요."

의사는 끝내 신조 쪽을 보지 않고 컴퓨터의 마우스만 클릭했다. 그 역시 핏기 없는 안색에 속이 곯아 보였다. 신조는 구급차로 돌아가 소식을 전했다. 정해진 순서라는 듯 구급대원이 선택지를 말해줬다. 규모가 작은 다른 병원으로 갈 건지, 아니면 여기서 계속 기다릴 건지. 배송이는 기다리겠다고 했다. 왜 아픈지도 모르는데 입원 기록이 있는 이 병원에서 치료받는 게 낫다고 했다. 신조도 고개를 끄덕였다. 다른 병원에 가도 바로 치료받을 수 있을지 불분명했다.

"이제까지 얼마나 기다리셨어요?"

신조가 묻자 구급대원이 검지를 세워 안경을 건드렸다.

"정확히는, 몰라요."

"안 정확하게라도, 대강만."

"빠르면 한두 시간 걸리는데, 안 그럴 때도……"

"안 그럴 때는, 대충 얼마나."

"밤을 새우기도 하세요."

"여기, 이 차 안에서요?"

신조의 목소리가 부러진 꽃대처럼 심하게 꺾였다. 구급대원은 무겁게 눈을 깜박이더니 반 박자 늦게 고개를 끄덕였다. 한없이 침착한 깜박임과 끄덕임. 마치 억만 년의 밤을 그렇게 기다려왔다는 듯이.

"뭐라도 해주세요. 진통제라도, 안 되나요?"

신조가 혹이 난 이마를 들이밀며 구급대원을 곤혹스럽게 만들었다.

"어렵나요?"

볼품없이 어깨를 움츠리며 구급대원에게 매달렸다. 구급대원은 거절의 용기를 끌어모아 겨우 소리 냈다.

"아무래도."

배송이는 검붉은 얼굴로 입술만 일그러뜨릴 뿐 아무런 말도 보태지 않았다. 눈물 없이 표정으로 울먹이며 양손을 깍지 긴 채 팔을 바깥으로 죽 뻗었다. 아주 크고 무거운 문을 잡아밀듯이, 육체라는 고와 통에서 그만 나가고 싶다는 듯이. 신조는 고개를 수그린 채 손끝으로 정수리의 가르마 선을 더듬었다. '백구식장, 구급차에 갇힌 나의 흰 망아지. 어서 저 재갈을 빼내줘야 할 텐데.' 신조는 차라리 자신이 대신 아팠으면 싶었다. 통째로는 아니고 절반 정도, 아니 삼 분의 일 정도만. 깨문 입술 사이로 기도가 흘러나왔다. 부처님은 왠지 이런 데 어울리지 않을 것 같아 다른 쪽 신들의 이름을 줄 세웠다. '하느님, 예수님, 성모 마리아님, 저도 동정녀예요. 저한테 옮겨주세요, 제 친구의 아픔을 덜어 저한테 얹어주세요. 아무래짜 뭐 그리 어려운 일도 아니잖아요……' 기도가 채 끝나기도 전에 배송이가 혀를 길게 내빼며 헛구역질했다. 신조는 엉거주춤 서서 배송이가 와락 토를 해버리면 어쩌나 걱정했다. 그 와중에 구급차의 침대를 염려하고 구급대원의 눈치를 살폈다. 그 산만한 마음결에서 신조는 아프게 깨달았다. 알량한 체면보다 못한 자기 감수성의 한계를. 누구도 다른 몸을 대신해 육체의 짐을 덜어줄 수 없음을. 먹기나 싸기처럼 앓기 또한 여지없이 일인용이란 것을. 신조는 주머니에서 찹찹이를 한 장 꺼내 찢듯이 비틀었다. 좁은 차 안에 배송이의 신음이 가득 찼다. 신조도 겁결에 숨이 뚝뚝 멎었다. 숨 쉴 자격은 어디에서 오는 걸까. 23 : 05. 시간은 고이고 썩다 못해 구급차의 배기가스로 휘발되는 듯했다. 영원은 이런 식으로 오는구나. 무한은 이렇게도 가능하구나. 일 초, 일 초를 남김없이 헤아리며, 줄에 꿰인 자수정을 밀어 올리듯, 초와 분을 떠밀면서, 밤새, 아침이 올 때까지. 하지만 그게 가당키나 한 일인가. 구급차도 이대로 묶여 있는 건가. 다른 응급환자가 있으면 어쩌지. 23 : 05. 신조는 퍼뜩 머릿속이 차가워졌다. 이렇게 계속 시간을 보다간 자신이 먼저 혼절해버릴 것 같았다. 배송이의 손을 잡듯 침대 난간을 붙잡았다. 아플 때 손잡아줄 수 있는 사이. 배송아, 응급실에 있는 사람들 부럽다, 그치? 약이랑 알코올 냄새 무지 달콤하겠다, 그치? 한 명이라도 나가줬으면 좋겠다, 그치? 살아서 나가든 죽어서 나가든 제발 한 명만 떠나줘.

한눈에

천우는 마주 오는 사람의 동선을 가늠하며 빗속을 걸었다. 그날은 한 달에 두 번뿐인 휴무일이었다. 해정에게는 말하지 않았다. 천우는 아무 표정도 짓고 싶지 않았다. 어수선한 밤거리에 찬비가 푸슬푸슬 흩날렸다. 빗줄기에 무릎이 젖었고 행인들을 피해 걷는 것만으로도 신경이 녹초가 됐다. 천우는 자신의 이런 상태가 오래되었다고 짐작했다. 한데 이런 상태라는 게 정확히 무엇인지 짚을 수 없었다. 내가 이렇지 않았을 때도 있었나. 한참 전부터, 어린 시절부터, 어쩌면 어머니의 뱃속에서부터, 아버지가 분출한 끈끈한 체액이었을 때부터 나란 인간은 본래 이렇게 생겨먹은 게 아닐까. 사내자식이, 너 그 쪼는 표정 어떻게 못 해?

천우는 생각을 돌이키듯 길의 방향을 돌이켰다. 온 길을 되짚어가며 도로의 먼발치를 봤다. 추락했다 튀어 오르는 빗방울, 이르게 저버린 푸른 은행잎. 가로수는 병들었고 술집 안 취객들은 잔이 깨질 것처럼 건배했다. 소리가 들리지 않아도 천우는 그들의 흥취가 전해졌다. 어려서부터 그는 기쁨에 취약한 얼굴이었다. 상대가 짓는 표정을 따라 지었기에 마주한 사람이 더 편하게 웃음 짓도록 애썼다. 꾸며진 표정이 지나간 발자국에 허탈함과 슬픔이 고인다는 것을 알면서도.

"오빠, 나는 어릴 때 늘 오빠가 있었음, 했어."

"신기하네, 나는 어릴 때 늘 여동생이 있었음, 했는데."

천우는 홀로 컴컴한 마음을 걷어내려 해정의 음성을 떠올렸다. 그는 해정의 형제이자 너른 품이 되고 싶었다. 하지만 천우는 해정의 작은 우울감이나 칼에 베인 상처에도 금세 불안에 포위당했다. 연애 시절 같이 영화를 봤을 때 해정이 말했다.

"불쌍해. 오빠 피글렛 같아."

천우는 피글렛이 누군지 퍼뜩 떠오르지 않았다. 뒤늦게 〈곰돌이 푸〉에 나오는 새끼 돼지란 걸 알고 한참을 볼이 부은 얼굴로 고민했다. 그는 십대 시절부터 바벨을 들어 상체 근육이 발달한 체형이었다. 군대 시절엔 선임이 그의 가슴팍을 주물대며 희롱할 정도였다. 회사의 체력 검증에도 상위권 수준을 유지했다. 그런데 내가 그 울상을 짓는 분홍 돼지라니. 천우는 그때 공포영화를 고른 것을 후회했다. 영화를 보기 전엔 해정이 비명을 지르며 자기의 팔에 매달리는 모습을 상상했다. 실제로 잔뜩 겁에 질린 건 천우였다. 귀신이나 사탄이었더라면 '저건 다 가짜다'라며 감정의 거리를 뒀겠지만, 하필 연쇄 살인범의 행동거지가 한집 살던 인간의 그것처럼 눈에 익었다. 천우는 영화 속 섬찟한 음향에 어깨를 움찔댔고 초조하게 좁혀 드는 카메라 앵글에 목이 뻣뻣해졌다. 끝도 없이 낭자 하는 피바람에 나중에는 상영관의 바닥 카펫을 보며 속으로 착한 노래를 불렀다. 뜸북뜸북 뜸북새, 엄마가 섬 그늘에, 푸른 하늘 은하수…… 해정도 천우의 무른 속을 알아갔다. 뉴스에서 본 참혹한 사건을 말할 때나 한파에 나물을 부려놓고 파는 남루한 할머니를 얘기할 때, 심지어 지난밤 꾼 악몽을 얘기할 때도 천우는 어, 어 말끝을 흘리며 어찌할 바 몰라 했다. 하루는 둘이 길을 걷다 차에 치인 고양이의 사체를 봤다. 천우는 그 자리에서 일 미터쯤 튀어 올랐고, 해정이 천우를 다독여 가까운 가게로 데려 갔다. 생맥주에 골뱅이무침을 앞에 두고 천우는 줄곧 어깨와 손을 주물렀 다. 살이 저리고 신경이 곤두서 도무지 진정이 되질 않았다. 거센 수압에 떠밀리듯 다리가 후들거렸다. 해정의 말이 맞았다. 그는 새끼 돼지였다. 몸집이 커지고 근육을 단련해도 그의 내면은 작은 눈으로 바들바들 떠 는 연약한 짐승이었다. 그러니 내가 응급실 문을 지킬 자격이 있을까. 그 는 대단치 않은 출혈 환자를 봐도 옆구리의 핏줄이 출렁였다. 구급차에서 CPR 환자가 내리면 그의 머리에만 폭우가 쏟아지듯 온몸이 땀으로 젖었 다. 거의 매일 밤 울리는 코드블루 방송에도 그는 등이 무거워지고 가슴 이 안개로 자욱해졌다. 겉으로는 근무 수칙에 맞게 대처했기에 병원 사람 들은 천우의 이런 상태를 몰랐다. 밤에도 해정에게 불면증을 감추느라 마 음껏 뒤척이지 못했다. 병원의 다른 구역을 맡아 주간 고정으로 돌아가는 걸 고민했지만 그렇게 하면 몇 달 지나지 않아 고향 집에 보낼 돈이 바닥 날 터였다. 천우는 혈변을 보며 입원과 퇴원을 반복하는 다른 쪽 피붙이 보다 어머니가 몸을 옹송그린 채 무가지에서 일자리를 찾는 모습이 더 곤 욕스러웠다. 디스크 환자가 무슨 계단 청소를 하겠다고. 천우가 의지하는 희망은 올해가 지나면 자신을 승급시킬 거란 팀장의 말이었다. 군대 선임 이었던 팀장은 여전히 천우에게 너저분한 말을 했지만 전처럼 몸에 손을 대진 않았다. "내가 너보다 가슴 큰 여자 만나는 게 소원이었는데." 천우 가 뜬눈으로 상상하는 최악은 과로와 긴장으로 쓰러져 의식을 잃는 게 아 니었다. 또렷한 정신으로 사람들 앞에 자신의 무능이 들통나는 순간이 더 두려웠다. 천우는 의사들의 집단행동이 병원의 인력 채용에 영향을 미칠 까 근심했다. 한때는 '일'과 '보람'을 한묶음으로 여겼지만, 이제는 세수할 때마다 물속에 얼굴을 처박고 몇 초나 견딜 수 있는지 숫자를 셌다.

끈질긴 보슬비가 분무기의 물처럼 뺨과 눈썹을 적셨다. 천우는 빗물이 고인 데만 골라 디디는 자신의 발과 어두운 밤눈에 화가 났다. 충동적으 로 패스트푸드점에 들어가 음식을 주문한 뒤 구석진 창가에 앉아 햄버거를 크게 베어 물었다. 문득 이 모든 되풀이에 넌더리가 나 상체를 수그린 채 숨을 가다듬었다. 이런 상태의, 이런 울컥거림이 지나가길 기다리며. 종이 포장지 안에 손을 넣어 미지근한 감자튀김을 떡처럼 주물렀다.

"어서 오세요, □□□□ 입니다."

등 뒤로 직원들의 목소리가 들렸다. 창유리에 천우의 실루엣과 함께 금색 출입문이 비쳤다. 바깥쪽으로 당겨졌던 문이 손에서 놓여나자 기괴한 소리를 내며 예측할 수 없는 속도로 닫혔다. 매장에 들어설 때부터 천우는 그 문이 거슬렸다. 무거운 강화유리에 패널이 벽처럼 단단했고, 문틀의 이음새마저 뻑뻑해 성인 남자인 자신이 잡아당기기에도 수월치 않았다. 자칫 어린애가 문 사이에 끼면 크게 다칠 수 있었다. 뭣보다 문이 닫히는 저 역겨운 속도란.

형편없는 것들. 뭐 그리 어려운 일이라고.

천우는 음료를 버리고 얼음조각을 머금은 채 밖으로 나갔다. 행인들의 우산이 어지럽게 엇갈렸고, 타이를 푼 무리가 왁자하게 떠들었다. 천우는 눈어림으로 그들을 살피며 한 사람씩 벽으로 떠미는 상상을 했다.

기쁜가?

기쁘다고 다 기뻐하나.

안 기쁜 사람도 있을 텐데, 어딘가에 슬픈 사람도 있을 텐데.

부끄러움도 없이, 다 보는 데서.

천우는 까닭 없는 경멸과 적개심을 스스로에게 되돌리며 시선을 떨궜다. 검은 판유리 같은 도로에 신호등 빛이 어른거렸고, 가슴과 허벅지에 젖은 옷이 들러붙었다. 천우는 습기로 탁한 지하차도 안으로 갔다. 반구형 지붕을 통과해 밖으로 나갔을 때 땅에 떨어진 연홍색 꽃잎이 보였다. 낙화한 꽃나무를 찾으려 축대를 올려다본 순간 목울대가 훅 뻐근해졌다. 피다 만 접시꽃이 누추하게 시들어 있었다. 두드러기가 올라오듯 천우는 한 아이가 떠올랐다. 구급차 안에서 헤매다 간 한 무고한 아이. 그 아이가 잡아당긴 자신의 유년이 불타는 돌처럼 속을 그을렸다. 잠들면 엄마가 가버릴까 소스라치며 깨어나던 새끼 돼지. 천우는 축대 앞에 어중간한 각도로 서서 오가는 사람들의 행로를 막았다. 돌 틈에 핀 강아지풀이 물기에 반짝이며 흔들렸다. 천우는 그 연둣빛 이삭을 만지고 싶었으나 자신이 손대는 게 악을 끼치는 것 같아 그만두었다.

무슨 염치로, 그럴 만한 세상인가.

습관처럼 천우는 해정의 바람을 걱정했다. 근래 들어 해정은 아이를 더 원했다. 사진 전공의 이력을 더 전문적으로 발휘할 기회를 마다할 만큼 해정은 어린이 손님을 좋아했다. 전부터 밀레니엄 베이비를 낳고 싶다고 했고, 천우가 좋은 아빠가 될 거라 기대했다.

"딸이 좋을 것 같아. 오빠한텐 딸이 어울려."

가상의 아이를 그려보던 해정은 이미 머릿속으로 두 딸의 엄마가 되어 있었다. 자매를 낳아 평생 변치 않는 친구를 만들어주겠다고 했다. 어느새 이름까지 지어 불렀다.

"용감이랑 무쌍이, 어때? 안녕하세요, 우리는 용감무쌍이에요!"

해정은 병원에서 얼마나 많은 산모가 위험에 빠지는지 몰랐다. 태어난 아이들이 얼마나 덧없이 숨이 져버리는지도. 천우 역시 존재하지도 않는 딸을 생각했다. 해정이 밝은 장면이었다면 그는 어두운 스토리였다. 혹시 모를 불행을 예측해 갖은 상처와 통증을 몸에 주입하는 건 그가 익힌 면역의 방식이었다. 가장 끔찍한 장면은 아이를 낳다 해정을 잃는 것이었다. 다른 경우도 가혹하긴 마찬가지였다. 앞으로 해정의 애정과 관심은 온통 자식한테 쏠리겠지. 그런데 그 딸은 정말 내 딸일까. 혹여나 내 모자란 능력 탓에 아이가 자기의 한계를 단정 지으면 어쩌지. 부모가 다다른 높이가 아이의 시야를 결정해버리는 세상이니까. 앞당긴 슬픔과 시련은 그의 가슴을 시도 때도 없이 아프게 했다. 아이는 이마를 찧고 열이 나고 함부로 손을 뻗어 화상을 입었다. 글자를 익히자 일기장에 아버지를 원망했다. 어린 시절 그가 그랬던 것처럼. 그래도 나는 너를 사랑하겠지. 너를 잃을까 봐 자다가도 네 곁에 가서 입술을 매만질 거야. 천우는 벌써 그 애를 깊이 사랑해 그 애를 잃는 고통에 숨이 멎었다. 그런데 이 괴로움은 적어도 선택할 수 있는 거 아닌가. 부모는 택할 수 없지만, 자식은 고려할 수 있으니까. 그렇다는 건 돌이켜 숙고하라는 뜻 아닐까. 무슨 자격으로, 내가 감히 그 문을 열 수 있나? 인마, 너 동생 나오는 문 열고 나왔어, 닫고 나왔어. 천우는 자신을 수치스럽게 했던 말들에 따귀를 맞듯 여전히 얼굴이 뜨거웠다.

　자정이 넘어서야 천우는 병원이 있는 언덕길에 이르렀다. 그는 회사가 아니라 응급실 옆 장미 울타리로 가는 거라 스스로를 속여 넘겼다. 본관 입구의 불은 꺼져 있었고 벽체를 덮은 걸개가 비에 젖어 음울했다. 천우는 거기에 적힌 결의문에 고개를 끄덕일 수 없었다. 전공의들의 선택을 이해할 만큼 심정의 여력도 없었다. 의약분업이나 약사법에 뚜렷한 주관이 있는 것도 아니었다. 처방은 의사에게 받고, 약은 약국에서 조제하라는 법률이 어째서 자신이 선 위치를 반추하게 하는지 현실에 얽힌 감정들을 속속들이 파고들 수 없었다. 자신이 깃대라면 모든 깃발을 내리고 싶었고, 밤에 들리는 개 짖는 소리에도 부러운 마음이 일었다. 너는 너답게, 건강히 분노하는구나. 그는 바깥의 소리가 커질수록 더욱 고립된 채 한없이 지워지고 싶었다. 꽁치나 양파 씻은 물을 개수대에 내어버리듯 누군가 오염된 나를 쏟아버렸으면. 천우는 감정을 느끼는 게 매 맞는 기분이었다. 성적 유희나 쾌락조차 참아야 하는 주삿바늘처럼 곤혹스러웠다. 차라리 더 혹독하고 무정한 힘이 자신을 휘둘러주길 바라기도 했다. 밑바닥에 가라앉은 어둠을 휘저으면 불현듯 살갗이 터지고 비명을 토하도록 타인의 신체를 몰아붙이고 싶기도 했다.

　너야말로, 그 본성이 흘러넘치는데.

　응급실의 노골적인 붉은 빛을 보자 천우는 묘한 안도감이 들었다. 그는 문 앞에 선 동료의 눈을 피해 뒷길로 돌아가 계단을 올랐다. 퇴근 후에도 휴일을 받아도, 천우는 응급실 앞을 떠나지 못했다. 긴장과 불안이 몸에 배어 잠시라도 그것에서 놓여나면 울컥거림이 더 크게 요동쳤다. 평소에도 그는 잠을 청하려 한참을 뒤척이다 그예 머릿속으로 응급실을 불러왔다. 닻이나 누름돌처럼 가슴에 베개를 올려둔 채 응급실 밖의 어둠을 떠올렸다. 실상은 베개 속 솜뭉치 정도가 자신이 지닌 마음의 짐이 아닐까 자문하며. 그렇게 가까스로 잠이 들어도 크나큰 손이 가슴을 들어 올리는 느낌에 이내 몸서리쳤다. 그러니 해정이 천우의 이런 상태를 모르리라는 생각은 그가 애써 외면하는 또다른 불안이었다.

어느 날엔 해정이 침대로 다가와 그의 머릿결을 어루만졌다.

"오빠. 어제 드라마 있잖아."

응, 하고 대답하며 천우는 해정의 손길에 몸을 맡겼다. 그는 자꾸 나른하게 흔들리는 어린애 팔 하나가 떠올랐다. 정작 차에서 아이의 시신이 내려질 때 자신은 겨우 화단의 팬지꽃만 봤건만.

"어제 그 장면 있잖아. 둘이 춤출 때."

"응."

잠시 말의 여백을 둔 해정이 조금은 애달픈 목소리로 말했다.

"아줌마는 얼마나 무서웠을까."

한밤에

새벽 두 시가 넘어서야 배송이가 응급실로 들어갔다. 신조와 구급대원이 배송이를 부축해 이동 침대에 눕혔다. 의사가 다가와 구급대원에게 환자의 증세와 바이털 수치를 물었다. 곧이어 안쪽의 자동문이 열리고, 문 앞에 서 있던 보안요원이 배송이의 침대를 밀고 갔다. 신조는 배송이를 따라가다 멈칫하며 뒤를 봤다. 구급대원이 멀어지고 있었다. '말해야 하는데, 같이 있어줘 고맙다고. 그리고 아까 동료분께 소리쳐서 미안했다고.' 머뭇거리는 사이 자동문이 닫혔고, 신조는 서둘러 구급대원의 모습을 눈에 담았다. 곁에 앉아 있을 때보다 곧고 단단해 보이는 구급대원의 뒷모습을.

응급실 안은 초나 램프를 밝힌 듯 어둑했다. 얕은 잠에 빠진 사람과 침대 위에 엎드려 손이 닿도록 침대 커버를 쓸어내리는 사람이 보였다. 들불처럼 번지는 통증이 잦아들길 소원하듯이. 배송이는 연달아 링거액을 맞으며 점차 상태가 진정됐다. 아무리 약의 종류와 효능을 꿰고 있어도 챗, 지피티는 해줄 수 없는 일이었다. 한밤에 병실을 지키는 간호사들이 은색 반달 접시를 들고 침대들을 오갔다.

"할머니, 무슨 약 드세요?"

"어엉?"

"약! 약 드시는 거 있으세요!"

간호사가 입에 약을 털어 넣는 시늉을 하며 목소리를 높였다. 그 소리에 접의자에서 자고 있던 다른 환자의 보호자가 움찔하며 팔짱을 풀었다. 심전도 기계에 흉부를 연결한 또 다른 환자는 앉은 자세로 졸았고, 그 옆으로 호흡기를 단 여자 곁에 비슷한 또래의 여자가 서 있었다. 기이하게도 그 여자는 빨간 법랑냄비를 품에 안고 있었다.

'애착 냄비인가……' 신조는 참참이를 손에 쥔 채 정수기로 가서 물을 마셨다. 안쪽으로 들어가자 어두커니 놓인 빈 침대들이 보였다. 부족한 것은 응급실의 빈자리가 아니라 그 자리를 지킬 사람이었다. 그때 응급 상황이 생겼는지 간호사들이 다급히 움직였다. 얼핏 소변줄이라는 말이 들렸고, 곧이어 한 침대의 둘레로 커튼이 쳐졌다.

"왜 먹으라는 약은 안 먹고 술을 퍼마셔."

침대 밖으로 밀려난 젊은 남자가 말했다. 경황 없이 집을 나섰는지 허름한 티셔츠에 슬리퍼 차림이었다. 곁에 있는 반백의 여자가 성을 내듯 중얼거렸다.

"내가 발견 안 했으면 늬 아버지 갔어. 내가 골목에 나가봤길래 망정이지."

신조는 참참이를 만질 곳을 찾아 더 고요한 방향으로 갔다. 문을 열고 나가자 일 층 로비와 연결된 통로가 이어졌다. 사람이 붐비던 한낮과 달리 접수대와 통로가 적막했다. 널찍한 소파마다 사람들이 누워 쪽잠을 자고 있었다. 아마도 응급실에 따라온 보호자들인 듯싶었다. 신조는 화장실에서 새어 나오는 조명에 의지해 참참참 카드를 섞었다. 참참이는 그동안 얼마나 매만졌는지 코팅 비닐이 벗겨지고 금박과 은박 무늬들이 흐려져 있었다. 신조는 카드의 겉칠이 벗겨진 만큼 자신이 배송이를 걱정했다는 걸 알았다. 참참이는 그 시름의 증거가 아닐까. 그러니까 불안은 애정과 떼어낼 수 없는 짝이자 서로의 뒷면이라고. "야, 기죽지 마. 너처럼 오버해서 상상하는 것도 재능이야. 챗, 지피티 시대잖아." 신조는 용감무쌍한 주문을 외듯 배송이의 말을 되새겼다.

얼마 뒤 연푸른 당직복을 입은 의사가 왔다. 그는 말문을 열기 주저하며 배송이의 증상을 되짚었다. 저체온, 오한, 호흡곤란, 구역감과 경련…… 담석 때문이라기엔 배송이의 증상이 일반적이지 않다고 했다. 확신할 순 없으나 한 가지 짚이는 데가 있다고 했다.

"조심스러워요. 조심스럽지만, 환자분 증상을 보면 진통제 금단증상이 의심돼요."

순간 바람에 떠밀리듯 배송이의 몸이 뒤로 흠칫했다. 의사는 병원에 입원했을 때 배송이가 맞았던 아편류 진통제를 말했다. 보통 이 정도 횟수로는 중독되지 않지만, 환자분은 특이한 케이스 같다고 했다. 트라마돌 50mg. 하루에 두 번씩 일주일간 투입.

의사가 돌아가고 배송이는 휴대전화로 챗, 지피티를 실행했다. 신조는 병원에서 봤던 예전의 배송이가 떠올랐다. 신조가 시폰케이크를 먹을 때 배송이는 떡 진 머리와 쑥 내린 얼굴로 밝게 말했다. "이제 별로 안 아파. 집에 가기 겁나. 수술할 때까지 계속 병원에 있었으면 좋겠어." 자기도 모르는 사이 배송이는 약물에 중독되었을까.

"무서워."

배송이가 침대에 무릎을 모으고 앉아 말했다. 신조는 말없이 침대의 커튼을 둘러치고는 배송이 앞에 앉아 서로의 손을 맞잡았다.

"뭐 하는 거야."

"정보처리, 정보처리 기술."

신조가 쎄쎄쎄 하듯 배송이와 손뼉을 마주치며 작게 노래 불렀다. 푸른 하늘 은하수를 부르고, 엄마가 섬 그늘에를 부른 다음 뜸북뜸북 뜸북새가

지 부르려 하자 배송이가 이용실적을 채워야 하는 카드를 꺼내 신조에게 말했다.

"가서 병원비 좀 내줘."

신조는 어, 어 하고 더듬으며 이마를 긁적였다. 혹은 부항 뜬 자국처럼 가라앉았지만 극심한 피로와 스트레스로 한쪽 코밑이 발갛게 헐어 있었다.

한눈에

천우는 울타리 앞 벤치에 누웠다. 팔을 베고 옆으로 누워 넝쿨로 송이를 이은 붉은 장미를 봤다. 뒤돌아보지 않아도 그는 응급실 앞의 어둠이 그려졌다. 그 어둠은 칠흑의 깊이와 농도가 달랐다. 미동 없이 밤의 모퉁이를 보고 있으면 사물의 윤곽이 흐려지고 빛 번짐이 일듯 어렴풋한 형체가 들썩였다. 마치 한 마리의 짐승처럼. 천우는 음산한 공기를 자신의 호흡으로 데우며 그 어둠이 말하는 소리를 들었다. 너도, 그렇게 된다……오래토록 천우는 홀로 컴컴했기에 때론 그 말소리가 동무처럼 느껴졌다.

차고 단단한 나무판에 뺨을 대고 천우는 젖은 흙내음을 맡았다. 소란한 물소리를 따라 천우의 생각이 흘러갔다. 노루귀와 망초, 측백과 꽃대들, 포석 위에 투둑투둑. 토해지지 않는 슬픔, 감자튀김, 강아지풀의 다른 말은 버들강아지, 짧고 서운한 생애, 나는 아이를 낳지 않을 테다, 절대로 사는 고통을 주지 않을 테다, 어릴 적 결심, 살 자격과 죽을 권리, 밥 짓기, 헤매는 사람들, 사경을, 거리를, 알록달록한 기쁨을, 거짓말 마라, 속이지 마라, 모든 아이는 태어나고 싶어 하는데, 저 비처럼, 내리고 적시고 흐르고 싶어 할 텐데.

천우는 몸을 일으켜 발치의 응급실을 봤다. 설핏 여자애의 노랫소리가 들린 것 같았다.

응급실 입구로 다가가자 검은 조끼를 입은 보안요원이 자동문의 버튼을 눌러주었다. 두 친구는 작은 뜰을 지나 폭이 좁은 계단으로 갔다. 낮에 풀들을 베었는지 어둠 속에서 진한 엽록소 향이 풍겨왔다. 울타리를 따라 자란 붉은 장미가 마치 꿈속 장면처럼 묘연하고 아리따웠다. 한밤을 지나 이제 곧 동이 터올 시간이었다.

"신조야."

"어?"

"나 헤드폰 샀어. 어차피 또 입원해야 하니까 병실에서 쓰려고. 앞으로 그거 끼고 축구 볼게."

배송이의 말에 신조는 이렇다 할 대꾸 없이 두 눈을 지릅뜨며 발밑의 어둠을 봤다.

"신조야."

"어?"

"너 배고프지?"

"어떻게 알았어?"

"저기, 밥 짓나 봐. 밥 냄새 나."

배송이가 건물 벽에 뚫린 은색 바람구멍을 가리켰다. 병원의 조리실과 연결된 환풍구 같았다. 두 친구는 잠시 새벽에 밥 짓는 사람들을 생각했다. 서로의 팔을 붙든 채 조심스레 층계를 내려가다 배송이가 또 걸음을 멈췄다.

"들었어? 방금 들었어?"

배송이가 천천히 고개를 돌리며 불 꺼진 약국 간판 위를 봤다. 신조도 그 방향을 따라 허공을 봤다. 잠깐의 정적 사이로 선선한 여름 바람이 불어왔다.

"엄청 청아하게 울었어."

배송이는 해같이 말똥한 눈으로 챗, 지피티를 실행했다. 신조는 곁에

서서 배송이가 화면에 입력한 글자를 봤다. 조그맣게 그 문장을 따라 읽자 문득 차고 향긋한 귤껍질을 움켜쥐고 싶어졌다.

도시에서 들을 수 있는 여름밤 새소리, 새소리.

계단 위 들썩이는 어둠이 그들을 굽어봤다. 새벽길 어딘가에서 구급차가 다가오고 있었다. 두 친구는 흐르는 빗물처럼 낮은 곳으로 향해 갔다.

불안하면 어때?!

심진경 문학평론가

김멜라의 「아무래짜」는 서로 다른 두 개의 이야기를 병렬적으로 배치하면서도 두 서사가 서로를 직접적으로 침범하지 않는, 그러면서도 느슨하게 이어지는 독특한 구조를 취한다. 하나가 "한밤에"로 시작하는 동거커플 신조와 배송이의 이야기라면, 다른 하나는 "한눈에"로 시작하는 신혼부부 천우와 해정이의 이야기다. 이 두 이야기는 시공간과 상황, 인간관계, 그리고 인물이 앓는 결핍과 불안의 양상 등에서 다른 모습을 보인다. 그러나 두 이야기 모두 한밤 시간대의 '응급실'이라는 공간을 배경으로 사건이 벌어지고 있으며 "천우신조(天佑神助)"라는 사자성어를 두 이야기 속 '신조'와 '천우'가 나누어 갖고 있다는 점에서 두 이야기는 최소한의 연결고리로 이어져 있다고 볼 수 있다. 그렇다고 해서 두 이야기가 같은 시공간에서 동시적으로 벌어지는 사건을 다루고 있다고 확신하기는 어렵다.

우선 '한밤에'로 시작하는 신조의 이야기를 살펴보자. 신조와 배송이는 대학 시절부터 함께 살아온 동거 친구로, 둘은 성격도 취향도 다르지만 가족 같은 존재다. 신조는 불안이 심한데 이를 달래기 위해 '참참이'라고 부르는 포커 카드를 시도 때도 없이 손에 쥐고 점괘처럼 사자성어를 뽑는다. 배송이는 담석으로 입원했지만 의사들의 집단행동으로 인해 수술은 못 하고 퇴원하는데, 한밤중에 통증이 재발해 저체온증과 호흡곤란을 겪는다. 신조는 극도의 불안감 속에서 119를 불러 병원으로 가지만 그 안에서 불안과 공포, 무력감에 휩싸인다. 오랜 기다림 끝에 간신히 응급실로 들어가지만 그곳에서 배송이는 아편계 진통제 금단 증상이라는 진단을 받게 된다. 신조는 친구의 고통을 대신 짊어지고 싶다고 느끼며 서로에 대한 애정과 의존의 무게를 새삼 깨닫는다.

'한눈에' 속 주인공인 응급실 보안요원 천우는 겉보기와 달리 끝없이 자기 불안과 자기 혐오에 시달리는 사람이다. 그는 일에 지쳐 피곤해하는 아내 해정을 위해 요리와 빨래, 청소를 도맡아 하는 자상한 남편이지만 자기 안의 어둠 때문에 아내 해정이 떠날까 봐 두려워한다. 그는 일자리를 잃을까 봐, 자신의 무능을 사람들이 알아챌까 봐, 자기 안에서 "바들바들 떠는 연약한 짐승"(65쪽)을 들킬까 봐 두려워한다. 그리고 한밤중 응급실에서 매일 목격하는 처참한 사고와 죽음에 대한 공포 때문에 아이를 갖자는 해정의 바람에도 제대로 응답하지 못한다. 왜냐하면 "혹시 모를 불행을 예측해 갖은 상처와 통증을 몸에 주입하는 건 그가 익힌 면역의 방식이"(67쪽)기 때문이다. 결국 일어나지도 않은 불행에 대한 상상은 그의 불안의 원인이자 결과인 셈이다.

이렇듯 두 이야기는 인과관계나 선후관계로 이어지지는 않지만 개별적 존재로서 겪는 불안과 위기의식, 그리고 서로에 대한 정서적 의존과 애정을 개별적이면서도 보편적으로 형상화하고 있다. 특히 응급실이라는 동일한 장소와 한밤중이라는 동일한 시간대를 공유하면서도 서로의 서사에는 실질적으로 간섭하지 않는 구조 때문에, 두 이야기는 직접 만나지 않으면서도 묘하게 서로를 비추고 이어주는 조응적, 연속적 관계를 이룬다. 예컨대 소설의 마지막에 천우가 여전한 불안 때문에 홀로 캄캄한 어둠에 갇혀 있으면서도 "알록달록한 기쁨을"(72쪽) 상상하기에 이른다면, 신조는 배송이와 함께 "한밤을 지나 이제 곧 동이 터올 시간"(73쪽)에 밥 냄새를 맡고 새소리를 들으며 "문득 차고 향긋한 귤껍질을 움켜쥐고 싶"(74쪽)다는 생의 의욕을 갖게 된다.

그러나 문제는 불안이다. 왜 이들은 이토록 불안에 사로잡혀 있는가? 불안에서 벗어나거나 이를 극복할 방법은 없는가? 소설 속 등장인물들은 모두 그 양태는 조금씩 다르지만 존재론적 위기의식 속에서 불안과 함께 살아간다. 그래서일까? 이 작품에서 불안은 없애거나 극복해야 할 감정이라기보다는 관계에서 시작되어 관계로 끝나는 일종의 삶의 존재 조건으로 제시되고 있다. "그러니까 불안은 애정과 떼어낼 수 없는 짝이자 서로의 뒷면"(71쪽)인 것이다. 두 사람 간의 애정이 깊어질수록 불안 또한 증폭된다. 그 역도 사실이다. 불안이 사랑의 또 다른 표현인 것은 이 때문이다. 불안은 한편으로는 우리를 두렵게 하지만 다른 한편으로는 그러한 두려움에서 벗어나기 위해 자기(들)만의 삶의 전략을 연출하도록 독려하기도 한다. 예컨대 천우와 해정이 드라마 속 배역을 맡아 따라하는 상황극이 그러하다. 이들에게 상황극은 무거운 현실 대신 가벼운 현실을 빌려와 둘 사이의 정서적 긴장과 불안을 중화시키고 서로에 대한 애정을 우회적으로 드러내는 역할을 한다. 물론 그렇다고 해서 불안이 완전히 사라지지는 않는다. 왜냐하면 두 사람 모두 상대가 다칠까 봐, 혹은 떠날까 봐 두려워하는 "겁보"이기 때문이다. 그럼에도 불구하고 상황극은 불안하고 두려운 현실을 잠시 옆으로 미뤄두고 자기들만의 정서적 우회로와 메타포를 만들어 불안을 좀 더 견딜 만한 어떤 것으로 대체한다.

불안은 배송이와 신조의 관계에서도 비슷하게 작용한다. 그들 또한 각각 "불안의 수렁으로 끌려가지 않으려는 (그들만의) 방어술"(46쪽)을 통해 불안과 싸운다. 우선 배송이는 심리적, 육체적 위기 상황에서 인간적 감정에 휘둘리지 않는 "믿음직한 친구 챗, 지피티"(46쪽)로 자신이 어떤 상황에 처했는지 진단한다. 그러나 "인공지능 앱은 '지피티'가 아니었고, 챗 기능을 쓰는 것도 아니었지만, 배송이는 뭉친 인간사에 반도체 칩을 꽂듯 치읓 발음을 강조하며 그렇게 불렀다."(46~47쪽) 사실 소설에서 배송이는 자기의 불안과 고통을 직접적으로 이야기하지 않는다. 그러나 이 문장에 느닷없이 등장한 "뭉친"이라는 단어가 '괴로움, 슬픔, 울화 따위가 마음속에 맺히다'라는 의미를 갖는다는 점에서 배송이 또한 불안에 취약한 존재라는 사실을 짐작할 수 있다. 그녀의 담석 통증을 그러한 불안의 육체적 발현으로 볼 수 있는 것은 이 때문이다. 신조도 마찬가지다. 신조는 천우와 함께 이 소설에서 중심 불안을 담당하는 인물로 불안을 가라앉히려는 다양한 도피 방법을 고안해왔다. 예컨대 단추에 집착하거나 자기 머리를 "강박적으로 쓰다듬"고 머리카락을 뽑으면서 "휴식과 안정을 취"(58쪽)해왔던 것이다. 그리고 지금은 자기 머리카락 대신 '참참이'라는 이름의 포커 카드를 '참참참' 섞어 한 장씩 뽑는다.

> 중간중간 이가 빠져 스물다섯 장만 남은 카드가 스물다섯을 앞둔 신조의 손에 맞춤으로 잡혔다. 뒷면은 여름 이불처럼 까슬하고 산뜻한데, 앞면은 비누칠한 손처럼 매끄러웠고, 얇고 잘 휘는 재질에다 가지런한 네 개의 선이 피부의 압점을 지그시 누르며 안정감을 줬다. 살이 베이지 않을 만큼 적당히 무던했고, 같은 촉감과 같은 리듬으로 섞어댈 수 있어 좋았다. 하나를 뽑으면 숫자와 모양이 배정된다는 것도 마음에 들었다. 불안의 좌표를 보여주는 것 같달까. 밤하늘을 올려보며 가상의 가로축과 세로축을 그려놓고 '저 별은 최악의 결말, 저 별은 사서 하는 걱정' 그렇게 막막한 내면의 질서를 가늠해보는 것처럼. 신조의 자책이나 비관은 먼 거리의 폭발인 것처럼.(60쪽)

포커 카드 자체가 주는 물리적 안정감에 더해 어떤 것을 뽑아도 이미 자신이 다 알고 있는 "숫자와 모양"이라는 예측 가능성으로 인해, '참참이'는 신조에게 다양한 불안들로 이루어진 일종의 '불안 별자리'인 동시에 이를 관측할 수 있는 지도 역할을 한다. 게다가 카드마다 배송이가 써준 관조적이고 목가적인 사자성어는 신조로 하여금 불안한 마음에서 한발짝 떨어져 불안을 남의 일처럼 응시하게 한다. 그런 점에서 신조가 뽑은 다소 낯선 사자성어, 예컨대 백구식장(흰 망아지는 마당에서 풀을 뜯는다), 아예서직(나는 기장과 피를 심는다), 해함하담(바닷물은 짜고 강물은 담박하며) 등은 신조가 불안을 감당하기 위해 발명한 '자기만의 언어적 도피처'라고 볼 수 있다. 즉 현재의 불안한 상황을 엉뚱한 단어에 빗댐으로써 그러한 상황을 별게 아닌 것으로 만드는 것이다. 소설에서 이는 "현실의 옆길로 새는 기술"(60쪽)로 표현되는데, 이러한 감정적 우회로야말로 불안을 정면으로 마주하기 어려운 인물들에게는 은둔할 수 있는 미세한 틈이자 일종의 진정제(혹은 항우울제)로 작용한다.

그러나 흥미로운 점은 이렇듯 소설 속 인물들을 손쉽게 정서적 패닉 상태로 빠트리는 불안과 우울이 역설적이게도 두 사람 간의 관계를 지속시킬 뿐만 아니라 더욱 더 긴밀하게 만들어주기도 한다는 사실이다. 예컨대 배송이의 불안감이 신조의 몸에 이입되는 순간, 신조는 "배송이의 내장과 세세한 핏줄의 박동이 해일처럼 (자신의) 뱃속으로 쇄도"하는 감각에 전율한다. 그것은 바로 "내 것도, 온전히 남의 것도 아닌 몽친 감수성의 더미"(57쪽)로, 이러한 정서적 전이의 육체적 재현을 통해 비로소 신조는 배송이를 감각적인 방식으로나마 이해하게 된다. 사랑은 불안과 함께 오는 것이다. 그것은 나의 불안 위에 너의 불안을 얹음으로써 불안을 증폭시키는 일이기도 하지만 동시에 나에게 얹혀진 너의 불안만큼 너를 이해할 수 있다는 의미이기도 하다. 그럴 때 비로소 나는 너의 어둠을 응시할 수 있다. 따라서 소설 속 불안은 없애야 할 감정이라기보다는 오히려 사랑과 함께 딸려오는 너라는 존재의 일부이자 나 스스로 감당해야 할 삶의 무게라고 할 수 있다. 이 소설이 불안을 단순한 병리적 감정으로 다루지 않는 이유다. 즉 불안은 오히려 누군가와 연결되어 있기 때문에 흔들릴 수밖에 없는 마음의 진동이자 서로가 서로를 돌보는 불완전한 방식의 돌봄인 것이다. 아무래짜! "아무렇든 그렇다는 말"(44쪽)이다. 그러니 불안하면 어때?!

히데오

서장원

2020년 『동아일보』 신춘문예에 단편소설을 발표하며 작품 활동 시작. 2025년 젊은작가상, 2026년 문지문학상 수상.

히데오

    히데오에겐 몇 가지 비밀이 있었는데, 그중 하나는 그의 친부가 일본인이며 그가 어린 시절을 일본 교토에서 보냈다는 것이다. 어느 저녁나절, 한적한 거리를 걷던 중에 히데오는 이 사실을 내게 말해줬다. 이후 히데오는 어린 시절에 대해 조금씩 더 들려주었고, 나중에 나는 히데오의 생애 초반에 일어난 일들을 하나의 이야기로 꿸 수 있게 됐다.

    히데오가 태어난 곳은 교토 외곽으로, 한국 사람들이 떠올리는 여행지 교토와는 거리가 먼 평범한 주택가였다. 히데오는 그곳을 자세하게 기억하지는 못했다. 습한 여름 날씨나 우듬지가 눈에 들어오지 않는 거대한 나무들에 대해 말하면서도 그것이 정말 자기 기억인지 교토에 대해 보고 들은 뒤 상상해낸 이미지인지 구분하기 어렵다고 덧붙이곤 했다. 교토에서 있었던 일 중 히데오가 확실하게 기억하는 건 모두 나쁜 경험이었다. 이를테면 초등학생 시절 책상 가득 자이니치나 조센진, 총 같은 단어가 적혀 있던 풍경이나 동급생 남자애들이 그의 가방을 걷어차며 드리블 시합을 했던 일, 그를 조롱하려고 반 아이들이 케이팝을 개사해 불렀던 일, 그런 사건들. 한번은 같은 반 아이들에게 얻어맞아 코뼈가 부러진 적도 있었다. 그날 저녁에 히데오의 부모는 아들을 위해 나고야로 이주하는 일을 의논했다. 히데오의 아버지는 아들을 불러 앉히고 나고야에서는 어머니가 한국 사람이란 사실을 숨겨야 한다고 경고했다. 히데오는 그 말에 깜짝 놀라서 식탁 앞에 앉아 있는 어머니를 바라봤다. 어머니가 아버지의 말에 동의했는지 확인하고 싶었던 것이다. 히데오가 아는 한, 히데오의 어머니는 자신이 한국인임을 숨기려 한 적이 없었다. 그러나 그 순간 어머니는 눈을 내리깔고 남편도 아들도 바라보지 않았다. 아버지가 다시 말했다.

"어쨌든 우리는 여기서 계속 살 거니까, 그렇게 하기로 하자."

그날 밤, 히데오는 코의 통증과 식도로 넘어오는 피, 어머니의 고요한 얼굴과 나고야에서 보낼 새로운 나날의 환영 때문에 잠을 이루지 못했다. 다만 히데오의 부모는 나고야행을 두고 갈팡질팡했고, 히데오로서는 완전히 이해할 수 없는 과정을 거쳐 이혼을 결정했다. 이혼 후 히데오의 어머니는 아들을 데리고 경기도의 친정으로 돌아갔다. 이후 히데오는 일본인 아버지와 일본에서의 삶을 철저히 숨겼다. 나에게 고백하기 전까지 누구에게도 자신의 첫 번째 이름 히데오를 말해주지 않았다.

내가 히데오를 처음 본 건 연극원 강의실에서였다. 아직 벚꽃도 피지 않은 3월, 나와 히데오를 포함해 여덟 명의 학생이 강의실에 책상을 둥글게 붙여 앉았다. 그해 연극원에서는 입학이 예정된 학생들을 모아 15분 내외의 단막극, 일명 "짤막극"을 만드는 프로젝트를 신설했다. 입학 전에 그룹별로 모여 공연을 준비하고, 3월 개강과 동시에 연극원 소극장에서 공연을 올리는, 이색적인 신입생 환영회라 할 수 있었다. 학보사는 이 프로젝트에 참여하는 신입생 그룹 중 하나를 인터뷰하기로 결정했는데, 그해 들어 나에게 처음 주어진 취잿거리였다.

인터뷰는 활기찬 분위기에서 진행됐다. 내가 질문을 던지면 인터뷰이 중 하나가 말꼬리를 낚아채서는 장황한 대답을 늘어놓았고, 한 사람이 발언을 마치기도 전에 누군가 말하기 시작했다. 이야기가 자주 주제 밖으로 뻗어 나갔다. 나는 녹음기를 켜둔 채 학생들이 자유롭게 의견을 나누는 것을 듣다가 한 번씩 끼어들어 원래의 질문을 상기시켰다. 그러다 문득 맞은편 자리의 남학생이 그때껏 입을 다물고 있었다는 사실을 깨달았는데, 그가 바로 히데오였다. 준비 중인 연극에 대해서 질문한 다음 모두에게 답변을 청했을 때도 히데오는 가장 늦게 대답했다. 이번 작품은 평범한 고등학생들을 주인공으로 하지만 교훈적인 내용은 아니고, 입시 제도나 한국의 교육 방식을 비판하는 내용도 아니며, 그렇다고『데미안』같은 소설을 떠올리는 것도 곤란하다고. 그렇게 말한 뒤 히데오가 입을 다물었으므로 나는 그래서요, 하고 다시 물었다. 히데오는 참여 중인 연극과 관련 없는 사실에 대해 말했을 뿐 작품에 대한 의견을 내놓진 않았으니까. 뜻밖의 질문이라는 듯 히데오는 잠시 강의실 천장을 바라보며 말을 골랐고, 그러다 옆자리에 앉은 극작과 학생이 그래도『데미안』과는 겹치는 지점이 있다고 말을 보태면서 자연스럽게 화제가 바뀌어버렸다. 이후로도 히데오는 토론회를 구경하러 온 방청객처럼 동기들의 대화를 가만히 지켜봤다. 두 시간 남짓 진행된 인터뷰 동안 나는 히데오에 대해 '수줍음, 자기 확신 ×'라는 낙서를 적어두었다.

히데오를 다시 만난 것은 2학기가 개강하는 8월의 마지막 날, 영상원 지하의 어둑한 강의실에서였다. 강의를 맡은 교수는 강의실에 들어오자마자 벽면 쪽 자리의 학생에게 불을 모두 끄라고 시킨 뒤 빔프로젝터를 켰다. 히데오가 뒷문을 열고 들어온 건 빔프로젝터가 작동하며 푸르스름한 빛이 강의실을 채우고 있을 때였다. 그는 내 옆자리로 다가와 큼직한 백팩을 내려놓았다. 빈자리가 많지 않았으니 나를 의식하고 한 행동은 아니었을 것이다. 다만 나는 곧바로 히데오를 알아봤고, 히데오 역시 그랬다. 강의가 시작된 지 10분쯤 지나서 히데오는 책상 위로 줄 없는 노트를 펼쳐두고 "기사 잘 봤어요, 늦었지만" 하고 필담을 건넸다. 그것을 시작으로 우리는 이런저런 이야기를 주고받았다. 봄날의 인터뷰와 학보에 난 기사, 히데오가 출연한 짤막극에 대한 이야기로 한 페이지를 다 채우자 더는 할 말이 없었다. 나는 필담을 마무리할 겸, 농담처럼 적었다.
　—언젠가 슈퍼스타가 되면 저를 잊지 마세요.
　—선배가 보기엔 제가 배우가 될 것 같아요?

　　─네 그럴 거 같아요.

　　─고맙습니다.ㅋㅋ

　　─연기과 학생 같지 않아요.

　　─그게 좋은 뜻인가요?

　　─당연히 좋은 뜻 아닐까요?ㅋㅋ

　나는 그렇게 적으며 실제로 킬킬댔는데, 복도에서 노래를 부르고 연극 대사를 읊어대는 연기과 남학생들이 떠올랐기 때문이었다. 나는 그 애들이 멋있어 보인 적이 없었다. 잠시 뒤 히데오가 답을 적었다.

　　─그렇다면 고맙습니다.

　다음 시간에도, 그다음 시간에도 교수는 수업 시간 내내 강의실을 어두컴컴하게 해두고 고전영화를 틀어주었다. 틈틈이 설명을 덧붙이기는 했지만 경청하는 학생은 소수였고, 교수도 개의치 않는 듯했다. 히데오와 나는 스크린 위로 상영되는 고전영화를 흘끗거리며 필담을 이어갔다. 각자의 학교생활이 자주 화제에 올랐다. 히데오는 인터뷰 내내 입을 굳게 다물고 있던 사람답지 않게 제 이야기를 술술 써내려갔다. 몸을 활용하는 연기과 수업들을 이해하기 힘들다고, 몸을 통해 무언가를 표현하는 것이 익숙하지 않다고 히데오는 전했다. 나는 나대로 희곡을 쓰는 일과 학보사 기자로서의 고충에 대해 적었다. 내가 좋아하는 희곡들, 극작과 학생들은 좋아하지만 나는 어쩐지 마음이 가지 않는 작품들, 새롭게 알게 된 해외의 젊은 극작가들, 그리고 그들을 소개하는 칼럼을 학보사에 기고한 일에 대해 나는 썼다. 토요일에 있었던 어느 보강 수업에서는 전 남자친구 영도에 대해 미주알고주알 적고 있었다. 히데오는 '헐'이나 'ㅜㅜ' 하고 추임새를 곁들이며 내 이야기를 따라 읽었고, 내 이야기가 다 끝난 뒤에는 여러 페이지를 한꺼번에 넘겼다.

　　─자, 이제 새로운 챕터로 넘어가요.

　히데오는 그렇게 말하고는 손가락으로 아무것도 적혀 있지 않은 백지를 쓸었다. 내내 틀어져 있던 영화의 음향 때문에 히데오의 손과 종이가 스치는 소리가 들렸을 리 없는데, 나는 어째선지 그 소리를 분명하게 들었다고 기억한다.

　히데오의 진짜 이름이 더는 히데오가 아닌 것처럼, 영도 역시 실제로는 다른 이름을 가지고 있었다. 영도는 영도의 별명이다. 수업 중에 발언할 때마다 스스로를 영화학도라고 강조하여 붙여진 조롱조의 별명. 나는 그 별명을 좋아하지 않아서, 그를 직접 영도라고 부른 적은 없다. 다만 헤어진 뒤로는 그를 떠올릴 때마다 자연스럽게 영도라는 이름을 떠올리게 됐다.

　영도는 그 수업을 듣는 유일한 타과생이었다고 기억한다. 그 수업, 극작과 전공 기초인 콩트 창작 수업은 원래 타과생이 수강할 수 없는 과목이었다. 다만 영도는 개강 첫날에 모두가 보는 앞에서 교수에게 사정사정하여 수강을 허락받았다. 이후 영도는 강의실의 분위기 메이커 역할을 도맡았다. 적절한 순간에 적당한 농담을 던져 모두를 웃겼고, 아무도 의견을 내지 않고 있으면 어김없이 나서서 발언하곤 했다. 자기 글의 단점을 낱낱이 지적받았을 때도 영도는 기가 죽는 법이 없어서, 쉬는 시간이면 자신의 글이나 의견에 날카롭게 공세를 퍼붓던 학생들에게 다가가 천연덕스럽게 말을 붙였다. 어릴 적에 특별한 백신을 맞아서, 미움받거나 홀대받아도 그다지 상처 입지 않는 사람 같았다. 물론 미움받는 일도 내가 아는 한은 많지 않았다. 언젠가부터 영도는 수업이 끝난 뒤 맥주를 마시러 가는 극작과 학생들 무리에 끼어 있었다. 동기들이 전하는 말에 따르면 그는 말술을 마시고도 취하지 않는 주당에, 언제나 술자리의 중심이 되는 사람인 듯했다.

　물론 수업을 듣던 학생들 중엔 영도를 불편해하는 이들도 몇 있었다. 그들은 영도가 관심을 받으려 애쓴다고, 모두에게 친한 척을 한다고 평가했다. 나로 말할 것 같으면, 그 중간쯤에 있었던 것 같다. 영도 덕분에 날 서 있던 합평 수업의 분위기가 유해졌다고 생각하면서도 그의 행동이 마냥 좋게 보이진 않았다. 무엇보다 그가 쓴 글들을 읽고 나면 가슴이 답답해졌다. 수업에선 매시간 2,000자 분량의 콩트를 제출하고 함께 평하도록 했는데, 영도의 글은 늘 레퍼토리가 똑같았다. 젊은 남자가 예쁜 여자를 만나 사랑에 빠지지만 끝내 그녀의 마음을 얻는 데 실패한다는 이야기였다. 내 눈에 그 이야기 속 주인공은 영도로, 나머지 인물들 전부는 영도에게 상처나 위로를 주기 위해 등장하는 소품으로 보였다. 영도가 그 레퍼토리에서 벗어난 건 수업이 종강할 즘이었다. 그때껏 한 번도 수정한 글을 가져오는 법이 없던 영도는 서너 편의 글을 고쳐서 제출했고, 처음으로 모두에게서 긍정적인 평가를 받았다. 나 역시 그의 글을 칭찬했는데, 놀랍게도 영도는 이 변화는 모두 나의 피드백 덕분이라는 엉뚱한 소리를 했다.

"지난 수업에서 수진 학우가 해준 말이 큰 도움이 됐어요." 영도는 그렇게 말하고는 좌중의 눈치를 살피고 장난스럽게 덧붙였다. "그러니까 이번 글에 대해선 수진 학우님께 박수를 양보하겠습니다."

합평이 끝난 뒤 글을 제출한 사람에게 격려의 박수를 보내는 것이 그 수업의 관행이었다. 그런데 내가 쓰지도 않은 글로 박수를 받다니, 좀 요상하지만 기쁜 일이라고 생각했다. 돌이켜보면 거기서 그쳤어야 했는데, 그러지 못했다는 생각도 든다. 그때 나는 이 상황을 지나치게 긍정적으로 받아들였다. 자기 밖의 세계를 상상하지 못했던 남자가 나로 인해 변했다고 여겼던 것이다. 사실 영도가 한 일은 쪽글 몇 편을 고치는 것일 뿐이었는데 말이다. 그날 수업이 끝난 뒤 영도는 내게 학교에서 조금 떨어진 칵테일바에 함께 가자고 했고, 나는 영도를 따라나섰다. 나중에 영도와 나는 그 일을 우리의 첫 데이트라고 부르게 됐다.

히데오와 함께 처음으로 영상원 건물을 벗어난 건 추석 연휴 바로 직전의 수업을 마치고서였다. 그날 수업은 교수의 사정으로 원래 마치는 시간보다 한 시간 반 정도 일찍, 오후 3시가 조금 넘은 한낮에 끝났다. 가방을 챙겨 강의실을 나서는 동안 나는 바로 지금이 자연스럽게 무언가를 제안할 기회라고 생각했다. 나는 도서관 건물 1층에서 열리는 미술원 학생들의 작품 전시회를 볼 생각인데 같이 가겠느냐고 히데오에게 물었고, 히데오는 좋다고 대답했다. 우리는 햇볕이 환하게 들이치는 영상원 복도를 지나 도서관으로 넘어갔고, 설치미술작품 몇 점을 감상했다. 그런 다음 엔 자연스럽게 후문 근처의 쌀국수 식당으로 자리를 옮겼다. 영도를 마주 친 것이 거기서였다. 주문한 국수를 기다리는 동안 가게 밖에 한 무리의 남학생들이 나타났는데 그중에 영도가 있었다. 유리창 너머의 남자가 진 짜 영도인가 생각하는 사이 후드모자를 뒤집어쓰고 있던 영도가 내 쪽으 로 고개를 돌렸고, 짧은 순간이지만 나와 영도의 시선이 분명하게 맞부딪 쳤다. 사실 나는 그 비슷한 상황, 그러니까 다른 남자와 함께 있는 모습을 영도에게 보여주는 일을 자주 상상하고 바랐다. 그러나 그런 일이 진짜로 닥치자 적잖게 당황스러웠고, 그 뒤에 일어난 일들은 내 상상을 한참 벗 어났다. 히데오가 창 너머의 영도 무리 중 하나에게 손을 흔들었던 것이 다. 잠시 뒤에 히데오에게 인사를 받은 남자애가 가게로 들어왔다. 가까 이서 보니 전에 몇 번 본 적 있는 얼굴이었다. 예전에 영도가 나를 소개했 던 후배들 중 하나이지 싶었다.

"데이트해?"

그 남자애가 히데오에게 물었다. 만약 그 순간에 히데오가 나에게 눈길 을 줬다면, 그 눈길 속에 아주 작은 질문이라도 들어 있었다면 나는 어떻 게든 긍정적인 신호를 보냈을 것이다. 물론 마음속 더 깊은 곳에서 바랐 던 건 히데오가 나에게 물을 필요도 없다는 태도로 그렇다고 대답하는 것 이었다. 그러나 히데오는 그러지 않았다. 그는 나를 쳐다보지도 않은 채 대꾸했다.

"무슨. 그냥 밥 먹는 거지."

남자애는 고개를 끄덕였고 히데오와 몇 마디를 더 주고받다가 유리문 을 밀고 가게 밖으로 나갔다. 나중에 나는 그 일을 여러 번 되돌아봤다. 히데오가 이 상황은 데이트가 아니라고 잘라 말하는 순간의 부끄럽고 당 혹스러운 마음이 오랫동안 가시지 않았다. 한편으로는 남자애가 영도에 게 전했을 말, 그 말을 들은 영도의 반응 같은 걸 끝도 없이 상상하게 됐 다. 시간이 조금 더 흘러서는, 놀랍게도 영도와의 첫 데이트를 떠올리고 있었다. 영도와 칵테일바에 갔던 날에도 비슷한 상황이 있었다. 바텐더가 나에게 옆에 앉은 남자가 남자친구냐고 물었던 것이다.

"노력 중이죠."

나와 바텐더의 대화를 듣고 있던 영도는 망설임 없이 끼어들었다. 그러자 바텐더는 그를 응원한다면서, 말린 오렌지를 한 조각 얹은 공짜 칵테일을 만들어 내 앞에 밀어주었다. 생각해보면 영도는 자신이 언제 어디에서 주도권을 잡을 수 있는지 알았고, 그 상황이 닥치면 절대 놓치지 않았다.

영도의 후배가 돌아가자 히데오는 기역 자로 꺾인 비좁은 가게 내부를 요령 있게 오가며 물과 단무지를 담아 왔다. 우리는 필담으로 나누던 대화를 이어갔지만, 나는 방금 전의 상황에 마음이 붙들려 있었다. 내가 정신을 차린 건 히데오가 내가 쓴 희곡의 이름을 언급했을 때였다.

"누나네 팀에서 배우 구한다며?" 히데오는 그렇게 말하고는 잠시 나를 바라봤다. "나도 그 연극 지원해보려고."

히데오가 말한 연극의 제목은 '따귀 게임'이었다. 그건 내가 학교에 입학하고 나서 쓴 여섯 번째 희곡이자 2학년 2학기 전공 수업의 과제였다. 내가 그때껏 쓴 글 중 가장 좋은 작품이기도 했다. 학기 말이면 이 희곡을 낭독극 형태로 공연에 올려야 했는데, 그 공연에 대한 평가가 곧 학교에서 보낸 2년에 대한 평가가 될 것이었다. 연출을 맡은 지윤도 나와 상황이 똑같았다. 우리는 학교 근처의 카페에서 만나 공연 준비에 대해 의논하곤 했는데 대체로는 잡담만 나누다 헤어졌다. 인물들이 맞고 때리는 장면을 어떻게 처리할지가 지윤의 골칫거리였고, 나는 사소한 뉘앙스를 바꾼답시고 대사를 고치고 또 고쳤다. 무엇보다, 주연 배역 중 하나가 여전히 공석으로 남아 있는 것이 가장 큰 문제였다. 우리는 에브리타임과 학교 홈페이지에 구인 공고를 올려두었지만 히데오를 만나기 전까지 적당한 지원자를 찾지 못했다.

그날 나와 지윤, 그리고 히데오는 조촐한 오디션을 치를 예정이었다. 나는 가장 먼저 도착해 묵직한 자주색 커튼을 걷고 창을 열었다. 그 순간에 밀려들던 가을 공기와 선명하게 보이던 창밖 풍경이 기억난다.

히데오는 조금 긴장된 표정으로 강의실에 들어섰다. 무릎이 반들반들한 회색 슬랙스에 흰 셔츠, 군데군데 보풀이 일어난 니트조끼를 입고 진흙이 말라붙은 반스 운동화를 신고 있는 모습이 내가 상상했던 작품 속 불량소년과 비슷했다. 히데오는 강의실 한가운데 놓인 의자에 앉아 대본을 읽기 시작했다. 잠시 뒤 곁에 앉아 있던 지윤이 가볍게 내 허벅지를 두드렸고, 나는 곧 지윤도 나와 같은 생각임을, 우리는 히데오와 함께 낭독극을 올리게 될 것임을 알았다.

〈따귀 게임〉은 어느 고등학교에서 열린 학교폭력위원회 회의에서 시작되어 거기서 끝난다. 등장인물은 모두 넷인데, 학폭위의 내부 위원인 교사 둘과 학폭위를 요청한 모범소년, 그리고 학폭위에 회부된 불량소년이다. 모범소년은 불량소년에게 매일 따귀를 맞았다고 신고했으며 이 혐의는 불량소년도 인정하는 바다. 다만 불량소년은 이 모든 건 모범소년의 요청에 따른 것이라고 주장한다. 작가 지망생인 모범소년이 자신에게 도움을 청했다고, 모범소년은 고통스러운 경험을 한 사람만이 좋은 글을 쓸 수 있다고 믿고 있다고 불량소년은 말한다. 그래서 불량소년은 모범소년에게 아버지로부터 학대받은 이야기를 들려주고, 자기 이야기에 값을 매겨 매일 저녁 모범소년을 때려주었다는 것이다. 히데오는 불량소년이 되어 자신이 학대받은 이야기의 한 대목을 낭독했다. 이야기를 마친 뒤에는 옆에 앉아 있을 가상의 모범소년에게 고개를 돌렸다.

"오늘의 이야기는 여섯 대 반이야. 동의하지?"

히데오는 고갯짓을 해서 확인을 받은 다음 의자 밑에 놓여 있던 바람 빠진 농구공을 집어 들고 손바닥으로 때리기 시작했다. 농구공을 잡고 있던 왼손이 공을 때리는 오른손에 힘없이 밀려나고, 히데오는 의자 위에서 휘청거렸다. 오디션용 대본은 거기까지였다. 히데오가 혼자 괴상한 춤을 추는 것 같은 동작으로 정확히 여섯 대 반을 다 때렸을 때 오디션이 끝났다. 히데오가 강의실을 떠난 뒤 지윤은 신이 나서 말했다.

"감정을 폭발시키는 데 재능이 있는 것 같아."

잠시 뒤 나는 히데오에게 전화를 걸어 합격 사실을 알렸고, 히데오는 괜찮다면 잠시 뒤 저녁을 함께 먹겠냐고 내게 물었다.

"그러고 싶은데 영화학도가 볼일이 있대서." 나는 그렇게 말한 다음 재빨리 덧붙였다. "너 한 시간 정도 기다릴 수 있어?"

영도는 기숙사 로비에 서서 휴대전화를 들여다보고 있었다. 익숙한 모습이었다. 가을이면 자주 입던 무릎까지 내려오는 야상 재킷을 걸치고 있었는데, 내 눈에는 덥고 거추장스러워 보였다. 그는 어젯밤 늦게 문자메시지를 보내 내게 빌려준 책을 가져가고 싶다고 전했다. 얼마 전 시작한 새로운 시나리오 작업에 꼭 필요하다는 거였다. 나는 이참에 그의 물건들을 정리할 작정으로 밤늦게까지 그의 물건들을 추렸다. 혹시라도 물건이 망가져 시비가 생기지 않도록 박스 아래에 다 쓴 이면지를 깔아두고 우리가 연인이던 시절에 영도가 내게 떠안기듯 건네준 영화 잡지와 책 몇 권, 기숙사에서는 들을 수도 없었던 관상용 음반들을 전부 담았다. 상자를 돌려주는 장면을 상상하는 동안엔 내심 통쾌하기도 했는데, 내 기대와 달리 영도는 시큰둥한 표정으로 상자를 받아 들었다. 상자 속에서 자기가 말한 책을 찾을 생각도 하지 않고 영도는 말했다.

"아 근데, 저번에 너랑 같이 있던 애 있잖아. 걔 일본인이었다가 귀화했다며?"

"귀화라고? 아니야."

나는 히데오가 히데오인 것을 까마득히 모른 채 대꾸했다. 영도는 손에 들린 상자를 한 번 추어올리곤 자신 있게 말했다.

"몰랐나 보네. 연극원 사람들은 다 아는 얘기야. 입학 서류 관리하는 교직원한테서 나온 말인데."

나는 곧 영도가 이 얘기를 하려고 나를 불러냈다는 것을, 그런 만큼 영도는 자기 말이 진짜라고 굳게 믿고 있다는 것을 알았다. 그러자 수다스러운 동기들 사이에서 입을 다물고 있던 히데오가 떠올랐는데, 어쩌면 방금 들은 얘기가 그날의 풍경에 대해 무언가를 설명해줄지 모르겠다는 생각이 들었다. 잠시 뒤 영도는 박스를 뒤적거린 다음 책 한 권을 내게 건넸다. 표지에 저자이자 내가 특별히 좋아하던 영화감독의 사진이 들어간 에세이집이었다. 그 감독이 미투 고발자들을 공개적으로 지지하고 있다는 사실은 잠시 뒤, 히데오와 함께 식당을 향해 걷는 동안 듣게 됐다. 우리는 영화와 연극과 그즈음 여러 분야에서 시작된 미투 운동에 대해서 이야기를 나눴지만 영도가 말한 그 일에 대해서는 언급하지 않았다. 그 대신 나는 히데오의 연기를 거듭 칭찬했다. 내 말은 모두 진심이었다. 히데오는 어느 대목에서 진심으로 분노해야 하는지, 어느 대목에서 진심을 숨기고 모범소년과 교사들을 조롱해야 하는지를 직감적으로 알고 있는 듯했다. 히데오는 조금 전 펼쳐 보인 연기의 여운이 다 가시지 않은 듯 들뜬 얼굴로 중얼거렸다.

"대본 봤을 때부터 마음에 들었어. 그래서 꼭 하고 싶었어. 나는 항상…… 억울했거든."

"억울했다고?"

나는 저녁 내내 주머니 속에 넣어두고 만지작대던 영도의 이야기를 한 번 더 곱씹으면서 히데오의 다음 말을 기다렸다.

"나 어릴 때 일본에서 살았거든. 그때 일본 애들한테 맞아서 코뼈가 부러진 적이 있어."

"코뼈가 부러질 정도로 맞았다고?"

나는 조금 놀란 채로 히데오를 바라봤다. 히데오는 멋쩍다는 듯 고개를 살짝 틀어 내 시선을 피하고 있었는데, 그래서 한번 부러졌다는 그의 날렵한 콧대가 더 잘 보였다. 그러고 보니 코가 왼쪽으로 조금 휘어진 것 같기도 했다. 히데오가 어렸을 때 일본에서 살았을 뿐 아니라 일본인이었으며, 일본인인 아버지는 여전히 교토에서 지내고 있다고 털어놓은 건 잠시 뒤, 우리가 찾아간 식당이 영업을 마친 것을 확인하고 다른 식당이 나올 때까지 조금 더 걸으면서였다. 이런 얘기를 하는 것은 처음이라고 말하면서, 그러나 이미 시작한 이야기를 끝까지 해야겠다는 듯이, 히데오는 제법 긴 이야기를 쉬지 않고 말했다. 그사이 해가 저물었고, 불그스름한 가로등 빛이 길 위로 드리워졌다. 우리는 방음벽으로 가로막힌 1호선 철길을 따라 외대 쪽으로 걸어갔다.

"그래서 그 배역도 꼭 하고 싶었어. 나도 사람들을 좀…… 때려주고 싶었어."

히데오는 그렇게 말하고 입을 다물었다. 때려주고 싶었다는 것이 이 이야기의 결말이자 자기가 〈따귀 게임〉의 불량소년 역에 지원하게 된 중요한 단서라고 생각하는 것 같았다. 다만 그 말은 그때껏 내가 어렴풋이 알고 있던 히데오가 할 법한 말이 아니어서 나는 좀 당황했다. 물론 전혀 이해할 수 없는 것은 아니었다. 일본의 초등학교에서 괴롭힘당했고 한국에서 학교를 다니는 동안에는 자신의 정체성을 숨겨야 했다는 히데오의 얘기를 방금 들었으니까. 그럼에도 당시의 내게 히데오의 억울함은 너무나 멀리 있는 감정이었던 데다, 다소 낭만적으로 들리는 면까지 있었다. 내가 조금 당황하고 놀란 채로 애꿎은 지도 앱을 들여다보며 적당한 식당을 찾고 있을 때, 히데오가 이것 좀 보라며 갑자기 웃음을 터뜨렸다. 조금 전에 힘차게 농구공을 때린 탓에 히데오의 손바닥이 발갛게 부어올라 있었다.

"피부가 아직도 오돌토돌해."

히데오는 그렇게 말하며 한번 만져보라는 듯 손바닥을 내 쪽으로 미세하게 돌려주었다. 나는 히데오의 손바닥을 검지로 쓸었다. 과연 농구공 표면의 자잘한 돌기가 히데오의 손바닥에 남아 있었다.

히데오가 〈따귀 게임〉에 캐스팅되고 며칠 뒤, 처음으로 팀원 전원이 모인 대본 리딩이 있었다. 연출자와 작가, 네 명의 배우가 연극원 1층 연습실에 동그랗게 모여 앉았다. 연습에 앞서, 지윤은 학기 말 공연에서는 발을 설치할 예정이라고 설명했다.

"중식당 같은 데서 현관에 걸어두는 발이요. 모범소년, 불량소년 사이에 놔둘 거예요. 두 분이 손이나 어깨로 발을 건드리면 발에 걸린 대나무나 유리가 부딪치면서 소리를 낼 수 있게요. 그 순간에 타격음 효과도 줄 거고요."

　　곧 교사1 역을 맡은 배우가 초기 지문부터 낭독을 시작했다. 지문이 대사로 넘어가고 대사들이 대화로 바뀌었다. 교사들이 모범소년과 불량소년이 벌여온 따귀 게임을 설명한 다음 마침내 불량소년 히데오가 등장했다.

　　"모든 것은 모범소년의 요청 때문에 일어난 일입니다. 저희는 거래를 한 거예요. 저는 제 고통을 모범소년에게 나누어주고 모범소년은 뺨을 내주는 거죠."

　　히데오가 말했고, 곧바로 모범소년이 반박했다.

　　"하지만 그 거래는 신뢰와 정직을 바탕으로 합니다. 불량소년은 이 약속을 깨뜨렸어요. 불량소년은 매일 아버지에게 학대받은 일을 따귀로 환산해서 저를 때리기로 했지만, 알고 보니 그 애 아버지는 5년 전에 죽었더군요."

　　"아버지는 없지만, 제가 아버지에게 학대를 당했다는 건 분명한 사실이에요. 그건 없던 일이 되지 않아요. 저는 정확하게 제가 당한 만큼만, 그 고통을 따귀로 환산하여 모범소년을 때렸습니다. 그리고 이 과정에서 저는 고통을 엄청나게 덜어냈어요. 제가 당한 그대로 저 약해빠진 애한테 했으면……."

　　히데오는 맞은편에 앉은 모범소년을 노려보면서 중얼거렸다. 그리고 그즈음엔 너무나 분명하게 알 수 있었다. 나는 히데오에게 푹 빠져 있었다. 몸에 비해 조금 커 보이는 체크남방을 입고 연습실의 나무 바닥 위에 양반다리를 하고 앉아 있는 히데오를 가만히 바라보면서, 나는 그 사실을 담담하게 받아들였다.

　　나는 그때도 히데오가 나에게 마음이 없다는 걸 알고 있었다. 히데오는 나를 좋아했지만 내가 바라는 방식으로는 아니었다. 그의 감정이 달라질 가능성도 거의 없을 것 같았다. 다만 한 주에 두 번씩, 팀원 전원이 참석하는 대본 연습이 끝나면 히데오는 정해진 순서처럼 나에게 함께 걷기를 청했고, 걷는 동안엔 그때껏 누구에게도 말한 적이 없다는 이야기들을 내게 들려주곤 했다. 한국의 초등학교로 온 뒤 얼마나 열심히 한국어 발음을 연습했는지, 일본인 아버지에 대해 어떤 거짓말들을 지어냈는지, 그리고 그 모든 과정이 어찌나 피곤했는지. 이런 일이 몇 번 반복되자 나도 기대를 안 할 수가 없는 마음이 됐다. 돌이켜봐도 그 대화에는 분명 지나치게 내밀한 구석이 있었다. 히데오는 한국에서 학교를 다니는 동안 마주했던 여러 일들도 들려주곤 했다. 학창 시절 내내, 역사 시간이나 국어 시간에 들려오던 일본에 대한 말들, 혐오와 경멸로 범벅이 된 그 말들을 히데오는 모두 기억했다. 하지만 그러면서도 그런 일들을 어떻게 받아들여야 하는지 잘 모르는 것 같았다. 히데오는 한국인 어머니를 모욕하며 자신을 괴롭히던 어린이들과 교내 일본어 강사를 쪽바리라고 부르던 고등학생들이 다르게 보이지 않았다고 말하면서도 그 일을 똑같이 인종차별이라고 할 수 있는지는 확신하지 못했다.

"그래도 인종차별이 맞지. 아니면 그걸 뭐라고 해?"

나는 석연치 않은 마음으로 대꾸했다. 한국인이 일본인을 혐오하는 일, "쪽바리"니 "섬승이"니 하는 말들은 당연히 인종차별이 맞겠지만 한국인이 일본과 일본인을 싫어하는 걸 그저 인종차별이라고 할 수 있는가 생각하면 마음이 좀 복잡해졌다. 히데오 역시 그런 점을 모르지 않았다.

"한국이랑 일본 사이엔 과거가 있잖아."

히데오의 이야기는 늘 그렇게 끝났고, 그러면 우리는 연극이나 학교생활에 대한 이야기로 화제를 바꾸곤 했다. 만약 시간을 되돌려서 그때로 돌아갈 수 있다면 나는 아마 다른 이야기를 들려줄 것이다. 한국과 일본 사이에 과거가 있고 그것은 전혀 청산되지 않았지만, 그럼에도 그 죄를 히데오가 감당해야 하는 것은 아니라고, 고등학교 일어 교사가 공공연하게 쪽바리란 말을 들었던 것은 인종차별이고 제노포비아라고 말이다. 물론 지금의 히데오에게는 그런 말이 더 이상 필요하지 않겠지만.

리허설 날 무대에는 비즈로 만든 발이 설치됐다. 나와 지윤은 리허설 며칠 전부터 남대문시장을 돌며 여러 가지 색과 모양을 가진 비즈들을 사 모았고, 이틀 밤을 새워가며 배낭 가득 담아 온 비즈를 여러 조합으로 꿰었다가 풀었다. 마침내 완성된 발은 불량소년과 모범소년 사이에 놓였다. 불량소년이 손을 뻗어 모범소년을 때릴 때 관객들에게 급작스러운 빛을 반사하는 효과를 줄 수 있도록. 지윤은 그렇게 해서 관객들이 산란하는 빛에, 지윤의 표현에 따르면 빛의 폭력에 노출되길 원했다.

히데오와 모범소년은 같은 교복을 입고 무대 중앙에 앉았고, 교사1과 교사2가 그 양옆에 앉았다. 리허설이 진행되는 동안 지윤과 그날 하루 우리를 도와주기로 한 무대미술과 선배는 무대장치를 여러 번 조정했다. 그들이 비즈발과 조명의 위치를 미묘하게 바꾸며 조명을 껐다 켜는 동안, 나는 거의 텅 비어 있는 객석 한가운데에 앉아 어떻게 했을 때 찰랑거리는 비즈발이 가장 눈부시게 빛을 반사하는지를 알려주었다.

“환한데 그냥 예쁘게 보여!”

“잠깐 반짝거리기만 해!”

“아주 환해!”

마침내 환한 빛이 어둑한 소극장에 번쩍여서 저절로 눈이 감겼을 때, 눈꺼풀 안쪽에 박힌 빛의 파편이 눈을 파고들었을 때, 나는 머리 위로 커다랗게 동그라미를 그려 보였다. 그리고 환한 빛 속에서 히데오를 만났는데, 그 사람은 히데오가 아닌 히데오, 언젠가 히데오가 내게 말해준 또 다른 히데오였다.

히데오가 또 다른 히데오에 대해 들려준 건 공연이 얼마 남지 않은 어느 저녁, 오래 걷는 대신 연극원 건물 앞 평상에 나란히 앉아 잠깐 이야기를 나누었던 시간으로 기억한다. 그때는 몰랐지만 그 순간이 나와 히데오가 물리적으로나 정신적으로나 가장 가까웠던 순간이었다. 빛이 사라져가는 하늘을 바라보면서 히데오는 샛별이 보이겠다고 중얼거리고는, 점퍼 주머니에서 휴대전화를 꺼내 밤하늘을 찰칵찰칵 찍었다. 잠시 뒤에는 급작스럽게 진로를 바꿔 경기도 안양에서 강남의 연기학원을 오가던 고등학교 3학년 무렵의 이야기를 꺼냈다.

“집에 가는 버스에서 잠들어서 내릴 역을 한참 지나쳤던 적이 있었는데." 히데오는 말했다. "일어나보니까 창밖이 새카매서 여기가 어디인지 모르겠더라고. 그리고 갑자기 그런 생각이 들었어. 그때 엄마 아빠가 이혼 안 하고 다 같이 나고야로 갔으면 어땠을까 하고."

나고야. 히데오와 히데오의 부모가 완전한 일본인이 되기로 약속했던 곳. 나는 히데오의 이야기에 뭐라 답하지 못한 채 히데오를 바라봤다. 이윽고 히데오가 내게 물었다.

"누나는 내가 만약에 나고야에서 살았으면 어땠을 것 같아?"

"나고야에서 살았어도…… 지금이랑 비슷하지 않을까? 넌 그때도 비밀을 갖고 있겠지."

히데오는 고개를 끄덕였다.

"아마 그렇겠지? 근데 나는 계속 생각했어. 엄마 아빠가 다 일본 사람이면 내가 어땠을지. 반대로 다 한국 사람이면 또 어땠을지. 누나 생각엔 어땠을 것 같아?"

"그러면 너는 지금의 히데오가 아니고 다른 사람이겠지." 나는 그렇게 대답하고는 얼마 전 봤던 영화 이야기를 했다. "그 양자경 나오는 영화 있잖아. 거기 나오는 여러 가지 버전처럼 약간은 다르고 약간은 비슷하고, 그렇지 않을까?"

히데오는 자기도 그 영화를 봤다면서 밤하늘을 찍던 휴대전화로 영화 이미지들을 검색하기 시작했다. 그는 화려한 드레스를 입고 스포트라이트를 받는 영화 속 양자경의 이미지에 시선을 고정했다.

"있잖아, 누나, 나는 이런 사람이 되고 싶어."

히데오는 그렇게 말했는데, 그 말이 내게는 상처받지 않은 자신, 따돌림도 비밀도 없는 성장기를 가지고 싶다는 얘기로 들렸다. 그리고 나는 거의 직관적으로 영도를 떠올리게 됐다.

"그런 사람은 좀…… 끔찍할 수도 있지 않을까?"

나는 그렇게 말하고는 영도와의 일화를 들려주었다. 페미니즘 영화를 둘러싼 기이한 토론이 있었다고 나는 말했다. 영도와 막 사귀기 시작했을 무렵, 영도는 어떤 단편영화제의 수상작이 마음에 들지 않는다면서, 어떤 남자 감독들은 비평가들에게 아부하기 위해 "페미 영화"를 만든다고 주장했다.

"그럼 페미니즘 영화는 여자 감독들만 만들어야 해? 그건 아니지."

내가 그렇게 묻자 영도는 화들짝 놀라서 외쳤다.

"여자 감독들이야 피해의식에 찌들었으니까 페미 영화 같은 걸 만들지."

영도는 누군가가 페미니즘에 진지한 관심을 갖거나 페미니즘을 통해 자기 삶을 설명할 수 있다고 생각하지 못했다. 영도와 사귀는 내내 나는 영도에게 그 가능성을 설득하려고 애썼지만 영도는 흔들림이 없었다. 사실 영도와의 이런 일화는 끝이 없었다. 영도와의 반년 남짓한 연애는 이런 대화들로 점철되어 있었다.

히데오는 내가 말한 영도가 끔찍하다는 데 동의했지만, 내가 왜 자신과 영도를 연결시키는지, 어째서 또 다른 자신이 영도 같은 사람이 되었으리라고 짐작하는지는 이해하지 못했다. 그는 그저 상처받지 않은 자신, 따돌림도 비밀도 없는 성장기를 가지고 싶었을 뿐이었으니까. 그리고 나도 어떤 이유에서 두 사람을 연결시키는지 설명하기가 어려웠다. 우리 대화는 잠깐 중단됐고, 잠시 뒤 히데오가 하늘을 바라보며 중얼거렸다.

"진짜 별 보이겠다."

몇 분 뒤에 정말 별들이 보이기 시작했다.

공연 당일, 히데오는 누구보다 빛을 발했다. 우리 팀의 다른 배우들은 물론이고, 연극원 학기 말 공연에 출연한 다른 배우들과 비교해도 그랬다. 그때 그가 겨우 스무 살이었고 연기과에서 이제 막 두 학기를 보냈다는 걸 생각하면 놀라운 일이었다. 〈따귀 게임〉 공연 이후 히데오는 연극원에서 제작되는 몇몇 작품에 불려 다니며 연기과에서 가장 바쁜 학생이 됐다. 영상원 학생의 졸업작품에도 출연했는데, 그 영화가 국내 단편영화제들에서 주목받으면서 히데오도 덩달아 약간의 유명세를 얻었다. 그날의 공연을 마치고도 나는 히데오와 종종 연락을 주고받았고 몇 번의 긴 통화를 했지만, 직접 만나지는 못했다. 연락 횟수도 서서히 줄어갔다. 내가 히데오를 다시 본 것은 히데오가 휴학을 마치고 학교로 돌아왔을 때였는데, 그때 나는 졸업을 보류한 채로 도서관을 드나들며 졸업작품을 쓰고 있었다. 개강하고도 거의 한 달이 다 지났을 무렵, 히데오는 내게 전화를 걸어왔다. 그때는 일 년 넘게 히데오와 아무런 왕래가 없었던 때였으므로 나는 꽤 오랫동안 휴대전화 화면에 떠오른 히데오의 이름을 바라봤다.

"누나. 잘 지냈어?"

마침내 휴대전화 화면을 밀자 히데오의 목소리가 튀어나왔다. 히데오는 예전에 우리가 가려다가 가지 못했던 식당 이름을 불러주며 기억이 나느냐고 내게 물었다. 물론 기억하고 있었다. 히데오와 함께한 거의 모든 것을 나는 소중하게 간직했으니까.

"거기 가볼래?"

히데오는 그렇게 물었고, 잠시 뒤 도서관 앞으로 나를 데리러 왔다. 덥수룩한 머리에 학과 마크가 새겨진 반팔 티셔츠를 입고 있는 히데오는 내 기억 속의 모습과 크게 다르지 않았다. 히데오는 나를 보고는 벤치에서 일어났다. 우리는 예전처럼 후문 방향으로 걸었다. 나는 히데오에 대한 마음이 그다지 달라지지 않았다는 걸 쓸쓸하게 깨달으면서 그의 안부를 물었다. 히데오는 최근에 치른 몇 번의 오디션 이야기를 들려줬고, 요즘엔 자기를 알아보는 사람들이 종종 있다고 자랑하기도 했다. 그러고는 어제 학보사와 인터뷰를 했다고, 이제는 학보사 일을 하지 않느냐고 내게 물었다.

"그만둔 지 한참 됐지." 나는 말했다. "인터뷰에서 무슨 얘기 했는데?"

"이런저런 얘기. 〈따귀 게임〉 얘기도 했고. 아, 그리고 나 어렸을 때 얘기도 해줬지." 히데오가 대답했다. "일본에서 있었던 일들."

나는 조금 놀란 채로 히데오를 바라봤다. 히데오는 심상한 표정으로 고개를 끄덕였다. 잠시 뒤 나는 히데오의 비밀이 더는 비밀이 아니라는 것을 알게 됐다. 그의 동기들이며 함께 일한 연극원 사람들 대부분이 그가 한때 일본인이었다는 걸 알고 있다고 히데오는 설명했다.

"너 되게 편해졌구나."

내가 말하자 히데오는 웃음을 터뜨렸다.

"그런 일에 집착하다니 지금 생각하면 좀 웃겨. 그땐 무슨 대단한 비밀처럼 생각했는데."

나는 놀라움을 숨긴 채 히데오의 웃음기 가득한 얼굴을 바라봤다.

"그럼 넌 이제 비밀이 없어?"

히데오는 또 한 번 웃음을 터뜨리고는 고개를 저었다.

"아니, 새로 생긴 비밀이 아주 많지."

히데오는 새로운 비밀들을 말해줄 용의가 있어 보였지만 나는 묻지 않았다. 그날 이후 나는 히데오를 다시 만나지 못했다.

졸업 후에 나는 공연예술 소식을 전하는 잡지사에서 반년쯤 기자로 일했고, 그런 뒤에는 어린이책을 만드는 출판사에 들어가 편집자로 일하기 시작했다. 지윤은 소규모 영상 프로덕션에서 일하고 있다. 한때 우리는 〈따귀 게임〉을 수정해 낭독극이 아닌 정식 공연으로 올리는 일에 골몰했지만 성공하지는 못했다. 〈따귀 게임〉에 참여했던 사람 중 전공과 관련된 일을 지속하고 있는 사람은 히데오가 유일하다. 얼마 전에 그는 촉망받는 신인 감독의 영화에도 비중 있는 조연으로 출연했고, 몇몇 기사에서 "충무로의 신성"이라는 찬사를 들었다. 이제 히데오는 그를 찾는 인터뷰마다 자신의 어린 시절 이야기를 들려준다. 그의 레퍼토리는 늘 비슷하다. 어렸을 때 일본에서 자랐으며 그곳에서 심각한 이지메를 당했다고 고백하고, 그래서 한국으로 이주하여 보낸 학창 시절이 소중하다고 강조한다. 일본에서도 한국인 정체성을 포기하지 않았던 어머니에 대한 사랑을 전한다. 그리고 그의 이야기를 읽을 때마다 나는 이제 더는 히데오가 아닌 히데오를 히데오라고 부르곤 한다.

빛의 파편에 대하여

이소영 한국과학기술원 디지털인문사회과학부 초빙교수

　　서장원의 「히데오」는 폭력에 관해 묻고 있는 텍스트이다. 좀 더 구체적으로 이야기하자면, 정체성과 예술, 그리고 사랑이라는 이름의 폭력을 다루고 있다. 한국으로 귀화한 한일 혼혈인 남성, 곧 작중 '히데오'가 배우로서 성장하는 과정이 한국인 여성인 '나'(수진)의 기억 속에서 펼쳐진다. 물론 '나'는 자신의 친부가 일본인이며 어린 시절에 일본 교토에서 살았다고 '나'에게 처음으로 고백한 히데오를 사랑했다. 일견 단순해 보이는 줄거리이지만, 읽고 나면 서늘함이 엄습해 온다. 이는 이 작품이 정체성, 예술, 사랑이라는 개념의 추상성과 이를 현실에서 체현한 실제성 사이의 '차이'로부터 기인한 인식론상의 폭력을 드러내고 있기 때문에 그러하다.* 또한 정체성, 예술, 사랑의 문제가 풀어낼 수 없을 만큼 치밀하고 복잡하게 얽혀 있다는 점에서도 그러하다. 그래서 독자는 이 세 가지가 얽히면서 만들어내는 '폭력'이란 무엇인지를 차분하고 냉정하게 곱씹을 수밖에 없는 것이다.

---

* 호텐스 스필러스는 "추상성과, 그 추상성을 체현한다고 가정된 실제성 사이의 차이를 은폐하는 것이야말로 인식론적 단계에서 가장 지속적으로 가해지는 폭력"이라고 말한 바 있다. 그러나 이 작품에서는 추상성과 실제성 사이의 차이에서 드러나는 인식론적인 폭력이 두드러진다. 이에 이 글에서는 이 점에 주목하고자 한다. 호텐스 스필러스, 「인종」, 캐서린 R. 스팀슨·길버트 허트 편, 『젠더 스터디』, 윤조원·박미선 감수, 김보명 외 10인 역, 후마니타스, 2024, 565쪽.

정체성이 단일하고 통합된 자아를 나타낸다는 관념은 의문에 부쳐진 지 오래이다. 우리는 정체성이 유동적이고 불안정하다는 생각을 상식처럼 지니고 있다. 그러나 정체성 개념이 힘을 잃었다고 해서 '나는 누구인가'라는 질문 역시 무의미해졌다고 보기는 어렵다. 특히 히데오처럼 일본 사회에서 한국인 어머니를 두었다는 이유로 지속적인 차별과 폭력에 노출되었던 경우라면 '나'라는 존재에 대한 질문은 더욱 각별할 수밖에 없다.

마침내 히데오의 코뼈가 부러졌던 날, 히데오의 부모는 아들을 위해 나고야로의 이주를 논의한다. 이때 아버지는 나고야로 이사 가면 "어머니가 한국 사람이란 사실을 숨겨야 한다"고 경고한다. 이는 히데오에게 부정형으로 존재할 것을 강요하는 것이었다. 즉, 영어의 부정형 표현 not A but B를 빌리자면, 한국인(A)이 아니라 일본인(B)이라는 것. 그러나 "히데오의 어머니는 자신이 한국인임을 숨기려 한 적이 없었다." 또한 아버지의 발언에 히데오가 깜짝 놀라 어머니를 바라봤을 때 "어머니는 눈을 내리깔고 남편도 아들도 바라보지 않았다." 이는 '한국인이 아니다.'라는 명제부터 긴장과 갈등을 동반한 것이었음을 드러낸다. 결국 히데오의 부모는 이혼하고, 어머니는 아들을 데리고 경기도의 친정으로 돌아간다. "이후 히데오는 일본인 아버지와 일본에서의 삶을 철저히 숨겼다." 히데오는 한국에서도 not A의 방식, 이번에는 not 일본인이라는 부정형으로 살아간 것이다. 그러나 문제는 한국인 혹은 일본인이라는 것을 부정한다고 해서 자동적으로 일본인 또는 한국인이 될 수 없었다는 사실이다. 한국 사회에서 히데오는 일본(인)에 대한 혐오적 표현을 들으면서 자라고, 이를 어떻게 받아들여야 할지 몰라 혼란을 느낀다.

'나'는 히데오가 not A의 방식으로 살아왔다는 점을 무심코 간파해내는 인물이다. '나'는 학보사 기자로서 연극원의 신입생들이 준비하는 단막극을 취재하러 간다. 그때 히데오는 다른 학생들이 끊임없이 의견을 제시하는 와중에 줄곧 침묵을 지키고 있던 학생이었다. 준비 중인 연극에 대해 질문했을 때도 히데오는 가장 늦게 "이번 작품은 평범한 고등학생들을 주인공으로 하지만 교훈적인 내용은 아니고, 입시 제도나 한국의 교육 방식을 비판하는 내용도 아니며, 그렇다고 『데미안』 같은 소설을 떠올리는 것도 곤란하다고" 대답한다. 이에 '나'는 "그래서요"라고 다시 묻는다. 즉, '나'는 히데오가 not A의 방식으로 대답했을 때, 그렇다면 B는 무엇인지를, 그러니까 무의식적으로 히데오, 곧 '너'는 누구인지를 물었던 것이다. 히데오의 답변을 듣지 못한 '나'는 히데오에 대해 "수줍음, 자기 확신 ×"라고 기록해둔다. 이러한 내막이 있었기에 영상원 지하의 어두운 강의실에서 '나'와 히데오가 다시 만나 필담을 나누게 되었을 때, 히데오는 오히려 "제 이야기를 술술 써내려"갈 수 있었는지도 모른다. '나'도 모르는 사이 '나'는 히데오로 하여금 '나는 누구인가'라는 질문에 언젠가는 필연적으로 대답해야 할 때가 온다는 사실을 깨닫게 한 것이다.

따라서 히데오가 내가 집필한 희곡 〈따귀 게임〉의 '불량소년' 역할에 지원했을 때, 그는 이 배역을 수행함으로써 "또 다른 히데오"를 만들어보려는 기획을 이미 시작했었다고 할 수 있다. 히데오는 "감정을 폭발시키는 데 재능이 있"음을 보여주며 오디션에 합격한 뒤 '나'에게 어린 시절 일본에서 겪었던 차별과 폭력을 처음으로 고백한다. 그는 항상 억울했었다며 자신도 사람들을 좀 때려주고 싶었다고 말한다. 그래서 불량소년 역을 맡고 싶었다는 것이다. 이는 히데오에게 이 연극이 not A but B의 구도가 상정하고 있는 정체성의 딜레마에서 벗어나려는 최초의 시도였음을 드러낸다. 그는 연기를 통해 새로운 정체성을 획득해보고 싶었던 것이다. 이 지점에서부터 '정체성'과 '예술'은 얽히게 된다. 그러나 그의 정체성 실험과 별개로 '나'는 당황스러움을 느끼는데, 그러한 발언은 이때까지 자신이 알고 있던 히데오가 할 만한 말은 아닌 것 같았고, 또한 히데오의 억울함이 이해가 안 가는 것은 아니었지만, 그것은 "너무나 멀리 있는 감정이었던 데다, 다소 낭만적으로 들리는 면"까지 있었기 때문이다. 히데오는 오디션에서 모범소년의 따귀를 때리는 대신 농구공을 가격했었는데, 그의 손바닥은 아직까지도 발갛게 부어올라 있었다. 히데오는 "피부가 아직도 오돌토돌해."라고 말하며 만져보라는 듯이 '나'에게 손바닥을 살짝 내미는데, '내'가 검지로 쓸어본 히데오의 손바닥에는 "농구공 표면의 자잘한 돌기"가 남아 있었다. 이 장면은 연극 〈따귀 게임〉을 연상시킨다는 점에서 매우 의미심장하다.

〈따귀 게임〉은 모범소년이 불량소년에게 매일 따귀를 맞았다고 신고해 학교폭력위원회가 열린 내용을 담고 있다. 불량소년도 혐의를 인정하고 있지만, 중요한 것은 불량소년이 모범소년을 때린 이유이다. 불량소년에 의하면 모범소년은 좋은 작가가 되기 위해서는 고통스러운 경험이 필요하다고 생각한다. 그래서 아버지로부터 학대를 받은 경험이 있는 불량소년에게 그 이야기를 해달라고 했을 뿐 아니라 이야기에 값을 매겨 자신을 때려달라고 부탁했다는 것이다. 〈따귀 게임〉에 비추어보면 '나'는 극작가를 지망하는 학생이라는 점에서 모범소년, 히데오는 종류는 다르지만 고통스러운 경험이 있다는 면에서 불량소년에 대응된다고 할 수 있다. 작중에서 모범소년은 그 거래가 "신뢰와 정직을 바탕"으로 하는데, 불량소년의 아버지는 이미 5년 전에 사망했다며 불량소년이 약속을 깨뜨렸다고 주장한다. 이에 대해 불량소년은 아버지는 없지만 학대를 받았던 것은 분명한 사실이라고 반박한다. 즉, 모범소년이 불량소년의 고통을 의심스러워했듯이, '나' 또한 히데오의 고통을 온전하게 받아들이지 못하는 모습을 보인다.

〈따귀 게임〉은 '예술'을 한답시고 피해자의 고통을 훔치려 하는 예술가의 비도덕성, 그러면서도 피해자의 고통의 진정성을 평가하고 재단하려는 예술가의 파렴치함, 나아가 피해자에게 고통의 증명을 요구함으로써 이를 '진실 게임' 수준으로 만들어버리는 사회의 잔인함을 다루고 있다. 물론 여기서 피해자는 가해자이기도 하다는 점에서 문제는 더욱 복잡해진다. 그럼에도 불구하고 핵심은 '내'가 〈따귀 게임〉을 통해 천착했던 예술과 고통의 관계가 히데오의 오돌토돌한 손바닥에 가닿는 순간 너무도 비현실적이고 현학적인 논의로 느껴졌다는 데 있다. 히데오는 "때려주고 싶었다는 것"이 연극의 결말이자 본인이 불량소년 역할에 지원하게 된 중요한 단서라고 생각한다. 그에게는 예술이 고통을 재현할 때 지켜야 할 윤리보다도 피해자의 원초적인 복수심을 표출하는 것이 더욱 중요했던 것이다. 이는 '나'의 의도를 벗어나는 것으로 예술이 은폐하고 있던 고통의 추상성과 실제성 사이의 차이가 명징하게 드러나는 순간이었다.

흥미로운 것은 히데오가 연기를 통해 "상처받지 않은 자신, 따돌림도 비밀도 없는 성장기"를 지닌 자신을 상상해왔다는 점이다. '나'는 전 남자친구 영도('영화학도'의 줄임말)를 떠올리며 그런 사람은 끔찍할 수도 있다고 말한다. 어떤 상처도 비밀도 없다는 것은 이 사회가 요구하는 정상성의 범주에서 한 치도 벗어나지 않는 삶을 살아왔다는 의미이기도 하다. 그리고 그런 사람은 바로 영도라고 할 수 있다. 영도는 페미니즘 영화를 여성 감독의 피해의식에 의한 것이거나 남성 감독이 비평가에게 아부하기 위해 만든 것쯤으로 생각한다. 그는 규범성에 미달되는 사람들이 이론과 작품을 통해 자기 자신에 대해 설명할 수 있다는 점조차 이해하지 못하는 인물이다. 히데오는 영도가 끔찍한 사람이라는 데에는 동의하지만, '내'가 왜 상처받지 않은 히데오의 모습이 영도와 똑같으리라 가정하는지는 이해하지 못하고, '나' 역시 이에 대해 제대로 대답하지 못한다. 그럴 수밖에 없는 것이 '나'는 히데오를 사랑하고 있었기 때문이다. 그래서 '나'는 히데오를 전 남자친구인 영도에 비추어서 생각하곤 했다. '나'는 히데오가 '나'를 사랑하지 않는다는 사실을 알고 있었지만, 히데오의 내밀한 고백에 계속해서 기대감을 갖는다. 여기서 '정체성'과 '예술'에 더해 '사랑'이 얽혀든다.

시간이 지나 '내'가 배우로서 성공적인 입지를 다지고 있는 히데오와 다시 만났을 때, '나'는 그가 일본에서 겪었던 일들이 더 이상 비밀이 아니라는 것을 깨닫게 된다. 히데오는 연신 웃음을 터뜨리며 그때 대단한 비밀인 것처럼 그런 일에 집착했던 자신이 웃기다고 말한다. 놀란 '내'가 이제는 비밀이 없느냐고 묻자, 히데오는 새로 생긴 비밀이 아주 많다며 말해줄 용의를 보인다. 그 순간 이 둘 사이의 "신뢰와 정직", 나아가 애정에 바탕을 두고 있던 특별한 관계는 무너져버린다. '나'는 히데오로부터 일종의 배신감을 느끼고 그에게 새로 생긴 비밀에 관해 묻지 않는다. '나'는 히데오가 어쩌면 '나'를 통해 자기 서사를 만들어가고 있었을지도 모른다는 점을 자각한 것이다. 그 자기 서사란 배우로 성장한 히데오가 그를 찾는 인터뷰마다 이야기하곤 하는 "레퍼토리"로 "어렸을 때 일본에서 자랐으며 그곳에서 심각한 이지메를 당했다고 고백하고, 그래서 한국으로 이주하여 보낸 학창 시절이 소중하다고 강조한다. 일본에서도 한국인 정체성을 포기하지 않았던 어머니에 대한 사랑을 전한다." 이는 히데오에게 '정체성'이란 거창한 것이 아니라 한국 사회의 구성원이 되기 위한 멤버십의 차원이었음을 보여준다.* 그래서 그는 '재일조선인'으로서의 정체성을 제시한 것이다.

'나'와 히데오의 대학 시절은 미투 운동과 영화 〈에브리씽 에브리웨어 올 앳 원스〉가 개봉했던 때로 대략 2018년에서 2022년경 사이였다고 할 수 있다. 그때는 전세계적으로 문화예술계에 젠더, 인종 등 소수자 담론이 대두되었던 시기였다. 히데오는 한국에서 예술가로 활동할 때 자신이 재일조선인이었다는 점이 셀링 포인트가 될 수도 있다는 사실을 놓치지 않았던 것이다. 물론 자신의 '정체성'을 밝히는 행위가 해방적일 수도 있음을 부정하는 것은 아니다. 그러나 특정한 '정체성'을 획득한다는 것은 이 사회의 분류 시스템에 자신을 포함시킨다는 점에서 억압적이기도 하다.** 히데오는 재일조선인 서사라는 문화적 자원을 통해 한국 사회에서 배우로 살아갈 자격을 얻은 것이다. 그런데 문제는 그러한 자기 서사가 '나'와 히데오 사이에 형성되어 있던 특별한 규약을 배반하는 것이었다는 점이다.

'나'와 히데오의 관계를 이해하기 위해서는 '나'와 영도의 관계부터 들여다볼 필요가 있다. 아까 언급했듯이 영도는 한국 사회의 정상성에 부합하고, 또한 이를 추구하는 남성이다. 그것을 정확하게 표현하면 이성애적 남성성이라고 할 수 있을 터인데, 영도가 '나'의 마음을 사로잡는 방식도 전형적인 이성애 문법에 충실했었다. 영도는 콩트 창작 수업에서 내내 여성 혐오적인 글을 써오다가 종강할 즈음 수정한 글로 모두에게 긍정적인 평가를 받는다.

---

* 래윈 코넬에 의하면 정체성은 특정 공동체 내에서의 멤버십 문제이기도 하며, 이 공동체는 주로 민족-국가를 뜻한다. 히데오 역시 한국 사회에서 허용 가능한 정체성을 통해 멤버십을 획득했다고 할 수 있다. 래윈 코넬, 「정체성」, 위의 책, 2024, 231쪽.

** 정체성은 언제나 해방적인 동시에 통제적인 것이다. 동성애자는 자신의 성 정체성에 근거해 정치적·문화적 조직화를 달성한다는 점에서 해방적일 수 있지만, 한편으로 이러한 과정에서 동성애를 일탈로 규정하는 분류 체계에 의존하게 된다. 만약 분류 체계를 거부한다면, 이는 성 정체성을 포기하는 것과 마찬가지이며, 억압에 맞서 싸우기 위한 필수적 이념과 사회적 지지를 잃어버리는 결과로 이어진다. 따라서 동성애자의 정체성은 항상 딜레마에 직면하곤 한다. 히데오의 '재일조선인'이라는 정체성 역시 해방적/억압적 측면을 동시에 지닌다고 할 수 있다. 위의 글, 위의 책, 242쪽.

그러자 영도는 이러한 변화가 '나'의 피드백 덕분이라며 '나'에게 박수를 양보한다. '나'는 "자기 밖의 세계를 상상하지 못했던 남자가 나로 인해 변했다"고 여기면서 이를 기쁘게 생각한다. 그러나 이 장면은 기실 영도가 '나'에 대해 "주도권"을 잡았던 순간이었다고 할 수 있다. 영도의 발언 때문에 영도는 '나'에게 조언을 받던 사람에서 '나'를 인정해주는 사람으로 스스로의 위치를 전환했기 때문이다. 이러한 자리 바꿈은 '나'와 영도가 칵테일바에 갔을 때도 재연된다. 바텐더가 '나'에게 옆에 앉은 남자가 남자친구냐고 묻자 영도는 바로 "노력 중이죠."라고 대답한다. 여기서도 영도는 '나'와 자신의 관계를 규정하는 주도권을 결코 놓치지 않는다.

그러나 히데오와 '나'의 관계는 다르다. '내'가 히데오와 같이 쌀국수를 먹으러 갔을 때, 이를 본 영도 일행 중 한 명이 히데오에게 다가와 "데이트해?"라고 묻지만, 히데오는 '나'를 쳐다보지도 않은 채 "무슨. 그냥 밥 먹는 거지."라고 답한다. '나'는 다른 남자와 함께 있을 때 영도와 마주치는 상황을 수없이 상상했었기에 이러한 히데오의 태도에 아쉬움을 느낀다. 그렇지만 영도의 질문은 '나'와 이미 헤어졌음에도 불구하고 '나'에 대한 소유권을 드러내는 행위라는 점에서 문제적이다. 히데오는 이에 응하지 않는데, 이를 통해 히데오가 전형적인 이성애적 남성성과 거리가 있음을 알 수 있다. 히데오는 미투 운동에도 관심을 지니고 있고, 페미니즘 영화에 대한 영도의 저열한 인식도 비판할 줄 아는 남성이다. 이러한 히데오의 젠더 감수성은 그가 한일 혼혈인으로서 소수자의 위치에 서봤기 때문에 지닐 수 있었던 것으로 추정된다.

그렇기 때문에 그가 '나'에게 첫 번째 이름이었던 '히데오'에 대해서 알려주었을 때, 여기에는 '내'가 영도처럼 히데오의 비밀을 다른 사람들에게 수군거릴 만한 인물은 아니라는 '믿음'이 깔려 있었다. 또한 '나'라면 자신의 고통을 이해할 수 있을 것이라는 어느 정도의 '존중'을 바탕에 둔 것이기도 했다. 이 '믿음'과 '존중'에 기반한 비밀 공유는 한편으로 유사 연애적인 감각이기도 했다. 히데오가 그만큼 '나'를 특별하게 여긴다고 해석할 여지가 있었기 때문이다. 그래서 '나'는 히데오가 나를 좋아하지 않는다는 것을 알면서도 계속 기대감을 지니고 있었던 것이다. 그러나 히데오가 자신의 비밀을 '나'뿐만 아니라 다른 사람들에게도 공공연하게 이야기했을 때, 그리고 그 비밀을 우스운 것처럼 취급하며 새로운 비밀에 대해 알려주겠다고 했을 때 '나'는 히데오의 정체성에 관한 비밀을 공유함으로써 히데오와의 관계에서 점하고 있었던 특별한 지위에서 밀려나고 만다.

히데오가 자신의 정체성을 찾고, 이를 공적인 영역에서 거리낌없이 밝히며 그것이 그에게 예술적인 자원이 된다는 것은 아름다운 일이다. 그는 "화려한 드레스를 입고 스포트라이트를 받는 영화 속 양자경"처럼 진짜 '스타'가 되었다. 그러나 이 소설은 환한 빛에 대한 이야기가 아니다. 오히려 환한 빛이 어두운 소극장을 밝힐 때 눈꺼풀 안쪽에 남는 "빛의 파편"에 대해 말하고 있다. 그것은 히데오가 '재일조선인'으로서 자기 서사를 구축해 나가며 은폐한 일말의 진실, 즉 한국 사회에서도 일본(인)에 대한 혐오적인 표현에 상처받았던 그 '기억'이기도 하고, 그러한 히데오의 상처를 '나'만이 알고 있다는, 그렇지만 그것이 아무 의미가 없어졌다는 데서 기인한 '슬픔'이기도 하다. "그의 이야기를 읽을 때마다 나는 이제 더는 히데오가 아닌 히데오를 히데오라고 부르곤 한다."라는 마지막 문장은 '내'가 히데오에게 지니고 있는 쓸쓸함을 보여준다.

소설 초입에 '나'는 히데오가 조금씩 들려준 어린 시절 이야기를 통해 "히데오의 생애 초반에 일어난 일들을 하나의 이야기로 꿸 수 있게 됐다."라고 말한 바 있다. 이를 고려했을 때, 어떻게 보면 이 소설 전체가 히데오의 레퍼토리에 맞선, '내'가 구성한 히데오의 자기 서사라고 할 수 있다. 하지만 히데오의 자기 서사를 다른 누군가가 대신 쓴다는 것이 과연 가능할까? 심지어 그가 넣고 싶지 않았던, 한국에서의 어두운 기억을 담는 것이 과연 윤리적으로 옳을까? 그를 사랑했다는 이유로, 그의 일면을 알고 있다는 이유로 그래도 되는 것일까? 히데오가 버린 이름을 '나'는 왜 계속 부르는 것일까? '나'는 어쩌면 모범소년의 역할에서 아직도 벗어나지 못한 것이 아닐까? 결론은 하나다. 정체성도, 예술도, 사랑도 실은 아름답지 않다. 그것은 모두 파편을 남긴다. 이 소설은 그 파편이 남긴 폭력에 대한 고찰이다.

대부호

성혜령

2021년 창비신인소설상을 통해 작품 활동 시작. 소설집 『버섯 농장』 『산으로 가는 이야기』 등이 있음. 2023, 2025년 젊은작가상, 2024, 2026년 이상문학상 우수상 수상.

대부호

─이자숙 씨 가족 되시죠? 여기 응급실인데요…….

엄마의 번호로 걸려 온 전화에서 낯선 목소리가 첫 문장을 다 말하기도 전에 나는 빠르게 체념했고 그런 자신에게 조금 놀랐다. 작년에는 아버지를 데려가더니 올해는 엄마구나, 하는 섣부른 절망감과 동시에 완전한 혼자가 될지도 모른다는 불온한 해방감이 밀려들었다.

아버지도 지난봄에 응급실에서 돌아가셨다. 아니, 정확히 말하면 내륙고속도로의 휴게소에서. 아버지의 11톤 트럭에는 다음 날 오전까지 남서울 물류허브에 도착해야 할 택배 상자가 가득 쌓여 있었지만 원칙주의자였던 아버지는 야간 운전 중에 한 번은 꼭 휴게소에 들러 쪽잠을 잤다. 그날은 새벽 다섯 시 반쯤, 서울을 고작 50킬로 남겨둔 휴게소였다. 주유소와 가까운 주차장 끄트머리에 트럭을 세운 뒤 아버지는 안전벨트도 풀지 않고 눈을 감았다. 영영. 차량을 실시간으로 추적하던 물류센터 관제팀의 신고로 출동한 경찰이 아버지를 발견하고 인근 도시의 응급실로 옮겼지만 도착했을 당시 이미 심정지 상태였다고 했다. 갑작스럽지만 여지없는 죽음이었다.

그날 전화를 받은 사람도 나였다. 해는 벌써 여름인 양 뜨겁고 바람은 아직 겨울처럼 차갑던 봄의 초입, 나는 그날도 기어코 발생하고 마는 시스템 오류를 해결하려고 애쓰다가 도망치듯 점심을 시켜 먹던 중이었다.

─김규남 씨 가족 맞으시죠?

응급실에서는 두 시간 내에 가족이 오지 않으면 아버지를 우선 영안실로 보내야 한다고 했다. 그 말을 듣는 순간 왜인지 필사적으로 그것만은 막아야겠다는 생각이 들었다. 이미 돌아가신 아버지를 응급실에서 보든 영안실에서 보든 달라지는 것도 없는데.

택시를 타고 한 시간 반 만에 처음 가보는 도시의 병원 앞에 도착했다. 손님을 모시고 임장을 나가 있던 엄마는 부동산에 돌아온 뒤에야 내 전화를 받았고, 손이 떨려 최 실장님의 차를 얻어 타고 오는 중이었다. 간호사는 신원 확인이 끝났으면 시체를 옮겨야 한다고 재차 말했다. 엄마를 기다리는 동안 나는 누군가 아버지를 훔쳐 가기라도 할까 봐 침대를 지키고 서서 다가오는 사람들을 사납게 쳐다봤다. 온몸이 부풀어 오르는 것처럼 순식간에 솟구치던 적대감과, 아무도 우리가 어떤 일을 겪었는지 이해하지 못하리라는, 아버지의 삶이 이렇게 납작하게 처리되면 안 된다는 억울함. 아버지의 몸에는 피 한 방울 묻어 있지 않았는데, 나는 그 자리에서 피를 철철 쏟고 있는 것처럼 공기조차 따갑고 아렸다. 엄마가 응급실에 도착하고 나서야 나는 주저앉았다. 엄마는 내려오는 길에 이미 눈물을 다 쏟은 듯 바싹 마른 얼굴로 내 등을 쓸며 말했다.

이제 우리 둘만 남았네.

그 말을 듣는 순간 한껏 팽창했던 신경이 단숨에 바늘에 찔린 것처럼 쪼그라들었다. 도망갈 계획을 들킨 것 같아서. 정말, 어떻게 우리 둘만, 어쩌다 우리 둘만 남았지. 나는 한국을 떠날 준비를 하고 있는데.

그러니까 나는, 엄마가 서울 시내 응급실로 의식을 잃은 채 실려 왔다는 전화를 받고 당연하게 최악을 생각했다.

"너까지 안 와도 되는데."

응급실 접수대 앞 의자에 앉아 휴대폰으로 시끄러운 영상을 보고 있던 엄마가 소리도 줄이지 않고 말했다. 엄마는 턱 끝에 피가 배어 나온 거즈를 붙인 채 한쪽 팔은 어깨걸이에 고정하고 있었지만, 침대에 누워 있지도, 뻣뻣한 흰 천을 덮어쓰고 있지도 않았다. 아, 아직, 우리 둘이구나.

"나 말고 올 사람이 누가 있다고 그런 말을 해."

　　재택근무 중에 급히 반차를 내고 햄버거 소스가 묻은 트레이닝복 차림
으로 응급실을 헤매던 나는 숨을 겨우 몰아쉬며 대꾸했다. 어떻게 된 일
이냐고 묻자 엄마는 어떤 남성의 목소리가 시끄럽게 새어 나오는 휴대폰
을 무릎에 내려놓고 옆자리를 차지하고 있던 검은색 나일론 백팩을 오랫
동안 뒤적이며 답했다.

　　"넘어져서 잠깐 기절한 거래. 뇌 사진 다 찍었는데 괜찮다더라. 오른쪽
쇄골만 조금 금 갔는데 시간 지나면 저절로 붙는다고 뭐 해줄 것도 없대.
진통제 맞으니까 이제 아프지도 않은데 꼭 보호자가 와야 퇴원시켜준다
고 하네."

　　뭐 찾아줘? 내가 가방으로 손을 뻗자 엄마는 얼른 퇴원 수속이나 밟으
라고 말했다. 응급실 스테이션에 가서 이자숙 씨 보호자라고 말하니 마침
자리에 있던 담당 의사가 다가왔다. 내 또래였고 배가 상당히 부른 임산
부였다. 한 손을 허리에 짚은 채 종종걸음으로 걸어온 의사는 엄마의 뇌
CT와 경추 MRI는 큰 문제가 없어 보이지만 어지럼증, 구토, 방향감각
상실 같은 증상이 있는지 하루이틀은 잘 지켜보라고 말한 뒤 잠시 숨을
골랐다.

　　"저, 어머니 견갑골, 그 날개뼈 쪽에 멍이 크게 들었거든요. 자세히 보
니 발자국 같더라고요. 넘어지셨을 때 누가 거길 밟아서 골절이 일어난
걸로 보여요. 넘어진 정도로 쇄골에 분쇄골절이 일어나기는 쉽지 않거든
요. 광화문에서 발견되신 걸로 아는데, 혹시 몰라 사진도 찍어놨고 소견
서도 드릴 테니 필요하시면 경찰에 제출하세요."

　　응급실 수납을 마친 뒤 엄마의 외투와 가방을 챙겨 택시를 탔다. 집으
로 가는 동안 휴대폰도 어느새 조용해졌고 엄마는 아무 말도 없었다. 하
늘이 내려앉은 초봄이었고 빛이 썰물처럼 조용히 물러나고 있었다. 나는
그제야 내 휴대폰을 열어 그새 쌓인 사내 메신저를 훑어보고 저녁에 예정
되어 있던 전화영어 수업을 급히 취소했다. 택시에서는 그날 정오부터 광
화문광장에서 계엄 규탄 시위에 맞서 자칭 애국 보수 단체 주도의 시위가
있었다는 라디오 뉴스가 나왔다.

"의사 선생님, 임신 후반기 같던데. 요새 응급실 의사 구하기 정말 어렵
나 봐."

"다 팔자 좋아서 그런 거지. 먹고 살기 힘들어봐라. 일해야지, 별수 있
나."

엄마는 파업 중인 의사들이 자기 말을 듣고 있기라도 한 것처럼 위엄에
차 말했다. 누가 듣고 있는 것도 아닌데 고개가 절로 숙여졌다. 엄마가 다
시 한 손으로 가방 안에 손을 넣었다.

"아까부터 뭐 찾는데?"

내가 가방을 가져오며 묻자 엄마는 보조배터리, 하고 짧게 답했다. 엄
마의 검은 나일론 가방은 자세히 보니 지퍼에 실올이 다 풀려 있었고, 지
하철에서 팔 법한 명품 브랜드 모조품 같았다. 보조배터리를 꺼내주면 또
휴대폰이 시끄러워질 텐데. 건성으로 가방에 손을 넣고 휘적이며 나는 진
작 물어봐야 했던 것을 물었다.

"어디서 넘어진 거야?"

"그냥, 길 가다가."

"부동산은 어떻게 하고?"

"최 실장 있잖아. 요새 경기가 안 좋아서 집 보러 오는 사람도 별로 없
어."

"누가 엄마 넘어지고 나서 밟고 지나간 것 같다던데. 등은 안 아파?"

"모르고 그랬겠지. 알고 일부러 밟았겠니."

"신고 안 해도 돼? 모르고 그랬든 알고 그랬든 사람 다치게 했으면 과
실치상으로 처벌 가능하대."

엄마는 차에 타서도 휴대폰만 보고 있다 처음으로 내 쪽으로 고개를 돌
렸다.

"그렇게 일일이 고소하고 그럼 못쓴다. 그렇게 사는 거 아니야."

라디오에서 집회에 참가한 사람들의 구호 소리가 들렸다. 북한을, 중
국을, 노동자를, 노조를, 반대파 정치인을 극렬히 혐오하고 반대하는 사
람들의 목소리가 택시 안을 순간 빈틈없이 메웠다. 가방 안에 넣은 손을

아무리 휘저어도 보조배터리 같은 건 잡히지 않았다. 그 안에 정체를 알 수 없는 자잘한 것들이 너무 많았다. 사탕, 물티슈, 안경집, 템플릿, 거울, 립스틱 뚜껑, 약 봉지, 생수병, 엉킨 줄 이어폰, 왜 있는지 모를 마사지용 볼…… 그리고 얇은 깃대에 매달린 바스락거리는 천이 손끝을 스쳤다. 굴 같은 가방 속에서 어긋난 태극기 문양이 일그러진 눈처럼 나를 바라보았 다.

※

엄마의 집, 아니, 우리 가족이 살던 집을 스무 살 때 나간 이후로 나는 단 하루도 그 집에서 자고 간 적 없었다. 아버지의 장례를 치른 후 유품 을 정리하러 갔을 때도 자정이 넘는 시간까지 정리를 도운 뒤 택시를 타 고 자취방으로 돌아왔다. 그 집은 부모님이 결혼한 지 십 년 만에 마련한 진짜 우리 집이었다. 90년대 후반, 늪지를끼긴 서울 외곽도시에 새로 지은 5층짜리 연립주택으로, 입구는 가파르고 천장은 낮지만 지하 주차장까지 갖추고 있었고, 붉은 벽돌이 아닌 흰 대리석 마감에, 마치 유럽의 저택처 럼 높은 장미 문양 철문까지 건물 앞에 솟아 있었다. 이제 장미는 녹슬었 고 주차장 진입로는 물이 고일 정도로 패였으며 흰 대리석 외벽은 흙먼지 와 거뭇한 때로 뒤덮였지만 그때 그 집은 우리 세상의 중심이었다. 나와 엄마, 아버지 그리고 오빠에게.

그 중심에서 튕겨져 나올 때, 나는 겨우 스무 살이었지만 열아홉에 죽 은 오빠가 한 번도 살아본 적 없는 스무 살이었다. 그 무게만으로 숨이 막 히는데, 엄마가 돌연 공인중개사 자격증을 따겠다고 결심하고는 내게 집 안의 모든 살림을 떠맡겼다. 야간 운전이 잦은 아버지가 자는 시간을 피 해 청소기를 돌리고, 빨래도 하고, 밥도 챙겨주길 바랐다. 처음에는 나도 말 잘 듣는 딸이 되고 싶었다. 오빠가 죽은 이후 꼬박 이 년간 엄마는 집 에만 있었다. 친구들이나 친척들이 찾아와도 현관문도 열어주지 않고 돌 려보냈다.

"나는 괜찮으니 다음에 봐요. 지금 세수를 안 해서 나갈 수가 없네."

엄마는 높고 매끄러운 목소리로 현관문을 향해 노래하듯 말하곤 했다. 새벽부터 일어나 화장을 완벽하게 하고 있었으면서도. 그 시간 동안 엄마는 오로지 아버지와 나의 밥을 챙기고, 빨래를 하고, 집을 닦았다. 집 안의 모든 곳이 반짝이고 빳빳했다. 엄마는 오빠 얘기는 한마디도 하지 않았고, 적어도 우리가 보는 앞에서는 울지도 않았다. 엄마가 드디어 밖으로 나가서 사람들을 만나고, 공부도 하고, 무언가를 하려 한다는 게 나도 좋았다. 수능이 끝나고 시작된 긴 겨울 내내 나는 외출도 거의 하지 않고 집안일을 했다. 친구들이 옷을 사고, 성형수술을 하고, 운동을 하고, 연애를 시작하거나 끝내는 동안, 나는 엄마가 하던 대로 징그럽게 잘 자라는 고무나무에 물을 주고, 행주를 삶아서 식탁을 닦고, 스팀 청소기를 돌리다 발등을 데기도 했다.

내가 그렇게까지 했는데, 엄마는 매번 집 안 꼴이 마음에 들지 않는다고 했다.

나도 대학교는 처음이었다. 개강 후에는 당연히 집에 있는 시간이 줄었다. 전공과목을 과외로 선행학습을 한 아이들이 대학교에도 있을 줄은 몰랐다. 어떻게든 새로운 집단에서 살아남으려 동아리도 들었고 과 행사도 참석했다. 집에 들어오면 언제나 화가 나 있는 엄마가 기다리고 있었다. 내가 남겨놓고 간 물컵 하나, 잘못 벗어놓은 양말 한 짝, 그 모든 것들, 그러니까 내가 그 집에 존재함을 나타내는 흔적을 엄마는 참을 수 없어 했다. 그때는 엄마와 거의 매일 싸웠던 것 같다. 엄마는 나를 늘 "이기적인 년"이라고 공격했다. 자기가 나를 어떻게 돌봤는데, 수험생 시절 내내 어떻게 받들어 모셨는데, 그 덕에 대학생이 됐으면서 어쩜 그렇게 가족을 배려할 줄 모르냐고. 엄마가 언제까지 네 뒤치다꺼리를 해야 하냐고.

나는 엄마의 말을 이해할 수 없었다. 순수하게 이해가 되지 않았다. 엄마가 나를 받들어 모시지도 않았을뿐더러, 오빠가 죽은 후 내내 엄마의 눈치를 본 사람은 나고, 무엇보다 이제 겨우 스무 살인 내가 내 삶을 산다는 게 어떻게 이기적인 건지. 결국 나는, 엄마는 오빠가 아니라 내가 살아

남아서 화가 났다고밖에 생각할 수 없었다. 그런 이유가 아니면 도무지 엄마를 이해할 수 없었고, 그 이유를 떠올리고 나자 더는 엄마와 살 수 없었다. 아르바이트 자리를 찾고 고시원을 알아보고 있을 때, 아버지가 안전한 지역에서 원룸을 얻을 수 있는 정도의 보증금을 주었다. 아버지는 나와 엄마가 싸울 때 대개 자고 있거나 밖에 나가 담배를 피우고 있었던 것 같은데. 그 돈을 받기 전에 나는 분명히 말했다.

"저 나가면 다신 안 돌아와요. 그거 알면서도 주실 거예요?"

그리고 나는 그 말을 지켰다. 반쯤은 철없는 복수심이었고, 나머지 반쯤은 순수한 두려움 때문이었다. 그 집에 다시 들어가면, 내 옛 방에 몸을 누이면 너무 많은 것이 덮쳐 올 것 같아서.

집으로 돌아온 엄마는 응급실에서 맞은 진통제 효과가 떨어지자 이를 악물어도 앓는 소리가 새어 나올 정도로 통증에 시달렸다. 처방받은 진통제를 먹고 약효가 있기를 기다리는 동안 엄마는 소파에 비스듬히 누워 입술을 깨물다 못해 턱을 덜덜 떨었다. 등이 아파서 침대에 몸을 똑바로 누일 수도 없었고 부러진 쇄골 때문에 옆으로 돌아눕기도 어려웠다. 얼음찜질로 등 쪽의 통증을 조금이나마 마비시키고 나서야 엄마는 겨우 잠들 수 있었다. 잠든 엄마의 얼굴을 잠시 보고 있다가 그날 새벽에 집을 나왔다. 이번에는 다시 돌아오기 위해서. 수험용 문제집과 당시 유행하던 인터넷 소설들, 내가 한때 좋아했고 지금은 어딘가 망가진 아이돌이 여전히 해사하게 웃고 있는 잡지들이, 아직도 숨이 죽지 않은 분노와 무기력과 함께 조용히 삭고 있는 나의 옛 방으로.

그 방은 내가 떠나기 전과 너무 그대로여서 보존인지 방치인지 분간하기 어려웠다. 페인트칠이 벗겨지고 있는 민트색 책상과 의자에 묶어놓은 원숭이 얼굴 모양의 방석, 노란 혹은 누런색 비키니 옷장, 분홍 누비이불이 접혀 있는 흰 프레임의 침대, 침대 옆 벽에 붙여놓은 〈베를린 천사의 시〉 같은 한 번도 본 적 없는 외국 영화 포스터들. 과거의 나는 민트색 책상과 흰 침대, 보지도 않은 예술영화를 좋아하던 사람이었다는 사실이 믿기 어렵다. 지금 내가 살고 있는 원룸은 짙은 색 원목 가구 위주고 세입자

답게 벽은 깨끗이 유지한다. 비키니 옷장 안에는 교복이 그대로 걸려 있다. 매일 아침 와이셔츠의 단추를 하나하나 채우고, 치마에 조끼에 재킷까지 껴입고 학교에 간 사람이 정말 나였을까. 자취방에서 가지고 온 외투와 옷가지 몇 개를 걸어두니 옷장이 휘청이는 것 같다. 속옷을 넣어두던 침대 협탁의 서랍장을 열어보다가 뜻밖의 물건을 발견한다. 트럼프 세트. 습관처럼 카드를 꺼내 한 손으로 쥐고 한 손으로 섞어본다. 착착착, 카드가 카드 사이로 감기는 소리가 익숙하게 손마디를 휘감는다.

한때지만 우리 가족은 함께 둘러앉아 카드 게임을 했다. 내가 초등학교를 졸업하기 전까지는, 그러니까 오빠가 중학생이던 무렵까지는 그랬던 것 같다. 아버지에게는 일본인과 결혼해서 일본에 살고 있는 누나가 있었다. 우리는 일본 고모라고 불렀는데, 일본 고모는 다른 가족과는 인연을 끊었지만 아버지에게만은 가끔 연락을 하는 모양이었다. 아버지는 일본 고모에 대해 '용기 있는 사람'이라고만 말했고 자세한 이야기는 하지 않았다. 아마 아버지가 고모를 불쌍히 생각지도, 괘씸히 여기지도 않았기 때문에 고모가 아버지와는 연락하는 것일지도 모른다고 생각해본 적은 있다. 일본 고모는 딱 한 번 우리 집에 온 적 있었는데 너무 어렸을 때라 기억에 남는 일은 별로 없지만, 그때 고모가 내게 벨벳 같은 자줏빛 립스틱을 발라주었던 기억은 선명하다. 아, 그리고 카드. 처음으로 만져본 뻣뻣하고 매끄러운 카드의 감촉. 고모는 당시 일본에서 유행하던 대부호 혹은 대빈민이라 불리던 게임을 우리에게 알려주고 갔다.

대부호는 대부분의 카드 게임과 마찬가지로 가지고 있는 카드를 먼저 없애는 사람이 이기는 게임이다. 승리한 사람은 대부호가 되고 꼴찌는 대빈민이 된다. 다음 게임 시작 전에 대빈민은 대부호에게 가장 강한 카드 두 장을 바쳐야 하고, 반대로 대부호는 대빈민에게 약한 카드 두 장을 버릴 수 있다. 카드는 3이 가장 약하고 2가 가장 세다. 조커는 모든 카드보다 세고 어느 카드와 내도 되지만 가장 마지막에 낼 수는 없다. 3부터 시작해서 카드를 먼저 없애는 사람이 승리하는데, 같은 숫자를 여러 장 내도 된다. 이때 네 가지 무늬의 같은 숫자를 모두 낸 경우, '혁명'이 일어난다.

혁명이다!

혁명을 외치면 카드의 순서가 거꾸로 뒤집힌다. 이제 3이 가장 세고 2가 가장 약하다. 카드도 거꾸로 내야 한다. 가장 좋은 것만 뺏기는 대빈민이 되지 않기 위해서, 대부호가 되어 좋은 카드를 당연하게 받기 위해서 우리는 게임에 열중했다. 혁명이 일어나면 모두가 놀랐고, 웃음이 터졌다. 그런 행운이 자주 오지는 않았고, 혁명을 일으킨다고 꼭 대부호가 되리란 법도 없었지만.

카드를 다시 집어넣으면서 나는 생각한다. 그때, 우리는 함께 둘러앉아 카드 게임을 했지. 아버지는 집에 들어오는 날이 드물었고, 엄마는 신경이 곤두서 있을 때가 많았지만, 그래도 나는 우리가 텔레비전에 나오는 가족들처럼, 함께 둘러앉아 서로 이야기하며 웃는, 그럴듯한 가족이 된 것 같아 좋았다. 비록 우리가 서로 많은 이야기를 나누지 않았고, 어떤 이야기들은 너무 일찍 영영 모르게 되었지만, 그래도. 그때 우리는 가족 같았다. 그게 행운인지 저주인지, 흐름을 뒤바꾸어놓을 패인지, 순조롭게 만든 패인지, 지금으로서는 전혀 모르겠지만.

✻

엄마와 다시 같이 사는 일은, 어떻게 말하는 게 좋을까. 당연하면서 또 당황스럽게 쉽지 않았다. 집을 나온 뒤로 우리는 서로를 한 번도 진심으로 미워한 적 없는 것처럼 지냈다. 다른 엄마와 딸들처럼. 멀어지고 나면 애틋해진다는 흔한 이야기 속 모녀처럼. 나는 어쨌든 엄마에게 유일한 (살아 있는) 자식이었고, 엄마는 엄마였으니까. 일이 너무 바쁠 때만 아니면 일주일에 두세 번은 전화로 안부를 물었다. 엄마는 내게 요새 대출금리가 어떤지, 어떤 세입자나 집주인이 말도 안 되는 요구를 했는지 이야기해주었고, 나는 무조건 엄마 편을 들면서 모든 사람이 엄마를 귀찮게 굴고 힘들게 한다는 데 동조했다. 엄마는 언제나 피해자가 되길 자처한다고 혼자 중얼거릴 때도 있었지만.

다시 돌아온 집에서 나는 엄마를 돌보는 딸 역할에 충실했다. 몸을 잘 움직이지 못하는 엄마를 씻기고 밥을 챙겨주고 약을 먹였다. 엄마가 밥을 먹고 약도 잘 먹은 뒤 일찍 잠이 들 때면 뿌듯하기도 했다. 그런 물리적인 일들은 어렵지 않았다. 문제는 내가 엄마를 전혀 모르겠다는 생각이 들 때였다. 엄마와 같이 살지는 않았어도, 나는 엄마가 어떤 사람인지 안다고 생각했다. 우리는 서로 가장 고통스러운 시간을 함께했고, 바닥을 보인 사이니까. 그런데 엄마는, 그사이에 내가 전혀 모르는 사람이 된 것 같았다.

물론 나도 엄마에게 내가 프리랜서로 일하고 있는 외국계 회사의 본사 자리를 계속해서 지원하고 있고, 지금까지 여러 번 떨어졌지만 혹시나 합격하게 되면 외국에 나가서 살아야 한다는 사실은 말하지 않았다. 그건, 나중에, 모든 게 확실해지면 알릴 계획이었으니까. 그럼에도 바보같이 엄마도 나에게 말하지 않는 것들이 있으리라고는 생각하지 못했다. 이를테면, 엄마가 태극기와 성조기를 가방에 넣어두고 틈만 나면 집회에 참석했다는 것. 온종일 정치 관련, 특히 선동에 가까운 보수 유튜버들의 영상을 보고, 어느 대형 교회 목사를 개인적으로 후원까지 한다는 사실을. 나는 알지 못했다.

내가 방에서 일을 하고 있는 동안 엄마는 거실 텔레비전에 유튜브를 연결해두고 항상 무언가 대단히 잘못되었다고 침을 튀기며 말하는 사람들이 나오는 방송을 봤다. 그들은 정치적 반대파들을 '빨갱이'라고 불렀고, 북한과 중국의 공산 세력과 결탁한 노조들이 힘겹게 일구어놓은 대한민국의 존재를 위협하고 있다고 절박하게 호소했다. '한강의 기적'이란 말도 자주 나오는 단어였는데, 우리나라가 어떻게 북한의 무자비한 공격으로부터 나라를 지키고 민주주의를 표면에 내세워 나라를 북한에 바치려는 세력들을 단속해 경제를 발전시켜 나름 선진국 소리를 듣게 되었는지 일장 연설을 할 때면 엄마의 훌쩍이는 소리가 들렸다. 나는 당황했다.

어렸을 때 엄마는 아버지와 크게 싸우고 나면 화장실에 들어가 울곤 했다. 엄마는 우는 소리를 굳이 감추지 않았고, 오빠와 나는 화장실 문 앞에 등을 대고 앉아 덜 닫힌 수도꼭지처럼 울었다. 영문을 모른 채 또박또박 울다가 제풀에 서러워져 더욱 크게. 아버지가 담배를 빼어 물고 끝만 잘근잘근 씹다가 밖으로 나가고 나면 엄마는 슬그머니 화장실 문을 열고 나와 안방으로 들어가 이불을 뒤집어쓰고 누웠다. 문 앞에서 울고 있는 우리는 보이지 않는다는 듯이.

서른이 훌쩍 넘은 지금도 엄마의 울음소리를 듣고 나는 어린아이처럼 불안했다. 영문도 모르고 마음부터 조급해졌다. "엄마 울어?" 차마 엄마의 우는 얼굴을 볼 수 없어 내 방에서 소리 내어 물어보면 엄마는 곧 조용해진다. 대답도 없이. 그러고 조금 후에, 텔레비전 소리가 커진다. 어느새 화면을 향해 침을 튀기며 화를 내는 사람들이 나오는 유튜브 방송이 틀어져 있다. 엄마는 순식간에 "그렇지, 말 한번 시원하게 한다" 하고 중얼거리기 시작한다.

나는 여전히 엄마에게 다가갈 수 없다. 엄마는 그때처럼 자기의 고통에 눈이 멀어 내가 보이지 않는 것처럼 군다. 오빠라도 있었다면, 오빠에게는 말할 수 있었을 텐데. 나란히 화장실 문 앞에서 울던 시절이 지난 후 우리는 서로에게 큰 관심을 두지 않으며 살았지만, 그래도 오빠가 지금까지 있었다면. 오빠가 어떤 사람이 되었든 상관없이. 입학 예정이었던 화학공학과를 졸업해 제약회사 연구원이 되었든, 취미로 연주하던 기타를 연마해 기타리스트가 되었든, 아니, 아무런 일을 하지 않고 방에서 게임만 하는 사람이 되었든, 조금은 마음을 놓을 수 있지 않았을까. 나 혼자 이 모든 것을 감당하지 않아도 된다는 사실만으로.

그래도 나는 엄마의 마음이나 머릿속까지는 어쩔 수 없더라도 엄마의 몸만은 내가 잘 돌보고 있다고 생각하려 했다. 거동이 불편해진 엄마를 대신해 착한 딸처럼 집을 청소하고, 반찬은 배달시켜도 밥은 아침에 꼭 새로 지었으며, 엄마의 머리를 감겨주고, 몸도 씻겨주었으니까. 엄마의 머리를 미지근한 드라이기 바람으로 말려줄 때면 엄마는 편안해 보였고, 딸이 있어 덕을 본다는 말을 하기도 했다. 나는 내심 엄마가 깨닫기를 바랐다. 몸이 아플 때 의지할 사람이 이제 나밖에 남지 않았다는 것을. 그게 얼마나 무서운 일인지도. 그리고 엄마가 열광하는 바로 그 사람들이, 한국의 가치를 수호하겠다고 떠드는 사람들이, 넘어진 엄마를 밟고 뼈를 부러지게 만들었다는 사실을 똑바로 보기를.

새벽에 거실에서 엄마를 마주치기 전까지 나는 그런 헛된 바람을 가지고 있었던 것 같다. 그날 자정쯤 면접이 있었다. 나는 영국 에든버러에 본사를 둔 사이버보안 회사에서 아시아 서버 담당 프리랜서로 오 년 넘게 일하고 있었고, 이삼 년 전부터 본사에 채용 공고가 나면 빠짐없이 지원했다. 처음 관련 직무의 관리직 포지션에 지원하고 떨어졌을 때는 조금만 더 노력하면, 언어를 연습하고 성과를 쌓으면 될 것 같았다. 상사는 내게 외국인을 채용하는 리스크를 상쇄할 만한 이점이 있어야 한다는 조언을 해주기도 했다. 너는 성실하지만 다른 지원자들만큼 잘해서는 안 되고, 그 이상을 보여줘야 해. 그 말을 나는 믿었다. 일과 생활에 경계를 두지 않았다. 빠듯한 일정을 모두 소화했다. 하지만 그 후로도 면접에서 계속 떨어지자 어쩌면 이 사람들은 나를 뽑을 생각이 처음부터 없었는지도 모르겠다는 생각이 들기 시작했다. 그래도 습관처럼 공고가 뜨면 지원은 했다. 오 년 넘게 일한 곳이 날 뽑지 않는다면 다른 회사들은 두드려봐도 소용없을 테니까.

나는 아주 오랫동안 한국을 떠나고 싶었다. 오빠가 죽은 뒤에도 아무것도 변하지 않은 나라를, 우리 가족만 조용히, 아니, 요란히 무너지고 있는 이 폐허를, 나도 한 번쯤 버리고 싶었다.

오빠는 열아홉 살이었다. 이 지역의 남자아이 대부분이 그렇듯, 오빠도 수능이 끝나고 집에서 가까운 공단으로 단기 아르바이트를 나갔다. 대기업 직영으로 만두를 생산하는 공장이었다. 겨울은 생산량이 급격히 늘어나는 시기라 단기로 사람을 뽑고 교육도 제대로 없이 바로 생산 현장으로 투입한다고 했다. 오빠는 단순 운반 업무를 맡았다. 기계가 포장까지 해놓은 만두를 스티로폼 박스에 실어서 냉동창고로 운반하면 되는 단순 작업. 그런 단순 작업을 하다가도 사람이 죽을 수 있다고, 왜 아무도 생각하지 못했을까.

오빠는 야간 근무 중에 냉동창고에 갇혔다. 공장의 전기설비 확충 작업 중 정전이 발생했다. 냉기 유출 때문에 닫아놓았던 밀폐문이 자동으로 잠겼다. 오빠는 정전을 몰랐다. 그사이에도 냉동시설은 비상 전기로 돌아갔으니까. 문이 잠긴 줄 모르고 오빠는 계속 문을 밀었다. 문이 잠겨 있을 때를 대비한 비상 손잡이가 한편에 달려 있었는데, 오빠는 그런 장치가 있다는 것도 몰랐다. 한 번도 사용할 일이 없었고 누가 알려주지도 않았으니까. 휴대폰은 가지고 들어올 수 없었고 안에 비상 인터폰이 있었으나 정전으로 먹통이었다. 정전은 고작 십오 분 정도 지속되었지만, 그사이에 오빠는 문을 두드리고, 긁고, 비명을 지르다가, 죽었다. 전혀, 단순하지 않게.

그날 면접에서도 나는 여전히 딱딱한 영어 발음으로 나의 업무 태도와 성과를 이야기했고, 평소보다 조금 더 망한 것 같았다. 관리자로서 필요한 자질이 무엇인지 묻는 질문에, 이미 예상 답변까지 준비했음에도 왠지 당황해서, 내가 지금 엄마를 돌보고 있는데, 가까운 사이여도 소통의 어려움을 느낀다, 물론 비즈니스 관계는 가족이 아니지만, 관리자라면 그 사람이 말하지 않는 것도 들을 준비를 해야 한다는 등, 장황하게 말이 나와버렸다. 면접을 마친 뒤 물을 마시려고 방을 나서다 나는 숨을 잠깐 멈출 정도로 놀랐다. 현관에 커다란 그림자가 인기척에 놀란 벌레처럼 웅크리고 있었다. 자세히 보니 엄마였다. 문에 비스듬히 몸을 붙이고 서서 목을 길게 빼고 작은 구멍을 통해 밖을 보고 있는, 엄마.

"엄마, 뭐 해?"

내 말에 엄마는 나를 돌아보지도 않고 현관문에 몸을 더욱 붙이며 말했다.

"우리 윗집에 어디더라, 동남아, 베트남 말고……. 아, 그래, 미얀마 부부 이사 왔거든? 한 이삼 년 됐어. 요새 국제결혼 통계 보면 한국 남자랑 외국 여자가 많은 게 아니라 한국 여자랑 외국 남자가 더 많은 거 몰랐지? 그 한국 여자들이 진짜 한국 여자들인 줄 아니? 다 순진한 한국 남자들이랑 국제결혼 해서 한국 국적 딴 외국 여자들이야. 그 여자들이 한국

남자 버리고 자기네 나라에서 남자 데려다가 같이 사는 거라더라. 내가
딱 보니까 이 윗집도 그런 거야. 발소리도 시끄럽고 싸움도 시끄럽고, 아
주 말도 못 해. 언제 한번은 웬 멀쩡해 보이는 한국 남자가 윗집 가는 계
단참에서 서성이고 있는 것도 봤어. 안쓰럽기도 하지. 분명 도망간 여자
찾으러 온 걸 거야. 얘네가 새벽에 늦게 들어오는 날도 있는데, 그런 날이
면 웬 외국인들을 우르르 끌고 와. 그러니 내가 잠을 자겠니? 아무리 집
값이 싸도 여기도 엄연히 규칙이 있는 공동 주거 공간인데.”

엄마는 독백하는 배우처럼 이 모든 말을 단숨에 뱉어냈다.

집에 머무는 동안 윗집의 발소리가 들릴 때도 있긴 했지만 유달리 거슬
릴 정도로 시끄럽다고는 생각해본 적 없었기에 나는 엄마의 말을 잘 이해
하지 못했다. 다만 쇄골이 부러져 거동도 불편하던 엄마가 새벽에 현관
문에 억지로 몸을 붙이고 있는 모습을 보니 이대로는 안 되겠다는 생각만
분연히 떠올랐다. 엄마를 이대로 두면 안 될 것 같다고. 그래서 나는 엄마
에게 말했다.

“엄마, 잠 안 오면 나랑 대부호나 하자.”

※

저녁을 먹고 치우고, 엄마가 보는 드라마가 모두 끝난 뒤, 나와 엄마는
부엌 식탁에 다시 마주 앉았다. 엄마는 어깨걸이에서 자유로운 한 손으
로 열 장이 넘는 패를 겨우 잡고 시큰둥한 표정으로 훑어보며 말한다. 그
런데 말이야, 요새 여자애들은 왜 결혼을 안 한다니? 애는 왜 안 낳고? 너
도 그럴 작정이니? 남자들한테 이겨먹으려고 들면 못써. 적당히 맞춰주
고 살아야지. 싸우려고 드니까 남자애들이 더 그러는 거야. 참, 여자애들
이 뭣도 모르면서 그렇게 선동에 휩쓸려 시국에 끼어드는데, 너도 그러는
건 아니겠지? 우리나라가 어떤 나란데. 어떻게 여기까지 왔는데, 그걸 다
도루묵으로 만들려는 거야. 그게…….

나는 아무 말도 하지 않는다. 인터넷 익명 사이트에 엄마와 말이 통하

지 않는다는 글을 올렸다. 주변 누구에게도 우리 엄마가 이런 사람이라고 말할 수 없었으니까. 아무리 말해도 소용없으니 포기하라는 댓글이 가장 많았지만, 다른 댓글 하나가 눈에 들어왔다.

─엄마가 애기라고 생각하고 말을 일단 들어봐. 전에 무슨 관계 전문가 강의 보니까 결국 사람은 자기 말을 들어주는 사람 말을 듣게 되어 있다던데.

나는 그 말을 믿어보기로 했다. 대학교에서 교양수업으로 들었던 상담의 기술 교재를 다시 꺼냈다. 우선 엄마가 하려는 말을 전부 하게 만들 생각이었다. 반박도 하지 않고, 화도 내지 않고, 비웃지도 않고. 며칠 밤 동안 시국에 대한 일장 연설을 끝낸 엄마는 이제 한 손으로도 능숙하게 카드를 쥐고 조금 더 옛날 이야기를 하기 시작했다.

"내가 서울 명동에 있는 포목점에서 일을 시작한 게 86년도거든. 명동성당 쪽은 맨날 시위대로 들끓고 난리도 아니었지. 최루탄 가루가 얼마나 독한지, 그게 묻으면 옷감들 다 버려야 했어. 아무리 털어도 냄새가 빠지지도 않고, 살에 닿으면 따갑거든. 그래서 사장이 시위대라면 치를 떨었지. 그 사장이 전쟁 끝나고 동대문에서 광목 장사를 시작해서 명동에 점포를 낸 여자였는데, 여장부감이었어. 상고에서 성적도 그다지 안 좋았던 내가 뭐가 맘에 들었는지, 참 잘해줬지. 돈에는 좀 짰어도, 일 배운다 셈 치면 그 당시치고 뭐 돈을 안 준 것도 아니었어. 부모 잘 만나 팔자 좋게 대학 간 애들이 뭐가 그렇게 불만이 많아서 그렇게나 시위를 했는지. 뭐, 직선제를 하고 그런 게 중요한 게 아닌데. 진짜 능력 있는 사람이 나라를 이끄는 게 중요하지. 본질이 중요한데 껍데기를 가지고 물고 늘어지니……."

엄마가 카드를 식탁에 슬그머니 내려놓으며 자신의 반민주적인 발언을 알고 있다는 듯 과장된 한숨을 쉬며 다시 말했다.

"넌 엄마가 무식한 소리 한다고 생각하겠지만, 너처럼 교육받아서 돈 잘 주는 직장 다니는 사람은 모르는 삶이란 게 있는 법이야."

가끔 엄마의 말이 너무 길어지고, 또 견디기 힘들 때면 부엌에서 바로 보이는 방문을 바라본다. 그 방은 오빠의 방이다. 문은 한 번도 열린 적 없었던 것처럼 반듯하게 닫혀 있다.

집에 돌아온 뒤로 한 번도 오빠 방에 들어가보지 않았다. 아마 내 방처럼 예전 그대로, 옷장에는 교복이 걸려 있고, 책상에는 문제집이 널려 있겠지. 집을 떠나기 전에는 종종 거기서 오빠가 사 모은 만화책을 꺼내 읽었었는데. 기타도 괜히 튕겨보고. 엄마가 오빠만 사주었던 스포츠 브랜드 패딩을 꺼내 학교에 입고 간 날 엄마는 나를 때렸다. 오빠가 다시는 입을 수 없는 패딩을 내가 입은 게 그렇게 싫은가. 그때 나는 정말 그렇게 생각했다. 오빠의 죽음을 받아들이지 못해서도 아니었고, 가볍게 여겨서도 아니었다. 패딩이 정말 탐나서 입은 것도 아니었다. 그냥 입고 싶었다.

지금 돌이켜보면, 나는 그때까지 오빠가 마땅히 우리 삶에 간섭해야 한다고 생각했던 것 같다. 오빠가 남긴 것을 끊임없이 우리 삶에 불러들여야 한다고. 엄마와 아빠가 언젠가부터 오빠에 관해서라면 완전히 입을 다 물어버리기 전까지는, 그래야 마땅하다고 믿었다.

"엄마, 어떻게 오빠를 죽인 사람들 편을 들 수가 있어?"

입을 닫고 엄마의 이야기를 듣겠다는 결심은 계엄을 규탄하는 대규모 집회가 열린 날 올이 풀린 실처럼 슬그머니 사라지고 말았다. 그날따라 엄마는 다시 시국 얘기로 돌아와 그, 나라 망치는 철없는 젊은 여자애들에 대한 훈계와 종북 세력의 위험성에 대한 경고를 카드보다 열심히 부엌 식탁에 늘어놓았고, 닫힌 오빠의 방문을 눈이 아플 때까지 노려보다가 나는, 물을 수밖에 없었다.

오빠의 죽음은, 오빠의 과실이 일부 인정되면서 산업재해로 분류되지도 않았고, 공장 운영진과 모기업 역시 약소한 벌금형에 그쳤다. 애초에 오빠에게 냉동창고에서 탈출하는 법을 아무도 알려주지 않았는데도, 오빠가 그 비상용 손잡이를 돌리지 않았다는 이유로. 그 공장은 지역의 삼선 의원인 보수진영 정치인의 친척이 운영하는 곳이었다. 오빠의 죽음을 두고 사람들은 안타깝다고 했지, 아무도 분노하지 않았다. 나는, 적어도 우리 가족은 분노해야 한다고 믿었다. 누구도 용서하지 않아야 한다고.

엄마는 내 물음에 갑자기 입을 다물었다. 식탁에는 방금 내가 낸 스페이스 퀸이 백색 조명 아래서 번들거리는 빛을 발하고 있었다. 엄마는 신중하게 고르던 카드를 내려놓았다.

"누가 죽였는데? 누가 우리 현식이를 죽였다고 생각하는데, 너는?"

"관리를 제대로 하지 않은 사람들. 사고를 철저히 조사하지 않은 사람들."

"……그럼 나는?"

뒤집어놓은 카드의 복잡한 문양을 골똘히 보고 있던 엄마가 말했다.

"나는 책임 없나? 새벽 운전하느라 피곤하다고 일 가는 애 보지도 않고 자던 네 아빠는? 새 신 신으면 멀리 간다는데 바보같이 새 운동화까지 사서 일 열심히 하라고 신겨 보낸 나는? 네 오빠만 운동화 사줬다고 툴툴대던 너는? 아무것도 모르고 현식이가 죽어갈 때 먹고 웃고 있던 우리는?"

엄마의 말은 질문이 아니었다. 엄마는 이미 판결을 내렸고, 나는 죄를 인정할 수밖에 없다. 수치스럽다. 그러나 동시에 그런 식으로 내 죄책감을 건드리는 건 부당하다는 생각이, 아니 강렬한 거부감이 든다. 어떻게든 나도 엄마에게 상처를 주고 싶다는 오기가 잘못 박힌 못처럼 순식간에 자리 잡는다. 그래서, 나는 말해야 했다.

"이러니까 누가 엄마랑 살아. 나도 한국 떠나. 다신 안 돌아와."

엄마는 태연한 얼굴로 카드를 다시 들어 올리면서 말한다.

"떠나고 싶은 게 이 나라야, 나야? 아니면 너야?"

❋

통증도 사라지고 거동도 전보다 자유로워진 엄마가 혼자 병원에 경과를 보러 간 날, 본사에서 면접 결과를 알리는 메일을 받았다. 엄마에게 이미 한국을 떠난다고 말했지만, 나는 실패를 예감하고 있었다. 이번에도 고작, 엄마가 회복하기를 기다렸다가 이 집을 떠나겠지. 이 지긋지긋하고 낡은 우리 집만이 내가 버릴 수 있는 전부겠지. 그런데 메일을 열자마자,

한 번도 본 적 없는 단어가 보였다.

Welcome aboard!

상사에게 소식을 알리자 축하를 건네며 그날 하루는 일찍 퇴근하라고 했다. 엄마도 없는 빈집에 혼자 있기 싫어서 밖으로 나왔다. 완연한 봄이었다. 빌라 단지 화단에는 볼품없이 마른 라일락 나무가 향이 진한 꽃송이를 힘겹게 매달고 있었다. 어릴 때 오빠와 자전거를 타러 갔던 늪지는 생태공원이 되어 갈대가 무성했다. 아직 덜 여문 연꽃이 무성한 못도 생겼다. 노부부가 나란히 걸으며 무언가 서로에게 끊임없이 속삭였다. 아이들이 비명을 지르며 자전거를 타고 지나다녔다. 학교 다닐 때 습지는 무서운 곳이었다. 담배를 피우는 아이들이 모여 누군가의 뺨을 때리거나 '맞짱'을 뜨러 오는 곳. 나처럼 이 모든 것이 지겨워 어떻게든 여기에서 가장 먼 사람이 되려고 공부만 하던 아이들에게는 가끔 악몽으로 찾아오던 곳.

습지를 한 바퀴 도는 동안, 새들이 곳곳에서 날아올랐다. 아주 오래전에, 오빠가 새 사진을 찍으러 다녔던 일이 생각났다. 오빠가 중학생 때였나, 친구들과 오토바이를 타고 담배를 피우며 밤거리를 돌아다니기 전에, 너무 작아서 나뭇가지의 옹이처럼 보이던 새들을 찍고는 내게 보여주며 항상 이야기했다.

"너 어릴 때 얼마나 고집스레 울었는지 기억 안 나지? 네가 밤에 자다 깨서 울면 나밖에 없었어. 엄마도 아버지도 잠들면 깨질 않잖아. 그때 내가 너 달래려고 업어도 주고 노래도 불러주고, 진짜 애썼는데……. 너 그런 건 다 까먹고 내가 한 번 잘못해서 네 이마 찢은 것만 기억하더라."

오빠한테 내가 그랬어? 되물으면 오빠는, 너 엄청 그랬어, 진짜 나 힘들게 했어, 대답했다. 나는 그 말에 대꾸하지 않았다. 엄마는 항상 내가 까다롭고 예민한 애였다고 말하곤 했다. 그래서 그때 오빠의 말도 무심히 넘기려고 했다. 엄마처럼 나를 낙인찍고 공격하는 빌미로 삼을까 봐, 방어적인 무관심으로.

새들은 끊임없이 운다. 저쪽에서 울면, 이쪽에서 울고, 날아오르면서 울고, 내려오면서 울고, 나뭇가지가 부러지고, 연잎이 흔들릴 때도. 갑자기 무서운 생각이 든다. 오빠가 끝까지 자기한테 아무도 없었다고 생각했으면 어쩌지. 한번 잠에 들면 깨지 않던 부모와 울기만 하는 여동생. 그 사이에서 영원히 혼자였다고. 마지막까지 혼자였다고 생각했으면. 우리 가족이 언제부턴가 오빠에 대한 이야기를 하지 않게 된 걸 보고, 지금도, 어디선가, 그럼 그렇지, 생각하고 있으면.

산책을 마치고 빌라로 돌아와 우리 집까지 걸어 올라가는데, 공장 유니폼 같은 점퍼를 입은 중년 남자와 마주쳤다. 그는 다리를 계단에 걸친 채 올라갈지 내려갈지 망설이고 있는 듯 보였다. 그가 내게 말을 붙였다.

"저기, 401호 사시나요?"

나는 무심코 고개를 끄덕였다.

"이거, 501호에 좀 전해주실 수 있으실까요. 제가 꼭 직접 전해줘야 하는데 쉽지가 않아서……. 우편함에 넣고 가려니 마음이 영 놓이지 않더라고요."

남자는 내게 평범한 흰 우편 봉투 하나를 건넸다. 그 봉투는 사람의 손자국이 그대로 느껴질 정도로 낡아 있었다. 밖에 오래 있었는지 남자의 손이 트고 곱아 보였다. 나는 봉투를 받았다. 남자는 머리가 바닥에 닿을 듯 내게 허리를 숙여 인사하고 계단을 내려갔다.

날이 어두워지고 있는데 엄마는 아직 집에 오지 않았다. 전화를 받지도 않았다. 나는 거실에 앉아 높고 가파른 계단을 자박자박 걸어올 발걸음 소리를 기다렸다. 봉투는 무릎 위에 올려두었다. 봉투 입구가 저절로 벌어졌다. 제대로 봉하지 않았거나 여러 번 뜯었다 붙여 해진 것 같았다. 이제 막 여섯 시가 넘었으니 윗집의 부부가 퇴근하고 돌아오려면 시간이 좀 남아 있었다. 나는 가지런히 접힌 종이를 슬쩍 꺼내서 펼쳤다.

그 편지는 '친애하는 쑤완 양에게'라고 시작했다. 그리고 장황한 필체로 자신의 삶을 요약하는 내용이 이어지다(홍천의 축산 농가에서 태어나 뼈를 갈고닦는 노력을 하여 서울 어느 대학교에 들어갔고, 군대에서 어떤 고생을 했고, 어떤 기업체에서 일하다, 어떻게 식품 공장 관리직으로 오게 되었는지……), 갑자기 용서를 구했다.

"저의 잘못은 제가 누구보다 잘 압니다. 쑤완 양은 저희 공장에 없어서는 안 될 소중한 베테랑 인력입니다. 부디 쑤완 양이 믿는 불교의 자애를 발휘하여 고소를 취하해주시기를 부탁드립니다. 그렇지 않으면 저 또한 저를 방어하기 위해 쑤완 양이 고향에서 이미 결혼한 몸이면서 한국에서 외간 남성과 살림을 차리고 있다는 사실을 이용할 수밖에 없습니다."

용서를 구하는 게 아니라 협박인가. 나는 편지를 다시 봉투에 넣고 고민했다. 이 편지를 정말 전해주지 않는 게 좋으려나. 아니, 이 편지가 협박의 증거일 수도 있으니 꼭 전해주어야 하나. 속이 시끄러워져서 텔레비전을 켰다. 엄마가 항상 틀어놓는 뉴스 채널에서 오늘도 열린 시위 현장의 취재 보도가 나오고 있었다. 군중이 성조기와 태극기를 휘날리며 구호를 외치고 있었다. 누군가를 타도하고 끌어내리자고. 자유 대한민국을 지키자고. 빨갱이는 물러가라고. 나는 군중을 유심히 바라봤다. 저기, 엄마가 있을까? 아직도 밤에 등을 구부리고 앓으면서, 저기에 갔을까?

밖에서 현관문이 진동할 정도로 무겁고 큰 발소리가 들렸다. 나는 엄마처럼 현관문에 몸을 붙이고 서서 밖을 내다보았다. 층계참의 불이 밝혀지고, 양손에 장바구니를 든 여자가, 아니 쑤완 씨가 계단을 올라갔다. 쑤완 씨는 천천히, 그러나 한 번도 쉬지 않고 양손의 짐을 무게 추처럼 흔들며 사라졌다. 나는 편지를 접어 주머니에 쑤셔 넣고 현관문을 열고 나갔다. 쑤완 씨는 그새 5층까지 올라 문을 닫고 들어간 뒤였다. 나는 문을 두드렸다. 문을 두드렸을 때는 아무런 반응이 없었다. 조심스레, 401호인데요, 말하자 문이 곧 열렸다. 쑤완 씨가 땀이 맺힌 이마를 손으로 닦으며 물었다.

"무슨 일이시죠?"

"아, 그게, 저……."

나는 왜인지 주머니에 구겨 넣은 편지를 꺼낼 수 없었다. 쑤완 씨의 큰 눈이 나를 바라보자 눈물이 말라붙고 부어오른 내 눈이 창피했다. 주머니에 손을 넣어서 편지를 꺼내려는데, 쑤완 씨가 말을 시작했다.

"저, 어머님께 신고 그만하시라고 전해주시겠어요?"

또박또박한 한국어로 쑤완 씨는 내게 말했다.

"저희는 조용히 있어요. 저희가 아니라 옆집이에요. 옆집이 시끄러워요. 아무리 말해도 계속 안 믿고, 저희 집만 신고하세요."

아, 네. 나는 바보같이 고개를 끄덕였다. 아무 말도 못 하고. 이제 나는 내 존재가 전부, 빠짐없이 창피했다.

"아, 그리고 저 미얀마 아니고 라오스 사람이에요."

뒤돌아서는 내게 쑤완 씨가 급히 덧붙였다.

그날 엄마는 자정이 가까운 무렵 들어왔다. 나는 그때까지 소파에 앉아서 같은 장면이 반복되는 뉴스를 보고 있었다. 한 칠십 대 남성이 시위 현장에서 분신을 했다고 했다. 진압하던 소방관과 경찰관도 화상을 입었고, 시위 현장은 아수라장이 되었다고 기자가 엄숙한 얼굴로 전했다. 집에 들어온 엄마는 태극기가 들어 있을 그 검은 나일론 가방을 소파에 던지듯 내려놓으며 무심한 얼굴로 내게 왜 안 자고 나와 있냐고 물었다. 왜 안 자냐니, 어떻게 자나. 엄마는 왜 늘 알면서 묻지?

"어디 갔다 와? 또 저런 데 다녀오는 거야? 엄마는 거기서 엄마를 밟고 지나간 사람은 신고하면 큰일 날 것처럼 굴고, 윗집은 왜 그렇게 신고를 하는 거야? 그 사람들은 아니라고 엄마한테 몇 번을 말했다던데, 왜 그 사람들 말은 안 듣는데? 내가 외국 가서 똑같은 취급 당하면 엄마는 뭐라고 할래? 남의 나라에서 돈 벌어먹으니 당해도 싸다고?"

엄마는 아무 대답 없이 화장실로 들어갔다. 또 저 침묵. 나 따위는 보이지도 않는다는 듯 행동하는 엄마가 진절머리 났다. 이제 엄마는 어깨걸이를 풀고 팔을 어느 정도 움직일 수 있었다. 내가 더는 엄마의 머리를 감겨주고 몸을 씻겨주지 않아도 되었다. 나는 방으로 들어가 다시 짐을 싸기 시작했다. 애초에 몇 개 챙겨 오지도 않았는데 그새 얇은 옷 몇 벌과 책을 좀 샀더니 캐리어가 잘 닫히지 않았다. 나는 캐리어를 주먹으로, 발로 내리쳤다. 왜, 안 닫히냐고, 왜. 엄마가 인기척도 없이 내 방에 들어와서 캐리어 위에 앉았다. 엄마의 무게로 캐리어가 겨우 맞물렸다. 나는 빠르게 지퍼를 채웠다.

"현식이 보러 갔었어, 오랜만에. 갑자기 못 견디게 보고 싶더라고."

캐리어에서 일어서며 엄마가 말했다.

"내가 앞으로 잔소리 안 한다고 해도, 떠날 거지?"

엄마는 내 대답을 기다리지도 않고 부엌으로 가 식탁 한편에 놓아둔 카드를 꺼냈다.

아까 틀어둔 뉴스에서 시위 현장이 반복적으로 재생되고 있었다. 똑같은 구호, 똑같은 얼굴들, 태극기의 물결…….

"뭔가 바꾼다고 말하는 사람들, 엄마는 꼴 보기 싫더라. 노동자, 인권, 그런 말 하는 사람들, 진짜 싫어. 바꿀 수 있었으면, 우리 현식이가 안 죽어도 됐잖아. 그런 생각 하면 엄마는 살 수가 없어."

엄마는 카드를 착착 섞으며 말했다. 한참 우리가 식탁에 내려놓는 카드가 쌓여갔다. 내가 마지막 카드를 남겨두고 있을 때, 그때까지 계속 패스만 하던 엄마가 네 장의 카드를 나란히 내려놓으며 말했다.

"혁명이다."

스페이스, 클로버, 하트, 다이아몬드 9 네 장이 반들거리는 식탁 위에 펼쳐졌다. 네 장의 9가 서로의 등을 바라보며 기대어 서 있는 사람들 같았다.

"혁명해서 좋아?"

"그럼 좋지."

엄마가 오랜만에 나를 보며 웃었다.

혁명은 조금 늦게 도착한다

허민 고려대학교 민족문화연구원 연구교수

여전히 혁명을 믿는 사람들이 있을까? 아니, 현실의 어떤 동태(動態)를 혁명이라 칭할 수 있는 용기가 우리에게 남아 있을까? 혁명이란 개념이 소용되지 않는 사회는 어쩐지 남루하기만 하다. 세상을 바꿀 수도 있다는 기대가 소실되면 미래를 그릴 언어도 소멸하기 때문이다. 혁명의 부재는 부정성의 상실과도 같아서, 현실은 사실상 운명처럼 굳어져버린 상황 상태를 지시하게 된다. 사회의 모순은 집단적 의식으로 매개되지 않고 우울과 분노, 불안과 공포 등 개인 차원의 정동으로 소진될 뿐이다. 다른 체제에 대한 상상이 없으니 불평등은 능력의 차이가 되고 착취는 경쟁의 결과가 되며 고통은 자기 관리의 실패가 된다. 삶의 계획은 있어도 전망은 없고, 미래의 각본을 짜 봐도 희망을 묘사할 방법은 없다. 변화를 모색할 만한 힘이 없으니 자신의 행위를 통해 자기 정체성을 구축하기보다는 현재의 처지를 납득하는 방식으로 스스로의 아이덴티티를 형성하려는 '정신승리'만이 반복되고 있다. 받아들일 수 없는 현실을 받아들일 수 있다고 가장하고, 이를 성숙으로 오인하며 그렇게 우리는 오늘도 살아간다.

이런 시대에 혁명을 말한다는 건 '비현실적'이거나 '과격'하거나 '순진'한 발상에 지나지 않게 되는 것 아닐까? 그것은 마치 침묵과도 같아서 당위만 남은 공허한 정치 구호의 증식이자 배운 자들의 겉치레에 불과한 일 아닐까? 하지만 그렇기에 반대로 세상이 바뀔 수도 있다고 외친다는 건, 말이 더 이상 말로써 전달되지 않는 사태에 대한 저항이 될 수도 있다. 지금의 질서가 유일하지 않다고 말할 용기, 다른 삶을 상상할 언어를 확보하기 위한 동기가 우선 필요하다는 것이다. 어쩌면 그 동기란 다른 누구도 아닌 내 곁에서 일어나는 이해 불가능한 일을 회피하지 않는 것, 즉 타자에 대해, 존재를 향해 말을 걸고, 화해를 추구하는 작은 실천을 의미할 수 있다. 성혜령의 「대부호」는 바로 이 화해와 이해의 기점으로부터 꺼져가는 변화에의 기운을 애써 감싸 안으려는 작품이라 할 수 있다. 누구도 혁명을 말하지 않는 시대에서 혁명에 다가가기 위한 관계의 회복을 꿈꾸는 소설이라는 것이다.

엄마의 번호로 걸려온 응급실의 호출로 이야기는 시작된다. 작중 화자인 그녀는 이미 작년에 아버지를 잃었다. 아버지는 '11톤 트럭'을 몰던 택배 운송노동자였고, '내륙고속도로 휴게소'에서 '쪽잠'을 자다 '심정지'로 죽는다. 시스템에 의해 실시간 추적되던 트럭, '물류센터'의 신고, '응급실'과 '영안실'이라는 절차적 공간을 거치며 아버지의 죽음은 가족에겐 돌연한 사건이지만, 사회에서는 예측/계산 가능했던 죽음인 양 처리된다. 그날도 전화를 받은 건 그녀였다. 그녀는 아버지의 시체가 절차적으로 처리되는 과정에서 "누군가 아버지를 훔쳐 가기라도 할까 봐 침대를 지키고 서서 다가오는 사람들"을 경계하기 시작한다. "온몸이 부풀어 오르는 것처럼 순식간에 솟구치던 적대감" 속에서 "아버지의 삶이 이렇게 납작하게 처리되면 안 된다는 억울함"이 발동한 것이다. 엄마가 도착하고 나서야 그녀는 자리에 주저앉는다. 엄마와 그녀는 그렇게 '둘만 남게' 되었다.

응급실에 있다는 엄마 소식을 듣고 "절망감과 동시에 완전한 혼자가 될지도 모른다는 불온한 해방감"을 느끼며 그녀는 그곳에 당도한다. 엄마는 "견갑골, 그 날개뼈 쪽에 멍이 크게" 든 것을 제외하면 다행히 경미한 부상이었다. 이때부터 이들 모녀는 불편한 동거를 시작한다. 그녀는 스무 살 이후 가족들과 함께 산 적이 없기 때문이다. "엄마를 씻기고 밥을 챙겨주고 약을 먹였다. 엄마가 밥을 먹고 약도 잘 먹은 뒤 일찍 잠이 들 때면 뿌듯하기도 했다." 이런 물리적인 일들은 괜찮았지만 그녀를 당혹케 한 건 자신이 엄마에 대해 전혀 알지 못했다는 사실에 있었다. 엄마는 "태극기와 성조기를 가방에 넣어두고 틈만 나면 집회에 참석"하고 있었다. 온종일 정치 선동을 떠드는 보수 유튜버들의 영상을 보고, 어느 대형 교회 목사를 개인적으로 후원까지 했다. "북한을, 중국을, 노동자를, 노조를, 반대파 정치인을 극렬히 혐오"하는 극우 행렬에 엄마가 포함돼 있었던 것이다.

극우의 행태가 문제인 건 이들이 기본적으로 인간의 악감정에 의거한 정치를 시행한다는 데 있다. 이들은 누군가를 돕거나 배려하고 싶은 마음은 억제하고 외려 타인을 질시하거나 미워하는 감정만을 정치에 동원한다. 극우의 목소리가 커지는 시대에서는 사람들이 자기의 피폐한 처지를 납득하기 위해 원망할 상대를 찾아 나설 뿐이다. 공감하기 어려운 이들에 대한 배타적 입장을 자명하게 수용하고, 의견이나 생각이 다른 차원의 지평을 이성적으로 판단하기보다는 감정적으로 멀리하는 태도가 팽배한다. 이들은 무리를 형성하지만 공통의 대의보단 각자의 '화(火)'를 표현하는 게 더 중요하다. 사회와 역사에 밀착되어 있기보다는 혐오 감정만을 공유할 뿐이라 동지가 넘어져도 모른 척 지나가면 그만인 것이다. 엄마의 '날개뼈'도 집회의 누군가에게 짓밟힌 상처에 지나지 않았다. 물론 현실 정치란 게 대중을 상대로 하는 이상 감정에 호소하는 전략을 취할 수밖에 없다. 하지만 자기의 이해에 따라 타인을 멸시하는, 인간의 가장 취약한 측면에만 매달리는 극우 정치의 등장을 사회가 그냥 묵과할 수는 없는 것이다. 그렇기에 작중 화자인 그녀가 극우화된 엄마를 이해하지 못하는 건 당연한 반응에 가깝다. 엄마는 그녀가 자신의 우는 기척에 반응할 때면 예의 "화면을 향해 침을 튀기며 화를 내는 사람들이 나오는 유튜브"를 보며 추슬렀다. 엄마는 대체 왜 극우 종자들의 선동에 놀아나는 것일까? 더구나 그들 모녀는 오빠의, 아들의 죽음이라는 과거의 사건을 함께 겪은 바 있기에 더 이해할 수 없었다.

엄마의 아들이자 그녀의 오빠는 단기 아르바이트로 일하던 '만두 공장'의 '냉동창고'에 갇혀 열아홉의 나이에 사망했다. "공장의 전기설비 확충 작업 중" 발생한 정전으로 창고문이 자동으로 잠긴 사이에 벌어진 일이었다. "문이 잠겨 있을 때를 대비한 비상 손잡이"가 달려 있었지만, 누구도 그에 대해 가르쳐준 적이 없었다. 노동자에 대한 안전교육, 긴급 대응 방책이 미비했고, 위험 표시나 안내 표지조차 없었던 것으로 보인다. 그럼에도 법원에서는 "오빠의 과실이 일부 인정되면서 산업재해로 분류되지도 않았고, 공장 운영진과 모기업 역시 약소한 벌금형에 그쳤다." 그 공장은 '지역 삼선' 보수 정치인의 친척이 운영하는 곳이기도 했다. 오빠의 죽음이 법의 이름으로 처리·폐기되는 과정 자체는 마치 노동 서사의 흔한 클리셰처럼 보이기도 하는데, 이 사건의 비극성은 바로 이 익숙하다는 세간의 감각에서 비롯되고 있다는 사실이 중요하다. "오빠의 죽음을 두고 사람들은 안타깝다고 했지, 아무도 분노하지 않"은 이유가 여기 있기 때문이다. 그녀는 적어도 "우리 가족은 분노해야 한다고 믿었다. 누구도 용서하지 않아야 한다고" 생각했다. 하지만 그럼에도 엄마는 왜 보수 유튜버와 극우 정치를 추종하는 것일까? 그녀는 도무지 납득을 할 수 없었다.

그녀는 자기 곁에서 일어난 납득 불가능한 일을 다만 회피하지 않고 오히려 이해해보려고 한다. 엄마와 대화를 해보려는 것이다. "사람은 자기 말을 들어주는 사람 말을 듣게 되어 있다"는 믿음을 바탕으로 "반박도 하지 않고, 화도 내지 않고, 비웃지도 않고" 엄마가 하는 말을 들어보기로 한다. 이때 이 대화를 위한 방법으로 어린 시절 가족들이 함께 즐겼던 "대부호"라는 카드 게임을 제시한다. "승리한 사람은 대부호가 되고 꼴찌는 대빈민"이 되는 단순한 카드 게임이었지만, 여기에는 독특한 룰이 있다. "네 가지 무늬의 같은 숫자를 모두 낸 경우" 카드의 가치와 순서가 거꾸로 뒤집히는 "혁명"이 일어난다는 것이다. "대부호" 게임은 한때 그들 가족을 '텔레비전'에서 나오는 '그럴듯한 가족'이 된 것처럼 여기게 해준 놀이이기도 했다. 게임을 시작하며 그들 모녀는 부엌 식탁에 다시 마주 앉는다. 카드를 섞으며 엄마가 딸에게 자기의 이야기를 시작한 순간이었다.

"요새 여자애들은 왜 결혼을 안 한다니? 애는 왜 안 낳고?", "여자애들이 뭣도 모르면서 그렇게 선동에 휩쓸려 시국에 끼어드는데, 너도 그러는 건 아니겠지?" 엄마와의 대화는 쉽지가 않다. "포목점에서 일을 시작한" "86년도"에는 시위대를 보며 "부모 잘 만나 팔자 좋게 대학 간 애들이 뭐가 그렇게 불만이 많아서 그렇게나 시위"를 하냐며 한탄했다고도 한다. '직선제'가 중요한 게 아니라 "진짜 능력 있는 사람이 나라를 이끄는 게 중요"하다는 주장이었다. 물론 자신의 "반민주적인 발언"을 알고 있다는 듯이 "너처럼 교육받아서 돈 잘 주는 직장 다니는 사람은 모르는 삶이란 게 있는 법"이라며 훈계를 덧붙이기도 했다. 그녀는 엄마의 말이 너무 길어지고 또 견디기 힘들 때면 '오빠의 방문'을 바라본다. 엄마와 아빠는 오빠에 관해서라면 완전히 입을 다물어버려서, 오빠가 "마지막까지 혼자였다고 생각"할까 봐, 이내 하기 어려웠던 질문을 던진다. "엄마, 어떻게 오빠를 죽인 사람들 편을 들 수가 있어?"

　　"누가 죽였는데? 누가 우리 현식이를 죽였다고 생각하는데, 너는?"
　　"관리를 제대로 하지 않은 사람들. 사고를 철저히 조사하지 않은 사람들."
　　"……그럼 나는?"
　　뒤집어놓은 카드의 복잡한 문양을 골똘히 보고 있던 엄마가 말했다.
　　"나는 책임 없나? 새벽 운전하느라 피곤하다고 일 가는 애 보지도 않고 자던 네 아빠는? 새 신 신으면 멀리 간다는데 바보같이 새 운동화까지 사서 일 열심히 하라고 신겨 보낸 나는? 네 오빠만 운동화 사줬다고 툴툴대던 너는? 아무것도 모르고 현식이가 죽어갈 때 먹고 웃고 있던 우리는?"

　　아들의 죽음을 마주하며 엄마가 품고 있던 깊은 죄의식이 엿보이는 대목이다. 엄마에게겐 "관리를 제대로 하지 않은 사람들이나 사고를 철저히 조사하지 않은 사람들"보다 외려 아들을 사지(死地)로 내몬 자기 자신에 대한 분노가 더 컸다. 따라서 아들에 대한 철저한 침묵은 자기에 대한 원망이 남겨진 가족에 대한 미움으로 부당하게 전이되지 않을 자신이 없었기 때문은 아닐까? '오빠의 패딩'을 입은 '딸'을 때리고, 대학 생활에 충실할 뿐인 그녀에게 "이기적인 년"이라고 욕하는 자신을 계속 대면할 자신이 없었던 것 아닐까? 그러한 부정한 폭력 앞에서 "오빠가 아니라 내가 살아남아서 화가 났다"고 여기게 하는 감정들은 하나뿐인 딸의 스무 살 분가(分家)를 용인해버리고만 그 심리와 연결되어 있는 것이다. 이제 엄마에게 중요한 건 버티는 것이고 어떻게든 현실을 받아들이는 것이다. 그런데 자기와 남겨진 가족을 혐오하지 않고도 현실을 받아들이고 버틸 수 있는 방법은 무엇이 있을 수 있을까? 엄마가 광장에 나가 극우의 행렬에 동참하게 된 연유가 여기 있다.

> "뭔가 바꾼다고 말하는 사람들, 엄마는 꼴 보기 싫더라. 노동자, 인권, 그런 말 하는 사람들, 진짜 싫어. 바꿀 수 있었으면, 우리 현식이가 안 죽어도 됐잖아. 그런 생각 하면 엄마는 살 수가 없어."

엄마는 세상이 바뀔 수 있다는 기대를 접으면, 현재의 자기를 납득할 수 있다고 믿은 것 같다. 세상이 바뀔 수도 있다는 희망은 아들이 죽지 않았을 수도 있었던 가능성으로 여겨졌기 때문이다. 그런 생각을 하면 엄마는 살 수가 없다. 따라서 받아들이기 어려운 아들의 죽음을 받아들이기 위해서는 아무것도 바뀔 수 없다는 절망이 필요했다. 엄마에게 세상을 바꾸겠다는 구호는 더 나은 세계에 대한 약속이 아니라 아들을 지킬 수 없었던 국면의 말, 즉 실패한 언어에 불과하다. 아들을 황망히 잃은 엄마는 그럼에도 살아야 했다. 남은 가족이 있었기에 그렇다. 아들을 죽음으로 내몰았다고 믿는 자신이 딸의 삶을 책임질 수 있다고 생각할 리 만무하다. 그래서 엄마는 원망할 대상을 찾아 거리로 나선다. 화를 낼 기운조차 없을 때 대신 화를 내줄 사람이 필요할 때가 있다. 극우의 광장에서는 각자 자기의 혐오와 원망을 마음껏 표출해도 되는 것처럼 보였을 것이고, 그렇게 외치다 보면 정말 미워해도 되는 대상들이 도처에 있다고 여겨지게 된다. '미얀마'인지 '라오스'인지 알 바 없는 윗집 이주 여성처럼, 그 존재만으로 세상을 더럽히는 자들이 있다고 믿게 되는 것이다. 물론 원망할 대상을 찾아 외쳐줄 사람들이 필요할 때, 그렇게 자기의 울분조차 누군가가 함께 토로해줄 때 얻을 수 있는 위안이란 게 있을 수 있다. 하지만 비루한 현재의 처지를 다른 누군가에 대한 원망을 통해 납득하는 방식의 버티기에는 한계가 있기 마련이다. 인간의 악감정에 의거한 정치를 통해서는 사회가 굴러갈 수 없다는 이치도 마찬가지이다. 집회에서 짓밟힌 엄마에겐, 분명 변화가 필요하다.

자기의 심정을 딸에게 처음 고백하던 엄마는 "혁명"을 외친다. 마침 같은 숫자 네 장의 카드가 나온 덕분이다. "혁명해서 좋아?"라고 묻는 그녀에게 엄마는 오랜만에 웃으며 "그럼 좋지"라고 응답한다. 이 소설은 여기서 끝난다. 어쩌면 소설에서 묘사된 가장 조그마한 '혁명'이기도 할 것이다. 하지만 그것으로 충분하지 않을까. 작아진 변화에의 기대조차 버틸 대로 버티며 산 사람들에겐 커다란 용기를 요구하기 때문이다. 물론 카드의 가치와 순서가 일시에 뒤바뀌는 듯한 그러한 혁명이 이들 모녀의 미래에도 적용될지는 모르겠다. 다만 "대부호"라는 게임을 통해 이들 모녀의 이해와 화해의 계기가 마련됐다는 사실이 중요하다. 어쩌면 대화를 매개한 이 게임은 들려줄 이야기가 있고, 들어줄 사람이 있는 자는 '대부호'이고, 반대로 자기의 사연을 들어줄 이가 곁에 없다고 느끼는 사람들이야말로 '대빈민'이라는 사실을 웅변하고 있는 것은 아닐까? 그리하여 들을 생각이 없던 말과 해줄 생각이 없던 말이 만나는 순간 우리는 작은 '혁명'을 감지할 수 있게 된다. 반복컨대 작은 변화조차 현실의 모순을 감내하며 사는 사람들에겐 작지 않은 용기와 지난한 시간을 요구한다. 대개의 사람들에게 혁명이 조금 늦게 도착하는 이유가 여기 있다.

우리 엄마는 남미새

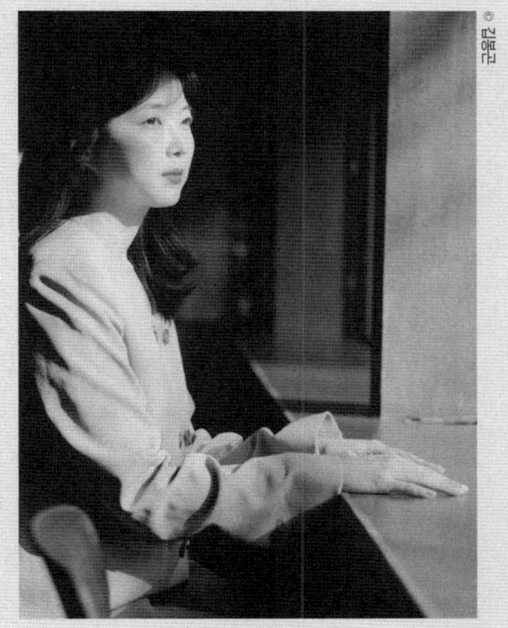

손보미

2009년 『21세기문학』 신인상과 2011년 『동아일보』 신춘문예를 통해 작품 활동 시작. 소설집 『그들에게 린디합을』『우아한 밤과 고양이들』『사랑의 꿈』, 장편소설 『디어 랄프 로렌』『작은 동네』『사라진 숲의 아이들』『세이프시티』, 중편소설 『우연의 신』, 짧은 소설집 『맨해튼의 반딧불이』, 산문집 『아무튼, 미드』 등이 있음. 젊은작가상 대상, 한국일보문학상, 김준성문학상, 대산문학상, 이상문학상, 이효석문학상 등 수상.

우리 엄마는 남미새

1

어머니와 아버지가 이혼 서류에 도장을 찍은 건, 내가 열네 살이 끝나가던 때의 일이다. 어머니와 아버지는 몇 살이었더라? 서른일곱, 지금의 나보다 두 살이나 어린 나이. 믿을 수가 없군. 지금 이 나이에 나는 이혼은커녕 결혼 한 번 못 해봤는데.

나는 두 사람의 러브 스토리를 알고 있었다. 러브 스토리. 요즘도 이런 단어를 쓰는 사람이 있나? 러브 스토리, 라는 단어에서 풍기는 분위기가 있다. 누가 시킨 것도 아닌데 통 속으로 팔 전체를 쑥 집어넣었다가 끈적거리는 질감에 몸서리치며 팔을 빼내는 일, 덕지덕지 팔에 묻은 이물질을 곧바로 씻어냈겠지만, 잠들기 전 문득 발견되는(미처 제거하지 못한) 말라붙은 흔적들. 그 흔적으로 인해 아찔할 정도로 생생하게 재생되는 감각, 미끈거리고 질척거리며 소용돌이치는.

물론 누군가는 반박하고 싶은 기분이 들지도 모른다. 그런 느낌은 받은 적이 단 한 번도 없다고. 그래도 괜찮다. 뭐가 괜찮은지 모르겠지만 여하튼.

러브 스토리는 어머니가 자주 쓰던 단어였다. 고등학교 영어 교사였던 어머니는 퇴근 후 곧바로 집안일을 시작했다. 식사 준비를 하는 동안에는 나를 불러내서 이것저것 물어보곤 했다. 친구, 공부, 학교 선생님에 대한 것들. 혹은 이런 것. "좋아하는 애, 없어? 러브 스토리 같은 거." 내게 좋아하는 상대가 있는 게 어머니에게 꽤 중요한 문제라도 된다는 듯. 나는 대놓고 토하는 시늉을 했다. 어머니가 다른 식으로 표현했다면 그렇게까지 격한 반응을 보이진 않았을 것 같다.

여중에 진학하고 나서 새로운 대화 주제가 추가되었다. 학기 초, 사회 선생이 수업 시간에 보여준 영상 때문이었다. 공장제 사육 방식의 잔인함, 우리가 먹을 소를 키우느라 파괴되는 환경에 관련한 내용이었다. 당시만 해도 그런 인식은 아주 낯선 것이었다. 너무 잔인한 장면을 접한 탓에 나를 비롯한 일부 아이들이 고기를 입에도 안 대려 했고 학교로 학부모들의 항의 전화가 빗발쳤다. 아이들이 다시 고기를 먹기까지 그리 많은 시간이 필요하진 않았다. 나는 아니었다. 한 학기가 끝나갈 때까지도 나는 고기를 입에 대지 않았다. 어머니는 언제까지 그럴 거냐고 매일 나를 닦달했다.

"죽을 때까지 안 먹을 거야."

"어디 한번 두고 보자."

"두고 봐, 내 목숨을 걸고 맹세할 수 있으니까."

어머니는 고기 없이 생선이나 두부를 메인으로 저녁 식사를 차렸다. 두어 달이 지나자 이번에는 아버지가, 참을 만큼 참았다는 듯 말했다.

"생선은 안 불쌍해? 식물은 학살해도 괜찮아?"

학살이라니. 세상에, 학살이라니.

나는 아버지를 똑바로 바라보며 밥 한 숟갈을 푹 뜨고, 그 위에 커다란 생선 조각을 얹었다. 그러고는 한꺼번에 입속으로 욱여넣었다. 보란 듯이 씹어 넘기고 싶었지만, 너무 많은 음식이 입안에 가득 차서 도저히 씹을 수가 없었다. 목이 간질간질거렸고, 숨이 막혔다. 아버지 역시 지지 않겠다는 듯 나에게서 눈을 떼지 않았다. 어머니가 휴지를 갖다 주며 어르듯 말했다.

"그냥 뱉어. 제발."

원하지 않아도 내 몸이 저절로 그렇게 반응했다. 한동안 기침이 멈추지 않았고, 얼굴은 빨개졌으며, 눈에 눈물이 맺혔다. 괜찮았다. 그런 눈물은 괜찮았다. 하지만 그다음의 눈물은 안 괜찮았다. 기침이 멎은 후 내 입에서 나온, 짓이겨진 음식물을 보았을 때, 나도 모르게 눈물이 볼을 타고 흘렀다. 이런 식으로 눈물을 흘리는 건 수치스러운 일이라고 생각했다.

"그것참."

어이없다는 듯 웃으며 내 머리통을 쓰다듬은 아버지는 그 후로 다시는 같은 이야기를 꺼내지 않았다. 나는 그게 스스로 쟁취해낸 승리라는 마음은 들지 않았다. 그렇다고 내가 비굴하게 굴었다 여기지도 않았다. 훗날 그날을 떠올리며 이런 생각을 했다. 비굴하지 않아도 얼마든지 수치스러울 수 있고, 수치스럽지 않아도 얼마든지 비굴해질 수는 있다고.

프리즘을 통과하는 감정의 스펙트럼, 빨강, 주황, 노랑, 초록, 파랑, 남, 보라. 흐릿하고 위태롭지만 허물없이 넘실거리는 그 빛의 경계선.

식사 준비를 하는 어머니에게 이런 이야기를 한 적도 있다.

"체육이 우리보고 너무 뚱뚱하다는 거야. 창피한 줄 알라고."

손을 멈춘 어머니가 나를 돌아보더니 되물었다.

"뭐라고?"

"체육 시간에 열심히 안 해서 그런 거라고. 우리 팔뚝을 막 꼬집고. 어떤 애들은 허리를 꼬집혔다니깐? 자기나 열심히 운동할 것이지, 돼지 주제에."

체육 선생은 키 170센티 정도에 몸무게는 100킬로가 족히 나가 보이는 남자였다. 배가 남산만 했고, 뒤뚱거리며 걸었다. 머리카락은 짧았고 턱이 네모났다. 피부가 시꺼맸고, 뿔테 안경을 썼다. 세상에, 나는 며칠 전 만난 사람의 얼굴도 잘 기억하지 못한다. 당연히 그 시절 선생들의 얼굴을 기억하는 건 불가능한 일에 가까운데, 그럼에도 불구하고, 지금 나는 체육 선생의 모습만은 여전히 똑똑히 떠올릴 수 있다.

당시 내가 체육 선생에게 느꼈던 불쾌함은 성적인 것은 아니었던 것 같다. 아닌가? 그랬나? 음…… 그런 건 아니었다. 나는 그저 두껍고 물컹거리는 내 뱃살을 누군가 — 심지어 어머니라도 싫었다. 아무에게도 내 뱃살을 보여주기 싫어서 대중목욕탕이나 수영장에 가지 않았다 — 에게 들키는 게 싫었을 뿐이다. 심지어 나는 허리를 꼬집힌 게 내가 아니라서, (그 지저분한 폭력의 희생자가 아니어서가 아니라) 내 뱃살을 들키지 않아서 다행이라는 생각까지 하고 있었다.

체육 선생에 대한 이야기를 들은 어머니는 별 대꾸 하지 않고 내게 등을 돌리고는 잠시 가만히 서 있기만 했다. 몸이 굳은 것처럼. 그러더니 다시 식사 준비로 돌아갔다. 어머니의 이 같은 반응은 좀 의아한 것이었다. 어머니는 '그런' 문제를 그냥 지나치지 못하는 부류였다. 지나치지 못하는 걸로 부족해서, 긁어 부스럼을 만드는 타입. 이를테면 신문(당시만 해도 종이 신문을 구독했다)에 실린 백화점 광고 면에 원피스 수영복을 입은 여자가 크게 인쇄돼 있는 걸 보고(그랬다. 정말 그땐 그러한 그림이 버젓이 실려 있었다) 신문사에 항의 전화를 걸었던 적이 있다. "도대체 백화점이랑 수영복 입은 여자가 무슨 연관이 있는 거죠?" 어머니의 말에 따르면 전화를 받은 그 사람 — 아직도 그가 어떤 직책이었는지 모르겠다 — 은 이렇게 응대했다. "백화점에서 수영복을 안 팝니까?" 어머니는 지지 않았다. "판매 품목 중에 제일 처음 긁은 글씨로 소개된 거 보이죠?"

맨 앞에 가장 크게 적힌 글자는 '남자 양복 대전'이었다.

그런 식으로 모든 일이 끝났다면 좋았으련만, (당연히) 그렇지 않았다. 광고에서 수영복 여자는 사라지지 않았고, 어머니는 매일 아침 출근하기 전 전화를 걸었다(무슨 의식이라도 되는 것처럼). 신문사에서 어머니의 악명은 나날이 높아졌다(그랬을 것이다). 어머니의 전화를 받은 사람은 이름을 들으면(그랬다. 어머니는 자신의 이름을 당당히 밝혔다), 잠시만요, 라고 말하고는 이리저리로 전화를 돌렸다. 그래도 어머니는 절대 포기하지 않았다.

창과 방패의 싸움.

이 싸움에 대해 아버지는 입 한번 벙긋하지 않았다. 어머니를 지지하지도, 말리지도 않았다. 어머니가 수화기에 대고 언성을 높이는 동안 나와 눈이 마주치면 어색하게 웃어 보일 뿐이었다.

어느 날, 백화점 광고의 그림이 바뀌었다. 원피스 수영복 입은 여자가 아니라 비키니 입은 여자로. 어머니는 길길이 분노했다. 신문사에 전화를 걸었지만 전화기 너머의 사람은 어머니의 목소리를 듣자마자 툭 끊어버렸다. 몇 번이나. 어머니의 완전한 패배였다. 어머니는 전화를 거는 건 그만두었지만, 아침마다 신문을 펼치고 광고의 여자를 확인하는 건 멈추지 않았다. 그로부터 시간이 지나서(어머니 때문이 아니라 계약이 끝나서였을 것이다) 그 광고가 사라지자 곧바로 신문 구독을 해지했다.

그랬던 어머니가 체육 선생에 대한 이야기를 듣고 보인 반응은 너무 약한 것이었다. 물론 시간이 흐른 후, 무언가 혹독한 비난의 말들을 하긴 했을 것이다(그랬나? 기억나지 않는다). 실질적인 조치(학교에 전화를 건다든지)를 취했을 수도 있다(확신할 수 없다. 하지만 그랬을 것 같다). 체육 선생은 어느 순간부터 그런 행동을 멈추었다(겨우 그 정도로 그는 용서받았다). 그렇지만, 어찌 된 일인지 내 기억에 강렬하게 남아 있는 건 어머니가 **곧바로** 반응한 방식이었다. 정지, 그리고 입 다물기. 어쩌면 입을 다문 채로 어머니는 이 단어를 떠올리고 있었는지 모른다.

성추행.

성적 불쾌감(혹은 수치심)이라는 단어는 아니었을 것이다. 이 개념은 일반적으로 통용되기도 전이었다.

시간이 조금 흐른 그해 여름방학을 앞둔 어느 날 우리의 대화 주제에 다시 '러브 스토리'가 올라왔다. 어머니는 정말로 뜬금없게도 자신들 — 어머니와 아버지 — 의 '러브 스토리'를 꺼냈다. 선풍기를 내 쪽으로 옮겨주는 바람에 요리를 하는 어머니의 뒷덜미에는 땀이 송글송글 맺혀 있었다. 나는 송글송글 맺혀 있는 땀방울이 또르르 흐르는 걸 바라보았다.

"너, 엄마 아빠 러브 스토리 듣고 싶어?"

듣기 싫었다. 정말로 싫었다. 나는 같은 아파트에 사는 남자애 한 명을 1년 넘게 짝사랑하고 있었다. 그 애가 나를 사랑해주기를 간절하게 바라면서. 하지만 그 애는 내게 눈길 한 번 주지 않았다. 오, 그랬다. 눈길 한

번 주지 않았다. 내게 관심 없는 대상에게 사랑을 갈구하는 건 키가 망가진 배 위에 홀로 남겨진 거나 마찬가지였다. 눈앞에 펼쳐진 풍경은 경이롭고 아름답다. 나는 그걸 계속 즐기고 싶다. 하지만 결국은 깨닫게 될 것이다. 혼자 남겨진 내가 의지할 건 아무런 효능도 없는 그 키뿐이란 걸. 물론 이 이미지는 오랜 시간이 흐른 후, 그러니까 내가 그 빌어먹을 '구애'의 과정을 여러 번 거친 후에나 떠올리게 되는 것이었다. 나는 자주 망가진 키와 망망대해의 달콤하고도 무자비한 영향권 안으로 제 발로 들어갔고, 그런 나 자신에게 얼마간의 죄스러움을 가지게 될 터였다. 죄스러움? 오, 정말 그랬나? 그랬다. 나를 사랑하지 않는 대상이 나를 사랑하길 기다릴 때 스멀스멀 전신을 타고 기어 올라오는 감정은 수치심과는 달랐다. 무분별, 그리고 어느 정도의 교만과 나태와 더 관련이 있었다(그런 것 같다).

두 사람의 러브 스토리가 그리 특별한 건 아니었다. 두 사람은 대학 시절 미팅에서 만났다. 어머니는 여대 영어교육과 4학년이었고, 공대생이었던 아버지는 제대하고 복학한 지 얼마 안 된 시점이었다. 어머니는 부잣집 외동딸이었고, 아버지는 평범한(아니, 조금 가난한) 집안의 장남(남동생 둘, 여동생 하나)이었다. "우린 첫눈에 반했어." 만난 지 몇 달도 되지 않아 어머니는 나를 임신했다. 어머니 집안에서의 분노, 양쪽 집안의 갈등, 돈과 관련된 (이번에도 어머니의 단어를 빌리자면) 조정안들. 일단 휴학을 한 어머니는 아버지와 친정으로 들어가기로 했다. 출산한 뒤 어머니가 복학을 하고 임용고시에 합격할 때까지 두 사람은 그 집에 머물렀고, 내가 세 살이 되던 해에 독립할 수 있었다. 아버지가 취업을 하기까지는 조금 더 시간이 필요했다. "내가 네 아빠랑 너를 먹여 살렸잖니." 어머니는 이렇게 말하고 잠시 후 덧붙였다. "사랑의 힘으로."

나는 어머니가 이야기하는 동안 잠자코 있었다. 싫은 티를 내지 않았다. 나는 어린애에 불과했지만 어머니와 아버지 사이에 문제가 있다는 건 알았다. 아버지가 늦게 귀가하는 일이 잦았고, 어머니는 내 침대에서 잠들기 일쑤였다. 네 아빠가 코를 너무 골아서, 라는 말은 어불성설이었다.

지난 10여 년 동안 없던 코골이가 갑자기 시작된다고? 그럴 리가.

그런 상황에서 어머니가 아버지와의 '러브 스토리' 끄집어내는 건 좋은 신호인 것 같았다. 그리고 그 생각은 틀리지 않은 듯 보였다. 여름이 시작되었을 때부터 주중에 아버지와 함께 저녁 식사를 하는 횟수가 늘었고, 어머니는 더 이상 내 침대에서 잠들지 않았다.

그리고, 그해 여름이 끝나갈 무렵 우리 가족은 2박 3일 일정으로 동해의 바닷가로 늦은 여름휴가를 떠났다.

아, 그래, 그해 여름휴가. 세상에, 나는 아주 오랫동안 그날의 일을 떠올리지 않았다. 그날의 일들을 잊어버렸다는 의미가 아니다(그건 불가능하다). 그보다는 의식하지 않은 채 살아왔다고 말하는 편이 맞을 것이다. 어떻게 그럴 수 있었을까? 그렇다면, 그 일을 기억하고 있는 나 자신을 의식한 마지막 순간은 언제였을까? 어머니와 아버지가 이혼한 이후였을까? 아니면, 홀로 남아 지내시던 외할머니마저 돌아가시고 나자, (꽤 많았던) 모든 재산을 정리한 어머니가 뉴욕으로 떠난 이후였을까? 아니면, 그보다 훨씬 더 전의 일인가? 의도적으로 그날을 무시하려고 애를 썼던가? 아니면 자연스럽게 수면 아래로 가라앉아서 숨을 죽이고 있었던 걸까? 모르겠다. 전혀 모르겠다.

지금의 나는 그날들의 일을 사진으로 찍은 것처럼 떠올릴 수 있다. 정확하게 기억할 수 있다는 의미가 아니라, 말 그대로 그 모든 일들을 분절된 이미지로 기억한다는 의미이다. 이미지와 이미지 사이의 공백을 채울 순 있다. 그러니까, 나의 언어로. 충분히 그럴 수 있다. 그건 자신이 있다.

그게 분절된 이미지이든 뭐든, 의식 아래에 가라앉아 있던 여름휴가의 장면들이 그토록 분명하게 다시 떠오른 건, 한 달 전 걸려 온 어머니의 전화 때문이었다.

7월의 태양이 이글거리며 기승을 부리던 날. 나는 수학 전문 학원에서 초등학생을 가르치는 일을 했는데, 수업 들어가기 전 어머니에게서 전화가 걸려 왔다. 어머니와 통화하는 시간은 보통 밤 열한 시로 고정되어 있었고, 지금 시간이라면 어머니가 있는 곳은 새벽일 터였으므로, 직감적으로 무슨 일이 생긴 걸 알아차렸다. 어머니는 한동안 입을 열지 못했다.

"엄마, 나 일하러 가야 해요."

나는 뒤통수를 주먹으로 가볍게 치면서 시계를 확인했다. 2시 52분, 8분 후부터 수업 시작이었다. 수화기 저 너머에서 쥐어짜는 듯한 목소리가 들려왔다.

"갔어."

"뭐라고요?"

"우리 고양이가 갔어."

갑작스레 어머니가 펑펑 울기 시작했다. 어머니의 적나라한 울음소리를 들은 건 그때가 처음이었다. 어머니의 입에서 나온 다음 말은 나를 더 당황하게 만들었다.

"12년을 함께 살았는데, 갑자기 갔어."

12년이라니. 나와 산 기간이 고양이와 산 기간보다 겨우 2년 더 긴 셈이었다. 아니, 그건 그렇다 쳐도, 정말? 정말로? 고양이랑 같이 살았다고? 어머니는 한 번도 고양이 이야기를 한 적이 없었다(나는 반려동물을 키워본 적 없고 키울 계획도 전혀 없었다. 이웃집에서 키우는 개는 가까이서 본 적이 있지만, 고양이는 가까이에서 본 적조차 없었다. 길에서 고양이를 만나면 멀리 돌아가곤 했다. 고양이를 무서워하는 부류의 사람이라고 말해도 좋다). 하지만…… 내가 어머니의 집을 방문한 게 세 번이었다. 어머니는 브루클린의 허름한 주택가, 방 두 개에 화장실과 부엌이 딸린 작은 집에 살았다. 미국 영주권을 땄고, 매일 아침 L 트레인을 타고 맨해튼에 있는 커다란 마트 체인점으로 출근했다. 나로서는 도저히 이해할 수 없는 삶의 선택이었다. 내가 그 집에서 고양이의 흔적을 본 적이 있나?

없었다.

동거하는 남자의 흔적은 있었다. 그 흔적을 발견한 건, 6년 전 어머니의 집에 마지막으로 방문했을 당시의 일이다. 아마도 내가 와 있는 동안

다른 곳으로 피신이라도 간 모양이지. 그제야, 그전에 내가 이곳을 방문했었던 때도 분명히 어머니에게 남자가, 그것도 동거하는 남자가 있었으리라는 생각이 들었다. 당연히 그랬을 터였다. 허, 그런 가능성을 고려하지 않은 나 자신이 놀라울 정도였다. 나는 어머니의 부주의함 때문에 짜증이 났다. 어째서, 이번에는 그 흔적을 완벽하게 숨기지 못한 거지? 어머니의 집에 머무는 동안 줄곧 나는 싱숭생숭했고, 한국으로 돌아와서도 그랬다. 통화를 할 때마다 어머니와 같은 공간 어딘가에서 숨죽이고 있을 남자가 떠올랐고, 그 탓에 통화를 하는 내내 신경이 곤두섰다. 아니다, 동거남이 있다는 사실 자체는 문제가 아니었다. 도대체 몇 명의 동거남이 어머니를 **거쳐 갔는지가** 문제였다. 차라리 재혼을 했다면, 그랬다면 나는 그 상황을 **자연스럽게** 받아들였을 것이다.

남미새. 여미새.

학생들 사이에 자주 통용되던 단어. 글자의 조합 자체가 품고 있는 화기애애하고 귀여운 뉘앙스와는 전혀 다른 의미를 알고 나서 나는 깜짝 놀랐다. 게다가, 초등학생들이 남자(혹은 여자)에 미친다는 게 뭔지 어떻게 안단 말인가? 그런데 나도 모르게 이런 식의 문장이 떠올랐다. 우리 엄마는 남미새. 하, 안다. 이런 문장이 눈살을 찌푸리게 만든다는 사실을. 나조차도 그러니까.

음…… 그래서 나는 내 식으로 단어를 변형했다. 남미엄. 물론 여전히 이 단어가 품고 있는 거북함을 안다. 그렇지만 이보다 더 우리 어머니의 특징을 잘 나타낼 수 있는 단어가 어디에 있단 말인가? 왜 아니겠는가? 남편, 어린 딸과 함께 떠난 여름휴가지에 몰래 남자친구를 데리고 오는 여자를 이보다 더 적절하게 표현할 수 있는 단어가 또 있을까?

있다면 알려달라.

그해 여름휴가를 떠나던 날 아침이 떠오른다. 우리는 2박 3일 동안 어머니의 친구 — 아버지와 나는 한 번도 만난 적 없고, 이야기를 거의 들어본 적도 없는 — 소유의 별장에 머물 계획이었다. 출발하기 전 우리가 먹을 간단한 아침 식사를 차리고, 운전하는 아버지를 위한 주전부리를 준비하고, 돗자리와 튜브 같은 물놀이 용품을 챙기던 어머니. 약간 들떠 보였다고 기억하는데 실제로 그랬는지 내 기억이 왜곡된 건지는 판단할 수 없다(사실은, 둘 중 어느 쪽이라고 해도 상관없다). 우리 가족이 출발한 시간은 아침 열 시였고, 목적지인 별장까지는 세 시간 반 정도가 걸릴 예정이었다. 출발할 때에는 이른 아침의 해가 쨍쨍했는데, 두어 시간이 지나자 하늘이 흐려졌고, 목적지에 도착할 즈음에는 약한 빗줄기가 흩뿌려지기 시작했다. 우리는 한동안 말없이 2차선의 해안 도로를 달렸다. 해안 도로의 왼쪽으로는 바다와 폭이 좁은 백사장이 펼쳐졌고, 백사장와 도로 사이에는 콘크리트로 만든 가림벽이 세워져 있었다. 목적지에 가까워질수록 백사장의 폭이 좁아졌는데, 한눈에 봐도 볼품없었다. 오른쪽으로는 드문드문 인가와 회를 파는 식당들이 서 있었는데 영업을 하지 않는 곳이 대다수였다.

"저기야!"

혹시라도 지나칠까 봐 안절부절못하며 지도를 확인하던 어머니가 소리치듯 말했다. 낡은 단층 건물들 사이로, 이질적인 ㄱ자 모양의 빨간 벽돌집이 보였다. 차를 세워둘 마당이 있을 정도로 꽤 규모가 컸고, 지은 지 얼마 안 된 티가 났다. 현관이 어마어마하게 넓었는데, 별장 주인 — 어머니의 친구 — 의 것으로 보이는 여성용 신발이 어지럽게 널려 있었다.

"신발 정리를 하나도 안 했네."

어머니의 말에 아버지도 한마디 거들었다.

"이멜다야, 뭐야."

"이멜다가 뭐야?"

내가 묻자 아버지가 대답했다.

"있어, 그런 여자."

우리는 곧바로 집 안으로 들어갔지만 어머니는 현관에 쭈그리고 앉았다. 시간을 들여서 아주 정성스럽게 그 신발들을 정리하기 시작했다. 마치 기도라도 드리는 것처럼, 엄숙하고 성실하게.

밖에서 봤을 땐, ㄱ자 모양인 줄 알았는데 집 안의 구조는 훨씬 더 복잡했다. 복도 끝에 작은 방이 하나 있고, 그 작은 방의 반대편 문을 열고 나가면 거실이 나오고, 그 거실은 다시 복도와 이어지는 식. 복도 다른 쪽 끝에는 부엌과 다이닝 룸이 위치했다.

"도대체 집을 왜 이렇게 지은 거야."

아버지가 못마땅하다는 듯 말하자, 신발 정리를 드디어 끝낸 어머니가 다가와서 대답했다.

"재밌잖아."

거실 전면 창으로 해안 도로, 콘크리트 가림벽, 그 너머 펼쳐진 (볼품없는) 백사장과 바다가 훤히 보였다. 잠시 후 빗줄기가 그쳤고, 나가보자는 어머니의 말에 아버지와 내가 따라나섰다. 콘크리트 가림벽에 난 작은 통로는 백사장으로 가는 방향의 계단과 연결되어 있었다. 하늘은 온통 흐렸다. 회색 파도가 밀려들어 왔다가 다시 밀려 나갔다. 을씨년스러운 느낌. 휴양지의 분위기는 별로 나지 않았다. 날씨가 좋아도 사람들이 많이 찾아올 것 같지 않았다. 하지만 누군가 오긴 오는 모양이었다. 우리보다 앞서 가던 어머니는 때때로 허리를 굽히고 사람들이 버린 쓰레기 — 과자 봉지나 아이스크림 껍질, 비닐봉지 같은 것들 — 를 주웠다. 백사장은 볼품없었지만, 바위는 멋있었다. 어머니가 바위 위로 엉금엉금 기어 올라갔다.

"너도 올라올래?"

나는 고개를 저었다. 어머니는 상관 안 한다는 듯, 바위틈에서 너울거리는 해조류를 가리키며 말했다.

"저걸 따서 국 끓여 먹을 수 있겠다!"

물론 그럴 계획은 없었다. 바위에서 내려오는 어머니에게 아버지가 손을 내밀었다. 어머니는 수줍게 웃으며(그랬다, 말 그대로 수줍게 웃었다) 아버지의 손을 잡았다. 다른 손에는 여전히 쓰레기가 들려 있었고, 어머니는 별장으로 돌아갈 때까지 그 쓰레기들이 마치 보물이라도 되는 것처럼 꽉 쥐고 있었다.

그날 저녁부터 본격적으로 비가 쏟아졌다. 아버지와 나는 기분이 점점 가라앉았다. 날씨가 전혀 도와주지 않는 여름휴가(날짜는 아버지가 정했다)라니. 비가 쏟아지는 창밖을 바라보다가, 어머니가 입을 열었다.

"배고프지 않아? 내가 나가서 먹을 것 사 올게. 둘은 기운 좀 차리고 있어. 저것 봐, 비 오는 바다도 운치 있잖아."

한 시간이 지난 후에야 어머니가 돌아왔고 왜 이렇게 오래 걸렸냐고 아버지가 한 소리를 했다. 어머니의 손에는 커다란 KFC 봉투가 들려 있었다.

"문 연 식당도 거의 없고, 문 연 곳은 포장이 안 된다는 거야. 다행히 KFC가 있어서 이거라도 사 왔지."

내가 믿을 수 없다는 표정으로 어머니를 쳐다보았다.

"나는 뭘 먹으라고?"

그제야 어머니가 두 손으로 자신의 볼을 감싸며, 혼잣말하듯 내뱉었다.

"아, 내 정신 좀 봐."

충격을 받은 듯, 어머니의 얼굴이 창백해졌다. 그 채로 감전이라도 된 듯 움직이지 않았다. 어머니가 너무 어쩔 줄을 몰라 했기 때문에 더 이상 불평불만을 늘어놓을 수 없을 정도였다. 아버지가 내게 감자튀김, 콜슬로 그리고 비스킷을 건넸다.

"이걸 먹으면 되겠네."

잠시 후, 우리는 치킨과 감자튀김 기타 등등이 올려진 거실의 커피 테이블 앞에 앉았다. 치킨의 양이 어마어마했지만(이걸 누가 다 먹으라고?), 어머니는 내가 고기를 먹지 않는다는 사실을 고려하지 못했다는 사실 탓에 심란했는지, 음식을 먹는 둥 마는 둥 했다. 지붕을 때리는 빗소리, 창에 맺히는 수많은 빗방울들이 또르르 굴러떨어졌다. 저 멀리 잿빛으로 변한 백사장과 길게 밀려왔다가 길게 밀려가는 파도가 만드는 포말의 행렬, 치킨과 감자튀김에서 풍겨 나오는 고소한 기름 냄새(그래도 깨끗한 기름으로 튀긴 모양이었다), 비스킷의 가짜 버터 풍미(이걸 풍미라고 해도 되는지 모르겠지만), 번들거리는 아버지의 손가락과 입가…….
식사를 마친 후에 아버지가 먹고 나온 뼈를 비닐봉지에 담아서 어딘가에 버리고 왔지만, 남은 음식과 그릇 같은 건 그대로 두었다. 우리는 거실에 쪼르르 붙어 앉았다. 평소라면 절대 불가능했겠지만 나는 어머니, 아버지와 함께 자정이 훨씬 넘은 시간까지 TV를 보았다. 잠도 거실에서 다 함께 잤다. 거실과 화장실을 제외하면 이 집의 다른 곳에는 발을 들일 생각도 없다는 듯이.

다음 날 아침, 나는 오전 열한 시가 가까이 되어서야 깨어났다. 내 곁에는 아무도 없었다. 여전히 비가 내리는 밖을 힐긋 보고, 커피 테이블 위로 시선을 옮겼다. 어제 먹던 치킨이 남아 있었다. 소곤거리는 소리를 따라 복도를 걸어가자, 어머니와 아버지가 식탁 앞에 딱 붙어 앉아 무언가 이야기를 나누고 있었다. 나는 살그머니 거실로 돌아와서는 두 사람이 거실로 올 때까지 자는 척을 했다. 시간이 조금 지났을 때, 드디어 비가 그쳤다. 하늘은 아직도 조금 흐렸지만, 그래도 저 멀리 희미한 햇살의 궤적이 보이기 시작했다. 어머니가 나가서 식재료를 사 오겠다고 했다. 전날, 차를 운전해 오다가 근처에 가게가 있는 걸 봤다고. 굉장히 가까운 곳에 있다고. 거기에 가면 요리할 거리를 살 수 있을 거라고. 그게 아니더라도 내가 먹을 만한 음식을 사 올 수 있을 거라고.

"같이 갈까?"

아버지의 말에 어머니가 고개를 저었다.

"괜찮아. 다 같이 움직이면, 더 번거로워져."

어머니가 나가고 나서 아버지와 나는 TV 삼매경에 빠졌다. 빗줄기가 점점 거세져서 창밖을 때리는 소리가 요란해진 이후에야 우리는 비가 온다는 사실을 알아차렸다. 아버지가 근심스러운 표정으로 창밖을 내다보았다. 멀리서 파도는 빗줄기를 집어삼켰다가 다시 뱉어내며 사납게 몰아치고 있었다. 어머니가 우산을 가지고 나갔던가? 게다가 어머니가 나간 지 꽤 시간이 지났는데. 어머니에게 전화를 걸었지만, 연결이 잘 되지 않았다(그땐 그런 일이 흔했다). 지금이라면 지도 앱으로 근처의 가게 위치라도 알아봤겠지만 당시엔 그런 게 가능하지 않았다.

"너네 엄마를 찾으러 가봐야겠다."

아버지는 집에서 기다리라고 했지만 내가 끝까지 고집을 꺾지 않았던 탓에 우리는 각각 우산을 하나씩 들고 바깥으로 나갔다. 우산이 금방이라도 날아갈 것 같아서 두 손으로 꽉 쥐어야 했다. 파도 소리가, 그 소리가 정말로 어마어마했다. 빗소리는 아무것도 아니었다. 구슬 천 개가 끝도 없이 와르르와르르 지상으로 쏟아지는 것 같았다. 소리만으로도 지상의 살아 있는 모든 것들을 상처 입힐 수 있다는 듯이.

우리는 어디로 가야 하는지 전혀 알지 못했다. 그저 각자 우산을 꽉 잡고 해안 도로를 따라 걷기 시작했을 뿐이다. 어머니가 별장으로 운전해서 돌아오는 길에 가게를 봤다고 했으니까, 도로를 따라 걸으면 가게가 나타날 거라는 계산이었다. 근거는 없지만, 일단 그 가게에 가면 어머니를 만날 수 있을 거라고 생각했다. 얼마나 걸었을까? 모르겠다. 식재료를 팔 만한 가게는 보이지 않았다. 어느 순간 내가 잡고 있던 우산대가 뒤집히더니, 어디론가 날아가버렸다. 나는 완전히 비에 쫄딱 젖고 말았다. 하지만 그런 건 괜찮았다. 문제는 다른 데에 있었다.

"아빠."

나는 우뚝 멈추어 서서 다리를 꼬고, 열심히 앞으로 걷기만 하는 아빠를 불렀다. 파도 소리와 빗소리에 묻혀 내 목소리가 들리지 않는 모양이었다. 아버지는 진짜 열심히 앞으로 나아가기만 했다. 나는 꽥 소리를 질렀다.

"아빠!"

두어 번 더 시도한 끝에 드디어 아빠가 나를 돌아보았다.

"아빠! 나 화장실 가고 싶어! 오줌 마렵다고!"

그 순간 나를 바라보는 아버지는 뭐랄까…… 굉장히 낙담한 것 같았다. 저만치서 바람에 나부끼는 우산을 꽉 잡고, 절망한 표정으로 나를 바라보고 있던 아버지가 빠르게 나를 향해 다가왔다.

"안 되겠다."

이미 아무 소용도 없었지만, 아버지는 내 쪽으로 우산을 완전히 기울이고 빈손으로 내 손을 꽉 잡았다. 그러고는 이제껏 걸어온 방향의 반대로 바삐 걸었다. 나는 최선을 다해서 아버지와 보폭을 맞추었다. 당연히 그래야 했다. 길에서 오줌을 싸고 싶진 않았으니까. 별장에 도착했을 때 아버지와 나는 둘 다 흠뻑 젖어 있었다. 나는 당장이라도 화장실로 달려가고 싶었다.

"너는 일단 집에서 엄마를 기다리고 있어. 길이 엇갈릴 수도 있잖아. 엄마가 오면 꼭 나한테 전화를 걸어야 한다. 전화를 받지 않으면 문자라도해. 알았지?"

아버지가 차에 올라타는(아버지는 왜 처음부터 자동차 생각을 못 한 걸까?) 소리를 들으며 나는 신발도 벗지 않고 곧바로 화장실로 뛰어 들어갔다. 시원하게 볼일을 보고 나자, 순식간에 온몸의 긴장이 풀렸다. 양변기 위에 앉아 있는데, 몸이 덜덜 떨리기 시작했다. 두려움 때문이 아니었다. 어머니에게 무슨 일이 생겼을 가능성은 아예 염두에 두지 않았으므로. 내가 덜덜 떤 건, 순전히 비에 젖어서 내려간 체온 때문이었으리라. 나는 그때까지도 신고 있던 신발을 벗어 화장실 바깥에 내다두고, 뜨거운 물로 샤워를 하기 시작했다. 아주 오랫동안, 뜨거운 물에 온몸이 녹을 것 같은 기분이 들 때까지.

곧, 옷을 갈아입은 나는 젖은 머리 그대로 소파에 기대앉았다. 그러고 있으니 무언가 현실감이 사라지는 것 같았다. 방금 전까지 있었던 일, 그러니까 두 손으로 우산을 움켜쥐고 비에 흠뻑 젖은 채 걸었던 일이, 우산이 날아간 일이, 성난 파도를 옆에 두고 요의를 참으며 해안 도로를 걸었던 일이 실제로 일어난 것 같지가 않았다. 꿈 같았다. 심지어 내가 혼자서 소파에 앉아 있는 것도 꿈의 연장이고, 이 집 안 어딘가에 어머니가 있을 것 같다는 생각이 들 정도였다.

하지만 꿈이 아니었다. 배에서 꼬르륵 소리가 났고, 갑작스러운 허기가 몰려왔다. 일어나서 먹은 게 아무것도 없었던 거다. 커피 테이블 위에 널브러져 있던 말라비틀어진 감자튀김 조금과 비스킷 반 개를 아끼듯 천천히 먹었지만 허기를 채우기엔 어림도 없었다. 나는 그 옆 종이봉투를 조심스럽게 들춰보았다. 그 안에는 치킨 조각이 꽤 많이 남아 있었다. 나는 그 치킨을 한동안 바라보았다. 아니, 노려보았다. 그걸 노려보고 있으니까 배가 고프다는 감각이 너무 절실하게 다가왔다. 심지어 어지러울 지경이었다. 당장 무언가를 배에 더 집어넣지 않으면 큰일이 날 것 같았다. 하지만…… 하지만…… 나는 치킨을 노려보며 생각했다. 지난 다섯 달 가까이 고기는 입에 대지도 않았는데……. 내 목숨을 두고 맹세했는데. 이걸 먹었다가 맹세를 어겼다고 죽으면 어떻게 해? 하지만 지금 무엇이라도 먹지 않으면 당장 죽을 것 같은데(그럴 일은 일어나지 않을 터였다. 한 끼 굶는다고 죽는 사람은 없으니까)?

나는 계속 치킨을 노려보다가, 눈을 질끈 감고 봉투 안으로 손을 집어넣었다. 다리를 덥석 집어서 눈을 감은 채 입속으로 가지고 갔다. 몇 달 만에 먹은 치킨의 맛은…… 당연히 형편없었다. 실온에서 하루 동안 방치되어 있었으니까. 껍질은 눅눅하고, 속살은 차갑고, 짠맛이 도드라졌다. 오랜만에 먹어서 그런 건지 식어서 그런 건지 아니면 둘 다였는지 특유의 누린내를 확연히 느낄 수 있었다. 아무리 그래도 치킨은 치킨이었다. 눅눅해졌을지언정 튀겨진 닭 껍질 부분은 미각을 자극하기에 충분했다. 씹을 때마다 다리살 사이에서 육즙이 삐져나왔고, 염지의 감칠맛이 입안을 맴돌았다. 다리 한쪽을 다 먹어치운 후, 이번에는 실눈을 뜨고, 한 조각 —넓적다리—을 더 집어 들고, 순식간에 먹어치웠다. 배가 조금 차는 것 같은 기분이 들었다. 그리고 약간 겸연쩍어졌는데, 그런 기분은 곧 후회로 바뀌었다. 쓰라린 마음이 들었다. 이딴 치킨에 내 신념을 버리다니(하지만 이런 생각은 이치에 맞지 않았다. 그 치킨이 최고의 상태였다면, 내 신념을 저버린 것의 온당한 대가가 되는 걸까? 그럴 가치가 있었어, 라고 말할 만한 것이 될 수 있었을까?).

그리고, 나는 한 조각을 더 먹었다.

다행이야, 라고 생각했다. 왜냐하면 내가 치킨 먹는 모습을 본 사람은 아무도 없었으므로. 어머니나 아버지가 남은 치킨이 몇 개인지 세보진 않았을 테니까. 내가 먹고 발라낸 이 뼈만 잘 처리하면 될 것 같았다. 전날 아버지가 닭 뼈를 모아서 바깥 쓰레기통에 버린 게 기억났다. 나는 닭 뼈를 비닐 봉투에 담은 후, 현관으로 갔다. 하지만 내 신발이 없었다. 현관에서 이 신발 저 신발을 헤집으며 내 신발을 찾다가, 아까 소변이 너무 급해서 신발을 신은 채 화장실로 뛰어 들어간 게 기억났다. 벌떡 일어나서 화장실 쪽으로 몸을 틀다가, 문득 이상한 위화감에 사로잡혔다. 나는 다시 현관 쪽으로 다가갔다. 거기에 있는 신발들을 바라보았다.

현관에, 내가 이리저리 헤집어둔 이 집 주인의 (그 수많은) 신발들 사이로 눈에 익은 신발이 하나 있었다. 그러니까, 어머니의 신발이. 어머니가 신발을 하나 더 챙겨 왔었나? 그런 식으로밖에 생각할 수 없었다. 당연했다. 만약 집 안에 어머니가 있다면, 내 앞에 나타나지 않았을 리가 없으므로.

거실 한복판에 서서 엄마를 불렀다. 아무 대답이 없었다. 나는 창밖의 쏟아져 내리는 비와 내 손에 들린 닭 뼈와 거실 커피 테이블 위의 남은 치킨을 번갈아 바라보다가, 복도 쪽으로 걸어갔다. 그리고 각 방문에 귀를 대어보았다. 조심스럽게 방문을 열었다가 닫았다. 그런 식으로 그 복잡하고 이상한 구조의 집 안 여기저기를 뒤지다가 마지막에 부엌과 부엌으로 이어지는 다이닝 룸까지 도달했다.

토독토독거리는 빗소리를 들으며, 식탁 위, 어머니와 아버지가 아까 사용했던 머그 컵 두 개를 바라보았다. 조금 머쓱한 기분이 들었다. 내가 뭘 찾고 있는 거지? 생각과 다르게 내 입에서 큰 소리가 나왔다.

"엄마!"

아무런 인기척이 없었다.

"엄마!"

여전히 주위는 고요했다. 나는 닭 뼈가 든 봉지를 식탁에 올려놓고, 소리치듯 말했다.

"나 배고파! 아침부터 아무것도 못 먹었잖아!"

그때였다. 부엌 안쪽에서 문이 드르륵 열렸다. 싱크대와 창문 사이, 그 좁은 사이에 여닫이문이 하나 있었던 거다. 그리고 그 앞에 어머니가 모습을 드러냈다. 뚝뚝 떨어질 정도는 아니었지만, 어머니의 머리카락과 옷은 젖어 있었다. 심장이 내려앉는 것 같았다. 몸이 얼어붙은 것 같았다. 어떤 말도 나오지 않았다. 거의 본능적인 반응이었을 것이다. 어머니 뒤로 한 남자가 쑥, 하고 나타났다. 자신의 존재를 과시하지 않고는 견디지 못하겠다는 듯이.

어머니는 그를 친구라고 소개했다. 우산도 없이 장을 보러 가는 길에 비가 갑자기 쏟아졌고, 우연히 친구를 만났다고. 남자는 어머니의 뒤에 서서 미소를 짓고 있었다. 어머니는 당황한 것처럼 보이지 않았다. 미안 해하거나, 양심에 거리낀다거나, 비참하다거나 그런 태도도 아니었다. 그때의 어머니는…… 어머니는…… 슬퍼 보였다.

그날 오후에 나는 아버지 차 안 조수석에 앉은 채로 어머니와 아버지가 현관 포치 아래서 언쟁을 벌이는 걸 지켜보고 있었다. 아버지는 어머니를 차에 태우려고 했고 어머니는 저항했다. 잘못을 저지른 건 어머니인데 애 걸복걸하는 건 아버지였다. 긴 실랑이 끝에 결국 아버지만 차에 올랐다. 어머니는 현관에 서서 손으로 눈물을 훔쳤다. 서울로 오는 내내 아버지는 입을 굳게 다물고 있었다. 비는 계속 쏟아졌고 서울에 도착했을 때에는 천둥 번개까지 쳤다.

"엄마는 친구랑 좀 더 있다 오겠대."

차에서 내릴 때가 되어서야 아버지가 말했다. 당시 내 나이는 열네 살 이었다. 대충 어떤 상황인지는 알았을 것이다. 그럼에도 나는 어머니와 아버지의 말을 믿기로 했다. 그 남자는 그냥 어머니의 친구라고, 아무런 의미도 없는 사람이라고. 그저 어머니와 아버지가 (늘 그랬듯) 갈등을 일 으켰고, 그래서 어머니에게 약간의 시간이 필요한 거라고. 시간이 지나면 다 해결될 거라고 믿어버렸다. 지금의 나는 그걸 뭐라고 부르는지 안다.

방어기제.

심지어 어머니 없이 아버지와 단둘이 집에 남게 된 그날 밤, 천둥 번개 가 우르르 쾅쾅거리며 하늘을 쪼갤 듯이 지상으로 달려드는 동안, 내가 떠올린 건 별장에 두고 온 닭 뼈에 대한 것이었다. 어머니는 그게 내가 먹고 버린 닭 뼈라는 걸 알아차렸을까? '친구'에게 이야기했을까? "우리 딸이 드디어 고기를 먹었네! 죽을 때까지 입에도 안 댄다더니. **목숨**을 걸었는데." 나는 어머니가 100퍼센트 그랬으리라고 여겼다. '친구'에게 나의 이야기를 하지는 않았더라도 내가 치킨을 먹은 사실은 알아차렸을 거라고. 당연히 그랬으리라고. 하지만, 아니었다.

어머니는 알아차리지 못했다.

어머니를 다시 만나게 되기까지는 예상보다 오랜 시간이 걸렸다. 이듬해 1월, 부모님의 이혼 수속이 끝나고 어머니의 집에 갔던 첫날이 기억난다. 뭔가 어머니를 만나는 게 어색하다고 느꼈던 것도, 그리고 한동안 어머니와 눈이 마주치는 걸 피하려고 했던 것도. 고기 없이 어머니가 준비해둔 점심 식사. 어머니는 몰랐겠지만 그즈음 나는 고기를 먹고 있었다. 어머니와 따로 살게 된 이후로 내 밥을 챙겨주는 사람은 할머니였다. 내가 고기를 안 먹는다고 했을 때, 할머니는 단호하게 말했다. "내 사전에 편식은 없다." 그런 단순한 문제가 아니라고, 내가 본 영상에 대해 이야기해줬지만 그 말을 귓등으로도 듣지 않았다. 한동안 신경전이 이어졌다. 할머니는 고기반찬만 만들고 나는 흰쌀밥만 푹푹 떠먹고. 그런 나에게 어느 날 할머니는 말했다.

"유별나게 굴지 좀 마라. 누굴 닮아서 그러는지, 원."

이 말을 들었을 때, 새삼스레 이해한 건, 어머니가 평범하지 않은 일(다른 어머니들은 절대 하지 않을 일)을 저질렀다는 사실이었다. 내가 그런 어머니의 딸이라는 점이었다. 내가 하는 '유별난' 선택은 원하든 원하지 않든 내게서 삐져나온 꼬리표의 항목을 굵은 글씨로 확대하는 결과밖에 초래하지 않으리라는 것이었다. 그러므로 어떤 종류의 신념은 사치였다. 분수에 맞지 않았다. 이게 당시 나의 결론이었다. 그런 결론에 이르는 게 어렵거나 나를 고통스럽게 하지는 않았다. 체념이나 굴복 같은 느낌을 자아내지도 않았다(어떻게 그럴 수 있었을까?).

어머니 집에서 고기 없이 차려진 밥상을 보았을 때, 나는 무슨 생각을 했던가? 아무 말도 없이 밥을 먹는 나에게 어머니가 말했다.

"너의 신념을 존중해."

나는 어머니를 바라보았다.

"정말이야, 진심으로, 마음속 깊이."

그때 내가 느꼈던 감정을 뭐라 설명할 수 있을까? 갑자기, 마음속을 끝도 없이 부유하던, 미처 이름을 붙이지 못한 알갱이들이 맹렬하게 춤을 추는 것 같았다. 그 섬광 같은 쓰라림, 그러니까, 내가 아주 중요한 걸 헌신짝같이 던져버렸다는 자각. 체념이나 굴복 같은 감정을 느꼈어야 마땅했으리라는 감각. 하지만 이런 쓰라림은 그다음 찾아오는 경박하고 어리숙한 속임수로 손쉽게 덮어버릴 수 있었다. 왜냐하면 어머니의 집에서는 나의 신념을 한 번도 버린 적이 없는 것처럼 굴 수 있었으니까. 그 집에서만큼은 나는 여전히 내게 소중한 무언가를 지키고 있는 사람이었으니까.

나는 표정 하나 바꾸지 않고 대답했다.

"고마워."

그런 식으로 어머니와 나는 2주에 한 번씩 함께 시간을 보냈다. 내가 열여덟 살이었던 해, 어머니가 뉴욕으로 떠난다고 통보할 때까지. 그 후로 몇 년 동안 나는 어머니에게서 오는 전화나 이메일은 모두 무시했다. 내 대학 입학식에 참석하고 싶어서, 오로지 그것 때문에 서울로 온 어머니를 끝까지 거부했다. 나의 행동이 흐지부지해진 건, 내가 스물다섯 살 때 아버지가 재혼을 하고 내게 피도 안 섞인 남동생이 생긴 이후였다(이 두 시기가 우연히 겹친 것인지, 아니면 이 두 일 사이에 어떤 모종의 관계가 성립되는지는 모르겠다. 그런 건 내 관심의 대상도 아니었다). 지난 10년이 훌쩍 넘는 시간 동안 어머니와 나는 서로가 사는 도시를 방문했고, 서너 달에 한 번씩 짧은 통화(아주 가끔씩은 페이스타임)를 이어오는 중이었다.

통화를 할 때마다 어머니는 여전히 내게 사귀는 사람은 없느냐고, '러브 스토리'는 없냐고 묻곤 했다. "애인도 만나고 그래야지. 엄마는 걱정이구나." 나는 어머니에게 남자친구에 대한 이야기를 꺼낸 적이 단 한 번도 없었고, 이야기가 그 주제로 흐를 기색이 조금이라도 보이면 곧바로 피곤하다면서 전화를 끊어버렸다. 어머니에게 내 연애사를 알리고 싶은 마음도 없었지만, 그런 주제가 어머니 자신의 러브 스토리로 옮겨갈까 봐 걱정이 되었다. 내가 세상에서 제일 듣기 싫은 게 있다면, 그건 어머니의 러브 스토리였으므로.

하지만 한 달 전 수화기 너머로 고양이가 죽었다며 펑펑 우는 어머니의 울음소리를 들었을 때는 차라리 러브 스토리를 듣는 게 낫겠다는 생각이 들었다.

정말로 그랬다.

그날 나는 수업이 끝나면 다시 연락을 하겠다고 약속했고, 실제로도 그렇게 했다. 뉴욕 시간으로 새벽 네 시가 넘었을 테지만 어머니는 신호음이 한 번 다 울리기도 전에 전화를 받았다. 그리고 또다시 울기 시작했다.

"여기로 좀 와줄 수 없어? 도저히 견딜 수가 없어. 마음이 찢어지는 것 같아."

어머니가 저 말을 했을 때 나는 이런 생각을 했다. 하필이면 동거남이 없는 시기에 어머니의 (이름도 알지 못하는) 고양이가 떠나버렸나 보군. 어머니를 돌봐줄 사람이 아무도 없는 거다.

"내가 갑자기 어떻게 거기를 가요. 일은 어떻게 하고?"

감정을 추스르듯 한동안 훌쩍거리던 어머니가 겨우 대답했다.

"나도 알아. 신경 쓰지 마. 그냥 해본 말이니까."

그날 밤, 나는 좀처럼 잠들지 못했다. 고양이 때문에 울던 어머니가 떠올랐다. 내가 죽는다 해도 저렇게까지 슬퍼하지는 않을 것 같아. 물론, 그건 말도 안 되는 생각이었다. 그러나 한번 갈피를 잃은 생각은 쉽사리 제자리를 찾아가지 못했다. '격렬한 증오심'(이것 역시 어머니의 표현이었다. "넌 그때 나에 대한 격렬한 증오심에 싸여 있었잖니.") 때문에 어머니의 연락을 무시하던 시절이 계속되었다면, 그리고 그게 훗날 아버지가 돌아가신 미래까지 이어져서, 아무리 노력해도 어머니가 내 소식을 알 수 없는 그런 때에 도달하게 된다면? 만약 그런 시기에 내가 죽는다면 어머니는 내 사망 사실도 모른 채 살아가겠지. 아니지, 그렇게 오랫동안 연락이 지속되지 않는다면 그건 서로에게 죽은 거나 마찬가지겠지. 허, 세상에. 내가 고양이보다 못한 존재라니(전혀 논리적이지 않지만 이쯤 되면 그런 건 상관없었다). 이치에 맞지도 않는 분노가 가슴을 찔렀다. 마구 찔렀다. 내 마음속 무언가가 고동치고 우글거리며 어디론가 달음박질쳤다.

나는 자리에서 벌떡 일어났다. 그러고는 어머니에게 전화를 걸었다. 이번에도 신호음이 몇 번 울리기 전에 어머니의 목소리가 들려왔다. 이 시간에 내 전화를 기다린 건 아니었을 텐데, 그렇다면 도대체 누구의 전화를 기다린 걸까? 나는 빠르고 낮은 목소리로 말했다. 내 입안의 고약한 물질을 빨리 털어내지 않으면 안 된다는 듯이.

"3주 후에, 3주 후에 갈게요. 학원 방학하면 그때 갈게요."

그렇게 내뱉고는 어머니의 대답을 듣지도 않고 전화를 끊었다. 오, 맙소사. 나는 어둠 속에 앉아 두 눈을 끔뻑끔뻑거렸다. 당황스럽진 않았지만 어리둥절하긴 했다.

2

지금, 나는 어머니와 함께 몬트리올에서 뉴욕으로 이어지는 고속도로 옆 햄버거 가게의 주차장 한가운데에 서 있다. 어머니와 나 사이에는 이루 말할 수 없이 어색한 기운이 감도는 중이다. 어젯밤부터 시작된 냉랭한 기운은 오늘 새벽 뉴욕행 버스에 오른 이후로도 풀릴 줄 몰랐다. 미국으로 넘어오는 국경 사무소에서 입국 심사를 받을 때, 내 휴대전화가 없어졌다고 (약간의) 수선을 떠는 동안에도 어머니는 입을 꾹 다물고 있었다(내 번호로 전화를 걸어주긴 했다. 최소한의 성의를 보인다는 듯. 휴대전화는 입국 심사장 의자에 덩그러니 놓여 있었다).

햄버거 가게를 제외하면 주위에 건물이라고는 없다. 이 가게 앞 커다란 주차장과 연결된 고속도로 맞은편에는 끝도 없는 숲길이 이어진다. 30분 전까지만 해도 점심 식사를 하는 사람들(당연히 그 사람들에는 어머니와 내가 포함되어 있었다)로 북적이던 식당 안은 이제는 한산해졌고 주차되어 있던 그레이하운드 버스도 보이지 않는다.

우리가 타고 온 버스가 없다. 사라졌다.

주차장에 버스가 없다는 사실을 먼저 인지한 건 나였다. 어머니와 나는 건물 뒤편 구석진 곳의 야외 테이블에서 말 한마디 없이 식사(어머니가 물어보지도 않고 자신이 먹을 햄버거와 내가 먹을 피시버거를 주문했다)를 했다. 먼저 식사를 마친 내가 건물을 빙 둘러 주차장으로 왔을 때, 버스가 보이지 않았다. 하지만 나는 그 버스가 우리를 두고 갔을 가능성은 아예 떠올리지 못했다. 운전기사가 차를 몰고 다른 곳에 가서 식사를 하고 있나 보다, 고 생각했다. 흠. 승객들은 이렇게 맛없는 햄버거집에 내려다주고 자기는 비밀 맛집에 갔나 보네? 라고. 어이없지만 허, 나는 정말로 그렇게 생각했다. 우리가 버스에서 내린 게 정오였고, 기사는 승객들에게 한 시간 후까지 오라고 했다. 어머니와 내가 식사를 마치고 주차장으로 향한 시각이 열두 시 40분이었다.

햄버거 가게 건물 안에 같은 버스를 탔던 일행이 없다는 사실을 확인한 후에야 나는 버스가 우리를, 그 버스의 유일한(아니, 유이한) 동양인 승객이었던 우리를 버리고 떠난 게 분명하다는 사실을 깨달았다. 입을 다문 채 건물 바깥으로 나간 어머니는 주차장 한가운데에 서서 버스가 사라진 길을 하염없이 바라보면서 혼잣말하듯 중얼거렸다.

"무슨 방법이 있을 거야."

도대체 무슨 방법? 히치하이크라도 하나? 그러다가 연쇄살인마의 차라도 얻어 타게 되면 어쩌려고? 나도 안다. 과장된 생각이라는 걸. 하지만 미국의 고속도로, 지나다니는 차도 드문 이 외진 길 한복판에 우리의 캐리어를 실은 버스가 정작 우리를 버리고 가리라는 건 상상이나 했던 일인가? 아니, 우리가 미리 예약한 비행기 대신 아홉 시간 넘게 버스를 타고 뉴욕으로 돌아가는 경로를 택하게 되리라는 건?

계획대로라면 어머니와 나는 어제 오후 다섯 시엔 뉴욕에 도착해 있어야 했다. 지금쯤 어머니는 출근을 하고, 나는 근처 가게에서 파스트라미 샌드위치를 먹고 있었겠지. 어제 오전 항공사로부터 연락이 왔다. 기상

악화로 뉴욕에 있는 공항의 모든 비행이 금지되었다고. 몬트리올은 이렇게 해가 쨍쨍한데, 뉴욕은 물 폭탄이 쏟아지는 중이라고 했다. 공항으로 달려간 우리가 공항 직원을 붙들고 의미 없는 시간을 보내는 동안, 그날 밤에 떠나는 야간 버스는 모조리 매진되었고, 우리는 평소보다 아주 비싼 가격으로 새벽에 몬트리올에서 출발하는 버스를 겨우 예약할 수 있었다. 그렇게 우여곡절 끝에 탄 버스가 이제는 우리를 버리고 떠난 것이다.

불운의 불운의 불운의 연속.

어제, 공항에서 현실을 받아들이자마자 어머니는 상사에게 전화를 걸어 출근을 할 수 없는 상황을 설명했다. 그리고 급하게 구한 숙소에 들자마자 동료들에게 전화를 걸어 대신 출근해줄 사람을 구했다. 어머니는 시종일관 침착했고, 지금도 그렇다. 차분하게 이 사태를 해결하기 위해 이곳저곳에 전화를 걸어보는 중이다.

잠시 후, 다가온 어머니는 나를 보지도 않은 채, 딱딱한 투로 말했다.

"버스가 돌아온대. 50분 정도 걸릴 거고, 승객들이 우리에게 화를 낼지도 모르니 각오하라고 말하네."

그리고 또다시 혼잣말하듯 어머니는 중얼거렸다.

"인종차별주의자 자식 같으니라고."

나는 기사가 부주의한 사람(휴게소를 떠날 때 사람 수를 확인하는 건 기본이 아닌가?)이라고만 생각했지, 그런 쪽으로는 전혀 생각하지 못한 참이었다.

어머니와 나는 버스가 우리를 바로 확인할 수 있도록 주차장에 그대로 서 있기로 한다. 이번에는 절대로 우리를 버리고 가지 못하도록. 구름이 잔뜩 끼어 해는 보이지 않았지만 대기는 뜨겁고 젖어 있었다. 나는 어머니와 조금 떨어져서 뒤쪽에 선다. 어머니의 뒷덜미로 흐르는 땀줄기, 그 땀줄기가 만들어낸 티셔츠의 자국을 바라보며 말한다.

"몬트리올에 오지 말았어야 해요."

어머니는 대꾸가 없었다. 나는 다시 말했다.

"몬트리올에는 가기 싫다고 했잖아요."

아니다. 이건 사실이 아니다. 나는 그런 말을 한 적이 없다. 하지만 그 랬다면 좋았을 거라는 생각은 했다. 며칠 전 어머니와 재회하던 순간, 처 음 내 눈에 들어온 건 어머니의 바뀐 헤어스타일이었다. 어머니는 오랫동 안 어깨선까지 기른 머리카락 끝에 둥글게 웨이브를 준 스타일을 고수해 왔는데, 소년처럼 머리카락을 짧게 잘라버린 것이다. 염색을 하지 않은 머리가 희끗희끗했다. 몸무게가 고무줄같이 늘었다 줄었다 하는 나(나는 다이어트 중이라는 말을 달고 살았다)와 달리, 어머니는 평생 같은 몸무 게(평균보다 약간 마른)를 유지했는데, 지난 한 달 사이 어머니는 살이 많 이 빠졌고, 다크서클도 생겼다. 나는 그럴 수 있다고 생각했다. 어쨌든 12 년을 함께 산 고양이가 죽어버린 거니까. 그렇지만, 통 잠을 못 자서 얼마 전에 수면제를 처방받았다는 말을 들었을 때는 놀랍긴 했다. 어머니는 자 신의 옆에 있는 캐리어를 만지작거리며 말했다.

"잠깐이라도 집을 떠나 있고 싶어."

나는 어머니의 의견에 따라서 몬트리올에서 2박 3일을 머문 후, 뉴욕으 로 가서 며칠을 더 지낼 계획이었다. 하고 많은 곳 중에서 하필이면 왜 몬 트리올이람?

"예전부터 꼭 한번 가보고 싶었거든."

그리고 지금 이 순간, 지친 다리와 뜨겁고 습한 대기를 온몸으로 견디 며 주차장 한가운데에서 버스가 돌아오길 기다리는 지금 이 순간, 나는 이렇게 생각하고 있는 것이다. 어머니가 몬트리올 이야기를 꺼냈을 때 분 명히 말을 했어야 한다고. 몬트리올에 가기 싫다고.

몬트리올에 가기 싫다고 말하지 않은 건, 다른 이유가 있어서가 아니었 다. 그런 말을 하지 않은 건, 몬트리올에 가는 게 **싫지 않았기** 때문이었 다.

흠, 더 정확하게 말하자면 나는 몬트리올에 가는 게 좋지도 싫지도 않 았다.

그럼에도 불구하고 그런 생각이 계속 치밀어 올랐다. 몬트리올에 가지 말자고, 가기 싫다 말했어야 한다고. 그래야 마땅했다고. 똑같이 지금 이러고 있는 결과를 맞이하게 된다 한들, 그래야 했었다고. 그런 말을 하지 않은 게 무슨 일생일대의 잘못된 선택이라도 되는 양 후회에 사로잡혔다. 한번 불이 붙은 후회는 촛농처럼 끝도 없이 흘러내렸다. 마음 밑바닥에 그을음을 만들고 딱딱하게 굳어버렸다. 손톱으로 그 굳은 촛농을 떼어내는 심정으로 나는 어머니에게 말한 것이다.

몬트리올에는 가기 싫다고 했잖아요, 라고.

아무런 대꾸도 없는 어머니의 뒷모습을 바라보다가 나는 또다시 입을 연다. 쐐기를 박듯 말한다.

"분명히 **내가** 말했잖아요."

그제야 어머니가 나를 돌아본다. 깜짝 놀랐다는 표정으로.

몬트리올에 도착해서 처음으로 받은 인상은 덥다는 것이었다. 그것도 무지막지하게. 몬트리올에 머무는 내내 작열하는 태양은 도시를 빈틈없이 휘감았고 밤이 되어도 열기는 쉽게 가라앉지 않았다. 이마의 땀을 닦으며 어머니가 말했다. "아무도 내게 몬트리올의 여름이 이렇게 덥다고 이야기해주지 않았는데." 알고 보니 몬트리올은 사상 최악의 여름을 보내는 중이었다. 이렇게 기온이 올라간 적이 없다고. 도시는 더위에 취약했다. 에어컨이 없는 영업장은 드물지 않았다. 냉방 시설이 잘 갖추어지지 않은 건, 대중교통도 마찬가지였다. 예상치 못한 더위는 어머니를 울적하게 만든 것 같았다. 아니다. 화를 돋웠다고 말해야 하나? 처음에 우리가 탔을 때만 해도 한산하던 전철이 사람들로 붐비기 시작하자 내부의 온도가 점점 오르는 게 느껴졌다. 어떤 역에서 전철이 급출발하는 바람에 어머니 앞에 서 있던 내 또래의 여성이 휘청거리다가 어머니의 다리를 (좀 세게) 치자 어머니는 대놓고 불쾌한 티를 냈다. 그 여자의 사과에 대꾸도 하지 않았다(그러자, 이번에는 그 여자가 고개를 절레절레 흔들며 불쾌한 티를 냈다).

어머니가 빌린 숙소는 지어진 지 얼마 안 된 커다란 스튜디오 형태의 아파트로, 한쪽에는 침대, 반대편에는 소파가 있었다. 부엌에는 커다란

아일랜드 식탁이 있었고, 무엇보다 에어컨 성능이 강력했다. 숙소에서 기운을 차린 뒤 우리가 간 식당은 (캐나다의 전통 음식인) 푸틴을 파는 곳이었다. 그러니까 하루 종일 감자를 튀기고 소스를 끓이는 그런 곳. 여기에도 에어컨이 없었다. 좁은 식당 안은 열기로 가득했고, 대형 선풍기에서는 뜨뜻한 바람이 불어왔다(그래도 없는 것보다는 낫지). 좌석도 변변찮았다. 사람들은 땀에 전 채로 다닥다닥 붙어 앉아서 감자튀김을 씹었다. 네(더위)가 이기나, 내가 이기나 어디 한번 해보자, 라는 식으로, 엄청나게 전투적으로. 하지만 대체 왜 음식을 그렇게 먹어야 해? 나는 어머니가 이 전투에 참전하는 걸 거부할 거라고 여겼는데, 그렇지 않았다. 어머니는 가게 입구 쪽 벽에 붙어 있는 메뉴판을 적극적으로 살펴보았다. 용케 안쪽에 자리까지 잡더니, 테이블 위에 말라붙은 그레이비소스도 아무렇지 않다는 듯 슥슥 닦았다. 나는 더위 탓에 입맛이 사라진 지 오래였다. 마침내 결정을 내린 어머니가 입을 열었다.

"내가 주문하고 올게."

계산대 직원은 곱슬거리는 금발 머리를 어깨까지 기른 젊은 남자였다. 민소매 티 아래로 드러난 팔뚝에 나무 모양의 타투가 있었다. 나는 어머니가 그의 헤어밴드가 아주 멋지다고 말하는 걸 들었다. 멋지긴 뭐가 멋져. 평범하다는 말로도 부족한 싸구려 플라스틱 헤어밴드. 진짜로 멋진건 그의 타투였다. 너무 현실적이지도 않지만 그렇다고 단순화되지도 않은 도안. 현실 속 나무와 이미지 속 나무가 묘하게 동시에 반영되어 있는. 특히 나뭇잎 하나하나가 섬세하게 그려져 있는 게, 타투 대회가 있다면 (그런 게 있나?) 입상은 따놓은 당상 같았다.

잠시 후 음식을 가지고 오는 어머니의 이마에는 땀이 송글송글 맺혀 있었다. 그래도 기분은 좋아 보였다. 어머니가 주문한 건 과카몰레와 어니언링이 올려진 푸틴이었다. 나는 식당 안의 다른 손님들이 먹는, 그레이비소스와 고기가 얹어진 푸틴을 눈으로 가리키며 물었다.

"저걸 먹어야 하는 거 아녜요?"

어머니가 당연한 걸 왜 묻냐는 듯 대꾸했다.

"너, 고기를 안 먹잖니."

아, 그랬지. 어머니는 내가 여전히 고기를 먹지 않는다고 믿고 있지. 어머니는 포크로 과카몰레에 전 감자튀김을 입에 넣고 오래 씹었다.

"맛있구나."

그 말과 달리 어머니는 음식을 거의 먹지 못했다. 나도 마찬가지였다. 나는 그저 한시라도 빨리 숙소로 돌아가 에어컨 바람 아래에서 쉬고 싶을 뿐이었다. 어머니가 남은 음식을 싸 가야 한다고 했을 때, 나는 고개를 저었다. 우리가 나중에라도 이 음식을 먹을 리가 없다고. 하지만 어머니는 극구 우기더니 음식이 가득 담긴 접시를 들고 금발 청년에게 다가갔다. 어머니가 뭐라고 말하자 금발 청년이 미소를 지으며 고개를 끄덕였다. 음식을 담은 박스를 건네주면서는 금발 청년이 어머니에게 무어라 말했고, 어머니가 고개를 끄덕이며 미소를 지었다. 도대체 무슨 이야기를 저렇게 오래 나누는 거야? 어머니가 저 남자의 팔뚝에 새겨진 타투를 문질거리기라도 할 것 같아서 오싹해졌다(하, 정말 그랬다. 정말 오싹해졌다). 만약, 전철에서 어머니 다리를 건드린 게 여자가 아니라 바로 저 **남자**였다면? 나는 이 모든 상황(더위, 저 남자, 어머니 그리고 나, 나의 질문)이 짜증스러워졌다. 마침내 그와의 대화를 끝내고 음식이 든 종이 박스를 들고 돌아오는 어머니의 얼굴에는 미소가 가득했다.

그날 오후, 어머니와 나는 일찌감치 숙소로 돌아왔다. 시차 적응 때문에 나는 해가 지기도 전에 곯아떨어졌고, 다시 깼을 때는 밤 아홉 시를 훌쩍 넘긴 시각이었다. 그사이 어머니는 혼자 다운타운에 가서 여기저기 구경을 하고 커피를 마셨다고 했다. 어머니가 마트에서 사 온 크래커와 치즈, 그리고 싸구려 와인을 나눠 먹은 후(예상대로 푸틴은 꺼내지도 않았다) 어머니는 수면제를 한 알 먹고 잠이 들었다. 소파에 누운 나는 낮잠을 많이 자서인지 쉽사리 잠이 올 것 같지 않았다. 시간이 얼마쯤 지났을 무렵 어디선가 이상한 소리가 났다. 아, 이상한 소리가 아니라, 어머니의 울음소리. 스멀스멀 조심스럽게 일던 소리는 점차 또렷해지더니, 어느새 줄

줄 새어 나오고 있었다. 그 소리를 듣고 있자니, 미묘한 위화감 같은 게 느껴졌다. 그날 어머니는 고양이의 '고' 자도 꺼내지 않은 거다. 그런 걸 털어놓고 위로받고 싶어서 나를 여기, 이 멀리까지 오라고 한 게 아닌가? 얼마나 시간이 흘렀을까? 소리가 잦아들고 완벽한 침묵에 휩싸였을 때, 문득 왼쪽 손바닥이 아프다는 사실을 깨달았다. 오른쪽 검지 손톱으로 왼쪽 손바닥 중앙을 너무 꽉 누르고 있어서였다.

　다음 날 아침, 어머니는 미리 세워둔 일정을 읊어줬지만, 계획대로 되지 않았다. 무엇보다 더운 날씨 탓에 지칠 대로 지쳐 카페에서 죽치고 있는 시간이 훨씬 길어졌기 때문이다. 가끔씩 슬픈 표정으로 허공을 응시할 때도 있었지만 어머니는 대체적으로 즐거워 보였다. 흠…… 즐거우려 노력했다고 말해야 할까. 베이글 가게에서 줄을 서 있는 동안 어머니는 뉴욕식 베이글과 몬트리올식 베이글의 차이점을 알아내고야 말겠다는 일념으로 차 있었고, 몬트리올 공원에 가서는 풍경 사진을 찍느라 이리저리 휴대전화를 들이밀었다. 시내의 유명한 아이스크림 가게에서는 여러 가지 맛을 보고 싶다면서 아이스크림콘 세 개를 주문하기도 했다(어머니 몫으로 두 개). 어디를 가나 내 사진을 찍어주었고, 자신의 사진을 찍어달라고 했으며 지나가는 사람들에게 우리 둘의 사진을 찍어달라고 부탁했다. 세인트로렌스 강변에 갔을 때는 특별 설치된 익스트림 경기장의 사람들을 보며 연신 휘파람을 불어댔다. 하지만 실상을 들여다보면, 장장 30분 넘게 줄을 서고 입장한 베이글 가게에서는 현금밖에 받지 않아서 (현금을 미처 준비하지 못한) 우리는 베이글을 사지 못했고, 공원에서는 강렬한 햇살 때문에 얼굴이 달아오르다 못해 따가울 지경이었으며, 아이스크림은 너무 빨리 녹아서 어머니는 한 개도 다 먹지 못했다. 씻을 곳을 찾기 전까지 아무것도 만지지 않으려고 끈적해진 양 손가락을 우스꽝스럽게 쫙 펴고 다녀야 한 건 덤이었다. 나는 어머니가 찍은 내 사진이 마음에 들지 않았고, 어머니는 내가 찍은 사진을 보고 신음하듯 말끝을 흐렸다. "으음, 잘 찍었구나……." 세인트로렌스 강변에서는 어땠더라? 나는 어머니가 줄에 매달린 남자에게 환호성을 보내는 횟수와 여성에게 환호성을 보내는 횟수를 속으로 셌고 그걸 비교하느라 여념이 없었다. 그러기 싫어도 그렇게 되었다. 어머니가 남성에게 보내는 환호성이 **더 진실되게** 느껴질 때마다 마음이 불편해졌다.

그저께, 어머니와 나는 (카드 계산이 가능한) 베이글샌드위치 식당에서 브런치를 먹고 미술관을 관람한 뒤 성당과 시청 같은 관광지를 바쁘게 돌아다녔다. 그런 후에는 현금을 마련해, 전날 구입하지 못한 베이글을 사서 벤치에 앉아 나누어 먹었고, 근처 이탈리아 식료품 가게에서 카눌레와 커피도 먹었다. 그때까지만 해도 몬트리올에서 머무는 마지막 밤이 될 거라고 생각했던 나는 근사한 식당에서 저녁 식사를 하는 계획을 세우고 있었고, 어머니가 숙소에 가자고 말했을 때 당연히 잠깐 휴식을 취하자는 의미인 줄 알았다. 그런데, 그게 아니었다. 어머니는 전날 먹고 남은 크래커와 치즈를 꺼냈고, 심지어 푸틴을 전자레인지에 데우기 시작한 것이다.

"그걸 먹으려고요?"

"당연하지, 먹으려고 싸 온 거잖아. 떠나기 전에 먹어야지."

잠시 후, 전자레인지에서 나온 감자와 어니언링은 눅눅해 보였고, 과카몰레에서는 김이 났다(과카몰레는 따로 덜어놨어야죠, 라는 말이 목 끝까지 올라왔다 내려갔다). 나는 한 입도 먹기가 싫었다. 어머니는 접시를 두 개 가지고 와서 각자의 푸틴을 덜어주었다. 나는 푸틴이 조금이라도 덜 담긴 그릇을 잽싸게 내 앞으로 끌어왔다.

"어제 네가 음식을 싸 가지 말자고 했을 때 난 좀 놀랐어."

나는 상한 이끼(하지만 상한 이끼가 대체 뭐란 말인가?)처럼 보이는 과카몰레에 시선을 고정하고 있었다.

"알아, 나를 위해 그랬다는 걸. 내가(어머니는 단어를 고르느라 잠깐 머뭇거린다) 우울해서 떠나온 여행인데, 남은 음식을 먹게 하고 싶지 않았겠지."

아니었다. 나는 그런 생각을 해본 적이 없었다. 정말로 그런 생각은 해본 적 없었다.

"하지만, 넌 채식주의자잖아. 나보다 환경을 더 많이 생각할 거 아니야. 네가 중학교에서 본 그 영상, 너를 채식주의자로 만든 그거 말이야. 소에서 뿜어져 나오는 메탄가스, 기후 위기. 이건 다 그때 네가 이야기해준 거야. 그 옛날 옛적에. 그때 그 영상을 보여준 선생님 참 대단한 분이야……. 지금 몬트리올이 이렇게 더운 게 기후 위기 때문이잖니. 몬트리올뿐이겠니. 너가 더 잘 알겠지만 서울도, 유럽도, 심지어 북극도 마찬가지잖아. 나는 왜 여태껏 그런 걸 중요하게 생각하지 않았을까?"

어머니는 정말로 후회막심한 표정을 짓지만 표정과 다르게 아까부터 포크로 음식을 찌르기만 하지, 좀처럼 입으로 가지고 가지는 못했다.

"어제 내가 인터넷으로 찾아봤는데(이 말을 들었을 때, 나는 생각했다. 도대체 언제 그걸 찾아봤대?), 기후 위기 연구자들 중 우울증을 앓는 사람이 많다는 거야. 심지어 자살하는 사람들도. 이렇게 끔찍한 미래가 바로 눈앞에 다가와 있는데, 사람들은 아무런 관심도 없는 것 같아서 무력감을 느낀다고. 그런 글을 읽고 있으니까 갑자기 너무 죄책감이 드는 거야. 후손들에게도 그렇고. 정말 죄책감을 느꼈어. 그래서 뭔가 노력을 하고 싶어졌어."

나는 아무런 대꾸도 하지 않고 상한 이끼(아니, 도대체 상한 이끼가 뭐냐고) 같은 과카몰레와 감자튀김을 입안으로 욱여넣었다. 각자 할당된 푸틴과 남은 치즈와 크래커까지 꾸역꾸역 다 먹어치우고 나자, 그날의 식사가 끝났다. 어머니는 상자 속 남은 푸틴을 냉장고에 다시 집어넣었다.

그날 밤, 어머니는 침대에 눕자마자 잠이 든 모양이었다. 작게 코고는 소리가 들려왔다. 나는 소파 위에 누워서 어머니가 했던 말을 곱씹었다. 후손에게 미안하다고? 미안하고 죄책감을 느낀다고? 허, 어머니의 '진정한' 후손은 나였다.

내가 어머니의 후손이었다. 어머니의 몸속에 열 달 동안 있다가 나온 게 바로 나였다.

오래전, 휴가지에 그 남자를 데리고 오기로 결정했을 때, 그것도 모자라 우리가 머무는 별장으로 몰래 숨어들어 왔을 때는 나에게 안 미안했나? 이혼한 집 자식이라는 수군거림 속에서 살아가게 될 나는? 이혼이 문제가 아니었다. 문제는 그 이혼 사유가 어머니의 불륜이라는 점이었다. 오, 그래, 불륜. 가끔씩 직장에서 유명인의 불륜 문제가 도마에 오를 때가 있었다. 누군가 말했다. "불륜은 정신적 살인이죠." 그럼 나는 살인자의 딸인가? 정신적 살인? 되도 않는 말이라고 생각했지만 감히 그런 말을 입 밖으로 꺼낼 수가 없었다. 나는 그저 평정심을 유지하려고 애를 써야 했다. 그런 나에게는 안 미안했나? 나에게는 죄책감을 안 느꼈나? 허, 도대체, 내가 여기서 뭘 하고 있는 거지? 뭐 때문에 어머니를 만나러 온 거지? 머리끝까지 짜증이 난 나는 자리에서 벌떡 일어났다. 충동적으로 휴대폰을 집어 든 후 저장된 어머니의 명칭을 바꾸었다.

남미엄.

휴대전화를 던지듯 내려놓고 나는 다시 누웠다. 배 위에 올린 두 손을 가볍게 맞잡은 채 잠들려고 노력했다. 감은 눈 앞으로는 색색깔의 선들이 이리저리 방향을 틀며 움직이는 중이었다. 강렬하고 위협적으로. 마치 내 눈을 찌르기라도 할 것처럼. 얼마나 시간이 지났을까? 불현듯 잠에서 깼을 때, 어디선가(아니다, 어디선가가 아니라 침대 위)에서 어머니의 울음소리가 들려왔다. 휘청거리며, 끊어질듯 끊이지 않는 소리. 가닿을 곳을 잃은, 꺼지지 않는 비통함과 은은한 체념의 기운이 서린 그런 울음소리. 어머니는 오늘도 고양이 이야기는 하지 않았다. 그것뿐만이 아니었다. 내 '러브 스토리'를 물어본 적도 없었다. 통화를 할 때마다 항상 그토록 궁금해했으면서, 정작 만나서는 왜 안 물어보는 거지? 도대체 왜…… ? 어머니가 고양이 이야기를 꺼내지 않는 것과 나의 '러브 스토리'를 궁금해하지 않는 것 사이에 무슨 관련이 있는 걸까? 그럴 수가 있나? 어느새 어머니의 울음소리가 잦아들었고, 이번에는 내가 두 손을 너무 꽉 쥐고 있었다는 사실을 깨달았다.

어제, 뉴욕으로 돌아갈 수 없다는 이야기를 들은 뒤, 몬트리올 시내로 돌아오는 택시 안에서 어머니가 구한 두 번째 숙소는 첫 번째 숙소보다 중심가와 가까운 빌딩의 고층에 위치해 있었다. 크기도 더 넓었으며 무려 시스템 에어컨이 있는. 거실과 방이 가벽으로 구분되어 있었는데, 어머니가 거실에서 (대타를 구하는) 통화를 하는 동안 나는 입은 옷 그대로 침대에 대자로 누워 있었다. 드디어 대타를 구했는지 어머니가 한결 편안해진 표정으로 다가왔다.

“나갔다 올 생각인데. 넌 어떠니?”

나는 고개를 저었다. 나가고 싶은 기분이 들지 않았다.

“그럼 할 수 없지. 돌아올 때 뭘 사다줄까?”

이번에도 고개를 저었다. 하지만 어머니가 거실 쪽으로 몸을 돌리는 순간, 나도 모르게 큰 소리가 나왔다.

“대체 푸틴은 왜 챙긴 거예요? 무슨 생각으로?”

이곳으로 들어온 직후, 나는 어머니의 작은 가방 속, 푸틴이 담겨 있는 음식 상자를 발견했던 것이다. 비닐 봉투로 둘둘 싼, 얼린 물통(대체 물통은 언제 얼린 건데?) 두 개와 함께 작은 천 가방에 들어 있던 음식 상자. 어머니는 왜 그런 당연한 걸 묻느냐는 듯 되물었다.

“공항에서 남은 걸 다 먹을 생각이었어. 그럼 그걸 버리니?”

“이 더위에 음식을 가지고 다니다가 상하기라도 하면 어쩌려고요?”

“그게 왜 상해? 공항까지는 택시를 타고 갔고, 공항 안은 시원하니까 음식이 상할 리가 없잖아. 그리고 돌아올 때도 택시를 탔고.”

뭐라고 반박할 말이 없었다. 정말로 돌아버리겠군.

“어차피 하루 더 머물러야 한다면 화가 난 채로 방에 처박혀 있는 것보다는 즐기는 게 낫지 않아?”

잠시 뒤, 어머니가 나가는 소리가 들렸다. 나는 침대에 드러누워 초점이 흐려질 때까지 천장의 한곳을 응시했다. 눈을 몇 번 깜박이던 나는 벌떡 일어나서 거실로 나갔고, 리모컨을 찾아 에어컨을 껐다. 갑자기 주위가 너무 조용해진 것 같았다. 창밖의 하늘, 깊고 푸른 하늘을 천천히 흘러가는 구름. 모든 것이 평온한 기운의 축복 아래 머무는 것 같은 그런 느낌. 물론, 착각이다.

나는 어머니가 냉장고에 넣어둔 푸틴을 꺼냈다. 비닐봉지에 옮기고 꼭 밀봉했다. 이놈의 푸틴, 끝장을 봐버려야지. 엘리베이터를 타고 건물 바깥으로 나가서 음식물 쓰레기통을 찾은 나는 휴지로 손을 감싸고 몸은 최대한 멀찍이 떨어뜨리고 시선은 다른 곳에 둔 채 뚜껑을 열었다. 가장 중요한 건 숨을 참는 행위였다. 쓰레기의 분자가 내 코를 침범하게 만들고 싶지 않았으니까, 절대로. 그런 일은 만들고 싶지 않았으니까. 나는 숨을 참고, 푸틴이 든 비닐봉지 통째로 쓰레기통 안으로 던져버렸다. 쓰레기통에서 아주 멀리 떨어진 후에야 숨을 깊이 들이마셨다. 남은 휴지로 손을 박박 닦으며 중얼거렸다. 휴, 큰일 날 뻔했네.

거리는 이상하리만치 고요했다. 순간, 구름에 해가 가려졌다. 명암의 구분은 사라지고, 세상의 채도가 약간 낮아졌다. 하지만 곧 세상은 다시 우글거리며 달려드는 뜨거운 햇살 아래 완벽하게 던져질 것이었다. "어차피 하루 더 머물러야 한다면 화가 난 채로 방에 처박혀 있는 것보다는 즐기는 게 낫지 않아?" 자신의 낙관주의를 과시하는 것, 후회 따위는 하지 않겠다고 서약서에 서명이라도 한 것처럼. 그런 서약서가 무슨 의미가 있어? 이마의 땀을 닦으며 거리에 스며든, 해가 만든 명암을 바라보다가 문득 그런 생각이 들었다. 어머니에게 전화는 걸어야 한다고. 어머니는 전화를 받지 않았는데, 인내심을 가지고 두어 번 더 거니까, 드디어 받았다.

나는 어머니에게 어디에 있느냐 물었다.

잠시 후 어머니와 나는 오후 여섯 시, 아직 한낮의 열기를 품고 있는 거리를 함께 걷고 있었다. 목적지가 있는 건 아니었다. 그저 이리저리 슬슬 걸어 다니다가 적당한 식당을 발견하면 들어갈 생각이었다. 서로 입을 꾹 다문 채 발길이 닿는 대로 와인 가게와 소품 가게, 식료품 가게를 구경하다 보니 어느새 광장 근처에 도착했다. 멀리서 들려오는 요란한 음악 소리(이런 걸 EDM이라고 하나?). 우리가 서 있는 곳은 야외무대의 뒤편이었고, 줄에 매달린 커다란 애드벌룬과 그 아래 매달린 현수막에 무지개색깔로 적힌 글씨 — "Récapitulatif Festival Fierté Montréal" — 가 흐느적거리는 게 보였다. 나는 저기에 사람들이 모인 이유를 단박에 알아차렸다. 어머니는 알았을까? 나는 어머니를 슬쩍 바라보았다. 어머니는 아무런 관심이 없어 보였다. 내가 가보자고 하자 달갑지 않다는 투로 말했다.

"시끄러운 곳에는 가고 싶지 않은데……."

나는 못 들은 척했고 어머니는 내키지 않아 하며 나를 따라왔다. 야외 무대는 규모가 꽤 컸다. 아직 해가 떠 있는 탓에 잘 드러나진 않지만 정교하게 설치된 수많은 무대조명이 이미 이쪽저쪽 색색깔의 빛을 쏘고 있었다. 무대 뒤쪽, 커다란 스크린에는 글자들이 떠다녔는데, 아마도 그건 몸을 흔드는 여자 디제이의 이름과 트랙의 제목인 것 같았다. 무대 위쪽에 달린 커다란 현수막에는 행사명 — Festival Fierté Montréal — 과 날짜 — 사흘 전부터 나흘간 지속되는 — 가 현란한 색으로 적혀 있었다.

무대 위로 한 남자가 등장했다. 웨스턴 부츠와 몸에 딱 달라붙는 레슬링복(이라고 말해도 되나 모르겠지만)을 착용한 둥그런 체형의 남자. 그가 입은 건 평범한 레슬링복이 아니었다. 그건 무지개 색깔 레슬링복이었다. 얼마나 유연하고 민첩하게 몸을 잘 움직이는지, 그가 동작을 할 때마다 무지개가 이리저리 늘어났다가 비틀어졌다가 늘어났다가 했다. 곧이어 무지개 깃발을 든 사람들이 무대로 나와서 무지개 레슬링복 남자와 함께 춤을 추기 시작했다. 무대 아래 사람들이 환호성을 내질렀다. 환호하는 사람들은 하나같이 화려한 복장을 하고 있었다. 그들은 한 손에는 맥주 캔이나 풍선 같은 걸 든 채, 음악에 맞추어 (격렬하든 아니든) 몸을 흔들었다. 몸에 딱 달라붙는 핑크색 원피스, 화려한 귀걸이, 가발을 착용한 거구의 트랜스젠더가 흥겨운 걸음걸이로 우리 앞을 지나갔다. 등이 반쯤 파인 민소매 옷을 입은 여성의 등에는 한글로 된 타투가 있었다. "가기도 잘도 간다, 서쪽 나라로"(나는 궁금했다. 저 사람이 문장의 의미를 알고 있는지, 그리고 그 의미를 알았으면 좋겠다고 생각했다). 우리처럼 평범하게 입은 사람들, 혹은 우두커니 서 있는 사람들은 퇴장당해야 마땅할 것 같았다(당연히 그렇지 않았다).

어머니는 당황한 게 분명했다. 나는 미국에 사는 나이 든 한국인들이 이런 문제에 훨씬 더 보수적이라는 이야기를 들은 적이 있었다. 그때 내가 한 생각. 여기서는 어머니가 여자보다 남자에게 친절하게 대하느니 어쩌느니 그런 것 때문에 마음 상할 일이 없으리라는 것. 이상하게도 나는 약간 의기양양한 기분마저 들었다.

"이건 LGBTQ 파티예요!"

내 목소리가 잘 들리지 않아서인지, 아니면 이해를 못 해서 그러는 건지, 아니면 이해하기 싫어서 그런 건지, 어쨌든 어머니가 되물었다.

"뭐라고?"

"LGBTQ요! 레즈비언, 게이, 바이, 트렌스젠더, 퀴어요!"

나는 어머니가 곤란해한다는 걸 알았다. 무대에서 약간 떨어진 곳으로, 여전히 시끄럽긴 하지만 소리를 조금만 지르면 그래도 대화를 나눌 수 있는 곳으로 어머니를 데리고 갔다.

"엄마도 성소수자가 **뭔지**, 알 것 아녜요. 서울에도 1년에 한 번씩 이런 행사가 있거든요. 퍼레이드요. 정말 굉장하다고요. 규모가 엄청 커요. 여기보다도 훨씬 더."

"그런 사실은 몰랐구나."

서울에서 열리는 LGBTQ 퍼레이드는 직접 가본 적이 몇 번 있었다. 나는 좀 **흥분해서** 어머니에게 설명을 하기 시작했다. 그 집회가 얼마나 멋지고 생동감이 넘치는지, 그리고 그들이 집회를 하는 동안 반대편 사람들은 어떤 문장이 적힌 팻말을 들고 있는지, 그런 것들을 이야기했다. 어머니의 얼굴에는 그만 듣고 싶다는 기색이 역력했다. 나는 멈출 생각이 없었다.

"뉴욕에도 이런 행사가 있어요? 당연히 있겠죠?"

"그걸 내가 어떻게 알겠니?"

쌀쌀맞고 퉁명스러운 말투. 그 순간, 어머니가 그토록 애지중지 가지고 다니다가, 결국은 내가 쓰레기통에 버린 푸틴이 떠올랐다. 허, 기후 위기 탓에 후손에게는 그렇게 미안하다면서, LGBTQ는 받아들일 수 없다는 건가. 저 사람들 때문에 기분이 상한다는 건가? 받아들일 수 없다는 건가? 그때, 무대 아래 누군가가 무지개 레슬링복 남자에게 가짜 꽃으로 만든 망토를 건네주었고 남자는 그걸 어깨에 두른 채로 춤을 추기 시작했다. 더 과감하게. 더 더 격렬하게, 몸을 이쪽저쪽 흔들면서, 손을 뻗었다가 다리를 찢었다가, 통통 튀는 공처럼, 꽃 망토가 이리저리 격렬하게 움직였다. 발을 헛디뎌서 넘어질 뻔하다가도 놀라운 유연성으로 균형을 잡았다.

그 순간, 어머니가 웃었다. 아주 살짝 입술을 비틀어 웃었다. 비웃었다. 분명히 그랬다.

"엄마는 얼굴도 모르는 후손들에게는 죄책감을 느끼면서 왜 저 사람을 보고 웃는 거예요? 저 사람에게는 안 미안해요? 왜 저 사람을 비웃는 거냐고요."

내 쪽으로 고개를 돌린 어머니의 얼굴은 붉어진 채였고, 당혹감이 서려 있었다.

"난 아무도 안 비웃었다."

"비웃었잖아요."

잠시 나를 응시하던 어머니가 뭐 어떡하겠냐는 듯 어깨를 한 번 으쓱하더니 말했다.

"그냥 저 사람이 춤추는 게 너무 웃겨서 웃은 거야."

"뭐가 웃긴데요?"

"저 옷이랑 몸, 춤, 아, 그냥 저 모든 게 웃겨서 웃은 거야."

그러더니 내게 되물었다.

"넌 저게 안 웃기니?"

"저건 저 사람의 투쟁이에요. 저 사람이 어떤 삶을 살아왔을지 생각해본 적 있어요?"

당연히 어머니는 생각해본 적이 없겠지.

"음식을 남기는 것 때문에 얼굴도 모르는 후손들에게 미안하다면서, 우울증에 걸린 기후학자들을 안타까워하면서, 버젓이 저기서 자기 얼굴 내밀고 싸우는 사람을 비웃는 거는 안 미안해요?"

나는 쏘아붙이듯 말을 이었다.

"엄마는 남은 음식을 가지고 다니면서 먹는 게 대단한 투쟁이라고 생각하죠? 하지만, 저 사람들요, 저 사람들이 싸우는 건 안 보여요? 저 사람들에게 안 미안하냐고요."

어머니는 고개를 돌리지도, 내 눈을 피하지도 않았다. 심지어 약간 못마땅하다는 듯 이렇게 말했다.

"그래, 하나도 안 미안해. 대체 내가 뭘 미안해해야 하는 거니?"

나는 말문이 막혔다. 얼마간 입을 다문 채, 어머니와 나는 서로를 응시하기만 했다. 먼저 눈을 피한 건 나였다. 몸을 홱 돌리고, 어머니와 반대편으로 무작정 걷기 시작했다. 어머니가 이럴 줄 알고 있었다. 이미 예상한 바였다. 그럼에도 내가 뒤돌아 걸은 건, 금방이라도 울음이 터질 것 같아서였다. 정말로 그랬다. 순식간에 내 눈시울이 붉어지고 코끝이 찡해지리라는 건 예상하지 못한 바였다. 걷는 동안 나는 눈물을 억지로 참았다. 참지 않으면, 끝도 없이 줄줄 흘러내릴 것 같아서. 어머니는 나를 따라오지도, 내 이름을 부르지도 않았다. 얼마나 걸었을까? 어느새 그토록 나를 격렬하게 들쑤시던, 울고 싶다던 마음은 온데간데없이 사라져버렸다. 결과적으로 나는 눈물을 한 방울도 흘리지 않았고 약간 머쓱한 마음마저 들었다.

뒤를 돌아보았을 때, 저 멀리, 어머니가 서 있던 자리에는 녹색(상한 이끼 같은!) 장발 남자가 맥주를 마시며 마구 몸을 흔들고 있었다.

정처 없이 도시를 돌아다니던 나는 펍으로 들어가 맥주를 마시며 시간을 때웠다. 숙소로 돌아갔을 때는 밤 열 시가 조금 지나 있었다. 어머니는 침대에서 잠이 든 모양이었다. 거실을 서성거리던 나는 문득 냉장고 문을 벌컥 열어보았다. 냉장고 안은 (당연히) 텅 비어 있었다.

언제 어떻게 잠에 들었는지는 도통 기억이 나지 않는다. 꿈결에 어머니가 우는 소리를 들었다고 생각했는데, 정말 그랬는지도 잘 모르겠다.

다만, 오늘 새벽 (버스를 타기 위해 일찍) 눈을 떴을 때 턱이 몹시 아팠는데, 이를 너무 꽉 깨물고 잔 탓이었다.

그리고, 지금, 어젯밤 이후 서로의 얼굴도 제대로 바라보지 않던 어머니와 나의 눈이 마주친 것이다.

"분명히 내가 말했잖아요"라는 나의 발언으로 인해.

어머니는 깜짝 놀랐다는 듯한 표정으로 나를 바라보지만 쉽사리 입을 열지는 못한다. 하지만 결국 이렇게 말한다.

"아니, 넌 그런 말 안 했어."

어머니와 나 사이의 거리 때문에 어쩔 수 없이 약간은 소리치듯이, 한 번 더 말한다.

"넌 몬트리올에 가기 싫다는 말 안 했어."

맞다, 어머니의 말이 맞다. 나는 그런 말을 한 적이 없다. 금방 탄로 날 거짓말. 그 사실을 알면서도 뱉어버릴 때 희미하게 감지되는 나른한 울렁거림. 그걸 모른 척하고 살아갈 수 있나? 커다란 목소리를 내기 위한 행위들 — 배에 들어가는 힘, 커다랗게 벌려야 하는 입술, 기타 등등 — 은 말에 담긴 의미를 움켜잡아 저 멀리 던져버리는 것 같았다. 그래서 안심이 되었다.

"맞아요, 엄마 말이 맞아요. 난 그런 말 안 했어요."

나는 소리치듯 말했다.

"나도 인정할 테니까 엄마도 인정해요!"

영문을 모르겠다는 듯 어머니가 되물었다.

"뭘?"

"어제 그 사람 비웃은 거요!"

어머니는 멍한 표정을 짓더니, 고속도로 쪽으로 몸을 돌렸다. 습기와 열기를 품은 바람이 불어왔고, 어머니의 티셔츠가 펄럭거렸다. 나는 어머니의 짧은 머리카락을 바라보았다. 잠시 후, 어머니가 내 쪽으로 몸을 돌렸다. 그리고 나에게 다가왔다. 아주 가까이는 아니었고, 조금 가까이.

"그래, 비웃었다."

무심결에 무언가에 콱, 하고 부딪힌 듯한 어머니의 말투.

"엄마는…… 엄마는…… 어떻게 그 사람을 비웃을 수 있어요?"

"왜 안 되니? 난 누구든지 비웃을 수 있어. 그 상대가 게이든, 레즈비언이든, 퀴어든, 이성애자든 뭐든. 나는……."

쑥스러워하거나 거북해하는 기색은 찾아볼 수 없었고, 그것 때문에 나는 약간 충격을 받았다.

"엄마는 다른 사람의 고통이나 상처에 대해서…… 생각해본 적 있어요? 그런 생각 해본 적 있냐고요. 엄마는 언제나 엄마 하고 싶은 대로 하면서 살아왔으니까. 엄마처럼 운 좋게 제멋대로 산 사람이 또 있을 것 같아요? 가족이고 자식이고 뭐고 다 내팽개치고……. 정말이지……. 엄마는…… 엄마가 바라는 것만……."

나는 더 적합한 말을 찾아야 했다. 방향을 틀지도, 난파당하지도 않을, 그런 말.

"엄마는…… 엄마는……. 정말이지……."

어머니가 가로채듯 끼어들었다.

"남미새니?"

"뭐라고요?"

그 단어가 품고 있는 저열함과 비열함이 새삼스럽게도 너무 선명하게 다가왔다.

남미새라니, 세상에, 남미새라니.

어머니는 시선을 멀리 허공에 둔 채 다시 한번 더 말했다.

"내가 남미새냐고."

"그게 무슨 말이에요?"

이제 어머니는 눈을 내리깔고 새침데기 같은 표정으로 대답했다.

"아까 입국 심사소에서 네가 전화기를 잃어버려서 내가 전화를 했을 때 액정에 뜬 글자를 봤다. 남미엄. 그게 뭔지 도대체 알 수가 없어서 챗GPT에게 물어봤더니, 문법적으로 어색하지만, '남자' '미친' '엄마'인 것 같다고 하더구나. 세상에, 어쩜 그렇게 똑똑할 수가 있는지! 혹시나 해서 포털 사이트에 검색을 하려는데, 검색창에 남미, 까지만 입력해도 남미새라는 단어가 나오더라. 뻔하잖니. 내가 챗GPT만큼 똑똑하진 않지만, 그 정도는 안다."

챗GPT라고? 나도 모르게 이런 말이 튀어나왔다.

"정말 대단하시네요."

"내가 챗GPT를 사용하는 게 널 기분 나쁘게 하는 거야? 너가 휴대전화에 내 이름을 남미새라고 저장해둔 것보다, 내가 챗GPT를 사용하는 게 더 나쁜 행동인 거야?"

나는 입을 앙다문 채, 땅을 바라보며 이런 생각을 하고 있었다. 내가 저장해둔 단어는 '남미새'가 아니라 '남미엄'이었어. 그 두 개는 엄연히 다르잖아. 어머니가 천천히 숨을 들이쉬었다가 내뱉는 소리가 들렸다. 어머니의 꽉 쥔 주먹이 보였다. 한동안 주먹을 쥐었다가 폈다를 반복하던 어머니가 갑자기 한쪽 손을 내 어깨 끝 쪽에 얹었다. 아니다, 손이 아니라, 손가락 네 개만. 어색하고 어정쩡하고, 부자연스러운 포즈로. 나는 고개를 숙인 그대로 남아 있었다. 아주 멀리서 누군가 우리를 본다면, 부드러운 관절을 가진 인간이 아니라, 딱딱한 플라스틱 마네킹이라고 여길지도(하지만 이게 무슨 의미가 있담? 아무도 우리를 바라보지 않을 텐데). 어머니의 손가락에 점점 힘이 들어가는 게 느껴졌다. 내 어깨를 파고드는 손가락 때문에 약간의 통증이 느껴질 때쯤 어머니가 드디어 입을 열었다.

"엄마는 남미새 아니다."

나는 어머니의 손을 뿌리쳤다. 고개를 번쩍 들었다.

"예전에 여름휴가 갔을 때, 엄마가 몰래 남자 데리고 온 건 기억 안 나요? 그렇게 하는 엄마가 이 세상에 또 있을 거 같아요?"

내가 갑작스럽게 꺼낸 그날의 일 때문에 어머니는 당황한 듯 보였지만, 그 순간 당황한 건 어머니만이 아니었다. 나도 마찬가지였다. 그토록 오랜 시간 동안 그 여름, 별장에서 있었던 일을 입 밖으로 꺼낸 적이 없었으니까. 이렇게 단순한 문장으로 표현되다니. 그날의 일로 어머니를 비난하려면 아주 많은 단어와 긴 문장이 필요할 줄 알았는데.

하지만 어머니의 대답은 내 예상과 전혀 달랐다.

"있을 수도 있다고 생각해. 이 세상엔 별사람이 다 있으니까."

"있을 수도 있다고요?"

"그래."

단호한 어머니의 말투.

"하, 그래요. 엄마는 남자 없이는 못 사는 사람이니까. 엄마에게 동거남이 있다는 것도 다 알아요. 한두 명이 아니었겠죠."

"그래, 네 말이 맞아. 나한텐 같이 사는 애인이 있었어. 다섯 명. 이게 많은 거니? 내가 뉴욕에서 산 세월을 생각해봐."

어머니는 더 이상 당황해하지도, 곤란해하지도 않았다. 그냥 뻔뻔하게 굴고 있을 뿐. 저런 소리를 눈 하나 깜빡 안 하고 하다니.

"엄마는 남미새 아니야."

이제 어머니는 나를 구슬리듯 말하고 있었다. 내가 무언가를 말하려는 순간, 갑자기 어머니의 표정이 일그러졌다. 두 손으로 얼굴을 가리고 어깨를 들썩이기 시작했다. 너무 순식간에 벌어진 일이었다. 어머니는 두 손에 얼굴을 묻은 채 떨리는 목소리로 자신은 남미새가 아니라는 말만 반복하고 있었다.

나는 도대체 뭘 어떻게 해야 할지 알 수가 없어서 잠자코 서 있기만 했다. 잠시 후, 두 손을 뗀 어머니의 얼굴은 온통 눈물과 땀투성이였다. 손바닥으로 얼굴의 물기를 슥슥 닦아낸 어머니가 깊게 심호흡을 했다. 천천히 입을 열었다.

"하지만 나는 어쩌면……."

어머니의 목소리가 잔뜩 떨리고 있었다. 괴로운 듯 말을 멈춘 어머니는 한참을 망설이다가 겨우 다시 입을 열었다.

"나는 어쩌면…… 여미새인지도 모르겠어."

여미새? 순간, 단어의 의미가 내 안에서 흐릿해졌고, 내 자신이 백치가 된 것 같았다. 한도 끝도 없이 어리둥절해졌다. 어머니가 갑자기 픔, 하고 웃음을 터트렸다. 웃는다고? 오, 아니다. 그건 웃음이 아니었다. 어머니의 눈에서는 끝도 없이 눈물이 흘러나오고 있었으므로. 그럼 어머니는 울고 있는 걸까? 오, 아니다. 어머니의 눈에서는 눈물이, 입에서는 웃음이 터져 나오는 중이었다. 흐느끼는 건지, 아니면 웃음을 참는 건지 모르겠는 투로 어머니가 다시 말했다.

"그래, 인정할게. 나는 여미새야."

여미새라고?

"휴가지에 데리고 왔던 남자랑……(어머니는 한참 동안 망설인다) 부적절한 관계를 맺었던 건 맞아. 그 시절, 나는 너무 혼란스러워서…… 너무 혼란스러워서 뭐라도 해야 했어."

뭐라도 해야 했다고? 뭐라도? 도대체 뭘? 문득, 그날 별장 현관 앞에 무릎을 꿇고 앉아서 아무렇게나 널브러진 신발들을 정성스럽게 정리하던 어머니의 모습이 떠올랐다.

아버지가 이멜다, 라고 지칭했던 여성. 어머니가 그 여성의 집으로 남자를 불러들였다.

어머니는 어정쩡하게 서서, 우는 것도 아니고 웃는 것도 아닌 상태에 머물러 있었다. 아니다. 울면서 웃고, 웃으면서 울었다고 말하는 편이 나으리라. 도대체 이게 다 무슨 말이지?

커밍아웃.

전기 충격이라도 받은 것처럼, 내 몸에 찌릿한 통증이 파도처럼 밀려왔다. 눈앞이 번쩍번쩍하는 것 같았다.

지금, 이 순간 내가 떠올린 사실 하나. 부모님께 커밍아웃을 했던 친구들의 이야기를 들은 적은 있지만, 부모가 자식에게 커밍아웃을 했다는 이야기는 듣도 보도 못했다는 거.

허, 세상에. 기가 찼다.

"나한테 운이 좋았다고 말하지 마. 다른 비난은 다 좋은데, 그 말만은 하지 마."

이렇게 말한 어머니는 쥐어짜듯이 덧붙였다.

"도망치는 데에도 힘이 필요해. 대부분은 그래."

어제 그 파티에서 어머니가 이상하게 행동했던 건, 그들을 받아들이지 못해서가 아니었다. 그럴 리가! 어머니 삶과의 교집합이 거기에 있었고, 동떨어진 원의 주인은 나였다. 어머니가 이상하게 행동했던 건 그들 때문이 아니라, 나 때문이었다.

"난 영원히, 한국에 있는 사람들에게 커밍아웃하지 않을 생각이었어. 특히 너에게는 정말 그러고 싶지 않았어."

어머니는 여전히 우는 건지 웃는 건지 모를 목소리로 말을 한다. 나는 멍하니 어둡고 창백한 구름 아래 햄버거 가게 로고의 둔탁한 노란빛을, 저 멀리 펼쳐진 어둑해진 무성한 초록들을, 한껏 짙어진 회색빛 도로를 바라보았다. 변색, 이라는 말은 가당치도 않았다. 찌릿거리는 손끝의 통증이 여전히 생생하게 남아 나를 괴롭혔다. 어느새 가느다란 빗줄기가 약하게 떨어지기 시작했고, 땅바닥에 동그란 흔적들을 남겼다. 어머니와 내 몸이 조금씩 젖어들어가지만 비를 피하기 위해 건물 안으로 들어가지도 못한다. 왜냐하면, 저기 저 도로의 끝에서 우리를 데리러 온 버스가 보이고 있기 때문에. 버스를 향해 두 손을 마구 흔들어야 했기 때문에.

"아임 쏘리."

버스에 오른 어머니가 기사에게 말하는 것을 들었을 때, 나는 깜짝 놀랐다. 대놓고 불만을 늘어놓지는 못하더라도, 사과를 하리라고는 전혀 생각하지 못한 탓이었다(나는 기사에게 아무런 말도 하지 않고 지나쳤다). 기사는 시간을 얼마나 허비했는지 아냐고 투덜거렸지만 길게 말을 잇지는 않았다. 버스 회사 직원이 경고한 것과는 다르게, 승객들이 우리에게 화를 내는 일도 없었다. 염려의 기운 같은 게 느껴지는 것도 아니었다. 내가 느끼기에, 그들은 애써 우리를, 우리에게 일어난 일을 모르는 척하는 것 같았다.

버스 안은 너무 추워서 오소소 소름이 돋을 지경이다. 그랬지, 미국의 버스는 캐나다의 버스와는 다르게 냉방 시설이 아주 완벽하게 설치되어 있었지. 우리 자리는 내릴 때 그대로였다. 어머니는 내가 안쪽으로 들어갈 수 있도록 잠시 기다려주었다. 버스가 출발하고 얼마 지나지 않아, 별 안간 빗줄기가 거세지기 시작했다. 버스가 조금만 늦게 왔다면 우리는 흠 뻑 젖은 채로 버스를 기다려야 했으리라는 생각이 들었고, 곧이어 부아가 치밀어 올랐다. 버스가 우리를 버리고 가지 않았다면 애초에 비를 조금이 라도 맞을 일이 없었을 테니까.

"대체 기사에게 왜 사과를 한 거예요?"

어머니의 짧은 머리카락은 땀과 빗방울에 젖어 두피에 찰싹 붙어 있었 다. 미처 닦지 못한 눈물과 빗방울의 흔적이 여전히 남아 있는 채로. 어머 니는 정말로 무슨 말인지 모르겠다는 듯, 되물었다.

"내가 언제?"

나는 고개를 작게 흔들며 좌석에 몸을 기대고 눈을 감았다. 얼마나 그 렇게 있었을까? 눈을 번쩍 떴을 때는, 한결 강력해진 빗줄기가 요란하게 창문에 부딪히는 중이었다. 버스 안에 다른 소리라고는 없었다. 사람들 은 거의 다 깊은 잠에 빠져든 것 같았다. 어머니는 아니었다. 어머니는 상 체를 약간 복도 쪽으로 내밀고 앞쪽을 바라보고 있었다. 기사를 바라보는 건지, 아니면 전면 창의 끊임없이 움직이는 와이퍼를 바라보는 건지는 알 수 없다. 뭘 바라보고 있든, 어머니의 표정이, 과학자가 현미경을 들여다 보기라도 하는 것처럼 진지하다.

"애인이랑 가장 오래 산 기간이 얼마나 돼요?"

불쑥 입에서 튀어나온 말. 내가 정말 이런 걸 궁금해했나? 어머니는 여 전히 복도 쪽으로 몸을 내민 채, 작은 목소리로 답했다.

"6년. 마지막 애인이었어."

6년. 내 예상을 훨씬 뛰어넘는, 아주 긴 시간이어서 나는 조금 놀라움 을 느꼈다.

"지금은 같이 안 살아요?"

어머니는 이제 상체를 좌석 쪽으로 끌어와 똑바로 앉았다. 그리고는 모 호한 표정으로 고개를 끄덕였다.

"떠났어. 얼마 전에."

그 말을 듣는 순간, 한 달 전 전화를 걸어 고양이가 죽었다고 울고불고 하던 어머니의 목소리가 떠올랐다. 돌이켜보면 어머니가 그런 식으로 와달라고 부탁한 건 처음 있는 일이었다. 하지만 정작 나를 만난 이후로 어머니는 고양이 이야기는 꺼내지도 않았다. 심지어 어머니는 자신의 고양이를 한 번도 이름으로 부른 적이 없었다. 그게 가능한 일인가? 어머니의 짧게 자른 머리, 마른 몸, 수면제, 밤마다 그 몸에서 흘러나오던 울음소리. 그 모든 행동이 너무 과한 게 아닌가? 그렇다면…….

"혹시…… 그분이, 그 같이 살던 분이…… 돌아가신 거예요?"

"뭐? 그게 무슨 소리야?"

어머니가 동그랗게 눈을 뜨며 내게 되물었다. 어머니의 목소리 때문에 통로 건너편 여자가 가느다랗게 실눈을 뜨고 우리를 잠깐 응시했다. 나는 목소리를 낮추며 입을 열었다.

"그러니까, 엄마가 지금 이렇게 힘든 게 고양이가 죽어서가 아니라…… 함께 살던…….."

"뭐?"

이번에도 어머니는 목소리 크기 조절에 실패했다. 옆 좌석의 여자는 또다시 우리를 바라보았고 나와 눈이 마주쳤다. 이번에 나는 눈을 피하지 않고 그 여자를 바라보았다. 그 여자보다 훨씬 더 눈을 가늘게 뜨고 못마땅하다는 듯이. 잠시 후 그 여자가 고개를 절레절레 흔들며 눈을 감았다. 어머니는 나와 통로 맞은편 여자 사이의 신경전에는 관심도 없다.

"너, 그러니까 고작 고양이가 죽은 걸로 이렇게까지 슬퍼한다는 게 말이 안 된다고 생각하는 거구나?"

어머니의 눈시울이 점점 붉어지기 시작하더니, 눈동자에 눈물이 가득 차서 흘러내리기 시작했다.

"아니, 그게 아니라, 이상하잖아요. 내가 엄마네 집에 갔을 때, 고양이를 본 적이 한 번도 없었잖아요. 게다가 고양이 이름도 없고. 자기 고양이를 그냥 고양이라고만 부르는 사람이 어딨어요?"

지금 내가 느끼는 감정은 너무 구체적이어서 손으로 잡고 흔들 수 있을 것 같은 기분마저 들지만, 정작 이 감정에 이름을 붙이기는 어렵다. 어머니가 티슈로 눈물을 찍어 누르며, 황당하다는 듯 조그만 목소리로, 그러나 재빠르게 대답했다.

"고양이 이름이 왜 없어? 우리 고양이 이름은 '고양이'였어! 내가 그 이름을 얼마나 좋아했는지 아니? 내 애인이나 미국 친구들이 발음하기 어렵다고 고(go)라고 줄여 부를 때마다 내가 얼마나 화를 냈었는지 아냐고?"

모르지, 나는 당연히 몰랐지. 그걸 내가 어떻게 알아?

"그럼, 어째서 내가 그 집에 갔을 때 고양이가 없었어요?"

"그거야, 너가 올 때마다 내 애인이 고양이를 데리고 다른 친구네 집에 가 있었으니까!"

"왜요?"

코와 눈이 시뻘개진 어머니는 어이가 없다는 듯한 표정을 짓는다.

"그걸 몰라서 물어?"

"뭘요?"

"아니, 그걸 정말 모른다고? 그거야 너 때문이잖아. 너에게 고양이 알레르기가 있으니까!"

내가 고양이 알레르기가 있다고? 어머니는 눈물과 콧물을 닦은 휴지를 한 손에 쥐고 흔들며 말했다.

"너, 일곱 살 때인가, 고양이 키우는 친구네 집에 놀러 갔다가 알레르기 때문에 난리가 났던 거 기억 안 나? 응급실까지 갔었다고. 그때 정말 큰일 나는 줄 알았는데! 그때가 기억이 안 난단 말이야?"

기억나지 않았다. 전혀. 어머니의 이야기를 들어도 기억의 한 토막의 한 토막의 한 토막도 떠오르지 않았다. 내가 고양이 알레르기가 있다고? (과장을 좀 보태서) 거의 죽을 뻔한 적이 있다고? 어떻게 그렇게 중요한 일을 까맣게 잊어버린 채 살아갈 수가 있어? 심지어 무려 일곱 살 때의 일인데 그걸 기억을 못 한다고?

"안 그래도 너가 나를 통 보러 오지 않는데, 고양이까지 있으면 더 안

올 것 같아서 숨겼던 거야."

어머니는 좀처럼 멈추지 않는 눈물을 닦아내며 기가 꺾인 투로 말을 이었다.

"이래서 내가 고양이 이야기를 못 꺼내는 거야. 아직도 눈물이 너무 많이 나. 이게 많이 나아진 거야. 물론 너는 이해하지 못할지도 모르지만."

허, 지금 어머니가 이해, 라는 단어를 들먹일 처지가 되나? 속이 부글부글 끓어오르지만 나는 그냥 입을 다물어버렸다. 시간이 조금 지나자, 진정이 되는지 어머니는 더 이상 코를 풀지도, 눈물을 닦아내지도 않는다. 나는 창밖으로 시선을 돌렸다. 내가 고양이 알레르기가 있었다니. 세상에, 고양이 알레르기가 있어서, 그동안 길고양이를 만나면 나도 모르게 그렇게 멀리 돌아간 거구나. 고양이를 키우고 싶다거나 그런 생각조차 하지 않은 거구나. 내 자신을 고양이에게 노출시키지 않으려고. 내 자신을 보호하려고. 의미를 해석하지 못해도, 언제나 신체는 저 멀리 앞서간다. 은밀하게 뼈와 살을 넘실거리며 우리를 조종한다(그런 것 같다).

뼈와 살이라니. 20여 년 전의 그 여름, 말 그대로 물 폭탄이 떨어지던 날 복잡하게 이어진 별장의 복도를 이리저리 걸어 다니던 내가 떠오른다. 복도에 늘어서 있던 수많은 문 하나하나에 숨을 죽이고 귀를 갖다 대던 나. 도대체 왜 그렇게까지 조심스럽게 문을 열고 닫아야만 했을까?

그때, 내 손에 들려 있던 건, 닭 뼈. 살을 야무지게 발라 먹고 남은 뼈다귀들.

그날, 아버지와 단둘이 집으로 돌아온 날 밤, 나는 어머니가 내 닭 뼈를 발견한 게 분명하다는 생각을 하고 있었다. 내가 고기를 먹은 사실을 알아차렸으리라고. 아, 그랬다. 그것만이 유일한 나의 관심사였다. 나는 어머니와 남자의 관계 같은 건 애써 무시했다. 궁색하고도 필사적인 방어기제. 하지만 지금, 나는 전혀 다른 식으로 생각할 수 있다.

내가 방어기제라고 여긴 생각이 사실은 그날 밤 내가 떠올린 유일한 진실이었다고. 오, 아니다. 이 세상에는 방어기제의 형태로만 드러나는 그런 진실들이 있을지도 모르겠다고.

그날, 어머니는 내가 먹고 남긴 닭 뼈를 발견했을 터였다. 발견하지 못할 수가 없었다. 더 나아가서 내가 **고기를 먹는 사람**이 되었다는 사실 역시 알고 있었는지도 모른다. 그래, 그랬을 것이다. 그 당시 어쨌든 어머니와 아버지는 내 문제로 정기적으로 통화를 했다. 짧고 형식적이었을 대화에는, 나에 대한 이야기 — 나의 식사, 의복, 학교생활, 기타 등등 — 가 주를 이루었을 것이다(아니라면 둘 사이에 할 말이 뭐가 있단 말인가?). 허, 그렇다면 어머니는 내가 고기를 먹는다는 사실을 알면서도, 고기 없는 식사를 차려줬던 걸까? 너의 신념을 존중해, 라고 말했던 걸까? 도대체 왜? 그 말에 고마워, 라고 답하는 나를 보며 무슨 생각을 했을까? 심지어 어머니는 불과 며칠 전에도 넌 고기를 안 먹잖니, 라고 내게 말했다. 그 말에 부정도 긍정도 하지 않는 나를 보면서 어머니는 도대체 무슨 생각을 했을까?

속임수. 속임수의 속임수, 속임수의 속임수의 속임수. 교묘하고 비루하고 우스꽝스러운. 하지만 도대체 그게 뭘 위한 속임수인데? 무슨 효용과 이득이 있는 건데?

문득, 20여 년 전 퇴근을 하고 돌아와서는 옷도 제대로 갈아입지 못하고 식사 준비를 하던 어머니의 뒷모습이 떠오른다. 총총대는 칼질의 리듬에 맞추어 맥없이 뒷덜미를 흐르던 그 땀방울. 우리가 떠났던 여름휴가, 붉은 벽돌로 만들어진 별장, 식당 구석의 문을 열고 나왔을 때, 젖어 있던 어머니의 옷과 머리카락도 떠올랐다. 추저분한 체념과 자기기만의 결정체, 방울져 내리던 것. 아버지와 내가 별장을 떠날 때, 어머니가 훔치던 눈물, 그 오싹하고 달콤한 야심의 형상. 같은 몸에서 나온 것, 같은 몸을 타고 흘러내린 것.

우리 엄마는 여미새.

"엄마."

어머니는 눈을 감은 채였지만, 잠들지는 않은 모양이었다. 금방 대답이 돌아왔다.

"응."

"내가 푸틴을 버린 거 알죠?"

어머니는 눈을 감은 채 아무런 대답도 하지 않는다.

"그 푸틴 때문에 지구가 오염될까 봐 무서워요?"

이번에는 눈을 힐긋 눈을 뜨지만 나를 바라보지는 않았다. 눈을 몇 번 깜빡이던 어머니는 금방 눈을 다시 감고 대답했다.

"아니, 그건 너가 버린 거지, 내가 버린 게 아니잖아. 난 정말 다 먹을 생각이었어."

그러고는 무언가가 갑자기 생각이 났다는 듯, 갑자기 눈을 번쩍 떴다. 내 쪽으로 몸을 기울이고, 아주 조용하게 말했다.

"우리 뒷좌석, 그리고 우리 옆 좌석 사람들 말이야. 이 사람들이 제일 나빠."

무슨 영문인지 모르겠다는 표정을 짓자 어머니가 가볍게 한숨을 쉬고는 말을 이었다.

"여기에 사람이 타지 않았다는 걸 뻔히 알았을 거 아니야. 기사에게 말을 해줬어야지."

아, 버스가 우리를 두고 떠난 이야기를 하고 있는 거구나. 어차피 이 사람들은 한국어를 알아듣지도 못할 텐데, 이제 어머니는 나에게 몸을 완전히 밀착시킨 채, 아까보다 더 작은 목소리로 속삭이듯이 말했다.

"아니야. 아무리 생각해도 기사가 더 나쁜 것 같아. 당연히 승객 수를 확인했어야지."

하지만, 어머니는 좀처럼 누가 더 나쁜 사람들인지 결정 내리기 어렵다는 듯이, 우리 옆과 뒷좌석 사람들, 그리고 기사석을 차례로 흘긋거린다. 그리고 약간 과장된 한탄 조로, 다른 사람들에게 들릴락 말락 한 작은 (그렇지만 아까 내게 몸을 밀착시키고 한국어로 말할 때보다는 더 크고 분명한) 목소리로 중얼거린다.

"Oh, for heaven's sake…… these racists."

나는 버스 안의 누군가 이 말을 들었는지 궁금하다. 들었다면 무슨 생각을 했을지도 궁금하다(하지만 영원히 베일에 싸여 있을 것이다). 어머니는 그런 건 상관도 없다는 듯 이제 완전히 후련하다는 표정으로 눈을 감았다. 그리고 얼마 지나지 않아, 작게 코 고는 소리가 들려오기 시작했다.

지금 이 순간, 불현듯 한 가지 장면이 떠오른다. 이치와 맥락에 전혀 맞지도 않지만, 이런 식으로 불쑥 나를 침입한 장면은 절대로 그냥은 사라지지 않을 것이다.

그러니까, 지금 나는 그해 여름, 붉은 벽돌로 만들어진 별장에서 마주친 그 남자의 모습을 똑똑하게 떠올릴 수 있다. 어머니 친구(가 당연히 아니었겠지만)라던 그 남자의 얼굴이 너무나 선명하게, 소름이 끼칠 정도로 선명하게 기억난다. 딱 한 번, 잠깐 봤을 뿐인데도, 사진으로 찍은 것처럼 분명하게.

180센티는 넘어 보이는 키, 기다란 팔과 다리, 스포츠형으로 깎은 짧은 머리카락, 가무잡잡한 피부. 검정색 반팔 셔츠와 카키색 반바지를 입고 있었다. 어깨는 떡 벌어져 있었고, 전체적으로 조금 마른 편이었다. 짙은 눈썹. 눈은 큰 편이 아니었고, 쌍꺼풀도 없었다. 코는 적당히 곧았고, 입술은 좀 얇은 편이었다. 그 남자의 턱 아래로 떨어지던 그림자. 그러니까, 누구든 길거리에서 만나면 뒤를 돌아볼 남자. "오, 저 남자 좀 봐, 정말 잘 생겼잖아"라고 감탄을 할 만한 남자.

허, 그렇구나. 나는 얼떨떨한 동시에 기가 막힌다. 좀처럼 사람의 얼굴을 기억하지 못하는 나에게, 이렇게 오랜 시간이 흐른 후까지 떠올릴 수 있는 얼굴이 (그 거지 같은 선생 말고) 하나 더 생긴 것이다. 그 시절, 내게 남은 얼굴이 두 개가 된 것이다. 참나, 그러니까, 한 명은 추남으로, 다른 한 명은 미남으로.

허약하고 빛나는 소설의 진실

이희우 문학평론가

1

이 소설의 제목은 독자들을 대번에 자극한다. 어쩌면 어떤 독자를 언짢게 할 수도 있다. 도발적인 것은 제목뿐만이 아니다. 이 소설의 줄거리를 친구에게 짧게 설명한다고 생각해보자. '남미새인 줄 알았던 엄마가 사실은 여미새였다는 이야기.' 제목도, 반전을 담은 줄거리도 사람들을 자극하고 눈길을 끌기 위해 의도된 듯하다.

물론 이렇게 자극적인 제목과 한 줄 줄거리가 소설의 매력을 설명해주는 것은 아니다. 이 소설을 좋은 소설로 만드는 것은 작가 특유의 범접할 수 없는 구체성으로, 생생한 장면과 예측할 수 없는 문장을 만나는 읽기의 즐거움이 제목과 줄거리의 작위성을 누그러뜨린다.

한마디로 가까이 다가갈수록 이 소설은 빛나는 디테일을 보여준다. 전시장에서 어떤 그림을 보는 상황에 빗대어보자. 큰 그림을 멀리서 볼 때는 거친 형상만 보이지만 가까이 갈수록 붓질이 남긴 작은 터치들이 생생하게 도드라진다. 그 우글거리는 터치들은 너무 생생해서 징그럽기까지 하다. 그런데도 눈을 뗄 수 없다. 다시 그림으로부터 멀어지면, 어디로든 뻗어갈 수 있을 것 같았던 요소들이 모여 마법처럼 하나의 형상을 이룬다.

예를 들어 화자가 어머니의 연락처를 '남미엄'이라고 저장하게 된 과정과 어머니가 그 단어의 뜻을 알게 되는 과정은 구체적인 만큼 생생하고, 생생한 만큼 예상할 수 없다. 예측할 수 없는 상황의 돌출이 웃음을 자아낸다. 휴가지에서 긴장이 고조되는 방식도 그러하다. 어머니를 찾으러 아버지와 빗길을 걸을 때, 화자는 참을 수 없는 요의를 느낀다. 그러고 나서 혼자 집에 남겨진 화자가 한 일은 고기를 먹지 않겠다는 자신의 맹세를 배반하고 치킨을 먹는 것이다. 화자가 엄마의 신발을 발견하고 "엄마"를 소리쳐 부르자 어머니가 정말로 부엌의 작은 문을 열고 나온다. 낯선 남자와 함께, 머리카락과 옷이 젖은 채. 이런 일련의 상황은 대단히 극적인데도 아버지의 표정, 어머니의 표정, 치킨의 눅눅함, 그 순간을 묘사하는 탁월한 방식 때문에 독자는 그 부조리한 상황에 이입할 수 있다.

2

화자의 어조와 말하기 방식은 독특하다. 다소 과장된 추임새('오' '허' '흠' '참 나' 등)를 쓰고, 시시각각 감정의 변화를 내보인다. 화자의 목소리가 강하게 이끌어가는 덕분에, 소설은 독자에게 직접 말을 거는 듯 가깝게 다가온다. 하지만 그 목소리 아래에는 아무것도 놓치지 않겠다는 집념이 있다. "교묘하고 비루하고 우스꽝스러운"(188쪽) 찰나의 마음조차도 모른 척하지 않고 낱낱이 말하겠다는 집념.

삶의 순간에 "프리즘을 통과하는 감정의 스펙트럼"(142쪽)이 지속된다면. 그 감정을 남김없이 말하기는 불가능하다. 감정은 연속적이고, 언어는 분절적이니까. 언어를 아무리 섬세하고 조밀하게 배치해도 말과 말 사이에 말해지지 않는 나머지가 남는다. 그것은 바람이나 모래처럼 언어의 그물을 빠져나간다. 그렇게 빠져나가는 나머지까지 붙잡으려는 불가능한 집념이 손보미 특유의 말하기 방식을 만들어내는 듯하다. 주요한 방식 하나는 빈번하게 나타나는 괄호 속의 서술이다.

나는 치킨을 노려보며 생각했다. 지난 다섯 달 가까이 고기는 입에 대지도 않았는데……. 내 목숨을 두고 맹세했는데. 이걸 먹었다가 맹세를 어겼다고 죽으면 어떻게 해? 하지만 지금 무엇이라도 먹지 않으면 당장 죽을 것 같은데(그럴 일은 일어나지 않을 터였다. 한 끼 굶는다고 죽는 사람은 없으니까)?(155쪽)

먼저 죽을 것 같은 허기를 고백하는 화자가 있다. 그리고 괄호 속에 그 고백이 허황되고 과장된 것임을 고발하는 화자가 있다. 화자는 괄호를 덧붙여 끊임없이 부연하고, 때로는 앞의 감정이나 진술과 배치되는 내용을 말한다. 예문을 통해 알 수 있듯 화자는 하나의 목소리를 가진 사람이 아니다. 한편에는 바로 그 순간으로 돌아간 듯 상황에 몰입하여 말하는 화자가 있다. 다른 한편에는 그런 자신을 거리 두고 바라보며 평가하는 화자가 있다. 음악을 들을 때 우리는 복수의 선율을 (말 그대로) 동시에 들을 수 있다. 하지만 소설을 읽을 때 우리는 물리적으로 한 번에 하나의 목소리만을 읽을 수 있다. 한 목소리가 말할 때 다른 목소리는 물러나 있다가 말이 끝나면 잽싸게 끼어든다. 이 소설의 화자는 무대 위의 배우인 동시에 무대 밖의 코러스이다. 예를 들어 버스가 떠난 바람에 고속도로 옆 햄버거 가게의 주차장에 어머니와 단둘이 남겨진 화자가 어머니에게 거짓말하는 장면을 보자.

"몬트리올에는 가기 싫다고 했잖아요."
아니다. 이건 사실이 아니다. 나는 그런 말을 한 적이 없다. 하지만 그랬다면 좋았을 거라는 생각은 했다.(163~164쪽)

무대 위의 배우가 대사를 뱉자마자 무대 밖의 코러스가 거짓말이라고 지적한다. 이는 화자가 거짓말쟁이라는 것을 알려주는가? 그렇지 않다. 거짓말을 거짓말이라고 고백하는 것 역시 화자이기 때문이다. 화자가 거짓말쟁이라면, 거짓말을 했다는 사실을 왜 정직하게 고백하겠는가? 하지만 반대로, 화자를 정직한 사람이라고 볼 수도 없다.

위에 인용한 부분을 처음 읽었을 때 독자는 다음처럼 짐작할 수 있다. 화자는 말을 하지는 않았지만, 정말로 몬트리올에 가기 싫었다고. 그렇게 말하지 않은 것을 후회하고 있다고. 하지만 이어지는 내용을 보면 그조차도 사실이 아니다. 화자의 변덕은 독자의 예상을 계속 배반한다. 그리고 그 변덕의 기록은 민첩하다.

> 몬트리올에 가기 싫다고 말하지 않은 건, 다른 이유가 있어서가 아니었다. 그런 말을 하지 않은 건, 몬트리올에 가는 게 **싫지 않았기** 때문이었다.
> 흠, 더 정확하게 말하자면 나는 몬트리올에 가는 게 좋지도 싫지도 않았다.(164쪽. 강조는 원저자)

이렇게 소설은 끝없는 변덕의 디테일을 기록한다. 온갖 호들갑, 거짓말, 억지에 대해 끊임없이 고자질한다. 여기엔 흥미로운 반비례 관계가 있다. 자신에 대해 더 정밀하고 정확하게 말하려 할수록 화자는 더 '믿을 수 없는' 존재가 된다. 예를 들어 누군가 어떤 시기를 회상하며 '행복한 시절이었지'라고 말한 다음 곧장 '아냐. 사실 행복하지 않았어'라고 덧붙인다고 생각해보자. 그런 식으로 말을 번복하고 변덕을 부린다면 청자는 화자를 믿을 수 없는 사람으로 느낄 것이다. 하지만 행복하면서도 행복하지 않았던 것이 진실이라면? 아니 행복과 불행 사이의 '스펙트럼'이 통째로 진실이라면? 따라서 행복과 불행이라는 단어 중 어떤 것도 진실을 충분히 담지 못한다면? 행복과 불행을 동시에 말하는 것은 진실에 더 가까워지는 차선책이다. 마찬가지로 이 소설은 언어의 한계를 돌파하면서 삶의 세부를, 마음의 복잡한 스펙트럼을 낱낱이 말하려고 하는데, 그럴수록 화자를 믿을 수 없게 된다.

이 소설은 미셸 푸코가 말했던 '자기 자신에 대한 진실 말하기'의 소설적 실험으로 읽힐 수 있다. 다만 언어가 곧장 진실을 지시하지 못하기 때문에 소설은 말이 휘어지고 왜곡되며 미끄러지는 과정이 간접적으로 진실을 드러내도록 한다. 진실 혹은 진실 말하기에 대한 충동은 손보미의 최근 소설들에서 일관되게 드러나는 경향이다. 이 진실은 언제나 어떤 왜곡을 통해서만, 거짓과 기만, 변덕을 통해서만 드러나는 역설적 진실이다. 마찬가지로 이 소설은 "방어기제의 형태로만 드러나는 그런 진실들"(187쪽)을 기록한다.

3

　만약 이 소설의 주제가 진실 혹은 '진실 말하기'라면 그에 비추어 '커밍아웃'의 의미를 생각해볼 수 있을 것이다. 딸에게만큼은 자신의 비밀을 말하고 싶지 않았던 어머니는, '남미새'라는 황당한 혐의에 대응하면서 결국 자신의 진실을 털어놓는다. 어머니의 입장에서 그것은 분명 '자신에 대한 진실 말하기'였을 테다.

　그러나 나와 어머니의 관계 속에서 봤을 때, 커밍아웃이 어머니에 대해 무언가 대단한 진실을 말해주는 것은 아니다. 어머니의 진실을 알게 된 순간 화자는 충격을 받고 부끄러움도 느끼지만, 어머니에 대한 태도가 크게 달라지는 건 아니다. 가족과 함께 갔던 휴가지에서 어머니가 그 남자와 "부적절한 관계"(182쪽)를 맺었다는 사실도 달라지지 않는다.

　어머니가 고백한 정체성은 어머니에 대해 중요한 것을 말해주지만, 전부 설명해주는 것은 아니다. 어머니의 '커밍아웃'은 중요한 오해를 바로잡지만, 그렇다고 둘 사이의 앙금과 갈등이 해소되는 것도 아니다. 즉 그것은 여전히 불완전한 고백이다. 한편, 화자는 끝까지 자신의 진짜 욕망을 고백하지 않는다. 한편에 불완전한 어머니의 진실이 있다면 반대편에 끝까지 고백되지 않는 화자의 진실이 있다. 이는 화자가 어머니보다 진실하지 못한 인물이어서가 아니라 자신에 대해 무지한 인물이기 때문이다. 화자는 사람들의 얼굴을 잘 기억하지 못한다고 말한다. 그런데 화자는 타인의 얼굴만 기억하지 못하는 것이 아니다. 화자는 많은 것을 기억하지 못하는데, 심지어 자신에게 고양이 알레르기가 있다는 사실조차 잊어버렸다. "그동안 길고양이를 만나면 나도 모르게 그렇게 멀리 돌아"(187쪽)갔으면서 어떻게 그 사실을 모를 수 있었을까? 우리가 짐작할 수 있는 것은 화자가 오랫동안 자신의 욕망과 감정을 회피하고 부인해온 사람이라는 것이다. 회피하고 부인했던 것들은 사라지지 않고 몸으로, 신체적 증상으로 돌아온다. "의미를 해석하지 못해도, 언제나 신체는 저 멀리 앞서간다."(187쪽)

　어머니와 지낸 이틀 동안, 화자는 반복해서 통증을 느낀다. 첫날 밤에는 어머니의 흐느끼는 소리를 들으며 무의식적으로 손바닥을 너무 세게 누른 탓에 손바닥이 아프다. 이른 새벽에 깬 화자는 이를 너무 꽉 깨물고 잔 탓에 턱이 아프다고 느낀다. 어머니가 자신의 비밀을 고백할 때, 화자의 온몸에 "찌릿한 통증이 파도처럼 밀려왔다."(182쪽) 분명히, 어머니는 화자를 아프게 한다. 화자가 부인하거나 회피한 심리적 고통이 신체의 통증이 된 것이기 때문에, 이 순간의 통증에는 설명되어야 할 역사가 있다. 그러나 통증만이 증거로 남은 잊힌 역사를 어떻게 발굴하겠는가? 화자 자신도 그 통증의 이유와 의미를 모르는데. 신체에 육박해와서 비로소 '나'를 생생하게 하는 통증처럼, 회피와 부인이 화자를 설명하는 진실 자체가 되어간다.

'자신에 대한 부인'과 '어머니에 대한 추궁'이 화자의 몸과 말을 견인하는 두 가지 상반된 충동이라고 볼 수 있다. 여행하는 동안 화자는 다소 편집증적으로 어머니의 언행을 탐문했다.

> 나는 어머니가 줄에 매달린 남자에게 환호성을 보내는 횟수와 여성에게 환호성을 보내는 횟수를 속으로 셌고 그걸 비교하느라 여념이 없었다. 그러기 싫어도 그렇게 되었다. 어머니가 남성에게 보내는 환호성이 **더 진실되게** 느껴질 때마다 마음이 불편해졌다.(168~169쪽, 강조는 원저자)

화자는 어머니의 '진실'을 추궁한다. 이는 사실상 자신이 어머니에게 투사하는 혐의, 즉 '남자에 미쳤다'라는 혐의를 진실로 만들려고 집착하는 일이다. 어쩌면 화자는 어머니를 통해서 자신이 부인하는 자기 욕망을 보는 것일 수도 있다. 식당에서 어머니가 남자 점원과 대화할 때 화자는 불쾌하면서도 아찔한 상상을 한다. 어머니가 그 금발 청년의 "팔뚝에 새겨진 타투를 문질 거리기라도 할"(167쪽)까 봐 불안해하는 것이다. 하지만 정말로 그 남자를 만지고 싶었던 것은 화자 자신이었을 수 있다. 화자는 어머니와 함께 여행하는 동안 어머니의 모든 행실을 남자와 관련된 것으로 보려 하고, 어머니와 남자의 관련성에 극히 예민하게 반응한다. 과거에는 어머니의 방에서 동거의 흔적을 발견하고 어머니에게 남자 애인이 있다고 단정하기도 했다. 하지만 이것은 잘못된 추리로 밝혀졌다.

화자가 어머니에게 제기했던 혐의를, 독자는 화자에게 돌려볼 수 있다. 어떤 의미에서 '남자에 미친' 것은 어머니가 아니라 화자 자신이다. 하지만 어쩌다 화자는 남자(특히 어머니와 관련 있는 남자)에 집착하게 되었는가? 이것은 단순한 문제가 아니다. 주어진 정황으로 할 수 있는 추리는, 어머니가 휴가지에 낯선 남자를 데려왔을 때 어린 화자가 트라우마적 충격을 받았으리라는 것이다. 이 트라우마가 화자의 욕망에 어떤 방식으로든 영향을 미쳤을 테다. 소설이 끝날 때가 되어서야 화자에게 그 남자의 얼굴이 떠오른다. 그것은 "불쑥 나를 침입한 장면"이고 "절대로 그냥은 사라지지 않을 것이다."(190쪽) 화자가 소설의 마지막 페이지에서 고백하기를, 그 남자는 대단한 미남이었다. 이 회상과 함께 소설이 — 진실을 찾는 소설의 여정이 — 끝나는 이유는, 잘생긴 남자의 얼굴이 화자의 '진실'에 대한 중요한 단서이기 때문일 것이다.

화자에게 트라우마로 남은 것은 어머니가 가정을 버리고 불륜을 저질렀다는 사실 자체가 아닐 수 있다. 어머니의 불륜 상대로 보이는 그 남자에게 자신이 욕망을 느꼈다는 사실이 트라우마가 된 것이다. 결코 인정할 수 없었던 그 사실이 부인되고 억압되어 화자의 욕망을 노정하는 무의식이 된 것은 아닐까? 그렇게 보면, 이 소설은 부인된 욕망의 역동에 대한 알레고리로 읽힐 것이다. 어머니의 진실에 대한 명시적인 추궁은, 결국 화자 자신의 진실에 대한 암묵적인 노정으로 끝난다.

4

화자는 아버지와 자신을 버리고 떠난 어머니를 미워해왔다. 그런데 이는 불가피하게 자기 자신의 어떤 부분을 미워하는 일이기도 하다. 한 사람의 진실은 관계 속에서 조형되며, 그 관계를 벗어나면 아무것도 아니다(심지어 거짓조차 아니다). 누군가 자신의 진실을 홀로 탐구하는 것은 의미가 없다. 그 진실을 진실로 만든 관계 속에서가 아니라면, 진실은 찾아질 수도 말해질 수도 없다. 관계의 진실을 밝혀 나가는 손보미의 소설은, 소설이 아닌 어떤 곳에서도 진실을 볼 수 없다는, 스탕달의 닳고 닳은 잠언을 다시금 생생한 진실로 만든다.

이 지점에서 새삼 근본적인 질문을 던져볼 수도 있다. 소설에서만 드러날 수 있는 진실, 그것은 어디에 쓸모가 있는가? 그토록 허약하고 얄궂은 진실을 가지고 무엇을 하겠는가? 모든 세부를 들추고 작은 거짓과 기만을 고자질하는 소설의 시선은 이념과 명분(가령 채식주의나 환경주의 같은)을 침식하고 우스꽝스럽게 만든다. 모든 거대하고 올곧은 신념과 가치를 뒤집고, 비틀고, 약화하고, 탈신비화하고, 세속화하고, 작아지게 만드는 것밖에는 하지 못하는 이 진실을 가지고 무엇을 하겠는가? 소설의 진실 찾기는 무슨 쓸모가 있는가? 바로 그 비루하고 풍요로운 순간들이 삶의 참된 내용임을 증언하고, 나도 알지 못하는 선율들이 내 삶을 관통하고 있다는, 빛나는 인식을 주는 게 아니라면.

심윤경

1972년 서울 출생. 2002년 장편소설 『나의 아름다운 정원』으로 제7회 한겨레문학상을
수상하며 등단. 장편소설 『설이』 『영원한 유산』 『위대한 그의 빛』, 에세이 『나의 아름다
운 할머니』 등이 있음. 무영문학상, 이호철통일로문학상 등 수상.

우리는

"남양주에 가셨다고요?"

전화기 속에서 딸이 물었다.

"아버지 내가 정말! (딸깍딸깍) 오늘 영하로 떨어진다고 하는데, 못 들으셨어요? (딸깍딸깍) 환절기에 가장 많이 쓰러지는데 (딸깍딸깍) 하라는 것도 아니고. 제가 지금 (딸깍딸깍) 하는 거예요?"

전화가 걸려오고 있다는 신호음이 겹쳐 딸의 목소리는 자꾸 뚝뚝 끊어졌다. 마음이 급해지면 종종 그러듯 눈앞이 하얗게 아득해졌다. 친구들이 전화하고 있을 것이다. 딸이 전화를 끊어야 걸려오는 전화를 받을 텐데, 딸은 거센 잔소리를 멈출 생각이 없었다.

"그래, 알았어. 일찍 들어갈 거야. 조심할게. 걱정 말아라."

그는 눈을 질끈 감고 딸의 전화를 끊어버렸다. 전에는 이런 적이 없었다. 딸의 전화를 중간에 끊어버린 것은, 그의 기억에는 한번도 없었다. 딸이 마음 상하지 않고 이해해주기를 바랐다. 친구들이 도착할 시간이었다. 하나하나 무사히 모여서 택시를 타야 한다. 이전에 와본 적이 없는 낯선 곳에서 여기저기 부실한 친구들을 기다리고 있다면, 누구라도 마음이 조급해질 것이다.

구십 세가 되는 것이 어떤 기분이냐고, 구순 생일에 찾아온 조카들이 물었다. 딸이 예약해놓은 한정식집은 유명세가 있는 곳이었지만 시장바닥처럼 번잡하고 시끄러웠다. 오래 담아놓은 나물 윗부분이 말라가고 있었다. 그의 자식들은 예약했던 것과 메뉴가 다르고 방도 원하던 곳이 아니었다고 한정식집에 항의했다. 자식들의 밝지 않은 얼굴을 보다가 마음이 무거워져서, 그는 여태까지 살아도 알 수가 없는 게 인생이라고 답하고 말았다. 모두 모인 자리에서 더 화창하게 대답을 했으면 좋았을 것이다. 딸이 화를 내고 있지만 (큰소리로 "제발 자식 말 좀 들으세요!"라고 했다) 하필 모이기로 한 날의 기온이 갑자기 영하로 내려갈 줄을 미처 몰랐을 뿐이었다.

옥희는 골반이 아팠고 신성이는 방향감각이 깜빡깜빡했다. 옥희보다는 신성이가 좀 더 걱정이라서, 딸의 전화를 끊고 신성이의 전화를 받았을 때 드디어 안도했다. 신성이는 오십 대 남자의 도움을 받아 나타났고 옥희는 누구의 도움 없이 엘리베이터에서 내렸다. 옥희와 신성이는 지팡이를 짚었고 성훈은 아직 두 발로 다닐 만했다. 세 친구 모두 한 대뿐인 엘리베이터를 잘 찾아 고생 없이 나타났으니, 일단 모험의 첫 단계는 성공적으로 완수했다.

"지하철로 오니까 참 쉽다. 여기까지 지하철이 닿는구나."

요새는 그들이 생각지도 못한 곳까지 지하철이 닿았다. 지하철 4호선이 진접역까지 닿는 걸 알았을 때 그는 만세를 외치고 싶었다. 안양, 용인, 일산에 사는 구십 대의 세 친구가 누구 도움 없이 한번도 가본 적 없는 남양주 은혜와 평화 요양원에 찾아가는건 쉬운 일이 아니었다. 요양원에서 가장 가까운 역은 사릉역이었지만 친구들이 경춘선을 갈아타기는 힘들 것 같았다. 멀어도 익숙한 지하철이 좋았다. 어차피 택시를 탈 것이니, 택시비를 조금 더 내면 된다. 이만한 계획을 세우기까지, 성훈은 오래된 나무 책상에 놓인 PC 모니터 앞에 앉아서 긴 시간 지도를 연구했다.

"거, 꺼면 안경 쓰고 다니지 마라. 안 보여서 넘어지겠다."

"이게 안에서는 밝아지고, 밖에 나오면 꺼매진다고. 딸이 사다준 거여."

"그래도 밝은 걸 쓰는 게 좋아."

평생 멋쟁이였던 옥희는 모직 모자에 화려한 큰 꽃무늬가 놓인 실크 스카프를 둘렀다. 선글라스가 좀 그랬다. 옥희는 흥, 하는 얼굴이었다.

"성훈이 말 들어. 늙어서 건방지면 죽어."

넋이 있는지 없는지 눈만 껌벅이던 신성이가 처음으로 목소리를 냈다. 늙어서 건방지면 죽는다는 건, 그들 사이에서 팔십이 다가올 무렵서부터 내내 유행했던 농담이었다. 성훈이는 이름에 훈 자가 들어가서 평생 훈장질이라는, 칠십 년 묵은 농담도 한 번 더 되풀이했다. 신성이는 언젠가부터 표정이 없어졌다. 쟤가 저러다…… 내심으로 늘 걱정이었지만 신성이는 그렇게 표정이 없어지고 방향이 깜빡깜빡하는 채로 십여 년을 잘 버티고 있었다.

그는 택시 호출 앱에 은혜와 평화 요양원을 목적지로 입력했다. 잠시 후 예약된 택시가 그들 앞에서 멈추어 섰는데, 그들이 타려 하자 택시 운전사의 눈빛에 놀란 기색이 스쳤다. 예약하셨어요? 어르신, 택시 부르신 거 맞아요? 하고 기사는 여러 번 다시 확인했다. 그가 택시 예약 화면을 보여주자 신기한 일이 다 있다는 듯이 웃었다. 성훈은 젊어서부터 기계와 신문물에 밝았고 초등학교 교사로 일하는 내내 과학주임을 도맡았다. 컴퓨터니 인터넷이니 하는 것들이 정신없이 생겨나기 시작한 것은 이미 그가 은퇴를 앞둔 무렵이었지만 그는 어렵지 않게 그런 것들에 적응하고 새로운 것들을 익혔다. 은퇴한 뒤에도 여행을 떠나면 엑셀에 계획표를 정리했고, 카페에 일부러 들어가 키오스크의 화면을 용감하게 꾹꾹 눌렀다.

"여기 지하철이 열린 지 삼 년 되었습니다. 코로나 때 열었습니다."

택시 기사가 사근사근하게 말을 붙였다.

"어르신은 연세가 어떻게 되세요?"

"우리가 개띠. 34년 개띠."

기사는 자기가 그 유명한 58년 개띠인데, 부모님을 여읜 지 오래되었다고 했다. 따져보자면 그들은 기사의 부모 연배가 되었다. 두 번 돌아간 띠 동갑, 개들로 가득 찬 택시였다. 요양원에 친구를 보러 간다는 말에는, 오래된 친구들이 찾아오면 친구분이 반가워하시겠다고도 했다. 병수가 우리를 보고 반가워할지, 알아보기나 할지, 그 점을 완전히 자신할 수는 없었다. 그래도 가보는 거였다. 일단은 택시 기사가 물색없이 가장 기뻐해주었다.

"그러면 세 분은 학교 동창이세요?"

그들은 꼭 어떤 친구라고 말할 수 없는 사이였다. 용인 남쪽 끝자락에서 태어나고 자라며 초등학교와 중학교, 고등학교에서 드문드문한 인연이 생겼다. 젊어서는 대충 아는 사이로 지내다가 육십 대에 암으로 죽은 한 친구의 장례식장에서 술잔을 기울이며 부쩍 가까워졌다. 하나둘 은퇴를 맞이하던 그 무렵부터 느슨한 향우회랄까, 일년에 두세 번쯤 모이는 사이가 되었다.

모임이 가장 북적였던 칠십 대 중반 즈음엔 한번에 열 명 넘게 모이기도 했다. 서로 돈 문제로 낯을 붉히기도 하고, 배필을 잃은 후 외로운 사정을 나누다가 뒤늦게 살 닿는 사이가 되기도 했다. 그런 폭풍이 한번 지나갈 때마다 모임에 반짝 불온한 활기가 돌았다가 몇 년 후 한두 명 인원이 줄어든 채로 좀 더 아늑해졌다. 팔십 대 이후로는 별다른 격동 없이, 지속적으로 인원이 줄었다. 그들은 성실하게 장례식에 참석해 친구를 애도하고, 다시 모였다.

모임에 꾸준히 나오는 친구들끼리는 나이가 들수록 점점 더 끈끈한 결속이 생겨서 줄어드는 체력과 반대로 점점 더 자주 모였다. 일곱 명인 채로 5년쯤 시간이 흘렀고 매달 한 번씩 모였다. 그때부터 지금 모이는 종로3가 일호집이 고정적인 아지트가 되었다. 예닐곱 명이 미국산 근고기를 구워 먹고 소주 몇 잔을 나누고 만 몇천 원 회비를 냈다.

모임의 기둥과 같았던 중석이가 죽었을 때, 친구들의 가슴에 커다란 구멍이 남았다. 사업에 크게 성공해서 언제나 든든한 뒷배가 되었고, 팔십이 넘어서도 싱글을 친다고 자랑했기 때문에 그가 그렇게 덧없이 가버릴 줄 몰랐다. 시간이 중석이도 이길 줄은, 그것도 그렇게 간단히 이겨버릴 줄은, 예상하지 못했다.

남은 친구들은 중석이가 있던 날들을 종종 회상했다. 멀리 갈 때면 기사가 모는 차를 타기도 했고 중석이가 예약한 근사한 리조트에서 호사스러운 시간을 보내기도 했다. 중석이가 거둔 성공을 아주 조금은 나누어 누렸다. 잘난 체한다고, 사람 무시하지 말라고, 술잔을 기울이다 말고 서로 고함을 지르는 일도 일어났지만, 그것조차 젊고 기운이 있을 때 하던 일들이었다. 중석이가 살아 있었다면 오늘도 종로3가역에서 모여서 기사가 모는 차를 타고 은혜와 사랑 요양원에 갔을 것이다.

중석이가 떠난 뒤로 누구의 제안이랄 것도 없이 여섯 명의 친구는 매주 모이기 시작했다. 그때쯤은 누구나 별다른 일정이랄 것도 없어서 꼬박꼬박 매주 목요일 오후 한 시 종로3가 일호집이었다. 정순이와 두원이가 차례로 모임에 얼굴을 비치지 못하게 되었다. 정순이는 고관절을 다쳐 거동을 못하게 되었고 두원이는 치매로 정신을 놓쳤다. 그들은 바깥 걸음을 못 하게 된 채로 요양원에 2~3년씩 머물다가 세상을 떠났다. 코로나 기간이라서 마지막 가는 길도 함께하지 못했다. 부고 문자를 보고, 조의금을 부치고, 집에 혼자 앉아서 여러 가지를 생각했다. 그런 이별은 낯선 방식이었고, 인간이 세상을 떠나는 길이 좀 더 마구잡이가 되었다는 생각이 들었다. 어느 때부터인지 사람이 죽으면 당연하다는 듯이 화장을 치르는 것도 처음에는 거부감이 들었지만 어느덧 적응이 되었다. 코로나가 물러난 이후 일호집의 한 테이블을 넘어가지 않는 넷이 된 채로 2년 동안, 친구들은 매주 모였다.

그러다가 갑자기 두 달 전쯤부터 병수가 모임에 나타나지 않았다. 셋이 일호집에 모여앉아서, 끈기와 의지를 가지고 병수의 전화번호를 거듭 고쳐 눌렀다. 하지만 병수는 전화를 받지 않았다. 죽었다면 부고가 날아왔을 텐데, 많은 이별을 겪었고 어떤 이별도 쉬운 것은 없었지만 이렇게 갑자기 연락이 끊기는 것은 더 마음이 힘들었다. 살았는지 죽었는지만 알아도 좋을 것 같았다.

어느 날 휴대폰 화면에 병수의 이름이 뜬 것을 보고 성훈의 심장이 덜컹 내려앉았다. 병수의 자식들이 그의 부음을 알리는 전화일지도 모른다고, 짧게 마음의 준비를 했다.

"성훈아."

다행스럽게도 전화를 건 사람은 병수 본인이었다.

"병수야. 대체 어떻게 된 거야. 어떻게 지냈어. 지금 어디야."

마음이 급해서 한꺼번에 여러 질문이 쏟아졌다. 병수는 대답이 없었다. 성훈은 정신을 가다듬고 제일 중요한 질문을 추렸다.

"병수야, 지금 어디야."

"몰라."

전화기의 반대쪽 끝이 아득하게 멀어지는 기분이었다.

"그동안 전화를 왜 안 받았어."

"전화기를 보호자가 가지고 있어."

"보호자? 보호자가 누군데?"

"몰라."

다시 한번 아득했다.

"전화를 바꿔줘. 보호자한테 전화를 바꿔줘봐."

"보호자, 안 받아."

병수는 금방이라도 다시 사라질 듯 위태로웠다. 생과 사의 가름이 예 있으매, 지금 병수를 잡아야 한다. 지금 놓치면 다시 잡을 수 없는 마지막 연락인 것을, 성훈은 경험과 직관으로 깨달았다. 그런데 모른다는 대답밖에 할 수 없는 병수를 어떻게 잡아야 할지, 그걸 알 수가 없었다. 성훈은 눈앞에서 희뜩희뜩 보이다 말다 하는 얇은 실을 어떻게든 잡으려 애썼다.

"애들, 애들은 연락이 되나?"

"재승이가 주말에 와."

"아들 연락처가 어떻게 돼?"

"몰라."

병수의 휴대폰에는 아들의 전화번호가 저장되어 있겠지만, 그것을 성훈에게 보내줄 능력은 지금 병수에게 남아 있지 않았다. 볼에 닿은 휴대폰이 더 따뜻해졌다. 성훈은 애타는 심정으로 휴대폰만 더 힘주어 움켜쥐었다. 병수에게 닿기 위해 그가 짜낼 수 있는 생각들은, 이제 더 이상 남지 않았다.

"성훈아. 나 산보하고 싶다."

"그래, 병수야. 산보 시켜줄게."

"보호자가 바빠. 산보하고 싶다."

"그래, 병수야. 산보하자. 조금만 있어. 우리가 갈게."

거기까지 하고 전화는 끊어졌다. 병수가 어디 있는지 묻는 문자를 보냈지만 답이 오지 않았다. 성훈은 딸이 가져다놓은 된장죽이 식도록 멀거니 바라보며 병수가 지금 어떤 상태일지 생각했다.

노인에게 어느 날 일어나는 흔한 일일 뿐이었다. 지팡이를 짚고 비틀비틀하게라도 매주 목요일 일호집에 나타나던 병수는, 어느 날 아침 더 이상 걷기 힘들어진 상태가 되었을 것이다. 병수의 자식들은 의논한 끝에 병수를 요양원에 보내었을 것이다. 병수가 말하는 '보호자'는 아마도 간병인일 것이다. 간병인이 병수의 휴대폰을 맡아두었을 것이다. 병수에게 걸려오는 전화는 받지 않고, 가끔씩 그의 손에 휴대폰을 쥐여줄 것이다. 병수의 가물가물한 정신에 기적적으로 성훈에게 연락해야 하겠다는 생각이 스쳤을 것이다. 그렇게 닿은 병수의 전화가 우주의 숨결이거나 인생 같다는 생각이 들었다. 그것은 기적 같기도 하고 덧없기도 했다.

그다음 주 일호집에서 모인 세 친구는 병수의 소식에 고무되기도 하고 낙담하기도 했다. 성훈아, 산보하고 싶다. 옥희야, 신성아. 산보하고 싶다. 병수의 목소리가 세 친구의 귀에 똑같이 들렸다. 그들은 간병하는 시늉만 하다 마는 게으른 간병인들을 헐뜯었다. 부모를 요양원에 넣어놓고 찾지 않는 자식들을 한탄했다. 어쩌면 그들에게 당장 찾아올 가까운 미래일지 몰랐다. 병수를 휠체어에 태워서 후딱 요양원 마당 한바퀴라도 데리고 돌아줄 수 있다면. 아니, 그들의 전화를 받아주기만 한다면. 어느 요양원인지 알려주기만 해도, 찾아갈 수 있을 텐데. 그럴 수만 있으면 더 바랄 일이 없을 텐데. 병수의 전화가 마지막 인사였다고, 친구들은 믿고 싶지 않았다.

그러다가 문득, 신성이가 중얼거렸다.

"재승이. 전재승이다. 병수 아들이."

병수 큰아들이 재승이였다. 그 이름이 맞다, 전재승이다. 병수도 그렇게 말했던 것 같다.

"걔가 사시 패스했잖아. 변호사."

잊고 있던 기억의 실마리가 번쩍 떠올랐다. 병수 아들이 사시 패스했다는 자랑을 여러 번 들었는데, 어느 결에 잊고 있었다. 당일의 일들은 아무것도 생각나지 않는데 오래된 기억들은 그들을 떠나지 않고 곁에 머물렀다.

"그래 맞다. 아들이 변호사라고 했지."

"잠실. 잠실에 사무실이 있다고 한 거 같은데."

신성이는 급장을 도맡던 친구였다. 작은 몸집에 인물도 초라했지만 총명하고 우스개를 잘했다. 대기업에서 정년까지 일하고 은퇴했다. 어디라도 대학 졸업장만 있었으면 분명 임원까지 올라갔을 것이다. 성훈은 그에게 은근한 경쟁심을 가지기도 했다. 중석이는 넘보지 못할 나무라도 신성이는 요것쯤, 하는 기분이 있었다. 질병으로 표정과 말이 없어지고 걸음이 휘청거리게 되었지만, 한평생 신성이와 함께한 총기는 그를 완전히 떠나지 않았다.

"거, 검색을 해봐. 잠실에 전재승 변호사가 있을 거 아니야. 너는 폰도 잘 쓰는 애가."

그 생각을 왜 진작 못 했지. 혀를 차면서 성훈은 휴대폰으로 잠실에 전재승 변호사를 검색했다. 잠실은 아니었지만 강동구 문정동에 전재승 변호사가 검색되어 나왔다. 사진 속 변호사의 얼굴은 병수의 젊은 날과 그대로 판박이라서 더 확인할 필요도 없었다. 가뭇없이 사라지려던 우주의 숨결이 기적처럼 그들에게 다시 닿았다. 그들은 사진을 최대한 확대해 코가 닿도록 들여다보며 탄식하고, 전재승 변호사가 소속된 법무법인에 전화를 걸었다.

"전재승 변호사님과 통화할 수 있을까요."

전화를 받은 여자는 친절했지만 쉽게 전화를 바꿔주지 않고 누구냐고 거듭해 물었다. 전재승 변호사의 아버지인 전병수의 백암초등학교 동창, 오성훈이라고 또박또박 말하면서 자꾸만 떳떳찮게 주눅드는 기분이 들었다. 애비 친군데, 주눅들 것이 무엇이 있나. 하지만 늙은 것은 떳떳찮은 거였다. 서두르거나 매달리거나 화내는 기색이 없게, 위엄 있고 담담하게 말하려 애를 썼지만 결국 직원은 변호사님이 외근 중이시니 돌아오시면 메모 전달하겠다는 상투적인 대답만 남기고 통화를 마무리했다. 성훈은 통화를 마치고 마른 입에 맨 소주를 한 잔 들이켰다.

"외근이라는데, 핑계 대는 소리 같기도 하고."

"애비를 요양원에 넣어놓고 전화 받기가 싫은가 보지."

"병수가 아들들한테 섭섭잖게 해줬잖아."

"벌써 오래전에 다 정리해서 줬지. 세금 오르기 전에."

"그러길래 자식들한테 재산을 미리 다 주면 안 된다니까. 우리 말 안 듣더니."

병수는 잘 키운 아들들이 평생 자랑이었다. 변호사고 대학교수가 되었다. 그뿐이 아니었다. 병수는 부동산에 일찌감치 눈을 떠서 아들들에게 아파트 한 채씩을 해주었다. 당시엔 병수가 무리한 빚을 내가며 잠실 언저리에 연탄 보일러 때는 낡은 집들을 사는 것이 도무지 이해되지 않았으나 지나고 보니 이제는 꿈도 꿀 수 없는 큰 재산이 되었다. 친구들은 그런 병수를 부러워했다. 자식들에게 집을 한 채씩 물려줄 수 있었다면, 세상 더없이 떳떳한 인생일 것 같았다. 하지만 그런 큰 재산을 물려받아놓고서도, 결국 자식들은 아버지를 요양원에 보내고 지인들의 전화를 피하게 되었다.

그들은 그동안 많은 형제와 친구들을 앞세웠고 그때마다 비슷한 이야기들을 나누며 소줏잔을 기울였다. 친구들은 재산을 장남에게, 큰딸에게, 끝까지 그를 모시던 막내에게, 또는 법대로 골고루, 각자의 여건과 견해에서 합당하다고 여기었던 여러 가지 방법으로 물려주었다. 일찍 정리해주기도 하고 죽고 나서야 상속되기도 했다. 무엇이 정답이라고 할 수는 없었다. 한 자녀에게 몰아주면 나머지 자녀의 반발이 컸다. 골고루 물려받으면 누군가의 기여가 더 크거나 적다고 여겨서 사이가 틀어졌다. 문상객들이 보는 눈앞에서 형제와 부모에게 사나운 언사를 내뱉는 호로자식도 여럿이었다. 몇푼 모으지도 못했는데, 가려니 나눌 일이 큰일이었다. 차라리 외동이면 나았을까? 그들 세대에는 외동을 두는 것이 흔한 일이 아니었다.

아무러하든 아름답지 않은 모양새로 친구의 마지막 길을 배웅하고 나면, 그들은 주문이라도 외우듯이 중얼거렸다. 그러길래 미리 물려주면 안 된다고. 받은 놈은 고마움이 없어지고 못 받은 놈은 원한을 품게 된다. 답이 없는 일이다 보니 그런 서글픈 주문이나 외게 되었다.

"딸이 있어야 해. 병수가 딸이 없어서 말년에 이런다."

딸이 많은 옥희가 한 마디를 더 보탰다. 딸이 있었던들 저 상태의 병수를 어찌 더 보살필 수 있었을까 싶지만 어쨌든 그들은 그 소리도 주문처럼 되풀이했다. 그들이 젊을 때는 딸을 많이 낳으면 흠이 되던 시절이었는데 요즘 세상에서는 딸들의 수만큼 위세가 되었다. 옥희는 머리부터 발끝까지 딸들이 챙긴 물건들을 바르고 먹고 입으며 세상 더없이 위세가 당당했다.

딸이 있어야 한다는 소리를 들을 때마다 성훈은 눈앞이 아득해졌다. 그에게는 딸이 있었다. 병원에 동행하는 것도, 냉장고에 반찬을 채워 넣는 것도 딸이었다. 하지만 그가 살던 집은 이미 오래전에 아들 이름으로 넘겨주었다. 마지막으로 이사하면서 집을 아들 명의로 해주자고 한 것은 아내였다. 성훈은 반대했지만 나중에 일이 복잡해지지 않게 하려면 그게 최선이라고, 아들이 제 여동생을 챙겨줄 거라고, 아내는 고집을 꺾지 않았다. 아들 부부는 수시로 엘리베이터가 고장나는 낡은 아파트에 입주해 살면서 기쁜 얼굴을 하지도 않았다.

투자나 부동산을 잘 모르던 그들 부부가 오십을 넘기면서 겨우 장만한 서울 동쪽 끄트머리 헐한 아파트가 재개발 광풍을 몇 번 거치면서 깜짝 놀랄 만한 재산이 될 줄은 꿈에도 몰랐다. 그게 그렇게 되고 나니까 딸을 볼 때마다 가슴이 철렁철렁 내려앉았다. 어느새 딸도 환갑을 넘겼다. 세금을 아꼈을지 모르지만 딸에게는 평생 죄지은 기분이 되었다. 이젠 완전히 아들의 집이 되어버린 마당에 이제 와서 딸에게 뭘 챙겨줄 방법도 모호해졌다. 아내가 세상을 떠난 지 벌써 12년이 되었고, 이 어색함을 성훈 혼자만의 몫으로 남겨두고 가버린 것이 그는 못내 원망스러웠다.

늙으니 서럽다는 게 그런 거였다. 젊어서는 이런 일들이 없었으니까. 그들은 유능했고 억세었고 끈기 있게 자식들을 키웠다. 부모를 봉양하는 것이 당연히 해야 하는 인생의 복무려니 여겼다. 그런데 그들의 생애 중간에 게임의 규칙이 바뀌었다. 계약이 부당하게 중도해지되고 새로운 규약이 선포되었다. 자식들은 그들이 자녀를 키운 방식이 우악스러웠고 무엇 하나 공평하지 않았다고 비난했다. 저희들도 손자 손녀를 볼 나이에 이르도록 아직도 부모를 원망하는 게 말이 되나, 성훈은 그것이 정말이지 눈이 둥그래지도록 놀라웠다. 그들은 부모에게 받은 것이라곤 없었어도 부모를 원망하는 법은 알지도 못하고 살았던 세대였다.

"괜찮아. 아들놈이 어딨는지 알았으니까. 전화 안 받으면 찾아가면 되지."

성훈은 정말 그럴 생각이었다. 옥희와 신성이도 함께 가겠다고 했다. 세 친구가 함께 찾아가서 전재승 변호사 사무실 앞에 누워버리면 아주 장관일 것이다. 제깟 놈이 세상 더없는 외근을 나갔더라도 돌아오지 않을 재간이 없을 것이다. 친구들은 약간이나마 병수 곁에 가까워진 듯 기분이 좋아져서 헤헤거리고 불 위에서 뻣뻣해진 마지막 고기를 입에 털어 넣은 뒤 집으로 돌아왔다.

문정동에 누워버릴 결심이 무색하게, 다음 날 아침 전재승 변호사에게서 전화가 걸려 왔다.

"어르신, 어제 제가 전화를 받지 못해 죄송했습니다. 전화 주셨다고요."
"응응, 그래. 나는 오성훈이라고, 자네 부친의 초등학교 동창인데……."
예상하지 못한 공손한 목소리에 성훈은 꿀밤을 한 대 맞은 기분이 되었다. 어제 세 친구가 한껏 미워했던 변호사는 더없이 정중하게 저간의 사정을 설명했다. 아버지가 갑자기 정신이 어두워지고 거동이 불편해지셔서 급히 남양주의 한 요양원으로 모셨다. 간병인을 구했으나 한국어가 어눌해서 아버지께 걸려 오는 전화를 받지 않으려 한다. 다행히 아버지를 씻기고 돌보는 것은 아주 잘 해내고 있다. 자식들이 최대한 자주 찾아뵙고 산책이라도 시켜드리려 애쓰고 있기는 하다. 친구분들이 찾아가 보고 싶다면 얼마든지 환영이다. 가장 가까운 지하철역이라면 사릉역일 텐데, 걸어갈 만한 거리는 아니다. 요양원이 외진 숲속이라서 어르신들이 찾아오시기 힘들 터이니 날짜를 말씀해주시면 자신이 휴가를 내어 모시고 가도록 하겠다. 아버지와 동갑 친구분께서 이렇게 건강한 목소리로 전화를 주시니 불과 얼마 전까지 정정하던 아버지를 다시 뵙는 것 같아서…….

전재승 변호사는 말을 잇지 못했다. 전날 친구들과 헐뜯었던 것이 미안할 따름인 착한 아들이었다.

"자네도 바쁠 텐데 굳이 우리를 데리고 갈 필요는 없어. 우린 지하철역에서 택시를 타고 가면 되니까. 시간이 나거든 아버지를 한번 더 찾아뵙도록 하구. 전화 줘서 고마워. 자네와 통화를 하고 나니 마음이 아주 좋아졌네."

성훈은 지도를 뒤져 은혜와 평화 요양원의 위치를 확인했다. 변호사의 말처럼 경춘선 사릉역이 가장 가까웠지만 익숙한 4호선이 닿는 진접역에서 모이는 것이 낫겠다고 결정했다. 역에서 요양원까지는 택시를 타면 되니까 적당한 거리이기만 하면 큰 차이가 없었다.

달리는 택시의 창밖으로 보이는 추위가 위협적이었다. 불과 얼마 전까지 더웠는데 갑자기 영하로 떨어졌다. 이런 날 노인들은 흔히 뇌혈관이나 심장에 문제가 생기기도 한다는 이유로, 딸은 화를 냈다. 자동차 어딘가에서 외기가 새는지 무릎 근처에 꼬집는 듯한 한기가 느껴졌다. 성훈은 꾹 참았다. 곧 요양원에 도착할 것이다.

요양원은 야트막한 야산을 등지고 숲속에 아늑하게 들어앉아 있었다. 맵짠 추위에도 아직 숲에 초록이 남아 있었다. 정문 앞에서 그들을 내려주면서 기사는 다정하게 인사를 건넸다.

"추운데 건강 조심하세요, 어르신들."

"늙으면 춥고 더운 걸 몰라. 그냥 죽지."

신성이는 젊어부터 능숙하게 농을 쳤다. 이제 병들어 표정을 잃은 얼굴로도 뜻밖에 그럴 때가 있었다. 농담이나 얼굴이나 바싹 마른 나뭇가지처럼 앙상하고 건조해서 그럴듯하게 잘 어울리기도 했다. 죽음은 그들 곁에 아주 바짝 붙어 서기도 했지만 가끔은 웃으며 바라볼 만큼 조금 떨어져 있기도 했다. 병수에게 가는 이 순간은 이상하게 그것이 병수의 안부를 물으러 함께 온 오래된 친구 같았다. 그들은 마음으로만 웃으면서 차에서 내렸다. 차에서 내려 두 다리를 펴고 중심을 잡느라 애를 쓰기 분주해서 몸까지 웃을 겨를이 없었다.

"죽는 건 나쁘지가 않아. 다른 게 고약하지."

"다 고약해. 다 고약해."

성훈은 고개를 내저으며 한숨을 내쉬었다. 또래 중에서 드물게 혼자 지팡이를 짚지 않는 것이 자랑이었지만, 그렇다고 움직이기 늘 쉬운 것은 아니었다. 그들은 따뜻한 1층 로비 접견실에 놓인 둥근 소파에 앉아 병수가 내려오기를 기다렸다. 병수를 만나 얼마나 고약한 모습을 보게 될지 가늠되지 않아서 그들은 갑자기 비관주의자들이 되었다.

'보호자'는 뜻밖에 덩치가 우람한 남자였다. 동남아 쪽으로 보이는 가무잡잡한 피부에, 하얀 앞니에서 광채를 발하며 나타났다. 갑자기 쌀쌀해진 날씨에 실내라도 서늘했는데 헐렁한 홑겹 반팔 티셔츠를 입고 있었다. 그들과 병수를 번갈아 손짓하며 프렌, 프렌이라고 외치고 병수가 탄 휠체어를 면회실의 테이블 앞에 고정시켰다. 보호자는 친구들에게 병수를 맡기고 더없이 즐거운 표정으로 두어 칸 떨어진 소파에 자리를 잡았다. 엉덩이가 소파에 닿기도 전에 이미 눈은 휴대폰을 향하고 있었다. 그의 덩치와 활기에 친구들은 사뭇 놀랐다.

병수의 짧은 머리칼에서 신선한 향기가 풍겼다. 명랑한 보호자가 굵은 팔뚝으로 힘들지 않게 병수를 씻기고 옷을 갈아입혔을 것이다. 누군가 의지를 가지고 섬세하게 근육과 지방을 발라낸 것처럼, 사람이 아니라 볏짚으로 엮은 허수아비처럼 야윈 모습은 아무래도 마음이 아팠다. 친구들과 눈을 맞추지도 않고 시선이 두서없이 여러 곳을 향했다. 병수와 마지막으로 통화한 지도 열흘이 넘었다. 그사이 상태가 더 나빠졌을지도 모른다.

성훈은 병수에게 말을 걸기가 두려웠다. 하지만 우리가 누군지 기억나냐고 묻자 병수는 희미한 미소와 함께 성훈이, 라고 대답했다.

"내가 전화했잖아. 한번 오라고."

긴장했던 친구들에게 모두 숨이 돌아왔다. 그들은 병수의 큰아들 전재승 변호사를 생각해내고 그에게 연락이 닿아 요양원까지 오게 된 기적 같은 과정들을 기쁘게 반추했다. 병수가 성훈에게 전화를 걸지 않았으면, 신성이가 재승이를 생각해내지 않았으면, 아흔이 넘어서도 친구들이 정신이 맑고 누구의 도움 없이 혼자 다닐 수 있을 만큼 건강을 지키지 않았으면 이렇게 만날 수 없었을 것이다. 하나하나 장하고 기특하기가 이를 데 없었다. 병수가 부드러운 눈으로 성훈을 보면서 성훈이잖아, 라고 다시 한번 말했다.

"신성이는, 신성이 알아보겠어?"

병수는 다시 고개를 끄덕였다. 신성이, 알지. 라고도 했다.

"옥희는?"

병수의 시선이 애매한 지점에 머물렀다.

"옥희? 걔는 연락이 없어."

옥희의 입술이 떨렸다.

"거, 꺼먼 안경 때문에 그런다. 그거 좀 벗어봐라."

신성이 말에 옥희가 선글라스를 벗어 테이블에 내려놓았다. 병수가 고개를 끄덕였다.

"옥희는 연락이 없어. 아주 끊어져버렸어."

옥희도 알겠다는 듯이 고개를 끄덕였다. 그런데 뜻밖에, 병수는 중석이를 기억해냈다.

"중석이가 얼마 전에 왔다 갔지."

"중석이를 보았어?"

"부산에서. 다녀 갔지."

중석이가 죽은 지 10년이었다. 그가 부산에서 살았던 적도 없었다. 병수의 혼란한 기억 속에서 무엇이 어떻게 잘못 엉키었는지 모른다.

"망할놈. 중석이는 왔다 갔고 옥희는 연락이 끊어졌구나."

옥희가 한탄했다. 속상했지만 맥락이 이어졌다가 끊어졌다가 하는 채로라도 그럭저럭 이야기를 나눌 만했다. 병수는 신성이와 옥희 뒤편에 서 있는 종려나무 화분에 주로 시선을 두고 있다가 이야기를 알아듣겠다 싶으면 드문드문 말을 보냈다. 마치 종려나무와 대화하는 것 같았다. 어쩌면 보이지 않는 중석이가 종려나무 곁에 서 있는 것일지도 모른다. 이제는 죽어서 떠난 가족들, 요양원에서 말을 잃은 친구들, 그들은 느릿느릿 생각이 떠오르는 대로 이름을 불러보았다. 그러면 넷 중에 누군가 각주처럼 소식을 붙였다.

종진이. 딸이 지금도 하지, 그 보리밥집을.

대규. 술이 과했지. 더 살았을 텐데.

영동이. 사변에 갔지. 덩치가 커서.

사변이 났을 때 그들은 열일곱 살이었고 소년과 청년의 중간쯤에 서 있었다. 징집의 기로이기도 했다. 가난했고 못 먹던 시절이라 그들은 대체로 올망졸망했으므로 전쟁을 피했다. 영동이나 몇몇 친구들이 전쟁 막바지에 전선에 나갔고 그중 몇몇은 돌아오지 못했다. 돌아온 친구들은 평생 훈장처럼 6.25 참전용사증을 품에 넣고 다녔지만 그걸 부럽게 생각한 적은 한번도 없었다.

순철이. 눈이 안 보여서 고생했지. 마지막에.

대원이. 한 이십 년 앓았지, 그 마누라가.

기덕이. 기덕이처럼 놀던 애가 없었지. 암 없었지.

기덕이 이야기가 나오자 친구들의 얼굴에 미소가 번졌다. 기덕이는 날래고 재주가 많았지만 그중에서도 윷놀이에 따를 자가 없었다. 그들은 윷을 놀 때 말판을 쓰지 않았다. 세 동 업은 대원이 말이 뒷모개에 있어서 원방을 뜬 기덕이한테 개낀이라는 식으로, 말판 위에 모든 말의 위치가 모두의 머릿속에 있었고 정연하게 움직였다. 그리고 기덕이에게 걸렸다 하면, 볼 것도 없었다. 그들이 젊어 놀던 시절에는 아무도 말판을 쓰지 않았으므로, 훗날 명절에 모인 자손들이 달력 뒷면에 말판을 그리고 동전으로 말을 놓을 때면 언제나 속으로 가볍게 비웃곤 했다. 윷을 놀 때면 언제나 옛 친구들이, 이른 봄 추위 속에서 하늘로 올리던 윷가락이 생각났다. 기덕이만큼은 아니었지만, 그들은 윷판에서 누구보다도 멋스럽게 윷을 던졌고 능숙하게 수를 읽었다.

고은이. 서산 어디로 시집갔다고 했지.

정순이. 그 서방이 참 속을 썩였지. 그래도 애들이 잘 컸지.

옥희. 옥희는.

친구들은 말을 멈추고 병수를 보았다. 병수가 말했다.

"인물이 좋았지."

"옥희가 인물이 좋았어?"

"그럼. 옥희가 제일 훤했지."

옥희는 테이블에 놓아두었던 안경을 다시 썼다. 실내에서 빛이 연해진 렌즈 너머로 껌벅이는 우묵한 눈이 보였다. 몇 년 전에 문신한 눈썹이 희미해져가고 있었다. 옥희는 총각, 이리 와봐, 하고 보호자를 불렀다. 휴대폰을 내밀고 검지손가락으로 콕콕 찍어 보이는 행동만으로도 보호자는 재빠르게 말귀를 알아들었다. 그들은 병수와 함께 사진을 찍었다. 보호자는 화면의 각도를 이리저리 바꾸면서 뷰티풀, 뷰티풀, 그렇게 말했다. 다 늙어 쭈그러졌는데 뭘. 말은 그렇게 해도 듣기 싫지 않았다.

그들은 요양원에 찾아온 목적을 상기했다. 병수는 산보를 하고 싶다고 했다. 휠체어를 밀고 밖에 나가볼까 몇 마디 나눠보다가 얼른 포기했다. 찬바람이 맹렬해서 밖에 나갔다가는 진짜로 죽는 줄도 모르게 죽을 것 같았다. 병수는 산보하고 싶다던 생각을 잊은 듯해서 다행이었다. 보호자는 싱글거리며 병수의 휠체어를 넘겨받았다.

"겨울 지나고 또 올게."

병수는 여전히 아물아물한 눈으로 종려나무만 바라보고 있었다. 휠체어 손잡이에 얹힌 나뭇가지처럼 꺼칠한 손을 두드리자 알아들었는지 아닌지 알 수가 없는 채로라도 성훈과 잠시 눈을 맞추고 성훈아, 또 와, 또 와, 라고 했다. 친구들은 멀어지는 뒷모습을 보았다. 보호자의 큰 몸집에 가려 휠체어와 병수는 보이지 않았다. 마음이 앙상해지지 않으려고 애썼다.

그들은 로비 벤치에 앉아서 다시 택시를 호출하고 기다렸다.

"병수가 성훈이 너만 제대로 기억하는 것 같더라."

"느이 연애하냐. 너만 간절하게 보더구나."

신성이와 옥희가 비웃었다. 헛웃음이 났으나 그가 생각하기에도 틀린 말은 아니었다. 무엇이 그를 병수의 기억 속에 마지막까지 남게 했을까. 고백하건대 젊어 한때 병수에게 심술을 부린 적이 있었다. 한때라고 하기에는 좀 긴 시간이었을지도 모른다. 병수는 시내에서 의류점, 메이커 운동화 판매점, 노래방을 하면서 호경기에 요령 있게 올라탔다. 친구들이 노래방에 몰려가면 병수는 비용을 알뜰하게 챙겨 받으며 사이다 몇 병을 서비스하는 것으로 생색을 냈다. 친구들 사이에서 '카수'라고 불렸던 성훈은 우렁찬 성량으로 송창식의 〈우리는〉을 부르면서도 마음 한구석으로 병수에게 꽁한 생각들을 곱씹었다. 그런 옹졸한 것들도, 누군가의 기억에 마지막까지 남게 하는 무언가가 될 수 있었을까?

"병수가 젊어서부터 인물을 밝히더니, 늙어서도 그런다. 성훈이랑 옥희. 둘이 얼마나 훤해."

성훈과 옥희는 서로를 보았다. 시야에 훤한 것은 아무것도 없었다. 하지만 기억 속에는 그런 것들이 있었다. 옥희는 카톡방에 병수와 함께 찍은 사진을 올렸다. 무심결에 사진을 눌러보고 자신도 모르게 눈쌀을 찌푸렸다. 늙어도 참 대단하게도 늙었다. 그래도 구십 대인 걸로는, 훤하다고 할 수 있을지도 모른다.

"이거 봐라. 나는 이걸 프로필 사진으로 했다."

옥희가 자랑했다. 옥희의 얼굴은 어느새 병수와 넷이 함께 찍은 사진으로 바뀌어 있었다. 옥희는 성훈과 신성의 프로필도 그 사진으로 바꾸어주겠다고 의욕을 보이다가, 휴대폰 기종이 달라서 도통 모르겠다고 포기했다. 옥희의 딸들이 쪼르르 전화해서 어머니 사진을 바꾸셨네, 좋은 데 가셨네, 우리 어머니 똑똑하신 거 봐라 하고 칭찬을 했다.

"이것들이 아주 대놓고 애 취급을 해."

그래도 옥희는 아주 흐뭇한 얼굴이었다. 프로필 사진을 바꾸는 것이 아주 중요한 문제인 것처럼 안경을 벗었다 썼다 열을 올리더니 지나가던 직원에게 손짓해서 대뜸 신성이 휴대폰을 내밀었다. 이걸 이걸루 나처럼 이렇게 해줘요 총각. 그런 정도의 말로도 젊은 직원은 무슨 소리인지 잘 알아듣고 옥희가 원하는 대로 해주었다.

"이거 봐라. 신성이도 바꿨다."

옥희가 신성이의 프로필 사진도 바꾸어놓고 만족스러워했다. 아, 다 늙은 걸 무슨 자랑을 해. 핀잔을 주었지만 옥희는 성훈의 휴대폰도 빼앗아서 기어이 사진을 바꾸어놓았다.

"이거 봐라. 이제 우리 셋이 다 똑같아졌다. 어떠냐."

"그래, 참 좋구나. 옥희 인물이 훤하구."

택시가 도착했다. 아까 그들을 태워주었던 그 기사였다. 기사는 일부러 신경을 써서 그들의 콜을 챙겼다고 했다.

"친구분은 만나셨어요? 잘 계시던가요?"

"응. 신수가 훤하게 잘 있더구먼."

카톡방에는 다섯 명의 구성원이 있었다. 2년 전 죽은 두원이가 유령이 된 채 여전히 남아 있었다. 휠체어에 앉은 두원이가 꽃다발을 들고 자손들과 함께 웃고 있는 프로필 사진을 보면서 종종 안부를 삼았었는데, 어느 사이엔가 빈칸이 되었다.

옥희는 전재승 변호사에게 함께 찍은 사진을 전송하라고 했다. 그걸로 아버지의 프로필 사진을 바꾸게 하라고, 전장의 장수처럼 명령을 했다.

"즈이 식구들이랑 찍은 사진들이 있는데 뭘 바꾸라고 해."

"아흔둘에 친구 찾아오는 사람이 어디 흔한 줄 아니? 우리가 기네스북이다. 우리 다 맞췄으니까, 병수도 꼭 맞추라고 해."

옥희는 참 극성이지, 어린애들이나 하는 짓을. 하지만 옥희 말이 맞았다. 네 친구가 함께한 사진으로 프로필 사진이 똑같아진 모습을 생각하니 어린애처럼 우쭐하기도 했다.

택시는 진접역을 향해 달렸다. 새어들어오는 바람이 닿은 무릎이 다시 시렸다. 택시 안에서 성훈은 다시 딸에게 전화를 받았다. 아직도 집에 안 들어가고 밖에 다니는 거냐고, 제발 자식이 하는 말 좀 들으라고 고함을 지르다시피 했다. 그래, 들어가는 중이다, 미안해, 미안해, 라고 하고 얼른 끊었다. 듣기 싫었다.

"부모랑 자식이 바뀌어서. 서슬이 퍼래가지구."

딸이 성화하는 소리가 남들의 귀에도 다 들렸을 것 같아 성훈은 중얼중얼 변명을 했다. 친구들이야 귀가 어둡다지만 58년 개띠라는 택시 기사는 민망했을 것이다. 딸이 어릴 때, 그렇게 밖에 다니는 걸로 성화를 부렸던 갚음을 당하는 중이다. 지금 생각하면 너그러울 걸 그랬다. 딸을 좀 더 챙겨주었으면 좋았을 것이다. 하지만 이제는 그냥, 이대로인 수밖에 없었다.

뒷자리에서 신성이가 뭐라고 중얼거렸다. 뭐라고? 하자 창밖을 손가락질하며 목청을 좀 더 높였다.

"뷰티풀, 뷰티풀."

창밖에는 예쁜 풍경이라 할 만한 것이 보이지 않았다. 먼 불암산에 단풍도 옳게 들지 않았다. 오히려 때아니게 푸른 잎이 많이 남아 계절과 날씨를 비웃었다. 거리에는 걷는 사람이 없었다. 초겨울임을 주장하는 찬바람만이 사람 없는 창밖으로 몰려갔다. 하지만 신성이 말이 옳았다. 아름다운 세상이었다. 내년 봄 날씨가 풀리면 세 친구가 병수를 다시 찾아오면 좋겠다고 생각했다.

우리의 취약함을 예찬하라
— 보편적 돌봄 사회를 향한 상상의 밑그림

김은하 경희대학교 후마니타스칼리지 교수, 문학평론가

심윤경의「우리는」은 92세의 동창생들이 치매 증세를 보이다가 소식이 끊긴 친구의 전화를 받고 그를 찾아 나선 이야기다. 각각 안양, 용인, 일산에 거주하는 세 친구가 남양주에 위치한 '은혜와 평화 요양원'을 찾아가는 일은 '모험'에 가깝다. 갑작스럽게 기온이 영하로 떨어진 날씨는 딸이 어서 집으로 돌아가라고 야단할 만큼 노인들에게서 흔히 발생하는 뇌혈관이나 심장마비의 위험을 배가시킨다. 또한 자본의 효율성을 극대화하기 위해 음식 주문조차 키오스크로 이루어지는 디지털 세상에서 스마트폰을 이용한 택시 호출 서비스 애플리케이션을 사용하지 못하면 도시 외곽에 깊숙이 박힌 요양원을 찾아가기는 쉽지 않다. 그럼에도 불구하고 이들은 "(친구가—필자) 금방이라도 다시 사라질 듯 위태로웠다"는 서술이 암시하듯이 어쩌면 이미 사신에게 끌려가고 있는 중일지도 모를 친구를 구하기 위해 길을 나선 것이다.

고령사회화의 한 장면을 보여주듯이 이들을 태운 택시 기사는 58년 개띠로 노년층에 속하지만 자신을 호출한 이가 92세의 노인이라는 데 놀란다. 택시 기사의 놀람은 독자의 것이기도 하다. 돌이켜보면 한국 근대문학의 주인공들은 대다수가 홍안의 청년이나 아직은 신체적으로 정신적으로 건재한 중장년층이었다. 말년의 박완서가 노인을 주인공으로 한 일련의 작품을 창작하기 전까지 노인은 풍경보다 더 나을 것도 없는 조연의 위치에 머물렀다.

주인공이나 초점화자로 등장한다고 해도 '비장애주의(ableism)' 사회에서 자립적이고 건강한 면역 주체가 되지 못하는 노인이 강요된 낙오나 실격에 대해 직간접적으로 목소리를 내는 경우는 거의 없었다. 노인의 비가시화 혹은 목소리의 부재는 한국문학이 인간이 무력하고 의존적인 존재로 태어났다가 다시금 무력하고 의존적인 존재가 되어 죽어간다는 것, 즉 인간의 본질적인 취약성에 무관심한 채 은연중 인간의 자율성을 신화화했다는 것을 암시한다. 의존이 불필요한 자율적 인간 주체는 사실상 건강한 비장애 능력 있는 남성 이성애자에게만 허락된 삶이라는 점에서 근대문학은 이러한 범주에 들지 못하는 여성, 아이들, 이주민들, 장애인 등 취약한 자들의 삶에 무관심했다.

도시의 거리에 마치 좀비처럼 검버섯이 핀 얼굴로 지팡이를 짚은 채 돌연히 나타난 92세의 세 친구는 민주화와 페미니즘 리부트를 경유하며 출현해 한국문학을 새롭게 만들어갈 새로운 주인공들이다. 임옥희에 의하면 오늘날 우리는 인간의 완전성, 불멸성, 자율성에 바탕한 오만한 나르시시즘이 아니라 취약성, 상실, 필멸성, 불완전성을 기본가로 하는 '다른' 상상력을 필요로 한다. 인간의 기본값을 합리성, 정상성, 생산성, 면역성에 토대한 근대적 프레임에 기초해 설계한 세상에서 인간은 자립 가능한 존재로 상상되며, 신자유주의는 어떤 장애물도 없다면서 성과와 성취를 위해 자발적으로 자기 착취를 해서라도 살아남으라고 부추긴다. '행복하라'가 정언명령이 된 사회에서는 조울증, 우울감, 만성피로, 탈진, 불안과 초조로 인해 오히려 질병이 유발되지만, 속도전에서 탈락하고 낙오될지 모른다는 공포에 사로잡혀 무한히 자기를 착취할 수밖에 없다. 이런 세상을 살리는 것은 규제와 장벽은 없으니 마음껏 성취하라는 격려성 압박이 아니라 속도에 뒤처진 자들과 함께 살아가는 연대와 돌봄의 상상력이다.*

노인들의 이야기는 근대가 생애 전반을 규율해 '정상적 삶'으로의 적응을 압박하는 규범적 시간성을 내세워 속도전에 뒤처진 자들의 삶을 낙오나 실

 * 임옥희 · 김미연 · 김은하, 『실격의 페다고지』, 여이연, 2022, 12쪽.

패로 규정하고 이들에게 게으름과 미성숙의 죄를 뒤집어씌워 인간의 본질적 취약성을 부정해왔음을 폭로한다. 소설 속 노인들은 비장애의 몸으로 태어나 건강, 가족, 집, 재산, 시민권을 누리며 보통 이상의 삶을 살아왔다. 한국전쟁에서 살아남았고 '박정희 모더니즘'하에서 근면성실하게 노동해 가족을 꾸렸고 더러는 부동산 투기로 상당한 재산을 축적해 자녀들에게 적지 않은 유산을 물려주었다. 그러나 고령화는 누구나 후천적 장애인이 되는 것과 비슷하다. 나이가 들면 몸만이 아니라 머리도 마음대로 움직이지 않는데 이런 후천적 장애가 일부 또는 전부 조합되어 나타나는 현상이 노화다. 주인공격인 성훈은 여전히 두 발 보행을 하고 인터넷으로 길찾기를 할 만큼 신체와 정신이 건강하지만, 신성은 뇌의 둔화인 양 방향 감각을 잃기 일쑤고, 옥희는 골반이 아프다. 친구 여럿이 세상을 떠난 후에 이들은 매달 한 번씩 모여 미국산 근고기에 소주를 마시지만, 사실상 초고령 노인이라는 장애와 비장애 사이의 시간을 살아가고 있는 것이다.

식이요업, 근력운동, 걷기 등 '자아의 테크놀로지'를 통해 노화를 지연시키거나, 트랜스휴먼 기술을 발달시켜 인간의 신체적 정신적 능력을 향상시킬 수는 있지만 노화와 죽음을 막는 것은 근본적으로 불가능하다. 노인의 시간성이 불행하다면 그 원인은 퇴화된 몸과 마음 때문이 아니라 사회가 생산, 건강, 젊음에 대한 강박되어 어떤 사람이든 다른 '속도'로 살고 있음을 망각하고 있기 때문이다. 의존을 허락하고 돌봄을 제공해줄 타인이나 사회를 필요로 하지 않는 자립 가능한 인간이 아니라 인간의 취약성을 기본값으로 한 보편적 돌봄 사회가 인간에게 절실히 필요하다는 사실이 외면되고 있기 때문이다. 이렇듯 인간의 근원적 약자성이 존중받지 못할 때 노인은 중증 장애인과 마찬가지로 그가 어쩌면 한 번도 의심한 적이 없었던 시민적 권리를 박탈당하게 된다. 요양원에 입소한 병수는 잠시 정신이 돌아온 틈을 놓치지 않고 성훈에게 전화를 걸어 "나 산보하고 싶다"고 말한다. "산보하고 싶다"는 말은 결코 타자에게 양도할 수 없는 자신의 자유, 즉 권리를 빼앗긴 데 대한 절규다. 치매 증상을 겪는 그는 성년 후견인인 아들의 결정으로 요양원에 입소했고, 모든 감금된 자들이 그러하듯이 산보조차 자신의 결정대로 할 수 없다. 그는 건강이 회복되는 기적이 발생하지 않는 한 다시는 자신의 집으로 돌아가지 못하고, 죽음을 통해서만 요양원을 벗어날 수 있으리라는 점도 감지했을 것이다.

병수의 현재와 미래는 세 친구를 비롯해 초고령 노인 대다수의 것일 가능성이 높다. 돌봄은 여전히 가족에 의해 수행되고 있기도 하지만 오늘날 탈근대사회에서 다수의 노인들은 더 이상 집이 아니라 병원이나 요양원에서 죽음을 맞이한다. 근대 사회에서 노인 돌봄이라는 재생산노동은 가족이라는 민간 혹은 사적 영역에 맡겨졌었다. 엄밀히 말하자면 남자가 생산노동을 하고 여자가 재생산노동을 담당하는 근대의 성별 분업 속에서 노인이나 병자에 관한 돌봄은 여성, 즉 주부이거나 딸이거나 며느리에게 강제적으로 할당되었다. 그런데 한편으로는 '제2의 물결' 페미니즘 이후 거실 속 미친 여자로 늙어가지 않고 자립하고자 하는 여성들이 늘고, 다른 한편으로는 중공업 시대가 저물어 과거처럼 남성 가장이 막대한 임금을 벌어 가족이 계급을 유지할 수 없게 되자 여성들이 생산노동에 투입되기 시작했다. 언뜻 결과적으로 성평등을 성취한 가족이 등장한 것 같지만 낸시 프레이저가 말하듯이 신자유주의는 자기 자신조차 돌볼 겨를이 없이 성과가 강요되는 '도둑맞은 돌봄'의 사회로 돌봄의 가족화라는 근대의 모델은 사실상 유지되기 어렵게 되었다. 세 친구는 비록 잠시 동안이지만 병수가 자식들에게 버려졌다고 분개하는데, 개업 변호사로 동종업계 종사자들과 서바이벌을 해야 하는 병수의 아들은 정신이 어두워진 아버지를 돌볼 겨를이 없어 요양원에 입소시키고 주말마다 면회를 가는 것으로 가족 돌봄 방식을 변경하게 되었다고 추측할 수 있다.

이렇듯 더 이상 가족으로부터 돌봄을 받지 못하게 되었다고 과거를 그리워하거나 애도할 필요는 없다. 비록 신자유주의가 생존경쟁에 자기를 갈아 넣는 성과사회화를 형성시킴으로써 여성이 돌봄노동의 구속으로부터 어느 정도 풀렸다는 사실이 찜찜하게 다가오지만, 남녀에 따라 돌봄노동이 균등하게 배분되지 않는 돌봄 불평등의 과거는 아름답지도 정의롭지도 않기 때문이다. 심윤경 역시 돌봄이 사적 가부장제에 배당되었던 시절에 결코 애착하지 않는다. 마치 '노인 돌봄-여성의 의무'라는 우리 기억 속의 근대적 돌봄 각본이 망령처럼 되살아날 것을 우려하듯이 작가는 병수의 아들들이 기혼자인지, 결혼을 했다면 며느리는 무엇을 하는 사람인지에 관한 정보조차 들려주지 않는다. 가족 돌봄의 시대가 사실상 저물었다는 것은 누구나 혼자인 삶이 자연스럽게 받아들여진다는 데서도 드러난다. 성훈은 자녀들이 있고, 아들에게는 제법 큰 유산을 남겨주었지만 상처 후 혼자서 살아가는 자신의 현재에 불만을 제기하지 않는다.

이렇듯 돌봄의 가족화가 종언을 고하게 되자 돌봄의 상품가치가 새롭게 주목되며 돌봄의 아웃소싱화가 이루어지고 있는 것은 새로운 시대의 풍경이다. 앞서 말한 바처럼 요양원은 병수의 마지막 거처가 될 것이고, 삼총사들 역시 병원이나 요양원에서 생을 마감할 가능성이 높다. 비용만 지불하면 돌봄을 24시간 제공하는 요양원은 돌봄 전문가가 상주함으로써 돌봄 당사자나 보호자에게 안도감을 선사하기도 한다. 누군가에게는 집보다 요양원이 더 나은 돌봄 서비스를 받을 수 있는 공간이기도 하다. 그러나 돌봄을 받는 당사자의 입장에서 돌봄의 시설화가 돌봄의 가장 이상적인 형태인지 의문이다. 앞서 보았지만 병수는 보호의 대가로 원하는 시간에 마음대로 산책할 수 있는 권리를 박탈당했을 뿐 아니라 그의 '보호자'인 외국인 요양사와 대화가 원활하지 않다. 돌봄노동은 보상이 낮아 자국인들에게 기피되고 제3세계에서 온 외국인 노동자에게 돌봄이 맡겨지는 '글로벌 돌봄 사슬'이 발생하고 있다. 외국인 노동자의 돌봄의 질이 낮다고 할 수는 없지만, 언어의 장벽은 돌봄 당사자와 보호자의 소통을 어렵게 하는 것도 사실이다. 더욱이 돌봄의 시장화는 계급 간 돌봄 불평을 심화시킬 수 있어 돌봄 문제의 완전한 해결책이 될 수 없는 것이다. 병수는 부동산으로 상당한 부를 축적한 재력가이고 돌봄 비용을 지불할 아들도 있지만, 가난한 사람들에게 요양원은 국가 보조를 받는다고 해도 여전히 문턱이 높다.

돌봄 문제 해결은 노화와 장애를 타자화하는 시선을 바꾸지 않는다면 해결되기 어렵다. 이 소설이 문제적인 것은 늙어 중도 장애인이 되고 죽음을 앞두고 있지만, 노인의 삶이 보통 사람의 생각처럼 결코 슬프거나 우울하지만은 않은 하나의 삶으로 그려지고 있어서다. 이들은 마치 검은 콜타르처럼 덩어리진 우울 집합체가 아니라 저마다 개성을 가지고 있으며 재기발랄하기조차 한 살아 있는 인간이다. 성훈은 젊어서부터 신문물에 밝았고 초등학교 교사 시절에 과학주임을 도맡았던 만큼 디지털 사회의 속도를 뒤처지지 않고 따라가며, 신성은 표정이 없어지고 십 년째 깜빡깜빡 중이지만 여전히 농담으로 모임에 활기를 불어넣으며, 옥희는 화사한 옷차림으로 자기를 꾸미고 결점은 선글라스로 감출 만큼 미적 감각이 뛰어난 멋쟁이다. 노년은 여전히 변화하고 성장 중인 인간의 시간이기도 하다. 성훈은 자신이 오래전부터 이재에 밝은 병수에게 옹졸한 마음을 품고 있었음을 자각하고 속죄의 마음인 양 그를 연민한다. 비록 신체와 정신이 자신의 마음대로 되지 않지만, 결코 이들을 비참하고 불쌍하다고 타자화할 수 없는 것이다.

마치 비장애인들이 장애인을 혐오하며 사회로부터 격리시키듯이 세상이 노년을 불행한 시간으로 보기 때문에 노인들은 전철이나 버스도 잘 닿지 않는 도시 외곽으로 유배 보내져 종말을 맞이하게 되는 것인지도 모른다. 집 바깥의 낯선 공간이 노인들의 마지막 거주지가 되는 것은 요양원이 24시간 케어를 제공하기도 하지만 '고독사'라는 부정적인 어감이 담긴 말처럼 혼자서 맞는 죽음은 당사자에게는 수치와 두려움으로, 가족들에게는 죄책감으로 다가오기 때문이다. 그러나 드라마의 한 장면처럼 사랑하는 이들에게 둘러싸여 이별의 말을 나누고 떠나는 것이 아니라면, 입회인의 존재 유무가 죽음의 고통을 크게 덜어줄 수는 없다. 곁에 누가 있거나 없거나 간에 죽음은 혼자서 겪을 수밖에 없는 고독하지만 인생의 과업이기 때문이다. 초고령 노인들에게 정작 두려운 것은 아무도 곁에 없이 혼자 죽는 게 아니라, 자신에게 친숙했던 공간에서 추방당하고, 사랑하는 사람들과 더 이상 만날 수도 소통할 수도 없는 세계로 유배되어 보내지는 것이 아닐까.

이 소설은 죽음을 앞둔 불행한 늙은이들이 아니라 미구에 닥쳐올 죽음을 예측하며 서로를 위로하고 떠난 친구들을 기억하는 애도 공동체로서의 친구들 네크워크를 보여줌으로써 불행하고 비참한 노인이라는 상투적 상상력을 비튼다. 경기도 용인에서 태어나 초등학교, 중학교, 고등학교에서 드문드문 인연을 맺어 오늘에 이른 삼총사는 육십 대에 암으로 죽은 한 친구의 장례식장에서 만나면서 가까운 사이가 되었다. "그들은 성실하게 장례식에 참석해 친구를 애도하고, 다시 모였다"는 서술이 암시하듯이 정기적인 모임으로 서로의 안부를 챙기고 일찍 떠난 친구들을 애도해온 것이다. 그렇게 칠십 대 중반부터 열 명 넘게 모이기 시작해 팔십 대 이후 하나둘씩 떠나 여섯이 남았다가, 정순이와 두원이가 각각 고관절을 다치고 치매로 정신을 놓치면서 요양원에서 2~3년씩 머물다가 세상을 떠나며 넷이 된 것이다. 이 소설은 세 친구가 병수와 함께 사진을 찍고, 그 사진을 각자의 카톡 프로필 사진으로 올려 서로를 응원하는 것으로 끝난다. 육체적으로 크게 의지가 되지는 않지만 함께 나눌 기억이 있고, 서로를 위로하는 친구야말로 초고령 노인에게 긴요한 돌봄 공동체인 것이다.

출산보다 죽음이 더 흔하게 발생하는 고령화 사회를 맞이하여, 인간은 누구나 무력하고 의존적인 존재로 태어나 다시 무력하고 의존적인 존재가 되어 죽는다는 사실은 민주화 이후의 사상이 되어야 한다. 루소는 『에밀』에서 "나약함 자체가 우리의 덧없는 행복을 낳는다"는 말로 귀족이든 민중이든 인간이라면 누구나 살아서 고통을 피할 수 없다고 할 만큼 취약성은 인간의 본질이기에 나약함을 수치나 혐오가 아니라 연대와 상호 돌봄에 기반한 사회를 만드는 상상력의 토대로 삼아야 한다고 강조했다. 최근 들어 여성문학에서 돌봄을 주제로 한 이야기들이 늘어난 것은 "약자가 약자인 채로 존중받는 사회를 만들려고 하는 사상이 페미니즘입니다."*라는 우에노 지즈코의 말처럼 여성을 존중하는 사회는 몸의 타자성을 환대하고, 정상성 치매가 생겨도 안심할 수 있는 사회, 장애인이 되어도 살해당하지 않는 사회일 것이기 때문이다. 뇌졸중과 심장마비의 위험을 무릅쓰고 한파에 길을 나선 세 친구가 한국문학의 새로운 주인공인 것은, 강한 척하지 않고 자신의 약점을 숨기지 않고도 서로를 의지하며 살아가는 그런 사회가 필요함을 일깨우고 있기 때문이다.

---

* 우에노 지즈코, 『모두가 존중받는 사회를 위하여』, 노경아 역, 느린서재, 2025, 103쪽.

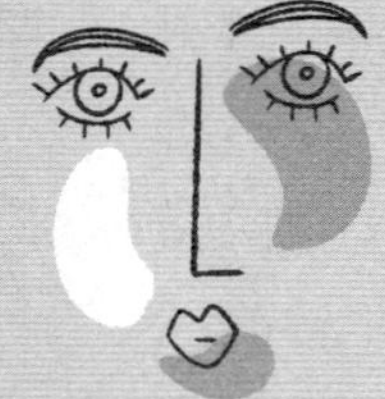

일일야성 一日野性

이미상

2018년 웹진 『비유』를 통해 작품 활동 시작. 소설집 『이중 작가 초롱』 『잠보의 사랑』 『셀 붕이의 도』가 있음. 젊은작가상, 문지문학상, 이효석문학상 우수상 수상.

일일야성(一日野性)

　남편이 마음을 먹기 전까지는 희망이 있었다. 문제의 다짐은 이른바 남성성 상실과 관련된 것이었다. 엄밀히 말하면 남편의 자발적인 존재 축소가 아내에게 미치는 영향에 관한 건(件).

　부부 사이인 운주와 경수는 마흔세 살이었고 그 나이는 이십칠 세가 그러하듯 의미심장했다. 늙음을 일찍 뒤집어쓰고 싶어지는 나이. 스물일곱 살 때 운주는 서른 살이라고 하고 다녔고, 오늘날 경수는 병원에서 전립선 질환을 앓는 오륙십 대들 사이에 끼어 자신도 '내일모레면 오십'이라고 너스레를 떤다. 늙는 것이 두려운 나머지 미리 늙어버려 노화의 공포를 잊으려는 것이다. 제일 먼저 몽둥이에 엉덩이를 대는 겁에 질린 아이처럼.

　두 사람은 얼핏 나이 먹는 일에 초연해 보이지만 ― 적어도 '젊어 보이려는 사십 대'의 전형인 동년배들보다는 ― 중년의 위기를 겪기는 마찬가지였다. 다만 극복의 방식이 다소 독특했다. 이십 년 전 홍대 앞 라이브 클럽에 다닐 적에 좋아했던 밴드의 재결성 공연에 갈 뿐 아니라 슬램 존에 뛰어들어 뼈가 부러져 나오는 친구들처럼 옛 취향을 현재로 불러들이는 쪽은 아니었다. 청년기를 복각하기 위하여 경수는 미래로 갔고 운주는 과거로 갔다. 각각 변화와 추억을 시간 터널로 삼았다고 말할 수도 있을 것이다.

　경수는 작년부터 시민 강의/세미나 큐레이션 서비스를 받기 시작했다.

사설 강의와 달리 시민 강의/세미나는 참가비가 무료거나 오천 원을 넘지 않았지만 행사장에는 늘 아는 얼굴들뿐이었다. 독립서점, 협동조합, 국회의사당 간담회실. 뒷줄 의자가 텅 비던 그곳을 새로운 사람으로 채운 것은 지식의 민주화와 공론장의 확장이라는 가치가 아니라 상업화였다. 아이러니하다고 말할 것 없이 많은 꿈이 그렇게 이루어진다.

콘텐츠 큐레이션 회사가 시민 강의/세미나에서 수익을 뽑아낼 방법을 찾았다. 이용자들에게 월정액을 받고 각자의 취향에 맞는 강의를 선별하여 시간표를 짜줬다. 시간표 디자인은 의도적으로 유치했고 이름도 초등학교의 '방과후 활동'을 모방해 '퇴근 후 활동'으로 붙였다. 교양과 노스탤지어의 결합. 교양을 쌓는 실용적인 이득과 어린 시절 해가 져 어둑한 운동장을 쓸쓸히 걷던 몽글몽글한 기억의 뒤섞임이 셀링 포인트였다. 그것은 한때 성인들 사이에 유행한 구몬 학습지가 재미를 본 레시피이기도 했다. 그리하여 텍스트 힙 열풍이 지나고 시민 강의/세미나의 차례가 왔다.

이번 주 춤을 추는 역덕님을 위한 퇴근 후 활동 시간표
월 20:00 존 로스의 근대 초기 한국어 교재 개발 강의(오프만 가능, 무료)
수 19:30 가자 지구 집단 학살 규탄 세미나(온/오프 가능, 단체 회원 무료,
　　　　　비회원 5천 원)
토 14:00 영화 속 그 차들 — <원스 어폰 어 타임 인 아메리카>(1984)에
　　　　　나오는 클래식 카(온/오프 가능, 무료)

돈벌이의 최종 지점이 어디여야 하는지 아는 큐레이션 회사는 돈뿐 아니라 사람도 빼돌렸다. 비슷한 강의를 들은 회원들을 묶어 밖에서 따로 뒤풀이를 짜줬다. 그리하여 수요일에 가자 지구 세미나를 들은 사람들은 토요일에 팔레스타인 연대 집회에 나가는 대신 남영동의 와인 바에서 레몬치즈파스타(이만이천 원)를 먹으며 네타냐후와 나크바에 대하여 토론했다. 그러나 그런 인간들 중에서도 꽃처럼 피어나는 이가 있었으니 경수가 그랬다. 그는 강의를 듣고 진정으로 변하였다.

경수가 자기 입으로 페미니스트라고 말한 적은 없지만 운주가 보기에는 그게 되었고 같이 사는 입장에서 불편했다. 앉아서 소변을 보는 것은 괜찮았으나 그동안 소변 방울을 튀기고 산 세월을 만회하기 위하여 생리대 심부름을 하겠다며 화장실 수납장을 열어서 생리대 브랜드를 꼼꼼히 조사해 가는 데는 짜증이 났다. 그러나 나중에는 수건 옆에 '입는 생리대'를 꼬박꼬박 채워놓는 남편에게 고마움을 느끼게 되었다.

"고맙다고 말하면 안 돼." 경수가 운주에게 충고했다. "당신은 받는 연습을 해야 해. 쉽게 고마워하지 말아야 해." 구정을 앞두고는 부모에게 전화해서 못 간다고, 아니 안 간다고, 왜 운주가 거기 가야 하느냐고 어머니와 아버지도 이제 정신을 차리시라고 깨어나시라고 소리를 질렀다. 언젠가 술자리에서 친구가 대체 생리대 심부름이 페미니즘과 무슨 상관이냐고 묻자 경수는 "나는 아직 초급반이니까……." 하며 수줍어하였다.

저 인간은 십 년 동안 누구와 산 거지?

운주는 생각했다.

남편이 절절매는 것을 보고 있으면 꼭 자신이 그를 위해 참고 살아온 것처럼 느껴졌다. 자기를 죽이고 남편만 떠받드는 손바닥 같은 삶. 희생적이고 유순한 생활. '내가?' 어릴 적에 운주는 거칠었다. 본드까지는 가지 않았지만 어린 알코올중독자 정도는 되었다. 중학생 때 처음 배운 술에 중독되어 이틀에 한 번꼴로 두꺼비를 두 병씩 마셨다. 냉장고 문을 열고 과일 칸에 오줌을 쌌다. 여자와는 초5 때, 남자와는 중3 때 끝까지 갔다. 그런데 순진해빠진 남편이 나한테 사과를 해? 운주는 사과할 일을 저지르면 저질렀지 사과를 받고 싶진 않았다. 그것은 순치되었다는 것을 의미했다 ― 강의 덕분에 어휘의 양이 는 남편은 이렇게 말했을 것이다.

경수는 매일 밤 자기 방에서 강의에서 만난 동지들과 줌으로 자조 모임을 가졌다. 그들은 여러 방향에서 조롱을 받았으나 ― 여자들 가랑이 사이를 기는 놈들, 어차피 자기 에고를 부풀리는 짓 ― 핍박이 그들을 더욱 강하게 만들었다. 스스로를 변혁하려는 그들은 진지하고 산뜻한 에너지를 발했다. 펠리컨의 부리처럼 앞으로 쭉 모인 그들의 몰두에는 감동적인 구석이 있었다. 방에서 무알코올 맥주를 마시며 동지들과 마음을 나누고 결의를 다지고 크게 웃고 크게 울다 모임이 파하자마자 바로 달려 나와 지금 이 순간부터 '시댁'이 아니라 '시가'로 용어를 정정하겠다고 맹세하는 경수의 모습이 운주의 마음에 잔잔한 파동을 일으켰고 파동이 아래로 내려가 모처럼 거기를 수축시켰다.

"삼삼칠 박수 쳐줘." 운주가 말했다.

경수가 무릎을 꿇었다.

"충남에서 공무원 생활을 하는 우제라는 친구가 있어."

"내가 우제를 몰라?"

"어, 몰라. 네가 알던 사람이 아니니까. 우제가 채식주의자가 되었어. 구제역 파동 때 살처분 현장을 목격하고는 다시는 육식하지 못하는 몸이 되었어. 어떤 것은 알게 되면 과거로 돌아갈 수 없어. 머리로는 그럴 수 있을 것 같은데 몸에서 아예 안 받아버려. 나에게도 불가역적인 변화가 일어났어."

우제는 여름마다 보양식으로 염소탕과 낙지탕탕을 먹는 사람이었다.

"며칠 전에 드라마에서 키스 신이 나오는데 토해버렸어. 남자 주인공이 여자 주인공의 입에 혀를 집어넣는데 역겨워 견딜 수가 없었어. 강제로 한 것은 아니었어. 하지만 넣는다는 것, 내 것을 남에게 넣는다는 것 자체가 역겨워. 이제 나는 영원히 키스 신은 못 봐. 그리고 성기 삽입 성교도 하지 않아, 영원히."

"열받게 하지 마라." 운주가 말했다.

"사람들과 이야기를 나누며 알게 되었어. 내가 얼마나 당신에게 나를 집어넣어 왔는지. 당신이 책을 읽고 있을 때면 나는 물을 떠 오라고 시켰어. 그러면 당신은 책을 덮고 물을 가져왔어. 그런 나쁜 것들. 내가 당신에게 뱉은 말, 쏜 눈빛, 준 눈치 같은 것들이 당신의 뱃속에서 촌충처럼 우글거리는 것이 보여. 엑스레이를 찍은 듯 훤히 보여. 그것들이 쌓여서 당신으로 하여금 의지를 꺾고 꿈을 버리게 하고 나에게 종속시킨 것이겠지. 그런 생각을 하면 미칠 것 같아. 하지만 나에게는 자책에 머무를 시간이 없어. 이제부터라도 잘못을 바로잡을 거야. 지금 이 순간부터 나는 당신에게 영향을 미치지 않아. 나를 주입하지 않아. 우선 가장 쉬운 페니스부터.”

운주가 기억하기에 경수는 물을 떠 오라고 시킨 적이 없었다. 어떤 여자를 어떻게 착취하며 살아왔다는 것일까. 바라는 착취에 맞추어 새로이 창조되는 아내. 운주는 경수의 머릿속 아내와 자신을 일치시킬 수 없었다.

“다른 여자 생겼니?”

“성교는 못 해도 안마는 할 수 있어. 표면은 맴돌 수 있어.”

경수가 매운 향이 나는 마사지 오일의 뚜껑을 열며 말했다.

그날 새벽 세 시에 운주는 중학교 동창 선숙에게 연락해 남편 때문에 그러니 며칠만 재워달라고 부탁했다. 연락하지 않은 지 오 년이 넘은 친구였다. 남편이 자신에게 뒤집어씌운 참고 사는 여자의 이미지를 벗고자 즉흥적으로 취한 연락이었다. 운주는 무례하고 충동적인 자신을 젊게 느꼈다.

마흔이 넘어서까지 사람을 때리지는 않겠지, 하는 생각은 메시지를 보내고 뒤늦게 떠올랐다. 운주는 선숙에게 중학교 3학년 겨울방학 때 한 번 맞은 적이 있었다. 다른 애들이 맞은 횟수에 비하면 이례적인 특혜였다. 단짝에게 베푸는 선심이었다. 선숙이 메시지를 작성 중임을 뜻하는 표시가 떴다. 막상 만날 생각을 하자 귀찮아져 연락처를 차단하려는데,

　―출근 중. 집으로 와.

※

대학원에 다닐 때, 운주는 학교 도서관에 비치된 신문에서 서울의 동별 인구밀도를 점으로 나타낸 지도를 본 적이 있었다. 빽빽한 점들로 색이 짙은 서쪽 동네가 운주와 선숙이 함께 중학교를 다닌 곳이었다. 그 동네가 지도에서 어둑한 까닭은 공공 임대 아파트 단지가 밀집해 있기 때문이었다. 여덟 평 남짓한 집에 서너 명씩 모여 살기에 거주 인원이 많이 잡힌 듯했다. 그러나 학교를 짼 오후에 임대 아파트에 사는 여러 친구의 집을 헤집고 다녔던 운주가 기억하기에 나무가 많은 그곳은 늘 한적했다.

둘은 고등학교 때 갈라졌다. 운주는 인문계, 선숙은 상업계에 진학했고 그러고도 붙어다녔다. 주변에서는 노는 물을 바꾸기 위하여 부모가 이사까지 감행한 운주를 선숙이 끌고 다닌다고 말했지만 속사정은 달랐다.

1989년에 노태우 정부가 영구임대주택 건설 계획을 발표하였고 90년대 중반에 서울 일부 지역에 대규모 공공 임대 아파트 단지가 준공되어 분양을 시작했다. 아파트가 들어서면서 갑자기 불어난 학생 인원을 수용하기 위해 새 중학교가 지어졌다. 임대 아파트에 사는 학생들은 학교가 생긴 직후에 입학했다. 그들로 교실을 절반을 채웠고 남은 절반은 이후에 전학 올 학생들을 위해 책걸상만 두었다. 몇 달 뒤에 대단지 민영 아파트 여러 곳에서 동시에 입주가 시작될 예정이라 비워둔 것이었다. 육 개월 뒤, 하루에 전학생이 예닐곱 명씩 들어오더니 학기 말이 되자 임대 아파트와 민영 아파트 학생의 비율이 반반이 되었다.

급하게 세운 학교는 운주가 전학할 때까지도 완공되지 않아서 골조를 갓 면한 건물의 왼쪽이 천으로 가려져 있었다. 학생들은 건설 노동자들과 함께 등교했으며 언제나 망치 소리가 들리고 무언가가 무너져 먼지가 피어오르는 것이 보였다. 학교 안으로 들어가면 더욱 노골적인 미완이 드러났다. 복도 끝 전면에 희고 두꺼운 비닐이 쳐졌고 그 뒤에서 일하는 사람들이 느리게 오갔다. 한 겹 가려져 반투명하게 보이는 공사 현장이 운주에게는 신비롭게 느껴졌고 거기로 넘어가면 시공간이 휘어져 다른 시대로 가는 것이 아닐까 상상하기도 하였는데…….

거기 끌려가면 맞는다고들 했다. 운주 같은 전학생이 선숙 같은 선주민에게 밉보이면 공사장으로 끌려가 반 죽는다고 했다. 실제로 그런 일은 거의 일어나지 않았다. 옆 동네에서는 그런 일이 벌어졌다. 공부하게 교실에서 조용히 좀 하라고 전학생이 혼잣말했다가 펜치 고문을 당했다. 흔하게 뺨 같은 데를 때리지 않고 펜치 사이에 손끝을 끼우고 집게로 눌렀다. 이후 전학생은 충격에서 헤어나오지 못하고 수술을 집도하는 의사처럼 양손을 뾰족하게 세우고 학교를 멍하니 돌아다녔다던데…….

옆 동네에서는 그게 이쪽 동네에서 일어난 일이라고 믿었을 것이다. 나중에 소셜 믹스(social mix)라는 단어를 알게 된 운주는 소문 속 고문 기구가 왜 펜치였을지 생각한 적이 있었다. 쥐 죽은 듯 사는 전학생 중에서도 특히 모범생들은 중학교만 졸업하면 쟤들과 분리될 것이라고, 쟤들은 공업고등학교에 가고 혹여 인문계에 진학하더라도 직업반에 다녀 실습을 나갈 것이라고, 그때부터는 영영 서로 다른 배를 탈 것이라고 살을 날리듯 생각하곤 했다. 펜치는 공고의 상징이었고 그것으로 십지를 짓뭉갠다는 상상은 학교폭력에 대한 실질적인 공포이자 육체노동을 하대하는 폭력의 은밀한 조기 연습이었다. 그들은 커서 육체노동이라는 말을 의심 없이 쓰게 될 것이었다. 그 노동 안에 담긴 지적인 요소는 모두 어디로 간 것인지 궁금해하지 않은 채.

좋아하는 가수, 저주하는 교사, 성격, 그리고 혈액형으로 노는 무리가 나뉘었다고 증언하길 바라겠지만, 현실은 대단히 명료하고 심플하여 같은 아파트에 사는 애들끼리 놀았다. 한 학교에 두 학교가 있는 듯 따로 놀았다. 다행히 4단지의 K가 전교 일등이었다. 운주의 새 운동화를 뺏어 신고 가출했다가 중간고사 날에 맞춰 돌아온 K — 그 시험에서 올백을 맞았고 외고에 갔으며 남자친구가 준 오토바이로 등교하다가 퇴학을 당했고 현재 피부과 의사가 된 — 같은 예외도 있었지만 속된 말로 노는 애들은 거의 다 임대 아파트에 살았고, 청소년기를 거쳐온 사람이라면 누구나 알겠지만 그때는 노는 그룹이 상층이었다. 운주는 선숙의 무리에 끼고 싶었다.

운주의 원대한 꿈. 교실 뒤편 서너 개 붙인 책상 위에 양반다리로 앉기. 중국집 배달 오빠들이 모는 시티백 뒷자리에 타기. 오토바이 머플러에 종아리 데기. 다음 날 애들에게 화상 흉터를 보여주며 젖은 수건을 가져오라고 시키기. 운주는 폭주를 뛰고 싶었고 조리를 신고 싶었다. 조리 샌들이 유행하자 뉴스에서는 게다에서 유래한 신발이라며 일제 잔재의 무분별한 수용을 한탄했지만, 한겨울에도 조리를 신어서 발가락 사이로 눈이 떨어져 녹는 일이 자신에게 일어나길 바랐다. 선숙의 눈에 들어서 노는 그룹에 끼면 하반신에서만도 이렇게 신나는 일이 많이 일어나는데 — 화상 입은 종아리와 발가락에 떨어지는 눈송이 — 윗몸으로 올라가면 얼마나 무섭고 재밌는 일이 펼쳐질까! 꿈을 이룰 길은 세에라자드가 되는 것이었다.

국산 전쟁 영화에서 제일 먼저 폭사당하는 인물, 죽을 때 진지해지기 위하여 죽기 전까지 오로지 웃기기만 해야 하는 비극적인 코믹 캐릭터처럼 굴어야 선숙의 무리에 낄 수 있었다. 삼촌이 연예인 매니저라고 속이고 지어낸 가짜 연예 뉴스를 지껄였다. 누가 누구의 애를 뱄고 어디서 뗐고. 누가 누구를 강간했고 매니저를 사주해 강간범을 살해했고. 그런 이야기를 서슴없이 한다는 것은 운주 자신을 위험에 빠뜨리는 일이기도 했다. 함부로 들어가도 될 애. 양념이 잘 배게 생선에 칼집을 내듯 자기 몸에 위험한 틈을 만드는 짓.

두 사람은 친해졌다. 선숙에게는 유명한 두 오빠가 있어서 고등학생들도 건드리지 못했다. "걔들 덕을 보는 게 나은지, 걔들에게 안 맞는 게 나은지 모르겠다니까. 시도 때도 없이 여동생을 무릎 꿇리면서 뒷배조차 되어주지 못하는 등신들도 있으니 우리 집 등신들이 나은 거겠지. 그런데 그 등신들은 싸움을 못하니까 우리 집 등신들처럼 아프게 때리지는 못할 테니 어떨 땐 남의 집 등신이 좋아 보이고." 운주에게 노래방 소파 틈에 쑤셔 박힌 휴지를 꺼내 냄새를 맡아보라고 시키며 선숙이 말했다. 선숙이 운주를 왜 받아주었는지는 알 수 없지만 둘의 우정이 운주의 자존감에 어떠한 이득이 되었는지는 분명했다. 잘사는데 잘 놀기까지 하는 아이. 운주는 선숙과 놀면서 그게 되었다.

수업시간에 운주는 선생님으로부터 무슨 딴생각을 그렇게 골똘히 하느냐고 핀잔을 듣곤 했다. 그때 운주는 다른 애의 눈으로 자기 자신을 바라보고 있었다. 그렇게 본 자신이 충격적으로 근사해서 넋이 나갔다. 전학 오기 전에 잠시 다녔던 옛 동네 중학교에서 있었던 일도 거의 잊혔다. 맞고 난 다음 날, 때린 애들에게 허리를 숙여 "안녕하세요." 인사했던 일 같은 거. 배꼽 인사하라고 시킨 거였다면 덜 비참했을 것이다. 운주는 '이러면 덜 맞겠지'라는 속셈조차 없이 걔들을 보자마자 반사적으로 기었다.

그뿐만이 아니었다. 운주는 사십 평대 아파트에 살았고 냉장고 과일 칸에는 과일이 있었다. 산에서 술을 마실 때면 친구들은 운주에게 과일과 아빠 양주를 가져오라고 했다. 운주는 교복을 줄이지 않은 애들을 깔봤고 같은 아파트에 사는 한때 함께 등교했던 애의 뺨을 조리 바닥으로 때렸다. 선숙을 보면서는 집 냉장고의 과일 칸을 생각했고 아랫집 애를 보면서는 빨간 조리 슬리퍼 바닥을 생각했다. 상대적 우월감이 양방향에서 밀려왔다.

운주의 부모는 매일 울었다. 학군으로 유명한 옆 동네로 갔어야 했다면서. 이사할 집을 고를 적에 여기 사십이 평과 거기 이십칠 평 아파트값이 같았고, 어차피 애가 공부 머리를 못 타고났고, 학구열 강한 동네에서 학부모로서 자존심이 상하기 싫어서 넓은 집에서 살고 싶다는 핑계로 이 동네를 선택했지만 십오 평을 얻고 치른 문화적 대가가 이렇게 클 줄 몰랐다고 울며 친구와 통화하는 아빠 또는 엄마.

"……밤마다 애를 잡으려고 시속 십 킬로미터로 골목을 누비고 다녀. 뒤에서 차들이 빵빵거려도 무시하고 차창에 얼굴을 붙이고 거리를 훑어. 며칠 전에는 애를 노래방에서 끌고 나왔는데 비디오방이 아니라서 다행이라고 생각했어. 그제는 애가 친구를 집에 데려와 재웠는데 오늘은 애 안 찾고 침대에서 자겠구나 싶어서 고맙게 느꼈어. 친구 아빠가 애를 장난 아니게 패서 집에 못 들어간다던데 배우고 싶더라고. 우리는 애 어릴 때 때리질 않아봐서 지금도 못 하거든."

운주는 중학교 졸업 전에 이사했다. 부모의 결단이 있었다. 한 시절이 끝나가고 있다는 것은 운주도 느꼈다. 예전만큼 선숙이 대단해 보이지 않았고 학교를 짼 오후에 드나들던 임대 아파트, 어른들 없이 비어 있는 것만으로 궁전 같았던 집들의 세간이 눈에 들어왔다. 선숙은 놀러온 운주에게 가구와 식기를 가리키며 '한 집안의 실직과 멸망의 역사'라고 말했다. TV다이로 쓰는 문갑은 천호동 민속주점에서, 스텐 컵과 뚝배기는 화곡동 순댓국집에서, 팥빙수 먹을 때 선숙이 재미로 씌워주는 수저 종이 포장지는 대흥동 콩나물국밥집에서 흘러나온 유물이었다. 선숙의 엄마는 찬모로 일하던 가게가 망하여 사장이 월급 대신 가져가라고 한 물건으로 집을 꾸몄다. 실직이 이룩한 인테리어. 선숙은 쇠코뚜레처럼 생긴 문갑 고리 장석을 당겨 노래방 비를 훔쳤다. 문짝에 발린 창호지 위에 손가락으로 뚫지 못하도록 아크릴 판이 덧대 있었다. 아주 오랫동안 운주는 찬모를 참모로 잘못 알았다.

술도 마실 만큼 마셨다. 이불을 치우고 둘러앉아 369 게임을 하며 들이 켠 두꺼비, 여자끼리 마시는 날, 옷 벗기 게임, 복도 창문을 미친 듯이 두드리는 남자애들, 모르는 오빠들. 더 가면 위험해지리라는 것을 운주도 알았다. 오십 도짜리 빼갈을 먹고 강간을 당했다던 소문의 여자애가 코앞이었다. 무엇보다 운주는 여자상업고등학교에 다니는 자신을 한 번도 상상해본 적이 없었다. 노래방에서 놀고 밤 열두 시에 귀가해 과외수업을 받았다. 가까스로 내신성적을 올려 인문계 고등학교에 진학했다. 친구들은 같이 그렇게 놀아놓고 머리가 좋은가 보다고 놀렸다. 운주는 머릿속 자존감 트리에 '좋은 머리' 오너먼트를 매달곤 그에 비친 자신의 빛나고 굴곡진 얼굴을 황홀히 바라보았다.

운주는 고등학교 첫 시험에서 꼴찌를 했다. 이사한 동네에서는 잘살기는커녕 중간 축에도 못 꼈다. 손상된 자존심을 무엇으로 메울 수 있을까? 과일이 들어 있는 과일 칸으로? 새로 사귄 친구들의 냉장고 과일 칸에는 머리 좋아지는 값비싼 봉지 한약이 가득했다. 운주는 새 동네에 옛 친구들을 불러들였다. 오토바이를 타고 다녔고 머플러에 종아리를 데었다. 운주에게는 선숙이 필요했다. 살면서 초라함을 느낄 때마다 운주는 선숙을 통과하여 스스로를 고양했다.

—나도 부탁할 것이 있어.

선숙의 빌라로 가는 언덕을 오르며 운주는 선숙의 문자를 떠올렸다. 새벽 네 시 삼십팔 분. 하루가 시작하기도 전에 끝내버리려는 듯 하늘이 새까매지더니 갑자기 폭우가 쏟아졌다. 비탈을 따라 물줄기가 콸콸 내려왔다. 앞으로 나아가는 걸음을 막는 물줄기의 세찬 저항이 샌들을 신은 맨발 등에서 느껴졌다. 운주는 자신이 무엇 때문에 옛 친구를 찾는지 정확히 알았다. 옛날이야기를 하려는 것이었다. 그때 우리가 얼마나 겁이 없고 충동적이고 폭력적이고 부모를 울리고 상한 우유를 바로 들이켰는지. '맛이 갔나?' 생각하면서도 멈추지 않고 썩은 우유를 삼켰는지. 나쁜 시절을 함께 보낸 친구와 추억을 나누며 노스탤지어의 캠프파이어를 활활 일으키려는 것이었다. 왕년에 한가락 했다고 두고두고 떠들며 과거의 꿈속에 사는 사람처럼.

지문으로 지저분한 빌라 유리문을 밀며 운주는 오늘의 일일야성(一日野性)이 기다려졌다. 몇 년 사이에 유행한 그 말은 하루 동안 야성을 되찾는다는 뜻으로 주로 캠핑을 떠날 때 사용했다. 아니면 갑자기 월차를 쓰고 출근하지 않을 때라거나. 산세가 깊어 캠핑 스폿으로 유명한 모 지역은 군의 슬로건까지 바꾸었다. J군에서 보내는 일일야성. 문명이 지워낸 나를 다시 찾는 하루.

쳇바퀴처럼 돌아가는 일상에 지친 현대인이여, 단 하루만이라도 야성을 회복하라! 고기를 굽고 흙냄새를 맡고 콧잔등에 송충이를 올려라! 운주는 엘리베이터 없는 빌라 계단을 산 타듯 오르며 옛 친구의 거실에 가상의 텐트를 설치하는 자신을 상상했다. 텐트 안에서 옛날이야기를 할 것이었다. 비눗방울을 부는 아이들과 통조림 실은 손수레를 끄는 어른들로 안온한 텐트 밖을, 불곰이 출몰하는 위험 지대로 상상하듯 추억을 안전하고 위생적으로 파먹으며 아찔해질 것이다. 그럼으로써 남편이 실추시킨 이미지를 바로잡을 것이다. 운주로 하여금 "내가 피해자라는 거니? 결혼의 희생자라는 거야? 내가 네 아래라는 거야?" 소리치게 만들었던 그 허약한 이미지를 마음에서 지울 것이다.

✽

김종배의 시선집중, 김영철의 파워FM, 신윤주의 가정음악에 이어서 유명 정치 유튜브 채널이 방송을 시작할 즈음 선숙이 퇴근해 돌아왔다. 북유럽 계열의 글로벌 가구 회사 I의 물류팀에서 일하는 그는 새벽 네 시부터 오후 한 시까지 일했다. 팔 년 전 처음 새벽일에 적응할 무렵에는 한 팔에 두 개의 손목시계를 차고 다녔다. 윗시계를 본래 시간에 두고 다섯 시간을 더해 아랫시계를 맞췄다. 아래의 시계가 가리키는 다섯 시간 뒤가 그가 사는 시간이었다. 휴게 시간에 마주치는 야간조의 젊은 사람들은 성격이 아니라 시간 차이 때문에 연인과 헤어진다고 불평했다. 낮 두 시. 그러나 선숙의 시간으로는 저녁 일곱 시였다.

같은 시간이 운주에게는 낮술을 먹기에 적기였다. 발렌타인 21년산을 가져왔다. 산에서 술 파티를 벌일 때면 집의 양주를 훔쳐다 바쳤던 십 대 시절의 패러디였다. 선숙이 오기 전에 운주는 집을 둘러보며 어떻게 분위기를 띄울까 고민했다. 그러나 I의 가구로 채워진 열 평 남짓한 빌라는 이인 병실처럼 희고 깨끗하고 비현실적으로 고요했다. 모든 말을 소곤거리며 해야 할 것 같은 긴장된 분위기. 흐트러지려고 온 것인데, 운주는 거실 한가운데서 돌아가는 제습기를 보며 생각했다.

"좀 버려주지."

선숙이 고개를 젖히고 목을 주무르며 말했다. 그러곤 제습기를 발끝으로 밀어 운주에게 보냈다. 그 무성의한 동작이 삼십여 년 전의 권력관계를 돌이켰다. 물통의 물을 화장실에 버리고 오면서 운주는 선숙이 방을 내주었으니 선심을 쓰는 것뿐이라고 스스로를 달랬다. 오래전의 자기 보호 방책이 다시금 세워지고 있었다. 왜 여기에 온 것일까. 후회되었다. 남편의 '다짐'은 충격적이지 않았다. 운주와 경수는 서로를 향한 관심을 포함해 삶 전반에 무감각해지고 있었다. 중년의 위기를 맞아 분출하는 쪽이 있는가 하면 사그라지는 쪽이 있고 대개의 비극은 그 방향성이 어긋난 경우지만 둘은 사이좋게 삶에 시큰둥해지고 있었다.

이따금 두 사람도 과거의 열의를 그리워했다. 운주에게 화상 입은 종아리의 시절이 있다면 경수에게는 동네를 돌아다니며 남의 집 두꺼비집을 다 내리고 다니던 시절이 있었다. 그러나 귀찮아, 귀찮아, 하며 불씨가 되살아날세라 발뒤꿈치로 비벼 껐다. 그런 서로를 보며 안심했다. 언젠가 산책길에 들른 성당 앞마당에서 촛불에 둘러싸인 성모상을 본 적이 있었다. 건물에서 어떤 남자가 나와 종 모양의 도구로 작은 촛불을 하나씩 껐다. 연기가 퍼졌지만 거의 보이지 않을 만큼 미미했다. 그런 식으로, 종에 갇혀 조용히 죽는 식으로 열정이 쥐죽은듯 사멸하기를 바랐다. 왜냐하면 불완전하게 갖느니 아예 안 갖는 게 나으니까.

운주의 상상 속에서 경수는 자조 모임 친구들과 소년 떼처럼 동네를 헤집고 다녔다. 활력이 넘쳤다. 올리브영 문을 벌컥 열고 "나트라케어 울트라패드, 세일 들어갔어요?" 하고 외쳤다. 즐거움이 부활했으면서 운주를 속였다. 금욕으로 스스로를 벌하겠노라 맹세하며 애초에 품지도 않은 욕망을 버리는 체했다. 그것은 이중의 배신이었다. 같이 삶에 실망하기로 해놓고 혼자만 해저에서 태양으로 튀어오르는 짓이며 행복의 부활을 운주에게 감춘 채 참아내고 있다고, 당신을 위해 욕망을 내다버리고 있다고 낄낄대며 속이는 짓이었다. 경수는 도망치고 있었다. 권태, 무료, 물귀신. 축축 처지고 푹푹 꺼지는 침강의 감각으로부터. 그러니 나도 좀 꺼내주라, 운주는 배달의민족을 보는 선숙을 보며 생각했다. 어린 시절 두꺼비를 마시러 친구의 집에 가던 때가 떠올랐다. 운주는 뛰다 말고 허리를 숙여 자기 발목을 잡곤 아래를 조이곤 했다. 즐거워 미치겠는 일이 사방에 널려 있던 그때는 오줌 쌀 시간도 없었다.

"학교 앞에서 탕수육 팔던 일본 아줌마 기억나?" 운주가 찬장에서 양주잔을 고르며 말했다.

90년대 중반에 중국집에서 탕수육을 탈출시켜 떡볶이처럼 가볍게 만든 즉석 탕수육 전문점이 유행했다. 둘의 중학교 앞에도 하나 있었다. 일본에서 살다 온 삼십 대 한국 여자가 주인이었다. 화상을 입을까 봐 팔에 비닐 랩을 감고 담배를 태우며 기름에 고기를 튀기던 그는 미성년자에게 잔술을 팔았다. "잔(盞)돈 챙겨." 탕수육 가게에 술 마시러 갈 때 선숙의 무리가 쓰던 은어였다. 일본에서 야키니쿠 식당을 운영하는 남자와 살다가 돌아온 가게 주인은 중학생들에게 삶의 지혜를 설파하는 재미로 살았다. "할 거면 제대로 해." "뿌리를 뽑아." 조언하며 일본에서 있었던 일을 곧잘 재현했다. 때린 적은 없지만 하루가 멀다 하고 물건을 부수는 남편의 술

버릇을 어떻게 고쳤는지에 대해 가르쳐주었다.

거울과 창문이 같이 박살 났던 날, 물 위를 걷는 예수처럼 유리 파편 위를 맨발로 걸었다고 했다. 날카로운 유리 조각에 덜 베이고 싶어서 발을 오므리면 다시 피를 봐야 하기에 한 번에 끝낸다는 결기로 온몸의 무게를 실어 걸었다. 바닥을 피바다로 만들고 응급실에 실려갔다. 스모 선수처럼 다리를 벌리고 한 발 한 발 묵직하게 걸으며 그때를 흉내 내던 가게 주인에게서 운주와 선숙은 처음 반주를 배웠다. 탕수육과 잔술. 돼지고기는 몇 점 없었고 통조림 파인애플마저 점점했으며 소스는 케첩 맛이 너무 강하고 술값은 말도 안 되게 비쌌다. 그래도 흥분을 북돋기에는 나쁘지 않은 에피소드였다. 폭력과 피와 술과 고기가 있으면 피곤한 선숙도 노스텔지어의 모닥불 가로 못 이기는 척 올 것이었다.

“왜, 남편이 속 썩여? 뭐가 많이 안 좋아?” 식탁 의자에 앉아 있던 선숙이 일어나 걸으며 말했다.

“탕수육 아줌마 몸에 이레즈미가 뭐였냐? 장미였냐, 용이었냐?” 운주가 주제를 돌렸다. 현재의 일을 말하는 것이 지겹게 느껴졌다. 경수의 행동을 어떻게 설명해야 할지도 난감했다. 선숙이 운주를 오래 쳐다보았다. 그러더니 “미안한데 나 조금만 자고 일어날게. 내가 낼 테니까 먹고 싶은 거 시켜놔.” 말하곤 방으로 들어갔다.

거실에만 에어컨이 있어서 방문을 열어놓아야 했다. 선숙은 금세 잠들었다. 선숙을 열 시간 가까이 기다린 운주는 방에서 건너오는 코 고는 소리를 들으며 양주를 천천히 마시며 정치 유튜브를 소리 죽여 보다가 잠들었다. 깨어나니 오후 다섯 시였다.

비가 그치고 해가 들어 집이 노랬다. 그 황금빛 시간을 선숙의 시간으로 환산하면 밤 열 시였지만 운주는 고려하지 않았다. 비록 자고 일어났지만 아직 초저녁이니 놀 시간이 충분하다고 생각했다.

“먼저 저녁 먹어서 미안. 먹다 남긴 거 아니고 미리 덜어놓은 거야.” 선숙이 배달받은 족발을 건네며 말했다. 포장 용기 귀퉁이에 고기들이 정갈히 몰려 있었다. 이제 어떤 하드코어한 옛날이야기를 할까? 어떤 평범한

추억을 드라마틱하게 탈바꿈시킬까? 탕수육 아줌마의 등에 문신이 없다
는 것은 운주도 알았다. 알면서 선숙에게 기억하느냐고 물었다. '등판 한
번 무시무시했지!' 하고 맞장구치며 운주의 역사 왜곡에 동참해주기를 바
라면서. 그러나 선숙은 피곤해 보일 뿐 과거로의 시간여행을 떠날 의향이
없어 보였다.

"아니, 괜찮아."

술까지 거절했다.

집에 갈까? 운주는 생각했다. 그러는 사이에 식탁을 벗어났던 선숙이
돌아와 메모를 건넸다. 작은 종이에 모르는 이름과 전화번호와 주민등록
번호가 적혀 있었다.

"내가 부탁할 게 있다고 했잖아. 이건데 다른 병원은 주민등록번호 앞
자리만 대라고 하는데 여기는 풀(Full)로 부르라고 하더라고."

선숙이 부탁한 것은 모 대학병원 신경외과 교수 S의 초진을 대리 예약
해달라는 것이었다. 척추 질환 분야 최고 권위자인 S에게 자신이 목 디
스크 수술을 받을 수 있도록 생각날 때마다 전화를 걸어달라는 것이었
다. 쪽지에 적힌 것은 병원 전화번호와 의사 이름과 선숙의 주민등록번
호였다.

"가끔 수술이 너무 급해서 진료 예약을 취소하고 다른 병원으로 가는
사람이 있대. 그 자리를 비집고 들어가려면 수시로 전화해야 된대. 취소
자리를 잡는 게 아니라도 9월부터 닫아두었던 예약 창구를 연다는 소문
이 척추 질환 환우 커뮤니티에서 돌아. 예약에 성공해도 진료를 받기까
지 일 년이 걸리기도 한다는데 그래도 기회가 생기면 나를 넣어줘. 황금
같은 기회라고 부모님 이름 부르지 말고. 나 진짜 아파서 그래. 그냥 뭐
기다리고 그럴 때 있잖아. 전철이나 커피 같은 거. 그럴 때 생각나면 한
번씩 전화해줘. 나는 일하는 동안에 전화를 못 쓰잖아. 불리하기 짝이 없
지."

"그렇게 바빠?"

"일할 때 못 갖고 들어가잖아. 휴대전화 반입 금지라서. 불이 나도 119

에 전화도 못 하는데?"

"근데 진짜 안 마실 거야?"

"좋은 느낌이 있어. S선생과 나 사이에 운명적인 느낌이 있어. 지금 내 목이 어디서는 수술을 받으라고 하고 어디서는 신경 주사로 버티라는 애매한 상태거든? 왠지 S를 만날 즈음에 딱 무너질 것 같아. 타이밍 좋게 딱 알맞게 끝장이 날 것 같아. 몇 시니?"

"일곱 시."

"자자."

"일곱 신데?"

"자정이지."

조용하던 건물이 학원과 회사를 마치고 돌아온 이웃들로 소란해졌다. 수영 선수들이 귀에 물이 들어가지 않도록 애용한다는 미제 형광 주황색 귀마개를 낀 선숙이 거실에 운주의 잠자리를 마련해주었다. 그러곤 새로 빨아 향긋한 이불에 가부좌를 틀고 심호흡을 했다. 저녁의 활기참을 물리고 차분함을 불러들이려는 듯했다. 동시에 그것은 세상의 시간을 자신의 시간에 복속시키는 거대한 움직임이었다. 그런데 노스탤지어의 캠프파이어는 어떻게 되는 거지?

"나 갈래." 운주가 삐쳐서 말했다.

"뭘 가. 약기운 돌 때까지 수다 떨어." 선숙이 수면제를 먹으며 말했다.

두 사람은 선숙의 침대에 나란히 누웠다. 옛날로 돌아간 것 같았다. 아직 불씨가 남아 있었다.

"영주랑 연락돼? 걘 뭐 하고 살아?" 운주가 물었다.

영주는 운주가 자리를 뺏기 전까지 선숙의 단짝이었다. 고등학교를 중퇴하고 남성 전용 헤어컷 전문점 블루클럽에서 보조로 일하기 시작한 영주는 무리 중에서 제일 먼저 취직했다며 자주 술값을 냈다.

"나 그 얘기 하면 잠 달아나는데."

선숙이 부스스 일어나 이야기를 시작했다.

※

어느 날 선숙은 간호조무사로 일하는 영주로부터 도와달라는 연락을 받았다. 이사를 앞둔 병원이 포장이사를 부르지 않아서 혼자서 차트를 박스에 담아야 한다는 것이었다. 전산화하지 않은 종이 차트의 번호는 만 번대를 넘어갔다. "그거 했다가는 나 허리 디스크 백 퍼 다시 터져." 대신 일 해달라며 영주가 말했다.

"네 일당, 나 줄 거야?"

"일당 안 줘. 그거 아끼려고 포장 안 부른 건데."

그날 수천 개의 차트를 빼고 나르고 다시 꽂은 선숙은 인테리어를 마친 새 병원을 구경했다. 텅 빈 공간에 영주가 일할 데스크가 설치되어 있었다. 의자가 놓여 있기에 앉아보았는데 데스크 앞판에 무릎이 닿았다. 영주는 하루에 여덟 시간을 그 안에서 보내야 할 것이었다. 무릎이 닿아 다리를 이리저리 비틀며 편안한 각도를 찾다가 결국 양반다리를 할 것이고 그렇게 디스크 재수술을 향해 노동할 것이었다.

선숙은 I에서 일하는 자신을 자랑스러워했다. '멀티스킬 워커'로 입사해 여러 부서를 전전하며 잡일이라고 부를 수밖에 없는 일을 했다. 회사는 다양한 일을 경험해 역량을 키울 수 있는 자리로 홍보했지만 — 병원의 인턴 제도에 비유했다 — 물류팀에서 까대기를 하다가 푸드팀이 바쁘면 불려가 설거지하고 세일즈팀이 바쁘면 불려가 상품을 진열하는 뺑뺑이 일을 이 년 동안 하다가 물류팀으로 옮겼다.

처음에는 손수 박스를 옮기거나 핸드 자키만 쓰다가 눈칫밥을 먹어가며 지게차 운전을 연습했다. 운전이 미숙해 물건을 제때 빼지 못해 사람들이 화난 표정으로 직접 물건을 빼 갈 때면 포기할까 싶었지만 그럼 나는 언제 배워 싶어 싹싹하게 굴며 버텼다. "오늘도 많이 느렸지, 미안." 사과하자 "아래, 너였어?" 동료가 자신을 알아보지 못했을 때, 선숙은 가슴이 뻐근했다. 좁은 종이 팔레트 구멍에 처음으로 초조함 없이 포크를 삽입했을 때도 그랬다. 나중에는 하이 리치로 까마득한 랙 꼭대기에 물건을 적치하고, 독 레벨러를 오가며 컨테이너에서 화물을 리시빙하고, '근두운'이라 불리는 오더 피커도 탔다.

위기를 겪기도 했다. 낮은 천장에서 마스트를 세운 채 지나가다가 스프링클러 배관을 쳐서 압력으로 폭발하듯 터져 나온 물에 사람, 물건 할 것 없이 물벼락을 맞게 했다. 폭포처럼 쏟아지는 동시에 사방으로 퍼지는 용수 아래서, 선숙은 지게차를 탄 채로 물이 소진돼 관이 빌 때까지 고개를 숙이고 있었다. 비현실적인 감각을 느끼며 폭풍우가 내리는 영화 세트장에 있는 것뿐이라고 상상하면서. 창고의 넓은 공간에 퍼지고도 발에 찰랑일 만큼 막대한 양의 물을 쏟아내고서야 머리 위의 폭포는 멈췄다. "원래 할 만하다 싶을 때 사고가 터져. 보험 처리 하면 돼." 지게차에서 내려오지도 못하는 선숙에게 동료들이 위로했다. 그랬던 그들이 회사에 지게차 기사가 늘어나 장비를 돌아가며 타야 해서 매일 장비를 타지 못하고 종종 맨손으로 박스를 나르는 날이 생기자, 선숙을 그 '까대기로의 계급 하락'으로 밀어 넣고자 뒤에서 손을 썼다. 그러나 자부심이 있었다. 화물을 배분하고 진열할 때 발휘되는 절묘한 전략과 방향키를 조작하는 섬세한 기술과 놀라운 공간지각 능력과 싸운 사람들을 화해시키는 중재 기술. 그 지성적 활동이 선숙에게 기쁨을 주었다. 근골격계 질환이 심해지기 전까지는 그랬다.

"사람들은 칼로 찌르는 통증이라고 하던데 내 방사통은 쏙쏙 배는 느낌이야. 고통의 즙이 잘 발린 수백 개의 바늘이 달린 프레스 기계가 어깨와 견갑골과 팔을 꽉 눌러서 피부 끝까지, 끝의 끝까지 고통을 좍좍 스미게 하는 느낌? 영주가 무슨 일까지 하는지 알아? 나의 S선생에게 원장의 부모를 진료 받게 하려고 일하는 틈틈이 P병원에 전화를 걸어. 그 사람들, 디스크도 아니래. 그런데 늙어서 언젠가는 목이든 허리든 나갈 테니까 미리 예약을 걸어두는 거래. 내가 왜 우리가 왜 그 사람들에게 그것까지 져야 돼?"

선숙은 아홉 시에 잠들었다. 그러니까 새벽 두 시에. 거실에 나와 바닥에 누운 운주는 잠이 오지 않았다. 중학교 3학년 겨울방학 때 호프집에서 열린 자신의 송별회가 생각났다. 인천 호프집 화재 참사가 일어나기 전, 장사가 안 되는 술집이 미성년자를 잘 받아주던 시절이었다. 돈이 별로 없었으므로 몰래 가방에서 두꺼비를 꺼내도 주인은 세 병까지는 눈감아 주었다. 눈이 내렸고 엉망진창으로 취해서 나왔는데 남자애들이 어른 셋과 시비가 붙었다. 어른들은 유행하는 황토색 워커를 신고 있었다.

선숙의 무리가 사람 수는 더 많았지만 너무 취했다. 한 명이 붙잡혀서 바닥에 엎드린 채 워커에 배를 걷어차였다. 다른 남자애가 친구의 몸에 자기 몸을 포갰고 살짝 높아져 걷어차기 더욱 좋아진 새로운 배를 워커가 차고 또 찼다. 아래 칸의 배를 차다가 위 칸의 배를 찼다. 또 다른 애가 포개졌고 일 층의 복부, 이 층의 복부, 삼 층의 복부가 마구잡이로 차이는 것을 보면서 운주는 6차선 도로를 건너 도망쳤다. 다른 여자애들도 건너 왔다. 선숙은 오지 못했다.

길 건너 호프집과 김밥집 사이 비좁은 골목에서 술에 취해 비틀거리는 남자의 뒷모습이 보였다. 그에 가려서 제대로 보이진 않았지만 운주는 선숙이 만져지고 있다는 것을 알았다. 경찰에 신고할 수는 없었다. 그들은 중학생이었고 술을 마셨으며 운주는 정학당할 수 없었다. 학교에서 쫓겨나 선숙과 같은 고등학교에 다닐 수는 없었다.

다음 기억에 운주와 선숙은 영주네 집 문을 세게 두드리고 있었다. 영주가 문을 열자 둘은 침대방으로 향했다. 영주의 아버지가 미닫이문 너머에서 모로 누워 텔레비전을 보고 있었다. 그는 청각장애가 있었기에 둘은 목소리를 줄일 필요가 없었다. 눈에만 띄지 않으면 되었다. 이불을 머리까지 뒤집어쓴 선숙과 운주는 마주 보고 누웠다. 선숙이 손을 뻗어 운주의 가슴을 만졌다. 과일의 무름 정도를 확인하듯 가볍게 쥐더니 잡아 뜯듯 세게 비틀었다. 운주를 벽에 밀어붙이고 주먹과 발로 배를 때렸다. 운주는 비명을 질렀지만 영주의 아버지는 듣지 못했다. 문 앞을 지키는 영주는 '쟤도 한번 맞을 때가 됐지' 생각했다. 다음 날 운주는 목 아래부터 온통 피멍이 들었는데 그것은 선숙의 오빠들이 선숙에게 자주 쓰는 수법이었다. 그날 맞을 만큼 맞았으므로 운주는 지금의 선숙을, 우정을, 야성 회복의 촉매제로 써먹어도 된다고 믿었다.

집에 돌아오니 경수가 외박하느라 피곤하겠다며 안마를 해주었다. 암막 커튼을 치고 은은한 조명을 켜고 싱잉볼 음악을 틀고 티슈 조직 운운하는 것을 보니 경수는 마사지 강의/세미나를 들은 듯했다. 경수가 기름에 젖어 미끌미끌한 운주의 목을 엄지로 쓸어내리며 말했다.

"내가 노력한다고 하는 거, 우습지? 무시하지?" 경수가 어깨를 손으로 주무르다 너무 뭉쳤다며 팔꿈치를 썼다. "돌덩이네, 돌덩이야!" 그는 진지한 인간이 되었다. 선숙도 마찬가지였다. 안마를 받다가 운주는 또 잠이 들었다.

꿈속에서 세 사람은 한 침대에 있었다. 경수가 운주와 선숙을 번갈아 주물렀다. 선숙의 아픈 목과 허리를, 후방을 주시하느라 비틀린 편측을 오일로 마사지했다. ······ "여덟 시간 꼬박 장비를 타면 매일 서울과 부산을 오가는 셈인데 대신 벌칙이 고약해서 반은 고개를 뒤로 돌리고 허리가 뒤틀린 채로 운전하는 거지. 온몸을 뚫고 들어오는 듯한 진동을 받아내면서. 신기한 거 보여줄까?" 나란히 누운 선숙이 이불 속에서 운주의 손을 잡았다. 운주는 선숙이 말하는 동시에 잠들었다고 생각했다. "이것 봐. 손에 힘이 하나도 안 들어가." 스르륵. 영화에서 잠에 빠져 와인 잔을 떨어뜨리는 사람처럼, 죽어가는 사람처럼, 옛 친구의 악력이 너무도 미약했기 때문이었다.

다시 꿈으로. 알싸한 오일 향기가 세 사람의 알몸을 감쌌고 점점 진흙 레슬링을 하는 사람들처럼 서로 뒤엉켜 서로의 뭉친 몸을 엄지로 문질러 풀었다. 등줄기를 따라 내려가는 손을 따라 일하지 않던 때로 돌아가는 몸. 선숙이 껄껄 웃으며 큰 소리로 말했다. "야, 니들 부부 뭐냐, 엄지 공주, 엄지 왕자냐? 마사지를 왜 이렇게 잘하냐. 아, 시원해, 너무 시원해." 이것이 중년 스리섬의 새로운 형태인가? 하하하. 눈을 떴을 때, 그러나 운주는 흥분했을지언정 전혀 웃고 있지 않았다.

　　선숙의 집을 나서기 전, 운주는 선숙의 주민등록번호가 적힌 메모를 챙겼다. 부탁 메모 옆에 빈 종이가 놓여 있었다. 모든 변이 깔끔하게 잘린 이면지에는 운주의 주민등록번호를 적어놓고 가라는 지령이 적혀 있었다. 한 삼 년쯤 걸리려나? 선숙이 S에게 수술을 받고 운주의 예약 순번이 돌아오기까지는. 운주는 자신의 주민등록번호를 적으려다가 그만두었다. 선숙이 그것으로 무슨 짓을 할지 모른다는 생각이 들었다. 지금은 아니더라도 언젠가.

안전한 야성(野性)은 없다

최은혜 경상국립대학교 사회과학연구원 연구교수

　'영포티'라는 조어(造語)는 본래 자기관리를 열심히 하고 젊게 살아가려는 40대를 일컫는 마케팅 용어로 시작됐으나 2025년을 지나오며 꽤 극적인 변화를 겪는다. 브랜드 로고가 박힌 티셔츠와 모자를 걸치고 값비싼 최신 기계를 사용하며 계급적인 지위를 과시함과 동시에 정치적 올바름(PC)으로 윤리적 위치 또한 선점하려 하는 태도를 가진 세대라 일반화되면서 40대가 조롱의 대상이 된 것이다. 이른바 '영포티 현상' 이면에는 여러 문제가 얽혀 있고 마냥 긍정할 수 없는 측면이 분명 존재한다. 어떤 가치들이 극우적 시각에서 희화화되거나 혐오의 대상이 되어온 일을 생각하면, 적극적으로 비판될 대목 또한 적지 않다. 그럼에도 이 현상이 우리에게 세대간 갈등과 원한, 무용한 논쟁만 남길 거라 단언하고 외면하거나, 혹은 마치 거울쌍처럼 저쪽을 비웃어 넘기는 방식은 과연 유용한 것일까. 근래의 언론이 그러했듯 세대 갈등을 넘어서기 위한 교과서적 대응 방안을 진지하게 내놓는 방식은 또 얼마나 효과적인 것일까. 그렇다면 대체 이로부터 무엇을 건져내야 하는 것일까. 이미상의 「일일야성(一日野性)」은 그 이면에 놓인 핵심적 문제가 무엇인지에 대한 날카로운 통찰을 담아낸다.

　이 소설은 마흔세 살에 접어든 한 부부, "늙는 것이 두려운 나머지 미리 늙어버려 노화의 공포를 잊"(228쪽)기 위해 분투하는 경수와 운주의 이야기를 다룬다. 경수는 분투의 일환으로 "시민 강의/세미나 큐레이션 서비스"를 받기 시작하면서 앉아서 소변을 보고 운주를 위해 생리대를 미리 채워두는가 하면, "내 것을 남에게 넣는다는 것 자체가" 역겹다며 "성기 삽입 성교"(231쪽)를 거부하는 데 이르게 된다. 그리 가부장적이지도 않던 경수가 자신의 가부장성을 과도하게 반성하는 것을 바라보면서 운주는 자신이 마치 "자기를 죽이고 남편만 떠받드는 손바닥 같은 삶", "희생적이고 유순한 생활"(230쪽)을 살았던 것처럼 느껴져 불쾌함에 사로잡힌다. "남편이 자신에게 뒤집어씌운 참고 사는 여자의 이미지"에서 벗어나기 위해 오 년도 넘게 연락하지 않았던 친구 선숙에게 갑작스레 재워달라 연락을 하며 운주의 분투 또한 이어진다. "무례하고 충동적인 자신을 젊게"(232쪽) 느끼면서.

선숙은 공공 임대 아파트에서 살던, "속된 말로 노는 애들"(234쪽) 중 하나였다. 민영 아파트 출신인 운주는 '잘 살면서 잘 논다'는 웅대한 자아상(自我像)을 충족하기 위해 선숙 무리에 끼고자 했고, "죽을 때 진지해지기 위하여 죽기 전까지 오로지 웃기기만 해야 하는 비극적인 코믹 캐릭터"(235쪽)를 기꺼이 자처한다. 그리하여 시작된 '야성'의 삶. 중국집 배달 오빠들과 폭주를 하고, 두꺼비를 마신 뒤 만취해 냉장고를 열어 소변을 보며, 신고 있던 조리를 벗어 민영 아파트 애들을 때리는 그런 삶. 그러나 자신이 선숙 무리처럼 공업고등학교나 여자상업고등학교에 다니는 것을 상상조차 할 수 없었기에 "노래방에서 놀고 밤 열두 시에 귀가해 과외수업을 받"(237쪽) 받는 삶은 운주의 '야성'이 그야말로 하루 즐기고 꺼져버릴 '거짓 야성'이라는 것을 보여준다. 냉장고 과일칸에 과일이 들어 있는 사십 평대 아파트에 살던 운주는 "선숙을 보면서는 집 냉장고의 과일 칸을 생각"하고 "아랫집 애를 보면서는 빨간 조리 슬리퍼 바닥을 생각"(236쪽)한다. 아랫집 애처럼 계급적 조건을 '온순히' 누리며 사는 듯 보이고 싶지 않아서 선숙 무리의 야성을 선택해 때로는 비굴해지기까지 하지만 사실은 마음 깊은 곳에서 그것을 철저히 무시하는 삶의 태도와 전략, 이미상의 소설은 바로 이 지점을 통렬히 꼬집어낸다.

이십 년 이상의 시간이 흘러 사십 대가 되어도 운주의 태도와 전략은 한

치도 달라지지 않는다. 옛 친구를 찾아 "그때 우리가 얼마나 겁이 없고 충동적이고 폭력적이고 부모를 울리고 상한 우유를 바로 들이켰는지" 왕년의 놀던 이야기를 나누면서 "노스탤지어의 캠프파이어"(238쪽)를 일으키고자 하는 것은, 경수가 씌운 '온순한 와이프의 이미지'에서 벗어나기 위해서지 결코 선숙과의 우정을 생각해서가 아니다. "살면서 초라함을 느낄 때마다" "선숙을 통과하여 스스로를 고양"(237쪽)해왔던 일을 또다시 반복하는 것일 뿐. "문명이 지워낸 나를 다시 찾는 하루"(238쪽), '일일야성'은 그렇기에 너무도 자기유폐적이며, 의사(擬似)야성 혹은 반(反)야성적이다. 지금의 조건을 조금도 바꿀 생각 없이 "안전하고 위생적으로"(238쪽) 야성의 기분을 내면서, 야성이 무엇이며 그 규정 속에서 어떤 것을 은폐했는지에 대해서는 전혀 살피지 않는다. 선숙을 무시하고 자신의 자존심을 충전하느라 제대로 바라보지 못하고 때로는 외면하기도 했던 지점들을, 운주는 사십 대가 되어서도 여전히 알지 못한다.

유럽의 가구 회사 물류팀에서 새벽 네 시부터 오후 한 시까지 일하는 선숙에게 낮 두 시는 일과를 마무리하는 저녁 일곱 시와 다름없고, 그러나 운주에게는 낮술을 먹으며 추억팔이하기 좋은 시간이다. 이 차이를 인식하지 못하는 운주는 노동을 마치고 집에 돌아와 쉬려는 선숙의 일상에 불쑥 들어와 아무렇지도 않게 무례를 저지른다. 자신의 '일일야성'을 위해서라면, 선숙이 물류센터에서 노동하며 얻게 된 허리디스크, 치료를 위해 일과 중 병원 예약을 해야 하지만 휴대전화 반입 금지라 그조차 할 수 없는 선숙의 노동 조건, 세상의 규범적 시간에 어긋나 있는 선숙의 노동 시간 쯤은 전혀 고려의 대상이 되지 않는다. 더욱이 선숙의 육체노동에 어떤 "지성적 활동"이 포함되며 선숙이 그것에 어떤 "자부심"(245쪽)을 가졌는지, 운주는 영영 알 수 없을 것이다. 이러한 정신 구조는 "가자 지구 집단 학살 규탄 세미나"를 들은 경수들이 "팔레스타인 연대 집회에 나가는 대신 남영동의 와인 바에서 레몬치즈파스타(이만이천 원)를 먹으며 네타냐후와 나크바에 대하여 토론"(229쪽)하는 행동에도 고스란히 새겨져 있다. 경수의 '교양'과 운주의 '야성'은 정신적 마스터베이션이라는 측면에서 동일하다.

물론 선숙은 운주의 추억팔이에 동참해주지 않는다. 제습기를 비우지 않았다 눈치를 주고, 학교 앞 탕수육 파는 아줌마 이야기를 꺼내자 자겠다고 방으로 들어가며, 운주가 권하는 술을 거절한다. "선숙은 피곤해 보일 뿐 과거로의 시간여행을 떠날 의향이 없"(242쪽)다는 뜻을 시종 분명히 한다. 그러나 단 한순간, 영주의 소식을 묻는 운주의 말에 유일하게 진실된 반응을 보인다. 간호조무사로 일하면서 병원의 포장이사 비용을 아끼기 위해 선숙을 부른 영주의 일터에서 영주가 앞으로 일하게 될 데스크에 앉아봤고, 데스크 앞판에 무릎이 닿는 그 노동의 공간에서 편한 자세를 찾아 양반다리를 하다가 결국 디스크 재수술을 하게 될지도 모른다고 생각했다는 말들이 전해진다. 이를 전하는 선숙에게는, 운주가 선숙을 향해 배려하지 못했던 육체노동의 어려움을 이해하는 감수성이 있다. 그렇기에 병원 원장 부모의 디스크 치료 예약을 미리 잡기 위해 틈틈이 유명한 척추 병원에 대신 전화를 걸어야 했던 영주의 상황에 "내가 왜 우리가 왜 그 사람들에게 그것까지 져야 돼?"(245쪽)라고 따져 물을 수 있는 것이다.

운주가 결코 영주와 선숙의 '우리'일 수 없음은 자명하다. 선숙에게 경외심과 우월감을 동시에 가졌을 때부터, 그리고 선숙이 오빠들에게 당한 폭력과 남자 어른들에게 당한 성폭력을 모른 척한 때부터 이미 운주는 선숙에게 '우리'가 될 수 없었다. 소설이 전개되는 내내 운주는 자신에게만 도취되어 있고 그 밖의 세계에는 영 무지(無知)한 모습으로 그려진다. 그러나 선숙이 무슨 짓을 할지 몰라 자신의 주민등록번호를 적지 않고 온 마지막 장면에 이르러, 운주의 무지(無知)에는 멸시가 배어 있다는 것이 드러난다. 이 시대의 탈출구로 선택된 '교양'과 '야성'이 어떤 정신적 기반 위에 서 있는 것인지를 적나라하게 확인시켜주는 대목이 아닐 수 없다. 선숙이 경수와 운주를 향해 "야, 니들 부부 뭐냐, 엄지 공주, 엄지 왕자냐? 마사지를 왜 이렇게 잘하냐. 아, 시원해, 너무 시원해."(247쪽)라고 말하는 꿈의 장면은, 사실 운주가 자신의 허위성을 모르지 않다는 것을 보여준다. 꿈에서 깬 운주는 "전혀 웃고 있지 않았"(247쪽)으므로.

이렇게 볼 때, 이 소설은 영포티의 전형을 형상화한 것이라기보다, 오히려 세대론을 넘어서 그 현상으로부터 우리가 읽어내야 할 이 시대의 문제가 무엇인지를 통렬하게 비판하고 성찰해낸다고 할 수 있겠다. 그럴싸한 명분을 내세우며 정신 속에 유폐된 자아도취의 초상에 대해서, 그리고 그런 경향이 외면하고 은연중에 멸시해온 어떤 것들에 대해서 말이다.

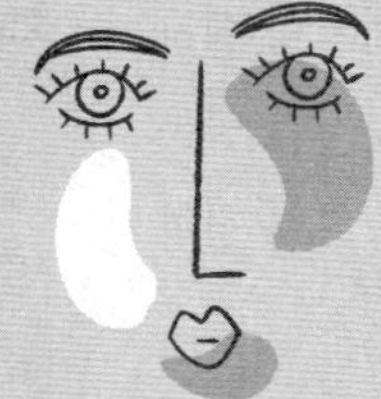

금빛 베드 러너

임솔아

소설집 『눈과 사람과 눈사람』, 『아무것도 아니라고 잘라 말하기』, 중편소설 『짐승처럼』, 장편소설 『최선의 삶』, 『나는 지금도 거기 있어』, 시집 『괴괴한 날씨와 착한 사람들』, 『겟 패킹』, 산문집 『다시, 뒷면에게』 출간.

금빛 베드 러너

그때 지윤은 운전석에서 하얀 봉투를 들고 있었다. ATM 기계 옆에 비치되는 은행 봉투였다. 봉투의 겉면에는 누군가 볼펜으로 '힘내십시오'라고 적어두었다. 엄마가 다른 사람에게 받은 봉투를 재활용한 모양이었다. 지윤의 엄마는 지윤과 지내다 헤어질 시간이 되면 종이백 가득 무언가를 담았다. 썰고 덖어서 만든 생강편, 직접 키우고 수확해서 볶은 땅콩, 지윤이 어릴 때 좋아했던 진미채와 연근조림, 나무에 딱 하나 열렸다는 토마토 한 알일 때도 있었다. 나눠 먹을 것이 풍성하지 못하다는 느낌이 들 때면, 신용카드 한 장이나 장미 모양의 순금반지를 얹어준 적도 있었다. 지폐를 두툼하게 넣은 흰 봉투일 때도 있었다. 돈봉투를 건넬 때에 엄마는 숨겨왔던 비밀을 알려주는 사람처럼 굴었다. 지윤의 몸에 자기 몸을 바짝 붙였다. 이거 가져가. 귀에 대고 자그마한 목소리로 속닥였다. 하얀 봉투를 재빨리 반으로 접어 지윤의 점퍼 주머니에 밀어넣었다. 집에 가서 봐. 지윤은 이번에도 봉투 안에 든 것이 지폐인 줄로만 알았다.

고속도로 휴게소에 들렀을 때에야 지윤은 주머니에 든 봉투를 꺼냈다. 돈이 들어 있긴 했다. 편지 두 장과 함께. 지윤은 편지를 펼쳐보았다. 스프링 노트를 아무렇게나 찢은 듯했다. 귀퉁이도 누랬다. 지윤은 그 편지를 단박에 알아보지 못했다. 내용을 다 읽은 뒤에도 마찬가지였다. 하지만 글씨체와 표현들만큼은 알아볼 수 있었다. 그것은 지윤이 쓴 편지였다.

편지에는 두렵다고 적혀 있었다. 아무리 노력해도 도무지 네 마음을 모르겠다고. 사랑한다고, 제발 그러지 말라고 적혀 있었다. 이 편지를 너에게 보내지 못할 것 같다는 문장으로 편지는 끝이 났다.

편지에는 '너'라는 단어와 '언니'라는 단어가 번갈아 등장했다. 지윤이 언니라고 부르면서 너라고도 부른 사람은 그 사람뿐이었다. 칠 년 전쯤에 지윤은 그 편지를 썼을 거였다. 그때에 지윤은 두 살 위의 여자와 동거를 했다. 지윤의 엄마도 몇 번인가 그 여자를 보았다. 여자와 헤어진 뒤에도 엄마는 종종 여자의 안부를 묻곤 했다. 요즘은 연락 안 해? 같이 안 살더라도 서로 연락은 하고 살라면서 엄마는 참견을 했다.

대체 어느 시기에 엄마가 이 편지를 발견한 것인지 지윤은 짐작조차 되지 않았다. 엄마는 언제부터 알고 있었고 얼마나 오래 모르는 척해왔던 것일까. 지윤은 눈앞이 까마득해졌다. 속이 울렁거릴 정도였다. 얼굴이 횟횟거렸다.

이런 걸 두려워할 나이는 지났잖아.

지윤은 침착해지기 위해 스스로 되뇌었다. 자신이 여전히 두려워하고 있다는 것에 지윤은 힘이 쏙 빠지는 듯했다. 두렵다고 편지에 적어두었던 칠 년 전처럼.

지윤은 다시 편지를 접었다. 봉투를 열어 혹시라도 엄마가 남긴 다른 쪽지 같은 것이 없는지 살폈다. 아무것도 없었다.

힘내십시오.

봉투에 적혀 있는 문장을 곱씹었다. 그제야 지윤은 다른 것이 궁금해지기 시작했다. 엄마는 이 편지를 왜 챙겨준 걸까. 굳이 지윤에게 돌려준 마음은 도대체 어떤 걸까. 하얀 봉투를 점퍼 주머니에 넣어주던 엄마의 얼굴을 지윤은 떠올렸다.

엄마의 표정이 어땠더라.

엄마는 알의 코팅이 벗겨져 있는 안경을 쓰고 있었다. 눈썹문신을 한 부분에 드문드문 색이 빠져 있었고, 왼쪽 빰 언저리에 타원형의 기미 몇 개가 새로 생겨 있었다. 그 아래로 손가락 한 마디 정도 길이의 볼거리 흉터 자국이 있었다. 입술선이 유독 선명했고 갈색빛의 눈동자는 여전히 커다랬다. 지윤은 엄마의 얼굴을 정확하게 떠올릴 수 있었다. 그러나 이목구비가 따로따로 또렷하게 떠오를 뿐, 엄마의 표정은 읽히지 않았다.

지윤이 개구리들을 떠올린 것은 그 순간이었다. 연잎들이 하나둘 공중으로 떠올랐다. 연잎을 타고 개구리들이 날아다니기 시작했다. 수십, 수백의 개구리, 수천의 개구리……. 개구리 떼는 나무들의 정수리를 지나 전봇대에 앉아 있는 새 떼들 너머 마을로 향했다. 식탁에 앉아 빵을 먹고 있는 남자네 창문을 지나, 빨랫줄에 매달려 흔들리는 빨래들을 떨어뜨렸다. 낮은 지붕 아래 열린 창문 안으로 들어갔다. 안락의자에 잠든 할머니 주변을 떼를 지어 떠다녔다. 뛰어다니는 개의 꽁무니를 추격하듯 쫓아다녔다. 밤새 마을의 온갖 곳을 날아다녔다. 아침이 밝아오자 개구리들은 모두 사라졌다. 동그란 연잎들만 길바닥 여기저기에 떨어져 있었다. 한 남자는 손으로 턱을 괸 채 연잎들을 바라보았다.

개구리들의 표정이 어땠더라.

지윤은 개구리를 떠올려보았다. 초록색이거나 황토색이었던 얼굴. 검은 반점들로 뒤덮인 콧잔등. 툭 튀어나와 있던 커다란 눈. 양볼을 커다랗게 부풀리던 개구리와 긴 혀를 날름거리던 개구리와 눈동자가 점처럼 자그마했던 개구리와 눈동자가 마름모꼴이었던 개구리를 지윤은 기억해낼 수 있었다. 그러나 그들의 표정을 알 수는 없었다.

에이도스 검사 과정에서 지윤이 읽어야 했던 그림책에 개구리들이 등장했다. 글자는 없고 그림만 있는 그림책을 보고 지윤이 검사자에게 이야기를 지어서 들려주는 방식이었다. 세 시간 남짓한 검사가 끝났을 때, 검사자는 조심스러운 목소리로 말했다. 결과가 나와야 확실해지겠지만 지윤 씨는 해당이 될 것이라고.

"어떤 점에서요?"

지윤은 검사자에게 질문했다. 원하지 않았던 결과냐고 검사자는 되물었다.

"제 말의 어떤 점이 달랐던 건지 저로서는 잘 몰라서요."

"이 검사는 피검사자가 하는 말을 관찰하는 게 아니에요."

검사자가 말을 이었다.

"여러 증상들을 보는 거예요."

지윤은 마치 시험에 임할 때처럼 검사에 임했고, 자신이 모든 과정을 꽤나 성실하고 매끄럽게 이행했다고 여겼다. 지윤이 시험을 치를 때에 늘 그렇듯 최선을 다했고 실수 같은 건 없었다. 한 달이 지난 후에 지윤의 집으로 배달된 검사 결과지에는 진단 기준점을 훨씬 초과하는 점수가 적혀 있었다. 지윤이 자폐 스펙트럼 장애를 가지고 있다는 결과였다. 세 시간의 검사에서 목격된 지윤의 증상들은 일곱 페이지 정도의 검사지에 빼곡하게 적혀 있었다. 그림책에 나온 표정들을 지윤이 읽어내지 못했다는 문장을 지윤은 오래 들여다보았다.

표정이 있었다고?

지윤은 용산역을 향해 뛰고 있다. 얼마 전 엄마에게 봉투를 받았다는 사실을 상기한다. 고속도로 휴게소에서 벚꽃을 보았었다. 지나가던 차들의 바퀴에 휘감기던 벚꽃잎들을. 그때는 사월 중순이었다. 넉 달 전이었다. 그동안 지윤은 휴게소에 꺼내본 하얀 봉투에 대해 떠올린 적이 없다. 봉투를 열어봤을 때만 해도 꽤나 놀랐는데도 그랬다. 지윤에게는 그보다 더 크게 놀랄 일들이 있었다. 지윤은 엄마가 폐암 4기 판정을 받았다는 전화를 받았다. 뇌와 뼈에 이미 전이가 되었다고 했다. 지윤은 무서웠다. 엄마가 아프다는 것과 자신이 암에 대해 아는 것이 전혀 없다는 사실에 대한 무서움에 시달렸다. 지윤은 자폐 스펙트럼 장애 검사 결과를 가족들에게 알리고 싶다는 생각을 저 멀리 밀쳐놓고 암에 대한 공부를 시작했다. 엄마가 정확히 어떤 상태에 놓여 있는지를 알아야겠어서 병원에서 의료기록을 받아보고, 거기에 적혀 있는 용어들을 학습했다. 엄마가 암 진단을 확정받은 것은 지윤에게 전화로 알려준 것보다 훨씬 이전이었다. 엄마는 지윤에게보다 먼저 주변에 진단 결과를 알렸다. 친척들, 환갑여행을 함께 갔던 초등학교 동창들과 마을 사람들이 다 알고 나서 지윤이 마지막으로 알았다. 엄마는 동네의 홍철이라는 남자가 다른 이웃들에게 엄마의 병명을 전하며 이런 말을 덧붙였다고 했다.

"비밀이야. 소문은 내지 마."

엄마는 홍철에게 전화를 걸어 서운하다며 바로잡았다. 모르는 척하고 비밀로 해야 할 일이 전혀 아니라고. 그 일화를 지윤에게 전해주며 엄마는 한껏 섭섭함을 드러냈다. 못된 것, 왜 비밀로 해야 하는데, 내가 뭘 잘못했는데, 엄마는 한참이나 중얼거렸다. 지윤은 엄마에게 묻고 싶었다. 나한테는 왜 비밀로 했느냐고.

힘내십시오.

하얀 봉투에 적힌 문장을 지윤은 이제야 이해한다. 엄마의 병명을 들은 누군가가 엄마에게 건넨 봉투였다. 치료비에 조금이나마 보탬이 되기를 바라면서. 그리고 엄마는 자신의 암 진단에 대해 말하는 대신 칠 년 전 지윤의 연애편지를 봉투에 넣는 걸 선택했다.

왜지.

지윤은 3번 출구를 통해 용산역으로 들어간다. 드넓은 대합실이 펼쳐진다. 지윤은 겁부터 난다. 이렇게 드넓은 장소에서 지윤은 늘 호흡부터 가다듬어야 한다. 너무 많은 간판들. 너무 많은 간판 속 이름들. 알록달록한 전광판들. 표지판들. 표지판 속 화살표들. 공중에서 거대한 유리병이 터져버려 파편들이 날아다니는 것처럼 보인다. 지하철과 기차를 타기 위해 움직이는 승객들과 마중 나온 사람들과 근처의 쇼핑몰을 가려는 사람들이 바글거린다. 지윤은 침착하게 주변을 둘러본다. 2번 출구만 찾으면 그 다음은 어렵지 않다. 출구를 등지고 서면 '열차 타는 곳' 표지판이 있다. 표지판의 왼편에는 에스컬레이터와 기둥이 있다. 그 기둥 뒤에 약국이 있다. 출발하기 전에 핸드폰으로 검색해본 것과 다르지 않다.

"화이투벤 두 통 주세요."

지윤이 신용카드를 만지작거리며 생각해둔다. 일단 엄마에게 약을 먹이고, 한 시간 남짓 지켜보아야 한다. 한 시간이 지나도 호전되지 않는다면 얼른 응급실에 가야 한다. 시간을 지체하면 안 된다. 약을 먹이자마자 간단하게라도 짐을 미리 챙겨놔야 한다. 그리고 응급실로 가는 길을 미리 검색하자.

"화이투벤은 없어요."

약사가 답한다. 지윤은 신용카드를 내민 채 서 있다.

"다른 감기약으로 드릴까요?"

약사가 다시 말한다.

"아뇨."

지윤은 뒤돌아선다. 약국을 빠져나온다. 엄마는 분명히 화이투벤이라고 말했다. 그게 잘 듣는다고 했다. 지윤은 화이투벤의 성분에 대해 검색한다. 타이레놀도 화이투벤처럼 아세트아미노펜이 주요 성분이지만, 다른 주요 성분의 목록이 다르다.

다른 약국을 찾아가면 된다. 근처에 한 군데 더 약국이 있다. 다른 약국의 위치는 이 약국에 비해 친절하게 안내되어 있지 않다. 아이파크몰 리빙관 6층이라고만 적혀 있다. 아이파크몰은 용산역을 디귿자 모양으로 둘러싸고 있다. 패션관, 동관, 서관, 면세점, 디지털전문점, 광장, 에어쉽, 이마트, 리빙관 등으로 나뉜다. 미로 같은 구조로 유명하다. 지윤은 이곳에 몇 번 영화를 보러 온 적이 있다. 올 때마다 길을 잃었다.

지윤은 눈앞이 까마득해진다. 열차의 출발과 도착을 알리는 전광판의 글자들이 시시각각 바뀐다. 속이 울렁거린다. 전조증상이 시작되고 있다.

지금은 안 돼.

지윤은 두 주먹을 꼭 쥐었다 편다. 잼잼을 하듯이. 너무 추우면 턱이 떨리듯이 평정을 잃을 때에 지윤의 두 손은 아기처럼 그렇게 움직인다. 그건 지윤에겐 조건반사 같은 것이다. 리빙관. 리빙관. 되뇌며 지윤은 걷는다. 어째서 감기약 하나 챙겨오지 않은 걸까. 엄마의 몸이 보이는 것보다 더 쇠약하다는 걸 지윤은 번번이 놓치고 있다. 여행을 온 것부터가 무리한 선택이었단 후회가 밀려온다. 서울로 피서를 가자고 엄마에게 제안한 건 지윤이다. 암 진단에 대해 들은 이후부터 지윤은 엄마와 함께 지내는 시간이 늘어났고, 엄마가 여행 프로그램을 즐겨 본다는 것도 알게 됐다. 외국의 이색 호텔 같은 것이 소개될 때마다 엄마는 안고 있던 핫팩 주머니를 내려놓으며 말했다.

"저것 좀 봐."

지윤도 같이 보고 있는데도 자꾸 보라고 했다. 가까운 일본이나 제주도라도 엄마와 함께 가고 싶었지만, 응급 상황을 고려하지 않을 수는 없었다. 병원과 가까운 곳, 멋진 호텔이 있는 곳, 엄마에게 새로운 기쁨을 줄 수 있는 장소를 궁리하다가 서울이 떠올랐다.

엄마의 암 진단 직후에는 하루가 멀다 하고 주변 사람들이 병문안을 왔다. 동네 주민들과 친척들이 쉴 새 없이 들락거렸다. 그들은 초인종을 누르지도 않고 현관문을 벌컥 열고 식구처럼 엄마 집에 들어왔다. 전에 지윤은 누군가 그렇게 들어올 때마다 얼른 방으로 들어가버리곤 했지만, 엄마가 아프고 나서는 그러지 않았다. 참외나 사과 같은 것을 찬물에 뽀득뽀득 닦고 과도로 예쁘게 깎았다. 접시에 담아 소파 테이블에 올려두었다. 그리고는 그들 옆에 자리를 잡고 앉았다. 그들은 아랫동네 누에농장 깍쟁이가 선물이라며 또 물러터진 복숭아를 줬다느니 하는 이야기들을 나누었다. 그들이 집에 찾아오는 것을 엄마는 좋아하는 듯했다. 지윤이 그들과 나란히 앉아 엄마 옆을 지키는 것도 엄마는 무척 흡족해했다. 암 진단을 받기 전만 해도 엄마는 그들을 못된 것들이라고 지윤에게 말해왔다. 그들이 나간 대문에 대고 씹어 뱉듯 말했다. 못된 것들, 아주 사람을 뭣같이 보고. 이제 엄마는 그들이 나간 뒤에 흐뭇하다는 듯 대문 쪽을 보며 웃었다. 지윤은 틀린 그림 찾기를 하듯 이전과 지금의 차이에 대해 생각했다. 두 장면을 머릿속에 나란히 펼쳐두고 다른 지점을 찾아보았다. 배치였다. 이제 그들은 엄마를 소파의 가운데 자리에 앉게 했다. 모두가 엄마의 눈을 쳐다보며 말을 했다.

그때 지윤은 엄마가 서울로의 여행을 좋아하리라 여겼다. 엄마는 마을 사람들에게 호캉스를 다녀왔다고 자랑할 것이다. 딸이 호캉스를 시켜주었다고. 마을사람들 중 호캉스를 경험해본 첫 번째 사람이 되어서. 지윤은 워커힐에서 진행하는 전시와 롯데타워의 아쿠아리움, 한남동의 전통차 클래스와 호텔의 파인다이닝을 예약했다. 차례대로 그곳들을 방문한 후, 루프탑 카페에서 엄마와 함께 서울의 야경을 볼 예정이었다.

여행의 첫 일정이었던 전시장에 들어설 때만해도 지윤은 자신의 선택에 만족했다. 익숙한 명화들을 극장이라는 콘셉트로 재해석한 미디어아트 전시였는데, 엄마가 그 그림들을 알아보고 기뻐했다. 그 그림들에서 무엇을 감상해야 하는지, 도슨트처럼 엄마는 계속해서 지윤에게 속삭여 주었다. 고흐의 〈꽃 피는 아몬드나무〉 액자 아래에는 〈폴 고갱의 의자〉와 똑같이 생긴 의자가 놓여 있었다. 엄마가 의자에 앉았고 지윤은 사진을 찍었다. 엄마는 리넨 재질의 블라우스와 감색 베스트를 입고 있었는데, 의자의 색감과 잘 어울렸다. 〈진주 귀고리를 한 소녀〉 앞에 도착했을 때 엄마는 핸드폰을 꺼내 그림을 찍었다. 마음에 드는 그림을 볼 때마다 엄마는 연신 핸드폰을 들이댔다. 식탁 위의 휴지 케이스에 핸드폰을 기대어두고 사진을 따라 그림을 그리는 것이 엄마의 유일한 취미였다. 엄마는 집에 가서 이 그림들도 모작을 할 생각에 들떠 있었다.

중앙홀은 삼 층 정도 층고의 드넓은 공간이었다. 빔 프로젝터를 통해 명화들이 공간을 360도로 에워싸며 재생되었다. 홀 여기저기에 놓여 있는 빈백과 느슨한 자세로 누워 있는 사람들. 홀에 입장한 지윤과 엄마의 몸 위로도 명화가 재생되고 있었다. 고흐의 〈별이 빛나는 밤〉 속 사이프러스가 검게 타오르며 흔들렸다. 샛노란 별무리가 지윤의 팔뚝 위에서 느릿느릿 회전했다. 하늘은 빠르게 굽이치며 커다란 소용돌이를 그려댔다. 평소 지윤은 그림에 무감했다. 지윤은 정지해 있는 것보다 움직이는 것을 더 좋아했고, 가장 좋아하는 것은 회전하는 물체였다. 세탁기와 팽이, 나사와 풍차. 그리고 오르골. 지윤은 회전을 통해 신과 대화를 나눌 수 있다고 여겼던 튀르키예 사람들의 세마 의식을 좋아했다. 수피댄스 동영상을 유튜브로 틀어두면 기쁨이 몸에 차오르곤 했다. 하얀 치마가 넓게 펼쳐지고 회전이 빨라지고 기도 소리가 울려퍼졌다. 그들은 아는 것이다. 회전이 가진 우주적인 집중력을. 지윤은 모든 사람이 자신처럼 본능적으로 회전의 아름다움에 매혹돼 있다고 생각했다. 지구도, 해와 달도, 별들도 회전하므로. 그 아름다움을 모를 리 없다고 생각했다. 김연아의 트리플 러츠―트리플 토룹도 회전하는 우주의 섭리를 아름답게 모사한 것이라고 지윤은 생각했다.

지윤은 고흐의 그림이 일으키는 회오리로 빨려들어갔다. 회오리 속에 들어가보는 경험은 상상해본 적도 없었다. 엄마가 지윤에게 말을 걸었다.

"마음에 드는구나?"

"엄마는?"

지윤은 엄마의 얼굴을 쳐다보았다. 엄마는 활짝 웃고 있었다. 그래서 엄마도 좋아하고 있다고 여겼다. 엄마의 기침이 시작되고 나서야 지윤은 엄마가 몹시 추워한다는 것을 눈치챘다. 엄마가 추위 때문에 떨고 있고 온몸에 한기가 들었다는 것을. 이곳은 엄마가 있기에는 냉방이 너무 강했다. 엄마는 옅은 기침을 했다. 한번 시작된 기침은 멈추지 않았다.

전에 검사자는 말했다. 검사를 하는 동안 지윤에게서 웃음 외의 다른 미묘한 표정은 목격되지 않았다고. 지윤은 정곡을 찔린 것처럼 뜨끔했다. 웃음은 지윤이 오랫동안 연습해온 표정이었다. 지윤의 두 손을 꼭 붙잡고 엄마가 자꾸 채근했기 때문이었다.

"지윤아, 웃어야지."

지윤에게 웃음은 피아노의 영역이었다. 건반을 조금만 안 쳐도 손가락이 굳듯, 조금만 웃지 않고 지내도 웃음은 지윤을 떠나버렸다. 그러니까 웃음은 지윤이 쉬지 않고 의식하며 노력해온 증거 중 하나였다. 표정이 웃음밖에 없다는 검사자의 말은 지윤의 노력이 무언가를 간과하고 있었다는 지적처럼도 들렸다. 지윤은 검사자에게 질문했다. 처음 보는 낯선 검사자 앞에서 검사를 받는 상황에서 웃음 외에 어떤 표정을 지을 수 있겠냐고. 애도 아닌데 울 수는 없는 거 아니냐고. 검사자는 차분한 목소리로 말했다.

"사람들은 놀라면 눈썹을 위로 올리기도 해요. 두 눈을 동그랗게 뜨거나 손으로 입을 가리기도 하고요. 먼 과거를 생각할 때 눈을 가늘게 뜨기도 하고, 생각이 잘 나지 않을 때엔 미간을 찌푸리거나 눈을 꿈벅거리기도 하죠. 입술을 내밀거나 코를 찡긋하거나 눈을 가볍게 흘기거나. 그리고 무슨 설명을 할 때엔 손짓을 곁들이기도 하죠. 손을 가볍게 휘젓거나 손가락으로 가리키거나 어깨를 으쓱하기도 하고요. 지윤 씨는 저의 제스처에도 전혀 반응하지 않았어요."

검사자가 어떤 표정이나 제스처를 설명하는 것인지 지윤은 모르지 않았다. 검사를 받는 동안 검사자가 제스처를 취하는 것을 목격한 기억이 없었다. 알고 있었어도 알아볼 수 없었던 것이다. 지윤의 오랜 소외감이 조금더 또렷해졌다. 자신만 빼고 모두에게 통용되고 있는 은밀한 언어가 따로 있는 것 같다는 막연한 느낌은 지윤의 착각이 아니었다.

지윤은 엄마와 함께 전시장을 빠져나왔다. 따뜻한 곳에서 조금만 쉬면 나아질 것이라고 엄마는 말했다. 바깥은 폭염이었다. 실외는 견딜 수 없을 정도로 더웠고 실내는 지나치게 추웠다. 엄마의 집은 돌아가기에는 너무 멀었다. 지윤은 호텔로 가는 것을 선택했다. 히터의 온도조절기에 손을 대어 적정 온도를 마음대로 조절할 수 있는 곳은 지금으로서는 그곳뿐이었다. 방의 냉방을 끄고서 희고 따뜻한 이불을 덮고 누워 있는 게 제일 낫다고 판단됐다. 비치된 전기포트로 물을 끓여 따뜻한 차 한잔을 마실 수도 있었다. 하지만 엄마는 이불을 덮고서도 쉴 새 없이 기침을 했다. 괜찮다는 말과 기침 소리가 번갈아 엄마의 입술 바깥으로 삐져나왔다. 엄마의 이마를 짚어보니 열이 나고 있다는 게 확연히 느껴졌다.

지윤은 서성이고 있다. 원을 그리며 빙글빙글 같은 자리를 맴돌고 있다. 애써 찾은 1층의 엘리베이터는 3층까지만 운행한다. 리빙관 6층을 찾아갔으나 푸드 스테이지 6층이다. 처음에 갔던 약국으로 돌아가는 편이 나을 수도 있다 생각하지만, 돌아가는 데에 시간이 더 걸릴 것이다. 리빙관 6층에서 두 번째 약국을 발견했을 때, 약사는 없다. 잠시 화장실에 다녀오겠다거나 하는 쪽지도 붙어 있지 않다. 뒤쪽 진열대가 훤히 보여서 약상자들의 제품명들이 눈에 들어온다. 화이투벤이 거기 있다. 약사가 나타나기만 하면 된다. 지윤은 핸드폰으로 약국 정보를 재차 확인한다. 영업 중. 지윤은 약국 앞을 빙글빙글 돌며 서성이기 시작한다. 이십 분이 지난다. 속이 탄다. 영업시간을 정확하게 기재하지 않는 약국이 원망스럽다. 일 분만 더 기다려보자 생각한다. 일 분만 더를 스무 번쯤 반복했으니까 열 번만 더 반복하자고 스스로를 달랜다. 이제 모퉁이에서 약사가 나타날 것만 같다. 아이고, 죄송합니다 하면서. 날이 더워 빙수를 먹었다가 배탈이 났지 뭡니까. 약사는 그렇게 말할 것만 같다. 약국 옆에는 빙수집이 있다. 돌아올 약사와의 대화를 상상하며 지윤은 혼잣말을 중얼거린다.

괜찮아요. 많이 안 기다렸어요.

삼십 분이 넘어간다. 엄마를 더는 혼자 둘 수 없다. 처음 갔던 약국으로 돌아간다. 지나온 길을 기억해내려 하지만 가는 길과 오는 길은 도무지 다른 길 같다. 약국에 도착했을 때 지윤은 새파랗게 질려 있다. 약사는 모드콜에스라는 종합감기약을 지윤에게 준다. 트리프롤리딘염산염수화물 대신 클로르페니라민말레산염이 들어갔다는 점을 제외하면 화이투벤과 모드콜에스의 주요 성분은 같다는 설명이 지윤의 마음을 많이 누그러뜨린다. 그래도 모드콜에스는 화이투벤이 아니다.

호텔방 문을 열었을 때 엄마는 침대 헤드에 비스듬히 기댄 채 텔레비전을 보고 있다. 엄마가 자주 보던 여행 프로그램이다.

"저것 좀 봐."

엄마는 기침을 하며 텔레비전을 가리킨다. 호텔 창문에는 암막커튼이 쳐져 있다. 서울이 한눈에 내려다보이는 뷰를 가졌지만, 창문은 손바닥을 대기 어려울 정도로 뜨겁다. 엄마는 창밖이 아닌 텔레비전 속 풍경을 보고 있다. 지윤은 엄마에게 감기약을 먹인다. 짐을 챙기고 응급실을 알아보는 동안, 엄마의 기침 소리가 꽤 잦아들었다는 걸 알아챈다.

"잠깐 한기가 온 거라니까."

엄마는 이제 아무렇지도 않다고 한다. 그리고 이제 저녁을 먹으러 가자 한다. 아쿠아리움 방문과 전통차 체험은 취소되었지만, 호텔 레스토랑의 파인다이닝 예약이 남아 있다. 레스토랑도 냉방이 강할 것이다. 지윤은 챙겨놓았던 캐리어를 다시 연다. 옷가지들을 꺼내본다. 엄마의 옷은 얇은 것들뿐이다. 지윤의 것도 마찬가지다. 지윤의 캐리어에는 수영복 가방이 들어 있다. 혹시나 엄마와 함께 호텔 수영장을 이용할 수 있을까 싶어 챙겨 온 것이다. 온수풀 정도라면 엄마에게 괜찮을 것 같다는 생각에서였다. 래시가드 두 벌과 스포츠타월 두 장. 지윤은 티셔츠 두 장을 겹쳐 입은 엄마에게 긴팔 래시가드를 또 입힌다. 그 위에 리넨 블라우스와 감색 베스트를 또 입힌다. 엄마의 목에 스카프처럼 스포츠타월을 두른다. 잠옷 바지 위에 바지를 입히고 양말도 두 겹으로 신긴다. 두 개의 캐리어에 있던 모든 것들로 엄마를 무장시킨다. 금빛 베드 러너가 눈에 들어온다. 방에 들어오자마자 의자 위로 치워두었던 것이다. 지윤은 그것을 들고 엄마에게 다가간다. 지윤의 의도를 알아챈 엄마가 웃기 시작한다. 지윤도 웃는다. 끅끅거리는 소리를 내어 웃으면서 엄마는 기꺼이 그것을 숄처럼 두른다.

"불상 같네."

지윤은 레스토랑 입구에서 무릎담요 세 장을 집어든다. 직원은 안쪽 자리로 안내한다. 주방 창고 앞 자리이다. 창고 앞에는 서빙 카트들이 줄지어 있다. 에어컨 바람이 직접적으로 닿지 않는 자리다. 지윤은 접시 위에 놓인 패브릭 냅킨을 펼쳐 자신의 무릎을 덮는다. 엄마는 핸드폰을 꺼내 패브릭 냅킨의 사진을 찍는다. 그것은 장미 모양으로 접혀 있다. 직원이 웰컴 드링크를 테이블에 내려놓는다. 시럽을 잔에 부어준다. 유리잔속 액체의 색이 오로라처럼 바뀐다. 지윤과 엄마는 천천히 식사를 한다. 엄마는 음식보다 그릇에 더 관심을 보인다. 모든 그릇이 다른 디자인이라며, 그릇을 높이 들어 밑면을 일일이 확인한다. 지윤도 엄마를 따라 그릇 밑바닥을 확인한다. 너도 그릇 같은 것에 관심이 있느냐고 엄마가 물었고, 지윤은 그렇다고 거짓말을 한다. 엄마가 폴란드 그릇과 튀르키예 그릇의 차이에 대해 말해준다. 여행 프로그램에서 보았다고 한다. 엄마는 보리리조토에 토핑된 배 무스의 맛이 아주 좋다고 한다. 익숙한 맛이라면서. 배 무스 덕분에 소화가 잘될 것이라고도 한다. 지윤은 제 앞에 있던 배 무스를 스푼으로 들어올려 엄마의 접시에 옮겨놓는다. 엄마는 이 시간을 즐기고 있다. 요리가 차례대로 앞에 놓일 때마다 조금씩 반응이 다르고 점점 더 반색한다. 마주 앉은 지윤도 엄마를 지켜보며 안도감을 느낀다.

그 검사가 틀렸을 수도 있다. 모든 검사가 끝났을 때, 검사자는 지윤에게 지속적인 상담을 받아보라고 조언했다. 치료가 필요해서가 아니라 안전한 환경에서 전폭적인 이해를 받으며 소소한 대화를 나눠보는 경험은 반드시 도움이 된다고 했다. 지윤은 그 조언을 따랐다. 이전부터 상담을 받아왔던 상담사에게 검사 결과지를 보여주러 갔다.

"자폐 스펙트럼 장애는 약이 없어요. 약물치료가 불가능하다는 이야기지요. 지윤 씨의 경우는 장애 등록도 안 될 테고요."

상담사는 말했다. 자폐 스펙트럼 장애에 대한 의학적 진단이 지윤에게 이로운 점은 없다고도 했다.

"검사 결과는 잊어버리시고요. 굳이 주변에 알리지 마세요. 지금까지 살아온 대로 살면 돼요. 노력 많이 하셨잖아요. 남들과 비슷해 보이려고 어릴 때부터 해온 노력들이 아깝지 않나요."

검사자와 달리, 상담사는 자폐 스펙트럼 장애 진단이 남용되는 것을 비판했다. 지윤의 경우, 그저 수줍음이 많아 사람의 눈을 쳐다보는 걸 어려워하는 것일 뿐이라 했다. 자폐 스펙트럼 장애가 아니라고 못박았다. 말하는 것을 보아도 그렇다 했다.

"어떤 점에서요?"

지윤은 상담사에게 질문했다.

"제 말의 어떤 점이 비자폐인의 특징인 건지 저로서는 잘 몰라서요."

상담사가 대답했다.

"친구나 가족에 대해 이야기할 때 타인의 감정에 대해 여러 번 언급하셨어요. 걔들은 타인의 감정을 못 느껴요. 관심도 없고요. 많이 봐서 알아요."

지윤은 온몸이 굳어가는 것처럼 느껴졌다. 상담사의 부드럽고 다정한 말투 속에서 '걔들'이라는 표현이 튀어나오는 순간, 지윤은 자신이 개구리 떼에게 쫓기는 개처럼 느껴졌다. 오로지 도망치기에 급급했던 개의 몸짓이 떠올랐다. 자폐인이 타인의 감정을 못 느낀다는 판단도 마찬가지였다. 자폐인이 타인에게 관심이 없다고 요약하는 모습에서 이 상담사는 적어도 자폐인에게는 관심이 없다고 판단됐다. 잘 알지 못한다고. 자신의 무지에서 묻어나오는 미량의 악의가 어떤 식으로 지윤에게 가닿는지를 느끼지 못하고 있다고. 느껴져도 무시하고 있다고.

"제 검사자는 평생 자폐 스펙트럼 장애를 연구한 분이에요."

"저도 이 일을 이십오 년 넘게 했어요."

상담사가 임상심리전문가 자격증과 임상심리사 1급 자격증, 상담심리사 1급 자격증을 갖고 있다는 건 지윤도 알았다. 세 가지 자격증을 모두 가진 사람이 한국에 그닥 많지 않다는 사실도 알고 있었다.

"검사자가 공부를 미국에서 했다고 했나요?"

상담사가 물었다.

"영국이요."

"지윤 씨, 여기가 영국은 아니잖아요."

그는 진심으로 지윤을 돕고 싶어했다. 지윤을 비자폐인으로 바라보는 것이 상담사에게는 지윤에 대한 선의였다. '걔들'이 아닌 '우리'의 카테고리에 넣어주는 것. 지윤은 기시감이 들었다. 언젠가 비슷한 대화를 나눈 적이 있었다. 칠 년 전쯤. 친구는 지윤에게 물었다. 너라면 우리처럼 남자를 만날 수 있지 않아? 친구는 안타까워하면서, 동시에 지윤에게 소속감을 주면서, 칭찬의 의미를 담아 그런 말을 했다.

자신에게 다시 검사를 받으라고 상담사는 제안했다. 에이도스 검사를 진행할 수 있는 자격증은 그에게 없지만, 풀배터리 검사를 진행해서 지윤의 증상을 크로스체크할 수 있다고 했다.

큰 위로가 되었고 감사하다는 생각이 들어요. 고맙습니다.

지윤은 검사자에게 보냈던 자신의 편지를 떠올렸다. 자폐 스펙트럼 장애라는 결과를 받아들고 지윤은 검사자에게 이메일을 보냈다. 지윤은 검사 결과지를 다 읽고 나서 용서를 받는 기분이었다. 매일같이 느껴왔던 고립감, 소중한 사람들에게 받았던 상처들, 소중해지기도 전에 관계에서 미리 제외돼버렸던 경험들. 타인의 마음을 충분히 이해할 수 없다는 것 때문에 남몰래 품어온 두려움들. 평생 동안 무겁게 등에 업고 살아온 죄책갈이 등에서 내려와 지윤의 곁에 앉아 지윤을 바라보는 듯했다. 지윤은 비로소 등에 업힌 무거운 것의 얼굴을 바라볼 수 있었다. 그러나 메일에다 적었던 안도감은 얼마 가지 않아 서서히 다른 형태로 변해갔다. 앞으로 지윤은 어떤 사람으로 타인들 앞에 있게 될까. 사람들은 이해한다는 듯 고개를 끄덕이고 지윤의 뒤에서 말할 것이다. 자폐래. 지윤은 늘 자신의 몸이 지나치게 커다랗다고 느껴왔다. 몸 안에 갇혀 있는 지윤은 탁구공처럼 자그마하고 바빴다. 걸음을 걸을 때에도 다른 사람들처럼 걸으라고, 자그마한 지윤은 발끝에서부터 팔 끝까지 부산스레 돌아다니며 교정하고 감시하고 지시하고 격려했다. 시커먼 동굴 같은 자신의 몸속을 끝없이 헤매 다녔다. 자신을 지키기 위해 소리치면 몸속 구석구석으로부터 메아리가 울려 퍼졌다. 지윤이 살면서 자주 느껴온 교감은 고작 그 메아리가 전부였다.

상담사의 재검사 제안이 지윤에겐 선택지가 있다는 것으로 해석됐다. 자폐 스펙트럼의 범주로 들어갈지, 범주를 거부할지. 내키는 대로 하면 되었다.

엄마와 함께 저녁을 먹는 이 순간, 지윤은 자신이 자폐 스펙트럼과 관련된 아무런 증상도 없다고 여긴다. 엄마의 마음을 충분히 잘 알아차리고, 잘 돌볼 수 있을 것 같다는 자신감이 든다. 화이투벤이 아니어도 괜찮았잖아. 자신이 화이투벤을 고집하지 않았다는 유연함에 안도한다. 그러나 디저트로 나온 소르베를 반쯤 비웠을 즈음, 엄마는 다시 기침을 시작한다.

지윤과 엄마는 방으로 돌아간다. 엄마의 이마에 손을 짚어본다. 감기약을 한 번 더 먹인다. 이번에는 약효가 빠르게 돌지 않는다. 무엇을 또 놓쳤을까. 역시 화이투벤을 사 왔어야 했나. 엄마는 춥지 않았다고 한다. 긴장을 좀 해서 그렇다고 한다. 기침이 더 잦아지거나 열이 더 오르면 응급실에 가자고 한다. 이제는 좀 쉬어도 되겠냐고 엄마가 묻는다. 언제부터 쉬고 싶었던 것인지 물어보고 싶지만, 지윤은 잠자코 침대 위에 덮인 이불을 걷어준다. 엄마가 침대에 몸을 누일 때 지윤은 소등을 하며 엄마의 옆에 눕는다. 어둠 속에서 기침 소리가 들린다. 처음 폐암 진단에 대해 지윤에게 전했을 때, 엄마는 말했다.

"어렸을 때 엄마가 결핵을 오래 앓았잖아. 엄마 생각에는 그게 원인인 것 같아. 열 살 때였나, 한번은 집에 아무도 없고 혼자 방에 누워 있는데, 누워 있는 요가 공중으로 떠오르더라고. 천장이 점점 가까워졌다가 멀어지고, 또 가까워졌다가 멀어지고. 그때 그런 생각이 들었어. 요가 점점 더 높게 떠올라서 천장이 너무 가까워지면, 그래서 천장이 나를 짓누르면, 나는 죽는 걸까."

지윤은 천장을 올려다본다. 지금 엄마가 보고 있을 천장이 지윤은 궁금하다. 엄마가 혹시 지금 공중으로 떠오르고 있지는 않을까. 천장에 가까워지고 있지는 않을까. 이곳에 누워 있으면서 이곳저곳을 날아다니고 있지는 않을까. 식탁에 앉아 빵을 먹고 있는 남자를 지나 텔레비전을 켜둔 채 안락의자에 잠든 할머니 옆을 맴돌고 있는 건 아닐까. 연잎을 탄 개구리들이 지금 우리 주위를 둘러싸고 있을까. 우린 그걸 못 보고 있는 걸까. 혹시 엄마의 눈에만 보이는 건 아닐까. 엄마는 많이 두려울까. 어느만큼일까. 지윤은 자신이 타인을 외롭게 만든다고 늘 생각했다. 지윤은 타인이 부지불식간에 표현해온 많은 메시지들을 자주 놓친다고 생각했다. 무얼 놓치는지에 마음이 쏠려서 누군가와 무언가를 하고 있어도 누구와 있는지 무엇을 하는지 늘 한 박자 늦게 실감했다.

기침 소리가 들릴 때마다 옆에 있는 엄마를 안아주고 싶다는 생각이 들지만, 지윤은 그렇게 하지 않는다. 들키지 않고 싶어서다. 지윤이 혼자서 몰래 두려워하고 있는 것이 엄마에게도 지윤에게도 더 낫다. 지윤은 도어벨을 떠올린다. 언젠가 지윤은 엄마의 집 창고에서 그 종을 발견했다. 지윤이 여섯 살 무렵 살았던 집의 현관문에 달려 있던 것이었다. 너무 어렸고 또 금세 이사를 갔기 때문에 그때 살았던 집의 구조조차 기억하지 못했지만, 지윤은 그 종을 또렷하게 떠올릴 수 있다. 현관문을 열면 추의 역할을 하는 천사 모양의 바람판이 흔들렸고 종소리가 난다. 종소리가 멈춘 뒤에도 천사는 종 아래에서 계속 회전을 한다. 가끔은 아무도 문을 열지 않았는데 종이 저 혼자 울린다. 지윤은 그게 두렵기도 하고 좋기도 하다.

어렸을 때 지윤은 몇 시간이고 현관 앞에 쪼그리고 앉아 도어벨을 올려다 보았다. 지윤의 배가 호흡에 따라 부풀고 꺼지고 천사도 미세하게 회전을 했다. 왼쪽으로, 오른쪽으로. 지윤은 종소리가 나지 않기를 바랐다. 동시 에 종소리를 기다리는 마음이 되기도 했다. 이사를 간 뒤로 현관문의 도 어벨은 자취를 감췄다. 버려졌으리라 지윤은 짐작했다.

"나 기억해."

어둠 속에서 지윤이 말한다.

"응?"

엄마가 지윤을 향해 돌아눕는다.

"도어벨."

"알아."

엄마가 지윤의 이마를 손바닥으로 쓸어내린다. 손바닥이 거칠고 뜨겁 다. 축축하다. 지윤도 엄마를 향해 돌아눕는다. 어둠 속에서 엄마의 눈동 자는 빛이 난다. 지윤은 엄마의 눈을 계속 바라보지 못한다.

"언제부터 알고 있었어?"

엄마의 안경 자국에 시선을 고정한 때 지윤이 묻는다.

"뭘?"

"그냥."

엄마는 잘 알고 있다. 지윤은 정보의 일부를 누락한 채 말하는 버릇이 있고, 그럼에도 유일하게 잘 알아듣는 사람은 엄마였다.

"엄마는 알지."

엄마의 입술이 서서히 닫히고 두 눈이 감긴다. 엄마가 잠이 들었나 싶 을 때쯤에 엄마는 다시 말한다.

"그게, 꼭 내가 쓴 것 같았어."

엄마는 지윤의 손을 잡는다. 엄마가 중요한 얘기를 하려고 한다는 걸 지윤은 느낄 수 있다.

"안 그럴 거지?"

지윤은 엄마가 하얀 봉투에 넣어줬던 그 편지를 떠올린다. 두렵다고,

아무리 노력해도 도무지 네 마음을 모르겠다고 하소연하다, 사랑한다고 고백하고, 제발 그러지 말라고 애원했던 구질구질한 말들. 그것들은 엄마가 지윤에게 자주 했던 말이다. 매일 보는 애니메이션이 결방되었다거나 미용사가 앞머리를 예상보다 짧게 잘랐다거나 할 때에 지윤은 세차게 울어댔다. 계획한 대로 흘러가지 않은 일, 의외의 사건들 앞에서 지윤은 늘 이해받지 못할 공포에 시달렸다. 그런 지윤을 보며 엄마는 어쩔 줄을 몰라 했다. 제발 그러지 마. 엄마는 거의 절규를 했다. 지윤은 그때 텅 빈 얼굴로 울음을 멈추었다. 자라면서 지윤은 다른 방법을 체득했다. 화장실에 들어가 오래 있었다. 화장실로 향하는 지윤을 엄마는 붙잡곤 했다. 다신 안 그럴 거지? 지윤의 손을 꼭 잡고 엄마는 다짐을 받아내려 애쓰곤 했다. 그때 지윤에게 화장실은 억지로 떼어내야 했던 감정들을 넣어두고 돌아서는 장소였다. 엄마에게는 창고가 마치 지윤이 화장실에서 두고 온 것들을 따로이 챙겨둔 공간 같았다. 창고에서 지윤이 발견한 도어벨이 그랬다. 지윤이 기억하던 것보다 천사는 훨씬 작았고 종은 부식되어 푸르스름하게 변해 있었다. 엄마는 지윤에게 언젠가는 다시 질문해보고 싶어서 그 도어벨을 보관해둔 것 같았다. 도어벨을 들고 엄마에게 갔을 때, 엄마는 지윤에게 물었다.

"너, 이거 기억해?"

왜 이 도어벨을 그토록 오래 보고 있었느냐고. 도대체 왜 그랬냐고. 이해할 수 없다고. 이제 엄마는 지윤에게 그런 말을 쏟아내지 않는다. 지윤에게 언젠가부터 설명을 요구하지 않는다. 그때의 지윤은 엄마가 이해할 수 있도록 더 정확하게 설명해보고 싶었다. 엄마가 고개를 끄덕일 때까지. 그래서 그랬구나 하고 지윤을 안아줄 때까지. 하지만 지윤은 할 말이 없었다. 그저 지윤은 그때 도어벨을 봐야 했다. 계속 봐야 했다. 그게 다였다. 다른 일들도 그런 식이었다. 설명해야만 하는 구실이 있는, 의도나 목적은 없었다. 엄마는 지윤의 대답을 기다리다가, 그게 창고에 여태 있었구나, 라는 혼잣말로 대화를 끝냈다. 엄마의 집 창고에는 그런 물건이 많았다. 사용하지 않는 녹즙기와 약탕기, 거의 골동품이 되다시피 한 유아차와 접이식 아기 욕조, 죽은 강아지의 장난감 같은 것들. 지윤이 보낸 택배 상자들도 엄마의 집 창고 한곳에 고이 모여 있었다. 이사를 할 때마다 지윤이 엄마의 집으로 보낸 커다란 상자들. 대학의 로고가 새겨져 있는 점퍼와 친구가 여행을 다녀오며 선물로 사 온 기념품, 곁에 둘 필요는 없는 책들과 괜히 모아둔 잡지들. 버리기는 아깝지만 갖고 있기에는 둘 데 없는 물건들. 엄마가 하얀 봉투에 넣어준 그 편지 역시 그 물건들 사이에 파묻혀 있었을 것이다. 어둠 속에서 조금씩 삭아가는 그 물건들을 하나하나 떠올리자 지윤은 창고의 선반 귀퉁이에 누운 듯하다.

지윤은 오래 연습해서 가장 익숙한 표정 하나를 꺼낸다. 입꼬리를 올리고 치아를 드러내며 엄마에게 미소를 보인다.

"우리 지윤이는 웃는 표정이 참 이쁘다."

엄마는 알 수 없는 표정을 또 짓고 있다. 앞으로도 지윤은 엄마의 표정에서 무언가를 놓칠 것이다. 지윤은 알고 싶다는 마음이 짙어질수록 모르는 것들로 휩싸인다. 지윤은 희고 바스락거리는 이불을 엄마의 어깨 위로 끌어당겨준다. 모르는 것들을 이불처럼 덮고서 지윤은 엄마의 기침 소리를 듣고 있다. 조금씩 잦아드는 소리. 미세하게 들썩이는 엄마의 몸은 이 기침에 익숙해져 있는 듯하다. 내일 조식 뷔페는 어떻게 한담. 금빛 베드 러너를 우스꽝스럽게 두르고 또 방을 나서서 사람들이 북적이는 곳에 가야 할 필요는 없다. 룸서비스를 이용해야겠다고 생각해둔다. 엄마에게 아침을 먹이고, 렉라자 세 알을 먹이고, 그리고 집으로 돌아가야지. 지윤은 미리 다짐한다. 먼 길을 운전하며 엄마의 집으로 갈 때에 아무리 더워도 에어컨을 아주 약하게 틀거나 틀지 않아야 한다고. 그걸 잊으면 안 된다고. 내일 저녁에는 엄마의 집 거실 소파에 나란히 앉아 텔레비전을 볼 것이다. 엄마는 여행 프로그램을 틀어놓을 것이다. 엄마가 결코 직접 볼 리 없는 곳들을 함께 바라볼 것이다.

* 소설 속 그림책은 데이비드 위즈너의 『이상한 화요일』(비룡소 2002)이며, 묘사된 전시는 〈베르메르부터 반 고흐까지: 네덜란드 거장들〉(2024.5~2025.4. 빛의 시어터)의 일부이다.

모르는 것을 이불처럼 덮고

안서현 문학평론가

　　모든 좋은 단편소설이 그런 것은 아니지만, 어떤 좋은 단편소설은 마지막에 하나의 문장을 준비하고 있다. 소설의 이야기는 모두 그 한 문장을 설득력 있게 전달하기 위한 것이다. 그리고 이와 같은 유형의 소설에서, 그 문장은 독자의 마음에 오래 남기 마련이다.

　　임솔아의 「금빛 베드 러너」에서는 이 문장, "모르는 것들을 이불처럼 덮고서 지윤은 엄마의 기침 소리를 듣고 있다"에 이르기 위해 다른 모든 문장들이 필요했다. 마침내 이 문장에 이르렀을 때, 독자는 잠시 멈출 수밖에 없다. 비유가 사용되어 시적인 것처럼 느껴지기도 하는 이 문장이다. 이 문장이 위화감 없이 읽히도록 하기 위해, 시적인 것이 산문에 잠시 머물기 위해, 이 하나의 이야기가 필요했다.

　　「금빛 베드 러너」는 최근에 자폐 스펙트럼 장애 검사를 받은 지윤과 폐암 4기 판정을 받은 어머니가 같이 서울로 호캉스를 가는 이야기다. 그리고 이들이 도착한 곳은 바로 여기, "모르는 것들을 이불처럼 덮"을 수 있는 자기 자신이다. 이 문장을 읽는 순간, 이 여행이 성공이었음을 우리는 안다.

　　그렇다면 다시 처음부터 살펴보자. 이 여행의 출발지는 어디인가? 이 소설의 첫 장면에서 지윤은 엄마의 편지를 받는다. 표면적인 메시지는 연인에게 '두렵다, 네 마음을 모르겠다, 사랑한다'고 썼던 자신의 말을 다시 전해 받은 것이다. 숨은 메시지는 이 편지가 곧 자기 심정과 같았다는 엄마의 말 속에 있다. 그러니까 이 여행은 모르는 것, 그리고 모르는 것이 촉발하는 불안에서부터 시작되었다. 창고에서 그 편지를 찾아내면서부터다.

창고에서 발견된 것은 또 있다. 바로 지윤의 원초적인 애정의 대상이었던 사물, 현관문에 달려 있던 도어벨이다. 왜 그것을 계속 바라보고 있는지, 어린 지윤도 몰랐다. 이유를 설명해보려고 했지만, 회전하는 물체가 지닌 아름다움밖에는 찾지 못했다.

지윤은 평생 "타인의 마음을 충분히 이해할 수 없다는 것", "타인이 부지불식간에 표현해온 많은 메시지들을 자주 놓"치고 있을지도 모른다는 것에서 오는 불안을 겪었다. 그리고 그 모르는 것으로 인한 불안 때문에, 자폐 스펙트럼 장애가 의심된다는 에이도스 검사 결과를 들었을 때는 오히려 모르는 것이 선명해지는 위로를 받았다. 오히려 그 선명한 것을 모호하게 만들려고 하는 친구의 시도나 상담자의 조언에서 상처를 입었다.

엄마 역시 어린 시절 지윤의 행동을 이해하지 못해서 어려움을 겪었다. 어린 지윤이 왜 "계획한 대로 흘러가지 않은 일" 앞에서 세차게 울어대는지 그녀 역시 알 방법이 없었다. 그리고 지금은 짐작한다는 것을 그녀 자신의 편지를 돌려주는 것으로 표현한 것이다. 자신이 폐암이라는 것을 지윤에게 뒤늦게 털어놓고 나서, 그리고 자기 병명을 비밀로 만들려 한 사람에게 서운했다는 이야기를 들려주고 나서, 엄마는 지윤에게 편지를 전한다. 그녀로 하여금 고백할 필요도 숨길 필요도 없도록 만든 것이다. 이렇게 두 사람이 자신과 서로의 취약성을 직시하면서부터 그들의 여행은 시작된다. 그리고, 시작부터 멋지게 성공했다.

그렇다면 모르는 것을 알게 되는 것, 그것이 이 소설이 정조준하는 방향인가? 두 사람은 그리로 계속해서 나아가는가? 그렇다, 알게 되는 것은 분명히 도움이 된다. 자신이나 상대에 관해 모르던 것을 알게 되는 것은 중요하다. 마치 엄마가 폐암인 것을 알고 동네 사람들이 "힘내십시오"라는 글씨를 쓴 봉투를 건네거나 병문안을 와서 엄마가 소파 가운데 자리에 앉게 하고 일상 이야기를 나누면서 투박하지만 의미 있는 위로를 건넬 수 있었던 것처럼 말이다.

그러나 이 여행이 준비해놓은 것은 바로 또 다른 모르는 것들과의 만남이다. 엄마가 기침을 하기 시작했던 것이다. 명화 전시장이 추울지 몰랐던 것, 호텔 수영장을 이용할 수 있으리라 생각한 것, 호텔 레스토랑 파인 다이닝을 예약해둔 것, 이 호캉스가 계획대로 흘러가지 못하게 만드는 이 모든 것을 지윤은 미리 알 수 없었다. 마치 엄마가 여행 프로그램을 즐겨 시청하지만 "결코 직접 볼 리 없는 곳들"을 바라볼 뿐인 것처럼, 모든 여행자는 필연적으로 모르는 존재다. 어쩌면 여행은 자발적으로 취약한 존재가 되어 세상과 마주하는 일인지도 모른다. 바꾸어 말하면, 매 순간 모르는 존재가 되는 일이라는 것이 곧 여행과 돌봄의 공통점일 것이다. 엄마가 과거에 그랬듯, 지금의 지윤 역시 폐암 4기 판정을 받은 엄마를 돌보려 하지만, 상대방에게 무엇을 해주어야 할지 모르고 있다. 맥락을 생략하고 말해도 다 알아듣는 유일한 사이, 친밀한 모녀 관계임에도 마찬가지다. 모든 사람은 서로 돌보거나 돌봄을 받을 때, 필연적으로 자신이 상대방의 무엇을 놓쳤는지를 모르는 존재가 된다.

소설은 여기에서 독자의 시선을 집중시키는 오브제, 금빛 베드 러너를 준비했다. 이야기의 전환점이다. 금빛 베드 러너는, 엄마의 기침 감기를 예측할 수 없었던 지윤의 실패를 드러낸다. 다른 한편으로 그것은 지윤의 돌봄 주체로서의 유능함, 즉 어떤 몰랐던 것이 닥쳐올 때 그것에 유연하게 대처한 그녀의 작은 성공을 보여준다. 감기에 걸린 어머니와 함께 레스토랑에 가기 위해서는 안에 래시가드를 입히고 스포츠타월을 두르고도 또 호텔 침대의 금빛 베드 러너를 걸치게 해야 할 만큼 충분한 대비가 필요하다는 것, 동시에 그 러너가 두 사람의 저녁식사를 둘이 웃음을 참지 못했던 유쾌한 기억으로 만들 수 있는 합당한 장식이라는 것을 지윤은 알았다. 자폐 스펙트럼 경계에 있는 그녀에게 이와 같은 유연함을 발휘한 것은 자신의 취약성을 훌륭하게 넘어선 장면이라고 할 수 있다. 여기서 이 여행은 두 번째로 성공했다.

그런데 이 소설은 이대로 끝나지 않는다. 또 다른 모르는 것이 있었다. 숙소로 돌아온 지윤은 뒤늦게 알게 되었다. 마치 엄마가 전시회를 즐기는 줄 알았지만 사실은 전시장 안이 지나치게 추웠다는 것을 뒤늦게 깨달았던 것처럼, 임기응변의 치장으로 꾸미고 무사히 저녁식사를 마치고 돌아왔다고 생각했던 엄마가 사실은 "이제 쉬어도 되"겠냐는 말을 할 정도로 피로하다는 것을 그녀는 몰랐던 것이다.

마지막 세 번째 여정이 여기에 준비되어 있다. 이 소설 속 여행을 다시 정리해보면 이렇다. 모르는 것이 불안이고 아는 것이 위안이라는 것을 알게 된, 지윤과 엄마의 첫 번째 여정. 그리고 그것을 다시 뒤집어, 아는 것이 증상이고 모르는 것이 대처라는 것을 발견한 두 사람의 두 번째 여정. 반드시 '화이투벤'이라는 이름의 약을 사야 한다는 것은 지윤이 빠질 수도 있었던 함정이다. 그 약과 성분이 같은 '모드콜'을 사서 늦지 않게 엄마가 기다리는 호텔로 돌아간 것은 또 하나의 성공이었다. 그리고 세 번째 여정, 또는 삼세판의 막판 뒤집기. 모르는 것은 당연하고 아는 것에는 한계가 있음을 깨닫는 마지막 여정이 준비되어 있었다. 밤에 침대에 누운 지윤의 머릿속은 다음 날의 계획을 수정하느라 분주하다. 다음 날 조식 뷔페까지 금빛 베드 러너를 두르고 가서 사람들의 이목을 끌 필요는 없다는 것을 생각한다. 대신 룸서비스를 이용하고, 일찍 집으로 돌아간다는 계획을 떠올린다. 그리고 이제 "모르는 것들을 이불처럼 덮고서" 잠든다. 취약성을 직시하기, 취약성을 마주하기, 그리고 마침내 취약성과 함께 머무르기. 이것이 마지막 두 사람이 도달한 종착지다.

정리하면 두 사람의 호캉스는 시작도 중간도 끝도 멋지게 일단락된 여행이다. 그리고, 소설의 마지막 장면에 숨겨져 있는 비밀이 있다. 두 사람은 여행의 끝에서 나란히 여행 프로그램을 시청하리라는 것, 바로 이 여행은 아직 끝나지 않는다는 것이다. 이 여행에 이름을 붙인다면 그것은 취약성과 함께 머무르기, 또는 자기 이해와 상호 돌봄으로 살아가기일 것이다.

희망은 우리를 부끄럽게 하지 않는다

임 현

2014년 『현대문학』 신인추천으로 등단. 소설집 『그 개와 같은 말』 『그들의 이해관계』,
중편소설 『당신과 다른 나』가 있음.

희망은 우리를 부끄럽게 하지 않는다

1

신부님, 신은 왜 필요할 때 필요한 것을 주지 않는 걸까요. 매일매일 앉은뱅이를 일으키고 소경을 눈 뜨게 하고, 우리들의 기도에 수시로 응답한다면 아무도 그분의 존재를 의심하지 않을 텐데 말이에요. 열두 제자라는 양반들도 실은 예수님의 이적 때문에 쫓아다닌 거 아닌가요. 어쩌면 그분이 우리에게 바라는 것은 믿음보다는 희망일지 모릅니다. 간절함이 없는 믿음이란 또 얼마나 공허합니까. 다만 믿어서 기대하는 것이 아니라, 무언가를 기대하기 때문에 맹신하는 거 아닌가요. 신앙심이라는 것도 결국 내세에 대한 염원으로부터 비롯되는 거잖아요. 우리를 환란에 빠뜨리고 시험에 들게 하는 이유가 바로 그것 때문이지 않을까요. 그럼에도 나중엔 더 나아지리라는 희망. 일종의 보험 같은 거. 그래요, 내가 하는 일이 바로 그것입니다. 누군가에게 희망이 되어주는 일.

당장 내일 일도 알 수 없는 게 인간입니다. 무엇도 예측할 수 없기 때문에 끊임없이 대비해야 하는 존재가 바로 우리라는 겁니다. 예기치 못한 사고와 질병으로부터 생명과 재산을 수시로 위협받잖아요. 그러므로 보험이란 또 얼마나 인간적인 제도란 말입니까. 이토록 불확실한 세계를 살아가는 데 필요한 가장 믿음직한 약속. 묻지도 따지지도 않고, 오늘의 보험으로 내일의 당신을 지키는……. 근데요, 신부님들도 4대 보험에 가입

되어 있나요? 그 일도 따지고 보면 정규직은 정규직이잖아요.

표정이 왜 그래요?

뭘 또 그렇게까지 긴장하고 그러시나.

사람들은 내가 진짜 하는 일에 대해서는 잘 알지도 못하면서 보험회사 직원이라는 말만 들으면 꼭 부담스러워한다니까요. 그러나 오해하지 마세요. 신부님에게 보험이나 팔자고 내가 여기에 온 것이 아닙니다. 그보다는 권선호 라자로, 그 아이에 대한 이야기를 나누기 위함이니까요. 신부님도 지난 미사에서 선호를 위한 중보기도를 해주셨잖아요. 척추 손상과 다발성 골절로 인해, 보름째 의식이 불분명한 상태라고 했습니다. 누구보다 나는 선호가 깨어나기를 간절히 바란 사람이었습니다. 신도들 중 유일하게 눈물을 흘리며 선호를 위해 애타게 기도하는 나를 보며 신부님도 희망을 가지라고 말해주지 않았습니까. 그래요, 희망. 그 말이 나를 더욱 간절하게 만들었습니다.

손해사정사, 그것이 내 직업을 부르는 정확한 명칭입니다. 보험설계사와 달리, 사고 발생 시 정확한 경위와 사실관계를 조사하고, 구체적인 손해와 피해 상황을 정량적으로 계산하며, 보험금 지급 여부와 구체적인 금액 등을 합리적이고 중립적으로 판단하는 전문가입니다. 계약의 내용과 약관을 해석하는 것 역시 손해사정사의 주요 업무 중 하나였습니다. 특히 나처럼 사내 조사부에 소속되어 있는 경우, 고의 사고 여부를 검토하고 필요하다면 수사기관의 협조를 구하기도 했는데, 권선호도 그런 케이스 중에 하나였습니다.

내가 선호를 처음 알게 된 것은 두 달쯤 전의 일이었습니다. 고객센터를 통해 교통사고 한 건이 접수되었는데, 왕복 2차선 도로에서 신호를 받고 대기 중인 '2022년식 현대 팰리세이드' 차량을 '2024년식 기아 K5' 렌트카 차량이 후방에서 추돌한 경미한 사고였습니다. 운전 미숙과 전방 주시 태만에 의한 부주의였고, 이 경우 가해 차량의 책임 비율이 높게 책정될 수밖에 없었습니다. 피해 차량의 운전자는 후범퍼 교체 및 도장 등에 대한 수리 견적서와 함께 동승자를 비롯한 4인의 경추염좌 진단서를 함께 제출한 상황이었습니다. 대물·대인 배상에 대한 총 예상 비용은 800여 만 원. 그만하면 나름 상식적인 수준이었습니다. 그럼에도 회사 측에서는 내 의견에 따라 피보험자에 대한 보험금 지급을 유보했습니다. 의심스러운 정황이 있었거든요. K5 운전자의 보험금 청구 이력을 조회한 결과, 최근 6개월간 유사한 사고 발생이 일곱 건에 이르렀던 것입니다.

일명 '뒤쿵', 뒤에서 고의적으로 '쿵' 하고 들이받는다고 해서 이름 붙여진 신종 보험 사기의 일종이었습니다. 텔레그램이나 SNS, 온라인 고액 알바 카페 등을 통해 공모자를 모집하여 범행을 저질렀는데, 사전에 공격수와 수비수로 역할을 각각 나누고 주로 렌트카에 가입된 가해 차량의 보험회사로부터 대인 합의금을 높게 청구하여 수익을 나누는 구조였습니다. 당시 선호는 소위 '마네킹'이라고 불리는 피해 차량의 동승자 중 하나였습니다. 왜 마네킹이냐고요? 그냥 뒷좌석에서 마네킹처럼 가만히 자리만 지킨다고 해서 그렇게 부른다더군요. 면허증도 없고 차량을 대여할 수도 없는 미성년자들이 주로 맡게 되는 역할이었습니다. 그럼에도 평균적으로 건당 30만 원 가량의 알바비를 받을 수 있다고 했습니다. 겨우 고등학생인 선호에게는 아무래도 적지 않은 금액이었을 겁니다.

그래도 그렇지. 겁도 없이 돈 몇 푼에 무모하게 그런 짓을 저지른다는 게……, 세상 참 무섭지 않나요. 이 일이 그래요. 사람을 좀 질리게 한달까, 그래서 누구든 좀처럼 믿을 수가 없게 된다니까요. 재작년에는 이런 일도 있었습니다. 가족 여행 중 호텔 수영장에서 5세 남아에게 일어난 사고였습니다. 병원으로 이송한 지 이틀 만에 호흡부전에 의한 저산소증과 다발성 장기부전으로 결국 사망에 이르렀는데, 그보단 안전요원 부재 등의 관리 부주의가 더 큰 원인이었습니다. 안타까운 일이었죠. 그들 부모의 앞날을 한 번 생각해보세요. 미래라는 건 그냥 주어지는 거잖아요. 아무 노력도 없이, 대가나 지불하는 것도 없이, 빈둥빈둥 누워만 있어도 무상으로 얻는 것. 그러니까 누구에게나 공짜로 주어지던 그 내일과 희망이 그들에게는 완전히 사라져버렸다는 겁니다. 이제 더 비싼 값을 치르며 평생을 아이가 살아 있는 과거 속에서 갇혀 살 수밖에 없지 않겠어요?

그나마 피보험자인 아동의 부모이자 수익자들이 가입한 우리 회사의 여행자보험은 사망 시 최대 1억 원의 보상금을 보장하고 있었습니다. 그런다고 죽은 아들이 살아 돌아오는 것은 아니었으나, 피보험자가 사망한 토요일에는 휴일재해사망 특약에 따라 그 두 배를 보장했고요. 물론 기준일을 사고 발생일로 계산할지, 사망일로 계산할지에 따라 분쟁의 여지가 남긴 하겠지만, 그러나 결과적으로 그들 부모 앞으로 지급된 보상금은 전혀 없었습니다.

매정하지만 법이 그래요, 법이. 만 15세 미만 아동의 경우 상해에 따른 사망 보험금을 수령할 수가 없거든요. 그걸 왜 그렇게 만들어놓았겠습니까. 자발적인 보험 가입 의사가 없는 아동들이 누구보다 보험 범죄에 쉽게 노출되기 때문입니다. 그런 일들은 생각보다 비일비재하거든요. 고의적인 낙상으로 인한 골절이나, 자해에 의한 신체절단. 어디 그뿐입니까. 미용 시술을 받고도 의료 목적으로 위장해 실손을 청구하거나, 고작 가벼운 접촉사고에도 굳이 한방병원을 찾아 입원하기도 하고, 비급여진료는 왜 또 그렇게들 받아대느냐 이 말입니다, 내 말이. 더구나 그게 무슨 대단한 노하우라도 되는 양, '보험금 많이 받는 꿀팁 모음' 따위의 제목으로 게시물을 작성하고 공유를 해요. 문제는 그런 몰지각한 사람들 때문에 진짜 보상과 위로가 필요한 사람은 정작 아무것도 받아 가지를 못한다는 겁니다.

그러니 내가 누구를 믿을 수 있겠습니까. 의심하고 따져보고 뭐든 유심히 들여다볼 수밖에요. 무엇보다 이미 있었을 수백 번의 사소하지만 결정적인 징후들을요. 신부님, 한 번의 참사가 발생하기 전에 3백 번의 경미한 사고나 징후가 먼저 일어난다는 말을 들어본 적이 있습니까. 그래요, 그 정교한 법칙을 처음 제안한 사람도 다름 아닌 미국의 유명 보험회사 직원이라고 하더군요. 손해사정사 자격시험에서 단골로 출제되는 문제거든요, 그게.

사고가 발생하기까지 일어나는 연쇄적인 단계. 그것은 마치 작은 나사

하나에서 비롯되는 불행과도 같습니다. 불량으로 생산된 나사 하나가 기체 결함의 원인이 될 수도, 대형 화물선의 장비를 망가뜨릴 수도, 거대한 교량을 무너뜨릴 수도 있는 일입니다. 다만 그것이 누구의 책임인지 따져 묻기란 쉽지가 않아요. 전날 과음한 상태로 작업에 임한 생산직 노동자의 잘못일까요. 당일 생산량을 무리하게 늘리기 위해 불량률을 무시한 고용주의 잘못일까요. 그럼에도 그 나사는 다음 단계의 부품을 조립하는 데 사용되었고, 아무것도 모르면서 언변만 뛰어난 영업 사원에 의해 정상 판매되었으며, 비행기나 화물선, 교량 어디든 붙어 있던 그 나사 하나가 결국 문제를 일으켜 뜻밖에 많은 사람들을 죽거나 다치게 했다면 도대체 그건 누구의 잘못이란 말입니까. 모두가 원인을 제공하였으나, 아무도 의도하지 않았고, 무엇보다 자기가 그때 무슨 짓을 했는지조차 알 수 없었을 텐데요. 오로지 비극적인 참사가 실제로 눈앞에서 벌어진 다음에야 겨우 보이는 일들입니다. 그러니까 그 복잡한 경우들을 분석하고 과실과 면책 사유 등을 파악하는 일이 나의 주된 업무라는 거예요.

물론 선호의 경우는 달랐습니다. 복잡할 게 전혀 없었으니까요. 의심의 여지도, 분쟁의 여지도 없이 눈에 보이는 것이 전부였습니다. 이미 우리 보험사 측에서는 청구인들에 대한 배상금 지급 일체를 거절하였고, K5 운전자의 앞선 유사 청구 이력을 바탕으로 고의적인 후방 추돌 의견으로 사건을 곧장 경찰로 인계하였습니다. 이후 K5 운전자를 비롯한 가담자들에 대한 형사 고발 조치가 진행되었고, 그렇게 해당 사건은 이쯤에서 마무리되는 줄 알았습니다. 선호의 작은엄마라는 사람이 나를 찾아오기 전까지는요.

"거기서는 다들 저를 작은엄마라고 불러요. 진짜 엄마는 따로 있으니까."

체구에 비해 목소리가 제법 크고 또렷한 마흔 후반대의 여자였습니다. 그래요, 신부님이 속한 교구에서 운영하는 '그룹홈'의 사회복지사 오미영 씨였습니다.

"우리 애들이 좀 그래요, 평소에도 자기 얘기를 잘 안 하거든요. 뭐든 혼자서 하는 거에 익숙해져서는……."

그러고는 그간의 상황을 이제서야 알게 되었다며, 뒤늦게 선호가 저지른 일에 대한 선처를 구했습니다.

2

그룹홈, 고아원보다는 작은 규모의 민간 위탁 시설로 아동공동생활가정이라고도 부른다고 하더군요. 일반 가정과 유사한 환경에서 예닐곱 명의 아이들을 네 명의 사회복지사가 24시간 돌아가며 양육을 담당하고 있다고 했습니다. 오미영 씨도 그런 인력 중 하나였습니다.

"밖에서 보면 잘 몰라요. 간판도 없이 그냥 가정집에 웬 애들이 저렇게 많나 싶기만 하는 거지."

선호는 한부모 가정에서 지내다 보호자인 부친이 폭행치상으로 갑작스레 구속 수감되면서 재작년 5월 중순부터 지금의 그룹홈에 들어오게 되었다고 했습니다. 다른 아이들도 사정이 비슷하긴 마찬가지였습니다. 부모의 사망이나 질병, 학대 등의 이유로 맡겨진 아이들이 대부분이었습니다. 그나마 선호는 성격도 밝고 기존에 있던 아이들과도 적응을 잘 하는 편이었는데, 만 18세가 되는 내년 보호종료 시점을 앞두고 걱정이 많았다고 했습니다.

"애들 말로는 누가 자꾸 선호를 찾아왔었나 봐요."

"누가요?"

"뭐 뻔하죠. 아마 돈 때문이었을 거예요."

구속된 선호의 아버지 앞으로 남겨진 빚이 있었고, 보호종료 이후 선호에게 자립 정착금 명목의 지원금이 얼마쯤 나올 예정이라고 했습니다. 자립하기에는 여전히 부족한 돈이었으나, 그럼에도 그마저도 없다면 선호의 앞날은 더욱 막막할 거라던 오미영 씨의 눈이 금세 붉어졌습니다. 그러고는 아무래도 조급한 마음에서 선호가 그런 나쁜 짓을 저지른 것 같다며, 내 앞에서 결국 눈물을 훔치더군요.

"사람들이 참 무서워요. 그 어린애한테서 뭘 더 뺏어가겠다고……. 남들이 생각하는 것보다 우리 애들이 더 밝아요. 잘 웃고 장난도 잘 치고, 자기들끼리 있을 때는 서로 돕고 보살피고 그렇거든요. 그런데도 왜 밖에 나가서는 그렇게 어두운 표정으로 다니는 줄 아세요? 안 그러면 보는 사람들이 금방 질려하거든요. 힘든데 안 힘들어하는 거, 그거 사람들이 얼마나 경멸하는지 선생님은 모르시죠? 근데 애들은 다 알아요. 왜 급식카드로 자꾸 군것질만 하냐고, 그 돈으로 밥 먹으라고 밥, 먹고 싶은 것도 못 먹게 간섭하는 어른들이 얼마나 많은데요. 그때마다 애들은 또 주눅이 들고, 더 상처받기 싫으니까 먼저 나서서 관심 받는 걸 무서워해요. 그래도 선호는 좀 달랐거든요. 남들 앞에서 잘 웃고 모르는 건 곧잘 묻기도 하고.

한번은 선호 담임 선생님한테서 전화가 왔어요. 그런 선호를 좀 걱정하시더라고요. 평소 성적도 나쁘지 않고, 성격도 무난하고 그래서 가까운 친구들도 선호의 사정을 잘 몰랐어요. 그런데도 어떻게 또 굳이 알아냈는지, 자기들끼리 하는 오픈 카톡방에 누가 선호에 대한 이야기를 익명으로 남겼나 봐요. 처음에는 뭐, 마니또를 하려고 만들었다는데…… 거기에 고아원이니, 교도소니 하는 말들이 올라온 거예요. 그러니 그 애 속이 또 어땠겠어요. 그런데도 내색 한 번 한 적이 없었다니까요. 겉으로 보면 아무도 몰라요. 잘 웃으니까 그냥 잘 웃는 애인가 보다 하는 거지. 매번 힘든 건 혼자서 다 참고 견디는데 그 애 속이 어디 사람 속이겠어요? 진짜 속마음은 그 애밖에 모른다니까요. 그런데도 담임 선생님이 그래요. 아무래도 그걸 선호가 올린 거 같다고요."

오미영 씨의 표현에 의하면, 그 역시 돈 때문일 거라고 하더군요. 말하자면 일종의 거래였던 셈입니다.

"요즘 애들이 참 영악해요. 함부로 누굴 괴롭히고 따돌렸다가 학폭위라도 열리진 않을까 얼마나 신경을 쓰는데요. 게다가 고3이잖아요. 따로 봉사활동 할 시간은 없고, 대신 선호한테 잘해줬나 봐요. 그게 또 자소서나 생기부에 도움이 되는 모양이더라고요. 소외받고 불쌍한 형편의 친구라고 하니까. 그러다가 선호가 애들한테 돈을 좀 요구했나 봐요. 그게 담임 선생님 귀에까지 들어간 거예요. 아무래도 그것마저 못 하게 되니까 그런 건가 싶기도 하고…… 미성년자라 부모 동의 없으면 아르바이트도 어렵거든요. 시설 출신이라고 하면 괜히 꺼려하기도 하고. 무엇보다 선호가 그 돈이 다 왜 필요했겠어요. 누가 자꾸 찾아오니까, 그 어린애도 뭐 별수 있었겠어요?"

그러고는 선호의 잘못을 한 번만 선처해달라고 간절히 부탁하더군요.

오미영 씨가 다녀간 그날 저녁, 나는 퇴근도 미룬 채 선호의 사건 보고서들을 다시 한번 유심히 살펴보았습니다. 이제 와서 무얼 수정하거나 더 보완할 부분은 없어 보였습니다. 매뉴얼에 따라 적절하게 진행된 일이었고 이후 소송 절차에도 법적인 문제는 전혀 없었으니까요. 그럼에도 무언가를 놓치고 있다는 기분이 드는 것은 왜였을까요. 그래요, 어쩌면 겨우 나사 하나 같은 문제였을지도 모릅니다. 누가 그런 것을 신경이나 쓰려 할까요. 모른 척 방치하고 떠넘겨도 아무도 알 수 없을 텐데요. 의도하지 않았고, 딱히 내 책임이라고도 할 수 없는 그것이 도무지 내 머릿속에서 떠나지 않았습니다. 그러니까 눈에 보이지 않는 선호의 속마음 같은 것, 그 속에 무수히 박혀 있을 뭉개지고 망가진 나사들을 생각하며 나는 선호의 선처를 바라는 의견서를 추가로 작성하기 시작했습니다. 대단한 기대를 한 것은 아니었습니다. 그게 아니더라도 어차피 단순 가담한 미성년자에 대한 처벌이 크지 않을 거라고 예상하고 있었으니까요. 그럼에도 어쩌면 그것으로 용서하고 싶었던 걸지도 모릅니다.

아니요, 선호의 이야기를 하는 것이 아닙니다. 오미영 씨의 이야기를 듣는 동안 실은 내가 진짜 떠올린 것은 다름 아닌 바로 나였습니다. 오랫동안 나는 스스로를 용서할 수 없었습니다. 겨우 돈 몇 푼에 아버지의 억울한 죽음을 모른 척해버린 과거의 내가 나는 부끄러웠습니다. 그렇다고 달리 내가 무얼 선택할 수 있었을까요. 선호라고 다르지 않았을 겁니다.

고를 수 있는 여러 선택지 중에 가장 최악의 경우를 택한 것이 아니라, 나쁠 수밖에 없는 유일한 무언가를 택한 결과라면, 용서가 아니라 또다른 대안이나 기회가 필요한 거잖아요. 내가 선호에게 주고 싶었던 것이 바로 그것이었습니다.

용서가 아니라 희망.

그런 마음으로 나는 의견서의 문장들을 써내려갔습니다.

3

용서라는 게 그래요, 그게 말처럼 쉽지가 않거든요. 더구나 사람 마음이라는 게 애초에 등가교환이 불가능한 단위라서 주는 사람 마음 따로, 받는 사람 마음 따로, 호의를 베풀면 호의로 되돌아오는 게 아니라 호구 취급 받는 경우가 다반사잖아요. 제아무리 죽고 못 사는 사이라고 하더라도 주는 만큼 돌려받지를 못하면 이게 굉장히 서운한 거거든. 내가 사랑을 줬는데 고작 고마움밖에 돌려받지를 못한다? 그럼 나머지는? 괜히 손해 보는 것 같아서 찝찝하고, 그래서 그때 그랬나 싶은 일들도 하나둘씩 떠올랐다가, 혹 상대방에게 딴마음이라도 생긴 거 아닌가 싶어서 자꾸 의심하게 되고…… . 근데 갚는 사람 입장에서는 또 그게 아니에요. 줄 거 다 줬다는데도 계속 모자라다는 불만을 들으면, 아주 미치는 거지. 뭘 더 해야 할지 정말 모르겠거든. 오해와 불신. 그거 받을 거 다 못 받은 것 같을 때 드는 기분 아니겠어요. 하물며 연애도 이렇게 계산이 어려운데, 아무 이유도 없이 봉변을 당한 사람들은 또 어떻겠습니까. 눈에는 눈, 이에는 이? 그런다고 어디 그걸로 분이 풀리겠어요. 멀쩡한 눈을 하루아침에 잃어버렸는데? 당한 만큼만 돌려줄 게 아니라 당한 것에 사채 이자를 붙여 두 배 세 배를 더해 갚아줘도 모자랄 판에, 눈 하나가 웬말입니까. 팔다리, 명치, 척추, 하다못해 시원하게 뺨이라도 갈겨줘야 하는 거잖아요. 근데 현실은 그렇지가 않아요. 당한 만큼도 돌려주지 못한다니까. 법이 그래, 법이. 쌍방이라는 거 그거, 무서운 거거든. 자칫 받은 것보다 더 뱉어내야 되는 경우가 올 수도 있다라는 겁니다.

용서, 그거 참 편리한 말이에요. 죄지은 놈을 벌하는 게 아니라 대신 용서하라니. 이 얼마나 불공정한 거래란 말입니까. 그럼 부당하게 피해를 본 사람들은요? 그들에게도 정당한 보상이 있어야 하는 거 아니에요? 그러니까 용서에 버금갈 만한 편파적이고 일방적인 무언가를 말입니다.

언젠가 나도 누군가를 용서하고 싶었던 적이 있었습니다. 오래전 나의 친구였던 병규. 지방의 소도시에서 함께 나고 자라 서로에 대해 모르는 것이 없던 병규가 나는 한때 몹시 부러웠습니다. 장래희망란에 의사나 변호사가 아니라, '보금온천 사장'이라고 적어 넣던 그 확신에 찬 태도가 대단히 멋져 보였거든요. 어린 나이에 벌써부터 그토록 분명한 미래를 가졌다는 것, 무엇보다 부모의 직업을 그대로 물려받을 수 있다는 것. 나로서는 결코 꿈꿀 수 없던 일들이었습니다.

아버지는 내가 누구보다 어머니를 닮는 걸 원하지 않았습니다. 생전에 어머니를 괴롭혔던 신부전 질환이 내게도 유전되는 건 아닌지 내내 염려했으니까요. 데친 채소와 저염식 위주의 식단은 어머니가 돌아가신 뒤에도 우리 부자가 지켜온 식습관이었습니다. 혹시라도 내가 어머니처럼 투석과 만성피로에 시달리는 것을 아버지는 바라지 않았기 때문입니다. 그렇다고 건강한 당신처럼 되기를 원한 것도 아니었습니다. 적어도 그보다는 나은 삶을 살기를 기대했을 겁니다.

3층 높이의 보금온천 건물은 주변에서 가장 규모 있는 목욕탕이었습니다. 내 아버지는 그곳에서 세신사로 일했습니다. 그러나 아버지가 진짜 하는 일은 목욕탕 전반에 대한 관리에 더 가까웠습니다. 필요하다면 보일러실의 고장난 설비를 수리하기도 하고, 틈틈이 세탁한 공용 수건들을 개거나, 냉장고의 음료들을 채워 넣기도 했습니다. 혹여나 내가 그 냉장고에서 몰래 야쿠르트라도 꺼내 먹다가 들키는 날에는, 아버지는 정직하지 못하다며 불같이 화를 냈습니다. 그러나 병규와 함께 있을 때면 달랐습니다. 목욕을 마친 병규는 늘 바나나맛우유를 하나씩 꺼내 먹었고, 내 몫을 함께 챙겨주는 것도 잊지 않았습니다. 그때마다 나는 아버지의 눈치를 살펴야 했습니다. 바나나에는 칼륨이 많고, 유제품에는 인이 다량 함유되어 있는데 그 둘을 더해놓은 건 또 얼마나 신장에 좋지 못하겠느냐는 주의를 들은 적이 있었기 때문입니다. 그러나 병규와 함께일 때 아버지는 아무 말도 하지 않았습니다. 우리를 다그치거나 으름장을 놓는 대신, 탈의실에 비치된 텔레비전만 묵묵히 바라볼 뿐이었습니다.

어린 시절 병규와 나는 함께 등하교를 하고, 서로의 숙제를 베끼기도 하고, 각자 다른 중학교로 진학하기 전까지는 거의 매일을 붙어 다녔습니다. 우리는 원할 때 언제든 목욕탕을 무료로 이용할 수도 있었는데, 아버지는 항상 내게만 따로 때타올을 챙겨주었습니다. 겉보기에는 깨끗했으나 어딘가 사용감이 있는 것들, 그냥 버리기에는 아쉬운 면도기나 칫솔들, 입구가 뜯겨졌으나 내용물이 아직 남은 일회용 샴푸나 린스들, 아버지의 목욕 바구니에는 그런 것들이 잔뜩 들어 있었습니다. 그것이 언제부터 나를 부끄럽게 만들었는지는 모르겠습니다.

한번은 아버지와 단 둘이 목욕탕에 남아 있던 적이 있었습니다. 마감 시간이 다 지나고 바닥 청소와 뒷정리를 하는 아버지를 기다리는 중이었습니다. 혼자서 감당하기에는 너무 넓은 공간이었습니다. 그런데도 매일을 쉬지 않고 물때를 제거하고, 물품을 제자리에 정리하는 일은 아버지의 몫이었습니다. 반복되는 일들이 그렇듯 별로 눈에 띄지는 않은 노력이었으나, 하루라도 하지 않으면 금세 누구든 알아볼 수 있는 일이기도 했습니다. 그리고 이윽고 아버지가 돌아왔을 때, 나는 바나나맛우유 하나 값에 해당하는 돈을 내밀었습니다. 아버지를 기다리는 동안, 내가 냉장고에서 꺼내 마신 것에 대한 정당한 대가였습니다. 그러나 아버지는 그 돈을 받지 않고, 도로 내 주머니에 넣어주었습니다. 어쩌면 그때부터였을까요? 아니면 그보다 더 이전에, 병규가 마시는 것에 대한 비용을 꼬박꼬박 아버지가 대신 채워 넣고 있다는 걸 알게 됐을 때부터였을까요? 다만, 그 순간에는 부끄러움보다는 무언가 실수를 했다는 생각이 먼저였습니다. 내가 내민 돈을 바라보는 아버지의 표정이 무척이나 당혹스러워 보였거든요.

그것도 아니라면 어울리던 무리로부터 목욕탕 냄새가 난다는 말을 들었을 때부터였을지도 모릅니다. 별다른 의도가 있던 건 아니었을 겁니다. 고작 열세 살 남짓의 또래 아이들이었습니다. 목욕탕 냄새가 나서 난다고 했을 뿐, 거기에 다른 의미가 어디 있었겠어요. 무심코 하는 그 말에 괜히 내가 정색을 해버렸던 겁니다. 그게 그렇게까지 화를 낼 일이었나. 다만 내가 이해할 수 없던 것은 그 자리에 병규도 함께 있었다는 겁니다. 그러니까 그 말에 병규는 어떻게 웃을 수 있던 걸까요. 그날 이후로 집안의 수건들마다 하나같이 적혀 있는 '보금온천'이라는 문구가 신경 쓰이기 시작했습니다. 병규의 집에도 같은 수건을 쓸 것 같지는 않았습니다. 더구나 정작 목욕탕 집 아들은 웃고 넘길 수 있는 말에 내가 이토록 참기 어려운 이유를 자꾸 곰곰이 생각하게 되더군요. 나중에는 병규가 실은 나 때문이 아니라, 내 아버지 때문에 웃었을지 모른다는 의심도 들었습니다. 아마도 우리가 서먹한 사이가 되어버린 것은 이듬해 서로 다른 중학교로 진학했기 때문만은 아니었을 겁니다.

4

생각해보면, 딱히 병규의 잘못이라고 할 만한 것은 없었습니다. 누군가는 목욕탕 집 아들로 태어났듯, 다른 누군가는 그냥 세신사의 아들로 태어났을 뿐이니까요. 거기에 어떤 잘잘못을 따져 물을 수 있었겠습니까. 세상 일이라는 게 그래요. 원하는 대로 되는 건 별로 없고, 예정대로 흘러가는 일도 드물잖아요. 무엇보다 그렇게 분명해 보이던 병규의 미래도 마찬가지였습니다. 병규가 보금온천을 물려받는 일은 결국 일어나지 않았거든요. 우리가 고등학교를 졸업할 무렵, 목욕업은 이미 사양산업이었고, 그런데도 병규의 아버지는 '보금참숯가마'라는 새로운 이름으로 규모를 무리하게 확장하는 바람에 큰 빚까지 떠안게 되었다고 했습니다. 달라지지 않은 건 내 아버지뿐이었습니다. 여전히 그곳의 세신사로 일했으니까요. 달리 무슨 대안이 있던 것도 아니었습니다. 말하자면 병규의 미래보다 아버지의 여생이 이미 더 확정적이었던 셈입니다. 그리고 그즈음 일어난 화재 사고가 나는 우연이었다고 생각하지 않습니다. 그 사고로 나는 아버지를 잃었습니다.

지하 보일러실에서 시작한 불길은 크게 번진 것은 아니었으나, 3층 건물 전체가 유독성 매연으로 금세 가득 차버렸다고 했습니다. 마감이 한참 지난 시각이라 다른 이용객들은 없었습니다. 언제나처럼 뒷정리를 하던 아버지만이 그 건물을 빠져나오지 못한 유일한 희생자였습니다. 더구나 경찰의 초기 수사 단계에서 그 화재의 원인으로 지목된 사람이기도 했습니다. 관계자 외 출입금지 구역을 자유롭게 드나들 수 있으며, 건물 소유주와의 금전적 다툼 관계에 있던 자. 물론 그 무렵 아버지 앞으로 체불된 임금이 적지 않았습니다. 해마다 눈에 띄게 줄어드는 손님들로 사정이 좋지 않았거든요. 하지만 그것은 아버지의 잘못이 아니었습니다. 경기와 무관하게 아버지는 해야 할 일을 했고, 일을 했으면 마땅한 대가를 지불해야 하는 거잖아요. 돈을 못 받았는데 왜 불을 질러요? 그런다고 없던 돈이 생겨요? 내가 그렇게 주장할수록 아버지에 대한 의혹만 더욱 짙어지더군요.

신부님, 한 번의 참사가 발생하기 전에 먼저 일어나는 3백 번의 경미한 사고나 징후가 진짜 의미하는 것이 무엇이겠습니까. 그때마다 아버지의 죽음을 막을 수 있었던 기회가 내게는 적어도 3백 번쯤은 더 있었다는 겁니다. 나는 아버지의 매일매일을 곱씹어보았습니다. 아버지는 성실한 사람이었습니다. 아버지가 개어놓은 수건들은 하나같이 세로로 한 번, 가로로 두 번씩 접혀 있었습니다. 락스를 조금 섞은 물로 물때를 제거했고, 냉장고의 음료들은 상품명이 앞으로 오게 진열했습니다. 그런 일들은 3백 번이 아니라, 3만 번도 더 넘게 반복되어온 일들이었습니다. 거기 어디에 잘못이 있었을까요. 아버지의 무엇을 내가 막아서야 했을까요.

실은 보일러실의 노후화된 시설이 원인이었을지도 모릅니다. 누전과 순환펌프 결함 같은 문제가 여러 번 반복되었고 그때마다 임시방편으로 문제를 해결한 것은 아버지였습니다. 그것과 관련된 전문적인 기술을 아버지가 가진 것은 아니었으나, 자격이 있는 누군가를 부른다고 해서 완벽하게 해결될 문제도 아니었습니다. 그보다는 새로운 설비로 교체해야 했는데, 결국 비용이 드는 문제였으니까요. 그것을 결정하거나 책임질 수 있는 사람은 아버지가 아니었다는 겁니다. 결과적으로 아버지는 오히려 그 일로 가장 피해를 입은 사람이었습니다. 그럼 누가 책임을 져야 하는 겁니까. 재해 방지를 위한 관리감독과 주의 의무를 가지며, 아버지를 사용하던 사람이 과연 누구였겠습니까.

조사 과정에서 새롭게 드러난 정황들도 있었습니다. 실은 건물 앞으로 들어놓은 고액의 보험이 몇 있었다는 것, 사고 발생을 얼마 앞두고 그 계약들이 이뤄졌다는 것, 무엇보다 목격자가 나타났거든요. 관계자 외 출입금지 구역을 드나들 수 있는 또 다른 관계자, 병규의 아버지를 그 보일러실에서 여러 번 보았다고 했습니다. 그러니까 그걸 모두 목격하고 증언한 사람이 누구였겠습니까. 다름 아닌 바로 나였습니다. 그러나 경찰은 내 의도와는 달리 자꾸 다른 것에 주목했습니다. 병규의 아버지가 자주 그곳으로 내 아버지를 불러내 무언가를 의논하였고, 사고 발생 두 시간 전후로 여러 차례 아버지와 통화한 내역도 밝혀냈습니다. 경찰의 최종 수사 발표에 따르면 그 일은 아버지 혼자서 저지른 짓이 아니라, 병규 아버지와의 치밀한 사전 모의와 계획이 있었다고 했습니다. 아버지의 무고를 증명하기 위한 노력과 기억 들이 오히려 두 사람의 공모 관계를 밝히는 데 일조해버렸던 것입니다. 그러나 내 아버지는 정말 그럴 짓을 저지를 만한 사람이 아니었거든요.

병규가 그의 어머니와 함께 나를 찾아왔을 때에도 나는 한결같이 그렇게 주장했습니다.

"알지, 내가 더 잘 알지. 왜 모르겠어. 우리가 몇 년을 봐왔는데."

병규의 아버지가 구속되고 얼마 뒤의 일이었습니다. 장례식에는 얼굴도 내밀지 않던 사람들이 이제 와서 무슨 염치로 내 앞에 나타난 걸까요.

오랫만에 만난 병규는 나와 눈도 제대로 마주치지 못한 채 마치 거기에 뭐가 있다는 듯이 줄곧 바닥만 내려다보고 있었습니다. 대신 병규의 어머니는 손에 든 무거운 과일바구니를 현관 앞에 내려놓고는 나를 위로하기 시작했습니다. 그러나 그들의 진짜 목적은 따로 있었습니다. 병규의 어머니가 내 왼손을 덥썩 붙잡았습니다. 그러고는 다른 손에 무언가를 쥐여주더군요. 봉투였어요. 그때까지 한 번도 본 적이 없는 큰 돈이 그 봉투에 담겨 있었습니다.

"근데 우리 아저씨도 그런 사람이 아니거든. 너도 잘 알잖니? 진짜 무슨 오해가 있어서 그런 거라니까."

그러고는 병규의 아버지를 용서해달라고 하더군요.

용서라고요?

누가 누구를?

아니, 그보다 용서라는 게 무엇입니까. 잘못을 한 사람에게 보복과 처벌 대신 건넬 수 있는 대체재 같은 거 아닙니까. 그럼에도 병규의 아버지도 내 아버지처럼 그런 사람이 아니라고 했습니다. 잘못한 게 없다는 사람을 내가 무슨 재주로 용서할 수 있었겠습니까. 정확히는 그럴 만한 자격이 내게는 없었습니다. 굳이 용서를 구한다면 아버지에게 했어야지요. 그러나 이미 세상에 없는 사람이었습니다. 그럼 아버지가 저지른 죄는 누구에게 용서 받아야 하는 걸까요.

신부님, 나는 그래요. 여전히 내 아버지가 그럴 만한 위인이 못 된다고 믿습니다. 그럼에도 자꾸 그 무렵 평소와 달랐던 아버지의 의심스러운 행동들이 하나둘씩 떠오르기 시작했습니다. 맞아요, 단 한 번의 잘못된 결정을 하기 전에 이미 나타났을 3백 번의 사소한 징후들 말입니다. 베개에 머리가 닿기 무섭게 금세 잠들던 사람이 밤새 뒤척였던 이유가 무엇이었을까요. 취미도 취향도 없던 사람이 텔레비전 광고를 보며 "저런 건 얼마쯤이나 하려나?" 혼잣말처럼 중얼거리던 일들도 떠올랐습니다. 한번은 잠든 내 이마에 대고 아버지가 이렇게 말한 적도 있었습니다.

"괜찮아, 다 괜찮을 거야."

아버지의 입에서 풍기는 술냄새가 지독했습니다. 그때라도 아버지에게 뭐가 괜찮은 것이냐고 따져 물었어야 했을까요. 그러고는 자초지종을 모두 들은 후에 아버지를 말리고 설득하고 괜찮지 않을 만한 여러 이유들을 들어 아버지의 결심을 되돌려야 했는지도 모릅니다. 그러나 당시에는 아버지의 술주정이 귀찮았을 뿐입니다. 그런 이유로 나는 아무것도 묻지 못한 채 잠든 척 가만히 누워만 있었습니다.

한편으로는 나는 또 자꾸 이런 생각이 듭니다. 그때 알았다고 내가 뭘 더 할 수 있었을까. 실은 모든 일이 벌어지고 난 뒤에야 비로소 기억나는 일들이었습니다. 그 사고가 아니었다면, 있는 줄도 모르게 그냥 넘어갔을 만한 사소한 장면들이었거든요. 그것들이 이제는 내게 아주 중요한 의미가 되어버렸다는 겁니다. 이제 그걸 어떻게 잊을 수 있는 거냐고, 그건 또 누가 책임을 져야 하는 거냐며 나는 그들에게 항변했습니다. 따지고 보면, 실은 두 사람의 잘못도 아니었는데 말이에요.

내내 바닥만 바라보던 병규가 고개를 들어 나를 똑바로 쳐다보았습니다. 보지 못한 사이에 병규는 제법 어른스럽게 자라 있었습니다. 눈매가 꼭 제 아버지의 것을 빼닮았더군요. 병규의 눈에 나도 그래 보였을까요? 한때 나는 정말 병규가 되고 싶었거든요. 정확히는 병규가 되고 싶은 장래희망은 나도 바라던 것이었습니다. 그런데도 담임 선생님은 왜 나만 따로 불러 수정을 요구했던 걸까요. '24시간 찜질방 대표'가 어때서요? 변호사라니요? 의사라니요? 꿈을 더 크게 가지라고요? 왜 남의 꿈에 이래라 저래라 훼방을 놓는 걸까요. 보세요, 보금온천보다 더 크고 넓은 목욕시설이라니까요? 왜 병규는 되고 나는 안 되는데요? 그랬던 병규가 나를 보며 웃었습니다. 그 웃음만큼은 변함이 없었습니다. 오래전, 목욕탕 냄새가 난다던 말을 들었을 때처럼 왠지 나를 무시하는 것 같았거든요.

"하, 근데 이 새끼가 아까부터 진짜…… 그래서 얼마를 더 달라고."

보세요, 용서라는 게 생각처럼 참 쉽지가 않다니까요.

그런데도 그 어려운 걸 법이 해내더라는 겁니다. 내가 아니라, 법이 그 인간의 잘못을 감경해주었습니다. 물론 그 과정에서 내가 작성한 '처벌불원서'가 도움이 되었다고는 했습니다. 그러나 내 입장에서 보자면 단순히 병규 아버지의 처벌을 원하지 않았을 뿐, 내 아버지에게 저지른 잘못까지 용서한 것은 아니었습니다. 그럼 그것이 내게는 무슨 의미였겠습니까.

아버지가 돌아가시고 나는 이제 어디에도 의탁할 수 없는 처지가 되었습니다. 그런 상황에서 병규의 어머니가 내민 합의금의 액수는 적지 않았습니다. 어쩌면 아버지가 처음 약속 받은 돈이었을지도 모릅니다. 세신사로 일하는 동안에는 만져보기 어려울 그 큰 돈이 아버지에게는 과연 어떤 의미였을까요. 나와 비슷한 마음을 품지 않았을까요. 아버지의 목숨은 단순히 비용으로 환산할 수 있는 무엇이 아니었습니다만, 그럼에도 나는 그걸 받아들 수밖에 없더군요.

희망.

그래요, 용서가 아니라 희망.

그것이 당시의 내가 붙잡을 수 있는 유일한 동아줄이었기 때문입니다.

5

근데요 신부님, 저 말이 정말 맞긴 한 겁니까.

성당 입구에 크게 써 붙여놓은 저 성경 구절 말이에요. 희망은 진짜 우리를 부끄럽게 만들지 않나요? 그런데도 왜 내게는 아니었을까요. 오랫동안 나는 나의 선택이 부끄러웠습니다. 그렇다고 다른 대안이 있었던 것도 아니었거든요. 아무리 생각해도 그 일에 나의 잘못은 하나도 없었습니다. 누구도 나를 탓하거나 비난하지도 않았습니다. 잘못한 것도 없는 나를 내가 어떻게 용서하겠어요. 그러니까 그게 용서도 희망도 아니었다면 도대체 무엇이었을까요.

무엇보다 선호를 위해 내가 했던 노력들은 다 뭐가 되는 겁니까. 선호의 선처를 바라는 의견서였습니다. 그것으로 기회를 주고 싶었거든요. 그러나 무얼 주기보단 오히려 반성과 참회의 기회마저 내가 빼앗아버렸던 건 아니었을까요. 처음부터 더 엄하게 처벌하고 경고해야 했던 걸까요. 그랬다면 아마 그런 나쁜 선택을 하지 않았을지도 몰라요.

결과적으로 나의 선처는 오히려 선호에게 용기를 주었습니다. 가벼운 기소유예 처분은 잘못을 뉘우치고 깨닫게 한 것이 아니라, 더 대담한 범죄를 저지르는 계기가 되어버렸거든요. 그러니까 더 큰 사고가 일어나기 위해 필요한 연쇄적인 단계를 다름 아닌 내가 제공한 셈이었습니다. 단순 가담자였던 선호는 이후 더 적극적으로 유사 범죄에 뛰어들었습니다. 고의적으로 차량 사고를 유발하고, 현장에서 합의금을 유도했습니다. 그러다가 기어코 그 사달이 나버린 겁니다.

보름째 의식이 없는 상태라고 했습니다. 그 아이가 지금 간절하게 바라는 게 뭘까요. 이제 와서 뭘 더 바라는 게 있긴 할까요. 있었다면 처음부터 그런 극단적인 선택은 하지 않았을 겁니다. 그래요, 달리는 차 앞으로 뛰어드는 그 무모하고 끔찍한 선택 말이에요. 빗길 운전으로 인한 사고였습니다. 미끄러운 노면과 야간의 좁아진 시야가 문제였거든요. 더구나 무단횡단을 하는 보행자를 발견한 운전자가 급하게 브레이크를 밟았으나, 평소보다 제동거리가 길어진 탓에 추돌을 피할 수는 없었습니다.

당시 차량 내 블랙박스와 현장에 출동한 구급대원의 기록을 토대로 단순 교통사고로 처리될 것 같았던 그 사건은 그러나 보행자였던 선호의 과거 경력으로 인해 전혀 다른 방향으로 전개되었습니다. 경찰은 우선 운전자와의 관계부터 의심했습니다. 두 사람 간의 통화 내역과 목격자의 진술 등을 토대로 공모 관계를 따져 묻기 시작했습니다. 무엇보다 운전자가 다름 아닌 보험사 직원이라는 점을 지적하며 보험금을 노린 계획적인 범행으로 몰아가더군요. 그렇습니다, 내가 바로 그 빗길 교통사고 당시의 운전자였습니다.

그래서 지금 용서를 구하는 거냐고요?

그런 짓을 하고도 부끄럽지 않느냐고요?

내가요?

왜요?

신부님, 나는 정말 억울합니다. 내가 무슨 이유로 그런 짓을 저질렀겠어요. 그건 그냥 사고였을 뿐입니다. 아니요, 내 책임이 전혀 없다는 것이 아닙니다. 교통사고라는 게 원래 그렇거든요. 100퍼센트 무과실은 좀처럼 나오지가 않아요. 무엇보다 고의적으로 뛰어든 거라니까 그러네. 야간에, 그것도 비가 그렇게 내리는 날인데 내가 무슨 수로 그걸 피할 수 있었겠습니까. 공모라니요? 사전에 모의를 했다고요?

그래요, 사고가 나기 전 선호가 나를 찾아온 적은 있습니다. 누군가를 방문하기에는 늦은 시각이었고, 장소도 마땅하지 않았습니다. 그런 선호가 나는 몹시 당황스러웠습니다. 실은 누군 줄도 몰랐거든요. 그런데도 그 아이는 마치 나를 아주 오랫동안 지켜본 것처럼 내가 거주하는 아파트의 지하주차장에서, 그것도 자정 가까운 시간에 나를 기다리고 있었습니다. 무엇보다 기회가 오기를 기다렸을 거예요. 후진하던 차량에 부딪친 것도 다분히 의도적이었다고 생각합니다. 크게 다친 것 같아 보이지는 않았습니다. 그럼에도 그냥 방치하고 모른 척 할 수는 없었습니다. 나중에라도 뺑소니로 신고를 당할 수도 있었으니까요. 서둘러 보호자에게 연락을 취하거나 응급실로 데려가 필요한 조치를 취해야 했습니다. 그러나 당시의 나로서는 그조차 어려운 일이었습니다. 그때 내가 술을 좀 했거든요. 물론 대리기사를 부르긴 했습니다만, 좀처럼 주차할 자리는 찾을 수가 없고 다른 고객이 기다린다는 핑계로 대리기사가 자꾸 나를 재촉하더라고요. 그러니 뭐 별수 있나요.

급하게 찾을 수 있는 현금을 모두 인출해 선호에게 내밀었습니다. 다분히 악의적으로 꾸며댄 일에 내가 휘말렸다는 걸 모르지 않았습니다. 대응 매뉴얼과 내부 교육자료를 통해 익히 알고 있는 케이스였습니다. 음주운전자들을 표적으로 삼은 대표적인 보험 사기 범죄 중에 하나였거든요. 그러나 상황을 복잡하게 만들고 싶지는 않았습니다. 서로에게 필요한 것을 나누기만 하면 되는 더 간단한 방법이 있었으니까요 그 아이에게는 아마 적지 않은 돈이었을 겁니다. 내 입장에서도 할 수 있는 최대한의 성의라고 생각했습니다. 그게 아깝지 않은 것은 아니었으나, 그보다는 보란 듯이 내 앞에서 핸드폰을 만지작거리는 선호의 태도가 몹시 신경쓰였습니다. 거기에 뭐가 찍혀 있을지 나도 잘 알고 있었거든요.

권선호는요, 오미영 씨의 말처럼 표정이 참 밝은 아이더군요. 나를 보는 내내 뭐가 그렇게 즐거운지 자꾸 웃었습니다. 무엇보다 내가 내민 돈을 확인하고는 웃어요. 만족해서 웃는 것이 아니라, 비웃듯이 기분 나쁘게 웃더라니까요. 그걸 보는 내 마음은 또 어땠겠습니까. 그게 사람을 몹시 질리게 만들었습니다.

"근데 이 새끼가 진짜…… 그래서 얼마를 더 달라고."

선호는 전혀 당황해하지 않았습니다. 오히려 흥분한 나를 안심시키고는, 이 일로 신고할 생각은 전혀 없다고도 했습니다. 그러고는 대신 자기를 좀 도와달라고 하더군요. 어렵진 않은 일이었습니다. 원치 않게 벌써 예행 연습도 해버린 셈이었으니까요. 적당한 날짜와 장소를 다시 골라 가볍게 뒤에서 쿵. 다만 지금보다는 좀 더 과감해야 할 것 같다는 조언도 덧붙였습니다.

그래서 결국 내가 그 일에 가담한 거냐고요? 그럴 리가요. 그런 무모한 사람들은 우선 피하고 보는 게 상책이잖아요. 그런데도 선호는 줄곧 나를 찾아왔습니다. 수시로 내 앞에 나타나 설득하고 회유하고 협박하고 …… 돈은 또 왜 그렇게 밝히는지, 사람을 얼마나 못살게 괴롭혔는데요.

그날은 비가 참 많이 내렸어요. 본격적인 장마가 시작되고 있었고, 라디오에서는 수해로 인한 피해 상황이 속보로 보도되는 중이었습니다. 그러나 한 해 평균 빗길 교통사고에 의한 사상자에 비할 만한 수치는 아니었습니다. 선호가 그런 날을 고른 것은 우연이 아니었을 겁니다. 통계적으로 사고 발생 가능성이 높고, 의심을 받지 않을 만한 시기를 치밀하게 계산한 결과였겠지요. 시간과 장소를 정해 내게 일방적으로 통보하였으나, 나는 순순히 선호의 말을 따를 생각은 전혀 없었습니다. 대신 일부러 평소와는 다른 곳으로 차를 몰았습니다. 그런데도 선호는 어떻게 알았는지, 신호를 받고 대기 중인 도로 건너편에서 나를 지켜보고 있더군요. 그래서 뭘 어떻게 했느냐고요? 속도를 올렸습니다. 정확히는 그 자리를 서둘러 벗어나고 싶었으니까요. 그런데도 선호는 무모하게 달려들었습니다.

그 사고는 정말 나의 의도와는 아무 상관도 없습니다. 나로서는 전혀 예상할 수 없는 순간에 일어난 일이니까요. 더욱이 나는 그 일을 선호 혼자서 꾸민 일이라고 생각하지 않습니다. 사건 발생 전, 선호 앞으로 들어 놓은 상해보험도 여러 건 있었습니다. 그 어린 애가 그걸 다 어떻게 알고 그랬겠어요. 그 나이에 돈이 필요하면 또 얼마나 필요했겠습니까. 뒤에 누가 있던 게 분명하다니까요. 자꾸 누가 찾아왔다잖아요. 경찰이 처음부터 의심한 점도 바로 그것이었습니다. 그런 까닭에 가장 유력한 배후로 나를 지목했던 거겠지요. 심지어 나를 단순 가담자가 아니라 이 일의 주범으로 몰아가려고 하잖아요.

뭐요?

고의적인 사고라니요?

원한에 의한 계획적인 범죄라고요?

사기가 아니라 살인미수요?

그러나 결과적으로 내게서 이렇다 할 무언가를 찾을 수는 없었습니다. 그 모든 것이 정황 증거였을 뿐이니까요. 무엇보다 정작 이 일에 대해 해명하고 진술할 선호의 상태는 전혀 호전될 기미를 보이지 않았습니다.

나는요, 누구보다 선호의 회복을 가장 바란 사람이었습니다. 더구나 내 문제가 모두 해결된 것도 아니었습니다. 인사 사고에 대한 책임까지 면한 것은 아니었거든요. 정확히는 형법상 과실치상죄에 해당하는 경우였습니다. 혹시라도 선호의 상태가 더 나빠지기라도 한다면, 진짜 더 큰 죄가 될 수도 있는 일이었습니다. 상황이 이렇게까지 된 데에는 다 이유가 있었을 겁니다. 나는 내게 일어난 일들을 여러 번 곱씹어보았습니다. 내가 놓쳐버린 나사 하나가 무엇인지 찾아내야 했거든요. 물론 거기에 내 잘못은 여전히 하나도 없었지만, 필요하다면 선호에게 용서를 빌어야 했습니다. 깨어나기만 한다면 보험금이 아니라 그만큼의 합의금이라도 마련해 줄 수 있었습니다. 매일매일을 병실을 지키며 내가 얼마나 간절하게 기도 했는지 모릅니다. 그러니까 그토록 암담했던 순간에 유일하게 단 한 사람만이 내게 손을 내밀더군요.

며칠 전 누군가가 사무실로 나를 찾아왔습니다. 오미영 씨로부터 연락처를 전해 받았다는 그 남자는 마치 멀리 여행이라도 다녀온 사람처럼 계절에 맞지 않는 옷을 입은 채 낡은 가방 하나를 들고 있었습니다. 그가 내게 말하더군요.

"선호 애비 되는 사람입니다."

들던 것과는 많이 달라 보였습니다. 위협적인 데라고는 전혀 없었고, 오히려 무언가를 기대하고 있는 듯했습니다. 선호의 비관적인 앞날을 걱정하긴 했습니다만, 결국 합의금 명목으로 내게 돈을 요구했습니다. 그것으로 내가 받게 될 처벌을 감경해주겠다고도 약속했습니다. 어쩌면요, 선호의 뒤에 줄곧 이 남자가 있었던 거 아닐까요. 지금껏 자기 자식을 아무렇게나 방치해둔 사람이 무슨 염치로 이제서야 나타났겠습니까. 선호 앞으로 여러 건의 상해보험을 가입하고, 사고 시 보험금을 수령하게 될 유일한 수익자이기도 했습니다. 그러니까 그 순간 내가 느낀 감정은 무엇이었겠습니까. 그 사람이 왜 나를 비로소 안도하게 만들었을까요.

신부님, 나는 그래요. 내가 품은 희망들은 어딘가 나를 떳떳하지 못하게 만들거든요. 나를 부끄럽게 하지 않는 건, 오히려 나의 억울함을 생각할 때뿐이었습니다. 여전히 선호는 깨어날 기미를 보이지 않았습니다. 그런데도 나는 어느 순간 자꾸 그 아이에게 화가 나더라고요. 그 애비라는 작자의 뻔뻔하고 파렴치한 태도도 참을 수가 없었습니다. 그러니까 누군가를 원망하는 순간에만 스스로의 잘못을 나는 묻지 않을 수 있었습니다. 어쩌면 사람들은 자기 부끄러움을 견디기 위해 다른 누군가를 미워하고 혐오하는 게 아닐까요. 실은 가장 미운 건 자기 자신이면서 내가 나를 용서할 수 없으니까…… 희망이 아니라 경멸이 우리의 부끄러움을 견디게 하는 거 아닐까요.

　근데 아까부터 표정이 왜 그래요. 뭐요. 뭘 묻고 싶은데요. 그래서 진짜로 몰랐냐고요? 고의적으로 사고를 유발한 게 정말 아니냐고? 무슨 대답이 듣고 싶은 건데? 그래요, 내가 그랬다고 칩시다. 그러면 뭐가 또 달라지는데. 그게 당신이랑 무슨 상관인데. 밤낮 기도만 하는 당신이 뭘 할 수 있는데? 그러니까 혹시 이런 나도 용서할 수 있는 겁니까.

　아니요, 신이 아니라 당신으로부터요.

　누구든 혐오할 수 있고 비난할 수 있으며, 지금 나를 경멸하는 가장 인간적인 당신은 나를 용서할 수 있습니까. 내게 다시 한번 기회와 희망을 줄 수 있나요. 그런데도 나를 부끄러워하지 않을 수 있겠습니까.

희망에 대항하는 희망,
그 낙관하지 않는 희망에 대하여

조윤정 국민대학교 교양대학 조교수

1

첫 번째 소설집 『그 개와 같은 말』(2017)을 엮으며, 임현은 「작가의 말」에 "나는 종종 어떤 일에 오기를 부리거나, 내가 틀리지 않았다는 걸 증명하고 싶어 하는데 지금도 그때와 거의 비슷한 기분"이라고 쓴 바 있다. 소설 「희망은 우리를 부끄럽게 하지 않는다」에 이르면, 그의 오기나 증명 의식은 용서의 문제로까지 확장된다. 이때 확장이라는 표현을 쓴 이유는 그가 소설에서 말하는 용서가 타인을 향(해 구)한 관용이면서 자기 자신을 향한 성찰을 포함하기 때문이다. 물론 이러한 현상은 작가의 근작 「우리가 우리에게 죄지은 자를」을 거쳐 이루어진 것이다. 그 소설에서 주인공은 "온몸이 흠뻑 젖어 모든 것들이 씻겨가도록, 타인에 대한 모든 마음과 기억들이, 내가 나의 잘못을 스스로 용서할 수 있을 때까지, 빗속을 걸어갈 작정"*을 한다. 마태복음 6장 12절을 제목으로 삼은 소설의 끝에서 작가가 보여준 것은 '나를 용서할 결심'이다. 이를 위해 그가 해야 할 일은 마음과 기억의 작용을 더듬고 버리는 일일 것이다.

---

* 임현, 「우리가 우리에게 죄지은 자를」, 『창작과비평』 53(1), 창비, 2025, 235쪽.

그간 임현의 작품들은 '틀린 옳음'의 가능성을 보여주는 소설(『그 개와 같은 말』, 2017), '자기 정체성을 증명하는 데 실패한 자들이 거꾸로 자기 삶의 단독성에 도달하는 하는 과정'(『당신과 다른 나』, 2019), '우리가 외면하고 있던 내면의 어둠을 직시하는 소설'(『그들의 이해관계』, 2022)로 해석되어왔다. 「희망은 우리를 부끄럽게 하지 않는다」 역시 그 연장선에 놓여 있다. 이제 작가는 용서를 희망하기에 이른다. 이 말은 근래 임현의 소설이 틀려도 괜찮냐는, 틀려도 괜찮다는 환대의 질문과 응답에 이어져 있다고 바꿔 쓸 수 있겠다. 희망과 용서는 다른 사람과 관계 맺고 사는 우리가 끝끝내 포기하지 않고 삶에서 도달해야 할 어떤 지점처럼 인식되어왔다. 그러나 임현은 묻는다. "혹시 이런 나도 용서할 수 있는 겁니까."

2

소설의 마지막 문장인 위의 질문은 제목 '희망은 우리를 부끄럽게 하지 않는다'와 이어져 있다. 이 소설의 제목은 로마서 5장 5절의 "Spes non confundit(희망은 우리를 부끄럽게 하지 않습니다)"를 빌려 쓴 것으로, 2025년 프란치스코 교황이 선포한 희년의 메시지이기도 하다. 2025년 전 세계 모든 성당 전면에 걸려 있었을 이 구절, 바오로 사도가 로마 그리스도인 공동체에 전한 이 메시지를 통해 작가는 '희망의 부끄러움'과 '용서의 부당함'에 대해 이야기한다. 일인칭 독백체의 이 소설은 청자(聽者)가 '신부님'으로 설정되어 마치 고해성사를 엿듣는 듯한 인상을 준다. 신을 대신하여 인간의 죄를 사하는 신부에게 주인공이자 화자인 '나'는 자신이 범한 여러 가지 잘못을 고백한다. 이러한 서사적 전개로 작가는 독자가 화자의 내면과 사건의 전말을 따라가도록 이끈다.

소설에서 주인공의 직업은 손해사정사이다. 사고 발생 시 정확한 경위와 사실관계를 조사하고, 손해 및 피해 상황을 확인하여 보험금 지급 여부와 금액을 판단하는 전문가인 '나'는 차량 충돌사고를 조사하다 고등학생 '권선호'를 알게 된다. 그는 자신이 맡은 교통사고의 피해자였던 권선호가 신종 보험

사기인 "뒤쿵"의 "마네킹"(피해 차량 동승자) 역할을 하며 알바비를 벌었던 사실을 확인하게 된다. 운전자를 비롯한 가담자들에 대한 형사 고발 조치가 진행되고 사건이 마무리되어갈 즈음, 나는 사회복지사 오미영 씨를 통해 선호의 사정을 듣게 된다. 선호 부친이 폭행치상으로 구속수감되면서 선호가 고아원보다는 작은 규모의 민간 위탁시설인 '그룹홈'에 사는 청소년이라는 사연을 듣고, 나는 그의 선처를 바라는 의견서를 작성한다. 선호를 사회적 약자로 인식함에 따라 손해사정사인 주인공은 선호의 책임과 과실의 문제를 다르게 바라보기 시작한다. 이러한 심리적 변화는 주인공이 선호의 삶을 나의 비극적인 가족사에 겹쳐본 데서 기인한다.

나는 선호의 이야기를 들으며, 세신사였던 자기 아버지의 죽음과 그 죽음을 대했던 목욕탕집 주인, 즉 나의 친구 병규네 가족과의 일화를 떠올린다. 아버지가 '보금참숯가마' 보일러실 화재 사고로 죽자 오갈 데가 없던 나는 병규 엄마가 제시한 합의금을 '희망'으로 삼아 아버지의 억울한 죽음을 묵인하고, 병규 아버지의 '처벌불원서'를 써준다. 그리고 나는 선호가 여러 선택지 중에서 가장 최악의 경우를 택한 것이 아니라, 나쁠 수밖에 없는 유일한 무언가를 택한 결과라면 용서가 아니라 '희망'을 주고 싶다고 생각한다. 선호에 대한 나의 감정적 전회는 기독교의 덕목으로 일컬어지는 믿음, 희망, 사랑의 실천처럼 보인다. 하지만 이 세 가지 덕목은 잠재적으로 타락할 가능성을 지니고 있다. 믿음은 고지식한 맹신으로, 희망은 자기기만으로, 사랑은 감상주의로 전락하기 쉽다.

그러므로 선호의 선처를 바라며 내가 작성한 의견서는, 보험금을 노리고 목욕탕 화재 사고를 방임한 죄로 감옥에 갇힌 병규 아버지의 잘못을 감경하는 데 도움을 준 나의 "처벌불원서"와 맥락을 같이한다. 여기에 용서의 마음은 담겨 있지 않다. 다만, 다른 점이 있다면 사고의 실질적 피해자가 아닌 내가 선호의 선처를 바라며 쓴 의견서에는 사회적 약자인 선호에 대한 동정심이 깔려 있었다는 점이다. 이로써 작가는 용서가 인간이 실천하기 어려운 감정적 행위이기도 하지만 법적, 사회적, 관계적 맥락 속에 복잡하게 얽힌 불공정한 요구일 수 있음을 일깨운다. 거기에는 내가 선호에게 품은 맹신, 선처가 소년을 교화시킬 것이라는 어른의 자기기만, 사회적 약자에 대한 감상적 동정심이 개입해 있다.

우리가 희망을 말할 때, '실낱같은', '간절한'과 같은 형용사들이 들러붙을 가능성을 떠올리기란 어렵지 않다. 희망은 품기 망설여지고 두렵게 느껴질 뿐더러 실현되기 어려운 기대를 연상시킨다. 굳이 종교에 한정하지 않더라도 희망은 오랫동안 지고지순한 것으로 과분한 대우와 부당한 압력을 받아왔다. 작가 임현은 그에 저항하며, 현대사회에서 자신의 몸을 담보로 보험사기를 벌이는 사람들을 통해 '오염된' 희망에 대해 말한다. 더 거칠게 말하면 작가는 희망 자체가 미래를 맹신하는 물신주의임을 보여주려는 것일 수 있다. 희망의 매혹은 자기 망각을 낳는다. 온몸을 던져 운명을 시험하는 보험사기, 이 신체의 자본화는 자기 망각이라는 점에서 희망과 흡사하다.

3

작가의 문제의식은 여기서 끝나지 않는다. 소설 속에서 선호를 향한 나의 선의는 한 번의 큰 참사가 발생하기 전에 나타나는 수많은 사소한 경고 신호들, 흔히 "3백 번의 경미한 사고나 징후"로 불리는 단서로 작용한다. 선호는 나를 찾아와 일부러 충돌사고를 일으킨 후 돈을 받아 가고, 이후 적극적으로 유사 범죄에 뛰어든다. 그리고 급기야 나를 타깃으로 삼아 보험사기 계획을 세운다. 나는 선호의 제안을 거절하지만 선호는 일부러 비가 내리는 날을 골라 나의 차에 뛰어들어 의식을 잃게 된다. 이 사고로 나는 보험금을 노리고 선호와 공모하여 계획적인 범행을 저지른 보험사 직원으로 몰린다. 소설 속 불행은 선호의 선택만이 아니라 선호를 위한 나의 선택이 복합적으로 작용한 결과다.

참회 없이 법적으로나 금전적으로 이루어진 '용서'는, 신앙인들이 최고의 미덕으로 간주하는 용서가 오히려 죄악이 퍼져나가는 것을 묵인할 가능성을 내포한 '무기력한' 자비일 수 있음을 보여준다. 소설에서 내가 선호에게 주고 싶었던 '희망'은 선호가 죄책감과 수치심을 느낄 기회를 박탈한다. 그것은 과거에 내가 품었던 희망들이 나를 어딘가 떳떳하지 못하게 만들었던 경험과 교차한다. 나의 후회와 부끄러움은, 선호에 대한 원망 그리고 아들의 보험금을 노리고 찾아온 선호 아버지에 대한 분노로 옮아간다.

신부님, 나는 그래요. 내가 품은 희망들은 어딘가 나를 떳떳하지 못하게 만들거든요. 나를 부끄럽게 하지 않는 건, 오히려 나의 억울함을 생각할 때뿐이었습니다. 여전히 선호는 깨어날 기미를 보이지 않았습니다. 그런데도 나는 어느 순간 자꾸 그 아이에게 화가 나더라고요. 그 애비라는 작자의 뻔뻔하고 파렴치한 태도도 참을 수가 없었습니다. 그러니까 누군가를 원망하는 순간에만 스스로의 잘못을 나는 묻지 않을 수 있었습니다. 어쩌면 사람들은 자기 부끄러움을 견디기 위해 다른 누군가를 미워하고 혐오하는 게 아닐까요. 실은 가장 미운 건 자기 자신이면서 내가 나를 용서할 수 없으니까…… 희망이 아니라 경멸이 우리의 부끄러움을 견디게 하는 거 아닐까요.

이러한 감정의 전이 속에서 나는 자신의 억울함 그리고 선호 부자를 향한 미움과 혐오를 느끼는 순간에만 자기 잘못을 묻지 않을 수 있음을 깨닫는다. 그리고 나는 사람들이 자기를 용서할 수 없고 자기 부끄러움을 견디기 위해 다른 누군가를 미워하고 혐오하는 것이 아닐까 질문한다. 화자가 우리의 부끄러움을 견디게 하는 것이 희망이 아니라 경멸이 아니냐고 신부에게 질문할 때, 이 소설의 제목은 전도된다. '나'는 밤낮 기도만 하는 신부의 무능을 지탄하며, 신부에게 죄를 고백하는 자기를 용서할 수 있는지, 다시 한번 기회와 희망을 바라는 자기를 부끄러워하지 않을 수 있는지 묻는다. 이 공격적인 질문은 자신이 처한 상황에서 내가 느끼는 '무력함에 대한 공포'를 타인에 대한 비난으로 전가하는 행위이다. 하지만 이 질문이 작품 속 신부를 향한 것이면서 소설을 읽는 독자를 향한 것임을 인지할 때, 독자는 뜨끔함을 피할 수 없다. 우리가 품은 희망은 미래에 대한 긍정적 기대감을 의미하지만 때때로 현실의 어려움을 회피하거나 잘못된 선택을 정당화하는 수단으로 작용하기 때문이다.

용서의 관점에서도 소설은 단순하지 않다. 화자인 나는 청자인 신부에게 잘못을 고백하고 자기를 용서할 수 있겠냐고 묻지만, 정작 차에 치인 선호에게는 용서를 구하지 않는다. 아니, 구할 수 없다. 사고를 당한 당사자인 선호는 의식이 없고, 나는 선호에게 억울함과 미움을 느낄 뿐 죄책감을 느끼지 않기 때문이다. 그러므로 작가는 소설을 통해 용서받을 자격과 용서할 권리에 대해 생각하게 하는 동시에 '모든 용서는 아름다운가'* 따져 묻는 것이다.

4

그리스 로마 신화에서 유래한 판도라의 상자는 '뜻밖의 재앙을 야기하는 근원'이자 '희망'을 상징한다. 판도라는 제우스가 절대 열지 말라고 했던 상자를 호기심에 열어보았고, 그 안에서 나온 온갖 죄악과 재앙은 세상에 퍼지게 된다. 판도라가 깜짝 놀라 뚜껑을 닫지만 상자 안에는 희망만 남게 된다. 제우스가 인간 세상에 내린 벌은 상자에서 튀어나온 재앙이자 버릴 수 없는 희망이었던 셈이다. 희망은 역경을 이겨내는 힘으로 인식되지만, 인간의 고통을 연장하는 헛된 기다림을 뜻하기도 한다. 임현의 소설이 희망과 용서를 함께 이야기해야 하는 이유가 여기에 있다. 희망은 온갖 죄악과 재난으로 고통을 겪는 인간의 자기파괴를 저지할 뿐 아니라 '우리를 괴롭히는 다른 모든 악을 파괴하려는 우리의 시도'마저 가로막는다.** 희망은 잠재적으로 용서의 가능성을 차단/박탈한다.

소설에서 주인공 나와 선호 사이에 이어지는 희망의 연쇄에서 알 수 있듯 희망은, 특정한 방식으로 생각하고 행동하며 습득된 습관이다. 희망은 단순한 일회성 사건의 형식이기보다 오히려 삶의 형식에 속한다. 그렇다면, 임현은 두 인물의 삶에 깃들었던 희망을 통해 무엇을 보여주려는 것일까. 그것은 바로 낙관하지 않는 희망이 아닐까. 작가는 낙관주의자가 대체로 들여다보기를 꺼리는 잠재적 재앙의 심연을 파고든다. 희망은 욕망을 불편하게 만드

---

* 참회 없는 용서의 위선에 대해서는 다음의 논의를 참고했다. 시몬 비젠탈, 『모든 용서는 아름다운가』, 박중서 역, 뜨인돌, 2019, 394~396쪽.

** 테리 이글턴, 『낙관하지 않는 희망』, 김성균 역, 우물이 있는 집, 2016, 95쪽.

는 어떤 것을 지녔다. 희망은 선을 바라는 열망일 뿐 아니라 선을 향해 나아가는 운동이기도 하다. 소설 속 주인공이 자기의 과거와 선호의 현재 속에서 발견하려고 했던 희망을 못내 부끄럽게 여겼던 것은, 사실 그 희망이 결핍을 중심으로 선회하는 인간의 욕망과 그 욕망의 불안을 부추기는 기대감이 혼합된 결과였기 때문일 것이다.

희망은 욕망에서 출발하지만 '평범한 소망에는 어울리지 않는 부력이나 상승 기운'을 욕망에 보태준다.[*] 인간은 '학습된 희망'을 안고 살아간다. 이 신자유주의 시대에서 생존 분투하는 우리를 북돋우는 것은 무엇일까. 이 질문 앞에서 다시금 각자가 지닌 결핍으로 돌아오게 만드는 무한 계단의 재귀적 순환 구조를 떠올리게 되는 것은 우연이 아니다. 작가 임현은 그 재귀적 순환 구조 안에서 과거-현재-미래를 희망으로 겹쳐보고 접합하는 인물을 내보이고 희망을 품어도 될 만한 이유가 아니라, 희망의 불확실성을 의심하는 능동성을 제안한다. 희망은 비극을 통해 정련된다. 경박한 낙관주의에 오염된 희망을 정련하는 '희망과 절망의 역리적 관계'가 교차하는 삶의 한가운데에서 작가는 인물의 목소리를 빌려 우리에게 묻고 있다. "내게 다시 한번 기회와 희망을 줄 수 있나요. 그런데도 나를 부끄러워하지 않을 수 있겠습니까."

---

[*] 위의 책, 112쪽.

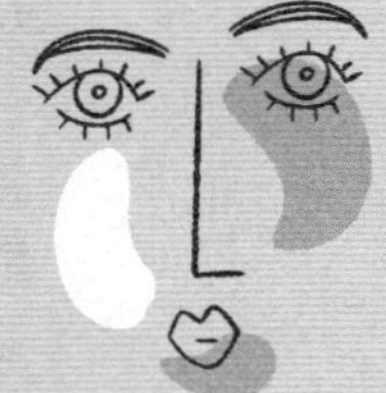

영원의 하루

조 해 진

2004년 『문예중앙』에 소설을 발표하며 등단. 소설집 『천사들의 도시』 『목요일에 만나요』 『빛의 호위』 『환한 숨』, 장편소설 『로기완을 만났다』 『아무도 보지 못한 숲』 『여름을 지나가다』 『단순한 진심』 『완벽한 생애』 『겨울을 지나가다』 『빛과 멜로디』 『여름밤 해변의 무무 씨』 등이 있음. 신동엽문학상, 젊은작가상, 무영문학상, 이효석문학상, 김용익소설문학상, 백신애문학상, 형평문학상, 대산문학상, 김만중문학상, 동인문학상 등 수상.

영원의 하루

만나려 하지 않는다면 다시는 만날 일 없는 완전한 타인이 그들의 맞선을 기획했다. 도원에게 그는 복리식 정기예금을 몇 번인가 추천한 적 있는 고객이었고, 영도에게는 백부의 중학교 동창이 되는 사람이었던 것이다. 도원과 영도는 결혼식 일주일 전에야 숙제를 해치우듯 그에게 홍삼 세트를 보내는 것으로 성의를 표했을 뿐, 결혼식 당일엔 그의 참석 여부를 확인하지 않았고 살아오면서 연락을 해보려는 시도 역시 하지 않았다. 사 년여 전, 영도의 백부를 문상하고 돌아오던 차 안에서 그가 진지하게 언급된 적은 있었다. 그 어른도 이미 세상을 떠났다면 문상조차 가지 못한 건 도리가 아니지 않은가, 대화는 그렇게 이어졌지만 그때 도원 안에 잠시 머문 죄책감에는 눈금이 새겨져 있지 않았다. 어차피 그들 주변에는 그의 부고를 전해줄 사람이 없었다. 도원은 결혼 이후 은행을 그만뒀고, 영도는 생전의 백부와 따로 연락하며 지내지 않았을뿐더러 아픈 뒤로는 고향의 부모와도 좀처럼 만나려 하지 않았다. 마음이 좋지 않아 퇴사하게 되었다는 영도를 두 눈을 끔뻑이며 물끄러미 건너다보던 시아버지의 까만 얼굴은 도원의 기억 속에 오래 남아 있었다. 엉뚱하게도 그는 막내아들의 공무원시험 합격을 축하해주었던 동네 사람들을 걱정했고, 그 곁의 시어머니는 그들이 한 명 한 명 떠오른다는 듯 여러 번 한숨을 내쉬었다. 해충과 질병만 잘 막아주면 정직하게 성장하고 때에 맞춰 씨앗을 품는 곡물을 평생 경작해온 그들에게 마음, 그러니까 눈에 보이는 환부나 병증을 남기지 않는 그깟 마음 때문에 직장을 그만둔다는 건 납득되지 않는 영역인 듯했다.

맞선 장소였던 북창동의 커피숍은 시끄러웠다. 맞은편에 앉은 서른한 살의 영도는 대화할 때 도원이 아니라 도원 옆의 허공을 보곤 했고 투명한 돌덩이라도 어깨에 얹고 있는 듯 상체는 미묘하게 안으로 말려 있었다. 그 모든 것은 도원의 기대와 상충했다. 도원이 그에 대해 아는 건 가축의 방역을 담당하는 공무원이라는 그의 직업뿐이긴 했다. 2년마다 계약서를 새로 작성할 필요가 없고 정년까지 평균 속도의 승진은 예정되어 있는 신분……. 영도에게 그녀는 제1금융권 은행에 다니는 스물아홉 살의 여성으로 소개되었으리라. 같은 유니폼을 입고 있다 해도 같은 대접을 받는 행원이 아니라는 것을, 아무리 연차가 쌓여도 단 한 단계도 승진할 수 없고 상품 개발 회의에는 입장이 허락되지 않는 창구 담당 계약직도 있다는 것을, 도원은 영도를 소개해준 그 고객에게 설명하지 않았다.

"도원 씨랑 내 이름에서 '도'자를 빼면요……."

띄엄띄엄 대화가 오간 뒤 어색한 침묵 끝에서 영도가 불쑥 그런 말을 꺼냈을 때, 도원은 테이블 위 조화를 무심히 내려다보고 있었다.

"그럼, 영원이 돼요."

영도의 이어진 말에 도원은 그제야 고개를 들었고 영도는 두꺼운 안경을 추어올리며 커피숍에 들어온 이후 가장 생기 넘치는 얼굴로 도원을 마주 봤다. 두 사람의 시선은 그때 처음 직선으로 맞부딪혔을 것이다.

영원.

속으로 발음한 순간, 도원의 머릿속엔 드넓은 평원이 펼쳐졌고 그 위로 눈송이가 흩날렸다. 흩날리며 순환할 뿐, 땅으로 떨어지지 않고 녹지도 않는 눈송이였다. 아마도 그것이 그때의 도원이 상상한 영원이라는 테두리 안의 풍경이었을 것이다.

그날 실제로 눈이 왔던가. 아니, 눈이 올 리 없는 늦봄이었다. 그런데도 그날을 떠올리면 커피숍에서 나와 눈 오는 거리를 영도와 한참 동안 걸은 것만 같았고, 어느 시기엔 그 착각을 실제의 일로 믿기도 했다.

그해 12월, 도원은 영도와 결혼했다.

※

십구 년 전이었다.

십구 년 전의 그날이 새삼 떠오른 건 마지막으로 세차한 흰색 소나타를 찾으러 온 젊은 차주 때문이었을 것이다. 세차 상태를 살핀 그는 도원에게 공손히 감사의 인사를 전하면서도 눈동자는 정면에서 살짝 비껴 있었는데, 그 모습이 서른한 살의 영도를 소환했던 것이다.

그가 돌아간 뒤 도원은 바닥을 청소했고 세정제와 약품 통, 각종 걸레와 바스켓, 고압 분사기를 차례로 제자리에 놓았다. 산호색 시폰 원피스가 다리에 감길 때의 감각이 되살아난 건 고무장화와 젖은 양말을 벗어 탈탈 털고 있을 때였다. 그 첫 만남을 위해 백화점에서 할부로 구매한 옷이었다. 그런 것마저 기억의 서랍 속 어딘가에 보관되어 있었다는 사실이 당혹스러워 도원은 짧게 웃었다. 손톱이 말갛던 시절이었다. 손등이 두껍지 않았던 때, 무릎관절에서 소리가 나지 않고 통증도 없던 때, 혀뿌리 너머로 노란 가래가 응고되어 있지도 않았던 때……. 영도를 소개해준 그 고객이라면 여전히 소식을 알지 못했다. 생김과 이름은 잊혔고 생사도 확인할 수 없는 사람이 영도와 자신의 십구 년에 입김을 불어넣었다고 생각하면 지금도 그 우연의 파장에 압도될 때가 있지만, 후회나 원망은 제거된 헐거운 순간들일 뿐이었다.

세차장 구석에 마련된 작은 컨테이너의 문을 열기 전, 도원은 몸을 풀기 위해 제자리뛰기를 몇 번 했다. 컨테이너에 머무는 시간을 최소화하려면 움직임에 낭비가 없어야 했다. 컨테이너는 도원과 겹치지 않는 요일에 세차 아르바이트를 나오는 오십 대 남자도 같이 이용했는데, 두세 번 인사만 나눈 남자와 같은 공간에서 옷을 갈아입어야 한다는 것이나 맨살에 닿는 그의 체취를 통제하거나 막을 수 없다는 건 반년이 넘도록 익숙해지지 않았다. 조심해야 하는 상황이기도 했다. 세차장을 겸비한 이곳 카센터에서 일하는 두 명의 정비공과 사장은 모두 남자였고 사고 차량을 싣고 오는 견인차의 운전자도 남자였으며, 심지어 손님 중에도 여자가 드물었다. 불편함은 언제라도 비참함이라는 감정으로 추락할 수 있었다. 도원은 누구보다 그것을 잘 알았다. 건물의 화장실 변기를 청소하다가 타인의 배설물이 녹아든 물이 얼굴에 튀었을 때, 주방 옆 밀폐된 공간에서 하이타이 가루로 곱창을 세척해야 했을 때나 곱창의 핏물이 남은 타일 바닥을 보며 끼니를 때워야 했을 때, 결혼했느냐는 질문에 했다고 대답하면 그래도 연애는 가능하지 않느냐고 물으며 도원을 위아래로 훑어보던 숯불갈빗집의 저녁 손님들을 상대했던 때, 도원은 번번이 그 직선의 추락을 경험했다.

컨테이너로 들어가 잠금장치를 확인한 도원은 바로 작업복을 벗었고 청바지에 두 다리를 밀어 넣는 동시에 후드티를 껴입었다. 땀을 닦을 여유는 없었다. 흐트러진 머리칼을 다시 묶은 뒤 벗어놓은 양말을 뒤집어 신었고 옷걸이에서 낚아챈 점퍼는 일단 어깨에 걸쳤다. 점퍼는 영도가 잠시 몸담았던 간판 제조 공장의 작업복이었는데, 이제는 도원의 겨울용 교복이 되었다. 몸의 윤곽을 모두 가려주어 편했고, 무엇보다 따뜻했다.

사무실에 들러 사장에게 인사를 한 뒤 집 방향으로 걷는 동안 묽은 어둠의 조각들이 대기로 스며들더니 물통에 풀어놓은 잉크처럼 멀리까지 퍼져갔다. 천변 앞 사거리 횡단보도 앞에 우두커니 서 있는데, 얼마 전 개업한 국밥 식당이 눈에 들어왔다. 식당을 중심으로 좌우의 모든 상가가 비어 있어서인지 식당을 채운 형광등 빛이 유독 환해 보였다. 평범한 국밥 식당이 전혀 다른 세계로 이어지는 환상적인 통로 같다는 생각이 들 만큼……. 신호등에 파란불이 들어온 순간 도원은 식당 쪽으로 방향을 틀었다. 영도가 야근을 하는 날이니 어차피 저녁 식사는 혼자 해결해야 했다.

영도는 금속 공장에서 용접공으로 이 년 가까이 일하고 있었다. 한식 뷔페 식당과 택배회사, 간판 공장을 거쳐 정착한 곳인데, 한 직장에 이렇게 오래 다니는 건 그 일 이후 처음이었다. 용접은 간판 공장에서 처음 접했고 그곳을 떠난 뒤엔 직업학교에 등록하여 기술을 익혔다. 영도는 용접을 하는 동안엔 다른 생각이 끼어들지 않아서 좋다고 했고, 얼굴을 가려주는 용접면을 쓰고 일하는 것이 특히 마음에 든다고도 했다. 도원은 용접공 영도를 딱 한 번 보았다. 작년 추석 연휴, 영도는 납품 기한을 맞춰야 한다며 출근했고 도원은 하루 종일 밀린 집안일을 하다가 저녁 무렵 캔맥주를 사서 영도의 공장으로 갔었다. 텔레비전을 켜놓은 채 빨래를 개며 그 달의 배란일도 무의미하게 지나갔다는 것을 문득 깨달은 저녁이었다. 그날 공장엔 영도 혼자만 있었는데, 영도는 도원이 온 줄도 눈치채지 못한 채 파이프를 이어 붙이는 작업에 완전히 몰두해 있었다. 작업장 문가에 기대선 도원은 한참 동안 영도를 건너다봤다. 상대의 눈을 똑바로 바라보는 것도 어려워하던 영도는 그곳에 없었다. 오히려 그는 능숙한 기술자를 넘어 손끝에서 금속을 창조해내는 작은 조물주처럼 보이기까지 했는데, 흰색 용접면 위에서 일렁이는 불꽃의 빛 그림자와 귀를 얼얼하게 하는 소음마저 그의 또 다른 피조물로 여겨질 정도였다. 뉴스에서 본 대로 인간보다 능숙하게 용접을 수행하는 로봇들이 공장들을 장악하게 되는 날이 올지라도 영도가 가능한 오래 용접공으로 살아가면 좋겠다고, 그때 도원은 소원했다. 영도에게 용접은 화학 성분으로 만들어진 알약이나 오십 분 단위로 계산되는 상담보다 더 효과적인 치료제일 테니까.

영도는 오래 앓았다.

결혼하고 불과 오 년이 흘렀을 즈음부터 십 년 가까이⋯⋯. 처음엔 말과 웃음이 줄었고 시간이 흐르면서 표정까지 사라져갔으며, 잠을 제대로 못 자거나 심하게 많이 자는 패턴이 반복되면서부터는 움직임이 굼떠졌다. 회사와 집 이외에는 어디에도 가지 않았고 그 누구도, 심지어 부모와 형제들마저 만나려 하지 않았다. 가끔은 주먹으로, 너무도 꽉 쥔 주먹으로, 자신의 머리를 세게 내리치기도 했다. 영도가 도원 앞에서 처음 그 행동을 했을 때 그는 마스터베이션을 들킨 소년처럼 얼굴을 붉혔고 도원은 깜짝 놀란 채 어찌할 줄 몰랐는데—도원의 그 반응은 영도를 더 움츠러들게 했다—, 그날 이후에도 그런 상황이 반복되자 둘 사이에는 아예 그 순간을 증발시키는 방식이 말없이 합의됐다. 영도가 자신의 머리를 때리고 나면 짧은 침묵 뒤 그 직전의 대화로 돌아가는 식이었다. 영도의 공황 발작을 처음 목격한 건 그가 중증 우울증이라는 진단을 받은 지 반년쯤 되었을 무렵이었다. 어느 평일 아침, 도원은 침대와 세 단짜리 옷장 사이에 웅크려 앉은 채 과호흡 상태에서 몸을 떨며 식은땀을 흘리는 영도를 발견했다. 그는 이미 여러 번 발작을 치른 적이 있는지 자신의 가방에서 비닐봉지를 꺼내 입에 대고는 배로부터 올라오는 깊은 호흡을 침착하게 이어갔고, 도원은 그 모습을 지켜보는 것 외엔 아무것도 할 수 없었다. 진정이 찾아오자 영도는 도원을 물끄러미 올려다보며 물었다. 오늘 회사에 안 가도 될까? 마치 등교를 무서워하는 아홉 살 아들인 양. 그날 도원은 영도에게 결근이 아니라 휴직을 제안했다. 석 달 동안의 병가 휴직이 끝나고 영도는 다시 출근을 시작했지만 한 달도 안 돼 퇴사 의사를 밝혔다. 도원은 놀라지 않았다. 충분히 예상한 일이었다.

 "말로 다 할 수가 없어."

 영도는 그렇게 대답할 뿐이었다. 그곳에서 대체 무엇을 보았고 어떤 일을 겪은 거냐고 도원이 물을 때마다. 대신 불면증으로 잠들지 못하는 새벽이나 공황 발작이 한바탕 지나간 뒤면 영도는 그곳에서부터 추출된 조각난 장면들을 중얼거리곤 했는데, 도원은 그 중얼거림을 통해 상상할 수는 있었다. 그러니까 아주 큰 구덩이를……. 구덩이에는 방수 비닐이 이중으로 깔려 있고 트럭에 실려 온 돼지들은 한데 엉켜 그 구덩이로 떨어지는 것이다. 소리, 영도의 표현에 따른다면 온전한 정신의 한계치를 시험하는 듯한 다양한 소리가 이어졌다. 심장이 파열될 것 같은, 피의 역류가 투시될 것 같은 돼지들의 울음소리 — 함께 구덩이로 떨어지는 새끼 돼지를 발견한 어미 돼지가 목이 쉬도록 절규할 때, 그 절규를 들을 때가 가장 고통스러웠어, 라고 영도는 말했다 — , 돼지들이 겹치고 또 겹치면서 뼈가 부서지고 내장이 파열되는 소리, 살려고, 살기 위하여 가까스로 구덩이 밖으로 기어 나오는 돼지를 각목과 삽으로 내리치는 소리와 구덩이 안이 피로 물드는 소리, 곧이어 구덩이의 입구를 석회로 밀봉하는 소리, 흙과 석회를 뚫고 흘러나오는 흐느낌과 흐느낌에 묻어 나오는 가냘픈 숨소리……. 누가 그 마지막 울음소리와 숨소리를 들었을까. 그날 비가 왔다고 했는데, 방호복 위에 덧입은 우비의 모자가 자꾸만 흘러내려 어느 순간 영도는 넘어졌다고 했는데, 동료 공무원들과 작업에 동원된 수의사들, 근처 부대에서 차출된 어린 군인들, 그날 하루 고용된 일꾼들과 병든 돼지들을 순순히 내준 농장주는 넘어지자마자 스위치라도 눌린 듯 울음을 터뜨렸던 영도를 저마다 어떤 얼굴로 내려다보았을까. 구원의 가능성이 봉쇄된 그 땅 위에서. 그날 저녁엔 다 함께 술 한 잔 마시며 구덩이와 돼지들을 잊기로 했던가. 오직 영도만이 그 기억에서 도망치지 못한 것일까. 상상을 아무리 뻗어가도 그날의 이야기가 전부 채워지는 건 아니었다. 구제역이라는 질병명과 매몰 가축의 숫자—4517이었다—가 적힌 발굴 금지 팻말, 그리고 구덩이로부터 올라오는 유독가스를 배출시키기 위해 설치된 회색의 플라스틱 관이 그 죽음들 뒤에 남겨진 풍경일 뿐이었다. 그건, 영도의 말이 아니라 도원이 인터넷에서 찾은 기사의 사진 속에 담긴 풍경이었다.

꽤 오랫동안 실직 상태일 것이 분명한 영도 대신 도원이 일을 찾아야 했는데, 구인 사이트에서 은행 카테고리는 들어가보지도 않았다. 아니, 사무직 자체를 욕심내지 않았다. 도원이 살고 있는 이곳 경기도 남부의 작은 시(市)에는 사무직을 필요로 하는 회사나 기관이 드물었고—영도가 몸담았던 가축 방역 기관도 오래전에 세종시로 이전했다. 대신 공업, 정밀, 테크, 기공 같은 단어가 뒤에 붙는 공장들은 해마다 늘고 있었다—, 도원에게는 내세울 만한 경력이 없었다. 결혼 뒤에도 출퇴근에 네 시간씩 할애하며 계속 은행을 다녔다 한들 창구 담당 계약직의 경력은 취업에 아무 도움이 되지 못했을 터였다. 도원에게 남은 밑천은 몸뿐이었다. 아직은 삼십 대였던 그때의 도원은 그야말로 닥치는 대로 일했다. 아파트를 지키기 위해, 영도의 약값과 상담 비용을 벌기 위해, 언젠가 태어날지 모를 아이가 파산한 부모를 만나게 하지 않기 위해.

짤랑, 방울 소리를 내며 식당 문이 열렸다.

각자 테이블 하나씩을 차지한 중년 남자 세 명이 동시에 도원 쪽을 쳐다봤다. 그들의 테이블에는 소주가 한두 병씩 놓여 있었다. 저 고독한 사내들 속에 도원과 컨테이너를 공유하는 남자도 있을지 몰랐지만 그가 있다 해도 도원은 그를 알아보지 못했으리라. 도원은 계산대 위 텔레비전이 정면으로 보이는 자리에 앉아 북어가 들어간 콩나물국밥을 주문했다. 텔레비전에서는 일 년 넘게 고공 농성을 하는 여성 노동자 두 명을 보도하는 지역 뉴스가 흘러나오던 중이었다.

※

여성 노동자들이 고용승계를 요구하며 농성을 하고 있다는 전선 공장은 도원이 사는 곳과 지하철역으로 불과 세 정거장 떨어진 곳에 위치해 있었다.

그곳에 지연이 있을까.

컵에 물을 따르며 도원은 생각했고, 이내 자신의 어리석은 착각—어쩌면 착각하고 싶은 그 마음—을 고요히 비웃었다.

고등학교를 졸업하고 십여 년 만에 지연을 다시 만났을 때, 도원은 영도가 예약해놓은 시청 뒤편의 레스토랑으로 가던 길이었고 지연은 사람들에게 전단지를 나눠주고 있었다. 얼결에 그 전단지를 받은 순간 도원은 크게 일렁이는 지연의 눈동자를 보았고, 아마 지연도 다르지 않았을 터였다. 두 사람은 곧 어색하게 인사를 나눴다. 지연에게서는 씻는 데 소홀한 사람 특유의 상한 두부 냄새가 났는데, 도원은 지연 앞에서 얼굴을 찡그리지 않기 위해 연거푸 굵은 침을 삼켜야 했다. 긴 대화를 나누지는 못했다. 플래카드가 걸린 천막 쪽에서 확성기를 든 사람이 지연을 찾았고 지연은 도원에게 짧은 인사만 건넨 뒤 그곳으로 달려갔으니까. 레스토랑에 들어선 뒤에야 펼쳐 본 전단지에는 시청역 근처 본사 건물 옥상을 점거한 그 기업의 해고 노동자들의 요구와 그들을 지지하는 내용이 프린트되어 있었는데, 도원은 전단지를 훑어보자마자 레스토랑 입구에 놓인 쓰레기통에 버렸다. 훗날, 연속된 불운에 넘어질 때마다 그때의 행동으로 단죄받고 있는 건 아닌가 생각하며 머릿속에서 수없이 재생하게 될 장면이었다. 레스토랑 창가 자리에는 영도가 이미 와 있었다. 그의 맞은편에 앉자, 통유리 창문으로 목선이 드러나도록 머리칼을 한데 올린 자신의 옆모습이 얼비쳤다. 목선과 허리선이라는 게 아직 존재하던 때였다. 영도에게서 예물로 받은 목걸이와 귀걸이가 창 너머 크리스마스트리의 알전구 조명과 뒤섞이며 함께 반짝였고 도원은 그 반짝임에 잠시 매혹됐다. 아니, 그때 도원을 매혹한 건 지연을 향한 우월감이었는지도 모르겠다. 결혼식을 이 주 앞둔, 12월 초의 쌀쌀한 저녁이었다.

고등학교 3학년 한 해 동안, 도원은 지연과 백 통 가까이 편지를 주고받았다.

휴대전화가 보편화되지 않았고 소셜 계정이란 게 존재하지 않던 시기여서 편지가 친구 사이에 흔한 통신 수단이긴 했지만 고개가 갸웃해질 만큼 횟수가 많았던 건 사실이다. 딱 한 번 짝으로 지낸 적이 있을 뿐, 두 사람 사이에는 접점도 없었다. 지연은 전교생이 다 알던 성적 우수생으로 자율학습이 끝나면 학교 정문 앞에서 대기 중이던 세단을 타고 귀가했고, 도원은 중하위권 성적을 벗어난 적이 없었을뿐더러 도원의 엄마는 갑작스러운 폭우나 폭설이 내리는 날에도 학교에 온 적이 없었다. 실제로 도원과 지연은 편지에는 온갖 비밀을 쏟아냈지만 편지 밖에서는 아무것도 함께 하지 않았다. 도시락을 나눠 먹지 않았고 쇼핑몰이나 영화관에서 따로 만난 경험도 없었다. 도원이 지연과 편지를 주고받는 사이라는 것은 편지의 내용처럼 자연스럽게 비밀이 되었는데, 비밀이 아니었다 해도 어차피 둘의 관계를 아무도 믿지 않았을 터였다. 그해 말, 지연은 모두의 예상대로 명문대에 진학했고 도원은 몇 번의 불합격 통지를 받은 뒤에야 인천에 있는 전문대에 추가로 합격했다. 대학 합격 발표 이후 지연은 한때의 우물을 묻듯 도원과의 인연을 끊었다. 도원의 축하 카드에 답신하지 않았고 졸업식 날엔 도원과 눈이 마주친 순간 고개를 틀어 외면했다. 도원은 지연의 오염되고 훼손된 마음을 매립해주는 영토 같은 존재로 자신이 선택된 것뿐임을 아프게 받아들일 수밖에 없었지만, 대학 입학과 함께 경제적으로 자립해야 했던 당시의 도원에게는 지연을 미워할 여유조차 없었다.

마침 식당 주인이 국밥을 내주었고 도원은 다시 텔레비전을 올려다봤다. 지연에 대한 생각에 빠져 있는 동안, 고공 농성과 관련된 뉴스는 이미 끝나 있었다. 지연은 저곳에 없다. 도원도 잘 알고 있었다. 지연은 이제 대학 강의실과 방송국 스튜디오, 교회 연단 같은 곳에 있는 것이다.

몇 해 전부터 지연은 정치 토론 프로그램이나 중도를 지향한다는 유튜브 채널에 자주 얼굴을 내비쳤는데, 사립대학의 정치학과 교수이자 특정 정당의 정책 자문 위원으로 소개됐다. 영상 속 지연에게서는 상한 두부 냄새가 연상되지 않았다. 오히려 아침저녁으로 머리칼부터 발뒤꿈치까지 씻고 관리해야 가능한 외모와 차림으로 나타났다. 영상으로 지연을 본 날이면 자신과 지연이 돌고 돌아 결국 순리에 맞는 자리에 도달했을 뿐이라는 고루한 설교가 들려오는 듯했다. 삶을 둘러싼, 눈에 보이지 않는 장벽으로부터. 그런 설교라면 이미 굴복한 상태였으므로 도원은 저항심도 패배감도 품지 않았다. 삶이 주는 상처에 휘둘리지 않을 자신도 있었는데, 그 무엇도 획득할 수 없는 무용하고 냉소적인 자신감이긴 했다.

속죄……

열여덟 살의 지연이 편지에 가장 많이 쓴 단어였다. 속죄의 가능성을 믿는 것만으로도 견딜 수 있다고 썼고 자신의 집안에는 속죄할 줄 모르는 인간들뿐이라는 불만을 장문으로 토로기도 했다. 호프집을 운영하는 도원의 엄마가 간간이 손님을 집으로 데려와 몸을 섞는다는 걸 지연이 알고 있듯, 도원은 지연의 친할아버지가 역사에 이름이 박제된 인물이란 걸 알았다. 팔십여 년 전, 제주에서 수많은 민간인을 사냥하듯 잔인하게 죽이다가 무장대에 암살된 군인……. 지연이 편지에 쓴 그 잔인한 일화들은 과연 사실인지 의심이 들 정도로 끔찍했는데, 그중에서 학교 운동장에 마을 사람들 수십 명을 일렬로 세우고 난사한 뒤 파놓은 땅에 아무렇게나 시신을 던져두고 떠났다는 일화는 훗날 영도의 경험과 뒤섞이며 도원을 혼란스럽게도 했다. 물론 대부분의 기억은 고스란히 남아 있었다. 인간 도살자, 생존자와 생존자의 후손에게는 심장을 녹슬게 하는 쇳조각 같은 증오로 기억되는 원한의 인물, 지연의 그런 표현들이 특히 더. 언젠가 지연은 그 비밀 편지에 그가 죽을 때 최대한의 고통을 느꼈기를 바란다고 고백하기도 했다. 그는 자신이 죽은 뒤 삼십여 년이 흘러서야 태어나게 될 미래의 손녀에게 그토록 가혹한 평가를 받게 되리라곤 짐작도 하지 못했을 터였다.

그랬는데, 그랬던 지연이었는데, 중년이 된 지연은 말했다. 맥락을 살피며 할아버지를 보니 그가 이해되었다고, 그는 군통수권자의 명령에 복종할 수밖에 없는 계엄령하의 군인으로 자신의 자리에서 해야 할 일을 한 것뿐이니 또 다른 희생자로 재평가받아야 한다고, 그것이 화합을 위한 시대의 요구이자 하나님의 큰 뜻이라고도. 유튜브의 알고리즘 기능으로 보게 된 교회 영상에서였다. 그렇다면 지연의 속죄는 이제 완료된 것일까. 도원은 궁금했다. 지연이 속죄를 위해 무엇을 헌납했기에 그녀의 신이 그 완료를 판정했던가. 이제 우연의 힘으로도 지연을 만날 일은 없을 테니 아무리 궁금해도 해답을 알 길 없는 의문이었다. 어쩌면 지연도 삶이 다할 때까지 그것을 알지 못하리라. 편지지를 사러 주기적으로 문구점에 들르고 포장지를 오리고 접어가며 편지봉투를 만들던 그날들이 도원에게는 열여덟 해를 사는 동안 가장 행복한 한때였다는 것도 지연은 끝내 모를 터였다.

식당에서 나오자 대기는 완연히 어두워져 있었다. 휴대전화 화면에는 눈 예보를 알리는 알림이 떴다. 예보가 맞는다면, 올해의 첫눈을 맞이하게 되는 것이다. 검은 하늘에는 잿빛 구름이 넓게 퍼져 있었다. 구름 안의 수많은 빙정(氷晶)이 낙하를 준비하고 있다고 상상하니 구름이 거대한 생명체처럼 느껴졌다.

십 분 정도 내처 걸어가자 천변 반대편으로 알전구가 달린 천막 여러 개가 보였고 그곳으로부터 음식 냄새도 풍겨왔다. 도원은 다리를 찾아 건너갔고 천막마다 꼬치 음식과 납작한 밀가루 빵, 향신료와 고수를 잔뜩 넣은 다양한 볶음밥이 만들어지고 있는 것을 보았다. 방금 저녁 식사를 마쳤는데도 음식을 보니 침이 고였다. 더 살이 찌면 무릎 통증이 심해질 테고 고관절 수술을 받아야 할 수도 있다고 의사는 경고했지만 도원은 어느새 꼬치를 파는 천막으로 걸어가 양꼬치 일 인분을 주문했다. 화로 앞의 사람은 제법 유창한 한국말로 키르기스스탄의 방식대로 구운 꼬치라고 설명했다. 도원이 천막마다 걸린 궁전 사진에 대해 묻자 그는 궁전이 아니라 신전이라고 대답했고, 고향은 달라도 종교는 같은 사람들이 이 도시에도 작은 모스크 하나를 건립하기 위해 한 달에 두 번씩 허락된 공터를 찾아다니며 저마다의 고향 음식을 팔고 있는 거라고 덧붙였다. 카센터에서 들은 이야기였다. 공장으로 일하러 온 사람들 때문에 병원과 장례식장만 늘어 동네가 우중충해졌는데 이상한 것까지 지어놓으면 어쩌자는 거냐고 화를 내던 카센터 손님도 기억났다. 도원은 남자에게 그런 이야기는 하지 않았다.

플라스틱 테이블에 자리를 잡고 받아온 양꼬치를 한 입 베어 먹었을 때였다. 어딘가에서 믿기지 않게도 돼지의 울음소리가 희미하게 들려왔고 도원은 불길한 시선으로 주변을 둘러봤다. 환청인 줄 알았는데, 그러길 바랐는데, 아니었다. 천막 식당 쪽으로 다가오는 몇 명의 사람들 중에 한 명 — 도원 또래로 짐작되는 남자였다 — 이 거친 질감의 밧줄로 목을 묶은 새끼 돼지를 함부로 끌어당기고 있었던 것이다. 여기저기 억지로 끌려다니는 동안 지쳐버렸는지 돼지는 쉰 목소리로, 그러나 사력을 다해 울고 있었다. 그들의 출동이 자주 있었던 모양인지, 천막 안쪽 사람들은 그리 놀라지도 않은 채 묵묵히 식기를 치우고 테이블을 접는 일에만 몰두했다. 아이를 데리고 나왔던 가족 단위의 손님들이 먼저 떠났고 히잡 대신 머플러를 머리에 쓴, 속눈썹이 길고 눈동자가 깊은 여자들도 경직된 얼굴로 자리를 정리했다.

"저 사람들, 우리를 싫어해요. 싸우기 싫어요. 손님도 가요, 빨리빨리요."

키르기스스탄 사람이 도원을 향해 걱정스러운 목소리로 말한 뒤 화로의 불을 껐다. 도원은 남은 양꼬치를 입안에 밀어 넣고는 가방을 챙겨 자리에서 일어났다. 돼지 울음소리가 들려오지 않을 때까지 맹목적으로 걸었지만, 걷고 또 걸어도 그 소리는 완전히 차단되지 않았다. 영도에게 알려야 하는데. 그 생각에 마음이 조급해졌다. 이곳을 피해 귀가하라고, 그 말을 전해야 하는데. 걷는 틈틈이 영도에게 여러 번 전화했지만 통화는 연결되지 않았다. 용접할 때 나는 소리 때문에 영도는 휴대전화 벨소리를 자주 놓쳤다. 알면서도, 도원은 길을 잃은 듯 정신이 혼미해졌다. 기억 속에서 그 밤이 불쑥 되살아난 건 돼지 때문이었을까, 아니면 언제라도 또다시 공황에 빠질 수 있는 영도 때문이었을까. 아니, 그 밤에 묶어놓은 기억의 고리가 느슨해진 건 그저 그녀의 외로움 때문인지도 몰랐다. 알 수 있었다. 외로울 땐 하루가 오늘처럼 너무 길었으니까.

※

십 년 가까이 집 안에만 있던 영도가 조금씩 회복하면서 밖으로 나가 일을 찾기 시작했을 때, 그에게도 가진 것은 몸밖에 없었다. 한식 뷔페 식당은 그때 영도를 받아준 유일한 일터였다. 영도는 사람이 가장 많이 몰리는 저녁 식사 시간에 배정됐고 음식 세팅과 설거지를 담당했다. 폐점 시간은 밤 아홉 시였지만 주방과 홀 청소까지 끝내야 퇴근할 수 있었고 식재료가 대량으로 들어왔다는 메시지를 받은 날이면 비번이어도 출근했다.

영도의 퇴근이 유독 늦어졌던 그 밤, 초조하게 그의 귀가를 기다리다가 울리는 휴대전화에서 낯선 번호를 본 순간, 도원은 뷔페 식당 어딘가에서 공황 상태에 빠진 영도의 모습을 이미 본 것만 같았다. 전화를 걸어 온 사람은 도원의 예감대로 식당 사장이었다. 구급차를 불렀지만 거부되어 영도의 통화 목록에서 아내를 찾아 전화했다는 그에게 도원은 반사적으로 사과했다. 영도가 아픈 것이 그녀의 잘못이 아닌데도 죄송하다는 말을 몇 번에 걸쳐 반복했다.

　도원이 식당에 도착했을 때, 영도는 식당 주방의 모서리에 조그맣게 몸을 말고 앉아 비닐봉지에 숨을 내쉬고 있었다. 얼굴은 눈물로 젖어 있었고 머리칼은 헝클어진 채였다. 그는 혼자였다. 세상으로부터 분리된 벽 뒤로 혹독하게 버려진 사람처럼……. 어느 순간 도원을 발견한 영도는 고마워, 입술로 말했다. 일단 영도를 집으로 데려가야 했다. 영도의 한쪽 팔을 자신의 어깨 위에 올린 뒤 가까스로 몸을 일으키는 동안 빠르고 세게 뛰는 그의 심장박동이 그대로 전해졌다. 사장이 영도의 다른 팔을 잡아주며 그녀를 식당 문 밖까지 데려다주긴 했지만, 도움은 거기까지였다. 사장의 차가운 얼굴을 보며 영도의 해고는 정해진 수순이라고 생각할 수밖에 없었는데, 실제로 그 생각이 틀리지 않았다는 걸 도원은 바로 다음 날 알게 될 터였다.

　휴대전화 어플로 미리 택시를 호출해놓긴 했지만 비가 오는 금요일 밤이어선지 호출에 응답하는 택시는 없었다. 대로까지는 도원 혼자 영도를 책임져야 했는데, 영도를 부축하느라 우산을 펼 수 없었고 그 탓에 머리칼과 옷이 금세 빗물에 젖었다. 흘러내리는 머리칼과 점점 굵어지는 빗방울 때문에 눈을 뜨는 것도 쉽지 않았고, 결국 깨진 보도블록에 도원의 발이 걸리면서 두 사람은 함께 넘어졌다. 그제야 가방에서 우산을 꺼내 펼쳤지만 수시로 방향을 바꾸는 바람 때문에 그 작은 비닐 조각은 쉽게 뒤집혔다. 도원이 바람에 저항하며 신경질적으로 우산을 접었다 폈다를 반복할 때였다. 쿵, 쿵, 익숙한 소리가 등 뒤에서 들려왔다. 불길했다. 비가 내리고 있었고 영도는 넘어진 것이다. 그날처럼, 그날과 똑같이. 도원은 얼어붙은 채 천천히 뒤를 돌아봤고 그새 주저앉아 자신의 머리를 주먹으로 내리치는 영도를 무기력하게 바라보았다. 한동안 사라진 행동이었다. 감기에서 회복되면 기침이 멎듯 우울증이 완화되면서 그 증상도 치유된 거라고 믿었던 도원은 배신감을 느꼈다. 영도가 아니라 영도의 병에. 또다시 자신의 머리로 향하는 영도의 팔을 낚아채며 도원은 그만하라고 말했다. 그만, 그만하라고, 쪼옴! 뒤로 갈수록 높아지는 목소리는 도원의 귀에도 새된 비명처럼 들렸다. 도원은 영도의 팔을 더 세게 잡아끌었지만 비에 젖은 영도는 감당할 수 없을 만큼 무거워져 있었다. 그의 몸에서는 빗방울이 흘러내리지 않고 눈에 보이지 않는 촘촘한 그물로 짜인 것만 같았다. 포기했다, 포기할 수밖에 없었다, 영도를 일어나게 하는 것을. 도원은 이내 슬퍼졌다. 다른 사람들은 지치면 떠났으니까. 속죄라는 형벌로부터, 마음의 황량한 처형장에서. 영도는 그렇게 하지 못했다. 그를 이해할 수 있는 사람은 이 세상에 없을지도 몰랐다. 도원도 다르지 않았다.

다만······.

다만 영도를 지켜줄 사람은 자신밖에 없다는 것을 도원은 부정할 수 없었고 그렇게 하고 싶지도 않았을 뿐이다.

도원은 무릎을 굽히고는 영도의 머리를 가만히 끌어안았다. 그의 주먹은 도원의 등을 몇 번 내리치다가 간격이 길어지더니 결국 힘없이 내려갔다. 얼마나 그렇게 있었던가. 정신을 차렸을 때 도원은 행인들의 매서운 얼굴을 보았다. 양복 차림의 노인은 나이도 있는 사람들이 길에서 뭐 하는 거요, 라고 점잖게 나무라며 지나갔고 우산을 받치지 않는 손으로 아이의 눈을 가리며 황급히 멀어지는 젊은 엄마도 보였다. 영도를 끌어안은 행동이 무분별한 애정 행각으로 오해받았다고 생각하니 그제야 눈물이 났다. 마치 울어도 된다는 허락을 받은 듯이. 빗물에 눈물이 다 씻겨 내려갔으므로 아무도, 영도조차 그녀가 울고 있다는 걸 알아채지는 못했다. 아마, 그랬을 것이다.

이튿날 깊은 잠을 자고 일어난 영도는 말했다. 설거지를 마치고 식당 마감 전 잠깐 졸았는데 꿈을 꾸었다고, 그 매립지에 다시 가는 꿈이었다고, 땅은 온갖 균으로 물렁해졌는데도 그 위에서 자라난 잡초는 아주 울창했고 하나같이 기이할 정도로 색이 짙었다고, 시무룩한 얼굴로. 그쯤에서 꿈이 끝났다면 좋았을 텐데, 한 무리의 사람들이 갑자기 나타나 영도를 에워쌌다고 했다. 그들 중 누군가는 영도를 향해 울면서 소리를 질렀다. 아느냐고, 매립지로 가는 길이 돼지들에겐 쇠창살로 된 사육 틀을 벗어날 수 있었던 처음이자 마지막 외출이었다는 것을······. 거기까지 들었을 때 도원은 그 꿈의 재료가 영도의 실제 경험이라는 걸 짐작할 수 있었다. 영도는 퇴사 후에 그 매립지에 가봤을 것이고 피켓을 든 무리는 영도가 공무원 시절에 마주친 적 있는 환경운동가나 동물 단체의 활동가들일 터였다.

그 밤으로부터 얼마나 멀리 온 것일까.

나아진 건 분명 있었다. 영도는 용접이라는 일에 안착한 듯 보였고 상담을 끊었으며 알약도 줄여가는 중이었다. 아파트는 아직 그들의 것이었고, 빚은 남아 있긴 했지만 제3금융권에는 없었다. 아이는 뜻대로 되지 않았지만, 영도 대신 일하며 비참함으로 추락하는 과정을 겪어온 도원은 아이가 부재하는 한 아이 몫의 세상도 없다는 것이 다행이라고 생각하기도 했다.

다행이었다. 진심으로 그렇게 생각하려고 도원은 애썼다. 그런 믿음이 모래로 만들어진 성처럼 속절없이 무너지는 날이 또 찾아온다 하더라도 노력해야 한다는 걸, 그래야 살 수 있다는 걸, 적어도 잊은 적은 없었다.

※

돼지의 울음소리는 더 이상 들려오지 않았다. 바닥만 보며 걷다가 언뜻 고개를 드니 영도와 함께 사는 아파트의 외관이 눈에 들어왔다. 영도를 따라 이 도시로 내려와 마주했던 십구 년 전의 아파트는 자신을 완벽하게 보호해줄 성채 같기만 했지만 이제는 그저 낡아가는 철근 구조물로 보일 뿐이었다. 공동 현관문 앞에서 비밀번호를 누르는데 휴대전화가 울렸다. 영도였다. 왜 이렇게 전화를 받지 않느냐고 화를 내려는 순간, 휴대전화 저편에서 그 소리가 건너왔다. 그러니까, 새끼 돼지의 울음소리가. 아니, 돼지는 우는 게 아니라 그저 말을 하는 것 같기도 했다. 천막 식당에서보다 느리면서 낮았고, 심지어 부드럽게 들리기까지 했다. 영도는 공장 뒷마당 창고로 담요 하나를 갖고 와달라고 빠르게 용건을 전하더니 도원의 대답을 듣지도 않고 통화를 종료했다. 도원에게 돼지에 대해 물을 기회를 주지 않으려고 그랬을 터였다.

　아파트로 들어가 담요를 챙긴 뒤 택시를 타고 공장에 도착했을 때, 공장의 조명은 다 꺼져 있었고 창고에만 네모난 빛이 고여 있었다. 그 안으로 들어가자 다양한 크기의 파이프와 금속판 사이에 앉아 있는 영도가 보였다. 돼지의 목을 아프도록 세게 조였던 밧줄은 풀린 채 영도 옆에 놓여 있었다.

　도원이 다가가자 영도는 품에서 돼지를 조금 떨어뜨리고는 도원에게서 받은 담요로 꼼꼼히 감쌌다. 돼지는 도원을 올려다볼 때 코를 벌름거리며 킁킁대긴 했지만 그뿐, 더 이상 울지 않았다. 하고 싶은 말은 이미 다 했다는 듯이. 태어난 지 고작 두세 달 되었을 것으로 짐작되는, 솜털로 뒤덮인 분홍색의 돼지였다. 크고 납작한 코에 윤기가 흘렀고 눈동자는 아주 까맸다.

　"퇴근하려고 공장을 막 나서는데 얘가 우는 걸 들었어. 목에 밧줄을 매단 채 여기서 혼자 울고 있더라."

　"……."

　"겨우 구했어."

　"……."

　"애 하나를 겨우……."

　"……."

　"이름도 지었어. 방금."

　"뭐?"

　"도도, 영원을 빼고 도도."

　도원의 일그러지는 얼굴을 영도는 신경도 쓰지 않는 듯했고 담요로 쏙 들어간 돼지를 연신 쓰다듬을 뿐이었다.

　도원은 영도의 손을 바라보았다.

　그런 날이 있었다.

　영도와 세 번째 데이트를 했던 날, 나는 은행의 정식 직원이 아니며 유일한 가족이었던 어머니가 재혼하면서 대학생 때부터 고아나 다름없는 처지가 되었다고 영도에게 고백한 그날, 영도는 도원을 흘끗 보더니 그게 무슨 문제가 되느냐고 대꾸했었다. 직장은 둘 중에 한 명이라도 다니면 된다고 했고 누구나 고아가 될 운명에서 벗어날 수 없다고도 했다. 통증과 비슷하게 체감되는 애정도 있다는 걸, 도원은 그때 처음 알았다. 아직 손도 잡지 않았던 때였지만 도원은 그대로 영도에게 안겼고 영도는 어색해하면서도 정성스럽게 도원의 머리칼을 쓰다듬어주었다. 어쩌면 도원이 영도를 붙잡고 있는 건지도 몰랐다. 영도를 떠날 수 없으리란 걸 인정할 때마다 도원의 마음 한 켠엔 안도감이 함께 쌓여갔다. 그런 생각도 자주 했다. 영원은 없다 해도, 끔찍한 추락과 지켜주고 싶은 마음이 공존하는 하루가 연이어진다면 그 연쇄가 어쩌면 영원일 수 있다고, 어떤 하루는 영원처럼 길었으니까.

도원이 오늘밤은 집에서 돼지를 재우자고 하자 영도의 눈빛이 빛났다.

도원은 돼지를 품에 안은 영도와 곧 창고에서 나왔다.

돼지의 무게 때문에 자꾸만 뒤처지는 영도를 기다리기 위해 잠시 멈춰 섰을 때였다. 눈송이 하나가 도원의 콧등에 떨어지더니 고요히 녹았다. 고개를 들었다. 가로등 불빛에 붙잡힌 눈송이들이 사방으로 흩날리고 있었고 도원의 입김은 눈송이 사이로 퍼져가다 소멸했다. 소멸해서 다행이라고, 그 순간 도원은 생각했다. 뒤에서는 영도가 도원을 불렀다.

입김으로 만들어진 사람, 연약한 목소리로.

---

* 소설 속 피켓을 든 사람의 대사는 유리의 그림책 『돼지 이야기』(이야기꽃, 2013)에서 영향을 받았습니다.

영원하지 않은 하루를 위한 비명

홍덕구 국립군산대학교 초빙교수

우리 시대의 고통은 다양하다. 비정규·불안정 노동자, 이주노동자, 장애인, 노인, 아동, 여성, 성소수자, 그리고 동물에 이르기까지 사회 주류에 속하지 않는 존재들, 이른바 '정상성'을 획득하지 못한 존재들은 각각의 영역에서 각각의 방식으로 고통받고 있다. 이처럼 다양한 고통들을 가시화하고 공론화하려는 노력이 다양한 영역에서 이루어져왔고, 한국문학 또한 예외는 아니었다. 최근 십여 년간 한국문학이 소재 또는 제재로 다뤄 온 대상들을 살펴보면 비주류, 비정상으로 규정된 존재들의 고통을 포착하고자 노력해왔음을 부정하기는 어려울 것이다.

그런데 이들의 고통이 재현되는 방식은 파편화되어 있기도 하다. 이주노동자 여성, 다문화가정 아동, 여성 노인, 비정규·불안정 노동에 종사하는 여성이나 성소수자, 학대받는 동물의 모습을 최근 한국문학에서 찾기란 그리 어려운 일이 아니다. 하지만 이처럼 주류 사회에 의해 타자화된 존재들이 구성하는 고통의 네트워크를 하나의 서사로 촘촘하게 엮어낸 작품을 묻는다면 답하기가 쉽지 않다. 우리는 대도시에서 불안정 노동에 종사하는 여성이 겪는 고통에도, 공장식 축산 시스템 아래서 오로지 '먹힐' 용도로 태어나 도축되는 동물의 고통에도 공감할 수 있지만, 그 고통들이 연결되어 있다는 사실을 실감하기는 어렵다. 이는 고통의 성격이 고통을 겪는 주체의 정체성과 긴밀하게 결합되어 있기 때문일 것이다.

문학, 나아가 재현의 관습을 따르는 모든 예술의 역할이 있다면 이처럼 각각의 주체들이 놓인 위치의 제약 때문에 가시화되기 어려운 고통의 네트워크를 포착하는 작업일 터이다. 서사를 다루는 소설 장르라면 그 작업은 완결된 하나의 이야기로 표현된다. '잘 빚어진 항아리'처럼 매끈하지 않더라도 괜찮다. 독자가 흐름을 따라가며 공감하고 정동될 수 있는 이야기 안에서 고통받는 주체들을 만나게 하는 것만으로도 충분하다. 조해진의 「영원의 하루」는 이러한 작업을 가장 성실히 수행한 작품 목록 첫머리에 놓일 만하다.

은행 창구 담당 계약직 직원인 도원과 가축 방역 담당 공무원인 영도는 맞선으로 만나 결혼했다. "아무리 연차가 쌓여도 단 한 단계도 승진할 수 없고 상품 개발 회의에는 입장이 허락되지 않는"(313쪽) 비정규직 노동자인 도원과 달리 정규직 공무원인 영도의 앞날은 그럭저럭 보장되어 있었다. 영도의 '영'과 도원의 '원'을 합치면 '영원'이 된다는 영도의 대사는 유치하기 짝이 없지만 의외로 핵심을 찌른다. 정규직이라는 새로운 신분을 획득한 자의 환상, 즉 그 지위가 영구히 평탄한 앞길을 열어줄 것이라는 환상을 보여주는 장치이기 때문이다. 이는 영도의 환상인 동시에 한국 사회 전체가 공유하는 환상이기도 하다.

이후의 서사는 그 환상을 무참하게 해체하며 진행된다. 결혼 후 도원과 영도는 대출을 받아 경기도 남부의 소도시에 작은 아파트를 장만했고, 도원은 은행을 그만둔다. 영도의 정규직 공무원 자리가 유지되는 한, 부부의 삶은 평범하게 흘러갔을 것이다. 그러나 부부가 짧게나마 누릴 수 있었던 행복은 다른 종(種)에 대한 폭력 위에 위태롭게 서 있던 것이었다. 가축 방역 담당 공무원으로서 구제역 파동을 최전선에서 겪은 영도는 트라우마로 인해 정신적 문제를 겪게 되고, 결국 퇴사를 선택한다. 영도가 목격한 돼지 살처분 현장은 그야말로 현세에 강림한 지옥이라 할 만하다.

돼지들이 겹치고 또 겹치면서 뼈가 부서지고 내장이 파열되는 소리, 살려고, 살기 위하여 가까스로 구덩이 밖으로 기어 나오는 돼지를 각목과 삽으로 내리치는 소리와 구덩이 안이 피로 물드는 소리, 곧이어 구덩이의 입구를 석회로 밀봉하는 소리, 흙과 석회를 뚫고 흘러나오는 흐느낌과 흐느낌에 묻어 나오는 가냘픈 숨소리…….(317~318쪽)

평생 농사를 지어온 영도의 부모는 마음이 좋지 않아 공무원을 그만둔다는 영도를 이해하지 못한다. "눈에 보이는 환부나 병증을 남기지 않는 그깟 마음 때문에 직장을 그만둔다는 건 납득되지 않는 영역"(312~313쪽)이었던 것이다. 영도의 실직이 길어질 것을 예감한 도원은 아파트를, 가정을 지키기 위해 다시 직업전선에 뛰어든다. 경기도 남부의 소도시에는 사무직 일자리는 드물었고 "공업, 정밀, 테크, 기공 같은 단어가 뒤에 붙는 공장들"(318쪽)만 즐비했다. 그때부터 도원은 화장실 청소, 곱창집 주방, 숯불갈비집 서빙 등을 닥치는 대로 해왔고, 현재는 세차장을 겸하는 카센터에서 일하고 있다. 일하는 사람도, 손님도 대부분 남성이라서 여성 전용 탈의실조차 마련되어 있지 않은 일터에서 도원은 "불편함은 언제라도 비참함이라는 감정으로 추락할 수 있"(315쪽)음을 되뇐다.

영도의 삶 또한 녹록지 않다. 퇴직 이전부터 꽉 쥔 주먹으로 자신의 머리를 내리치는 이상 증세를 보였고, 퇴직 이후로도 공황 발작과 불면증에 시달린다. 발작 증세 탓에 한식 뷔페에서 해고당했고, 이후 택배회사를 거쳐 용접공으로 일하고 있다. 도원과 영도의 처지는 구제역으로 살처분된 돼지의 처지와 병치된다. 이는 부부가 꿈꿨던 '영원'이 허상이자 환상이었음을 잘 보여준다. 다행히도 영도는 용접 일에서 작은 안식을 찾는다. "영도에게 용접은 화학 성분으로 만들어진 알약이나 오십 분 단위로 계산되는 상담보다 더 효과적인 치료제"(316쪽)이기 때문이다.

도원의 고등학교 친구인 지연의 이야기는 대상이자 타자의 자리에 놓이는 존재들 — 도원과 영도, 그리고 돼지들 — 의 고통을 부각시킨다. 지연은 제주 4·3사건에서 민간인 학살에 적극 참여한 군인 출신 할아버지에 대한 반감과 죄책감을 품고 살아가던 인물이다. 정치학도로서 해고노동자 복직 운동에 적극 결합하기도 했던 지연은 어느 순간 입장을 바꿔 할아버지를 옹호하기 시작한다. "자신의 자리에서 해야 할 일을 한 것뿐이니 또 다른 희생자로 재평가받아야 한다"(322쪽)는 것이다. 영원한 행복이라는 환상에서 쫓겨나 매 순간의 고통을 직시하며 살아가게 된 도원과 영도와는 반대로, 지연은 고통스러운 속죄를 스스로 완결해버리고 영원한 환상 속으로 도피한다.

어느 날, 도원은 퇴근길에 중앙아시아 음식을 파는 야시(夜市)에 들른다. "고향은 달라도 종교는 같은 사람들이 이 도시에도 작은 모스크 하나를 건립하기 위해"(323쪽) 고향 음식을 팔고 있는 것이었다. 소도시의 공장에서 일하는 이 외국인 노동자들은 도시에 노동력과 생산성을 제공하지만, 무슬림이라는 이유만으로 배척당하는 존재들이다. 모스크 건립에 반대하는 사람들은 새끼 돼지의 목에 줄을 묶어 끌고 와 장사를 방해한다. "쉰 목소리로, 그러나 사력을 다해 울고 있"(323쪽)는 새끼 돼지를 보며 도원은 영도가 겪은 일들을 생각한다.

살처분된 돼지들에게 가해진 폭력, 그것을 경험한 영도의 트라우마, 도원이 불안정 여성 노동자로 살아가며 겪은 고통, 4·3 피해자와 유족, 그리고 해고 노동자들의 고통, 무슬림 노동자들이 겪는 차별은 상징이 아닌 실제적 차원에서 모두 연결되어 있다. 그 폭력과 고통의 연쇄는 거대 권력이 누구/무엇을 살리고 죽일지를 결정하는 생명 정치의 결과임과 동시에, '우리'와 '너희'를 가르는 대상화와 타자화의 메커니즘이 만들어낸 것이기도 하다.

무슬림 혐오 시위대로부터 구출해낸 새끼 돼지에게 도원이 영도와 도원에서 '영원'을 뺀 '도도'라는 이름을 붙이는 것, 그리고 새끼 돼지를 감싸 안고 집으로 향하는 영도의 입김이 "소멸해서 다행이라고"(329쪽) 여기는 도원의 생각은 그 폭력과 고통의 연쇄를 끝낼 방법을 암시하는 듯하다. 영원을 꿈꾸지 않는 것, 이념도, 사상도, 가치도, 나아가 자연에 대한 인간의 지배도 결코 영원할 수 없음을 받아들이는 것, 우리가 지구 위에 덧씌워진 지극히 얇고 연약한 거죽과도 같은 '인간의 조건' 위에서만 존재할 수 있는 "입김으로 만들어진 사람"(329쪽)임을 인정하는 것이다.

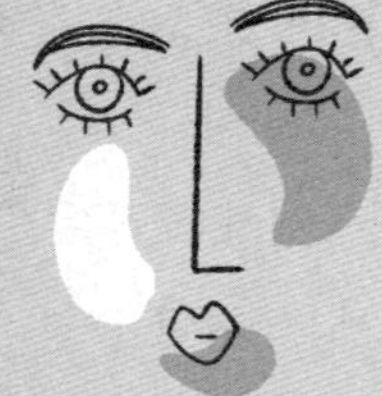

김춘영

최은미

2008년 『현대문학』에 단편소설 「울고 간다」가 당선되어 등단. 소설집 『너무 아름다운 꿈』 『목련정전(目連正傳)』 『눈으로 만든 사람』, 장편소설 『아홉번째 파도』 『마주』, 중편소설 『어제는 봄』, 짧은 소설 『별일』 등이 있음. 대산문학상, 현대문학상, 한국일보문학상, 김승옥문학상, 젊은작가상 등 수상.

　김춘영의 집은 화운령에서도 좀 더 걸어올라간 곳에 있었다. 운탄고도 5길이 시작되는 화운령 초입에 주차를 하고 등산화를 꺼내 신으면 연못 터 부근에서부터 이어지는 산길이 보였다. 산을 오르다 멈춰 서서 돌아보면 능선 사이로 길게 펼쳐진 임도가 눈에 들어왔다. 오래전엔 '제무시' 트럭이 석탄을 나르던 길이었고 지금은 백패킹과 트레킹 명소가 된 길이었다. 사람들은 그 길을 운탄고도라 불렀다. 네 개 시군을 가로지르는 백칠십여 킬로미터의 길이었다. 김춘영은 그 운탄로 일부 구간이 지나는 산중턱에 살았다.

　김춘영을 만나러 갈 때 내 배낭은 늘 묵직했다. 노트북을 넣은 뒤 여분 공간을 황도 통조림으로 채우고 그의 단골 빵집이라고 전해 들은 군청 옆 빵집에서 소금빵을 샀다. 때에 따라 믹스커피나 땅콩버터, 아몬드 같은 것들을 추가해 담았다. 김춘영은 다른 생필품은 받지 않았다. 산간에 혼자 사는 고령자에게 필요할 만한 것들, 가족이나 가까운 지인이 챙길 법한 보온용품이나 편의용품도 사양했다. 있으면 좋고 없어도 그만인, 주전부리 카테고리에 들어가는 것들만 받았다. 김춘영한테 나는 방문객이었다.

　김춘영과의 면담을 마치고 연구실로 돌아와 면담 일지를 작성하다 보면 김춘영이 나를 방문객 자리에 위치시키는 건 당연하지 않나 하는 생각이 들었다. 내가 방문객이 아니라면 무엇이란 말인가? 하지만 김춘영과 나의 육성이 담긴 녹취 파일을 풀 땐 내가 김춘영한테 어떻게 방문객일 수만 있나 하는 생각이 고개를 드는 것 또한 사실이었다. 거기서 생각을 더 진전시키지는 않았다. 김춘영과 나는 일 년 전 구술자와 면담자로 처음 만났고 여전히 구술자와 면담자라는 구도 안에 있었다. '라포' 형성을 위해 사적으로 더 다가간다고 해서 그 구도가 벗겨지는 건 아니었다. 그럼에도 특별한 순간들이 없지 않았다. 김춘영의 집에 앉아 김춘영의 말을 듣던 몇몇 날들엔 그의 생애 기억 속 한 지점으로 접속해 들어가는 듯한 깊은 순간들이 있었다. 하지만 그런 순간에도 이 대화가 분명한 목적과 테마의 틀 속에서 진행되고 있다는 걸 김춘영도 알고 나도 알았다.

면담 사전 준비를 위해 처음 김춘영의 집을 방문했던 때도 봄이었다. 같은 연구팀 홍이 면담 보조자로 동행했다. 화운령 곳곳에 봄철 야생화가 한창이었지만 산길을 오르는 내 머릿속은 김춘영에 대해 들은 사전 정보로 분주했다. 한 달에 두 번 조카가 들러 우편물과 생필품을 전해주고 간다는 것, 두 달에 한 번 약을 타러 읍내 병원에 갈 땐 오래전부터 알고 지내던 이웃 동생이 동행한다는 것. 단골 빵집 얘기도 그때 들은 것이었다. 김춘영과 면담한 적이 있는 백에게서였다. "애써보세요. 귀한 분입니다." 백은 어쩐지 자조적인 투로 그런 말을 했다. 마지막까지 면담을 잘 끌어가라는 말도 했다.

김춘영의 집은 김춘영의 거주지인 동시에 구술 채록 작업이 진행될 나의 현장이기도 했다. 연구 사업과 연구팀에 대한 소개가 끝난 뒤 홍이 김춘영에게 스몰토크를 시도하는 동안 나는 집안을 빠르게 살폈다. 화장실과 주방이 구술 흐름이 끊기지 않을 만한 동선 안에 위치해 있는지, 유선전화와 티브이를 사용하고 있는지, 주 면담이 진행될 거실의 채광 상태, 필요할 때 빛을 차단해줄 커튼이나 블라인드의 유무.

김춘영의 집은 거실 통창이 크게 나 있는 단층 목조주택이었다. 창 앞에 서면 제일 먼저 화운령 골짜기가 보였고 그 뒤로 운탄고도가 지나는 산자락들이 파도처럼 겹겹이 펼쳐졌다. 실내 쪽 창턱에 줄지어 세워놓은 황도 통조림통에선 여러 종류의 다육식물이 자라고 있었다. 벽에 걸린 농협 달력과 달마도, 광업소 이름이 새겨진 오래된 괘종시계, 탁자 한쪽의 대형 주전자와 온풍기, 애초 용도와 달리 수납 박스로 쓰이고 있는 김치통.

김춘영의 집은 손때가 묻은 생활용품들이 엄격히 정돈되지도, 그렇다고 허름하게 방치되지도 않은 상태로 김춘영 일인의 질서 안에서 더도 덜도 않는 조화를 이루고 있는 곳처럼 느껴졌다. 집안 군데군데에는 김춘영이 소일거리 삼아 만들었나 싶은 소품들도 놓여 있었다. 때마침 홍은 거실 통창 한쪽에 달린 지등에 시선을 빼앗겨 있었다. 한지로 만든 등은 봄 산을 담은 통창 풍경과 집의 오래된 목재 느낌을 은은하게 아우르며 걸려 있었다.

홍은 조금 들떠 보였다. "등이 집이랑 정말 잘 어울려요, 어르신. 어르신이 직접 풀 먹여 바르신 거예요?" 홍은 한지에 새겨진 꽃잎 문양을 유심히 보았고 "화운령이 야생화 군락지로도 꽤 알려져 있잖아요" 말했다. 홍은 그 무렵 박사논문을 위해 전국의 지명 전설을 수집하고 있었다. "봄만 되면 나그네랑 나무꾼들이 꽃들을 한아름 꺾어갔다고 해서 화운령을 꽃꺼끼재라고도 한다면서요." "화운령 꽃이 새겨진 화운령의 등이네요." 얼굴이 상기된 채 이런저런 말을 하는 홍을 김춘영은 가만히 쳐다보기만 했다. 홍의 말이 끝나자 김춘영이 말했다.

"그거, 내 조카가 이케아에서 사다준 겁니다."

후에 홍은 말했다. 그 이후로 김춘영한테 말을 걸 수 없었다고. 눈을 마주치고 싶어도 마주칠 수 없었다고. 김춘영과의 면담을 보조하기로 했던 홍은 현장에서 빠지게 되었다. 그렇게 시작된 김춘영 생애사 작업은 한 계절에 한두 차례씩 일 년간, 오직 김춘영과 나, 일대일 면담으로 진행되었다. 그리고 이제 마지막 회차를 앞두고 있었다.

김춘영과 첫 회차 면담을 마쳤을 때 나는 백이 '귀한 분'이라고 한 게 무슨 뜻인지를 바로 알 수 있었다. 김춘영은 기본적으로 말을 잘하는 사람이었다. 좀 더 정확히는 면담자가 원하는 방식으로 말할 줄 아는 사람이었다. 특정한 일에 대해 말할 때, 김춘영은 사실의 나열이나 정보 제공에 그치지 않고 늘 자신의 생각과 감정의 맥락 속에서 이야기했다. 면담자가 유도하지 않아도 그랬다. 오랫동안 자신의 경험을 곱씹어온 사람 같았고 그것을 자신의 의도대로 전달하기 위해 무엇을 먼저 이야기하고 무엇을 나중으로 돌려야 하는지 본능적으로 알고 있는 것 같았다. 같은 사건을 겪고 같은 상황에 있었다고 해서 모두가 그처럼 말할 수 있는 건 아니었다. 김춘영은 '귀한 자원을 가진 분'이었다.

김춘영의 자원을 내가 알아보았다는 걸 김춘영은 모르지 않았을 것이다. 면담 중간중간 그는 자신의 이야기가 연구자인 나를 만족시키고 있는지 반응을 살피곤 했는데, 그것은 어떤 수위로 어떤 이야기를 더 내보일지 타진하는 것처럼도 여겨졌다. 타진의 기미가 느껴지면 나 또한 내가 가진 자원이 당신을 향해 있다는 것을 은연중에 어필했다. 시골 노인이라도 이름을 알 수 있는 대학의 박사학위, 사명감 있는 연구기관에서 착실하게 쌓아온 경력. 구술자들에게 가장 잘 받아들여지는 이른바 '배운 여자'라는 자원이었다.

나는 이전 면담이 김춘영에게 아쉬움으로 남았을 거라고 느꼈다. 김춘영이 백과 했던 면담 내용은 오 년 전 한 재단에서 발간한 탄광사회사 구술자료총서에 실려 있었다. 거기서 김춘영은 화운갱 주변의 생활상을 건조한 관찰자 톤으로 설명하고 있었다. 표현력과 표현욕이 있는 구술자와의 면담이라기엔 질문도 답도 전형적인 틀 안에서 맴돌았다. 어떤 요인 때문이든 보통은 구술자와 면담자 간의 상호작용에 문제가 생겼을 때 나오는 결과물이었다.

나는 백과 다를 거라는 것, 당신과 나의 작업은 그런 식으로 흘러가지 않을 거라는 것, 나는 김춘영이 무엇보다도 그것을 믿어주길 바랐다. 실제로 김춘영과 내가 지난 한 해 동안 해온 작업은 나쁘지 않았다. 충분한 시간과 텀을 두고 면담에 집중하며 피드백을 주고받았고 섣불리 선을 넘지 않으면서도 상대에 대한 호의와 호감을 놓지 않았다. 서로가 가진 자원을 필요한 만큼 끌어내고 내보이며 신뢰를 쌓아왔다.

'지역과 여성의 기억' 아카이브 연구팀은 그간 광부의 가족으로만 소환

되던 탄광촌 여성을 주체로 세울 것이다. 이것은 탄광사회사도 주민운동사도 노동생활사만도 아닌, 각 여성의 이름 석 자를 전면에 내세운 생애사 작업이었다. 내가 완성할 텍스트의 주인공은 김춘영이었다.

4월에도 화운령에 눈이 내리는 건 흔한 일이라고 했다. 5월에 눈이 와도 별스럽지 않은 곳이라고 김춘영은 황도 통조림을 받아들며 말했다. 산길을 올라오며 진달래와 산벚꽃을 본 게 불과 몇십 분 전이었다. 통창 밖으로 갑자기 눈이 쏟아지는 걸 보면서 나는 김춘영의 집이 해발 천 미터에 있다는 걸 실감했다.

김춘영은 다행히 여느 면담 날과 다르지 않아 보였다. 컨디션에 따라 구술 기복이 있는 편은 아니었지만 마지막 회차라 나는 평소보다 더 김춘영을 살폈다. 구술 자료 이용에 관한 동의서를 받는 절차가 남아 있었고 인명과 지명의 공개 여부도 상의해야 했다. 이야기를 잘 쌓아왔더라도 마지막 절차에서 방어적인 태도를 보이는 구술자들이 적지 않았다. 그간의 면담 흐름으로 볼 때 김춘영이 그럴 가능성은 크지 않았지만 최종 면담이 주는 긴장과 무게가 없을 수 없었다.

김춘영이 차를 끓이는 동안 나는 마지막 의식을 치르듯 거실 좌탁 위에 면담 장비를 세팅했다. 창밖으로 눈이 쏟아지는 것을 빼면 다 그대로였다. 통창엔 변함없이 그 등, 이케아 등이 걸려 있었다. 김춘영의 집에서 김춘영과 마주 앉아 면담을 진행하던 일 년 동안 나는 이케아 등이 나를 보고 있다는 걸 잊은 적이 없었다. 언제나 그 등을 의식했다. 연구자로서 내가 지켜야 하는 점에 대해 상기하고 또 상기해왔다. 김춘영이 다가와 "잘하면 발이 묶이겠네, 묶이겠어요"라고 말했을 때 가슴이 내려앉았을 만큼.

지나가는 봄눈이라기엔 눈이 너무 많이 오고 있었다. 한겨울 면담 때도 이렇게 실시간으로 폭설이 쏟아진 적은 없었다. 눈은 점점 더 굵어졌고 얼마 안 가 짙은 안개가 낀 것처럼 통창 밖은 아무것도 보이지 않았다. "못 가지, 이러면 못 내려가지." 밖을 한참 내다보던 김춘영이 결단을 내리듯 말했고 그 말은 곧 사실이 되었다.

돌아가는 건 위험하다는 결론이 났을 때, 그러니까 내가 김춘영의 집에서 하룻밤을 묵어 가게 생겼을 때, 나는 예상에 없던 이 일이 어쩌면 면담 때마다 내가 바라왔던 일인지도 모른다는 생각이 들었다. 짧게는 두세 시간, 길게는 반나절, 면담을 마치고 김춘영의 집에서 내려갈 때마다 가시지 않는 아쉬움이 없었다고 할 수 없었다. 분명 채워지지 않는 뭔가가 있었다. 김춘영의 집에서 하루를 묵는다는 건 단순히 면담 시간이 추가되는 것과는 밀도 자체가 다른 일일 것이다. 함께 밥을 먹어야 할 것이고 통창 밖으로 낮이 아닌 다른 시간대가 지나가는 걸 보게 될 것이다. 그러는 사이 내겐 늘 숙제 같기도 하고 가장 바라는 무엇이기도 했던 그 라포라는 것을 얻게 될 수도 있었다. 이부자리를 펴주는 김춘영. 장롱 안에 있는 오래된 물건을 꺼내 보여주는 김춘영. 녹음기를 사이에 둔 상태에선 나올 수 없던 얘기를 사소한 계기로 풀어놓게 되는 김춘영. 누구에게도 하지 못한 이야기. 누구도 듣지 못한 이야기.

나는 그 가능성에 대한 기대로 한순간 벅차올랐고, 흥분을 누르며 연구팀에 전화를 걸어 상황을 전했다. "그러면 시간이 생긴 김에……" 연구팀 동료 안이 말했다. "날씨가 돕는 김에……" "우리가 좀 더 기다릴 테니까 박 선생."

나는 뒤뜰에 있는 김춘영과 통창 너머로 쏟아져내리는 눈을 번갈아 보며 안의 말을 들었다. 안은 김춘영에게서 '그 사건'에 대한 발언을 좀 더 유도해달라고 했다. 이번 연구 프로젝트의 구술자는 김춘영을 포함해 다섯 명이었다. 그들은 군 내외 각지에 흩어져 살고 있었지만 사십오 년 전 4월 화운령에서 일어난 사건을 함께 겪었다는 공통점이 있었다. 지역과 여성의 기억을 테마로 이 지역의 여성 구술자를 섭외하면서, 연구팀은 구술자들이 삼사십 대였던 당시 지역을 통째로 뒤흔들었고 이후 오랫동안 지역공동체에 영향을 끼친 그 사건을 의식하지 않을 수 없었다. 연구팀은, 특히 안을 중심으로 한 몇몇 연구자들은 이 여성들의 경험과 기억이, 아직 진상이 온전히 규명되지 않은 그 사건의 전모를 밝히는 데 기여할 수 있다고 보았다. 이번 프로젝트가 그 사건에서 '여성 경험의 특수성'을 수집하고 재현할 수 있기를 바랐다. 광부들이 계엄사령부로부터 물고문을 받을 때 광부의 아내들은 성고문을 받았다는 증언 같은 것들이 구술자들 입에서 더 나와주기를. 연구팀이 그 폭력을 해석하고 사료화할 수 있기를.

구술 흐름이 그 사건을 향해 가지 않는 건 다섯 면담 중 김춘영과 나의 작업뿐이었다. 안은 내게 말하곤 했다. "박 선생, 우리가 쓰는 건 라이프 스토리가 아니라 라이프 히스토리야." 하지만 나는 구술자들의 고유한 생애를 사건으로 환원하려는 안의 방식에 그다지 동의하지 않았다. 김춘영의 구술이 사건의 증언으로 수렴되기를 바라지도 않았다. 이 작업의 주체는 사건이 아니었다. 김춘영이었다. 나는 오직 김춘영의 말을 들을 것이다. 김춘영이 말하는 김춘영의 기억을 들음으로써 김춘영이라는 대체 불가능한 한 개인에 대한 이해에 도달해갈 것이다. 다른 연구자가 아니라 나여서 가능한, 오직 나와 김춘영의 관계성 속에서만 가능한, 김춘영과 나의 공동작업이기 때문에 포착 가능한 어떤 진실에 접근해갈 것이다.

4월의 폭설이 내리지 않았다면, 김춘영의 집에서 하루를 묵게 되는 변수가 생기지 않았다면, 나는 안과 그동안 해온 언쟁을 반복하며 내 속마음을 쏟아냈을지도 몰랐다. 하지만 나는 잠자코 안의 말을 들었다. 애써보겠다고 말했다. 나를 제외한 다른 면담자들은 일찌감치 면담을 마치고 후반 작업을 하는 중이었다. 시간이 소요되는 것에 팀에 보답하고 싶은 마음이 없지 않았다. 누구도 토를 달지 못할 결과물로 그들을 설득하지 못하리란 법이 없었다. 날씨가 도와주고 있으니까. 긴긴밤이 남아 있으니까.

안과 통화를 할 때까지만 해도 나는 이 화운령 골짜기에 있는 게 김춘영과 나뿐이 아니라는 것을, 날씨 때문에 이동에 변수가 생긴 게 나만이 아니라는 사실을 생각하지 못했다.

4월의 눈이 별스럽지 않은 것처럼 지나가던 등산객이 집에 들르는 것도 종종 있는 일이라고 김춘영은 말했다. 추우면 너무 추워서, 더우면 너무 더워서, 폭우나 폭설이 쏟아질 땐 더 걸을 수가 없어서 사람들은 김춘영의 집 문을 두드린다고 했다. 그럼에도 아웃도어 위로 눈을 잔뜩 인 사람 둘이 쓰러지듯 들어왔을 때 나는 당황하지 않을 수 없었다. 그들은 파랗게 질린 얼굴로 현관에 선 채 뭐라 말을 하지 못하고 있었다. 김춘영이어서 안으로 들어오라고 손짓을 하고 나서야 눈이 너무 온다고, 와도 너무 온다고, "세상에, 세상에" 숨을 토하듯 말했다.

그들은 운탄고도 4길에서 5길로 넘어오던 중에 폭설을 만났다고 했다. "한 고개만 더 넘으면 되는데, 저쪽에 리조트 있잖아요, 거기서 묵거든요. 그런데 세상에, 눈이……" 김춘영이 온풍기 온도를 높이고 수건을 건네주자 그들은 계속 감사하다고 말했다. "할머니 아니었으면 저희 정말 큰일 날 뻔했습니다." "감사해서 어째요, 할머니."

내 구술자를 할머니라고 칭하는 그들은 오십 대 중반쯤으로 보였고 부부라고 했다. "근 십 년 만에 둘이서만 온 여행입니다." 그들은 운탄고도 트레킹과 백운산 등산을 마친 뒤 리조트에 며칠 머물면서 카지노와 골프장을 경유해 돌아갈 거라고 했다.

나는 거실 한쪽에 착잡한 마음으로 선 채 내 현장에 갑자기 나타난 부부를 바라보았다. 그들이 문을 열고 들어온 직후부터 거실은 실시간으로 흐트러지고 있었다. 현관께에서부터 그들이 이동한 자리를 따라 등산 스틱과 나뭇가지와 눈이 녹아 생긴 물기가 선을 그으며 펼쳐졌다. 몸이 녹으며 진정이 되자 남자는 당이 떨어져 손이 떨린다며 배낭에서 먹을 것들을 꺼냈다. 연양갱, 초코송이, 핫브레이크. 보고 있던 김춘영이 황도 통조림 몇 개를 좌탁으로 가져가 건넸다. "손 떨릴 땐 이게 직효요"라면서.

그곳은, 여행객 부부가 황도즙을 흘리고 과자 부스러기를 털어 먹고 있는 그 좌탁은, 폭설이 오지 않았다면 지금쯤 김춘영과 나의 마지막 면담이 진행되고 있을 곳이었다. 지난 일 년간 그래왔던 것처럼 누구의 방해도 없이, 내밀하고 고요하게, 선을 잘 지키면서.

창턱의 다육식물들을 들여다보던 여자가 주방으로 다가갔다.

"할머니한테 이렇게 신세를 졌는데, 간식 값이라도 하고 가야죠."

여자는 대야에 담겨 있던 콩나물을 다듬기 시작했다. 김춘영도 주방 이 곳저곳을 오가며 무슨 일인가를 했다. 나보다 나이 많은 여성들이 주방 에서 움직일 때 가만히 있으면 안 된다고 배웠으므로 나는 엉거주춤 주방 쪽으로 이동했다.

"저도 뭐 도울 거 없을까요?"

내가 묻자 콩나물을 다듬던 여자가 웃으며 나를 올려다보았다.

"뭘 물어요, 찾아서 해야지."

눈은 잦아들 기미 없이 계속해서 쏟아지고 있었다. 얼핏 봐도 부부가 들어올 때보다 두어 뼘은 더 쌓인 것 같았다. 이들이 내 현장에서 금방 떠 나지 않을 것 같다는 좋지 않은 예감이 찾아왔다. 이 여자에겐 내가 자기 아들 여자친구급으로 보일지도 몰랐다. 나는 긴장할 필요를 느꼈다. 그간 의 경험으로, 현장의 나이 많은 여성을 어머님이나 할머님으로 대하는 건 자연스러운 하대와 평가에 나를 제물로 내주는 격이나 다름없었다. 면담 상황에선 현장의 통제권을 잃는 최악의 결과를 불러올 수 있었다. 최소한 의 권위를 잡고 있어야 했다. 나는 큰 소리로 김춘영을 불렀다.

"선생님, 김춘영 선생님!"

예상대로 부부는 '선생님'이라는 호칭에 관심을 보이며 이런저런 것들 을 물었다. 짧은 설명으로도 그들은 김춘영과 내가 어떤 관계이며 무엇을 하고 있는지를 빠르게 이해했다. 화운령까지 걸어오는 동안 운탄고도를 따라 펼쳐지는 폐광촌 스토리를 차근차근 흡수한 것 같았다. 문화재 안내 판이 보일 때마다 끝까지 읽고 고개를 끄덕이는 타입인지도 몰랐다.

그들은 운탄고도를 걸으며 해발 961미터에서는 961갱 입구를, 해발 1178미터에서는 1178갱 입구를 지났을 것이다. 갱 입구에서 손을 흔드 는 광부 동상을 보았을 것이고 삭도와 동발과 갱내수 정화 시설을 보았을 것이다. 한때 이 골짜기에 얼마나 많은 사람이 살았는지를 보여주는 초등 학교 터와 사택 터를 지났을 것이다. 탄가루를 씻어내고 헹궈내던 목욕탕 터와 공동 우물 터도 지났을 것이다.

"여기서 오십 년을 넘게 사셨으면 그야말로 탄광촌 산 증인이시네요."

구술사 작업 얘기를 하면서 여행객 부부와 김춘영과 나는 통창을 옆에 두고 좌탁에 모여 앉았다.

"그럼 할머니 살아오신 얘기가 책으로 나오는 건가요?"

남자가 나와 김춘영을 번갈아 보며 물었다. 나는 그렇다고 말했다. 지역자료총서의 하나로 나올 거라고 덧붙이며 김춘영을 보았다. 자신의 이야기가 공적 자료가 된다는 걸 새삼 상기한 듯 김춘영의 눈이 순간적으로 흔들렸다. 면담 때는 없던 일이었다. 나는 다시 김춘영을 살피지 않을 수 없었다.

"넘어오다 보니 요 아래에 도롱이 연못 터라고 있더라고요."

여자가 말했다.

"네, 아직은 얼어 있어서 그냥 공터처럼 보이는데 물이 녹으면 요새도 연못이 돼요."

내 말에 여자가 고개를 끄덕이더니 말했다.

"저는 그 연못 터 얘기가 그렇게 가슴이 아프더라고요."

화운령은 인근 어느 골짜기보다도 많은 갱이 있던 곳이었다. 지역에서 최초로 탄광이 개광된 곳도 화운령이었고 최대 규모의 민영 탄광 광업소가 있던 곳도 화운령이었다. 지하에 숱한 갱도가 생기던 어느 날 지반 침하가 일어나면서 갱도가 내려앉았다. 땅이 꺼진 자리에 연못이 생겨났고 일급수에만 서식한다는 도롱뇽이 살기 시작했다. 화운령 사람들은 도롱뇽이 사고의 위험을 미리 알려주는 존재라고 믿었다.

"막장 사고가 얼마나 많았으면 광부 가족들이 도롱뇽을 보면서 기도를 다 했을까요."

그때까지도 눈은 계속해서 쏟아지고 있었다. 면담 때마다 김춘영은 좌탁에 앉기 전, 통창 앞에 나를 나란히 세우고 서서 자신의 구술에 나오는 장소들을 가늠하며 알려주곤 했다. 저기 저쪽 능선이 1084갱. 그 뒤쪽이 989갱. 그 옆 비탈이 화운갱 동부사택 자리. 저쪽 산 너머가 안경다리.

김춘영이 통창 밖을 보며 말했다.

“많이들 죽었지요.”

잠시 뒤 김춘영이 이어 말했다.

“그래도 다 사람 사는 곳이었어요.”

좌탁에는 찻잔 네 개가 있었다.

“갱마다 광부 가족들이 사는 사택촌이 있었다면서요.”

여자가 물었다.

“할머니도 사택촌 살면서 아이 학교 보내고 하신 거예요? 우물 터 팻말에 적힌 거 보니까 탄가루 때문에 남편 작업복 빠는 것도 그렇게 힘들었다던데.”

여자의 말에 김춘영이 손을 내저었다.

“아니에요. 사택촌, 나는 아니에요.”

그 말과 함께 김춘영은 몸을 일으키려던 것 같았다. 순간적으로 기우뚱해 나는 부축하듯 김춘영을 잡았다. 선생님 괜찮으시냐고, 아마도 그렇게 물었을 것이다. 김춘영이 다소 정색을 하며 말했다.

“아이고, 그만 좀, 선생님 소리 좀 그만해요.”

첫 만남 때부터 줄곧 나는 선생님이라는 호칭을 썼고 김춘영은 한 번도 그 호칭에 특별한 반응을 보인 적이 없었다. 좋다고 하지도 않았지만 민망해하거나 어색해하지도 않았다. 나는 그런 김춘영이 좋았다. 부부가 이 집에 나타나기 전까지 유지하던, 정제된 표정으로 면담자를 대하던 그 위엄이 좋았다.

분위기를 살피던 남자가 이 연구 작업에 좀 더 맞는 화제라고 생각했는지 여성 광부 얘기를 꺼냈다.

“저는 탄광에 여성 광부도 많았다는 걸 얼마 전에 무슨 다큐멘터리를 보고 알았어요. 방진 마스크에 작업복 딱 입으시고, 장화에 하이바 두르고, 손이 얼마나들 빠르신지 막장에서 석탄 더미 올려보내면 여성 광부들이 거기에서 잡석을 다 가려냈다고 하더라고요. 용어가 뭐 있었는데.”

“선탄부요.”

“맞아요, 선탄부. 여성 광부 얘기도 더 많이 알려지고 그러면 좋겠네요.”

부부는 자신들을 폭설로부터 대피시켜준 이 고마운 할머니가 매일 마음을 졸이며 남편을 갱도로 출근시키던 광부의 아내였는지, 탄가루 속에서 선탄을 하던 여성 광부였는지 알고 싶은 것 같았다.

눈은 계속 내렸고 먼 산에서 무언가 우지끈하는 소리가 들려왔다. 가까이에서 무언가 사박사박하는 소리도 들려왔다. 더 많이 알려지고 그러면 좋겠네요. 남자의 그 말을 끝으로 김춘영도 나도 아무 말을 하지 않았다. 무슨 말을 했을 법도 한데, 아무 말도 하지 않는 잠깐의 시간이 있었고, 그때 김춘영이 나를 보았다. 나를 보는 김춘영을 본 그때에 나는 내가 김춘영의 집에서 내려가고 나서도 그 짧은 시간의 여파 속에 있게 되리란 걸 알았다. 알았지만, 몇 초 동안 내가 부지불식간에 내보이고 만 것을 당장 수습할 길이 없었다.

김춘영이 주방으로 걸어가 주전자에 물을 채웠다. 가스레인지에 주전자를 올리고는 허리를 굽혀 불을 켰다. 누구보다 오래 이 화운령 골짜기에 살면서 탄광촌의 흥망성쇠를 몸소 겪었지만 김춘영은 광부의 아내도, 여성 광부도 아니었다. 사십오 년 전 화운령을 중심으로 일어난 광부들의 노동쟁의 당시 계엄사 합동수사단에 구금되어 고문을 받았지만, 그 사건의 당사자로 얘기되는 광부와 광부의 가족 어디에도 김춘영은 속하지 않았다.

지나가는 강아지도 입에 만원짜리 지폐를 물고 다닌다는 말이 있었던 탄광촌의 호황기에, 화운령에서 가장 많은 돈을 긁어모은 건 김춘영이었다고 했다. 다른 네 구술자 중 한 명의 말이었다. 아직 편집 전인 날것의 녹취록에서, 구술자는 여전히 골이 깊게 남아 있는 듯 김춘영이라는 사람으로 인해 환기되는 감정을 여과 없이 드러냈다. "내가 여직 이러고 사는데, 젊어서는 탄가루 뒤집어쓰고 늙어서는 카지노 화장실 청소하면서, 내가 여직도 죽지를 못하는데." "산꼭대기에 고상하게 집 지어놓고." "그 여자가 ○ ○ ○○○○……"

김춘영의 일터는 화운갱 동부사택 B지구 골목 끝에 있었다. 입퇴갱 길목에서 좀 돌아가야 나오는 곳이었지만 화운갱 광부들은 퇴갱길에 늘 김춘영을 찾아가 술을 마셨다. 가는 길목에 집이 있어도 김춘영한테 먼저 들렀다. 탄광은 삼교대로 돌아갔기 때문에 사택촌 술집들은 스물네 시간 열려 있었다. 화운령 골짜기로 해가 지기 시작하면 갑방 광부들이 술을 마시러 왔다. 자정이 지나면 을방 광부들이 근무를 끝내고 왔다. 아침해 가 뜨고 아이들이 학교에 갈 때쯤부터는 병방 광부들이 술을 마셨다. "징 글징글하게들 먹었지." 김춘영은 말했다. "꼭 내일 죽을 사람들처럼 먹었 어요." 그 말은 비유가 아니었다. 정말로 내일 죽을 수도 있다는 생각으로 사는 곳이 화운령 골짜기였다.

"막장일이 어떤 일인지를 아니까." 또다른 구술자는 말했다. "남편이 작 부집을 가든 매밋집을 가든 대폿집을 가든 말을 삼갔지." "마누라가 아침 설거지하다 그릇만 떨어뜨려도 광부들은 재수가 없다고 갱에 안 들어갔 으니까." 화운령엔 죽음을 부르지 않기 위한 금기와 언제 죽을지 모를 이 들에게 허용된 충동이 함께 흘러다녔다. 모든 일이 한 산비탈 안에 다닥 다닥 붙은 채로 일어났다.

광부들은 신분증 격인 소속 광업소의 인감증을 내걸고 술을 마셨다. 그러면 다음달 월급은 그 술값이 공제된 채로 나왔다. 화운갱 광부의 아 내들은 남편의 월급봉투를 김춘영과 나눠 가진다고 생각하면서 살았다. "그이들이 나를 어지간히도 싫어했지요." 김춘영은 말했다. "과부가 되고 나면 좀 덜 싫어했고." "내가 술만 판 건 아니었어요."

부부는 창턱 쪽으로 나란히 다가앉아 통창 밖으로 쌓이는 눈을 보고 있 었다. 주방 쪽에선 김춘영이 가스레인지에 올려놓은 주전자에서 물이 데 워지고 있었다. 해서 좋을 건 없는 이야기. 언제까지 한 공간에 같이 있어 야 할지 모를 이 부부 앞에선 굳이 하지 않아도 좋을 이야기. 대화가 끊겼 던 잠깐의 시간 동안 내 머릿속에서 일어났을지 모를 판단을 의식하며 나 는 좌탁 앞에 꼼짝없이 앉아 있었다.

연구팀은 때때로 핵심적인 일화들이 말해지는 순간을 만났다. "탄가루 보다 더 시커먼 게 내 속"이라고 말을 토해내는 구술자의 이야기 속에서, 이것이 바로 탄광촌 여성들의 리얼리티라고 여겨지는 조각들을 만났다.

하지만 구술자들이 마지막에 말을 번복하거나 삭제를 요청하는 부분은 대개 그 핵심적인 조각들이었다. 면담이 모두 끝나고 구술을 텍스트화하는 작업이 시작될 때, 연구자가 청자에서 화자로 전환될 때, 그때가 구술자도 면담자도 시험에 드는 때였다. 통창 가의 부부와 주방을 오가는 김춘영 사이에 꼼짝없이 앉은 채로 나는 심호흡을 했다. 지난 일 년간 충실한 청자로만 머물 수 있었던 김춘영의 집에서, 나는 예상치 못한 사이에 화자라는 시험대로 건너가 있었다.

주방에서 물이 끓는 소리가 났다. 뒤뜰로 나갔는지 김춘영의 모습이 보이지 않았다. 나는 주방으로 걸어가 가스레인지의 불을 껐다. 늦은 오후로 넘어가면서 눈의 흰빛이 조금씩 명도를 달리하고 있었다. 정물 같던 통창 밖으로 무언가 거뭇한 것이 지나간 듯싶었다. 잘못 봤나 했는데 여자가 악, 소리를 내며 뒤로 물러나 앉았다. 여자가 물었다. "봤어요? 뭐였어요?"

부부와 내가 통창 쪽으로 모여 섰을 때 부부가 눈을 이고 들어온 현관으로 김춘영이 들어왔다. 김춘영의 뒤로 사람 둘이 따라 들어왔다. 눈 속에 오래 있었는지 한기가 함께 쏟아져 들어왔다. 그들은 군복을 입고 있었다.

"대민 지원 나왔대요." 김춘영이 말했다.

"그럼 저희 이제 내려갈 수 있는 건가요?" 여자가 물었다.

하지만 군인들은 거기에 뭐라 답할 수 있는 상태가 아닌 것 같았다. 방한 워머를 두른 데다 군모를 눌러쓰고 있어 얼굴이 거의 보이지 않았다. 그런 채로 숨만 거칠게 몰아쉬고 있었다. 집 어귀 어딘가에서 그 상태로 마주쳤다면 나는 분명 위협을 느꼈을 것이다. 김춘영이 이들을 어디서 어떻게 마주쳤는지, 어떤 마음을 누르고 현관까지 안내했는지 알 수 없었다.

"제설 작업이 쉽지 않을 것 같습니다."

모자와 워머를 벗고 난 뒤 군인 중 한 명이 말했다. 그들은 도롱이 연못터 부근에서 다른 부대원들과 갈라졌다고 했다. 김춘영의 집으로 올라오는 산길의 눈을 치우다가 도리어 눈에 떠밀려온 듯했다.

김춘영은 어딘가에서 온풍기를 하나 더 꺼내왔다. 집주인으로서 할 만한 일들을 김춘영은 표정 변화 없이 침착하게 했다. 군인들한테 눈을 치우러 와줘서 고맙다고 말했고 몸을 닦을 수건을 건넸다. 황도 통조림을 가져와 "국물까지 다 먹어야 정신이 든다"고 권하기도 했다. 김춘영은 그 모든 걸 군인들과 눈을 전혀 마주치지 않은 채로 했다.

군인들은 앉은자리에서 황도 건더기와 국물을 모두 먹었다.

"세상에, 양말이 다 젖었어요."

여자가 양말을 벗어서 말리는 게 어떻겠냐고 말했다. 안경을 쓴 군인은 감사하다고 말했고 키가 큰 군인은 죄송하다고 말했다. 그러고서 둘은 온풍기 하나를 끼고 돌아앉아 양말을 벗었다. 그들이 양말을 벗자마자 엄청난 쉰내가 거실을 뒤덮었다. 거기 있던 누구도 그 냄새를 맡지 않을 수 없었다. 얼마나 시간이 지났을까. 모두의 코가 쉰내에 적응해버려 더는 숨을 참지 않아도 되었을 때, 사람들은 그날 내로는 김춘영의 집에서 내려가지 못할 거라는 걸 각자 받아들였다.

김춘영이 거실 티브이를 켜고는 주방 쪽으로 나를 불렀다. 통창 밖은 어느새 어둑어둑해져 있었다. 뉴스에서는 실시간 적설량과 함께 눈 때문에 무너진 시설들과 제설 작업에 대한 보도가 이어졌다.

"이거 박 선생님한테 들려 보내려고 넉넉히 재워뒀던 건데."

김춘영이 냉장고에서 붉은 덩어리가 담긴 통을 꺼냈다.

"선생님, 이거 설마."

"맞아요."

김춘영이 꺼낸 것은 양념된 돼지고기였다. 김춘영의 구술에서 가장 많이 등장하던 음식이었다. 김춘영 가게의 술안주 메뉴는 삼겹살 부위로 만든 두루치기 딱 하나였다고 했다. 막걸리에 돼지두루치기. 탄광 일을 끝내고 먹기엔 그만한 게 없었다고 김춘영은 자주 말했다. 요리 솜씨가 좋으셨나 봐요, 물으면 김춘영은 요리 솜씨가 아니라 수완이 좋았다고 대답했다.

마지막 면담 일이라고 김춘영은 자신이 숱한 세월 매일같이 반복해서 만들던 그 음식을 준비해둔 것 같았다. 먹여 보내는 게 아니라 싸서 보내려고 했다는 게 왠지 김춘영답다는 생각이 들었다.

"폭설 덕에 여기서 먹고 가게 생겼네요, 선생님."

좌탁에 돼지두루치기 실물이 올려졌다. 어두워지는 통창 가에 앉아 사람들은 콧등에 땀이 돋아나도록 김춘영의 두루치기를 먹었다.

같이 드시자고 사람들이 권해도 김춘영은 앉으려고 하지 않았다. "나는 돼지는 안 먹어요." 한마디 하고 말 뿐이었고 안절부절못하는 사람처럼 계속 집 안 이곳저곳을 돌아다녔다. 마지못해 좌탁 가로 와서 앉아도 손을 가만히 두지 않고 탁자 어딘가를 습관처럼 문질러 닦았다. 식사를 마치고 먹은 자리를 다 닦은 뒤에도 그랬다.

"저기 저쪽 7사단."

남자가 말했다.

"나도 거기 수색대대 병장 만기 전역했습니다."

남자의 말에 군인들이 고개를 끄덕였다.

"벌써 삼십 년도 더 됐네."

남자는 군 생활 얘기를 잠깐 이어갔다. 주임원사가 동네 이장이랑 친해서 비가 오나 눈이 오나 대민 지원을 나갔다는 이야기. 어느 집 축사를 고쳐주고 열무국수를 얻어먹었는데 그게 그렇게 맛있었다는 이야기.

남자가 군인들을 보며 말했다.

"나중엔 다 추억이에요."

창밖은 급속도로 깜깜해지고 있었다.

김춘영이 등 스위치를 모두 올리자 통창에 거실 풍경이 고스란히 되비쳤다.

"아무래도 멧돼지였던 것 같습니다."

제설 얘기를 하던 중에 안경을 쓴 군인이 말했다. 그들은 도롱이 연못 터에서 무언가를 보았다고 했다. 눈이 오고 있어 잘 보이진 않았지만 뭔가 살아 있는 것이 움직였던 것 같다고 했다.

“멧돼지보단 노루나 고라니 쪽 같기도 했습니다.”

이번엔 키가 큰 군인이 말했다.

얘기를 듣던 남자가 한숨을 쉬듯 웃더니 군인들을 향해 말했다.

“이 장병들 큰일나겠네.”

“……”

“정체가 뭔지 확인을 안 했단 말입니까?”

그때까지도 나는 김춘영이 나와 같은 전기장판 위에 앉아서 숨을 돌리고 있다고 생각했다. 소맷자락이나 휴짓조각으로 좌탁을 문지르고 있다고 생각했는지도 몰랐다. 여자는 피곤한지 벽에 기대 눈을 감고 있었다. 온풍기가 회전하면서 되쏘는 빛이 통창에서 이쪽으로 계속 건너오고 있었다.

“군인한테 제일 중요한 게 뭡니까?”

남자가 자세를 고쳐 앉으며 물었다.

“말해보세요. 군인한테 첫 번째가 뭡니까?”

남자가 재차 묻자 군인들은 당황한 표정으로 서로를 쳐다봤다.

“피아 식별을 못 하면 군인은 끝인 겁니다.”

“……”

“군인한텐 첫째도 둘째도 이거예요. 피. 아. 식. 별.”

김춘영이 내 팔을 잡은 건 그때였을 것이다. 통창에 비친 김춘영의 모습을 보게 된 것도 그때였을 것이다. 사람들은 남자가 던진 피아 식별의 그물에 순간적으로 갇힌 채 통창에 반사된 서로의 모습을 보고 있었다. 나는 김춘영을 급히 부축해 가장 가까이에 있는 방으로 들어갔다.

“자리 좀 펴드릴까요?”

내가 묻자 김춘영은 잠깐만 그냥 앉아 있겠다고 말했다. 당장 눕지 않으면 쓰러질 것처럼 보이는데도 김춘영은 가까스로 앉아서 숨을 골랐다. 언제부터였을까. 김춘영이 괜찮지 않다는 걸 내가 안 건 언제부터였을까. 군인들이 나타나면서부터였을까. 여행객 부부가 나타나면서부터였을까. 지난 면담부터였을까. 지지난 면담부터였을까.

티브이 채널을 돌리는지 문밖에서 왁자한 소리가 났다 다시 잦아들었다. 불을 켜지 않았는데도 창밖에 쌓인 눈 때문에 방엔 희미한 빛이 내려앉아 있었다. 방 한쪽으로 내 배낭이 보였다. 여행객 부부가 오면서 치워둔 녹음기도 보였다. 내가 지고 올라온 노트북에는 두 개의 파일이 있었다.

김춘영생애사1.hwp

김춘영생애사2.hwp

그 안에는 화운령에 정착하기 전의 김춘영도 있었고 화운령에 오고 난 후의 김춘영도 있었다. 봉화 눌산리에서 누군가의 둘째 딸로 살던 김춘영이 있었고 못 배웠지만 말에 조리가 있던 김춘영이 있었다. 후레아 치마를 입고 읍내로 놀러 나가던 김춘영도 있었다. 깡통 테이블의 녹을 긁어내며 가게 문을 열던 김춘영이 있었고 연못에서 도롱뇽이 보이면 여느 화운령 사람들처럼 기도를 하던 김춘영이 있었다. 그 안엔 운탄고도 어디에도 재현되어 있지 않은 김춘영의 장소가 있었다.

예비 질문 목록도 있었다. 사건에 접근해가기 위해 연구팀이 공통으로 나눠 가진 질문들과 현장 상황에 따라 하면 좋고 못해도 어쩔 수 없다고 생각한 질문들이 있었다.

사택 부녀회 분들과는 어떻게 지내셨어요?

단골 광부가 사고를 당한 적이 많았습니까?

화운령을 떠나고 싶다는 생각은 안 하셨나요?

사건 당일 아침엔 가게에 계셨습니까?

화운령에서 노동쟁의가 일어날 거라는 걸 미리 알고 계셨습니까?

광부들은 어용노조 지부장이 달아나자 그 부인을 끌고 나와 전봇대에 묶었습니다. 상하의를 벗기고 린치했습니다. 이에 대해 함구하는 사람들을 어떻게 생각하십니까?

광업소 앞마당에서 군에 연행되실 때 상황을 말씀해주십시오.

대질심문 때 사적인 감정으로 이웃의 이름을 대는 사람들이 있었습니까?

고문 중에 어떤 질문을 받으셨습니까?

경찰서에서 돌아온 뒤 마을 사람들의 시선은 어땠습니까?

이 사건이 지역공동체에 남긴 상흔은 무엇이라고 생각하십니까?

사람들이 화운령 사건을 어떻게 기억해주길 바라십니까?

다시 왁자한 소리가 들려왔다. 이번엔 티브이 소리가 아니라 문밖의 사람들 소리였다. 입술을 깨물듯 내 팔을 잡은 김춘영의 손아귀에 힘이 들어갔다. 내가 지난 일 년 동안 알아온 열 살의 김춘영과 서른네 살의 김춘영과 쉰아홉의 김춘영을 품은 채로, 어느 때보다도 가깝고 어둑하게, 지금의 김춘영이 내 앞에 앉아 있었다. 문밖에서 무언가 쿵 하는 소리가 났다. 동시에 김춘영의 손아귀에 힘이 풀렸다. 하룻밤 사이에 머리가 다 세어버릴 것처럼 눈앞에서 김춘영의 머리카락이 서서히 물들어갔다. 머리카락이 세어가는 그 속도로 김춘영한테서 소변이 흘러나왔다. 그것은 긴 시간처럼도 느껴졌고 일순간처럼도 느껴졌다. 소변이 흘러오는 동안 나는 어둑한 방 안에서 김춘영과 비스듬히 마주 앉아 있었다. 괜찮으시냐고 묻지 않았다. 그가 생의 어느 지점에 있는 기억의 습격을 받았는지 되짚지 않았다. 김춘영한테서 흘러나온 소변이 김춘영의 무릎을 지나 내 무릎에 와서 고일 때까지, 나는 그냥 그대로 앉아 있었다.

김춘영 5차 구술

면담 일자 : 2024년 9월 27일 13:00~17:20

면담 장소 : 김춘영 자택

면담자 : 박정윤

13:00~14:10 면담 진행

14:10 유리 긁히는 소리 때문에 잠시 면담 중지됨. 긁는 소리 계속됨. 김춘영 밖으로 나갔다 들어옴. 삵이라고 함.

14:25~16:05 면담 진행

16:05 전화벨 소리. 면담 잠시 중지. 김춘영 통화. 선탄 언니, 병문안 시간

약속.

16:15~

선생님, 통화하신 선탄 언니분이 혹시 압축기실 그분이세요?

맞아요. 압축기실 목욕날 맨날 1등으로 가던 그이.

정말로 거기서 다들 목욕을 하신 거예요? 그림이 안 그려져요.

압축기가 그게, 막장으로 공기를 넣어주는 기계예요. 거기 냉각수에서 더운물이 막 흘러나오거든요. 선탄 언니들 맨날 새까매져서 퇴근해도 씻을 데가 마땅찮으니까. 날 잡고 몰려가서들 씻고 그랬지. 망은 내가 봤고요.

선생님은 같이 안 씻으셨어요?

나는 안 까맸으니까. (웃음)

압축기실이 보일러실 같은 델까요? 거기에 고무 다라이 같은 거 갖다놓고 여러 명이 씻으신 거예요? 말씀을 들어도 통 안 그려지네요.

아이고, 뭐 하러 그려요. 그냥 목욕하는 걸.

(면담자 웃음)

그이들은 나 없으면 아쉬웠지요. 압축기실 담당자랑 말도 잘 맞춰야지, 날 더워지면 목욕 날짜 한 번이라도 더 잡아달라고 구슬려야지, 내가 말발도 좋고 하니까, 그이들이 떨어질 만하면 나한테 멘소래담을 사다줬어요.

뇌물 같은 거였네요?

나는 멘소래담 하나면 그냥 넘어갔어요.

워낙 손이 성할 날이 없으셨기도 했고요.

아이고, 힘들게 올라왔는데 이렇게 쓸데없는 얘기만 해서 어떡해요. 시간 다 가네.

쓸데없는 얘기 아니에요.

아무튼지, 쓸데없는 건 다 빼줘요.

면담을 마칠 때마다 김춘영은 인사말처럼 그 말을 했다. 고생하셨습니다, 수고하셨습니다, 라고 말하듯이 쓸데없는 건 다 빼줘요, 라고 말했다. 특정 부분이나 발언을 지목해 빼달라고 요청한 적은 한 번도 없었다. 그냥 그렇게만 말함으로써 김춘영은 쓸데가 있는지 없는지 판단할 권한을 나한테로 실었다.

날이 밝지 않은 어두운 새벽인데도 화운령을 가득 덮은 눈이 통창을 푸르스름하게 채우고 있었다. 내 현장에선 모두가 아직 잠들어 있었다. 여행객 부부와 군인들은 거실 전기장판 한 귀퉁이씩을 차지한 채로 새우잠을 자고 있었고 방에는 김춘영이 잠들어 있었다. 나는 거실 가운데에 서서 그곳에서 내가 겪은 일 년과 하룻밤을 생각했다. 거기 있는 사물들을 하나하나 눈에 담았다. 손과 잔과 말과 말로 되어 나오지 못하는 것들이 오가던 좌탁을 눈에 담았다. 신발장 옆에 세워놓은 등산 스틱과 제설 삽도 눈에 담았다. 말리려고 엎어놓은 군화도 눈에 담았다. 다시 노트북을 짊어졌고, 그렇게 내 현장에서 걸어 내려왔다.

도롱이 연못 터를 지나다 나는 무언가를 보았다. 눈이 그친 연못은 말할 수 없이 고요하고 평평했다. 하얗게 펼쳐진 풍경 끝에서 쨍한 주황색 점 하나가 빛나고 있었다. 그것은 갱도에서 올려보낸 뽀루지처럼 작게 솟아 있었다. 다가가면서 보니 봉분 같았다. 웅크리고 있는 짐승의 등 같기도 했다. 하지만 더 가까이 걸어가자 한 사람이 들어갈 만한 작은 백패킹용 텐트라는 것을 알 수 있었다. 그 안에서 누군가 등을 켜놓고 있었다.

나는 잠시 걸음을 멈추고 호흡을 골랐다. 그 안에 있는 사람한테 내 말이 들릴지 알 수 없어 가슴이 뛰었다. 몇 걸음을 더 걸어보았다. 거기 있을 수도 있는 사람을 그려보면서. 이제부터 내가 말하게 될 김춘영의 생애를 들을 수 있는 사람. 이 작업의 최종 청자. 텐트 앞에 다다를 때까지 나는 좀 더 걸어갔다.

침묵이 말하기 시작하는 자리

임세화 성균관대학교 비교문화연구소 연구교수

　말해지지 않은 것들을 역사화하기 위해서 역사는 다시 '말'을 필요로 한다. 특히 전모가 규명되지 않은 어떤 사건의 '주체'와 '증언'은 "포착 가능한 어떤 진실에 접근"(342쪽)할 수 있는 비밀스러운 열쇠처럼 여겨지기도 한다. "탄광촌 여성들의 리얼리티라고 여겨지는 조각들"(348쪽)을 모아 '지역자료총서'를 내기 위한 「김춘영」의 구술사 프로젝트 역시 역사의 기록으로 새길 '말'의 수집을 토대로 삼는 작업이다. 「김춘영」의 면담자 '나(박정윤)'는 어떤 '말'들을 얼마나 끌어내고 모아내느냐가 사료로서의 가치를 결정한다는 사실, 그리고 그 성패 여부가 구술자와의 합을 만들어내는 면담자의 능력에 따라 좌지우지된다는 것을 예민하게 의식하고 있는 인물이다. 문제는 '나'의 신념이나 자신감과는 별개로 1년여를 거친 마지막 면담에 이르기까지 구술 흐름은 '그 사건'을 향해 가지 않았다는 것이다.

　「김춘영」의 구술 배경이 되는 사건은 1980년 사북탄광에서 일어난 노동쟁의이다. 그러나 소설은 '사북항쟁'이라는 고유명의 사건 대신 '화운령'이라는 지명과 눈 내리는 4월의 어느 밤을 소환한다. 소설이 의도적으로 말하지 않는 것은 그뿐만이 아니다. 소설은 면담자 '나(박정윤)'가 구술작업을 통해 얻고자 하는 실체적 진실, 즉 '그 사건'을 관통하는 "여성 경험의 특수성"이나 "연구팀이 그 폭력을 해석하고 사료화"(342쪽)할 수 있을 어떤 증언도 서술하지 않는다. 기록되지 않은 서사의 공백을 메우는 것은 숙련되고 세련된 인터뷰 진행에도 "채워지지 않는 뭔가"(341쪽)를 느끼는 면담자 '나'의 욕망과 내적 갈등이다.

구술 흐름이 연구 목적과 부합하지 않게 흘러가자 "우리가 쓰는 건 라이프 스토리가 아니라 라이프 히스토리"라고 지적하는 연구팀 동료의 경고에도 불구하고, 서술자인 '나'는 자신의 작업을 끊임없이 새롭게 재규정하는 자의식을 반복적으로 드러낸다. '나'는 "구술자들의 고유한 생애를 사건으로 환원하려는 안의 방식"에 동의하지 않으며, "김춘영의 구술이 사건의 증언으로 수렴되기를 바라지도 않"음을 강조한다. 면담자로서 '나'는 그저 구술을 채집하고 기록하는 존재가 아니라, "다른 연구자가 아니라 나여서 가능한, 오직 나와 김춘영의 관계성 속에서만 가능한, 김춘영과 나의 공동작업이기 때문에 포착 가능한 어떤 진실에 접근해갈 것"(342쪽)이라는 욕망을 보이며 구술의 한 축에 자신을 적극적으로 세워두고 있는 것이다.

그렇다면 김춘영은 '나'를 어떤 사람으로 인식하는가 역시 중요한 문제일 수밖에 없다. 박정윤(나)이 "김춘영한테 나는 방문객이었다"라고 기술하면서도, "하지만 김춘영과 나의 육성이 담긴 녹취 파일을 풀 땐 내가 김춘영한테 어떻게 방문객일 수만 있나 하는 생각이 고개를 드는 것 또한 사실"(336~337쪽)이라며 "구술자와 면담자라는 구도"(337쪽)를 골똘히 의식하는 것도 이런 맥락에서이다. 방문객 또는 면담자 또는 공동작업자로서의 '나'의 위치를 재조정하는 과정에서 「김춘영」은 단순한 생애사 기술이 아닌 타인의 삶을 기록한다는 행위 자체를 서사화한 메타─구술서사로 자리매김하는 것이다. '오직 나와 김춘영의 관계성 속에서만 가능한 진실'을 기록하겠다는 '나'의 포부는 면담자이자 공동작업자로서의 윤리적 선언이면서 동시에 연구자의 욕망을 내포한 위험한 믿음이기도 하다. "내 구술자"(343쪽)와 "내 현장"(343, 344, 356쪽)이라는 소유형의 표현에는 구술자 김춘영과 그 집의 면담 좌탁에 대한 '나'의 애착과 함께 기록자로서의 해석권이 내재되어 있는 것이다.

이 지점에서 '라이프 히스토리'와 '라이프 스토리'는 다시 한번 대치한다. 구술사 연구팀이 사건 중심의 구술 자료 수집과 사료화 가능성을 중시하는

데에 반해, '나'는 사건으로 환원되지 않는 개인으로서의 김춘영의 삶을 기록하고자 한다. "이 작업의 주체는 사건이 아니었다. 김춘영이었다."라는 통찰 속에서 '나'는 "김춘영이라는 대체 불가능한 한 개인에 대한 이해"(342쪽)를 최우선의 목표로 삼는다. 그러나 이러한 관점은 역사가의 시각이 아니라 소설가의 관점이라는 것을 중요하게 지적하지 않을 수 없다. 「김춘영」이 사북항쟁을 다룬 구술사 자료집과 명백한 구분점을 마련하며 소설의 목소리를 획득하는 것도 바로 이 지점에서다.

「김춘영」은 역사가 공식적으로 재현한 스토리텔링과 개인 삶의 실체적 간극을 집요하게 응시한다. 폭설 속에서 김춘영의 집에 머물게 된 부부가 무심코 던지는 폐광촌 관련 질문들의 내용에 김춘영의 자리는 없었다. 부부가 운탄고도를 따라 펼쳐지는 '폐광촌 스토리텔링'을 차근차근 흡수하며 화운령까지 걸어오는 동안에도 김춘영과 같은 삶의 형상은 상상할 수조차 없었다. 김춘영은 누구보다 오래 화운령 골짜기에 살며 탄광촌의 흥망성쇠를 겪었고, 사건 당시 계엄사 합동수사단에 구금되어 고문을 받았다. 그러나 김춘영은 사건의 당사자로 얘기되는 광부도 아니고 광부의 가족도 아닌 어디에도 속하지 않은, 그러니까 사건의 '전형적' 피해자도 완전한 '타자'도 아닌 존재였다. 그럼에도 탄광촌에서 가장 오래 살며 '사건'을 겪은 당사자이자 목격자였던 핵심 인물로서 김춘영의 삶은 다시 자리매김하게 된다. 즉 역사의 어느 페이지에서도 분류되지 않은 여성의 생존을 증거하는, '범주' 바깥의 존재로서 김춘영의 자리는 소설의 페이지 위에서 새롭게 쓰이고 있는 것이다.

'나'와 김춘영이 아슬아슬하고도 안전하게 서로의 선을 암묵적으로 지키며 진행하던 인터뷰는, 또 다른 층위에서는 '나'가 연구자로서의 욕망과 윤리적 갈등 속에서 한 인격체로서의 김춘영을 보호하고 존중하는 과정이기도 했다. 그런데 역설적으로 이 안전했던 서사는 결국 길 잃은 방문객들의 등장과 피아식별의 명명 속에서 결국 역사적 폭력의 기억과 조우하게 된다. '사건을 피하려는 서사'가 오히려 사건의 그림자를 드러내게 된 것이다.

과거 김춘영이 탄광에서 일하는 광부나 선탄부였는지, 사택촌에 살던 광부의 가족이었는지를 묻는 남자의 질문에 김춘영과 '나'는 잠시 말을 잃는다. 그 순간 김춘영은 '나'를 바라보았고, 그때 '나'는 김춘영의 집에서 내려가고 나서도 "그 짧은 시간의 여파 속에 있게 되리란"(347쪽) 예감을 한다. "몇 초 동안 내가 부지불식간에 내보이고 만 것"(347쪽)이 무엇이었는지 소설은 끝내 이야기하지 않는다. 대신 부부의 질문에 대답을 피하는 김춘영과 "예상치 못한 사이에 화자라는 시험대로 건너가"(349쪽) 있게 된 '나'의 망설임을 기록한다.

김춘영은 탄광촌 호황기에 화운령에서 술을 팔아 가장 많은 돈을 긁어모은 여성이었다. '나'가 그 사실을 알게 된 것은 다른 구술자의 말을 통해서였다. 그리고 화운갱 광부 아내들이 남편 월급봉투를 김춘영과 나눠 가진다고 생각하며 살았다는 것은 여러 구술을 종합한 '나'(서술자)의 판단이었다. 언젠가 세상에 (편집되어) 내놓아질 김춘영의 이야기를 '나'는 구술자 김춘영의 허락 없이 부부에게 말할 수 있는 것일까. "내가 술만 판 건 아니었어요"라고 말하던 김춘영의 알 수 없는 속을 '나'는 과연 무어라 말할 수 있을까. "해서 좋을 건 없는 이야기"(348쪽)는 차라리 '말할 수 없는 이야기'에 가깝다. 결국 '나'는 "화자라는 시험대"에 꼼짝없이 묶인 채로 어떠한 말도 할 수 없게 되어 버린다. 아이러니하게도 이 말해지지 않은 공백은 독자가 김춘영이라는 인물을 다시 묻게 만드는 질문이 된다.

소설의 서두를 돌아보면 김춘영은 구술자로서 자신을 특수한 존재로 자리매김하거나 의미화하려는 시도를 거부하는 인물이었다는 점을 기억해 둘 필요가 있다. 면담보조자인 홍이 김춘영 집의 한지 바른 조명을 보고 '화운령 꽃이 새겨진 등'이라며 반가워하자, 김춘영은 조카가 이케아에서 사다준 기성품이라고 대꾸한다. 또한 김춘영은 "면담자가 원하는 방식으로 말할 줄 아는 사람"(338쪽)이라는 평가를 받으면서도, 이전 면담에서 "화운갱 주변의 생활상을 건조한 관찰자 톤으로 설명"(339쪽)했다는 아쉬움을 남긴 구술자였다. 그런 김춘영으로부터 "누구에게도 하지 못한 이야기", "누구도 듣지 못한 이야기"(341쪽)를 채집하여 "여성의 이름 석 자를 전면에 내세운 생애사 작업"(340쪽)을 완성하겠다는 '나'의 욕망은 타인의 삶을 있는 그대로 받아들이고 보호하려는 윤리와 길항할 수밖에 없다.

「김춘영」은 이 불가능한 타협의 국면에서 소설이 인간 삶과 조우하는 지평의 가능성을 열어젖힌다. '김춘영생애사'라고 제목 붙인 파일을 완성해나가면서도 김춘영의 생애와 접속하는 데에 늘 어딘가 부족함을 느꼈던 '나'는 방문객들의 등장 이후 김춘영의 새로운 면모와 행동들을 목도하게 된다. 부부와 군인들의 등장 이후 '나'는 김춘영의 일거수일투족을 면밀하게 관찰하는 목격자로 전신하면서, 구술자의 '말'이 아닌 그의 몸짓과 표정을 전달하기 시작하는 것이다. 김춘영이 눈 치우는 대민지원을 하다 길을 잃은 군인들에게 고마움을 전하고 닦을 것과 마실 것을 권하면서도 전혀 눈을 마주치지 않는다는 것, 손님들에게 돼지 두루치기를 대접하면서도 함께 먹지 않고 계속 집 안 이곳저곳을 돌아다닌다는 것, 마지못해 좌탁 가에 앉아서도 손을 가만히 두지 못하고 어딘가를 습관처럼 문질러 닦는 등의 행동들을 '나'는 관찰자의 시선으로 전달한다. "피아 식별을 못 하면 군인은 끝"이라는 말에 김춘영이 팔을 꽉 움켜잡은 순간에야 '나'는 통창에 비친 김춘영의 모습과 함께 비로소 그의 통증을 인식하게 된다. "피아 식별의 그물에 순간적으로 갇힌 채 통창에 반사된 서로의 모습"(352쪽)에 얼비쳤던 건 김춘영이 누구에게도 발화하지 못하고 헤쳐나오지도 못했던 자기 자신의 감옥이었다.

당장 쓰러질 것처럼 가까스로 앉아 숨을 고르는 김춘영에게 채 묻지 못한 잔혹한 질문들이 머릿속에 교차하는 순간, '나'는 어느 때보다도 가깝게 자신의 앞에 앉은 김춘영이라는 여성이 살아온 긴 시간의 궤적을 다시금 품게 된다. 어느 순간 꽉 쥐었던 김춘영의 손아귀에 힘이 풀리고, 김춘영에게서 아득한 속도로 소변이 흘러나온다. 어떠한 말도 색채도 움직임도 중지된 순간. 그에게 나는 괜찮으냐고 묻지 않고, 생의 어느 지점에 있는 기억의 습격을 받았는지 되짚지 않는다. 그저 소변이 김춘영의 무릎을 지나 내 무릎에 와서 고일 때까지 그대로 앉아 있을 뿐이다. 그 축축한 어둠 속에서 '나'는 숱하게 준비한 질문지나 긴 시간 공들이며 연마한 인터뷰 기술로도 끌어낼 수 없었던 '김춘영'의 삶에 비로소 가닿을 수 있게 된 것이다. 그러나 이 희미한 접속 혹은 스침의 순간은 또렷한 감각으로 이해되거나 명징한 언어로 정리될 수 없는 성격의 것이다. 그것은 '분명한 목적과 테마의 틀 속에서 자신의 생각과 상황의 맥락을 조리 있게 이야기할 줄 아는 귀한 구술자'인 '김춘영' 스스로도 언어화하거나 논리적으로 재구성할 수 없는 삶의 뭉그러지고 어두운 배면이기 때문이다.

「김춘영」에서 역사적 폭력은 직접적 서술이 아니라 신체 반응으로 다시 재현된다. 폭력적인 고문의 경험은 과거의 사건으로 존재하는 것이 아니라 현재까지의 '몸'에 각인되어 고문 이후의 생명이 어떻게 존재하는가를 오히려 폭로하는 것이다. 신체에 드리운 짙은 그림자를 인과형의 텍스트로 치환하거나 대문자 역사의 구성적 조각으로 삽입하는 것은 오히려 불가능하며 비윤리적인 일이 된다. "어디에도 김춘영은 속하지 않았다"(347쪽)라는 딜레마는 결핍과 부존재의 증거가 아니라, 어떤 범주로도 온전히 환원되지 않는 김춘영 삶의 고유성을 증언하는 핵심 표지인 것이다.

이러한 맥락에서 「김춘영」은 말해진 내용이 아니라 말해지지 못한 것들의 밀도를 응시하는 과정을 통해 독해의 가능성이 열리는 소설이다. 면담을 마칠 때마다 김춘영이 내뱉는 "쓸데없는 건 다 빼줘요"(355쪽)라는 말은 표면적으로는 단순한 편집 요청이거나 편집 권한을 면담자인 '나'에게 넘기는 말처럼 읽힌다. 이 인사치레 같은 대사는 다른 구술자들이 핵심적인 이야기를 번복하거나 삭제해달라고 요청하는 데 반해, 김춘영은 오히려 구술의 형식 자체가 이미 선별된 말임을 자각하고 있었음을 암시한다. 그것은 단순히 면담 순간에만 국한되는 발화의 특수성이 아니라 김춘영이라는 역사로부터 소외된 여성이 무너진 삶을 가까스로 지탱하며 살아낼 수 있던 존재의 방식 그 자체라는 점에서 문제적이다. 김춘영은 말할 수 없는 것, 말하면 위험한 것, 말해봤자 오해될 것이 있다는 사실을 역경의 삶으로서 이미 체득하고 있다. 그렇기에 김춘영의 입을 통해 말해지지 않는 것들, 말이 끊기는 순간의 진실에 더 주목할 필요가 있음을 이 소설은 역설하고 있는 것이다.

김춘영의 침묵은 말하지 못하는 자의 병증이 아니다. 그의 침묵은 말할 것과 삭제할 것을 스스로 가려내며 힘들게 자기 생애를 구축해왔던 자의 능동적인 선택이다. 사건을 상세히 증언하는 대신, 말이 멈추는 지점에서 비로소 시작되는 진실을 소설은 드러내고 있다. 침묵이 시작되는 지점에서 솟아

오르는 감정의 여파와 몸의 반응을 통해 독자는 또 다른 차원의 진실에 접근할 수 있게 된다. 그런 점에서 구술의 공백과 삭제의 제스처는 무엇이 기록되고 무엇이 사라지는지를 결정하는 권력과 생존의 시간이 교차하는 자리이며, 대문자 역사의 뒤편에 남겨진 삶의 층위를 가시화한다. 소설은 바로 이 침묵의 씨앗으로부터 만들어진다.

마지막 구술까지 완료된 이후 '나'는 어떤 채록문을 남기게 될까. 아마도 화운령의 꽃이 연상되는 문양이 박힌 이케아 등이나 그 밤의 황도 통조림, 돼지 두루치기의 맛, 마르라고 엎어놓은 군화, 등산 스틱, 제설 삽, 흘러나온 소변과 그 온도는 기록에 담기지 못할 것이다. '내 현장'에 있던 모든 것들은 공식 아카이브에 남지 않는 물질적 기억들이기 때문이다. 거실을 떠나기 전 눈에 담았던 "손과 잔과 말과 말로 되어 나오지 못하는 것들이 오가던 좌탁"(356쪽) 역시 장소와 사물의 감각으로 남을 뿐, 채록문의 텍스트가 되지는 못할 것이다. 그러나 기록이 닫히는 바로 그 지점에서, 감정과 몸의 흔적, 관계와 존재를 구성하는 또 다른 형식으로서 소설은 다시 열리게 된다. 소설의 마지막 문단, "내가 말하게 될 김춘영의 생애를 들을 수 있는 사람. 이 작업의 최종 청자"(356쪽)는 바로 당신인 것이다.

올해의 문제소설

2025 올해의 문제소설

김병운 만나고 나서 하는 생각 | 서고운 여름이 없는 나라 | 서장원 리틀 프라이드 | 성해나 스무드 | 예소연 작은 벌 | 이미상 옮겨붙은 소망 | 이서수 AKA 신숙자 | 이주혜 괄호 밖은 안녕 | 이준아 청의 자리 | 이희주 최애의 아이 | 최미래 과자 집을 지나쳐

2024 올해의 문제소설

권여선 안반 | 기준영 신세계에서 | 김기태 롤링선더 러브 | 김지연 반려빛 | 박민정 전교생의 사랑 | 박솔뫼 투오브어스 | 성해나 혼모노 | 이미상 자갈 선생의 상담일지 | 이주혜 이소 중입니다 | 전하영 숙희가 만든 실험영화 | 정영수 미래의 조각 | 최미래 항아리를 머리에 쓴 여인

2023 올해의 문제소설

김기태 전조등 | 김멜라 지하철은 왜 샛별인가 | 김병운 세월은 우리에게 어울려 | 김본 슬픔은 자라지 않는다 | 김애란 홈 파티 | 김이슬 관객 | 김채원 서울 오아시스 | 성혜령 버섯 농장 | 이서수 젊은 근희의 행진 | 이희주 천사와 황새 | 정영수 일몰을 걷는 일 | 현호정 연필 샌드위치

2022 올해의 문제소설

김멜라 저녁놀 | 김병운 11시부터 1시까지의 대구 | 박서련 그 소설 | 박솔뫼 믿음의 개는 시간을 저버리지 않으며 | 서이제 두개골의 안과 밖 | 위수정 풍경과 사랑 | 이서수 미조의 시대 | 이선진 부나, 나 | 이주란 위해 | 이주혜 그 고양이의 이름은 길다 | 최은영 답신 | 한정현 쿄코와 쿄지

2021 올해의 문제소설

김숨 철(鐵)의 사랑 | 김의경 시디팩토리 | 김지연 굴 드라이브 | 김초엽 오래된 협약 | 백수린 흰 눈과 개 | 서이제 그룹사운드 전집에서 삭제된 곡 | 서장원 망원 | 이유리 치즈 달과 비스코티 | 임현 거의 하나였던 두 세계 | 장류진 펀펀 페스티벌 | 전하영 남쪽에서 | 최진영 유진

2020 올해의 문제소설

강화길 오물자의 출현 | 김금희 기괴의 탄생 | 김사과 예술가와 그의 보헤미안 친구 | 박민정 신세이다이 가옥 | 박상영 동경 너머 하와이 | 백수린 아카시아 숲, 첫 입맞춤 | 손보미 밤이 지나면 | 윤성희 남은 기억 | 윤이형 버킷 | 정영수 내 일의 연인들 | 최은미 보내는 이 | 최은영 아주 희미한 빛으로도

2019 올해의 문제소설

권여선 희박한 마음 | 김남숙 제수 | 김봉곤 시절과 기분 | 박민정 모르그 디오라마 | 박상영 재희 | 윤이형 마흔셋 | 이상우 장다름의 집 안에서 | 이주란 넌 쉽게 말했지만 | 장류진 일의 기쁨과 슬픔 | 정영수 우리들 | 정지돈 Light from Anywhere 빛은 어디에서나 온다 | 최진영 어느 날(feat. 돌멩이)

2018 올해의 문제소설

권여선 손톱 | 김금희 오직 한 사람의 차지 | 김연수 저녁이면 마냥 걸었다 | 박민정 바비의 분위기 | 박형서 외톨이 | 안보윤 여진 | 임성순 몰:mall:沒 | 임솔아 병원 | 임현 그들의 이해관계 | 최은영 그 여름 | 최진영 막차

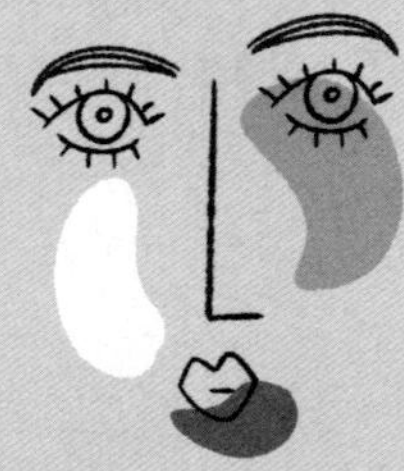

2o2b
올해의 문제소설